# М. ГОРЬКИЙ

## 高尔基文集

\* 17 \*

克里姆·萨姆金的一生

（一）

1925
|
1936

М. Горький

马克西姆·高尔基

# 克里姆·萨姆金的一生

(四十年间)

## 第 一 部

靖 宏 译

《克里姆·萨姆金的一生》是高尔基最后一部史诗性长篇巨著。全书共分四部。作者以其既是艺术家又是史学家的如椽巨笔,活生生地再现了十月革命前四十年间纷纭扰攘的年代和光怪陆离的社会生活,以及俄国革命进程中的一切重大事件。作品通过克里姆·萨姆金的独特性格和生活道路,独特的恋爱史、家庭和社会地位,以及围绕他和他的家庭所展开的一系列矛盾和冲突,反映了俄国知识分子思想发展变化的道路,但贯穿全书的主线,却是无产阶级革命力量的日益壮大和布尔什维克党的成长发展。作品揭示了沙皇政权和资产阶级日薄西山,社会主义必然胜利这一不可抗拒的历史潮流。

　　高尔基是从一九二五年春天开始写作此书的。一九三六年,死神夺去了高尔基的生命,使他未能最终完成这部巨著。

　　本书译自俄文《高尔基三十卷集》第十九至二十二卷。原著仅第一部分了五章,后三部未分任何章节。为便于我国读者阅读起见,译者参照英文、日文译本,将各部均划分了若干章节。本书的注释,除少数是译者所加外,其余都是根据苏联科学出版社出版的《高尔基全集》的注释编写或翻译的。

## 献　给

玛丽亚·伊格纳季叶夫娜·扎克廖夫斯卡娅[①]

① 玛·伊·扎克廖夫斯卡娅(1892—1974),一九二三至一九三二年任高尔基的秘书,后移居英国,曾将许多俄国和法国作品译成英文。

# 第一章

## 一

伊万·阿基莫维奇·萨姆金老爱别出心裁;当他妻子生下第二个儿子的时候,他坐在产妇床前,央告道:

"维拉,你知道么,我想给他取个稀罕的名字,好吗?那些数不清的伊万哪,瓦西里呀……都叫人腻烦死了,是吧?"

维拉·彼得罗夫娜被分娩的痛苦弄得筋疲力尽,所以没有答理他。她丈夫沉思了片刻,用温柔的眼睛凝视着窗外的天空;天上给风吹裂的朵朵白云,宛如河面上的浮冰,又仿佛沼泽里毛茸茸的草墩。随后,萨姆金用一根短粗的手指朝空中猛劲儿一点,忧悒地列数起来:

"叫赫里斯托菲尔吧?基里克吧?乌科尔怎样?尼科丁,好吗?"

然而,他对每一个名字,都做了个嫌弃的手势,最后又在十五个不寻常的名字中翻来覆去地挑选,终于兴高采烈地叫道:

"参孙①!参孙·萨姆金,就叫这个名字吧!参孙这个名字可真不赖!它是《圣经》上一位英雄的名字,至于姓么,咱家的姓是很特别的哩!"

---

① 据《圣经·士师记》第十四章载,参孙为犹太古代领袖之一,路杀壮狮的英雄,传说有非凡的力气。

"你别摇晃床啦!"妻子细声细气地恳求他。他道过歉,吻了吻她的一只纤弱无力而又特别沉重的手,笑眯眯地听了听窗外萧瑟的秋风和婴儿凄楚的啼哭。

"对了,就叫参孙吧!人民需要英雄。不过……让我再想一想。也可以叫列昂尼德①。"

"您别用些鸡毛蒜皮的事儿来烦扰维拉了!"正在包裹婴儿的助产妇玛丽亚·罗曼诺夫娜严厉地说。

萨姆金瞅瞅妻子那苍白的脸庞,给她理了理散落在枕头上的亮得出奇的金发,悄悄从卧室走了出去。

产妇健康恢复得很慢,婴儿也很瘦弱;维拉·彼得罗夫娜那位身体虚胖、经常患病的母亲,害怕孩子活不长,便催着去给他施洗礼。等到给新生儿施过洗礼以后,萨姆金又很不好意思地笑着说道:

"维拉奇卡②,我最后决定给他取名叫克里姆,叫克里姆了!一个普通人的名字,它没什么拘束。你赞成吗?"

维拉·彼得罗夫娜看见丈夫那种窘迫的神情和全家人不满的样子,便称赞地说:

"这个名字我满喜欢的!"

她的话在家里就是金科玉律,而且大家对萨姆金那些突如其来的举动也都习以为常了;他的古怪行为常常使人吃惊,然而在家族里和朋友们中间,他却是一个公认的、百事顺遂的幸运儿。

但是,这婴儿的不太寻常的名字,使他一生下来就惹人注目了。

"是叫克里姆吗?"朋友们纷纷询问,同时也特别仔细地打量着这个男孩儿,仿佛在纳闷儿:为啥叫克里姆呢?

萨姆金解释说:

---

① 列昂尼德是古希腊皇帝斯巴达(前508—前480)用过的名字,他为抵御外患,战死沙场。按古代传统,列昂尼德成了爱国主义和英勇善战的象征。

② 维拉的爱称。

"我原想给他取名叫涅斯托尔,或者安提帕①,可你们知道,这要举行一种愚蠢的仪式,要请神甫来,他要问你'信不信鬼?'搞一套'驱邪'、'啐妖'的鬼把戏②……"

家里人对这个新生儿,比对他那个大两岁的哥哥德米特里更为宠爱,不是没有理由的,不过各有各的理由罢了。克里姆身体瘦弱,这就增添了母亲对他的怜爱;父亲觉得给儿子取了个蹩脚的名字很是内疚;外婆认为这是一个"庄稼佬"的名字,使孩子受了委屈;至于那爱小孩如命的祖父、孤儿工艺学校的创办人和名誉校董,由于热衷于教育学和卫生学,显然认为瘦弱的克里姆要比强壮的德米特里好些,所以也特别器重这个小孙子,对他倍加关怀。

## 二

克里姆出生的头几年,正是少数人为了自由和文化进行殊死斗争的岁月③。这些人英勇地、赤手空拳地置身于"铁锤与铁砧"的夹击之中,置身于天才的日耳曼公主④的冥顽不灵的后代所领导的政府和在农奴制度下变得愚昧无知的民众中间。正直的人们理所当然地憎恶沙皇政权,不约而同地诚心诚意地爱上了"人民"⑤,前去唤醒他们,拯救他们。为了更容易地爱上庄稼人,他们就把庄稼人想象成一种具有

---

① 涅斯托尔和安提帕传说是古希腊特洛伊战争时的英雄,后来用作教名,取这种名字须由神甫主持命名仪式。
② 据基督教教规,施洗礼时神甫要念咒,问受洗者:"信不信鬼?"回答:"不信。"然后口吹三下,啐唾三下。
③ 即民粹运动广泛开展的十九世纪七十年代。民粹派寄希望于农民,否认俄国资本主义发展规律,不相信工人阶级的历史使命,认为社会主义的基础在村社。因此一些优秀的民粹分子,特别是青年,纷纷"到民间去",在农民中进行革命宣传,但未得到农民的支持,却遭到沙皇当局的残酷镇压。
④ 指俄国女皇叶卡捷琳娜二世(1729—1796),她原系德国安哈尔特-采尔布斯特亲王的公主。由于禁卫军举行宫廷政变推翻了其夫彼得三世而做了女皇。冥顽不灵的后代指亚历山大二世(1818—1881)。
⑤ "人民"这个词,在旧俄国常指"农民"而言。

特殊精神美德的人,给他们戴上无辜受难者的桂冠,点缀上神圣的光环;把他们肉体上的痛苦,看得比俄罗斯优秀人物,在残酷的现实重压之下所遭受的精神折磨,还要高尚得多。

当代最敏感的诗人①的愤怒呻吟,就是那个时期的悲壮赞歌;他大声疾呼,向民众提出一个惊心动魄的问题:

> 你这精力充沛的人啊,
> 是幡然悔悟,还是由命听天?
> 凡是能做的,你确已竭尽全力,
> 编了一首如泣如诉的歌,
> 难道就永远心安理得②?

那些为文化创作自由而斗争的战士遭受了无数苦难和折磨,然而,逮捕、监禁和把成百上千青年流放到西伯利亚,并没有削弱,而是使他们反抗残酷的巨大国家机器的斗争,越来越激烈,越来越尖锐了。

萨姆金家在这场斗争中也有人遭殃:伊万的大哥雅科夫坐了将近两年的监牢,后来又被流放到西伯利亚;在流放期间他曾企图逃跑,但是被抓到以后,又转押到图尔克斯坦的一个什么地方去了。伊万·萨姆金也没有逃脱逮捕和监禁的厄运,后来他被从大学里开除了。维拉·彼得罗夫娜的堂兄,也就是玛丽亚·罗曼诺夫娜的丈夫在押往亚卢托罗夫斯克流放的途中,死在客栈里了。

一八七九年春天,索罗维约夫③发出了决战的枪声,当局用最野蛮的手段把它镇压了下去。

---

① 指俄国大诗人涅克拉索夫(1821—1878)。
② 出自涅克拉索夫的诗《大门前的沉思》。
③ 索罗维约夫(1846—1879),俄国民粹派革命家,一八七九年四月在彼得堡谋刺沙皇亚历山大二世未遂被捕,同年五月被沙皇政府判处绞刑。

当时有几十个英勇果敢的男女,参加了对这个专制暴君的单打独拼的斗争,他们像追逐野兽一般,追逐他达两年之久,终于把他刺死,但又立刻被他们自己的一个同志出卖了;此人自己也曾企图刺杀亚历山大二世,不过据说就是他自己扯断了放在沙皇御用列车底下的地雷导火索。这次遇刺身死的皇太子亚历山大三世,因此对这位曾谋杀他父皇的人赏赐了"光荣公民"的称号。

当这些英雄们被剿灭以后,人们照例要怪罪他们,因为他们虽说激起了希望,可又不能兑现。那些站在远处,同情地注视着这种力量悬殊的斗争的人们因失败而产生的灰心丧气情绪,远比那些保全了性命的战士的亲友沉重得多。许多人很快就明智地把自家的大门关上,把那批英雄人物的幸存者拒之大门以外了。这些人昨天还受到人们的赞扬,如今只能败坏他们的名声了。

当时对于"个人在历史创造过程中的作用"渐渐流行一种怀疑论,但经过几十年,这种论调又被对于弗里德里希·尼采①的新主人公"淡黄头发的恶棍"的过分狂热所取代。人们很快就变聪明了,都同意斯宾塞②的见解,认为"铁石心肠的人不会有高贵的情操",同时把自己的精力和才华都集中到"自我认识",集中到个人生活的问题上,很快地接受了"我们的时代不是大有作为的时代"③这个口号。

一位最有天才的艺术家④对于恶势力的感觉是如此惊人的敏锐,仿佛他自己就是邪恶的创造者,是自我暴露的恶魔。这位艺术家在这大多数老爷们也和他们的仆人同样是奴隶的国度里,歇斯底里地喊道:

"安分些吧,骄傲的人! 忍耐些吧,骄傲的人!"

---

① 尼采(1844—1900),德国哲学家,他认为"淡黄头发的"日耳曼人是最优秀的人种,应该统治人类。
② 斯宾塞(1820—1903),英国哲学家和社会学家。
③ 十九世纪八十年代广泛流行于开明知识界的口号。
④ 这里指俄国大作家陀思妥耶夫斯基(1821—1881)。

另一位天才①,也跟着他大声疾呼地喊叫,危言耸听地证明,只有一条道路——"勿以暴力抵抗邪恶"的道路可以通向自由。

## 三

萨姆金家的人并不急急忙忙把所有灯火都熄灭掉,这在那个年月里已经是很少有的人家了。一些愁容满面、性情乖僻的人,虽然不很经常,但还是时有来访;他们坐在屋角阴暗的地方,沉默寡言,不时发出阵阵苦笑。他们虽然身材不一,衣服各异,但彼此之间却是非常相似,俨然同一个连队里的士兵。他们都不是"本地人",而是到什么地方去的途中,顺路到萨姆金家来的,有时也住上一宿。他们还有一点也是很相像的,就是他们都恭顺地听着玛丽亚·罗曼诺夫娜怒气冲冲的训话,看上去,他们都很怕她。不过父亲萨姆金却是怕这些人的。小克里姆看到,父亲老是在他们每个人面前很抱歉地搓着他那双柔软而又温暖的手,腿直打哆嗦。来客当中有一个脏乎乎的、满脸络腮胡子的人,看样子是个小气鬼,他气势汹汹地说:

"伊万,你家可真够呛,简直像亚美尼亚故事里所说的:什么东西都要多准备十倍。我只住一宿,不知为啥要给我一对枕头和两根蜡烛。"

萨姆金在城里的朋友显著地减少了,不过每天晚上还是有些不忘旧情的人,照例在这里聚会。每天晚上,那位身材又高又瘦的玛丽亚·罗曼诺夫娜都要大摇大摆地从院子紧里头那栋厢房里走出来。她架着一副黑边眼镜,那张受气包似的脸上看不见嘴唇,花白的头发上扣着一顶小黑帽,小帽下面扎煞着两只警觉的大耳朵。肩膀宽阔、生着满脸火红大胡子的房客瓦拉甫卡,从二楼上走下来。他犹如一位

---

① 指列夫·托尔斯泰(1828—1910)。"勿以暴力抵抗邪恶"是他当时提出的著名宗教哲学主张。

突然发了大财的拉脚夫,买了一件估衣,很不合体地把它套在身上。他行动笨重而又小心,可是皮靴底子还是响得厉害;他的脚掌呈椭圆形,活像一对盛鱼的大盘子。他坐到茶桌旁边的工夫,先小心翼翼地试试椅子是不是牢靠。他身上和他周围的一切东西都会发出吱吱咯咯的响声,并且乱摇晃,因此家具和器皿都很怕他;每逢他走过钢琴旁边时,琴弦就会嗡嗡作响。满脸黑胡子、郁郁寡欢的索莫夫医生来了,他在门口停住,皱起胡须般的宽眉毛,用一双鼓出的、呆滞的眼睛,把大家打量一番,然后嘎哑地问道:

"诸位,别来无恙?"

然后走进屋子里来,他那位面黄肌瘦的、大眼睛的太太老是形影不离地跟在他那宽阔微驼的脊背后面。她一声不吭地吻过维拉·彼得罗夫娜,末了像对着圣像一般,向在座的人们行过礼,坐在离他们远一些的地方。她用手绢捂着嘴,那样子就跟坐在牙医候诊室里一模一样。她两眼盯着那个比较黑暗的角落,仿佛在等候黑暗中马上会有人呼唤她:"你过来"似的。

克里姆知道她正在等候死神,索莫夫医生曾经当着克里姆和她的面说过:

"我从来没见过像我太太这样怕死怕得要命的人。"

克里姆和德米特里的家庭教师,那位火红头发的斯切潘·托米林,突然不知不觉地出现在漆黑的角落里;一向好激动、枯瘦如柴的丹尼娅·库里科娃小姐跑了进来,她脸上长着一只布满麻斑的、滑稽可笑的鼻子;身上老是揣着许多小书或用淡紫墨水写满了字的笔记本,纠缠着大家,哼哼唧唧地小声催促着:

"喂,大家来看书,看书呀!"

维拉·彼得罗夫娜叫她安静些,说道:

"等咱们喝完茶,叫女仆回房去,再来……"

"对女仆可要小心点儿!"索莫夫医生摇着头,提出警告。他头上一绺绺长发中有片圆圆的灰色秃斑,闪闪发亮。成年人都坐在屋子当中圆桌周围喝茶，圆桌上吊着一盏白罩子的灯。这只白灯罩是萨姆金自己出的主意，目的不是要使灯光照在下面的桌子上，而是照到天花板上，结果屋子里就笼罩上一种寂寥惨淡的阴影。屋子的三个角落里都差不多和夜间一般黑暗。第四个角落点着一盏壁灯，在那只栽着大杜鹃花的木桶旁边，放着一张儿童用的桌子。杜鹃花的巴掌形黑叶子沿墙壁往四面爬去，花茎用细绳绑在钉子上，有些须梗吊在空中，活像一条条灰色的蚯蚓。

举止稳重、身体有点儿发胖的德米特里，老是背朝大桌子坐着，而身体匀称、瘦削、"学着庄稼佬的样子"把头发剪成小圆圈的克里姆，总是面对成年人坐着，专心致志地听他们谈话，巴不得父亲当众表扬表扬他。

几乎每天晚上，父亲总要把克里姆叫到跟前，用柔软的膝盖，夹住他的大腿，问道：

"喂，小庄稼佬，你说说看什么最好玩呀？"

克里姆回答道：

"将军出殡最好玩。"

"为啥呀？"

"因为要奏乐。"

"那什么最糟糕呢？"

"最糟糕的是妈妈犯头痛。"

"怎么样？"克里姆的父亲得意扬扬地问客人，那滑稽的圆脸上流露出慈祥的笑容。客人们都眉开眼笑地夸赞克里姆。但是他已经不喜欢这种卖弄聪明的玩意儿了。他觉得自己的回答很愚蠢。他头一次回答这样的话是在两年前，现在他很顺从地，甚至很乐意地来干这种给大人消愁解闷儿的勾当，是因为他看到父亲很喜欢这种娱乐，但他自己已感到这种娱乐有一种使人难堪的味道，他仿佛成了一个玩偶：人们一捏，它就会唧唧叫似的。

## 四

从父亲、母亲和外婆跟客人的许多谈话中,克里姆了解到有关自己的不少事情,听来真叫人吃惊,又很了不起:原来当他还很小的时候,他就和他同龄的孩子们迥然不同了。

"他顶喜欢那些简陋的玩具,不大喜欢奇特贵重的玩意儿,"他父亲信口喃喃地说着;外婆喜滋滋地摇着她那梳理得整整齐齐的一头白发,赞赏地说:

"是呀,是呀,他顶喜欢简单的玩意儿啦!"

接着,她就津津乐道地讲起来:克里姆还是五岁娃娃的时候,就懂得爱护一棵偶然生在花园阴暗角落杂草中的弱嫩的小花,那样子真叫人感动;他经常给这棵小花浇水,而对于花坛里的花却毫不理睬。而当这棵小花终于死掉的时候,克里姆竟伤心地哭了老半天。

父亲并不听岳母的话,他压过她的声音说:

"他特别喜欢跟保姆的孙子玩耍,而不愿和自己周围的伙伴在一起……"

父亲比外婆讲得好,常常讲出一些小孩子自己不曾理会到的或感觉不到的东西。有时候克里姆觉得,父亲讲的那些话和那些行为,简直是他编造出来的,他编造这些东西,就是为了夸耀他的儿子,好似夸耀他的怀表走得多么惊人的准确,夸耀他打牌的本领多么高明之类的事情一样。

不过克里姆在听他父亲谈话的工夫,也常常觉得纳闷儿:怎么父亲记得的事情,他自己却忘得一干二净了呢?不,父亲不是编造的,因为母亲也说过,在他克里姆身上有许多不平凡的东西,她甚至还说明为什么会有这种现象。

"他是在动荡不安的年月出生的,这一年又是遭火灾,又是雅科夫被捕,还发生了许多其他不幸的事情。我怀他那工夫,真是艰难呐,产期也提前了。我想,他那怪脾气就是这样来的。"

克里姆听她说话的口气好像很抱歉的样子,又好像是在问:难道不是这样吗?客人都同意她的说法:

"是的,这很明白!"

有一回,克里姆在客人面前卖弄小聪明露了馅儿,于是他气呼呼地问父亲:

"为啥我是个不平凡的孩子,米佳①就是个平凡的孩子呢?他不是也生在那种人人都要被绞死的年代吗?"

他父亲解释了很久,但是克里姆脑子里只记住了一句话:"花有黄的,也有红的,他克里姆是一朵小红花;黄的花是平庸无奇的花。"

外婆瞪了女婿一眼,倔强地说,外孙子这个庄稼佬的滑稽名字,会对他的性格发生不良影响:孩子们都管克里姆叫克林②,这使孩子感到很委屈,所以他才老是喜欢和大人在一块儿。

"这是很有害的,"她说。

克里姆的祖父,那位"名副其实的长者"阿基姆从来就不赞成这些说法,他是孙子和大家的死对头。他身材高大,脊背微驼,形容枯槁,活像一棵朽木。他那长长的脸,两边的连鬓胡子从耳朵一直垂到肩膀上,但是下巴颏却和上嘴唇一样,都刮得光光的。发青的鼻子显得很笨重,一对眼睛上蔓生着灰色的眉毛。两条长腿不会打弯儿,长长的手臂上生着歪歪扭扭的手指头,好像动弹起来也很勉强。他老爱穿一身长长的棕色大礼服,一双镶着皮子和上着软底的丝绒靴子。他走起路来跟打更的似的,手里提溜着一根拐杖,拐杖的下端用皮子包了个圆头儿,为的是戳在地上不会发出咚咚的响声,却能与长靴底子的砰砰声合拍。他确实是一位"名副其实的长者",就连坐着时也双手撑在拐杖上,就跟许多老头儿坐在市立公园长椅子上那副姿势一模一样。

―――――――

① 德米特里的小名。
② "克林",俄文意思是"木橛子",发音和"克里姆"相近,所以孩子们就用这个绰号来嘲笑克里姆。

"这些话都是害人不浅的胡说八道，"他叽里咕噜地说。"你们大家都在坑害这个孩子，瞎编一些他的故事。"

祖父和父亲立刻争论起来。父亲举例说，世界上一切美好的东西，都是杜撰出来的，还是在猴子的时代就已经有了杜撰，而人类就是猴子变来的。祖父听了勃然大怒，用拐杖在地板上沙沙地画着圈圈儿，疾言厉色地喊叫：

"统统是胡说八道……"

但是，谁也争论不过父亲，从他那张颇有风趣的嘴里说出来的话又快又多，克里姆早就料到，身材高大的祖父马上就要一晃拐杖，挺直身躯，像马戏团的一匹牡马，用后腿一尥蹶子，回到自己屋子里去。这时父亲对着他的背影喊道：

"爸爸，你太玩世不恭喽！"

谈话总是这样结束。

克里姆分明觉得，祖父总是费尽心机地贬低他，而所有其他大人都爱护备至地抬高他的身价。这位"名副其实的长者"硬说克里姆只不过是一个虚弱无力、死气沉沉的男孩子，他身上没什么奇特的地方。他爱玩粗劣的玩具，只是因为活泼机灵的孩子把好玩的东西都从他手里夺走了。他跟保姆的孙子交朋友，是因为伊万·德罗诺夫比瓦拉甫卡的孩子笨，被大家宠爱的克里姆很爱面子，需要对他特别照顾，而这种照顾只有在伊万那里才能得到。

克里姆听到这些话很生气，因此对祖父产生了恶感，在他面前很腼腆。克里姆相信父亲的话：一切美好的东西——玩具、糖果、画书、诗歌——统统是臆造出来的。外婆在安排宴席时，常常对厨娘说：

"你别麻烦我了！自己想几道菜不就行了吗？"

因此，总得编造些事情才成呀，否则大人们没有谁会瞧得起你，日子过得好像没有你这个人似的，或者好像你不是克里姆，而是德米特里。

## 五

克里姆已经不记得,他究竟是什么时候发现别人在编造他的故事以后,自己也开始编起自己的故事来了。但是他却清楚记得自己那些特别成功的编造。许久以前,有一次他问瓦拉甫卡:

"为啥你的姓很像条虫子①呀?你不是俄罗斯人吗?"

"我是土耳其人,"瓦拉甫卡回答。"我的真姓名是别伊·涅帕尔科伊,阿卡佩伊科伊②。'别伊'是土耳其语,译成俄语,意思就是先生。"

"这根本不是姓名,这是奶奶常说的一句俗话,"克里姆说。

瓦拉甫卡搂住他,就像扔皮球一样,轻轻地把他向天花板抛去。过了一会儿,那位讨人嫌的医生索莫夫又喷着伏特加和咸鱼的气味纠缠起克里姆来;克里姆就信口说索莫夫的姓是圆的,像一只桶。胡说祖父的话是紫颜色的。但是当他说到人们发怒的样子,有时像夏天,有时像冬天的工夫,瓦拉甫卡那个活泼机灵的女儿莉达③就怒吼起来:

"这是我说的,是我头一个说的,不是他说的呀!"

克里姆羞得满面通红。

编造可真不是件容易的事儿。他很清楚,正是因为这一点,全家的人,除了那位"名副其实的长者"以外,才都特别喜欢他,而不喜欢哥哥德米特里。就连索莫夫医生也不例外:有一次他们在去划船的路上,克里姆和哥哥追过了他。这位一向郁郁寡欢的医生搀着他俩的母亲的胳膊,懒洋洋地迈着步子,对她说:

"维拉,你瞧这两个走路的孩子,他们加起来正好是10,因为他们有一个是〇,另外一个是1。"

---

① 瓦拉甫卡和俄语"大蜥蜴"发音相近。
② 这句话直译为"不要用棍子打,要用钱打",这充分说明瓦拉甫卡爱财如命。
③ 莉吉雅的爱称。

克里姆马上领悟到,○这个圈圈指的是非常像父亲的圆咕隆咚、呆呆板板的德米特里。打那以后,他就管哥哥叫"黄圈圈儿"了,其实德米特里是个脸颊绯红、眼珠碧蓝的男孩子。

克里姆看到长辈们都期望在他身上能有一种别的孩子所没有的东西,他就在晚茶以后,赖着要和大人们在一块儿多坐一会儿,倾听他们那喋喋不休的谈话,从中汲取智慧。他一面洗耳恭听那种无休止的争论,一面学着把那些特别刺耳的字眼抽取出来,然后向父亲询问这些字眼的意思。伊万·萨姆金兴致勃勃地给他讲解什么是玩世不恭,什么是激进派,什么是无神论者,什么是文化贩子。解释完以后,就一面吻着儿子,一面夸奖他:

"你真聪明。你问吧,问吧,这很有益处哩!"

他父亲虽说是个乐天派,但却不像瓦拉甫卡那么饶有风趣。很难弄明白父亲的话究竟是什么意思,他滔滔不绝,一句接一句,整个谈话酷似从瓶口里冒出来的啤酒或汽水的泡沫,是那样冲。瓦拉甫卡说话虽然不多,但语句却如牌匾上的大字,突出而耀眼。一对浅绿色的小眼睛在他那红扑扑的脸颊上闪着快活的光亮;一把火红的大胡子,犹如一条狐狸尾巴,漂亮异常。大胡子里不时地流露出明朗快活的憨笑,笑过之后,就用油光光的长舌尖津津有味地舔舔嘴唇。

毫无疑问,这是一个顶顶聪明的人,他从来不赞成任何人的意见,却老喜欢教训别人,就连那位"名副其实的长者"也不例外,其实这老头子也是平生什么人的意见都听不进去,老是要求大家走一条道路。

"俄罗斯只有一条路可走,"他一面说,一面用棍子在地上乱戳。

但是瓦拉甫卡却对着他大声喊叫:

"我们究竟是不是欧洲人呀?"

他老是说,骑在庄稼汉身上是走不远的,他说只有一匹马可以拉动大车,这就是知识分子。克里姆晓得,知识分子就是指他父亲、祖父、妈妈和一切熟人,当然,还有瓦拉甫卡,他本人也是那种不论多么沉重的大车都拉得动的。然而奇怪的是,医生虽然也是个身强力壮的

知识分子,可他并不同意瓦拉甫卡的说法。他愤怒地瞪起一对黑眼珠,吼道:

"鬼才知道你这话是什么意思!"

玛丽亚·罗曼诺夫娜像个士兵一样,挺直身躯,声色俱厉地说道:

"你真不害臊,瓦拉甫卡!"

有时在争论最激烈的当儿,她忽然威风凛凛地扬长而去,末了又在门口停下来,气得满脸通红,大声叫道:

"请你好好想想吧,瓦拉甫卡!你要犯大逆不道的罪哩!"

瓦拉甫卡坐在那把非常坚固的椅子上纵声大笑,弄得椅子咯吱咯吱直响。

父亲搓着一双温柔粗胖的手掌,接过话茬儿:

"对不起,季莫菲!当然,从一方面来说,具有实践经验的知识分子把自己的精力投在工业上,参加政权机关的工作……而从另一方面来说,不久前颁布的那些诏谕……"

"不论从哪一方面来说,你说的都不恰当,"瓦拉甫卡大声说。克里姆也同意他的说法:的确,父亲说得很糟糕,而且颇像一个顽皮的孩子,老是强词夺理。母亲也同意瓦拉甫卡的见解:

"季莫菲·斯切潘诺维奇说得对!"她斩钉截铁地说。"生活比人们所想象的要复杂。有许多已经成为我们的信仰的东西,都应该重新看待了。"

她话虽不多,但很镇静,而且也没有什么华丽的辞藻;她更少发脾气,不过发起脾气来从不像莉吉雅母亲那样,"像夏天"一般火热威严,而是"像冬天"那样冷若冰霜。她发脾气的时候,那副漂亮的脸蛋儿变得灰白,眉毛往下一耷拉,扬起那沉甸甸的梳得光溜溜的头,慢条斯理地瞅着那个惹她生气的人,说几句简短而平常的话。每逢她这样看克里姆父亲的时候,克里姆就觉得,虽然她和父亲都没有挪动地方,可他俩之间的距离却越来越远了。有一次她非常"像冬天"那样冷酷地对教师托米林发了一顿脾气,因为他喋喋不休地、枯燥无味地讲述什么两种真理:真实的真理和正义的真理①。

"算了吧!"她虽然声音很轻,但却使大家都沉默不语了。"无谓的牺牲已经够了。豁达大度是太天真了……应该变得聪明一点儿了。"

"你简直疯了,维拉!"玛丽亚·罗曼诺夫娜大吃一惊,站起来咯嗒咯嗒踏着马蹄一般宽大的皮鞋后跟,急步走了出去。克里姆不记得母亲什么时候这样窘迫过,而只记得父亲却是常常在人们面前显得很尴尬。不过有一次她简直是莫名其妙地流露出了惶惑不安的神情。当时她正在绣手绢的花边,克里姆问她:

"妈妈,'邻人财不可沾,邻人妻不可恋'②是什么意思呀?"

"你去问老师吧,"她说,但又马上脸涨得通红,急忙加上一句:

"不,去问你爸爸吧……"

每当长辈们谈到有趣的和容易理解的问题时,克里姆就觉得对自己很有利,因为他们都把他忘在脑后了,可是每逢争论使他烦恼的时候,他立刻就会提醒他们他还在这里,于是母亲或父亲就会惊讶地说:

"怎么,你还在这儿呀?"

关于两种真理的争论是很枯燥的,于是克里姆就问:

"根据什么才能知道什么是真理,什么不是真理呢?"

"啊?"父亲挤眉弄眼,惊诧地喊了一声:"你们瞧啊!"

瓦拉甫卡抱住克里姆,回答说:

"小家伙,真理是可以从气味上闻出来的,因为真理的气味是很刺鼻子的哩!"

"到底是什么味儿呀?"

"是葱味,姜味……"

逗得大家哈哈大笑,但是丹尼娅·库里科娃却令人扫兴地说道:

"哎哟哟,这话说得可太对了! 真理也能叫人流泪。是吧,托

---

① 即所谓客观真理和主观真理。
② 此句出自《圣经·出埃及记》第二十章第十七节。

19

米林？"

教师一声不吭，小心地躲开她，这使丹尼娅的耳朵泛出了红晕，她低下头去，目不转睛地盯着脚下的地板瞅了老半天。

## 六

克里姆早已察觉，在长辈们所谈论的真理中有一种谬误的、臆造的东西。他们在言谈中特别经常谈到沙皇和人民。"沙皇"这个刺耳的字眼，在玛丽亚·罗曼诺夫娜还没有说出另外一个词儿"吸血鬼"以前，在克里姆的脑子里并没有留下什么印象。

玛丽亚·罗曼诺夫娜在说"吸血鬼"这个词儿的工夫，使劲儿地摇摇头，连眼镜都蹦到眉毛上头去了。克里姆很快就明白了，而且不知不觉地经常想到"沙皇"是一个穷凶极恶的狡猾的军官，不久前他还曾经"欺骗过全国人民"。

"人民"这个词儿含义极其丰富，它包罗了各种不同的感情。大家在谈到人民的时候，是又抱怨又尊敬，又兴奋又焦虑。丹尼娅·库里科娃显然有点儿羡慕人民，父亲把人民称为受苦受难者，但是瓦拉甫卡却叫他们笨蛋。克里姆以为，人民就是住在农村中的男女庄稼人，他们每星期三进城出售木柴、蘑菇、土豆和白菜。不过他并没有把这种人民看作大家谈论得那么多，对他们那样关切，为他们写诗，大家都热爱他们，同情他们，异口同声地祝愿他们幸福的真正的人民。

克里姆脑子里的真正的人民，是一伙数不清的、像怪模怪样的叫花子瓦维洛夫那样不幸而又可怕的彪形大汉。叫花子瓦维洛夫是个身材高大的老头子，他用帽子遮着那一脑袋羊毛般的卷发，脸上长满了肮脏的灰白大胡子，从眼睛一直连到脖梗儿，脸上微微露出一只黑不溜秋的蒜头鼻子，嘴简直看不见，眼洞里好像有两块浑浊的玻璃片射出黯淡的光。但是，每当瓦维洛夫在窗外大声喊叫"主耶稣基督，上帝的儿子，可怜可怜我吧！"的工夫，他那浓密的大胡子里面就出现一个黑洞,黑洞里可怕地露出三颗黑牙,像木槌一般又厚又圆的大舌头笨重地翻动着。

大人们谈到瓦维洛夫时都很怜悯他,恭敬地施舍他一点东西,克里姆觉得好像他们有什么对不起这个叫花子的地方。看来他们有点儿怕他,就像克里姆怕他一模一样。父亲曾经赞叹地说:

"这是含冤受屈的穆罗姆人伊里亚①,是人民骄傲的力量!"

但是身体像木桶一般又粗又圆的保姆叶甫盖尼雅,在孩子们非常淘气的时候,就大声喊叫:

"你们再闹我可要叫瓦维洛夫来啦!"

据她说,这个叫花子本是一个大坏蛋,大恶棍。他在饥荒年月把掺着沙子和石灰的面粉卖给别人。他为这事吃了官司,为了贿赂法官把所有的金钱都用光了。本来他还可以过过俭朴清贫的日子,可他偏要出来讨饭。

"他这是居心不良,故意要做给人们看的,"她说。克里姆相信她的说法,觉得比父亲的说法更真实。

究竟什么是人民,这可太难理解了。夏季里的一天,克里姆、德米特里和祖父一同到村子里去赶集。他看见一大群身穿节日盛装的男女庄稼人,还有那么多喝得醉醺醺的非常快活的人,大为吃惊。于是克里姆把父亲逼他背诵和在客人面前朗读过的诗念出来,问祖父道:

"那些在田野里、道路旁和监牢里呻吟,在草原上、在车辕下过夜的真正人民,究竟在哪儿呀?"

老人一听,纵声大笑,用拐杖对着人群一指,说道:

"喏,就是他们呀,小傻瓜!"

克里姆没有相信他的话。不过有一次城外失火,烧了一些民房,托米林领着克里姆去看火警,孩子又提出了这个问题。在拥挤的大群观众中,没有一个人肯自告奋勇去压水,警察不得不从人群中揪着领

---

① 俄国壮士歌中的主人公,传说是俄罗斯国土的主要保卫者之一。他的形象体现了俄罗斯人民的英勇、果敢、质朴与谦虚等优良品质。

子拉过来一些破衣烂衫的人,用拳头把他们赶到压水机跟前去。

"这样糟糕的人民,"教师皱着眉头,阴阳怪气地说。

"难道这就是人民吗?"克里姆问。

"噢,你以为他们是谁呀?"

"消防队员也是人民吗?"

"当然啰,他们又不是天使。"

"为啥只有消防队员救火,人民却不肯去救火呢?"

托米林把什么是旁观者,什么是实干家,枯燥无味地谈了老半天,但是克里姆一句也没有听懂,就又问道:

"可是人民在什么时候才会发出呻吟呢?"

"将来我再把这个问题讲给你听,"教师答应他,但后来却忘在脑后了。

有一次父亲向克里姆讲了一些关于人民的问题,讲得很有意思,可是听了很不舒服。在一个昏暗的秋天的傍晚,父亲光着膀子,浑身像只小鸡软囊囊的,惬意地躺在沙发上——他很喜欢这样舒舒服服地躺着。克里姆把头放在他那毛茸茸的胸脯上,用手摸着父亲像滩羊皮一般柔软,又像新皮球一样鼓鼓的脸蛋儿。父亲问,今天在上宗教课的时候外婆讲了些什么?

"讲了亚伯拉罕燔祭上帝的故事[①]。"

"噢,那你对这一点是怎么理解的呢?"

克里姆说道,上帝命令亚伯拉罕杀死以撒,而当亚伯拉罕正要杀死他的工夫,上帝却说:"不要杀他了,还不如去杀一只羊呢!"父亲眉开眼笑地搂住儿子,告诉他应该怎样理解这个故事:

"打个比方吧。上帝好比是人民,而亚伯拉罕就是人民的领袖;亚伯拉罕把自己儿子当作牺牲品并不是献给上帝,而是献给人民。你

---

[①] 据《圣经·创世记》说,上帝忠实奴仆亚伯拉罕为证明对上帝的虔诚,欲将其子以撒杀死献祭。当他取刀要杀以撒时,上帝又说他是所有人民中最虔诚的一个,因此就不再要他杀子燔祭了。

看,这是多么简单呀?"

是的,这个比喻简单明了,但是儿子并不喜欢这种比喻。他想了想,问道:

"你不是说,人民就是受苦受难的人吗?"

"噢,是呵!正因为这样,人民需要牺牲,一切受苦受难的人都需要牺牲,而且永远需要牺牲。"

"为什么呀?"

"小傻瓜!为了不再受苦哇。就是说,为了教导人民不要再过受苦的日子呗。耶稣也就是以撒,他父亲上帝以他作牺牲献给了人民。你要明白,所谓亚伯拉罕燔祭上帝的故事就是这样。"

克里姆又踌躇了一会儿,然后慢条斯理地问道:

"你是人民的领袖吗?"

这下可把父亲问住了,他不得不眯缝起眼睛,沉思起来。不过他没有考虑多大一会儿就说:

"你晓得吗,咱们大家都是以撒。是的,比如像被流放的雅科夫伯伯,玛丽亚·罗曼诺夫娜,以及咱家的所有亲友。噢,虽然不是所有的,但大多数知识分子都应该为人民贡献自己的力量……"

父亲唠叨了很久,但是儿子早已不再听下去了,而且从这天晚上起克里姆觉得"人民"这两个字有了一种新涵义,不过认识还是和从前一样扑朔迷离,并且更加可怕了。

和长辈们一起相处越久,克里姆就越觉得他们难于理解,他们的话也就越发难于相信。"名副其实的长者"对自己办的孤儿学校深感自豪,并且津津乐道。有一次他领着两个孙子到这个颇负盛名的学校去参加圣诞节庆祝会,克里姆看见几十个瘦骨嶙峋、穿着跟女囚犯号衣一模一样的蓝白条条制服的孩子。全体孩子的头都剃得光光的,不少孩子的脸上生着瘰疬疮;他们全都像会活动的小锡兵,排成三行,成"Π"字形,站在一棵歪歪扭扭的枞树前面,流露出渴求的神色,惊骇而又冷漠地盯着这棵树。这时来了一个身材略微粗胖、头顶光秃的男

人。他那副蜡黄的脸上没有胡子,也看不出眉毛,活像个丑陋的胖娃娃;他两手向上一举,所有穿条子制服的孩子都拉开嗓子唱起来:

噢,自由,我的自由,
你呀,我这宝贵的自由!

孩子们一个个像陆地上的鱼,咧开大嘴,颂扬着沙皇:

也许,我们的生身之父已经知晓:
我们生活的艰难和需要,
也许,我们的恩主已经看到:
我们泪痕斑斑,终日苦恼。①

歌声震耳欲聋;孩子们唱完以后又显得很沉闷。"名副其实的长者"用手帕擦擦汗津津的脸,克里姆以为祖父流眼泪了。克里姆头疼起来,所以没等到分发礼物就走了。他在路上问祖父道:

"他们爱沙皇吗?"

"当然爱喽,"祖父回答,但马上又气呼呼地加了一句:"他们爱吃蜜糖饼干!"

他沉默了一下又补充说:

"他们就是爱吃!"

认为祖父好说瞎话,那是不公道的,然而克里姆却正是这样认为的。

克里姆的外婆是个肥胖、傲慢的老太婆,她身穿一件又肥又大的火红色呢外衣,看什么东西都要拿一副金柄眼镜瞧瞧,拉长调子,怨声怨气地说:

---

① 农奴制废除后出现的歌颂沙皇亚历山大二世的伪民歌。

"从前,在我家里常常是……"

据她说,从前她家可真阔气,简直跟仙境一般,但是祖父并不相信她的话。他用干瘪的手分开灰白的大胡子,阴阳怪气地嘲笑说:

"索菲亚·基里罗夫娜,显然你家那时过的是天堂般的生活呀!"

外婆羞愧得大鼻子都涨红了,她仿佛夕阳西下时的一朵白云,慢慢飘去了。她手里老是拿着一本法文小书,里面夹着一个绿绸书签,上面绣着一些黑字:

"上帝才是先知先觉,人只能瞎猜。"

谁也不喜欢外婆。克里姆看到这一点,寻思倘若只有他偏偏喜欢这位孤苦伶丁的老太婆,那他一定会显得更了不起的。他津津有味地听她讲述一座神秘房子的故事。外婆过生日那天,她领着克里姆出去玩耍,在城里的一条大街上,在一座大院落的深处,她指给他看一栋又难看又破旧的灰房子。这座房子有五扇窗户,由三个圆柱隔开,台阶已经塌陷,还有一层两扇窗户的阁楼。

"这就是我的老家。"

窗户都用木板钉死了,院子里乱七八糟堆着许多破旧的木桶和装着空瓶的筐子,破碎的玻璃瓶子扔得满院都是。院子当中蹲着一条狗,正在往下舐沾在尾巴上的牛蒡刺。还有一位小老头儿,正坐在台阶上,吃一块夹着青葱的面包。这小老头的样子活像克里姆已经看腻了的《渔夫和金鱼的故事》①插图上的人物,他毛发蓬乱,就和蹲在那里的那条狗没什么两样。

克里姆正想提醒外婆:她讲给他听的仿佛不是这座房子。但是,他看了她一眼,问道:

"你为啥哭呀?"

外婆没有回答,她在用绣花手帕擦着眼睛里的泪水。

是的,一切情况并非如长辈们所讲的那样。在克里姆看来,这种

---

① 普希金的童话诗。

差别只有他和托米林两个人晓得。瓦拉甫卡却给教师起了个绰号,叫他"无用之人"。

## 七

在克里姆看来,教师身上有一种神秘的东西。托米林身材不高,体态臃肿,蓄着两撇火红的小胡子,古铜色的头发披到肩上。他看什么东西都像从远处瞭望似的,而且看得很仔细。他的眼睛很特别:两只鼓出的、金黄色的眸子仿佛粘在浑浊的乳白色眼珠上似的。托米林经常穿一件用粗料子做成的蓝色罩衫,一双农民穿的笨重靴子,一条藏青裤子。他的脸犹如圣像,而且特别出奇的是他那双红得叫人不舒服并且不敢伸出来的手。克里姆认识托米林的头几天,还以为他是个半瞎眼的人,因为他看什么东西都仿佛不是它们本来那个模样,不是显得大,就是显得小,因此他接触这些东西时,总是小心谨慎,叫人看上去很可笑。但是他并不戴眼镜,而且正是他常常把那些紫色的练习本念出声来;他翻这些练习本时老是慢腾腾的,仿佛生怕这些纸片会在他那火热的手指下面燃烧起来似的。他住在萨姆金家的阁楼上已经一年多了,但样子一点儿也没有改变,就像那只火壶在这当儿也没什么改变一样。

晚茶以后,女仆玛拉莎收拾走杯盘,父亲把两支硬脂蜡烛放在托米林面前,大家都围着桌子坐下来。瓦拉甫卡眉头紧蹙,就像喝鱼肝油似的,阴阳怪气地问道:

"怎么,又要读那位伯爵大人①深奥莫解的玩意儿吗?"

随后他就躲到钢琴后面去,坐在那里的一张皮沙发上,抽起烟来,他一面喷云吐雾,一面嘎哑地说道:

"真幼稚,简直是贵族老爷的胡闹!"

---

① 指列夫·托尔斯泰。

"还是一位思想家呢!"医生一面喝啤酒,一面不以为然地嘟哝说。

医生很不招人喜欢,那副样子就跟在地窖里搁了很久受潮发了黑霉似的,而且对谁都爱发脾气。他显然不是个聪明人,甚至连个好老婆都娶不上。他老婆又矮又丑,脾气暴躁。她沉默寡言;有时说上两三句话,就对着墙角发愣。没有人和她争论,人们根本不理她,仿佛没有她这个人似的。有时候,克里姆觉得人们好像故意把她忘掉,因为大家都怕她。不过她那声嘶力竭的嗓门儿却使克里姆大为吃惊,以为这个鼻子尖尖的妇人就要像往常一样,说一些离奇古怪的话了。

有一次瓦拉甫卡忽然大发雷霆,用沉甸甸的手掌拍了一下钢琴盖,摆出一副教堂助祭的架势,说道:

"真荒唐!人类的任何理性活动,无论对别人,还是对自己,都必然是一种强制。"

克里姆以为瓦拉甫卡还要加上:

"阿门①!"这两个字,但是什么话也没有等他再说出来,医生就已经叽里咕噜地接过话茬儿了:

"这位伯爵确实太幼稚了,他没读过达尔文②的书。"

"达尔文是个魔鬼,"他妻子大声说道。医生点了点头,那样子有如被人打了一下后脑勺似的。然后又细气慢声地说:

"真是个巴兰的驴③……"

玛丽亚·罗曼诺夫娜对瓦拉甫卡大声呵斥,但是透过她那愤懑的喊叫,克里姆听见医生太太倔强的声调:

"他硬要人相信,生活的法则就是邪恶。"

"别说了,安娜!"医生嘟哝一句。但是父亲和教师却对一个假说,

---

① 基督教祈祷的结束语,"但愿如此"的意思。
② 达尔文(1809—1882),英国大科学家,生物进化论的创始人。
③ 据《圣经》故事说,美索波达米亚的魔法师巴兰有一头驴,能操人语。这里是讥笑本来沉默,忽又多言起来的意思。

就是马尔萨斯①学说争论起来。瓦拉甫卡走了出去,身后拖着一道长长的雪茄烟烟雾。

克里姆觉得瓦拉甫卡是一位饶有风趣,而且易于了解的人。他毫不隐讳他更喜欢打牌,而不喜欢听朗诵。克里姆觉得父亲也是更喜欢打牌,而不喜欢听朗诵的,但父亲却从来不肯承认这一点。瓦拉甫卡善于辞令,他的话印在人的脑子里,就好比把一枚五分的银币投进扑满那样实在。当克里姆问他:什么是假说时,他立即回答:

"这是一条小狗,可以带它去猎取真理。"

瓦拉甫卡是长辈中最快活的人,他给所有的人都取了一个滑稽的绰号。

在人们开始读书或打牌以前,总要叫克里姆去睡觉,但他老赖着不肯走,并且央求说:

"让我再坐一小会儿,坐一小会儿吧!"

"不行,他太喜欢成年人的社交了!"父亲惊诧地说。在他说完这句话以后,克里姆才心安理得地回到卧室去,他知道已经完成了他所希望的事情——再次博得长辈们对他的青睐。

然而,有时候父亲也要求他:

"你朗读一下《沉思》②吧,从

耽溺于无耻的奉迎之中,

这一行开始。"

于是克里姆举起右手,左手抓着裤腰带,紧蹙双眉,朗诵道:

---

① 马尔萨斯(1766—1834),英国经济学家,贵族和牧师。他宣称劳动人民的贫困是自然法则起作用的结果,是人口绝对过剩的结果,因此他提出许多减少人口的办法,包括通过战争人为地消灭人口。
② 即涅克拉索夫的抒情诗《大门前的沉思》。

美女,金钱,吃喝玩乐,
就是令你羡慕的生活,
——你清醒清醒吧!

逗得瓦拉甫卡捧腹大笑,泪水都淌出来了;母亲也勉强地笑笑,但是玛丽亚·罗曼诺夫娜,却像有先见之明似的,对母亲喁喁私语道:

"他会成为一个诚实的人的。"

克里姆看到长辈们老是把他捧得天花乱坠,比其他孩子胜过一筹,心里美滋滋的。不过偶尔他也感觉到,长辈们对他的青睐有点妨碍他的生活了。有时候,他也很想能像卷头发、钩鼻子的包里斯·瓦拉甫卡、包里斯的妹妹,或者像他的哥哥德米特里和索莫夫医生的淡黄头发的女儿们那样,痛痛快快地玩耍一番。虽然克里姆也能和大家一样兴奋得如醉如痴,在游戏中忘乎所以,但是他只要一发觉有一个大人看见他,就立刻清醒过来,因为害怕那种迷恋游戏的样子会把他贬低到普通孩子的水平。他总觉得大人们在监视他,希望他能说出一些特殊的话,做出一些特别的举动来。

同时他觉得孩子们越来越明显地不喜欢他了。他们怀着好奇的心情来看他,好像看一个陌生人似的;他们也像大人一样希望他会变出什么戏法来。然而,他那些聪明的言谈,却引起了他们的冷嘲热讽,引起了对他的怀疑,甚至敌意。克里姆猜想,他们是嫉妒他的荣誉——一个才华出众的孩子的荣誉。不过这情形毕竟使他感到委屈,甚至伤心和愤懑。他想消除同伴们对他的不友好态度,不过他只是打算继续更加热心地扮演大人们强加于他的那种角色,来达到这个目的。他试图发号施令,教训他们,于是就引起了包里斯·瓦拉甫卡的激烈反对。这个机灵而又冒失的男孩儿,以他威风凛凛的性格使克里姆感到畏惧,不敢接近他。他出的主意常常是危险而又困难的,但他能迫使大家服从他的指挥,在所有游戏中,他自己都要扮演主角。他藏在叫人找不到的地方,像猫一样爬上屋顶和大树;他们永远捉不住

这个动作灵敏的小家伙,直到把扮演敌方的孩子弄得精疲力尽,再不敢玩这种游戏了。随后,他就嘲笑那些失败的孩子们说:

"怎么样,你们输了,投降吗?哎呀呀,你们哪……"

克里姆觉得包里斯好像不论对什么事情都有先见之明似的,所以什么事情都不要去考虑。只有一次,因为同伴们体力吃不消,他很懊丧,就说出了他的想法:

"今年夏天我要从教养院的孩子们当中,或者从圣像工艺社的学徒当中弄一些棒棒的对手来,以后我就去跟他们打仗,我要丢开你们……"

克里姆觉得小瓦拉甫卡和别的孩子比起来,对他的反感更强烈,更明显。他很喜欢莉达·瓦拉甫卡这个身材苗条、面孔黝黑、大大的眼睛、一头乱蓬蓬的卷发的小姑娘。她跑起来真叫人吃惊,几乎是脚不沾地,轻盈如飞。除了她的哥哥,谁也捉不住她,谁也赶不上她。她也和哥哥一样,总要扮演一些重要角色。倘若撞在什么东西上,划破了手脚,或者摔伤鼻子,她从来不像索莫夫女儿们那样痛哭流涕,伤心难过。但是她却异乎寻常地怕冷,不喜欢阴凉和黑暗,一到阴天她就烦躁地发脾气。冬天来临,她就跟苍蝇似的蛰伏起来,坐在屋子里,几乎不出去玩耍,老是气急败坏地抱怨上帝把雨、风、雪送到地上来,莫名其妙地叫她苦恼。

她说起上帝来,就好像他是一位她很熟悉的心地善良的老人,仿佛就住在附近什么地方似的,凡是他要做的事情,他都能做到,只是常常做得不对头罢了。

"根本没有上帝,"克里姆说。"这不过是老头儿和老太婆们想出来的。"

"我不是老太婆,还有帕甫丽娅,她也是一个年轻的姑娘,"莉达慢条斯理地反驳他说。"我和帕甫丽娅都喜欢上帝,不过妈妈却憎恨上帝,因为他对她的惩罚太不公道了。妈妈还说,上帝尽捉弄人,就像包里斯捉弄他的小锡兵似的。"

莉达把自己的母亲描绘成一位受苦受难的女人,人们用烧红的铁块烫她的脊背,向她的皮肤里注射药水,用种种酷刑折磨她。

"爸爸希望她到国外去,可她不愿意,她害怕她不在家爸爸会死掉。当然,爸爸是不会死掉的。不过他也不跟她争吵,他说,病人总是要编造一些可怕的蠢话的,因为他们都怕死。"

克里姆跟这个小姑娘在一起感到轻松、愉快,就像听保姆叶甫盖尼雅讲故事那么快活。克里姆明白,莉吉雅并没有发现他是一个出类拔萃的男孩,在她看来他仿佛并没有长大,仍然像两年前瓦拉甫卡家前来租房子时那样。他觉得这姑娘想使他返回到糊里糊涂的幼年时代去,因此又惶惑,又懊丧。但是他既不能也无法让她相信他是很了不起的,况且更为困难的是莉吉雅可以滔滔不绝地唠叨上一个钟头,而不理他,不回答他的问题。

常常在傍晚时,她玩得疲倦以后,才安静下来,瞪着两只热情的大眼睛,在院子里和花园里走来走去,用一双弹簧般的小脚小心翼翼地踏在地上,仿佛在寻找丢失的东西似的。

"咱们去坐一会儿吧,"她向克里姆提议。

在院子的一角,在马厩和邻人新砌的石墙之间有一株因为阳光不足而渐渐枯萎的大榆树,大树的旁边堆着许多旧木板和圆柱。木堆上放着一辆祖父乘坐的、用藤条编的马车篷,和马厩顶一般高。克里姆和莉达爬进车篷里,坐下聊起天来。小姑娘冻得直哆嗦,她紧紧偎在萨姆金身上;他觉得她那结实的、火热的身躯紧贴着他,听着她慢条斯理的低语,感到一种特别惬意快活的滋味。

她的声调很单纯,只有两个音,克里姆觉得只是"发"和"嗖"两个音变来变去。克里姆和他母亲一致认为,这个女孩子懂得这么多事情,同她的年龄太不相称了。

"鹳鸟和白菜的故事①是瞎编的,"她说。"大家都这样说,是因为

---

① 每当俄国小孩问到人是怎样生出来的时候,大人常哄他们说:是鹳鸟衔来的,或在白菜里拾到的。

他们觉得生孩子很害羞,但是当妈妈的总是要生孩子的,就像老猫生小猫一样,我看见过生孩子,而且帕甫丽娅也跟我讲过这种事情。等我的乳房长到跟妈妈和帕甫丽娅的乳房一般大时,我也会生一个像我和你这样的男孩儿或女孩儿。生孩子是很必要的,不然世界上就老是那些人,等他们将来死掉,世界上就谁也没有了。那时猫和鸡也都会死掉,还有谁来喂它们呢?帕甫丽娅说,上帝只是不允许修女和女中学生生孩子。"

莉吉雅经常讲许多有关她母亲与活泼开朗的红脸胖女仆帕甫丽娅的新奇故事。

"帕甫丽娅什么都知道,她知道的事比爸爸还多。有时候,若是爸爸到莫斯科去,她就跟妈妈一道唱些缠绵悱恻的歌曲,两人一块儿哭泣;帕甫丽娅一边哭一边直吻妈妈的手。妈妈喝过马德拉葡萄酒①之后就哭得特别厉害。她有病,因此很爱发脾气。她说:'上帝叫我变成一个暴躁鬼了。'她也不喜欢爸爸跟别的太太交际,包括你妈妈在内;她哪位太太都不喜欢,只喜欢帕甫丽娅,不过她不是太太,是一个大兵的老婆。"

她一面讲,一面把手紧紧攥成小拳头;一面摇晃着身子,一面用小拳头有节奏地敲着膝盖。她的声调越来越低,越来越无精打采,说着说着竟打起盹来,这使克里姆很恼火。

"我妈在生病以前很像个吉卜赛女郎。我家还有她一幅穿着红色连衣裙弹吉他的画像呢。我在中学念几年书,也要弹着吉他去唱歌,不过我要穿黑裙子。"

克里姆有时很想反驳一下小姑娘,和她争论一番,但他下不了这个决心,害怕莉达生气。他觉得莉达在他所认识的女孩当中是顶顶有趣的一个,因为她对他的态度,要比别的孩子对他的态度好,他为此颇感自豪。而当莉达忽然撒娇不理他,并且请柳博芙·索莫娃坐到车厢

---

① 产于马德拉岛的一种白葡萄酒。

里去的时候,克里姆就觉得自己受了委屈,好像被人抛弃了,便嫉妒得痛哭流涕。

## 八

他觉得索莫娃姊妹也和她们的父亲一样,又愚蠢,又不招人喜欢。年龄只差一岁的两姊妹,都是身材又矮又胖,生着一对大饼脸。姐姐瓦丽亚①和妹妹不同的,只是她常常生病,也不像柳博芙那样,老是在克里姆面前转来转去。瓦拉甫卡给小妹妹起个外号叫"小白鼠",但孩子们都叫她"小丑"柳芭②。她的那张小白脸儿犹如撒了一层面粉,一对水灵灵的蓝眼睛隐藏在突出来的粉红色眼皮底下,高高的前额上有两道几乎看不见的眉毛;披在头盖骨上的亚麻色头发仿佛粘上去的似的。她把头发编成一条滑稽的小辫儿,辫梢上系着一根黄色的绸带儿。她是个快乐的小姑娘,不过克里姆怀疑这种快乐的样子是个丑陋而愚笨的姑娘故意装出来的。她出过很多主意,但都是失败的。她想出一种叫"看谁走运?"的无聊游戏:把一张纸裁成若干小方块,上面写上不同的字句,然后卷成小纸阄,让孩子们每人从她衣兜里抓三个。

"指环,响声,狼,"莉吉雅念着自己抓的阄,柳芭就用算命老先生那种粗声粗气的音调对她说:

"亲爱的小姐,你将要嫁给一个神甫,你要住到乡下去。"

莉吉雅生气地说:

"你不会算命!我也不会算,不过你比我更外行。"

克里姆的纸阄上写着:

"月亮,梦,葱。"

"小丑"柳芭把纸阄攥在手里,想了一会儿,就咬着胖乎乎的嘴唇,喊道:

---

① 瓦尔瓦拉的爱称。
② 柳博芙的爱称。

"你做梦跟月亮亲嘴儿,被月亮烫了一下,就哭起来了。这是在做梦!"

"真是胡诌,不过诌得倒很妙!"包里斯称赞说。

索莫娃特别喜爱安徒生的童话《牧女和扫烟囱工》①。在安静的时候,她就请求莉吉雅朗读这个故事,她听着听着就毫不害羞地抽噎起来。包里斯皱着眉头,怨声怨气地说:

"别哭了,好在它们并没有打破!"

克里姆觉得这个小姑娘对打扫烟囱的小瓷人表现出的那种滑稽可笑的悲伤,完全是假装的。他有些怀疑:她也和他克里姆·萨姆金一样,想显示一下自己是个特殊的姑娘吧?

一天晚上,柳芭兴冲冲地从街上跑进院子,孩子们正在院子里玩得很起劲儿,她忽然站住,高高举起一只手,仰天大叫:

"你们听,你们听……"

大家都肃静下来,仔细仰望蔚蓝的天空,但是谁也没听见什么声音。克里姆很开心,因为柳芭的戏法没有变成,便开始奚落她,他跺着脚说道:

"你不会骗人,谁也没受你的骗!"

但是小姑娘推开他,紧紧蹙蹙着她那粉白的脸蛋儿,急促地朗诵道:

> 我爸昨天戴上一顶帽,
> 样子很像一个白蘑菇,
> 爸爸的样子我简直认不出……

她闭上眼睛,沉默了一会儿,后来就狠狠地责备克里姆说:

"就怪你,把什么都给搅乱了……"

---

① 安徒生(1805—1875),著名丹麦童话作家,他的这个童话讲的是两个磁人——漂亮的牧女和扫烟囱工历尽艰辛相亲相爱的故事。

"他跟个瞎子似的,还老想出风头呢!"包里斯严厉地说,并且提示了几个诗的韵脚:

"斯什勃?雷勃?帕基勃?"①

克里姆看见大家都对他不满,就更不喜欢索莫娃了,而且又一次觉得和孩子们在一块儿,比跟大人们在一块儿还别扭。

瓦莉娅比妹妹更讨厌,长得也是那样丑。她两边的太阳穴上露出细细的青筋,一双猫头鹰似的眼睛毫无生气,纤弱的身躯动作却不灵活。她说起话来慢吞吞的,声音很低,音调拉得很长,显得无精打采,很难明白她究竟说了些什么。克里姆觉得真蹊跷,不知为啥包里斯这样爱护索莫娃姊妹,却不理睬他妹妹的女友漂亮的阿琳娜·捷列普涅娃。每逢阴天下雨,孩子们都聚在瓦拉甫卡家的一间又大又脏、可以当成客厅的房间里。屋内放着一个巨大的什物橱,一架风琴,一张宽大的皮沙发,屋当中摆着一张椭圆形桌子和几把沉重的高背椅子。瓦拉甫卡家的人在这套房间里已经住了两年多,可是好像他们昨天才搬来似的,什物东一件西一件,狼藉不堪,家具也很少,屋子里显得又空荡又不舒服。

孩子们常常玩马戏:把桌子当马戏台,桌子底下当马棚。马戏是包里斯的拿手,他担任马戏团团长和驯马指导。一个新伙伴伊戈尔·图罗博叶夫担任武术演员并扮演狮子。德米特里·萨姆金担任小丑,索莫娃姊妹和阿琳娜装金钱豹、长毛狗和母狮子,莉吉雅·瓦拉甫卡担任驯兽女郎。动物们个个都扮演得严肃认真,它们揪住莉吉雅的裙子和腿,想尽力绊倒她,吃掉她。包里斯拼命地喊:

"别像小猪一样尖叫!莉德卡②,狠狠地揍它们!"

他们常常逼着克里姆扮演那个很不光彩的马夫角色,让他把马和野兽从桌子底下拉出来,所以他疑心派他担任这个角色是存心捉弄他。他既不喜欢其他吵吵嚷嚷的、很快就厌烦的游戏,也根本不喜欢

---

① 俄语撞倒、鱼、死三个单词的韵脚。
② 莉吉雅的小名。

这种马戏。他常常拒绝参加这种游戏，走到"观众"中去，坐在沙发上，跟帕甫拉①和女护士在一起，但是包里斯生气地说道：

"哎哟，真捣蛋！帕甫拉，去叫德罗诺夫来，见他的鬼去吧……"

克里姆坐在沙发上，观看游戏，但是瓦拉甫卡家孩子的母亲，比起孩子们来，更使他感兴趣。在那间被一盏大吊灯照得通明的屋子里，那个阴沉沉的脸上生着一只大鼻子和两只大眼睛的黑发女人，半卧在一张大床上，周围放着许多白枕头，她仿佛躺在雪堆里似的。远远看去，女人那一脑袋乱蓬蓬的头发，活像一棵疙疙瘩瘩、已经烧焦并且还在引燃着的树根。格拉菲拉·伊萨叶夫娜接连不断地抽着又粗又黄的卷烟，从她嘴里和鼻孔里喷出浓重的烟雾，仿佛眼睛也在冒烟。

"克里姆！"她用男人的声调呼唤。克里姆很怕她；他蹑手蹑脚地走过去，耷拉着脑袋，脚擦着地板，发出沙沙的响声。为了使女人的黑手够不着他，他就在离床两步远的地方停下来。

"喂，你们家里都在干什么哪？"她用拳头捶着枕头，问道。"你母亲呢？都看戏去了吗？瓦拉甫卡跟他们一道去了吗？啊哈！"

她说"啊哈"这两个字时带着威胁的口吻，她那对黑眼珠射出的刺人的光芒使小孩很反感。

"你真是个小滑头！"她说。"怪不得大家都夸你，原来你是个小滑头哇。不行，我不能把莉吉雅嫁给你！"

包里斯在大屋子里跺着脚喊道：

"奏乐！妈妈呀，快来奏乐！"

格拉菲拉·伊萨叶夫娜拿起吉他，或者拿起另一种像鸭子一般难看地伸着长脖子的乐器，拼命拨琴弦，克里姆觉得这乐曲和她本人一样，都是恶狠狠的。有时，她忽然用低沉的嗓音唱起来，鼻音很重，带有愤恨的味道。她的歌词特别杂乱，前后也不联贯。由于她那如泣如

---

① 帕甫丽娅的蔑称。

诉的歌唱,屋子里顿时变得沉闷起来。孩子们都挤在沙发上,一声不响地听着,一个个都愣神儿了,但是莉吉雅却很抱歉地悄悄说道:

"她还可以唱得好一点,可是今天嗓子不好使了。"

然后她亲昵地问道:

"妈妈,你今天嗓子不好使吧,是吗?"

母亲哼哼唧唧地回答她。

"你们看,"莉吉雅说,"她的嗓子是不好使吧。"

克里姆心想,倘若这位妇人身体好起来,她一定会闯下大祸,不过索莫夫医生却使他放心了。他问医生:

"格拉菲拉·伊萨叶夫娜病快好了吧?"

"在最后审判之日①,她就会起来和大家在一块儿了!"索莫夫懒洋洋地回答。

每当医生讲什么不吉利的话,或者什么扫兴的话时,克里姆就很相信他。

假如孩子们吵得太厉害,或者跺脚,瓦拉甫卡就会从楼下萨姆金家走上来,站在门口喊叫:

"安静点儿,你们这些狼崽子!吵得人都没法活了。维拉·彼得罗夫娜真怕你们把地板踩塌哩!"

"上船!"包里斯一声令下,所有的孩子都向他父亲身上扑过去,爬到他的背上、肩上和脖子上。

"都坐稳了吗?"他问。

"坐稳了。"

于是瓦拉甫卡要孩子们保证不去搔他的痒痒,然后他就围着桌子跑起来,脚步踏得咚咚响,连碗橱里面的瓷器也震得叮当响,挂灯的玻璃流苏也像诉苦似的哗啦哗啦直响。

---

① "最后审判"又称"末日审判",是基督教的一种教义。该教称,耶稣将于"世界末日"审判人类,分别信者和不信者将其升入天堂或打下地狱。这里的意思是说"只有等死了"。

"击沉他!"包里斯又喊一声,于是游戏的最有趣的时刻来到了:孩子们搔他的痒痒,他又是怒吼,又是尖叫,又是哈哈大笑,他那一对敏锐的小眼睛惊愕地瞪得溜圆,把孩子们一个个甩掉,扔到沙发上,但他们又扑到他身上,用指头搔他的肋窝和膝盖。克里姆从来不参加这种粗鲁而又危险的游戏,他总是站在一边,笑呵呵地听着格拉菲拉声嘶力竭的叫喊:

"要这样对付他,要这样!"

"我投降!"瓦拉甫卡说着倒在沙发上,压住他的对手们。孩子们从他手里拿到些蛋糕和糖果一类的犒赏,莉达在给他梳理散乱的头发和大胡子,她用手指沾点儿唾沫,把父亲的浓眉毛抹抹平,而他这时已经笑得精疲力尽,大口喘着气,非常滑稽;他一面用手绢擦着汗津津的脸,一面怨声怨气地责怪孩子们:

"不行,你们都是些不守信用的人……"

随后他就走进妻子的屋子里去。她撇着嘴,对他嗤之以鼻,怒目而视,两只黑眼珠瞪得溜圆,眼窝变得又深邃,又可怕;瓦拉甫卡闷闷不乐地低声说道:

"你说什么?得了,这纯粹是捏造。你住嘴吧,不用说了,我还没老哪!"

"捏造"这个词儿,克里姆是很容易理解的,而且增强了他对这个生病女人的憎恶。是的,她自然会编造出一些丑恶不堪的事情来的。克里姆看到,格拉菲拉·伊萨叶夫娜对孩子们毫不关心,也不亲热,而且有时很粗暴。可以肯定,只有在包里斯和莉吉雅冒着折断手脚的危险,做那些武术动作时,她才对他们感兴趣。这时她紧蹙两道浓眉,狠狠咬住发紫的嘴唇,两手交叉,用力攀住瘦骨嶙峋的肩膀,眼睛牢牢盯住孩子们。克里姆看得出,倘若孩子们跌倒,摔断手脚,他们这位母亲定会高兴得大笑起来。

包里斯蓬头垢面,穿一件破衬衣跑来跑去。莉达的衣服比索莫夫家的女孩还次,按说她父亲远比医生有钱。克里姆越发重视这姑娘的友情了。他在听她讲那些娓娓动听的轶事时,老是喜欢沉默不语,因为这样,他就可以忘却自己要讲大人那些通情达理之言的责任了。

## 九

然而就在这时候出现了一位打扮得漂漂亮亮,有如画中人一般的美少年伊戈尔·图罗博叶夫。他彬彬有礼简直到了叫人讨厌的地步,可是他也和包里斯同样机灵活泼。莉达一见到他,就甩掉了克里姆,经常像条小狗似的温顺地跟在这位新同伴身后献殷勤。这一点真让人纳闷儿,而尤其令人不能理解的,是在他们相识的头一天,包里斯就和图罗博叶夫发生了口角,过了几天他们又狠狠干了一架,打得鼻青脸肿。克里姆头一次看见两个孩子这样激烈地殴斗;他凝视着他俩由于勃然大怒而变得狰狞可怕的面孔,瞧着他们那虎视眈眈的、想把对方痛揍一顿的样子,听着他们的尖叫和嘎哑的哼唧声,不禁大吃一惊,吓得他打那以后好几天一直胆怯地躲着他们,不过越发感到自己因为不善于打架斗殴,真不愧是个特殊的孩子。

伊戈尔和包里斯不久就成了朋友,尽管他们经常争论、口角,而且每个人都很倔强,拼命表现自己要比同伴更勇敢,更高明。包里斯的举动活像热锅上的蚂蚁,老是显得焦躁不安,他急不可耐地玩各种游戏,仿佛害怕这些游戏玩不完似的。

图罗博叶夫来到以后,克里姆觉得孩子们越发跟他疏远了,把他和哥哥德米特里相提并论了。而且孩子们都很喜欢老实的、拙笨的德米特里,因为他甘愿听从别人指挥,从来不和人争论,也不觉得委屈,总是耐心地、笨手笨脚地扮演那些既不显眼又吃力不讨好的配角。孩子们喜欢德米特里,还因为他很会出乎意料地吸引住孩子们的注意力,跟孩子们讲些鸟巢啦,各种兽类的洞穴啦,蜜蜂和黄蜂的生活啦,等等,这使克里姆很羡慕。德米特里悄悄地讲着,好像很神秘。他那宽阔的脸上和温厚的灰眼睛里都隐含着快活的笑意。

"这位伍德①要比麦因·李德②强得多,"他说完,喘了一口气,又接下去说:"而且还有一位布莱姆③……"

图罗博叶夫和包里斯都要求克里姆也像他哥哥那样听从他们的指挥,克里姆便向他们让了步,但是玩了一半,他就声明说:

"我不想再玩儿了。"

他说完就溜了,想表示一下:他听从指挥不过是一个聪明人的谦恭有礼罢了,他希望并且善于独立自主,所有这些可笑而又愚蠢的把戏他玩起来都易如反掌。但是谁也不了解他这种想法,于是包里斯机灵地叫喊道:

"见鬼去吧,你真叫人讨厌!"

他那张生着一只尖鼻子的麻脸儿马上变了颜色,泛出红晕,眼睛里闪烁着凶光;克里姆真怕小瓦拉甫卡会揍他。

莉吉雅拧紧双眉,斜眼瞅着他。索莫娃姊妹和阿琳娜都看出莉吉雅变了心,她们在挤眉弄眼,交头接耳。面对这种情景,克里姆心情十分沮丧。但是他却用一种猜想来安慰自己,他认为:孩子们不喜欢他,是因为他比大家都聪明。随着这种安慰而来的,是它的影子——骄傲,他很想训斥和批评他们一顿。他觉得游戏很无聊,就问道:

"难道不能想点儿更有意思的玩意儿吗?"

"你去想吧,别来妨碍我们!"莉达生气地说,转过身去不再理他了。

"她变得这么粗鲁了,"克里姆懊丧地想。

他自己想出了一种走路的姿势,觉得这种姿势可以给他增添点儿神气。他走起路来两腿不打弯,两手搁在背后,模仿教师托米林的样子。他微微眯缝起眼睛,打量着同伴们。

---

① 伍德(1827—1889),英国博物学家、作家,著有许多有关鸟兽生活的通俗读物。
② 麦因·李德(1818—1883),英国作家,著有许多冒险小说。
③ 布莱姆(1829—1884),德国动物学家和旅行家,名著有《动物生活》六卷。

"你干吗这样神气?"德米特里问他。克里姆轻蔑地笑笑,不屑于回答。他不喜欢哥哥,把他看成一个小傻瓜。

图罗博叶夫是个文静、清洁、懂礼貌的孩子,他也眯着一双淡漠的黑眼珠瞧着克里姆,而且流露着挑衅的神情。每当克里姆走近莉吉雅的工夫,他那张非常俊秀的脸蛋就特别颦蹙起来,但这位姑娘和克里姆谈话时却心不在焉,匆匆忙忙,用一只脚打着拍子,眼睛不住地打量伊戈尔。她和图罗博叶夫越来越亲近了,他俩手挽手走路,克里姆觉得他俩对游戏可真入迷了,只顾两个人一块儿玩,根本不把别人放在眼里。

每当玩捉迷藏时,一轮到莉达当捕捉人,伊戈尔就故意钻到她那瞎摸一气的手底下去。

"这可不行!"克里姆喊道,而且大家都赞同他的意见:"是呀,这样可不对!"但是图罗博叶夫扬起他那两道清秀的眉毛,强词夺理地说:

"不过,诸位,她是个软弱的姑娘啊!"

"不是!"莉达生气了。"反正我不是软弱的姑娘!"

"我也是一个软弱的姑娘呀!""小丑"柳芭委屈地说,但是图罗博叶夫已经把自己的眼睛蒙住,开始跑着捉起人来。

有一次,德米特里·萨姆金为了躲避莉达的手,把一张椅子碰倒在她的脚下,小姑娘的膝盖撞在椅子腿上,哎哟哎哟地直叫唤,伊戈尔顿时变了脸色,卡住德米特里的脖子,骂道:

"混蛋!你太耍滑头了!"

当图罗博叶夫发现伊万·德罗诺夫正目不转睛地盯着姑娘裙子下面的时候,他就坚决要求不再邀德罗诺夫来玩了。

伊万·德罗诺夫不但自己称呼自己的姓,而且逼着外婆也叫他德罗诺夫①。他生着两条罗圈腿,一个鼓出的大肚子,扁平的头盖骨,宽

---

① 在旧俄,对贵族均以姓相称,对平民则以名相称。

大的脑门儿和两只大耳朵。他那副丑相不知为何特别惹人注目。在他那张大饼脸的正中长着一颗宛如山里红的小鼻子,很不显眼;一对湛蓝的、机灵而又贪婪的、眯缝起来的小眼睛炯炯有神。贪婪是德罗诺夫最明显的特征;他用流着鼻涕的鼻子使劲儿地呼吸空气,好像由于缺乏空气而憋得喘不过气来似的。他吃东西狼吞虎咽,吃得特别快;两片鲜红的厚嘴唇吧嗒吧嗒直响。他对克里姆说:

"我是一个穷人,我要吃很多很多。"

在阿基姆爷爷的力主之下,德罗诺夫正准备和克里姆一同投考中学;在托米林给他们上课时,德罗诺夫也表现出一种神经质般的急躁情绪。克里姆觉得这种情绪也像是一种贪婪。德罗诺夫在向教师提问,或者回答教师的问题时,话说得很急,仿佛是在把话吸吮进嘴里,语句很热,烫痛了他的嘴唇和舌头似的。克里姆三番五次地追问"名副其实的长者"给他物色的这位同学:

"你干吗这样贪婪呀?"

德罗诺夫抽动了一下鼻子,一对惶惑不安的小眼睛向一旁斜了斜,没有回答。

不过他有时也压低又高又尖的嗓门儿,神秘地说:

"有人在我肚子里播了一粒饿种。"

"是饿虫!"克里姆纠正他说。

"那是条蛔虫,而这是条馋虫。"

他慌慌张张地悄悄告诉克里姆说,他的姑母是个巫婆,对他施了妖术,往他肚子里塞了一条馋虫,为了使他德罗诺夫一辈子忍饥挨饿受折磨。他还说,他是在他父亲和土耳其人打仗,当了俘虏,接受了土耳其信仰的年月生下来的。他父亲现在过得很阔气;他说他那巫婆姑母一听到这个消息就把他母亲和外婆从家里赶了出去。母亲本来很想到土耳其去,但是外婆却不放她走。

克里姆一听德罗诺夫把馋虫叫做饿种,就不相信他的话了。不过当他听德罗诺夫那神秘的喁喁低语时,却吃惊地发现,出现在他面前的俨然是另一个男孩子:保姆外孙那张扁平的脸变得俊俏了,眼睛也不滴溜溜打转儿了,黑眼珠里面闪烁着浅蓝色的欢快的光亮,而这是克里姆所不能理解的。晚餐时,克里姆把德罗诺夫的故事转述给父亲听,父亲也莫名其妙地高兴起来。

"你听见吗,维拉?这是多么美妙的幻想啊,是吧?我总是说,这孩子非常有出息……"

但是母亲并不以为然,她仍和往常一样,言简意赅地告诉克里姆说,这些都是德罗诺夫瞎编的,他根本没有什么巫婆姑母;他父亲已经死掉,是在挖井时给土块压死的;他母亲在一家火柴厂做工,在德罗诺夫四岁时也死了。她死后,外婆就来到萨姆金家给哥哥米佳当保姆,事情的整个经过就是这样。

"是的,维拉,"父亲说,"不过反正你得留神……"

德米特里·萨姆金纵声大笑,说道:

"克里姆也爱撒谎!"

父亲转身朝他说:

"你这话不近情理,米佳!应当分清什么是谎言,什么是幻想……"

这时瓦拉甫卡走了进来,随后"名副其实的长者"也出现了,他们开始争论,克里姆又一次听到不少理由,使他更加确信:应当而且必须为自己编造一通。于是德罗诺夫在他心目中发生了兴趣——仿佛带点儿嫉妒的兴趣。第二天他就问伊万:

"你为啥要瞎编姑母的事情?你根本没有姑母。"

德罗诺夫气呼呼地瞪了他一眼,回答道:

"你不懂的事情就别瞎说。因为你,外婆直拧我的耳朵……你这饶舌鬼!"

# 第二章

## 一

每天上午九点,克里姆和德罗诺夫都按时上阁楼去听托米林讲课。他们在那间像贮藏室一般的小屋子里一直坐到中午。三把椅,一张桌,狼藉地放在屋子里;铁皮脸盆和书籍到处乱扔,一张木床吱吱嘎嘎作响。室内空气闷热,散发着呛人的猫屎和鸽子粪味。从半圆形的窗户里可以看到花园中的树顶,上面挂满了白霜和一簇簇棉絮般的雪花;大树的后面高高耸立着消防队的一座灰色瞭望台,一个穿灰皮大衣的人在瞭望台上来回兜圈儿,瞭望台外面是一片空荡荡的天宇。

教师流露着淡淡的笑容,默默不语地迎接他的学生。他整天睡眼惺忪,无精打采。孩子们来到之后,他立刻仰卧在木床上,弄得木床发出忧伤的吱咯声。他把手指插进没有梳理过的乱蓬蓬、硬挺挺的火红头发里,把分成两绺的古铜色大胡子朝着天花板,不屑看一眼他的学生,就用低沉的声音,有板有眼地询问或者讲起功课来,但是德罗诺夫觉得老师的话仿佛是"在壁炉里头"说的似的。

有时,特别是在上历史课时,托米林就站起来,在屋子里,从桌子到门口这七步距离,来回徜徉。他低着头,瞧着地板,把一双歪歪扭扭的旧拖鞋踩得咯吱咯吱响,两手背在身后,把手指攥得都发紫了。

克里姆·萨姆金发现,托米林教德罗诺夫比教他更愉快,更热心。

"那么,万尼亚①,你说说,亚历山大·涅甫斯基②到底有哪些建树?"托米林站在门口,拉拉衬衣,问道。德罗诺夫干脆利落地回答:

"神圣贤明的亚历山大·涅甫斯基大公号召鞑靼人起来,并在他们的帮助下,开始打俄罗斯人……"

"等等,你说什么?这是从哪儿听来的?"教师大吃一惊,竖起他那蓬松的眉毛,滑稽地咧开大嘴,问道。

"是您说的!"

"我说的?我什么时候说的?"

"星期四……"

教师沉默了片刻,用手掌压平头发,然后走到桌子跟前,声色俱厉地说:

"这没有必要记住!"

他有一种喃喃自语的习惯,常常在讲历史课时,思索、沉默一两分钟,然后轻声慢气地、莫名其妙地说起来。这时德罗诺夫踢踢克里姆,用左眼瞟一下老师,做了个嘲笑的鬼脸。德罗诺夫的嘴唇好像鱼唇一样厚钝,像脆骨一样硬。下课以后,克里姆问他:

"你干吗要踢我?"

"嘿嘿,"德罗诺夫笑得喘不过气来,他说:"他是在诽谤涅甫斯基。一位圣贤是不会和鞑靼人交朋友的。他简直是胡扯!正因为如此,他才不叫我们记住他这些谤言。真是个好先生:教人功课,却又不叫人记住。"

伊万·德罗诺夫在谈到托米林时,总是压低声调,小心地四下顾盼,随之嘿嘿一笑。但是克里姆在听伊万讲话时,却觉得他是不喜欢这位教师的,同时也觉得他谁也看不顺眼。

---

① 伊万的爱称。
② 亚历山大·涅甫斯基(1220—1263),古代俄罗斯弗拉基米尔大公,杰出的统帅,曾经屡次抵抗瑞典、日耳曼和鞑靼人对俄罗斯的侵犯。

"你以为他是在跟谁说话呢?他是在跟鬼说话啊!"

"鬼是没有的,"克里姆疾言厉色地说。

德罗诺夫轻蔑地瞅了瞅他的眼睛,把头扭到左边啐了一口,但是没有跟他顶嘴。

萨姆金嫉妒地注视着德罗诺夫,发现他是想在学业方面赶过他,而且不费吹灰之力就可以做到。他看到这个活泼的少年对所有的成年人都不喜欢,就跟不喜欢教师一样。德罗诺夫竟然把他那位胖墩墩的、善良的外婆气得痛哭流涕,而外婆对他可以说是爱护备至了;他竟然往她的鼻烟壶里撒炉灰或者胡椒面儿,把结好的毛袜子拆散,把织针弄弯,用毛线团戏弄小猫,或者把油和胶水涂到毛线上。有时老太婆揍他一顿,但是打过之后,就对着角落里的圣像画十字,含着眼泪祈祷:

"圣母呵,为了基督,饶恕我欺侮孤儿的罪过吧!"

随后她就塞一张馅饼或糖块给外孙,长叹一声说道:

"喂,德罗诺夫,吃吧,你这傻小子,我的小冤家!"

"你父亲可真有趣儿,"德罗诺夫对克里姆说。"一位很像样儿的父亲,还挺可怕哩,哈哈!"

德罗诺夫在维拉·彼得罗夫娜面前简直像条殷勤的小哈巴狗,摇头摆尾的;克里姆看出来,保姆的外孙子也像阿基姆爷爷一样怕她,而且他特别害怕瓦拉甫卡。

"一个大魔鬼,"他这样称呼工程师,并且讲述了他的经历:瓦拉甫卡起初是个马车夫,后来当了偷马贼,发了大财。他这番话使克里姆惊得目瞪口呆,因为他晓得瓦拉甫卡是个地主的儿子,出生在基什尼奥夫,在彼得堡和维也纳上的学,后来迁到这个城市,已经在这儿住了六年多。当他气呼呼地把这些情况讲给德罗诺夫听的时候,德罗诺夫摇摇头,喃喃说道:

"维也纳,倒是有这个城市,这些椅子就是那里出的。至于基什尼奥夫吗,也许不过是地理上的一个名词儿。"

克里姆常常觉得,他被德罗诺夫的许多怪诞的行为和非常粗鲁的谎言弄得糊里糊涂。有时甚至认为德罗诺夫撒谎就是为了愚弄他。德罗诺夫几乎也和不喜欢成年人一样,不喜欢他的同龄人,特别是在孩子们拒绝跟他一起玩耍以后。在游戏方面,他出了许多妙主意,但对姑娘们的态度却是既胆怯又粗鲁,对莉吉雅就更厉害。他轻蔑地管她叫吉卜赛女郎,掐她,竭力想把她绊倒,叫她出丑。

每当孩子们在院子里玩耍的时候,伊万·德罗诺夫就被甩在一边,独自坐在厨房的台阶上,胳膊肘支着膝盖,托着腮帮子,用茫然的眼神瞅着那些少爷小姐们游戏。看见有人跌倒,或者碰在什么东西上,痛得龇牙咧嘴的时候,他就高兴得尖叫起来。

"抓住他!"他一看到小瓦拉甫卡和图罗博叶夫打起架来,就给他们加油鼓劲儿。"给他来个绊子!"

若是孩子们在花园里玩,德罗诺夫就站在栅栏旁边,肚子紧紧贴在栅栏上,把脸塞进两根柱子中间,高声喊叫:

"捉住她!瞧,她藏在樱桃树后面哪,从左边跑过去……"

他想方设法破坏孩子们的玩耍,故意瞅着地面,在院子里来回溜达。

"我丢了一个戈比,"他一面抱怨,一面摇晃着两条罗圈腿,故意往正在游戏的孩子们身上撞,孩子们就一起扑过来,把他推倒,于是他就坐在地上,哭哭啼啼地吓唬说:

"我去告你们……"

柳芭·索莫娃有两三个星期一直和德罗诺夫很要好,他俩一块儿散步,躲在角落里,兴致勃勃而又神秘地闲聊起来,可是没过多久,有一天晚上,柳芭忽然泪汪汪地找到莉吉雅,怒不可遏地喊道:

"德罗诺夫是个坏蛋!"

她说完倒在沙发上,用手捂住眼睛,又说了一遍:

"唉呀,他真是个大坏蛋!"

莉吉雅不肯告诉任何人到底出了什么事,她满脸通红地跑到厨房

去,过了一会儿又从厨房出来,扬扬得意地愤然宣布:

"他得到报应喽!"

这件事发生三天以后,德罗诺夫出门时,左边的额角上还有一个大鼓包。

的确,伊万·德罗诺夫是个叫人看着很不顺眼,甚至讨厌的男孩,但是克里姆却看到,父亲、祖父和教师都很喜欢德罗诺夫的才能。克里姆觉得他成了自己的劲敌,于是又嫉妒,又羡慕,又伤心。但是德罗诺夫始终吸引着他,而且常常由于对这个孩子突然发生兴趣和好感,那种厌恶他的情绪便立刻烟消云散了。

有时候,德罗诺夫忽然精神焕发,同以前相比简直判若两人。他挺直身躯,先沉思默想一番,然后用柔和的声调,悄悄地对克里姆讲些离奇古怪的、有点儿像梦又有点儿像神话的故事。他说,从院子角落的井里爬出来一个轻捷而又透明的、像影子一样的巨人,他跨出大门,走到街上。当他走过钟楼时,钟楼就黑暗下来,左右摇摆,犹如一棵被风吹动的小树。

"不久前的一天晚上,在月亮还没升上来的时候,天空飞过一只大黑鸟,它飞到一颗星星跟前,一口把它吞掉,又飞到另一颗跟前,又把这只星星吞掉。我当时没有睡觉,坐在窗台上,后来觉得很害怕,就躺到被窝里去,蒙住头。你知道吗,我很可怜那些星星,我想明天天空就要变得空落落的了……"

"你这全是编造的,"克里姆有点儿羡慕地说。

德罗诺夫没有跟他顶嘴。克里姆明白,德罗诺夫是在瞎编,但他却能娓娓动听而又不慌不忙地讲述自己的幻想,使克里姆好像很乐意对谎言信以为真似的。不过,克里姆始终拿不准应该怎样对待这个既越来越吸引他,又越来越疏远他的小家伙。

## 二

中学的入学考试德罗诺夫名列前茅,而克里姆却不及格。这件事使他感到很伤心。他回到家里，把头伏在母亲膝盖上，痛哭起来。母亲温和地安慰他，说了他许多好话，甚至夸奖他：

"你很要强，这很好嘛！"

晚上，她和父亲争吵起来，克里姆听见她怒气冲冲地说：

"你现在该明白了，孩子不是玩具……"

过了几天，克里姆觉得母亲对他更加体贴入微，更加亲热了，她甚至问他：

"你喜欢我吗？"

"喜欢，"克里姆回答。

"很喜欢吗？"

"很喜欢，"他肯定地重复一遍。于是母亲把他的头紧紧搂在洒着香水的软和和的胸前，郑重其事地说道：

"你要很爱我才对。"

克里姆不记得妈妈从前是不是问过这样的事情。他也不能像回答妈妈那样肯定地回答自己。在所有长辈中，妈妈是最难理解的人，简直对她一无所知，就像笔记本上一张什么也没写的白纸一样。家中的所有成员都很顺从她，就连那位"名副其实的长者"和瓦拉甫卡背地里称为"专制女王"的玛丽亚·罗曼诺夫娜也不例外。母亲不爱笑，也很少说话；那副严峻的面孔上生着一对老是痴思闷想的蓝眼睛，两道浓黑的眉毛，长长的尖鼻梁和两个粉红色的小耳朵。她把光溜溜的头发编成一条长辫子，在头上盘三圈，这样她就显得身材很高，甚至比父亲高了许多。她的两只手老是热烘烘的。很显然，在所有的男人中，她最喜欢的是瓦拉甫卡，也最愿意跟他在一起交谈，对他笑脸相迎的次数也最多。所有的朋友都说，她近来变得非常漂亮了。

父亲也是不知不觉地，然而却很明显地变了样子。他显得更加忙碌了，老是捋着他那把黑胡子，而他从前并没有这种习惯。他那对温柔的眼睛仿佛害怕强光似的，老是眨巴个不停，打量人也是若有所思，好像忘记了什么事情，正在冥思苦想似的。他的话更多了，声音也更高了。他谈论书籍、轮船、森林和火灾,谈论那位愚蠢的省长和人民的灵魂,谈论那些犯了严重错误的革命党人和那个"看破红尘"的格列布·乌斯宾斯基①。他老是谈论些新奇的事情,仿佛生怕明天会有人禁止他说话似的。

"真精彩!"他喊道。"妙极了!"

瓦拉甫卡给他起了个外号,叫"快活的万尼亚"。

"你可真会大惊小怪呀,伊万!"瓦拉甫卡一面玩弄自己漂亮的大胡子,一面说。

瓦拉甫卡把妻子带到国外去了,把包里斯送进了莫斯科的一所著名学校,图罗博叶夫就是在那里读书的;不知从什么地方来了一位老太婆照看莉吉雅。这老太婆上嘴皮上生着许多灰白须毛,大大的眼睛;后来她把小姑娘带到克里米亚葡萄园疗养去了。瓦拉甫卡从国外回来显得更年轻、更快活,体格好像也轻了,不过走起路来脚步却踏得更有力了;他常常站在镜子前面,欣赏他那把修得更加像狐狸尾巴似的大胡子。他甚至跟人说起话来像吟诗一样,克里姆有一次听见他对母亲说道:

"我用信仰的热烈语言,
从迷惘的黑暗中,
拯救出一个堕落的灵魂②,

——当然,我那时是一个傻瓜……"

"不见得如此,而且很粗俗,季莫菲·斯切潘诺维奇,"母亲说。瓦拉甫卡像顽童一般吹了一声口哨,然后确定不移地说道:

"温柔的真理是不存在的。"

差不多每天晚上他都要跟玛丽亚·罗曼诺夫娜争论得面红耳赤,

---

① 格列布·乌斯宾斯基(1843—1902),俄国革命民主主义作家。
② 涅克拉索夫一八四五年写的一首诗的开头。

紧接着，维拉·彼得罗夫娜也跟她争论起来；于是这位助产婆霍地站起来，身躯挺直，皱紧眉头，声色俱厉地对她说：

"维拉，你清醒清醒吧！"

克里姆的父亲心神不宁地跑到她跟前，冲她喊道：

"难道英国人不是已经证明，妥协就是文明的必要条件①吗？……"

助产婆严厉地说道：

"你住口吧，伊万！"

于是，父亲便转向瓦拉甫卡说：

"你承认吧，季莫菲，在一定的时候，进化也是需要来一次毅然决然的突击的……"

瓦拉甫卡用粗壮的短胳膊推开他，又奚落道：

"不对，玛丽亚·罗曼诺夫娜，不对！"

这时父亲走到餐桌跟前，和索莫夫医生喝啤酒去了，那位喝得半醉的医生叽里咕噜说道：

"纳德松②说得好：大火已经熄灭，花……花什么啦？……"

"花已凋残，"父亲给他补上一句，同情地点点他那秃头，然后就默不作声了。他一面喝啤酒，一面沉思，再也不惹人注意了。

玛丽亚·罗曼诺夫娜不知怎么忽然间头发也变得斑白了，身体消瘦了，背也驼了；她说话的声调低沉、嘎哑而又无力，已经不如从前那样威风了。她老是穿着一件黑色的连衣裙，整个体形给人一种沮丧的感觉；每逢晴朗的日子，她手里总是拿着一本书在院子里徜徉，或在花园里散步，她的身影似乎比所有其他人的身影都显得阴沉、浓重，好像她的黑裙子接出来一块似的，使园子里的花草都显得暗淡了。

---

① 以英国政治家和文学家约翰·莫尔利（1838—1923）为代表的资产阶级社会学观点。

② 纳德松（1862—1887），俄国颓废派诗人。他的这句诗是："我的缪斯已经死去！……她曾经久久地照亮我孤独的岁月；鲜花已凋残，大火已熄灭，像坟墓一样暗，漆黑的夜！"

和玛丽亚·罗曼诺夫娜的争论是这样结束的:一天早晨,她跟在一辆装满自己财物的马车后面,从院子里走出去,跟谁也没有告别。她和往常一样,一只手提着助产用具包,另一只手把那只黑毛绿眼的小猫抱在扁平的胸前,气势汹汹地扬长而去。

已习惯于观察成年人活动的克里姆,此刻发现,在这些成年人当中一定发生了什么扑朔迷离的令人不安的事情。他看到,他们简直都坐立不安了。教师也变成了另一个样子。他虽然照常用那对惺忪而又可笑的眼睛打量着大家,可现在却显得很委屈、伤心,郁郁寡欢;他的嘴唇直颤动,仿佛想喊叫,但又下不了决心。他瞧着克里姆母亲的那种神情,活像阿基姆爷爷瞧一张不知谁塞给他的十卢布伪钞那样心神不宁。他跟她说话的态度生硬起来。一天晚上,妈妈正准备弹钢琴,克里姆走进客厅,听见托米林粗鲁的声音:

"不对,我看见他怎样在……"

"你想干吗,克里姆?"母亲急忙问道,教师瞅也不瞅自己的学生,就背着手溜出去了。

几天之后的一个夜里,克里姆从床上爬起来关窗户,看见母亲正和教师在花园的小路上散步;妈妈正用蓝头巾的一角赶蚊子,教师摇晃着他那火红色的头发,吸着烟。月光晶莹发亮,连他喷出的烟雾也仿佛涂上了一层金光。克里姆本想喊叫:

"妈妈,我还没睡哪!"正巧这时托米林猛然像给什么东西绊了一跤似的,扑通一声跪在地上,伸出两手,一面恐吓似的咆哮,一面抱住母亲的双腿。她摇了摇身子,推开他那毛发蓬乱的头,急忙走开了,她一面走,一面撕她那条头巾。教师很吃力地蹲起来,末了又跟跟跄跄地站起,把头发摩挲平,紧跟在她的后面摆手,这时克里姆惊骇地叫道:

"妈妈!"

她停住脚步,仰起头,仿佛绕过一根灯柱似的绕过教师,走进屋来。她站在克里姆床边,绷着脸,简直叫人认不出来了。她疾言厉色地责备道：

"已经十一点多了，你怎么还不睡呀？明早又叫不醒你了。以后你更要早点起床，斯切潘·安德烈叶维奇不再住在咱们家了。"

"因为他抱你的腿了吗？"克里姆问道。

母亲用头巾揩揩脸，说话时怒气已经消了。她用给克里姆上音乐课解释难懂的音符时那种郑重的语调说，教师只是要从她的裙子上捏下一条毛毛虫，并没有抱她的腿，不然那就太不礼貌了。

"唉，我的孩子哟，孩子，你怎么老是胡思乱想啊？"她叹着气说道。

克里姆不愿叫她从他的眼神上看出来他不相信她的话，于是就闭上了眼睛。他从书本上，从大人的谈话中已经晓得，只有一个男人爱上一个女人的时候，他才会跪在她的面前。若是为了把裙子上的毛毛虫捏下来，根本用不着跪在地上。

母亲用热乎乎的手爱抚地摸了摸他的脸蛋儿。他没有再谈起教师的事，只是说了一句：瓦拉甫卡也不喜欢教师。他觉得母亲的一只手哆嗦了一下，使劲儿把他的头按在枕头上。等她走出去以后，他还没睡着，心里在想：这事可真蹊跷！每当他说真话的时候，大人们反倒认为他是在编造！

## 三

托米林搬到一条狭窄的死胡同里去住了，胡同的尽头有一幢蓝色的小房子，廊下挂着一块招牌：

**厨师兼制糕点**
**承办婚礼、舞会和丧葬宴席**

托米林在厨师这里也是住在一间阁楼上，不过更亮堂和清洁一

53

些。但是没过几天他就在屋子里乱七八糟堆满了书,把屋子弄脏了:好像他把旧居的一切,连同原来的尘垢,沉闷的空气,甚至还有在炎热的夏天烘干的地板发出的吱吱咯咯声也搬了过来。教师的眼底下出现了青紫色的肿包,眼珠里的金光也消失了;他浑身上下褴褛不堪,真有点可怜。现在,在整个授课时间里,他也不从那堆得乱七八糟的床上爬起来了。

"我的腿疼,"他说。

"是那天在花园里把膝盖磕破了,"克里姆猜想。

现在托米林授课时变得很不耐烦了,在他那轻微的声音中流露着恼怒的情绪;有时他闭上倦怠的眼睛,沉默许久,忽然不着边际地问道:

"喂,懂了吗?"

"不懂。"

"那就再想想!"

克里姆在想,但想的不是何谓副动词,阿姆河①流向何处,而是在想,人们究竟为什么不喜欢这个人。为何聪明的瓦拉甫卡一谈到他就是连讽刺带挖苦呢?父亲、阿基姆爷爷、所有的朋友们,丹尼娅除外,都像躲避扫烟囱工一样躲避他。只有丹尼娅有时问他:

"喂,托米林,您是怎样想的呢?"

他简单而又轻蔑地回答她。他对一切事物的看法跟别人都不一样,特别是他跟瓦拉甫卡争论时,非常倔强,语言生硬得像铜块一般。

"实际上,"他说。

"实际上,实际上,"瓦拉甫卡学着他的腔调说。"让您这种实际见鬼去吧!查理大帝②颁布的养鸡法和鸡蛋买卖法要比这重要得多。"

---

① 流经俄罗斯和阿富汗的一条河。
② 查理大帝(742—814),原为法兰克国王,后改称皇帝。曾经征服意大利和日耳曼的一些国土,建立了帝国。他在位时颇注重发展农牧业。

教师有板有眼地反驳说：

"对于自由事业来说，暴君的骄奢淫逸远不如他的仁义道德危险。"

"真是荒谬！"瓦拉甫卡喊道，但是丹尼娅却高兴地说：

"噢，不，这话非常对！我要把它记下来……"

她把这句话记在克里姆练习本的封面上，但却忘记把它从练习本上抄下来，还没等把这话印在记忆里，练习本就变成灰烬了。于是，瓦拉甫卡对他说：

"嘿嘿，丹尼娅，在你那杂乱无章的记忆里翻翻看吧！"

克里姆有许许多多的事情要思考，而且这个任务越来越困难了。周围的一切都在扩大、增多，死乞白赖地一股脑儿挤进他的心灵，仿佛男女圣徒们在圣母升天节那天挤进教堂，去观看圣母显灵神像那样拥挤。那些司空见惯的东西不久前还原封不动地放在那里，一点儿也引不起他的兴趣，然而，现在却不知为何吸引了他的注意，同时却对另外许多有趣而又可爱的东西失去了感情。就连房子也显得高大了。克里姆本来确信，这座房子里没有他不熟悉的东西，但是忽然出现了他从前没有注意到的新鲜事物。在黑咕隆咚的过道里，在那个大衣柜上面挂着一张画，他从前觉得这张画只不过是一个黑乎乎的方块，现在却看见是一位埋没在黑暗中的白发苍苍的老太婆，正在用一对深思的眼睛盯着他。在阁楼上的旧铁皮箱子里，他发现了许多虽已破烂，却很有趣的东西：许多相框、瓷人，一根长笛，一大本上面画着中国人的法文书，一本厚厚的相册，上面贴着许多人像，他们头发乱蓬蓬的，样子很可笑，其中一个人的脸上涂满了蓝铅笔道道。

"这是法兰西大革命时代的英雄们，这位先生就是米拉博伯爵①，"教师一面讲解，一面似笑非笑地问道："你说是在破烂堆里翻到的吗？"

---

① 米拉博伯爵(1749—1791)，十八世纪法国资产阶级革命活动家之一，他和法国皇室有密切联系并领取皇室津贴，成为法皇的走狗。

他一面翻着相册,一面若有所思地重复道:

"是的,这是过去的东西……是没有用处的东西……"

克里姆在这座房子里还发现整整一间屋子,里面堆满了破烂家具和许多旧东西,它们的用途简直莫名其妙,甚至很神秘。这些落满尘垢的东西,就像失火后吓得一窝蜂似的拥进来的一般。它们在慌乱之中一个压着一个,互相撞击,砸碎,挤扁,最后死去。克里姆伤心地看着这种狼藉的情景,对这些破烂东西感到惋惜。

## 四

八月末的一天早晨,"小丑"柳芭忽然蓬头垢面地跑来,一面跺着脚呜呜咽咽地哭着,一面上气不接下气地说:

"赶快到我家去吧,快点儿吧,我妈妈疯了!"

说完她便跪在床头,把头藏在枕头里。

克里姆母亲马上就出去了,女孩把枕头推开,坐在地板上,一对泪汪汪的眼睛瞅着克里姆,样子怪可怜的。她告诉克里姆:

"昨天我爸妈吵架时我就看出来,她是疯了,可为啥爸爸不疯呢?因为反正他老是喝得醉醺醺的……"

她跳起来,抓住克里姆的衣袖,说道:

"咱俩也上那儿去吧!……"

克里姆不记得他是怎么给柳芭拖到索莫夫家来的了。在那间关着百叶窗的半明半暗的卧室里,索菲娅·尼古拉叶夫娜正躺在一张堆得乱七八糟的床上,痉挛地蜷曲着身子,她的手脚都用毛巾捆了起来。过了一会儿,她又仰面朝天,肩膀直哆嗦,两腿弯曲,脑袋直撞枕头,呜呜咽咽地叫喊:

"不行啊!"

她的眼睛瞪得溜圆,足有两枚五戈比铜钱那么大,像燃烧的炭火一般通红,可怕极了。她目不转睛地盯着灯焰;一只眼下有块伤,正在流着鲜血。

"不行啊!"医生太太声嘶力竭地喊叫。

而且她的喊声越来越高:

"不行啊,不行啊!"

她抽搐得越发厉害了,声音也越发凶狠、刺耳了。医生站在床头,紧靠墙,嘴里咬着他的黑胡子。他蓬头垢面,衣服凌乱,很不雅观,两条腿像个醉汉一样直打哆嗦,一对浑浊的眼睛眨动个不停,使人觉得他的眼皮和他妻子的牙齿一样,啪哒啪哒直响。他一声不吭,仿佛嘴已经给大胡子封住了似的。

另一位医生,威廉松老头子,正坐在桌旁就着烛光,眯缝着眼睛,小心翼翼地在写什么。维拉·彼得罗夫娜正在搅动杯里的一种浑浊的水,女仆用盘子端着一块冰,手里拿着个小锤子,在屋子里来回奔忙。

病妇忽然将身躯弯成弧形,两手一摆,跌落在地板上,碰了脑袋,然后像一只蜥蜴似的移动着身躯,向前爬去,发狂似的大喊大叫:

"啊哈! 不,不行啊……"

"扶住她呀,您怎么啦?"克里姆的母亲高声喊叫,索莫夫医生这才慢腾腾地离开墙壁,抱起妻子,把她放回床上,自己就坐在她的腿上。

"再拿几条毛巾来!"

他的妻子挣扎着要起来,用头撞了他的腮帮子。他从床上跳下来,于是她又摔倒在地上,并且开始解开自己的脚,叽里咕噜地说:

"啊哈,啊哈……"

克里姆已经藏到门和柜橱之间的一个角落里,瓦莉娅·索莫娃站在后面,把下巴颏放在他的肩上,悄悄问道:

"她就要发作完了吧? 快发作完了,是吗?"

柳芭拿着毛巾走过他俩面前,尖声叫道:

"上帝呀! 上帝……"

她忽然把脚一顿,回头问姐姐:

"瓦莉卡①,怎么还不喝茶呀?"

克里姆的母亲听见吵闹声,回头瞧瞧,严厉地呵斥道:

"孩子们,都给我滚开!"

她吩咐孩子们把丹尼娅·库里科娃找来,因为这位老姑娘的所有亲友都希望她亲自参加他们的悲剧。

孩子们赶紧往城郊跑去,克里姆闷闷不乐,沉默不语,他跟在索莫夫家两姊妹的后面,惊恐不安地听到,那个年岁大一点儿的索莫娃责备妹妹道:

"妈妈都发了疯,你还嚷嚷着要喝茶!"

"住口吧,你这火鸡……"

"你真是个又贪馋又不要脸的丫头……"

"吓?你就那么正经吗?"

她停住脚步,对克里姆说:

"我不愿跟她一块儿去了,咱俩去玩吧!"

克里姆不由自主地跟她走了,走了几步,他问道:

"你喜欢你的妈妈吗?"

柳芭弯下腰,拾起一片枯黄的杨树叶子,叹口气说道:

"唉,我也不知道,也许我还谁也不喜欢呐。"

她用那片沾满泥土的树叶子揩揩肿胀的眼皮,像个瞎子似的,一面趔趔趄趄地朝前走,一面往下说:

"父亲埋怨说,爱是一件困难的事儿。他竟然对妈妈大喊大叫:你这混账娘们儿,你要明白,我是爱你的,你看见吗?"

"你说什么?"克里姆问道,但是,柳芭可能没听到他的问话,继续说:

"可他们结婚已经十四年了呀!……"

---

① 瓦尔瓦拉的小名。

58

克里姆认为柳芭是在说蠢话,他便不再听下去了,可是她却像个大姑娘似的,一直在不厌其烦地往下说,手里摇晃着一根从人行道上拾起来的白桦树枝。他俩不知不觉地走到河边,坐在一堆又湿又脏的圆木头上。柳芭把裙子弄脏了,很恼火,于是就顺着圆木走到一条系在圆木上的小船上去,在船头坐下来。克里姆也跟着她登上小船,他们默默不语地坐了半天。柳芭一看见水中映出的自己面孔的歪歪扭扭的影子,就用树枝去拍打,等到影子在碧绿的水中重新出现时,她又抽打一下,末了转过头去,不再理睬了。

"好丑啊……我真是这么丑吗?"

她没有得到回答,就又问:

"你为啥不作声呀?"

"我不想说。"

"不想说我长得丑吗?"

"不,我什么都不想说。"

"很简单,你是不好意思说真话,"柳芭说。"我知道我是个丑八怪,我的脾气也很坏,爸爸妈妈都这样说。我应该到修道院去当修女……我不想再坐在这儿了。"

她跳起来,顺着圆木急跑过去,就不见人影儿了,但是克里姆还久久地坐在船尾上,两眼望着悠悠的流水出神;他被一种从来没有体会过的寂寞压抑着,什么也不想做,只是在这种寂寞中琢磨着:若像他所熟悉的人那样生活,那可太糟糕了。

## 五

他一进家门,母亲就惊骇地叫道:

"上帝啊,你可把我吓坏了!"

克里姆觉得这话不是对他说的,而是对上帝说的。

"你害怕了吗?"母亲问他。"你用不着往那儿跑。你去干吗呀?"

"怎么处置她了?"克里姆问。

母亲告诉他,索莫夫夫妻吵嘴,医生太太犯了很严重的精神病,非送进医院不可。

"这没什么危险,他俩都不健康,他们受了很多痛苦,所以都是未老先衰……"

据她说,医生夫妇都已病入膏肓,不中用了,于是克里姆联想到那间堆满破烂儿的屋子。

"这没什么危险,"母亲重说了一遍。

但不知为什么克里姆不相信她的话,而且终于证明他是对的:十二天以后,医生太太死了。德罗诺夫悄悄告诉他,她是从窗户里跳下去摔死的。下葬那天早晨,克里姆的父亲也去了,他在医生太太坟前致悼词,还哭了一场。所有的朋友,除了瓦拉甫卡,都哭了,只有他站在旁边,抽着雪茄烟,和乞丐们对骂。

索莫夫医生从坟地上来到萨姆金家,迫不及待地大喝了一通,然后醉醺醺地高声说道:

"我爱她,可她却恨我,她活着只是为了叫我过不安生!"

克里姆的父亲说了许多安慰医生的话,但是医生却把一只毛烘烘的黑拳头举到耳边,醉泪横流地摇晃着拳头说道:

"我跟一个毫无共同思想的人一起生活了十五年,而且我爱她。我爱她,不是吗?是的,我是爱她的哟。可是,凡是我看的书,我想的事,我说的话,没有她不恨的。"

克里姆听见瓦拉甫卡跟母亲交头接耳:

"您看,他编造得多么动听!"

"这里也有些是真话,"母亲也小声地答道。

他们把医生送到从前托米林住的那间阁楼上去睡觉。瓦拉甫卡两手托着他的腋下,用头顶着他的背,父亲端着一支点燃的蜡烛走在前面。但是,过了一会儿,他跑进餐厅,摇晃着已经失去蜡烛的烛台,悄悄地说道:

"维拉,你去看看,外婆不行了!"

原来是外祖母死了。她刚才还坐在厨房的台阶上喂小鸡,忽然间哼都没哼一声就跌在地上死掉了。看着她倒在地上那臀部肥胖的硕大身躯,头朝一边扭着,耳朵紧贴在地上,仿佛在倾听大地的声音,觉得并不可怕,只是很离奇。克里姆看着她那发青的腮帮子,一只睁着的严厉的眼睛,并没有觉得害怕,只觉得惊讶。他觉得外祖母已经过惯了这样的日子;手里拿着一本小书,傲慢的胖脸上挂着一丝轻蔑的笑容,老爱喝清炖鸡汤;还以为她这种对任何人都没有妨碍的生活,会永远永远地过下去呢。

当人们把她那具像一大包旧衣服似的怪模怪样的尸体抬到屋子里去的时候,伊万·德罗诺夫却说:

"她死得可太好了。"

并且立刻又朝自己的外婆说:

"对啦,你要向她学习哩,老保姆!"

保姆是惟一的一个对着死人的棺材悄悄落泪的人。出殡以后,伊万·阿基莫维奇·萨姆金在丧宴上发表了一篇简短的悼词,感谢那些很会生活,而又不妨碍别人的人们。阿基姆·瓦西里叶维奇·萨姆金想了想说道:

"好像我也到了去见老祖宗的时候了。"

"他并不大相信这一点,"瓦拉甫卡对着维拉·彼得罗夫娜粉红色的耳朵悄悄地说。母亲不但毫无悲伤,反而表现得异常亲热,一双严峻的眼睛却闪着温柔的光辉。克里姆坐在她的另一侧,听见了他们的喁喁私语,而且看到,外婆的死并未使任何人伤心落泪,而对他来说反而成了一件有益的事情;母亲把外婆那间舒适的屋子给他住了。这间屋子有一扇窗户对着花园,屋角里有个乳白色瓷砖壁炉。克里姆太高兴了,因为和哥哥住在一间屋子里已经渐渐感到不安静和讨厌了。德米特里要做很久的功课,妨碍他睡眠,而且最近以来,那个毫无礼貌的德罗诺夫常常来找德米特里,他俩老是叽里咕噜地说话,沙沙地翻弄书本,闹腾到将近半夜。

德罗诺夫穿一件瘦瘦的、拖到膝盖下面的制服。他显得消瘦了,肚子也缩了进去,留着小平头,活像一名小兵。他和克里姆谈话时,老敞开衣襟,两手插在兜里,劈开两条腿,翘起那只粉红色钮扣似的鼻子,问道:

"你怎么啦,萨姆金?是功课不好吗?我已经是我们班的第三名了……"

他舒展一下肩膀,活动活动胳膊,得意扬扬地说。

"你瞧着吧,我将来比罗蒙诺索夫①还要有出息。"

由于阿基姆爷爷的奔走,中学终于录取了克里姆。但这孩子却觉得在考试和复试时教师尽找他的碴儿,因此就对学校产生了反感。在他穿上中学制服的头几天,瓦拉甫卡把他的教科书拿起来翻了翻,尔后漫不经心地把它们扔在一边,说道:

"岂有此理,用的还是我们念过的教科书!"

随后他把教师们的愚蠢和凶狠挖苦了半天。他把中学比作火柴工厂这一点,特别深刻地印在了克里姆的脑海。

"他们把学生们当作火柴棍儿,涂上一些易燃的物质,制成特别低劣的火柴,其中有许多划不着,有许多点不着东西。"

克里姆早已享有神童的名声,这引起了老师们密切的关注和疑惑,引起了同学们的好奇,他们都希望看到这位新同学像一个小魔术家。克里姆立刻感觉到自己处在一种熟悉的然而却是特别困难的环境里,他必须做到别人希冀的那种样子。不过他对于这种角色已经习以为常,简直就像每天早晨用冷水擦身,饭前必须吃一勺鱼肝油,吃饭时必须有一盘汤,睡前必须来一次讨厌的刷牙一样,无法避免了。

自卫的本能提示给他一些行为的准则,他想起瓦拉甫卡曾劝告他父亲说:

---

① 罗蒙诺索夫(1711—1765),俄国大科学家,他在自然科学和文学艺术上都有巨大的贡献。

"伊万,你不要忘记,寡言者显得更聪明。"

于是,克里姆决定尽可能少说话,超然自处于那群疯狂的小坏蛋之中。他们那种叫人讨厌的好奇心真是太无情了;头几天克里姆觉得自己成了一只被捉住的小鸟儿,在扭断它的脖子之前,先拔光了他身上的羽毛。他感到有把他埋没在这群没有什么特色的孩子们当中的危险;这些几乎清一色的孩子们牢牢地缠住了他,想方设法使他成为他们当中微不足道的一分子。

这情景简直使克里姆惊呆了,于是他以寂寞无聊为借口躲藏起来,像笼罩在云雾中一般,用它把自己的身躯紧紧裹住。他走路迈着庄重的步履,模仿托米林,把手背在身后,俨然正在思考着某种非常严肃的、与顽皮和嬉戏格格不入的事情。偶尔,实际生活也帮助他认真思考一些问题:九月中旬的一个阴雨之夜,索莫夫医生在他妻子的坟上开枪自杀了。

他那装作冥思苦想的神气对他有双重益处:孩子们很快就不再打扰这个愁眉苦脸的人了,而教师们却说,就是因为这个缘故,克里姆·萨姆金在上课时才常常不注意听讲。除了那个留着中国式小胡子的阴险的小光头外,几乎所有教师都说这就是他心不在焉的原因。那位小老头是教俄语和地理的,孩子给他取了个外号叫"次品",因为老头儿的耳朵一大一小。其实并不明显,就连孩子们告诉克里姆这个情况时,他也没有马上看出来老师的耳朵大小不一样。克里姆从一开始上课,就觉得这老头子不信任他,总想找他的碴儿,嘲笑他一番。每当老头子叫克里姆回答功课时,他都把胡子理理整齐,把两片紫红的嘴唇努成仿佛要吹口哨的样子,隔着眼镜把克里姆仔细打量一番,末了才和蔼地发问:

"那么,萨姆金,湖泊地区盛产什么东西呀?"

"鱼。"

"是吗?也许那里也产木材吧?"

"是的。"

"那就是说：鱼是栖息在树上喽？"

课堂上哄然大笑，教师也笑了，露出镶着金套的黑牙齿。

"你是怎么搞的，我的天才，你预备的功课怎么这样糟啊？"

克里姆回到课桌跟前时，看见一排排剃得光光的、像皮球一样的圆脑瓜，对他龇牙咧嘴，各色的眼睛里流露着嘲笑的神情。他看到这种情景，委屈得流出了眼泪。

孩子们都认为这个"次品"的教学法很有趣，克里姆却觉得他是一个愚蠢而凶狠的家伙；感到在中学里念书比在托米林那里念书更无聊，更困难。

"你干吗不玩呀？"脸蛋儿晒得通红、两眼炯炯有神的幸运儿伊万·德罗诺夫在下课时跑到克里姆面前，问道。他确实是他们班里的优等生，同时也是全校有名的特别顽皮的学生；他仿佛要急忙补上从前图罗博叶夫和包里斯·瓦拉甫卡不许他玩的那些游戏。他跟克里姆和德米特里一同放学回家时，悠然自得地吹着口哨，毫不客气地讥笑克里姆哥俩的倒霉事儿，不过有时也问克里姆：

"你今天上托米林那儿去吗？我也跟你一块儿去吧！"

他一到这位火红头发的教师家里，就纠缠不休地向他提出些克里姆觉得枯燥乏味的宗教问题。托米林笑眯眯地听着他的提问，尔后给予小心谨慎的回答。等到德罗诺夫走后，他沉默一两分钟，就用格拉菲拉·瓦拉甫卡常问的那句话问克里姆：

"喂，你们家里发生什么事啦？"

他问这话的神情，仿佛是想听到什么不寻常的事件似的。他的书籍越来越多了，墙角里，木床底下尽是书，有些书摞得很高，差不多快顶到天花板了。他四肢一摊，躺在木床上，教训克里姆道：

"所谓优质金属，就是指的那些几乎或者根本不会氧化的金属。克里姆，你要记住这一点。那些意志坚强、品德高尚的人，也是不会氧化的，也就是说他们不会在命运的打击之下，在不幸的面前屈服，总之……"

对克里姆这孩子来说,这种补课要比课堂上讲的东西爱听得多,于是他牢牢地记住这些道理。托米林也很乐意给克里姆作些这样的补课;他说话的样子,活像在朗读早已在天花板上写好的文章,可是那上面糊的却是一层已经发黄的、布满了裂纹的白色油光纸。

"复杂的物质加热后,会失去一部分重量,而简单的物质却会保持或增加重量。"

他沉思一会儿又说:

"比如说你吧,就年岁而论,可太不活泼了。你哥哥虽然年岁比你大,但他却更像个孩子。"

"可是米佳是个笨蛋,"克里姆提醒他说。

教师仍和平常一样,淡漠而又沉着地说道:

"是的,他虽说很笨,但和年岁相称。各种不同的年龄都有相应的愚笨和聪明。化学上所谓的复杂性,是颇为合理的,而表现在人们性格上的复杂性,指的往往只是他们的臆造能力和诡计多端。就拿女人来说吧……"

他又沉默了,好像睁着眼睛睡着了似的。克里姆从旁边瞧瞧他那颗像细瓷一般闪闪发光的白眼珠,便联想到索莫夫医生的那只僵硬不动的眼睛。他明白,教师谈论这种臆造,不过是在自言自语,他早已把这个学生忘掉了。有时候克里姆很希望教师马上能把母亲的事情,把他在花园里怎样抱住她的大腿那件事讲出来。然而教师却说道:

"有益的臆造,往往是用疑问式,用猜想的方式表达出来:也许是这样的吧?事先应当作个假设;也许根本不是这样的。有害的臆造却总是用肯定的方式表现出来:如此而已,岂有它哉。因此就产生了谬误和差错……总而言之,就是这样。"

克里姆留心听着这番话,把它们使劲儿记在脑子里。他觉得很感激这位教师,因为他是一个与众不同的、谁也不喜欢的人,他和克里姆说话时,就像和成年人,和一个完全与他平等的人一样。这是很有益处的:克里姆把教师这些很不平凡的话语铭刻在心中,然后把它们当作自己的话语加以运用,这定会增强他那聪明学生的声望。

然而,这位红毛汉有时也会吓他一跳:他好像忘了有学生在屋子里似的,讲起来没完没了,让人听了稀里糊涂,克里姆不得不咳嗽一声,或用鞋后跟磕几下地板,故意把书弄到地上,提醒他还有人在这里。但是这种响声并不一定总能使托米林清醒过来,他有时还是滔滔不绝地说下去,面孔板得像块石头,眼珠子使劲往外瞪着,克里姆以为托米林马上就会像医生太太那样,大吼一声:

"不行啊,不行啊!"

尤其可怕的,是教师说话时老把右手举到脸上,好像在空中抓取什么看不见的东西似的,弗拉斯厨师给松鸡或其他野禽拔毛时就是这副样子。

每逢这时克里姆就大声说道:

"已经很晚哩!"

托米林朝窗外的夜空看看,同意说:

"是呀,今天就讲到这里吧。"

于是他把那只留着黑指甲的毛烘烘的手伸给学生,克里姆便带着沉重的心情走了出去。他心情沉重,主要不是因为功课,而是因为有心事。

## 六

冬天的傍晚,走在嘎吱嘎吱响的雪地上是很惬意的。克里姆一边走,一边想:回到家里看见父母亲正坐在茶桌旁,他们将为儿子的新思想感到惊奇。路灯工扛着梯子,麻利地从一个灯柱跑到另一个灯柱,已把黄色的火光高悬在碧蓝的空中,玻璃灯罩在冬天的寂静中,发出悦耳的响声;马拉着车,摇晃着毛蓬蓬的头,疾驰而过。十字路口上站着一个呆头呆脑的警察,正用一双淡褐色的眼睛盯着这个身材矮小而神气十足的中学生。这学生正不慌不忙地从这个街角走到另一个街角。

现在,克里姆一天的大半时间虽然是在外面度过的,许多事情都从他那双惯于观察的眼睛里溜过去了,可是他毕竟还是发现,家中变得越来越不安宁了,大家走路的姿势也变了,甚至关门的呼呼声也更响了。

那位"名副其实的长者",小心翼翼地移动着他那僵直的长腿,使劲儿地用拐杖戳着地板,咳嗽起来耳朵直哆嗦,脸和脖子也涨得通红,活像只熟透了的李子似的。他一面用拐杖戳着地,一面剧烈咳嗽着对克里姆母亲说:

"你不要辜负了他温柔的性格,少奶奶……你不要辜负了伊万的纯真的信任,少奶奶……"

母亲悄悄警告他:

"您说话不要那样大声,餐厅里有人哩……"

"我必须告诉您,维拉·彼得罗夫娜……"

"请说吧,我听着呐!"

母亲走到通往餐厅的门跟前,把门关严。

父亲去森林、工厂,或者上莫斯科的次数越来越多了。他变得漫不经心,已经不再给克里姆带礼物回来了。他头发脱得很厉害,前额更大了,额角遮住了比以前更加突出的眼睛;一双眸子显得无精打采,增加了惆怅的神情,失去了那浅蓝色的温柔的光泽。走起路来一跳一跳,真是滑稽,两手老是插在衣兜里,嘴里吹着华尔兹舞曲。母亲越发把他看成一位已经使人讨厌又赖着不走的食客。而她打扮得更加摩登,更加漂亮了;她昂首挺胸,显得更加骄矜,体格也更加硬朗而丰满了。她虽然仍和从前一样,脸上少有笑容,沉默寡言,但说话的口气却更加温和。克里姆开头很奇怪,后来又感到伤心,因为他发现,父亲的宠爱已从他这边移到德米特里那边去了,好像他跟德米特里有什么秘密勾当似的。在夏天一个炎热的傍晚,克里姆在花园凉亭里遇见了父亲和哥哥,他俩并排坐着,父亲有时把哥哥紧紧搂在怀里,发出一阵阵咯咯的笑声。德米特里眼泪汪汪,他看见克里姆来,立刻跳起来溜走了,父亲用手帕揩着滴在裤子上的泪水,对克里姆说道:

"他情绪不好。"

"他为啥哭呀?"

"他吗?他……为十二月党人①哭哩!他读了涅克拉索夫的《俄罗斯妇女》。是呀,我刚才给他讲了十二月党人的事,他就感动得哭了起来。"

父亲勉勉强强讲了一点儿十二月党人的事,也站起来,吹着口哨走了。这使克里姆产生一种嫉妒的情绪;他想弄明白,父亲说的话是否真实。克里姆马上来到哥哥的屋子,看见德米特里正坐在窗台上,抱着双腿,把下巴颏搁在膝盖上,颌骨直动弹,没有听见弟弟走进来。当克里姆向他要涅克拉索夫那本书的时候,发现他并没有这本书,不过父亲答应送给他一本。

"你是为俄罗斯妇女而哭吗?"克里姆追问他,这使德米特里莫名其妙,摸不着头脑。

"你说什么?"

"你为啥哭呀?"

"哎呀,见你的鬼去吧!"德米特里生气地说着,便从窗台上跳到花园里去了。

德米特里个子长高了许多,但也消瘦了不少;那胖胖的圆脸上出现了高高的颧骨。当他想心事的时候,老是像阿基姆爷爷那样,上下颚骨不住地动弹,叫人看着很不舒服。他常常冥思苦想,老是疑惑不解地锁着眉头瞧着长辈们。他的面孔仍和从前一样难看,但动作却变得敏捷了,同时身上也流露出一种粗鲁的气味。他跟柳笆·索莫娃非常要好,教她滑冰,而且心甘情愿地顺从她那倔强的脾气。但是,每当德罗诺夫惹恼柳芭的时候,德米特里就狠狠地然而却很沉着又无恶意地揪住德罗诺夫的头发。德米特里现在不理睬克里姆了,就像从前克里姆不理睬他一样,他对母亲也非常怀恨,就仿佛她无缘无故地责打过他似的。

---

① 十二月党人是俄国贵族革命家,他们于一八二五年十二月首次在俄国发动了反对沙皇专制的武装起义,并由此而得名。

## 七

  索莫娃姐妹俩住在瓦拉甫卡家，由丹尼娅·库里科娃照看。因为瓦拉甫卡本人上彼得堡去张罗修铁路的事去了，他还要从那里出国去埋葬他的妻子。几乎每晚克里姆都要上楼去，并且老是在那里遇到哥哥跟姑娘们一道玩耍。姑娘们玩累了以后，就坐到长沙发上，要德米特里给他们讲故事。

  "讲个滑稽的！"柳芭请求道。

  他坐在屋角靠墙的沙发扶手上，面带微笑，讲了些有关中学教师和学生的故事，逗得姑娘们哈哈大笑。有时克里姆反驳他说：

  "根本不是那么回事儿！"

  "哼，就算不是那么回事儿吧！"德米特里毫不在乎地承认了，于是克里姆觉得，即使哥哥讲的是事实，他也照样不相信他的话。他知道许许多多荒唐可笑的故事，但他讲起来却绷着脸，一丝笑容也没有，甚至有点儿羞涩。总之，他表现出一种使克里姆迷惑不解的忧心忡忡的情绪，就连在大街上，他也用探索的目光观察行人，仿佛他要把这座城市里的六万居民个个都了解清楚似的。

  德米特里有一本厚厚的、黑漆布封面的笔记本，他从报纸上剪下那些无聊的趣闻、小品、短诗，贴在笔记本上，或者抄在上面，然后读给女孩子们听。但不知怎么，读起来也是疑虑重重，踌躇不决：

  "在奥多耶夫市立公墓中，'巨商之妇波里卡尔波娃'墓上的一段碑文引人注目：

    她寿终时儿夫不在跟前，
    克拉比夫纳①舞会跳得正酣；

---

① 奥多耶夫和克拉比夫纳是俄国图拉州的两个县城。

她咽气的消息无人知晓。
当华厅传来报丧的噩耗,
人们离开婚宴逃之夭夭。
这里躺着贤妻良母奥丽加,
应当对她说些什么话,
既能抚慰心灵又对得起她?
祝她在天堂永远幸福吧!"

"这可真荒唐!"莉吉雅气呼呼地说。
"不过很滑稽,"柳芭喊叫道。"滑稽就最好……"
她姐姐那张大饼脸上慢慢露出了懒怠的笑容。
有时维拉·彼得罗夫娜走进来看看他们,有点儿不耐烦地问道:
"你们在玩吗?"
莉吉雅从沙发上跳起来,恭恭敬敬地向她行了个蹲礼,索莫娃姊妹也唧唧喳喳地向她表示亲热,德米特里一声不吭地在那里发窘,他笨手笨脚地想把笔记本藏起来,但是维拉·彼得罗夫娜却问他:
"你又抄了什么新鲜玩意儿吗?念给我听听!"
于是德米特里用笔记本遮住脸念道:

"一个警察站在蓝色的海边,
大海的波涛呼啸翻卷,
仇恨折磨得警察心神不宁,
因为他无法遏止这咆哮的狂澜。"①

"把这一段全抹掉,"母亲命令道,然后威风凛凛地挨屋查看,仿佛在计算什么,测量什么。克里姆看见莉吉雅·瓦拉甫卡咬住嘴唇,用

---

① 这四句诗的作者是俄国诗人基里亚罗夫斯基。

厌恶的目光送她出去。克里姆三番五次地想问问这个小姑娘：

"你为啥不喜欢我妈妈呀？"

但是，他下不了决心，因为自从图罗博叶夫走了以后，莉达跟他又亲热起来。

## 八

有一次，克里姆从托米林那里上完课回到家里，大家已经喝过晚茶，餐厅里漆黑，整个楼里都非常肃静。他脱下衣服，站在外屋，屋内只点着一盏小小的壁灯，显得十分黯淡。他侧耳细听，感到有些毛骨悚然。

"放开我，好像有人来了！"他听见母亲冷冰冰的喁喁低语；不知是谁的脚沉重地踏在地板上，接着是瓷砖壁炉的小铜门发出的熟悉的响声，然后又是一阵寂静，这使他更加想听个究竟了。母亲的低语使克里姆感到惊奇，因为除了对父亲以外，她对谁都没有称呼过"你"，可是父亲昨天就到木材厂去了。小家伙蹑手蹑脚地走到餐厅门口，他又一次听见细声细气的、倦怠的叹息声：

"上帝呀，你可真是个贪得无厌的人哟……瞧你那副急不可耐的样子……"

克里姆扒着门缝窥视：在装满木炭、熊熊燃烧的壁炉方口前面，瓦拉甫卡正悠然自得地坐在克里姆母亲那张心爱的软椅上，搂着他母亲的腰，而她坐在他的膝盖上，像小姑娘一般前前后后直摇晃。瓦拉甫卡那副被炭火映红的大胡子脸上显出可怕的神情，一对小眼睛也如炭火一般闪闪发亮。他母亲那月光色的长发，宛如金黄的瀑布，从她的头上倾泻到背上，美丽异常。

"唉，你呀！"她轻轻地叹息道。

他俩的这些动作使克里姆感到难为情，他猛然往后一退，一只脚踩在自己的套鞋上，套鞋甩了出去，啪地一声落在地板上。

"谁在那里呀?"他母亲怒气冲冲地问道,急忙走到门口。"是你呀,你是从厨房穿过来的吗?你为啥回来这样晚?冷不冷?你想喝茶吗?……"

她说得又快又亲热,不知为什么总是用脚把地板搓得沙沙响,把门把手弄得吱咂吱咂的,一会儿把门开开,一会儿又把门关上,末了又按住克里姆的肩膀,用很大的劲儿把他推进餐厅,点上蜡烛。克里姆环视四周,房里并没有人,通向隔壁房间的过道一片漆黑。

"你在找什么?"母亲瞟了他一眼,问道。

克里姆吞吞吐吐地答道:

"我觉得这儿好像有什么人似的。"

母亲吃惊地扬起眉毛,也环视一下屋子四周。

"唉,能有谁呢?你父亲不在家。莉吉雅跟米佳和索莫娃姊妹溜冰去了。季莫菲·斯切潘诺维奇在自己房间里,你不是听见吗?"

是呀,楼上确有沉重的脚步声。母亲坐在搁着火壶的桌旁,用手摸摸火壶的肚子,然后倒上一杯茶,一面梳理她那华丽的头发,一面继续说:

"我方才正坐在壁炉前面想些事情,你是刚刚进来的吗?"

"是的,"克里姆撒谎说,因为他晓得很有撒谎的必要。

母亲摆弄着糖夹子,默不作声,笑眯眯地瞧着映在火壶铜肚上的羞答答的烛影。后来她扔掉糖夹子,整理了一下上衣的绣花领子,煞有介事地向他大声述说,瓦拉甫卡要向她买外婆的庄园,想盖一座大楼。

"他显然是刚刚回来,我得去再跟他谈谈这件事。"

于是她吻了一下克里姆的脑门儿,走了。小家伙站起来,走到壁炉跟前,坐在软椅上,掸掉扶手上的烟灰。

"妈妈想改嫁,不过有点害羞罢了,"他望着红彤彤的炭火,心里猜想着,那蓝晃晃透明的火苗忽隐忽现。他听人说过,妻子改嫁,丈夫另娶是司空见惯的事。克里姆早就喜欢瓦拉甫卡了,觉得他比父亲更可爱,但是当他晓得,像他妈妈这样一个众人敬畏的严肃而又骄矜的人却在说谎,而且说得很拙劣,心里总觉得不是滋味,叫人难过。他觉得有必要打消自己的疑虑,于是一而再地重复说:

"她还害羞呢!"

这是他能找到的惟一理由,然而他马上就想起了她和托米林的那出戏,心里不住地嘀咕,渐渐进入了梦乡。

## 九

家中发生的这些事虽然分散了克里姆在学业上的精力,但是并没有像学校那样使他焦躁不安,因为他在学校里的处境是很不妙的。他把班上的同学分为三类:有十来个学生品学兼优;其次就是些凶恶调皮的捣蛋鬼,里面包括德罗诺夫这样一些高材生;第三类都是些穷孩子,他们体质瘦弱,胆小怕事,有些人成绩不好,被全班讥笑。德罗诺夫对克里姆说:

"你可不要跟这些人交朋友,他们都是些胆小鬼,哭巴精,爱挑拨离间的人。你看那个红头发的小子,那是个小犹太鬼,而那个斜眼家伙快被学校开除啦,因为他是个穷光蛋,交不起学费。还有这小子的哥哥,偷了别人的套鞋,正在少年犯罪教养营里受罪哪。啊,你看那个小黄鼠狼,他是个私生子!"

克里姆学习虽然很用功,但成绩并不佳;他认为淘气有失体面,况且他也不会淘气。没过多久,他已发现,有一种无形的力量在推动他和这群不成器的孩子们接近起来。可是他感到,他在这些孩子们中间比在德罗诺夫那伙无法无天的淘气包中间更不自在。他觉得自己在班里比所有的同学都聪明,他已经读过许多他的同龄人一无所知的书,他认为就连那些比他年岁大的同学,比起他来也更像小孩子。当他把读过的书讲给他们听的时候,孩子们一个个都将信将疑,兴味索然,好多东西听不懂。有时连他自己也不明白:他读过的一本很有趣的书,为啥经他一讲,那些引人入胜的东西就无影无踪了呢?

那个姓伊诺科夫的私生子,颧骨很高、脸色阴沉的男孩子,有一次问克里姆道:

"你读过《伊万格埃》吗?"

"是《艾凡赫》,"克里姆纠正说。"这是瓦尔特·司各特①的作品。"

"混账,"伊诺科夫骂道。"你干吗老是教训人呢?"

然后撇撇嘴,嗤之以鼻地警告说:

"瞧着吧,你长大会当教师的!"

同学们哄然大笑,他们都很尊重伊诺科夫,他虽说比他们高两级,但却和他们很要好,而且还得了个印第安人的绰号"火眼"。这很可能是因为他那忧郁的神情和敏锐、凝视的目光,使他们感到畏惧的缘故吧。

在家庭的温存爱抚中娇养惯了的克里姆,感到教师们老是蔑视他,对他怀有恶意,心里非常难过。有几位教师从生理上就使他感到厌恶:那位数学教师患有慢性气管炎,打起喷嚏来震耳欲聋,简直可怕,常常把唾沫溅到学生的脸上,然后就眯缝起左眼,嗤嗤地用鼻子向外喷气;历史老师总是蹑手蹑脚地走进教室,像个半瞎眼的人,偷偷摸摸地朝课桌走来,那面部表情老像要把前面两排座位上的学生都打一顿耳光似的。他走过来,扯着细嗓门儿说:

"那么,嗯,哼……"

于是大家就给他起了个外号叫"瓮鼻子"。

克里姆几乎在每个教师身上都发现一些他不喜欢和厌恶的东西,所有这些邋邋遢遢、衣着破旧的人都瞧不起他,好像他在他们面前犯了什么过错似的。虽然他很快就看出来,教师们不单单是对他的态度这样乖戾,而且几乎对所有学生都是如此,不过他还是觉得他们这些

---

① 瓦尔特·司各特(1771—1832),英国诗人,历史小说家。长篇小说《艾凡赫》是他的名著之一。

人的怪相酷似他母亲有一次表露的那副狰狞的面孔：当那个醉醺醺的小贩在厨房中，从一只筐子里倒出许多脏乎乎的龙虾，在地板上沙沙地向四面八方乱爬时，母亲看着这些龙虾，就流露出这样的神色。

以后，到了春天，克里姆发现，首先是学监兼古文教师克萨维里·勒日加，后来又有几位老师，对他的态度温和多了。这里有段插曲：在一次课间休息时，有人向学监办公室的窗子扔了两次石头，打碎了玻璃，打坏一盆放在窗台上的名贵的花。他们想方设法地找了好一阵肇事者，但是没有找到。

在第四天上，克里姆忽然问起万事通德罗诺夫：玻璃是谁打碎的？

"你问这干吗？"德罗诺夫忧心忡忡地反问道。

他俩正站在走廊拐角的地方，克里姆忽然发现白墙上有个影子，在慢悠悠地晃动，正是学监那个仿佛生着犄角的脑袋。德罗诺夫因为背朝墙，所以没看见。

"你不晓得吗？"克里姆想逗弄一下这位同学。"可是你老是吹牛说：我什么都知道。"那墙上的影子这时不动了。

"我当然晓得：是伊诺科夫，"当克里姆把德罗诺夫惹火以后，他便悄悄地告诉了他。

"他应该老老实实地去认错，免得连累别人，"克里姆用教训的口气说。

德罗诺夫瞥了他一眼，往地上啐了一口，说道：

"去认错要给开除的。"

一阵急促的铃声在催学生们进教室。

第二天放学回家的路上，德罗诺夫告诉克里姆说：

"你知道吗，有人把他告发了？"

"把谁告发了？"克里姆问道。

"还问谁，谁！你装什么蒜呀？把伊诺科夫告发了呗。"

"唉呀，我还忘了。"

"昨天课间休息以后，马上就把他揪去了。他们要把他开除。现在要弄清楚究竟是谁告的密。败类!"

克里姆确实已经忘记他和德罗诺夫的谈话了,现在他才恍然大悟,是他泄露了伊诺科夫的秘密,于是他忧心忡忡地在思忖:他为啥要这样干呢?他思量一下以后,断定是学监那个丑陋的脑袋影子启示他克里姆,倏然想让德罗诺夫这个吹牛大王倒倒霉。

"这事要怪你,你老是多嘴多舌的!"克里姆气呼呼地说。

"我什么时候多嘴多舌啦?"德罗诺夫声色俱厉地反问。

"不是你在课间休息时对我讲的吗?"

"总不会是你告发的他吧?你也没有那么多时间呀,因为他们马上就把伊诺科夫从教室给叫出去了呀!"

他俩面对面地站着,像两只好斗的公鸡一般,跃跃欲试地想动起武来。但是克里姆觉得不应该和德罗诺夫发生龃龉。

"也许他们偷听了咱俩的谈话,"他和蔼地说,德罗诺夫也同样和蔼地回答:

"当时没有别人哪,准是伊诺科夫的同班同学告的密……"

他俩默默地走着,克里姆心里感到内疚,想着怎样来弥补自己的过错,可是他不但什么办法也没有想出来,反而更加想要让德罗诺夫这家伙倒倒霉。

## 十

到了春天,母亲已经不再用音乐课来折磨克里姆了,她自己却专心致志地搞起音乐来。那位红脸秃头的律师马科夫,每天晚上都挟着小提琴来找她;他戴着一副黑边眼镜,显得死气沉沉。过一会儿,克萨维里·勒日加也带着大提琴乘一辆吱嘎乱响的四轮马车来了。他骨瘦如柴,长着两条罗圈腿,在刮得光光的干瘪脸上生着一对猫头鹰眼,两边蜡黄的太阳穴上各扎煞着一撮像犄角般的灰色卷发。他拉提琴时,不知为啥老把舌头伸出来,耷拉在刮得溜光的、松软的下唇上,露出上颚里面的两只大金牙。他说起话来,声音跟传教士一样洪亮,老想讲些特别使人永志难忘的话,而且简直让人纳闷:他是在认真说话呢,还是在开玩笑?

"我以为,倘若学生们的父母不在世,他们会更好一些。我这样说是因为孤儿都很听话,"他把一根食指举到他那发青的鼻子处,郑重地说道。他谈到克里姆时,把一只干瘪的手搁在他的脑袋上,对维拉·彼得罗夫娜说:

"令郎有一种骑士的风度,见义勇为,这真是了不起!"

他还教训克里姆说:

"为了掌握学问,应当观察、比较,只有这样我们才能洞悉现实事物的真谛。"

克里姆是善于观察的,他认为必须探索同学身上的缺点;他居然为寻觅不到他们的缺点而苦恼,不过他这种苦恼倒不常见,因为他已经掌握一种衡量事物的精确尺度:凡是他不喜欢的,或者使他羡慕的东西,都不是好东西。他不但已经学会敏锐地发现别人身上的愚蠢可笑的东西,而且还会巧妙地当着这个人的面指出另一个人的毛病。当包里斯·瓦拉甫卡和图罗博叶夫放假回家来的时候,克里姆最先发现,包里斯一定是干了什么坏事,害怕人家发觉。他身体消瘦了,下眼皮上出现了青印,目光痴呆,神思恍惚。他仍然像从前那样贪玩,能出些淘气的鬼点子;他变得更加暴躁了,发起脾气来那麻脸上就出现些小红点儿,眼睛射出盛气凌人的凶光。他笑起来龇牙咧嘴,活像要吃人似的。克里姆觉得在他这种莽撞而又肆无忌惮的行为中有一种危险的意味,于是他就躲着他,不跟他一起玩儿,他甚至发现,伊戈尔和莉吉雅知道包里斯的秘密,他们三人常常藏在旮旯儿里,鬼鬼祟祟地窃窃私语。

有一天晚上,邮差送信刚走,就听见瓦拉甫卡书房的窗户咔啦一声推开了,传来愤怒的吼声:

"包里斯,你上楼来!"

包里斯和莉吉雅正坐在厨房的台阶上玩结网,伊戈尔用木锹做了一把三叉戟,打算来一场像古代武士那样的角斗。包里斯站起来,抻抻制服的衣襟,勒一勒皮带,很麻利地画了个十字。

"我跟你一块儿去,"图罗博叶夫说。

"我也去,行吗?"莉吉雅问道,可是哥哥轻轻推开她,说道:

"你敢!"

两个男孩子走了。莉吉雅扔掉绳子,仰起头,在倾听什么。刚才花园里下过一场暴雨,绿油油的树叶上还留着一些水珠,在夕阳余晖的照耀下放射出五彩缤纷的光芒。莉吉雅哭哭啼啼,用手指抹着脸上的泪珠,嘴唇直哆嗦,整个脸都颦蹙着,怪可怜的。克里姆坐在自己屋子的窗台上,看见了这一情景。他听见包里斯父亲在他头上怒吼,吓了一跳。

"你撒谎!"

儿子也用尖利的叫喊回答说:

"我没撒谎,他是个坏蛋……"

接着就传来伊戈尔那一向很镇定的声音:

"让我来讲讲吧!"

楼上的窗户关上了。莉吉雅站起来,在花园里溜达,身子故意去碰灌木枝,让水珠落到她的头上和脸上。

"包里斯闯什么祸了?"克里姆问她。他已经不是头一次问她了,但是这次莉吉雅还是没有理他,仅仅瞟了他一眼,好像不认识他似的。他很想跳到花园里去揪她的耳朵,可这时伊戈尔回来了,她又不理克里姆了。

经过这场风波以后,瓦拉甫卡和母亲就开始对包里斯亲热起来,好像他刚刚生过一场大病似的,或者立了一件什么了不起的大功似的,对他关怀备至了。这使克里姆很恼火,也引起了德罗诺夫的好奇心,在这座房子里隐隐约约造成了一种神秘的气氛。

"真见鬼,"德罗诺夫一面用手指挠着鼻子,一面呜呜噜噜地说。

"倘若能打听到他闯了什么乱子,我愿赏他一个银币,怎么样?咳,我可真不喜欢这小子……"

有一次克里姆偎依着母亲,问她包里斯出了什么事,她回答说:

"有人欺侮他。"

"怎么欺侮他?"

"这用不着你打听!"

克里姆看看她那副严峻的面孔,失望地沉默了,觉得他许久以来就对包里斯所抱的敌意更加强烈了。

有一回他忽然看见包里斯站在棚子后面的旮旯里,用手捂着脸,默默地哭泣。他哭得很厉害,身子东倒西歪,肩膀抽搐得好像那个哭巴精瓦莉娅·索莫娃一样。克里姆本想走到小瓦拉甫卡跟前去,但又踌躇起来,况且他看见包里斯哭泣是很高兴的,发现这个被欺侮的人所干的勾当并不像他想象的那样令人羡慕,是挺有意思的哩。

## 十一

这座大房子忽然变得空空荡荡了;瓦拉甫卡叫丹尼娅·库里科娃带着他的孩子们,还有图罗博叶夫和索莫娃姐妹到伏尔加河上乘船旅行去了。当然,他们也劝克里姆同去,但他却装模作样地问道:

"那我怎么复习功课补考呀?"

他这样问不过是为了显示一下他对功课是多么认真罢了,可是不知为什么母亲和瓦拉甫卡却赶忙同意让他不要去。瓦拉甫卡甚至托起他的下巴颏,称赞说:

"好孩子!但是你也不要因为功课遇到点儿困难就惴惴不安吧!大凡有才华的人功课都不佳。"

孩子们都走了,而克里姆却委屈得几乎哭了一整夜。有一个月之久,他只是孤独一人过着寂寞的生活。德罗诺夫一大早就跑到街上去,神气活现地指挥一群孩子,跟他们一块儿去游泳,领他们到树林里去采蘑菇，派他们到园子里去偷瓜果。有些爱唠叨的人就来找老保姆告他的状，不过她耳朵已经完全聋了，正在厨房后面一间阴暗的小房子里，不慌不忙地等待着死神的降临。她听着告状人的喊叫，脑袋在油污的枕头上来回直摇动，像许愿似的，嘟嘟哝哝地说：

"唉，唉，上帝全都知道，他会惩罚所有的人。"

告状的人要求见太太，于是克里姆母亲板着一副严峻的面孔昂然走到台阶上，默默听完那些腼腆地说出的纠缠不清的抱怨，也许诺道：

"好吧，我来处罚他。"

但是，她并没有处罚德罗诺夫。只有一次，克里姆听见她对着窗户朝院子里喊：

"伊万，你若再去偷黄瓜，学校可要把你开除啦！"

克里姆跟他母亲和瓦拉甫卡见面的机会越来越少了，仿佛他俩在玩捉迷藏；克里姆每天有好几次听见有人问他或问女仆玛拉莎：

"你知不知道你母亲在哪儿，是在花园里吗？"

"季莫菲·斯切潘诺维奇来过吗？"

他们母子俩见面时，互相笑笑。虽然母亲的眼睛变得越发深暗，更妩媚了，但是克里姆却觉得她的笑容是陌生的，甚至是令人讨厌的。然而瓦拉甫卡那双沉甸甸的厚嘴唇，不知怎么却常常从大胡子里面贪婪而又难看地鼓了出来。母亲开始在身上洒许多香水，这也很新奇，而且叫人厌恶，因为那气味太浓烈，每当克里姆睡觉前吻她的手时，都感到鼻孔很受刺激，好像有一股洋姜的恶味，差点儿把他呛出眼泪来。每天晚上，如果没有音乐会，瓦拉甫卡就挽着母亲的胳膊在餐厅里或者会客室里徜徉，从大胡子里面发出"噢噢噢！噢噢噢！"的声音。

母亲只是笑眯眯地默不作声。

若是他们奏乐，瓦拉甫卡就坐在钢琴后面那张固定的沙发上，一面抽着雪茄烟，一面从微闭的眼睛缝里，透过烟雾紧盯着维拉·彼得罗夫娜。他一声不响，一动不动地坐着，仿佛在迷迷糊糊地打盹。

"好吗？"维拉·彼得罗夫娜笑呵呵地问他。

"好!"他好像怕把什么人吵醒似的轻声回答。"好哇!"

有一次还说:

"太优美动听了,它一定是表示爱情的。"

"不过,那也不见得!"勒日加反驳他说。"并不一定是这样。"

于是他举起那只拿着提琴弓的手,滔滔不绝地谈起音乐来,直到马科夫律师打断他的话头:

"我那位过世的妻子就不喜欢音乐。"

他叹了口气,低声诉怨道:

"一个女人不爱音乐,简直不可思议,何况就连母鸡,母鹌鹑也……嗯!"

母亲问他:

"您过独身生活已经很久了吗?"

"九年了。我只过了十七个月的婚后生活,这是真的。"

随后他又拉起小提琴来。

克里姆在听成年人谈论丈夫、妻子和家庭生活时,总觉得这种谈话隐隐约约带有一种忏悔的情绪,而且往往是一种很可笑的情绪,俨然在谈论一些可悲的错误,谈论一些不该做的事情似的。他看看母亲,心中自问:母亲是不是也会这样说呢?

"她不会这样说的!"他肯定地回答自己,随之又莞尔一笑。

有一次他看见母亲和蔼可亲,便问她:

"你是在和他谈恋爱吗?"

"唉哟,我的上帝,你思考这种问题的年岁可太小了!"母亲激动而又面带愠色地说。然后她用手帕擦了擦紫红的嘴唇,又略微温和地补充了一句:

"你看:他孤单单一个人,我也是孤单单一个人,我们都很寂寞。你不感到寂寞吗?"

"不,"克里姆说。

其实他寂寞得要命。母亲不大理会他,因此克里姆在早餐、午餐

81

和晚茶之前,也像母亲和瓦拉甫卡玩捉迷藏那样藏了起来。他一听见女仆在院子里、花园里跑着喊他,就感到有点儿美滋滋的。

"你跑到哪儿去了?"母亲惊诧地,甚至担忧地问他。克里姆就回答说:

"我在想心事呐。"

"想啥心事呀?"

"啥心事都想。也想功课。"

## 十二

托米林教的课程越来越枯燥无味了,越来越难懂了,而且教师本人不知怎么忽然胖起来,身材也显得矮了。他换了一件带绣花领子的白衬衣,一双古铜色的光脚上穿着绿色的山羊皮拖鞋,走起路来闪闪发亮。每逢克里姆有什么不懂的问题请教托米林时,他虽不厌烦,但却神色惊异地伫立在屋子当中,几乎总是重复着同一句话:

"你首先要弄清楚:每一门科学的基本宗旨,就是为了确立一些最简单、最容易并且使人欣慰的真理。如此而已。"

接着便用手指弹着下巴颏,翻着白眼珠,打量着天花板,继续兴味索然地说下去:

"达尔文的生存竞争学说就是这样的一种真理。你还记得我对你和德罗诺夫讲过的达尔文学说吗?这种学说就证明世界上的邪恶和仇视是无法避免的。老弟,这是人类彻底为自己辩护的最成功的尝试。是的……你还记得索莫夫医生的妻子吗?她仇恨达尔文到了发疯的程度。说不定正是这种可以叫人发疯的仇恨,创造了无所不包的真理……"

他站在那里啰啰唆唆地越说越糊涂,真叫人讨厌。现在克里姆已经不大注意听教师的话了,他有自己的心事:他很想让孩子们回来时一看到他,就觉得他已经不是他们离开时的那种样子了。为此他费了不少脑筋,最后才认定:倘若他戴上一副眼镜,他们准会大吃一惊。于是他告诉母亲说,他的眼睛常常感到疲劳,同学劝他买一副养目镜戴上。第二天他就把两片厚厚的烟色玻璃压在那尖尖的鼻梁上了。隔着玻璃片看起来,地上的一切都仿佛撒了一层薄薄的灰尘,就连空气,虽然还是透明的,可是却变成了浅灰色。他照照镜子,确信眼镜使他那副瘦削的脸变得威严而且更有才气了。

但是,孩子们一回到家里,包里斯就握住克里姆的手,没等他把手从他那坚硬的手掌里抽回来,就嘲笑他说:

"你们来看呀:这儿有一只老马猴。"

柳芭·索莫娃也挖苦地喊道:

"唉哟哟,你变成一只小猫头鹰了!"

图罗博叶夫挺有礼貌地笑笑,但他的笑容也很叫人难堪,然而最叫人难堪的却是莉吉雅那副冷漠的神情。她把一只手搭在伊戈尔的肩上,瞟了克里姆一眼,仿佛不想认他似的。随后她不耐烦地叹了口气,问道:

"你害眼病了吗?你怎么老是这儿病那儿病的呢?"

"我从来不生什么病,"克里姆生气地说,强忍着眼泪,生怕哭出来。

然而从这一天起他却害上了极端仇视包里斯的病,而且包里斯很快就觉察到了他这种情绪,并且给他火上加油,几乎对克里姆每走一步,每说一句话都奚落一通。显然,乘船旅行也没能使包里斯心情平静下来,他仍和从莫斯科刚回来时一样坐立不安,那对乌黑的眼睛仍旧闪烁着疑虑和恼恨的光芒,而且有时候,他忽然陷入一种奇怪的惶惑和沮丧的情绪之中,停止游戏,不知跑到什么地方去了。

"他哭去了,"克里姆怀着幸灾乐祸的心情猜测着。

莉吉雅和图罗博叶夫仍旧是那样关怀备至地照顾着包里斯,维拉·彼得罗夫娜对他挺亲热,他父亲也常常逗他笑,大家都耐心地容忍着他喜怒无常的脾气。克里姆很痛苦,老想揭开这个秘密,他向所有的人打听。可是柳芭·索莫娃用教训的口吻对他说：

"这是因为他的神经有毛病，你懂吗？人身上有一种白色的纤维，它们会哆嗦。"

图罗博叶夫的解释也比这好不了多少：

"他有件倒霉的事，但我不愿告诉你。"

最后莉吉雅紧锁着双眉，撇着嘴唇，要他保证：

"你得起誓，永远不让包里斯知道我对你说过这件事！"

克里姆真心诚意地起誓愿恪守秘密，焦急地听着她上气不接下气、忐忑不安地讲述说：

"军事学校把包里斯开除了，因为他不肯讲出那个干了淘气勾当的同学来。不，不是为了这个，"她四下顾盼，又急急忙忙改正说。"为这件事把他关了禁闭，而且有个教师竟诬赖包里斯挑拨离间，说是他告的密；于是等到把他从禁闭室放出来以后，同学们就在夜里把他揍了一顿，而他在上课时又用圆规扎了教师的肚子，所以就把他开除了。"

她哽咽着，又补充道：

"他本来想自杀。甚至还有一位疯疯癫癫的大夫给他治过病呢！"

她那对乌黑的眼睛里噙着泪花，仿佛泪水也成了黑色的。克里姆感到不知所措了，因为莉吉雅是不大哭的，但是现在却哭得像个泪人，简直成了另一个姑娘，失去了她那独特的性格，在克里姆心里引起了一种近乎怜悯的感情。她讲的关于她哥哥的事情并没有打动克里姆，也没有引起他的诧异，因为他一直在琢磨着包里斯会有出奇的举动。他摘下眼镜玩弄着，皱着眉头看了看莉吉雅，一时找不到安慰她的话。其实他是很想安慰她一番的，因为图罗博叶夫已经回学校去了。

她靠在一棵细细的白桦树干上，用肩膀撞了撞白桦树，从半光秃的树枝上徐徐落下来一些枯黄的树叶；莉吉雅用脚把树叶子踩进土里去，用手抹掉脸上那些不轻易淌出来的泪水，她那晒得黝黑的手臂的迅疾动作说明她有一种好挑剔的毛病。她的面孔也晒得成了古铜色；一件镶着红边的蓝色连衣裙，雅致地裹着她袅娜的身躯，那风度犹如马戏团女郎，给人一种不寻常的惊奇之感。

"他感到害羞吗?"克里姆终于问道。莉吉雅摇摇头，低声说道：

"噢，当然啰！你想想吧：倘若他爱上一位姑娘，他就该把自己的一切事情都讲给她听，可是怎么能把挨了同学一顿揍的事儿也告诉她呢？"

克里姆小声地表示同意：

"是的，这是不能说的……"

"他甚至也不和柳芭要好了，现在老和瓦莉娅在一起，因为瓦莉娅一声不吭，活像一个香瓜，"莉吉雅想了一下说。"我和爸爸都为包里斯担心。爸爸甚至在半夜里也要起来看看他是不是睡着了。噢，昨天你妈妈来了，当时已经很晚，我们都睡下了。"

她若有所思地低下头，用鞋后跟把枯黄的树叶踩进泥土里，然后走掉了。她的身影刚一消失，克里姆就觉得自己有了对付包里斯的武器，可以狠狠报复一下他对自己的一切嘲笑了；他想到这一点，心里特别高兴。第二天，他已经忍不住，非把这种快活心情对小瓦拉甫卡表露一番不可。他轻蔑地跟包里斯打招呼，伸给他一只手，却马上又缩回来，插到口袋里去；他神气活现地朝着对手的脸淡淡一笑，一声不吭走开了。但他走到餐厅门口又回头看看，发现包里斯正双手撑在桌子边上，仰着头，咬紧嘴唇，惊愕地盯着他。这时克里姆又付之一笑，但是小瓦拉甫卡三步两步就蹿到他跟前，抓住他的肩膀，晃了晃，声嘶力竭地追问道：

"你为啥老是嘲笑人？"

他那张布满麻斑的脸，红一阵白一阵的，龇着牙，手按着克里姆的肩膀直发抖。

"松开我，"克里姆说着，生怕包里斯会揍他，但是包里斯仿佛央求似的，小声重复问道：

"你到底为啥冷笑？你说呀？"

"我不是笑你。"

克里姆从包里斯手里挣脱出来，缩着脑袋，头也不回地溜走了。

## 十三

刚才的情景使克里姆胆战心惊，他虽说对小瓦拉甫卡更加小心谨慎了，可还是情不自禁地有时用他那能够看穿一个人的可耻秘密的眼神，去打量包里斯的一双眼睛。他清清楚楚地看到，他那讥讽的目光使包里斯非常愤慨，虽然包里斯还是那样肆无忌惮地取笑他，越发怀疑地盯着他，像老鹰似的围着他打转儿，可是他看到包里斯现在这副样子，心里着实痛快。这种危险的游戏很快就使克里姆放松了警惕。

在一个暖和而又沉闷的日子里，当秋天的太阳正向精力衰竭的大地告别，又仿佛想提醒人们不要忘记它那夏日的酷烈气炎的时候，孩子们正在花园里玩耍。克里姆比平日兴致更浓，包里斯的情绪也显得心平气和。莉吉雅和柳芭在兴高采烈地玩耍，索莫夫家的大女儿在用美丽的枫树叶和花楸叶编个大花环。克里姆捉住一只晚生的甲虫，用两个手指捏着递给包里斯，说道：

"那，谢科莫耶①。"

这句双关语是情不自禁地猛然间说出来的，连克里姆自己也不由地扑哧笑了一声，但是包里斯却一反常态地哼了一声，举起巴掌，连打了他两个耳光子，然后又飞起一脚把他踢倒，转身就逃，他一面跑，一面声嘶力竭地吼叫。

克里姆也在喊叫，啼哭，挥舞拳头，索莫娃姊妹来劝他，但是莉吉雅在他面前直跺脚，气呼呼地说：

"你怎么敢这样呢？真是下流痞，你发过誓的！唉呀，我也是个下

---

① 俄语"昆虫"（насекомое 音：那谢科莫耶）和"挨揍的"一词发音相近，克里姆故意分成两段说，就成了"那，挨揍的家伙"，因此激怒了包里斯。

流痞……"

她说着跑掉了。索莫娃姊妹把克里姆搀到厨房去,给他洗掉打破的脸上的血迹,维拉·彼得罗夫娜气冲冲地蹙着眉头走了进来,立刻惊愕地喊叫道:

"我的上帝呀,你这是怎么搞的哟?眼睛没打坏吧?"

她急急忙忙给儿子洗了脸,把他领到屋子里去,帮他脱掉衣服,扶他躺在床上,用手巾热敷那只肿胀的眼睛。她坐在椅子上,用规劝的口吻说:

"嘲弄一个受委屈的人,可不像是你该做的。你应当待人宽厚才对!"

克里姆觉得所有的人都恨他,人人都同情包里斯,因此他嘟嘟哝哝地说:

"可是你说过,用不着这样,你说这是愚蠢。"

"什么是愚蠢呀?"

"宽厚呗,是你说的,我记得。"

母亲俯下身子,严厉地盯着他那只睁着的右眼,说道:

"你不要以为大人所说的话你一概都懂……"

"谁也不喜欢我。"克里姆哭起来,抱怨说。

"这是胡说,我的宝贝儿。这是胡说!"她重说了一遍,用一只柔软的、香喷喷的手抚摸着他的脸蛋儿,沉思起来。克里姆缄默不语,等着她说"我喜欢你",但是她还没来得及说这句话,瓦拉甫卡就捋着大胡子走了进来,坐在床上,开玩笑地说:

"凶猛的西班牙人,你们为啥要厮打呀?"

虽然他是在说笑话,但是他的眼睛却显得很忧郁,焦急不安地眨巴着,精心梳理的大胡子都捋乱了。他想方设法让克里姆高兴,用尖细的声音诌了几句顺口溜:

  戏剧,女士,庙宇,格局,
  蚂蚁与河马,

87

夜莺和木笛——

牛头对马嘴,鸡毛与蒜皮。

母亲笑眯眯地望着他,但是她的眼睛里流露着悲戚的神情。

最后,瓦拉甫卡把一只手伸进被窝,去搔克里姆的脚心,使他憋不住咯咯咯地笑起来,接着就和母亲一块儿走了。

第二天晚上,他们举办了一次丰盛的和解庆祝会——有茶,有蛋糕,有糖果,还有音乐和跳舞。在开会之前,大家逼着克里姆和包里斯亲吻,但是包里斯在接吻时拼命咬着牙,闭着眼睛,而克里姆简直想咬他一口。后来大家提议让克里姆朗诵涅克拉索夫的诗《伐木》,但是,莉吉雅的好友阿琳娜·捷列普涅娃却自告奋勇要朗诵,她走到钢琴旁边,兴致勃勃地转动着两只大眼睛,细声慢气地朗诵起来:

人们正在酣睡,我的朋友,
　我们去到绿荫如盖的花园。
人们正在酣睡,只有天上的星星,
　还在眨眼望着我们。
就连那些星星,也不能透过
　茂密的枝叶把我们窥探;
它们更听不见我们的声音,
　听见我们私语的只有夜莺。

她嫣然一笑,做了个鬼脸,又更加细声细气地念下去:

其实夜莺也听不见什么,
　除了它自己的婉转咏歌。
能听见我们说话的,
　只有我们的心儿和手儿。

心儿能够听见：
　　我们已经给人间
带来多少幸福，
　　带来多少快乐。①

阿琳娜长得非常可爱，那样子活像糖果盒上画的小娃娃。一张圆圆的脸蛋儿泛着红晕，两颊披散着一绺绺的棕色卷发，一对蓝眼珠机灵地闪动着，没有一点儿稚气。她朗诵完毕后，以优美的动作向大家行了个蹲礼，袅袅娜娜地走到桌旁，大家都目瞪口呆地望着她。过了一会儿，瓦拉甫卡说：

"太妙了，是吧？维拉·彼得罗夫娜，你以为如何？"

他用手掌端起大胡子，遮住脸，透过胡须补充道：

"女性成熟得多早哇，啊？"

维拉·彼得罗夫娜用手指点他，发出"嘘嘘……"的警告声。她对着瓦拉甫卡的耳朵悄悄说了几句，瓦拉甫卡不好意思地摊了一下手，开口问道：

"这种朗诵姿势你是在哪儿学的呀？"

小姑娘自豪得满脸通红，她说在她家里住着一位上了年纪的女演员，是她教的。

莉吉雅立刻接过话茬儿说：

"爸爸，我也想去跟女演员学习。"

克里姆垂头丧气地坐着，大家忘记了夸耀他的朗诵；他认为阿琳娜虽然长得很漂亮，可她很愚蠢，也像瓦莉娅·索莫娃那样，既无用又无趣。

晚会进行得很顺利。维拉·彼得罗夫娜用钢琴弹奏了包里斯和莉吉雅喜欢的短曲：利亚多夫②的《会奏乐的鼻烟壶》和柴可夫斯基③

---

① 俄国诗人菲特(1820—1892)一八五四年所作《无题》诗的头两节。
② 利亚多夫(1855—1914)，俄国作曲家。
③ 柴可夫斯基(1840—1893)，俄国杰出的作曲家。

的《三驾马车》，还弹奏了其他几支轻松欢快的小曲。后来，丹尼娅·库里科娃坐到钢琴旁去，兴致勃勃地在矮凳上蹾了两下，就开始弹起华尔兹舞曲来。瓦拉甫卡和维拉·彼得罗夫娜围着桌子跳舞；克里姆第一次看见这个身体肥胖、行动笨拙的人，跳起舞来竟是如此轻捷，把妈妈弄得两脚离开地面，腾空打起旋来。孩子们快乐而有节奏地给跳舞的人鼓掌，包里斯还喊叫：

"爸爸，你跳得可真棒！"

克里姆发现他的对手在音乐、舞蹈和诗歌的感染下，变得温和了，他自己也觉得非常开心，被大家那种不太吵闹然而却很爽朗的欢乐情绪所激动。

"孩子们，来跳卡德里尔舞①吧！"母亲一面用手帕去擦脑门儿上的汗珠，一面发号施令。

莉吉雅还在生克里姆的气，看也不看他一眼，就叫她哥哥到楼上去拿什么东西了。克里姆在一种突然产生的愿望支配下，很想去向包里斯说几句好话，说几句亲热的话，甚至给他赔礼道歉，希望原谅他的轻举妄动，于是过了一会儿，也跟着包里斯走出去了。

当他上到楼梯一半时，包里斯已经在楼梯顶上出现，手里提着一双舞鞋；他停下来，弯下身子，仿佛要扑到克里姆身上似的，可是后来他却一个台阶一个台阶地慢慢走下楼去，同时克里姆听见他嘎哑的声音：

"别到我跟前来，你这小子！"

克里姆看见包里斯那俯下来的、仿佛就要落到他身上的脸，吓了一跳。这张脸上生着一副突出的颧骨和像狗一样朝前伸出的下巴颏；克里姆抓着楼梯扶手，也慢慢地往下走，随时提防小瓦拉甫卡会扑到他身上，但是包里斯怒气冲冲地走过去了，更洪亮地重复了一遍：

"你敢靠近我！"

克里姆吓得浑身直打战，他在楼梯上站住，喉咙里直痒痒，眼睛里

---

① 一种由四人组成两对、包含六个程式的舞蹈。

涌出了泪水,他想跑到花园里去,跑到院子里去躲起来;他走到门口,风吹来一阵秋雨,把门打湿了。他用拳头敲门,用指甲抓门,觉得好像胸中有什么东西破碎了,消失了,使他变得空虚了。当他抑制住自己的感情,走进餐厅的时候,那里已经在跳卡德里尔舞了。他没有跳舞,而是顺手拉了把椅子放到钢琴旁边,和丹尼娅一同用四只手弹起卡德里尔舞曲来。

## 十四

克里姆处境困厄的日子来到了;他一天到晚对包里斯提心吊胆,并且对他恨之入骨。他不参加游戏,而是怏怏不乐地站在旮旯里,忧心忡忡地注视着包里斯,心里盼望着:倘若他摔倒,摔伤什么地方,那该多高兴啊!然而小瓦拉甫卡为了显示自己的本领,正像个醉汉一样,忘乎所以地来回蹦跶,他那敏捷的动作,他的每个跳跃,都仿佛早已准确无误地计算好了似的。大家都很佩服他的伶俐乖巧,喜欢他那孜孜不倦的精神,称赞他很会使游戏增加乐趣和生气的本领。克里姆听见母亲小声对包里斯的父亲说:

"这小子真是多才多艺啊!"

这年的冬天姗姗来迟,直到十一月下半月,干燥的狂风才用浅蓝色的冰封住了河面,吹得还没有被雪覆盖住的大地满是深深的裂纹。白晃晃的太阳在朦胧寒冷的天空匆匆画了一条短短的弧线,仿佛那凛冽的寒流就是从这个暗淡无光的太阳倾泻到大地上来的。

一个星期天,包里斯、莉吉雅、克里姆和索莫娃姊妹,都到城外河边新辟的滑冰场上溜冰去了。在一个巨大的椭圆形灰白色溜冰场四周插了一溜小枞树,用一根树皮绳把枞树串连起来。冬天的太阳羞答答地躲进了黑蒙蒙的一片树林后面,淡紫色的霞光倾泻在溜冰场上。滑冰的人熙熙攘攘。

"这是个土豆口袋,不是个溜冰场,"包里斯轻蔑地说。"谁跟我一块儿到河上去？瓦莉娅，你去吗？"

"我去，"那个毫无主见的胖乎乎的索莫娃答应道。

他俩从绳子底下钻出去，手拉手穿过河面，急速向一片草地奔去。一支军乐队随后不太整齐地奏起了嘹亮的进行曲。和柳芭·索莫娃很要好的朋友、那个被中学开除的伊诺科夫把她拉走了。今天伊诺科夫穿得很不雅观，且很单薄，一件呢子上衣，束在显得十分肥大的裤腰里，头上歪戴着一顶毛茸茸的羊皮小帽。莉吉雅瞭望一下河上，看见索莫娃和包里斯像腾云驾雾一般，正摇摇晃晃地向着显得膨胀的火红的夕阳那边奔去。于是她向克里姆提议跟他们一道去。但是当他们钻出绳子，不慌不忙地往前滑行的时候，她忽然大叫一声：

"哎哟，你看哪……"

克里姆已经看到包里斯和索莫娃的身影倏然不见了。

"他们摔倒了，"他说。

"不对吧，"莉吉雅自言自语地说，使劲儿用肩膀撞了克里姆一下，把他撞得一条腿跪倒在冰上。"瞧啊，他们掉进冰窟窿里去了……"

于是她飞快地向前跑去。这时可以看见在差不多靠近河岸的地方，有两个圆圆的黑东西在红通通的落日余晖中浮动。

"快点儿！"莉吉雅一面跑一面喊。"皮带，快把皮带扔给他们！快去叫人……"

克里姆急速追过她，飞快地往前滑去。他的两眼睁得大大的，简直都有点儿发痛了。

一个黑魆魆的冰窟窿神秘莫测地向他爬过来，眼见着越来越大了，冰窟窿里面满是汹涌的河水；他听见了河水凛冽的拍溅声，看见两只冻得通红的小手，手指抓着冰凌，冰一块一块的裂开，发出咔巴咔巴的响声。他的小手晃来晃去，活像一只奇怪的小鸟儿被拔了毛的翅膀，两翅中间夹着一个亮光光的脑袋，浮上沉下；那血迹斑斑的脸上，一对大眼睛瞪得溜圆，脑袋往上一钻，又沉下去，一对通红的小手又在冰上颤抖着。克里姆听见嘎哑的吼叫声：

"松手！松手,你这混蛋,放开我呀!"

克里姆离冰窟窿的边沿不过五六步了,他猛一转身,跌倒在冰上,胳膊肘撞得很疼。他趴在冰上,看见一片颜色古怪的水,好像分量很重,打在包里斯的肩上,头上,把他的手从冰凌上冲下去,又嬉戏地拍打着他的脑袋,冲击着他的面孔和眼睛。包里斯的整个脸都好像在吼叫,就连他的眼睛也仿佛在高呼:"伸过手来……伸过手来呀!……"

"马上就来,马上就来!"克里姆嘴里嘟哝着,正在解下冰手的皮带环。"忍耐一会儿,马上就来!……"

在这一刹那,克里姆想到:假如不是在这儿,而是在家里能看到包里斯这副难看的惊恐万状的面孔,看到他那软弱无力的倒霉相,该多惬意呀!若叫大家都看见他此时此刻这种惨状,那该多好啊!

然而他是在一片惊恐之中想到这一点的,这种惊恐犹如一股寒流侵袭着他,使他心灰意懒。他用又木又疼的手吃力地解下皮带,把一头扔进水里,包里斯抓住它的一头一拉,很容易地就使克里姆向着水边滑过去;克里姆尖叫一声,闭上眼睛,把手里的皮带松开了。等到他睁开眼睛时,他看见深紫色的水越发有力地冲击着包里斯的肩膀和光头,又看见两只红通通、湿漉漉的小手戳破了冰层,离他越来越近了。克里姆全身抽搐了一下,向后爬去,离这双危险的手远了一些。他刚一躲开,包里斯的两只手和脑袋都不见了,在汹涌翻滚的水里,只剩下一顶黑色的滩羊皮小帽在浮动。亚铅色的冰块随波逐流,河水在晚霞的映照下呈现出一道道金光闪闪的波纹。

克里姆深深地松了一口气,整个可怕的场面似乎令人苦恼地持续了很久。虽说他已经吓得魂不附体了,但仍旧觉得十分纳闷儿:莉吉雅居然到现在才滑到他跟前来,抓住他的肩膀,用膝盖顶着他的脊背,刺耳地喊道:

"在哪儿,他们在哪儿呀?……"

克里姆瞧着水势渐渐平静下来,漂浮着包里斯的小皮帽,朝一个方向悠悠流去,喃喃自语道:

"是她把他淹死的……因为他喊叫过让她松手,还骂过她。他拉脱了皮带……"

莉吉雅尖叫一声,倒在冰上。

冰鞋踩在冰上发出咯吱咯吱的响声,许多黑魆魆的人影跑到冰窟窿跟前来,一个穿皮袄的人把一根长竹竿伸进水里,扯开嗓子喊道:

"都走开!不然你们会掉下去的。这里水很深,诸位,这里是行过大船的地方,你们难道不知道吗?"

克里姆站起来,想搀扶起莉达,可是又有人把他撞倒了,他仰面朝天,后脑勺撞在冰上,一位留着小胡子的士兵抓住他的一只手,一面拖着他往外拉,一面喊叫:

"把所有的人都赶开!"

而那位庄稼汉一面用竿子搅水,一面也在喊叫:

"诸位有学问的人,你们只会发号施令,却不懂得规矩……"

克里姆特别感到惊讶的是,竟然有人郑重其事地提出疑问:

"这里真的来过一个小孩吗,也许根本就没有小孩来过吧?"

"来过!"克里姆想喊叫,但是没能喊出来。

当他从昏迷中苏醒过来的工夫,恍悟到自己正躺在家里的床上发高烧,看见母亲的脸蒙蒙眬眬地俯在他的头顶上,用那双陌生的、发红的小眼睛望着他。

"把他们捞上来了吗?"克里姆沉默了片刻,瞧瞧那位站在屋子当中、戴眼镜的花白头发的男人,问道。母亲把一只冰凉的手放在他的前额上,他顿时觉得挺舒服,但是没有回答他的问话。

"捞上来了吗?"他又问了一遍。

母亲却说:

"不知他在嘟哝些什么?"

"他在说梦话,"那个花白头发的人粗声粗气地答道。

克里姆害肺炎在床上躺了七个星期。在病中他听说已经把瓦尔瓦拉·索莫娃埋葬了,但是包里斯的尸体却没有找到。

# 第三章

## 一

克里姆·萨姆金十七岁上已经长成一个中等身材、体格匀称的小伙子了。他走起路来,不慌不忙,步履稳健;话虽不多,但尽力言简意赅地表达自己的思想。他常用那双白皙的手做着恰如其分的手势,使他的谈吐更为引人注目。他的手指又细又长,和音乐家的手指一模一样。一副烟色的眼镜,遮住他那对冷漠的蓝眼珠射出的疑虑重重的目光,给他那鼻梁尖尖、平庸呆板的脸庞增添了美感,不过按照时兴的款式剪短的、虽不太厚密但也挺硬的头发和一身整洁的制服,却使他那庄重的风度显得更加突出了。他的学业虽不算优异,但是他的温文尔雅和品行端正却博得了教师们的好感。他虽然在六年级读书,可是与同班同学却非常疏远,他的朋友都在七年级和八年级。

据说,讲授宗教课的齐洪神甫,是一位有远见卓识的知名人物,有一次他在教务会议上谈到克里姆时说:

"他的智慧的弦,调得既悦耳又高亢。我尤其重视他对于我国青年人十分醉心而又于己有害的琐事,抱着审慎甚至怀疑态度那种品质。"

那位总也不显老、只是越来越干瘦的克萨维里·勒日加教训克里

95

姆道：

"我不怀疑你的聪明才智，可我要说，你交的那些朋友会败坏你的名声的。我认为伊万·德罗诺夫就是其中的一个，还有马卡罗夫也是这样的人，这我已告诉过你了。"

克里姆一句话也没说，恭恭敬敬地向学监行了个礼。他当然比勒日加更清楚地了解自己的朋友，虽然他对他们并没有什么特别的好感，可他俩却都使克里姆感到吃惊。德罗诺夫仍旧那样孜孜不倦地、贪婪地汲取着一切能够汲取的知识。他功课优异，大家都把他看成是一位给学校增光的人物，不过克里姆知道，教师们对德罗诺夫的憎恶，也正如德罗诺夫暗自憎恶他们一样。在表面上，德罗诺夫不仅对教师们的态度是阿谀奉承的，就是对于某些同学，那些有权有势人家的子弟，也是阿谀奉承的，不过在他那些恭维的言词里和谄媚的笑脸上，往往也流露出一些尖刻的，或是骄矜的字眼，使人觉得他是一个确实知道自己真正价值的人。

齐洪神甫是这样评价他的：

"刚才说的那个德罗诺夫，伊万，他的品行活像迦南国的一个奸细①。"

可能是扁平的头盖骨妨碍了德罗诺夫身材向高里发育，他的体格一直往宽里长。他成了一个身材低矮的人，肩膀很宽，骨骼左右突出，显得很丑，一副罗圈腿弯得更厉害了，他的两只胳膊肘活动起来，仿佛老是想要穿过拥挤的人群似的。克里姆·萨姆金觉得，假如他再长上一个驼背，不但不会破坏他那奇特的体形，甚至可以使它更加完善。

德罗诺夫住在从前托米林住过的那间阁楼上，屋子里堆满了纸壳、植物标本、矿石标本和从红毛教师那里顺手拿来的书籍。他仍旧喜欢幻想，不过现在这已经和他的年龄不相称了。克里姆甚至觉得，德罗诺夫的幻想是故意的，是勉强的。他一直念念不忘自己"将来要

---

① 迦南原指约旦和地中海之间的地区，以色列军队占领前曾派奸细打入迦南。《圣经·创世记》第四十二章第九节有记载。

盖过罗蒙诺索夫"的抱负,还不时地夸耀一下这个抱负。克里姆觉得德罗诺夫的头脑也和丹尼娅·库里科娃的头脑一样,变得杂乱无章,像个吞噬一切的垃圾坑了。正如住在厢房里的作家涅斯托尔·卡京所说的,德罗诺夫那种贪得无厌地吞噬"精神食粮"的能力也着实叫克里姆吃惊。不过有时有一种奇特的感觉混杂在他这种惊愕之中:似乎德罗诺夫正在剽窃他的学问。德罗诺夫已经不再用鼻子大声吸气了,但不知怎么又添了一种新的毛病:说起话来顾虑重重,呜呜噜噜地口齿不清。

"克里姆……你知道眼睛是怎么长成的吗?"他问道。"一开头就有眼睛吗?是不是当初有一种像虫子一样的盲目的生物,爬来爬去,可是它又怎么会看见东西的呢,嗯?"

"我不知道,"克里姆正在全神贯注地思考别的事情,没有回答。但是德罗诺夫又急急忙忙地推测说:

"可能是因为疼痛的缘故。这盲目的家伙用前端,就是用头向一切障碍物乱撞,感觉到了撞击的疼痛,于是就在撞击的地方形成了视觉器官,是这么回事吧?"

"也许是的,"克里姆带信不信地说。

"这个问题要由我来发现,"德罗诺夫很有把握地说。

他读过鲍克尔①、达尔文和谢琴诺夫②的著作,读过《伪经》③和许多神甫的著作,还读过阿卜杜勒·加吉·博哈杜尔汗④的《鞑靼家系史》;他读书时头老是上下晃动,那劲头儿仿佛要把书上的奇特情节和道理都啃下来似的。克里姆认为,正是由于这个缘故,他的鼻子才变得更加显眼,脸变得更加扁平了。这些书中并没有使德罗诺夫如此激

---

① 鲍克尔(1821—1863),英国历史学家,实证主义社会学家。此处指他所著的《英国文明史》。
② 谢琴诺夫(1829—1905),俄国生理学家,唯物主义思想家,俄国生理学奠基人。此处指他所著的《大脑的反射》一书。
③ 《伪经》是被教会视作违背正式教义而摒弃的宗教著作。
④ 阿卜杜勒·加吉·博哈杜尔汗是十七世纪中叶花拉子模国的国王,很有才华。

动的稀奇古怪的问题,那不过是为突出他异乎寻常的智慧,自己编造出来的罢了。

"一匹马,"马卡罗夫这样称呼他,不过他在说"马"这个字时,老是发不出头一个字母的音。

马卡罗夫也是一个给学校增光的英雄:他为了钮扣的事跟老师顽强地斗了两年。他有一个把制服钮扣转来转去的习惯,回答问题时,老把一只手放在下巴底下,转动着一个常常是耷拉下来的钮扣,有时当着教师的面把扣子扯下来,藏到口袋里。为这事教师们处罚过他,并且对他说,若是制服领子勒脖子,就该把领子放大。结果都无济于事。总之他有许多毛病:他不肯按照时兴的样式剪头发,那疙瘩流球的头盖骨上乱七八糟地扎煞着一绺绺深浅两种褐色的卷发,他虽说只有十八岁,可是已经在长白头发了。听说他又喝酒,又抽烟,还在下等咖啡馆里打台球。

他是从外城转到这个学校五年级来的;两年多来,教师们一直很欣赏他各门功课的成绩,但对他的品行却感到不安和气愤。他中等身材,体格匀称而又健壮,步履轻快,活像一个马戏团的演员;他眉目清秀,脸上长着一个鹰钩鼻子,不像是俄罗斯人的脸型,不过那对像女人一般温柔的深棕色眼睛和由两片妩媚动人的嘴唇上微微流露出来的笑意,使这张脸显得和蔼可亲;他的上嘴唇上已经长了一层黑黑的髭毛。

克里姆不理解这两个迥然不同的人为何如此要好。德罗诺夫和马卡罗夫在一起显得更丑了,看来他也感觉到了这一点。他跟马卡罗夫谈话时总是慷慨激昂,那声调好似一个人受到威胁时要进行自卫一样。他昂首挺胸,一双炯炯有神的小眼睛机灵而又多疑地瞪着,仿佛就要发生什么不寻常的事情。但是克里姆觉得马卡罗夫对德罗诺夫的态度是出于好奇,其中夹杂着一种盛气凌人的轻蔑成分,就像一个经验丰富、视力正常的人对待一个半瞎眼的人似的。倘若有人对克里姆也采取这种态度,那他是决不会容忍的。

有一次，德罗诺夫把德雷伯尔①的一本小书《天主教与科学》塞给马卡罗夫，以责备的口气说：

"这里已经证明，神甫就是科学的敌人，但是乔尔丹诺·布鲁诺②、康帕涅拉③、莫鲁斯④这些人却……"

"让这一切都见鬼去吧！"马卡罗夫一面抽着烟，一面对他说。

"我是想知道真理，"德罗诺夫用怀疑和厌恶的目光扫了他一眼。

"关于真理的问题你去请教托米林或者卡京吧，他们会告诉你的，"马卡罗夫喷了一口烟，冷冰冰地说道。

克里姆有一次问马卡罗夫：

"你喜欢德罗诺夫吗？"

"喜欢他？我才不喜欢呢！"马卡罗夫肯定地回答。"不过他身上有一种使我强烈感到扑朔迷离的东西，我想弄弄清楚。"

尔后他沉思一番，便随口说道：

"和他这样的丑八怪相处，是很难的。"

"为什么呢？"

"喏……他应该穿上一件漂亮的衣服，戴一顶奇特的帽子，走路时提溜一根文明棍儿。否则姑娘们怎么会看上他呢？老弟，主要的是姑娘们。而她们顶喜欢你手中拎个文明棍儿呀，挎副军刀啊，或者拿本诗集啦！"

马卡罗夫说完便待搭不理地轻轻吹起口哨来。

---

① 德雷伯尔(1811—1882)，美国生理学家、实证主义历史学家，著有《宗教与科学的冲突史》，《天主教与科学》即此书的另一译名。
② 乔尔丹诺·布鲁诺(1548—1600)，文艺复兴时期的意大利哲学家。因反对经院哲学，主张人们有怀疑宗教教义的自由，被教廷处以火刑。
③ 康帕涅拉(1568—1639)，文艺复兴时期意大利空想共产主义者；因领导农民起义被捕入狱，囚禁二十七年，在狱中著有《太阳城》一书，阐述了他的空想共产主义。
④ 莫鲁斯(1478—1535)，即托马斯·莫尔，文艺复兴时期英国空想共产主义者，因拒绝承认英国王为国教最高首领而被判处死刑；著有《乌托邦》一书。

克里姆·萨姆金轻而易举地学会了别人那套把人看得很简单的做法。这样他就大可不必对什么事情都发表自己的见解了。他学会了在是与否二者之间巧妙地摆出自己的观点，因而增强了他那善于独立思考、会用脑筋的人的威望。克里姆听了马卡罗夫对德罗诺夫下的评语以后，终于断定，德罗诺夫所谓寻求真理，不过是乌鸦想用孔雀翎打扮自己的一种痴心妄想罢了。因为他自己就是处在这痴心妄想的激流里，所以他清清楚楚地知道它的力量和要为它付出什么样的代价。

他认为同学都比他笨，但同时他又看到这两个同学却比他有天才，比他有风趣。他知道那位精明的齐洪神甫曾经谈到马卡罗夫说：

"他虽是个才华横溢的青年，但是不应忘记蜚声四海的汉斯·赫里斯蒂安·安徒生所讲的精辟格言：

　　镀上去的金层会被磨掉，
　　猪皮的麻面却长久存留。①"

克里姆很想剥去马卡罗夫身上的镀金；虽说他也看到这位同学常常陷入一种莫名其妙的、心情沮丧的惶惑之中，可是他那层镀金还是使克里姆觉得眼花缭乱。而伊万·德罗诺夫在他看来却是一个冒险的赌棍，他正在用几张假牌想匆匆忙忙地把所有的人都赢个精光。有时克里姆看到，同学们对他的态度，比起他对他们的态度来要好得多，要信任得多；显然他们都承认他比他们聪明，比他们见多识广，于是他就打心眼里感到疑惑不解。然而这种发自内心的疑惑不解，并没有持续多久，而且只是在他懒于经常不断地反省，觉得自己正在走一条艰险的道路的时候，才偶尔产生的。

---

① 出自安徒生的童话《老房子》（1848）。

## 二

马卡罗夫自己把身上的镀金给磨掉了。事情发生在那次他们坐在山上圣母升天教堂围墙里,观赏落日余晖的时候。

那是一个迷人的黄昏,俄罗斯的冬天以它令人陶醉的豪爽气魄,展现出它绚丽多姿的冰天雪地的景色。挂满树梢的霜花宛如白里透红的水晶,灿烂夺目;积雪反射出五颜六色的宝石般的光辉,被风吹得光秃秃的绛紫色河床那边草地上,铺着一片锦缎般华丽的雪毯,这雪毯的上空罩着一层湛蓝的、仿佛无论怎么也惊动不了的宁静的天幕。这奇异的宁静囊括着一切能够映入视野的东西,似乎在期望,甚至在要求人们说出一些特别美妙动听的赞语。

马卡罗夫把一缕浅蓝色的烟雾喷到寒冷的空气中,突然问道:

"你不作诗吗?"

"我吗?"克里姆感到惊讶。"我不作诗,你作吗?"

"我开始作了,不过作得不好。"

他不知怎么一下子流露出一股怨艾的情绪,粗鲁而又不害羞地讲起来:

"几乎已经有两年之久了,我心里想的只是姑娘。我不能去逛妓院,因为我还没有到这种地步。不过我已经染上手淫的恶习,即便把手砍掉,也难改过来。老弟,染上这种恶习,简直使人难受到了流眼泪的程度,我非常痛恨自己。每逢和姑娘们在一块儿,我就如醉如痴,神魂颠倒。她对我谈论书和各种诗歌,可我想的却是她的乳房是什么样子,顶好是吻她一吻,那时即便死去也心甘。"

他扔掉没有抽完的香烟,那烟蒂像蜡烛似的插在积雪上,火光向上,一缕缕青烟缭绕在寒冷清澈的空气中。马卡罗夫瞧着烟雾,喁喁低语道:

"干这种勾当简直是糊涂到了极点。更主要的是因为克制不住才感到难过。你还没尝过这种滋味吗？你很快也会尝到哩。"

他站起来,用鞋底踩灭烟蒂,一面眯缝起眼睛打量着教堂顶上那个红光闪闪的十字架,一面站在那里继续说下去：

"德罗诺夫曾经在什么书上看到过,说这是'人的本性'在起作用①,说这是'维纳斯女神②的意志'。见鬼去吧,什么本性,什么维纳斯,这跟我有什么相干？我不愿像一只公狗那样,因此我就有了苦闷和自杀的念头,事情就是这样！"

克里姆紧张而又津津有味地听马卡罗夫唠叨,他看到马卡罗夫把自己描绘成一个软弱无能、恬不知耻的人,心里很高兴。虽然克里姆有时在夜间也感觉到肉体上有一种惶惶不安的欲念,开始想到他的初恋将会怎样激动,而且他已经意识到,这初恋的女主角一定是莉吉雅,可他还是不了解马卡罗夫为何那样忧心忡忡。

马卡罗夫吹着口哨,两手插进大衣口袋,冷得缩着脖子。

"柳芭·索莫娃是个翘鼻子的小傻瓜,我不爱她,也就是说不喜欢她,可我居然觉得被她紧紧缠住了。你可知道,姑娘们都很想追求我,不过……"

"并不是所有的姑娘,"克里姆想起莉吉雅·瓦拉甫卡对马卡罗夫的憎恶,心里这样嘀咕。

"咱们走吧,太冷了,"马卡罗夫说完,快快不乐地问道："你为啥不言语？"

"我能说什么呢？"克里姆耸耸肩膀。"俗话说：必然者,不可避免也。"

他俩在雪地上踩得咯吱咯吱响,默默地走了好几分钟。

"为啥这种事情来得如此早呢？老弟,这好像有点儿捉弄人……"马卡罗夫慢条斯理地轻声说道。克里姆稍停片刻,回答说：

---

① 德国唯心主义哲学家叔本华(1788—1860),宣扬以情欲为生活之本源,而否定人生的价值,此处指他所谓的"一个男人看到与其相称的漂亮女人就迷恋,觉得与其结合就会无比幸福,这乃是一种本能的精神……"这一谬论。
② 维纳斯是古罗马神话中司春、司美、司爱的女神。

"很可能叔本华说得对。"①

"或许托尔斯泰说得对:一切全不顾,只往角落瞧②。然而,就连自己身上的优秀品德也可以弃之不顾吗？啊？"

克里姆·萨姆金沉默了一会儿;他听他同学这种懊丧的谈话,越来越兴致勃勃了。因此,当马卡罗夫忽然和他告别,四下环顾一番,然后大步向小咖啡馆院子走去的时候,他甚至感到惋惜。

"我去打一会儿台球,"马卡罗夫说着,气呼呼地把便门砰的一声关上。

## 三

流逝的岁月并没有在克里姆的生活中记下使他特别激动的事件,一切都过得平平淡淡。人们像走马灯似的,一个个自然而然地消失了。父亲越来越经常地外出,不知为何他变得越发瘦小,渐渐憔悴,进而终于消失了。在此以前,他变得沉默寡言,犹豫彷徨,就连选择字句也仿佛很吃力似的。他开始蓄起了络腮胡子,可是脸上这些红褐色的须毛都长得直挺挺的,等到上嘴唇变得跟牙刷一样时,父亲觉得很不好意思,便把这些须毛都刮掉,于是克里姆看到父亲的面孔越发可怜地萎缩了,衰老了。瓦拉甫卡跟他说话老是用一种不耐烦的催促口气:

"喂,喂,伊万·阿基梅奇,您这是怎么搞的呀,啊？把锯木厂给卖啦？"

父亲听瓦拉甫卡说话时,耳朵涨得通红,答话时老盯着瓦拉甫卡的肩膀,像磨刀匠一样,用一只脚使劲儿顿着。他常常喝得酩酊大醉回到家里,走进母亲的卧室,于是久久都能听到他在那里发出气急败坏的吼声。在他离家的最后一天早晨,他走进克里姆屋子,也是喝得

---

① 指叔本华的谬论:"女人存在的惟一目的就是传宗接代,她们的作用仅此而已……"
② 这里指托尔斯泰宣扬的无为主义学说,这是一种消极的处世哲学。

醉醺醺的,母亲跟着他一同进来,嘴里还轻声嘟哝着告别词:

"我请求你,不要讲那些悲剧里的独白吧!"

"那好吧,亲爱的克里姆,"他很干脆地大声喊道。虽然他的嘴唇直哆嗦,可那肿胀通红的眼睛却炯炯有神地眨巴着。"事业非要我长期离开不可。我要住到芬兰的维堡去。情况就是这样。米佳也跟我一道去。好吧,别了!"

他拥抱了一下克里姆,吻了吻他的额角、脸蛋,拍了拍他的脊背,又补充说:

"你爷爷也要跟我一道儿走。好吧,别了! 要……尊重你母亲,她配得上……"

他没有说出母亲究竟配得上什么,就把一只手向上一抬,搔了搔下巴颏。克里姆觉得他本来是想用手掌捂住自己肿胀的嘴。

等到祖父、父亲和哥哥——他和克里姆告别时态度很粗暴并且流露着敌意——走了以后,这家宅并未因此而觉得空虚。可是过了几天,克里姆想起了一个人在包里斯·瓦拉甫卡淹死的那条河上说过的那句将信将疑的话:

"这里真的来过一个小孩吗,也许根本就没有小孩来过吧?"

克里姆在那双抓东西很有力气的小红手从水里伸出来,朝他移动时所感到的恐惧,现在已经忘得一干二净了;包里斯淹死的场面越来越淡薄了,偶尔想到时也不过像一场噩梦似的。但是那个人说的这句怀疑的话里却包含着一种纠缠不休的意味,仿佛想用"也许根本就没有小孩来过吧?"这句滑稽可笑的、试探性的口头禅来证实他说的话似的。

克里姆很喜欢这样的口头禅,恍惚领会到这句口头禅的模棱语意,并且发现人们心甘情愿地把它当作至理名言。每天夜里入睡以前,他就躺在床上,回忆着白天所听到的一切言词,将那些莫名其妙、扑朔迷离的东西,都像糟粕一样的筛去,把各种各样成实饱满的智慧颗粒小心翼翼地保存在脑海里,以便一旦有机会就利用它们,来抬高他那好深思熟虑的少年的身价。他苦心孤诣地重复别人说过的话,却装得好像脱口而出、若无其事的样子,使人觉得他说的话不过是他那智慧宝库中微小的一粒而已。他确实有过成功的时刻,而且一想到这些成功,便飘飘然地孤芳自赏起来,那副惊异的神态就和别人欣赏他委实没有什么两样。

然而,伴随这种心情而来的往往却是烦恼;克里姆一想到莉吉雅就困惑不解,怅惘苦闷,甚至是心灰意懒了,因为她不善于,抑或不愿意像别人那样来欣赏他。她有好几天,甚至好几个星期都不和他见面,仿佛对她来说,他是一个平庸无奇、无血无肉、根本不存在的人似的。随着年龄的增长,她变成了一个越发古怪、桀骜不驯的姑娘。瓦拉甫卡从狐狸尾巴似的大胡子里发出爽朗的笑声,说道:

"真像她母亲。她母亲也是一个喜欢胡猜瞎编的能手,她瞎编一通,还信以为真呢!"

莉吉雅的父亲最喜欢用"瞎编"这个熟悉的字眼儿了,而这又最能使克里姆心安理得,不过对莉吉雅倒是个例外,因为这姑娘在他心中引起一种十分复杂的感情,则是的的确确的事实。

## 四

包里斯死后的第二年夏天,莉吉雅已满十二岁了。伊戈尔·图罗博叶夫不肯到军事学校去读书,而要到彼得堡去进另外一个学校。在他动身前的某一天,正在吃早饭的时候,莉吉雅毅然决然地向父亲宣布,她爱上了伊戈尔,说没有他,她就不能活下去,所以不愿意他到别的城市去读书。

"他应该住在这儿,在这儿读书!"她用握紧的小拳头往桌上一敲,说道,"等我到十五岁半的时候,我们就结婚。"

"你这是胡说八道,莉德卡,"父亲严厉地说。"我不许⋯⋯"

莉吉雅根本不想知道他究竟不许干什么,就站起来,没等瓦拉甫

卡上前拦她,就走了出去。她站在门口,扶着门框说道:

"这是上帝的安排……"

"好一个痴情的小姑娘,"母亲得意地望着克里姆,说道。克里姆莞尔一笑,瓦拉甫卡却纵声大笑起来。

但是,他们还没有吃完早饭,伊戈尔·图罗博叶夫就来了;他面色苍白,眼睛下面露着青斑。他毕恭毕敬地向克里姆的母亲行了个礼,吻了吻她的手,尔后在瓦拉甫卡一旁站定,昂然宣布:他爱上了莉达,不能到彼得堡去了,并且请求瓦拉甫卡……

瓦拉甫卡没等他说完就哄然大笑起来,摇晃着他那硕大身躯,把椅子弄得咯吱咯吱直响。维拉·彼得罗夫娜同情地笑着,克里姆怏怏不乐又有点儿惊讶地望着伊戈尔;而伊戈尔站在那里呆然不动,不过看上去好像在渐渐伸长,越来越高了。等到瓦拉甫卡笑完以后,他继续侃侃说道:

"我还要请您告诉我爸爸,假如他不允许,我就自杀。请您相信我的话,而我爸爸是不相信的。"

瓦拉甫卡和克里姆的母亲都沉默了一会儿,面面相觑,然后母亲用眼睛盯着门,对克里姆示意;克里姆闷闷不乐地回到自己的屋子去,不晓得该对这件事采取什么态度。他从自己屋子的窗户里看到:瓦拉甫卡使劲摇晃着大胡子,拉着伊戈尔的手,把他送到街上,随后又跟伊戈尔那位身材瘦小、头顶已经光秃的父亲一道回来。伊戈尔的父亲身穿灰上衣和绣着红条的灰裤子。他们在花园小路上漫步,老图罗博叶夫的花白胡子不住地哆嗦,说话都有点儿声嘶力竭了,瓦拉甫卡却在粗声闷气地低语,不断地用手绢擦那通红的脸颊,频频地点头。母亲进来,严令克里姆道:

"你该到托米林那里去上课了。不过,你用不着把这些蠢事告诉他。"

克里姆上完课回来,本想去看看莉吉雅,可有人告诉他现在不能去,因为她被禁闭在自己屋子里。家里显得异常宁静,然而克里姆却觉得马上就要有什么东西坍下来发出可怕的隆隆声似的。可是什么东西也没有坍下来。母亲和瓦拉甫卡不知到什么地方去了,于是克里姆走到花园里,朝莉吉雅屋子的窗户望着。姑娘没有出现在窗口,只看见丹尼娅·库里科娃那乱蓬蓬的头隐约闪现了一下。克里姆久久地坐在长椅上,什么事也不想,只是伊戈尔和瓦拉甫卡的脸老出现在他的眼前,他很希望有人能把伊戈尔狠狠地揍一顿,而莉吉雅……他冥思苦想着应该怎样惩罚她一下,但却找不到一种也不致使他自己伤心的惩罚她的办法。

母亲和瓦拉甫卡很晚才回来,他已经睡着了。他俩在餐厅里大声说笑,吵醒了克里姆。他俩好像喝醉酒似的,不住地哈哈大笑。瓦拉甫卡老想唱歌,可是母亲却呵斥他:

"唉,你唱的不对!完全不对!"

后来他们又移到客厅里去,母亲弹起一支愉快的曲子,但又蓦地中断了。克里姆打了一个盹,楼上的沉重的奔跑声又把他吵醒,随之就听见一阵喊叫:

"真是见鬼了!莉吉雅不见了。丹季娅娜[①]只顾贪睡,可是莉吉雅不见了!维拉,你晓得吗?"

克里姆从床上跳下来,赶忙穿好衣服,跑到餐厅里,但是餐厅一片漆黑,只有母亲的卧室点着灯。瓦拉甫卡站在门口,手扶着门框,犹如被钉在十字架上似的。他穿着睡衣,光脚趿拉着拖鞋;母亲正匆匆忙忙把一件长衫裹在身上。

他们叫克里姆去把德罗诺夫唤醒,到花园和院子里去找莉吉雅。丹尼娅·库里科娃已经在那里非常抱歉地小声呼唤:

"莉——达!唉,这可真是胡闹!莉——杜莎[②]!"

克里姆感到说不出的纳闷儿,这次他居然觉得是亲自在参加编造这个故事了,而且这个故事比他所知道的一切故事都更有趣,更可怕。就

---

[①] 丹尼娅的原名。
[②] 莉吉雅的爱称。

连今夜的天气也很奇怪,热风吹得树枝乱摇晃,干热的尘土简直使人窒息,白云在天空蠕动,不时地遮住月光,仿佛一切都变幻莫测,给人一种惶恐不安的感觉。两眼惺忪的德罗诺夫怒气冲冲地迈着一双罗圈腿,跌跌撞撞地走来,打着哈欠,乱吐乱啐。他身穿条子麻布衬裤和深色衬衣,身影在灌木丛后面消失了,但脑袋却在半空中飘动,活像个大气球。

"她可能逃到图罗博叶夫家花园里去了吧?"德罗诺夫推测说。

不错,她果然在那里,坐在一张被灌木遮着的长铁椅背上。黑暗中隐约看见小姑娘那窈窕的身影,模模糊糊地缩成一团,远远看去,犹如一只大白鸟落在长椅上。

"莉达!"克里姆大叫一声。

"你干吗像个警察似的大吼大叫,"德罗诺夫轻声说道,然后使劲儿用肩膀撞了克里姆一下,对莉达提议说:

"您干吗坐在这儿,快回家去吧!"

克里姆对德罗诺夫那种粗鲁劲儿很生气,后来德罗诺夫对莉吉雅说话亲热起来,像称呼长辈一样称呼"您",他又感到很蹊跷。

"他挨打了吧,是吗?"姑娘待理不理地问道,也没有握德罗诺夫伸过来的手。她说话的声调软弱无力,好像小女孩哭过之后说话似的。

"我爬过木栅栏那工夫,就跟个瞎子似的摔了下来。"她呜呜咽咽地说。"我真糊涂,都不能走路了……"

克里姆和德罗诺夫把她抱下来,放在地上,但是她"哎哟"一声,活像个布娃娃倒在了地上。两个男孩费了九牛二虎之力才把她扶起来。在他们搀扶着她回家时,莉吉雅告诉他们,她并不是跳木栅栏摔坏的,而是打算攀着排水管爬进伊戈尔屋子的窗户时摔的。

"我本想看看他在干什么?"

"他在睡觉,"德罗诺夫说。

莉吉雅把一只手放到嘴边,从摔破的指甲里往外吮着血,默不作声了。

瓦拉甫卡身穿睡衣,戴着一顶鞑靼式绣花小圆帽,站在庭院里,对女儿怒吼:

"你究竟想干什么呀?"

然而他又一下子把莉吉雅惊愕地抱了起来,问道:

"你这是怎么搞的哟?"

这时小姑娘说了一句使克里姆永远不能忘记的话:

"哎呀,爸爸,你啥也不懂!你不能……因为你压根儿就没有爱过妈妈!"

"嘘嘘!你疯了!"瓦拉甫卡制止她说,然后抱着她跑进屋子里去了,还跑掉了一只山羊皮拖鞋。

"这只小母羊闹腾得可真够劲啊!"德罗诺夫小声奚落说。"那好吧,我要睡觉去了……"

但他并没有走,而是坐在厨房台阶上,一面搔着肩膀,一面喃喃自语道:

"她居然想出了这么一招儿!……"

克里姆在院子里徘徊,冥思苦想着:莫非这真是一种花招或者一次编造吗?瓦拉甫卡和母亲嘀嘀咕咕的声音从楼上传下来;丹尼娅·库里科娃从楼梯上匆匆忙忙地往下跑。

"你们别关大门,我要去请医生!"她说着,跑出大门去。

德罗诺夫愤愤地嘲笑道:

"勒日加老逼着我读《伊里亚特》和《奥德赛》①,这可真荒唐!阿基里斯②、普特洛克勒斯③这些人统统是糊涂虫。简直无聊!《奥德赛》还好一点儿,那里面的奥德赛没费吹灰之力就把所有的人给骗了。就是在现今来说,他也是个大骗子。"

"克里姆,睡觉去吧!"维拉·彼得罗夫娜在窗口严厉地喊道。

"德罗诺夫,你把看院子的人叫醒,也去睡吧!"

---

① 《伊里亚特》和《奥德赛》是公元前九至八世纪希腊盲诗人荷马所著两部史诗。
② 阿基里斯是希腊神话中的英雄。荷马史诗《伊里亚特》描写他在特洛伊战争中英勇无敌,使希军转败为胜的故事。
③ 普特洛克勒斯也是荷马史诗中的主人公,在特洛伊战争中被赫克托耳所杀,后来他的朋友阿基里斯为他复仇。

## 五

过了几天,这个恋爱故事就弄得满城风雨了。有几个中学生问克里姆:

"这个姑娘长得怎么样?"

克里姆回答得很谨慎,因为他不愿意宣扬这码事,但是德罗诺夫却津津乐道地胡诌起来:

"是个丑姑娘,所以才坠入了情网,漂亮姑娘是不会堕入情网的,决不会!"

克里姆懊丧地听着德罗诺夫的胡扯,其实希望他能讲出一些道理来,以便消除那个使他惶惑不安的疑团。

"我对她说:你还是个小姑娘嘛!"德罗诺夫讲给同学们听。"我对他也说……是啊,这对他来说当然是很有意思的;人人如此,只要一谈到有人爱上他,都很爱听。"

萨姆金听着德罗诺夫在瞎扯,心里很恼火,但是看到这个谎言竟使莉吉雅成了中学生们崇拜的女英雄,就没有阻拦伊万继续讲下去。学生们听得津津有味,有人竟流露出莫名其妙的悲伤眼神,这种神情克里姆在托米林的两只陶瓷一样呆板的眼睛里已经看惯了。

莉吉雅的一只脚脱了臼,在床上躺了十一天。她的左手也缠了绷带。在伊戈尔临行前夕,肥胖的图罗博叶娃吓人地瞪着两眼,气喘吁吁地领他来和莉吉雅告别;一对情人抱在一起大哭了一场,伊戈尔的母亲也哭了。

"这虽说可笑,但也是件好事,"她小心翼翼地用手绢擦着鼓出来的眼睛,说道:"好就好在这有点儿反潮流的精神。"

瓦拉甫卡闷闷不乐地嘀咕了几句从未听说过的沉痛的话。

大家都安慰这两个孩子,对他们说:好嘛,你们一个是未婚夫,一个是未婚妻,这是定了的;等你们长大以后就结婚,在结婚前还允许你们相互通信。克里姆很快就知道了这是骗他们。莉吉雅每天都写信给伊戈尔,把信交给伊戈尔的母亲,然后焦急地盼望着回信。但是克里姆发觉,莉吉雅的信都落到瓦拉甫卡手里了。他把那些信读给克里姆母亲听,把他俩逗得哈哈大笑。看见莉吉雅变得疯疯癫癫的,于是他们就对她说,伊戈尔进了一所非常严厉的学校,那里的校长连学生给父母写信都不允许。

"就跟修道院一样,"瓦拉甫卡撒谎说。而克里姆简直想对莉吉雅高声喊叫:

"你的信都落到他口袋里喽!"

不过克里姆也看到,莉达在撇着嘴听父亲讲话,根本不相信他。她摆弄着手绢或者学生制服裙的一角,眼睛盯着地板,或顾盼别处,仿佛看见她父亲那张生满大胡子的充血的磨盘脸就害羞似的。克里姆终于有一次对她说:

"你知道吗?他们是在骗你哪!"

"住口吧!"莉吉雅跺着脚喊叫。"这不关你的事,他们又没有骗你。况且爸爸是不会骗人的,只是因为他怕……"

她气得满脸通红,拔腿就跑了。

她在中学里也算得上是一个头等调皮的女学生,而且学习也不用功。她和哥哥一样,常常在游戏中搞许多有趣的玩意儿,出些异想天开的、叫人吃苦头的、甚至是很恶毒的馊主意。克里姆是从别人对她的抱怨中了解到这些情况的。她变得更加信上帝了,她虔诚地到教堂去做礼拜;而在沉思默想时,她那对乌黑的眼睛就会射出洞察一切的炯炯目光,使克里姆在她面前感到胆怯。

她对他的态度,差不多也像对待其他男同学一样,老是冷嘲热讽。现在已经不是她向克里姆提出,而是克里姆向她提出:

"咱们去散散步,谈谈心吧,你愿意吗?"

她难得同意这样的建议,即使同意也是很勉强的;她已经再不对克里姆谈上帝、小猫和女友了,而是若有所思地听着他谈论学校里的事，对教师和学生们的议论，以及他读过的书。有一回克里姆向她宣布一件新鲜事儿，说他不相信上帝，她就不以为然地说：

"这是愚蠢，我们班上也有一个姑娘，说她不相信上帝，这是因为她是个驼背。"

有三年之久，伊戈尔·图罗博叶夫一次也没有回来度假。莉吉雅对这事一直保持沉默，而当克里姆试着跟她谈一谈这位不忠实的情人时，她竟冷冰冰地说：

"爱情只能跟一个人谈……"

## 六

莉吉雅到了十五岁上，她的身材长高了，不过仍像从前那样苗条、轻盈，走起路来像弹簧，一跳一跳的。她的颧骨变高了，肩膀和臀部的骨骼都显得很突出；虽然她的一对乳房已经轮廓分明，但却显得和胳膊肘一般尖削，克里姆看着很刺眼；她的鼻子也变得尖尖的了，两道端庄的浓眉显得乌黑，那虚胖的嘴唇也越发红艳迷人了。她的脸庞克里姆本来是很熟悉的，但是当他看到，透过这张熟悉的脸，依稀出现了另外一副他觉得很陌生的面孔时，简直大吃一惊。有时候，这张陌生的脸是那样分明，以致克里姆很想问一问这位姑娘：

"这是您吗？我都不敢认了！"

有时他问她：

"你是怎么了？"

"我没什么呀！"她有点儿吃惊地回答。"你究竟想问什么呢？"

"您的脸变样儿了。"

"是吗？怎么变了呢？"

对这个问题他没法回答。偶尔他对她称呼"您"，可是无论是他自己还是她都没发觉这一点。

特别使克里姆惶惑不安的，还是从她那变幻莫测的脸上射出的目光,因为正是这种目光使她变成了一位陌生的姑娘。这种犀利而敏锐的目光,仿佛是在盼望、寻觅,甚至是在追求着什么。可是忽而又变得心不在焉、冷若冰霜、目空一切了。还有件事很蹊跷:她把自己养的小猫都给赶跑了,对一切动物都表现出一种出奇的憎恶。她一听见马嘶就打哆嗦、皱眉头、用围巾紧紧地裹住胸脯;狗也引起她的厌恶,就连公鸡、鸽子也显然惹她烦恼。

她的思想也和她的体格一样,变得轮廓分明而又棱角突出了。

"学习可真枯燥无味,"她说。"我们学那些我自己做不到或者永远看不见的东西有什么用呀?"

有一回她对克里姆说:

"你懂的事情很多,这一定是个很大的累赘吧?"

瓦拉甫卡的女管家,丹尼娅·库里科娃对世间的万物都一视同仁,温柔而善良。她在谈到莉吉雅时,就像克里姆的母亲谈论她那美丽的头发一般,抱怨说:

"这是我的苦恼。"

但是她说这话并没带一点儿怨恨的口气,而是又亲热,又疼爱。她两鬓已经出现了银丝,憔悴的脸上老是挂着微微的笑意,仿佛她这个人自知生不逢辰,于人无益,因而对这一切都觉得很内疚似的。

## 七

厢房里迁来了一位性格爽朗的作家涅斯托尔·尼古拉叶维奇·卡京和他的妻子、小姨子,还有一只大耳朵哈巴狗。作家给这只狗起名叫"梅奇他"[①]。这位作家的真姓是皮莫夫,他选择这样一个笔名是有原因的。他开玩笑地解释说:

"因为我们在说话时,总要把'涅斯托尔'这个音发成涅斯切尔,

---

[①] 俄文"梅奇他"意为"理想"。

那么我在小说上就得署名'涅斯切尔皮莫夫'①,这不吓死人吗?何况现在很流行按妻子的名字起笔名,例如维林、瓦林、萨申、玛申②……"

这位作家毛发蓬松,生着满脸卷曲的络腮胡子,脖子上也长了密密麻麻的黑毛,就连手腕上、指头关节上也有一撮撮的黑毛。他是一个活泼、好动,甚至有点儿疲于奔命的人,也是一个滔滔不绝的健谈家。克里姆觉得这个人很像他父亲。他那毛烘烘的脸上,一对小眼睛炯炯有神,然而克里姆不知怎么,老是怀疑此人想要装得比他本来的样子更快活一些。他说起话来,头老是朝左肩膀那边歪着,仿佛在倾听自己的话音似的;一只耳壳在微微颤动。

他喜欢使用许多教会斯拉夫字眼儿,诸如什么况且、因为、尤其、而且、鉴于、一再等等;显然他是想用这些虚词儿来逗人发笑,但是效果不佳。他兴致勃勃地描述森林和田野的秀丽,讲述农村的宗法制度、村妇的忍耐性和庄稼汉的智慧,讲述人民的纯朴而又聪明的心灵,以及城市又如何毒害这种心灵。他常常要向听众解释那些不熟悉的教会斯拉夫字眼,像什么"阴雨蒙蒙"啦,"什锦杂烩"啦,"神经错乱"啦,"天冷取暖"③啦,等等,尔后便得意扬扬地声称:

"我比格列布·乌斯宾斯基还要熟悉人民的语言,他把农民的语言和小市民的语言混在一起,在这方面你可抓不到我的毛病,抓不到!"

涅斯托尔·卡京身穿斜领衬衫,腰系一条窄皮带,裤脚塞在靴筒里;他"按照庄稼人的样子"剪了个刘海儿头,俨然一个挣钱很多又很喜欢快快活活过日子的工匠。几乎每天晚上都有一些表情严肃、思虑重重的人们到他家做客。克里姆觉得这些人都很骄矜,又好像蒙了什么不白之冤似的。他们在一起喝茶、饮酒、吃黄瓜、嚼香肠和醋渍蘑

---

① 俄文"涅斯切尔皮莫夫"意为"难以容忍"。
② 维林是由维拉变来,瓦林是由瓦莉娅变来,萨申和玛申是由萨莎和玛莎变来,而卡京是由卡佳变来。这些都是把女人的名字改成了姓。
③ 这些字眼都是教会斯拉夫语,一般人都不熟悉。

菇。这位作家忽而非常古怪地缩成一团,忽而又舒展身躯,在屋子里跑来跑去,嘴里直唠叨:

"是的,是的,斯乔巴①,文学家脱离了生活,背叛了人民,现在他们在写一些专供那些饱食终日无所用心的人消遣的无聊玩意儿。他们丧失了正义感……"

斯乔巴是一个阔肩膀、灰胡子、蓝眼睛的男人,他总是避开人们坐在一边,闷闷不乐地用勺子搅着杯子里的茶,赞同地点点头,一声不吭地坐上一两个钟头。但是他忽然终于用低沉忧郁的声调,慢条斯理地谈起人民心灵的憧憬来,谈起知识分子的责任来,进而滔滔不绝地讲起了子孙们怎样违背祖先的神圣训谕等等。克里姆发现,这位熟悉知识分子责任的行家从来不吃面包瓤,光吃硬皮;他不喜欢烟草气味,但是喝酒,不过也并不掩饰对酒的厌恶,俨然只是为了尽责任才喝的。

"言之有理,涅斯托尔!人们都已忘记人民是本体,亦即始因这一点了,而现在又提出了阶级的学说,这是德国人的学说,嗯……"

马卡罗夫发现,此人有点儿奶妈的气味,他常常当着克里姆说到这一点,因此克里姆也觉得他说的真对:斯乔巴虽然长着一脸大胡子,却有一种必须用自己的奶喂养别人的孩子的乳峰高高的乡下女人的味道。

每逢星期天都有许多青年在卡京家里聚会,于是人民这个严肃的话题就变成了唱歌和跳舞。神学院学生,满脸麻斑的萨布罗夫在烟雾腾腾之中,慢慢把手一摊,好像站着游泳一般,操着快活的男中音,响亮地提议:

"我们一齐唱《到伏尔加河上去②……》。"

"'谁的呻吟',"大家跟着他不大和谐地唱起来。成年人唱得郑重其事,好像在忏悔;作家那尖利的男高音挺刺耳。这支慢悠悠的歌曲颇有一种教堂里举行追悼会的情调。几乎每次歌声停止以后,总要

---

① 斯切潘的爱称。
② 出自涅克拉索夫的诗《大门前的沉思》。

闹哄哄地跳一阵卡德里尔舞。作家比谁都闹得欢,他既要伴奏,又担任指挥。他一面用两条短粗的小腿打着节拍,一面熟练地拉着一只简陋的小手风琴,同时还起劲儿地指挥着:

"先生们从太太们中间穿过去!放开自己的夫人,拉上别人的太太!"

这些话逗得人们哄堂大笑,而作家却兴致越来越高;他在手风琴的伴奏下,随着卡德里尔舞曲的节拍唱道:

> 孩子跑进小木屋,
> 急忙把爹来招呼:
> "爹爹,爹爹,咱家的渔网
> 捞上死人喽!①"

瓦拉甫卡厌恶地称这种娱乐是:
"群魔乱舞。"

克里姆觉得作家是在尽情地,甚至拼命地寻欢作乐;他乱蹦乱跳,浑身抖动,累得满头大汗。他模仿豪侠的风度,喊叫着他人说过的话,老是想方设法逗跳舞的人发笑,每每达到目的之后,他才"哎哟"一声,松了口气。

随后他又用些荒诞不经的语言和小丑般的跳跃来逗人发笑,还朝他的妻子挤眉弄眼。他妻子那张泥娃娃般的脸上流露着懒怠的笑容,正在忘乎所以地做卡德里尔舞的各种姿势。

"哎呀呀,你这身段可真柔软呐!"丈夫朝她喊叫。

他这位脸蛋儿圆圆、天真惬意、有孕在身的妻子正拼命和大家亲热。她用缠绵悱恻而又娓娓动听的声调,和她妹妹一同唱了几首乌克兰小调。她妹妹是个沉默寡言的姑娘,长长的鼻梁,经常闭着眼,好像

---

① 出自普希金的诗《溺死者》(1828)。

害怕看见什么东西会使她大吃一惊似的；她一声不响、蹑手蹑脚地给大家斟茶、端菜，克里姆偶尔听到她低沉的只言片语：

"这——是的！"或者："这是很难相信的。"

除了这两句话以外，她很少说过别的话。

## 八

克里姆在这些快活的、对他来说也是很新奇的人们中间，在这间糊着使人心情舒畅的亮光纸的屋子里，觉得很惬意。周围的一切虽说也都和瓦拉甫卡家一样简陋，但是挺朴素。有时候托米林也来，他迈着悠然自得的步子，不慌不忙地穿过庭院，看也不看一眼萨姆金家的窗户，就径直走进作家的厢房，默默地握过大家的手，坐在屋角的炉子旁边，低着头倾听大家的争论和歌唱。丹尼娅·库里科娃也匆匆忙忙地跑进来，她那张不大出色，也使人难以记住的面孔，一见到托米林就变得阴沉起来，有如彩釉瓷盘因为年久而颜色变暗了似的。

"您身体可好哇？"她问。

"没什么，"托米林仿佛有点儿惆怅地小声回答。

瓦拉甫卡也来过两三次，他看看，听听，回到家里就两手一摊，对克里姆和他女儿说道：

"这是一座普普通通的俄国清凉饮料制造厂，是一座专门表演已经过时的戏法的杂耍场。"

克里姆认为这话说得很恰当，从此他就觉得十年前在他家里闹腾过的光景，都从正房转移到厢房里去了。不过他毕竟认为，在作家家里虽说有时觉得寂寞无聊，可是获益非浅。这里有点儿像学校，不过不同的是这儿的教师都不发脾气，不责骂学生，而且教授的是真理；他们都对真理的力量具有真诚而强烈的信仰。几乎每句话都充满着这种信仰，虽说克里姆并没有给这种信仰迷住，但是他从厢房里不但带来了某种思想和中用的语言，还带来了一种他有点懵懵懂懂，然而却很需要的东西;他珍惜这些东西,把它们看作是认识人的一种学问。

马卡罗夫津津有味地在那里喝着伏特加,咯吱咯吱地嚼着渍黄瓜,有时对着克里姆的耳朵悄悄发几句牢骚:

"什么祖先的训谕!我父亲教训我说,你要好好学习,你这不成器的东西,不然我就把你赶出去,叫你变成一个流浪汉。那好吧,我就学习。只是我不认为,在这儿能学到什么东西。"

作家这里对青年人很爱护,这使青年人很不好意思。马卡罗夫、柳芭·索莫娃,还有克里姆,都一声不吭地、非常拘束地坐在那里。有一次柳芭感慨地说:

"他们讲话就像一阵暴雨似的,我仿佛打着把雨伞在雨地里走着,噼里啪啦响得我什么也听不见。"

只有伊万·德罗诺夫非常起劲而且尖声怪气地提出些有关知识分子,有关个人在历史发展中的作用的问题。能够解答这些问题的专家就是那个像奶妈样子的人。克里姆觉得在作家的所有朋友当中此人是最郁郁不得志的。

在回答问题之前,他先用炯炯的眼神把在座的人都打量一番,小心地哼一声,随后向前拱拱身子,伸长脖梗,露出左耳朵后边那个有小土豆大的、光溜溜的硬鼓包。

"这是一个具有非常深刻的全人类意义的问题,"他用高亢的,但又有些倦怠和阴沉的声调打开了话匣子。作家卡京举起一只手,皱皱眉头,提醒大家注意,也把在座的人扫了一眼,声色俱厉地命令道:

"安静!注意听!"

"但是,这个问题在世界上任何地方,都不像在我们俄国这样尖锐,因为我国有一种人,就连高度文明的西欧也造就不出来,我指的就是俄国的知识分子,就是那些命里注定要坐监牢、遭流放、服苦役、受酷刑和上绞架的人。"他侃侃而谈,克里姆从他讲话的声调中,老感到有一种莫名其妙的味道,好像他并不打算叫人信服,而是在进行着绝望的劝诱。他是那样频繁而又简单地使用苦役、酷刑、绞架一类的字眼,仿佛这是一些很流行的普通词汇;克里姆已经听惯了这些词儿,所以感觉不到其中有什么可畏的含义。马卡罗夫越发怀疑地打量着大家,喃喃地说:

"他这番话说得就好像离我们有三百年了。'奶妈'的奶已经发酸了。"

托米林翻着两只白眼儿,从角落里注视着那位"奶妈",偶尔悄声问道:

"您责怪马克思,说他抹杀了个人在历史上的作用,难道那位被认为是无政府主义者的列夫·托尔斯泰,在《战争与和平》里不也是如法炮制的吗?"

这屋的人也都不喜欢托米林。大家都不太愿意回答他的问题,即使回答,也是漫不经心的。克里姆发现这位火红头发的教师竟对此感到欣欣然,好像他在故意激怒大家。有一次,作家卡京把某杂志上的一篇文章臭骂了一通,然后把杂志往窗台上一扔,恰好杂志落在了地板上,结果托米林说道:

"您这位不信教的人,假如是圣像的话,您是一定不会这样乱扔的。要知道,书里面的灵魂比圣像身上还多哩!"

"灵魂?"作家惶惑而又愤怒地重复了一句,然后有点儿难为情地,同时也更怒不可遏地补充道:"这里根本谈不上什么灵魂,这是一篇根据统计材料写成的政论文章,哪有什么灵魂!"

作家是一位酷爱打猎的人,喜欢赞美大自然。他眉头颦蹙,面含微笑,用许多小动作增强着他说话的气魄。他讲述性格高雅的白桦树,讲述林中的峡谷像沉思一般的幽静,讲述田野里朴素的野花和鸟儿优美动听的啼啭。那讲话的神气,俨然他是第一个看到和听到这一切的人。他的两只手老在空中挥舞,仿佛鱼儿在摆动鳍尾,又操着柔和的语调说:

"到处是生机勃勃,欣欣向荣,一切都在冲破地心的吸力,向苍穹奔去。"

托米林搓着手问道：

"可您一面娓娓动听地谈论如何如何爱动物，一面却又仅仅为了杀生取乐而去打死那些野兔和飞鸟，这该作何解释呢？二者又怎么融合在一起呢？"

作家扭过头去，阴阳怪气地对他说：

"屠格涅夫和涅克拉索夫也打猎，就连列夫·托尔斯泰在青年时代也打猎，总而言之，作家中打猎者不乏其人。您是托尔斯泰主义者吗？"

托米林发出一阵冷笑，克里姆也报之以同情的微笑，因为他觉得一个具有独特性格的人，对他来说是越来越值得师法了；他要学习这种人决不人云亦云，而是善于心平气和、直抒己见地道出一些令人难以忘怀的精辟之言的精神。作家激动地挥舞双手，脸涨红到脖子根上，又讲起了俄罗斯的历史。他把这部历史描绘成一整套由荒诞不经、愚昧无知的逸话奇闻构成的无穷无尽的沉重链条。对那些荒诞不经的轶事，他自己就先付之一笑，但是谈到当局那些卑鄙无耻的残暴行径时，他就捶胸顿足，慷慨激昂一通。每当他发表完激烈的演讲，他就喝上一杯伏特加，嚼一块涂得厚厚的芥末的面包皮，那副怪相叫人看着真不顺眼。

"请你们看看《愚人城的故事》①吧，那才是真正实在的俄罗斯历史呢，"他劝大家说。

马卡罗夫在听作家讲话时紧闭着嘴唇，并不看他的脸，过了一会儿他对同伴们说：

"他干吗要夸耀在警察监视下的生活，就好像他品行优良，得了五分似的？"

还有一次，马卡罗夫看见作家那副矫揉造作的姿态，便对莉吉雅说：

---

① 指萨尔蒂科夫－谢德林所著《一个城市的历史》。

"您瞧,真理的诞生是多么费劲儿呀!"

莉吉雅蹙着眉头,离开他的身旁。

她只是偶尔到厢房里来。她头一次到厢房来时,同作家那位和蔼可亲、沉默寡言的太太挨着,整整坐了一个晚上,回到家里便困惑莫解地问道:

"他们为啥要那样大喊大叫?好像他们马上就要大打出手似的,尔后却又坐在桌子一旁,喝茶呀,饮酒哇,吃蘑菇呀……作家太太一直抚摸着我的肩膀,简直把我当成一只小猫啦。"

莉吉雅耸耸肩膀,紧锁双眉,几乎是厌恶地补充道:

"还有她那个大肚子……我真看不惯怀孕的女人!"

"你们的心肠可真狠,"柳芭·索莫娃高声喊道。"我可是喜欢这些人,他们真像过大节——复活节或者圣诞节前夕厨房里的大师傅。"

克里姆不以为然地扫了一眼这个丑陋的姑娘,开始发现柳芭正在聪明起来,并且不知怎么这使他感到很不自在。不过他也高兴地看到,德罗诺夫渐渐变得不那么自信了,那副瘦削而焦虑的脸上流露着忧郁的神情。如今在他那尖声刺耳的提问中夹杂着一种激愤的腔调,他不时纵声大笑,而且笑得很久,特别是在马卡罗夫向他解释某个问题,跟他开这样的玩笑的时候:

"喏,怎么样,伊万,你不觉得学问是在折磨着青少年①吗?"

"可是,老弟,究竟什么是知识分子呢?"德罗诺夫寻根究底地问道。

克里姆摆出一副学究的架势,用托米林的话回答:

"知识分子就是国家的优秀人物,他们必须对国家的一切弊端负责……"

马卡罗夫立刻接过话茬儿说:

"你指的就是那些义人们喽,为了他们,上帝不是曾经同意宽恕所

---

① 这句话出自罗蒙诺索夫的一句诗"学问滋润着青少年"。俄语"折磨"和"滋润"发音相近。

121

多玛、蛾摩拉①或别的什么荒淫无耻的地方吗?这样的角色我可扮演不了……我可不行。"

"他说得很妙,"克里姆心想。但是为了显示自己的高明,他蓦地想起了瓦拉甫卡的一句话:

"还有另一种观点:知识分子就是高度熟练的工人。如此而已。"

但是马卡罗夫当即就猜出来了:

"这句话颇像瓦拉甫卡说的。"

## 九

克里姆内心对马卡罗夫的憎恶越来越强烈了。马卡罗夫尖声刺耳、肆无忌惮地吹着口哨;他好像一个刚从大城市来到小城镇的人,看什么都不顺眼。他常常信口说出些生动的语句,有时比瓦拉甫卡和托米林的话还有趣。克里姆煞费苦心地想发挥自己造句的才能,然而几乎总是感到自己说的话,是别人说的话远远发出的回声。至于读过的书,情形也是一样:克里姆谈到这些书时,总是讲得很详细,头头是道,但却一点也不生动。而马卡罗夫即使转述别人的话,也很及时,又恰到好处。

有一次,他跟马卡罗夫和莉吉雅去参加一位钢琴家的音乐会,看见两个服饰华贵的男子正得意扬扬地把一位肥胖臃肿、老态龙钟的省长太太,从省长公馆里搀扶出来,跌跌撞撞,吃力地把她送上了四轮马车。

马卡罗夫叹了口气,对莉吉雅说:

"普希金说得好:博取女人的青睐几乎是我们努力的惟一目的②。"

---

① 所多玛和蛾摩拉是古代巴勒斯坦的两座城市,因其市民的荒淫和罪恶为上帝所毁。据《圣经·创世记》中载:"耶和华说:我若在所多玛城找到五十个义人,那我就为他们而饶恕整个城市的居民。"
② 引自普希金著《彼得大帝的黑人》第一章。这句话的完整意思是:博取女人的青睐几乎是我们努力的惟一目的,它不仅使我们满心喜悦,而且使我们心灵充满痛苦和愤怒。

莉吉雅斯文地或者说是勉强地笑笑,可是克里姆却又一次感到非常嫉妒,仿佛被针扎了一下似的。

莉吉雅和马卡罗夫的暧昧关系使他大为恼火,他感到可疑的是:一向博得女学生青睐的马卡罗夫,和莉吉雅说起话来,虽然也跟和其他喜欢他的女友说话一样,面带奚落的神情,但却表现出一种他一向少有的认真严肃的样子,仔细端详着莉吉雅,而莉吉雅有时也明显地流露出非常严厉的情绪,强调她不喜欢马卡罗夫。但是,与此同时,克里姆·萨姆金却发现,他们邂逅的次数越来越多了,甚至使人想到:他们到作家厢房里去做客,也只是为了在那里相会。

在市立公园里演出的那幕奇特的戏剧更增强了他这种想法。他和莉吉雅正坐在老菩提树下道旁的一张长椅子上;耀眼的太阳,正要钻进一片浅蓝色的乱云之中,紫红的光焰透过云层放射出绚丽的斑斓。河面上浮现出红铜色的反光,河那边工厂里冒出的浓烟也被染成了绛紫色;出售冰激凌的小商亭玻璃窗反射出金灿灿的光芒。一阵阵萧瑟的秋风吹拂着萨姆金的脸颊。

克里姆感到心烦意乱,坐立不安;那闪耀着夕阳余晖的河面使他想起包里斯的死,脑海里顿时又令人讨厌地响起了那句话:

"这里真的来过一个小孩吗?也许根本就没有小孩来过吧?"

他很想对莉吉雅说几句饶有风趣的话,已经屡次跃跃欲试,但是总不能打断姑娘的沉思。她的一对乌黑的眼睛凝视着河水和紫色的云霞。克里姆不知怎么蓦然想起了马卡罗夫对他讲过的一个神话故事:

"你知道吗?"他问,"亚历山大城的克里门特[①]说过,天使下凡是因为和凡人的女儿相爱。"

莉吉雅眼睛一直盯着远处,待理不理地轻声说道:

"我认为,圣人的美言是没什么价值的……"

---

① 亚历山大城的克里门特(约150—215),著名基督教传教士,亚历山大城基督教学校的神甫,他的许多神学著作是古代哲学知识的宝库。

她冷若冰霜，这使克里姆很难为情。他在默默思忖：为什么这个既不漂亮又刚愎任性的姑娘这样常常使他惶惑不安呢？而且也只有她才会使他产生这样的心情。

马卡罗夫忽然出现了。他穿着一件破军大衣，一顶制帽扣在后脑勺上，脚上蹬一双后跟已经磨平的靴子。那副样子颇像一个刚从什么地方逃出来的囚犯，显得疲惫不堪，现在什么都不在乎似的。

"他还以为他那副吊儿郎当的样子蛮不错呢，"克里姆心想。

马卡罗夫默默地把一只手塞给他这位同学，然后在空中一挥，出乎意料地，但是并非开玩笑地对莉吉雅行了个举手礼，像士兵一样把几个手指头放在帽檐上。尔后他点燃一支香烟，扭头朝着烈焰熊熊的夕阳点点头，问莉吉雅道：

"美丽吗？"

"很平常，"她回答以后，站起身来要走开时，又说了一句：

"我要去找阿琳娜……"

她迈着有弹性的步子，走了有二十来步远。马卡罗夫悄声说道：

"她的身段真苗条，细得像根针。她的姓也蹊跷，姓什么瓦拉甫卡……"

莉吉雅猛然一转身，又回来坐到椅子上，跟克里姆紧挨在一起。

"我改变主意了。"

马卡罗夫正了正帽子，扑哧一笑，向她鞠了个躬。

于是当即发生了一件使克里姆非常惊愕的事情：马卡罗夫和莉吉雅谈起话来，那副神气就好像他俩刚刚激烈地争论过一通，现在又很想再来一个回合似的。他们怒目而视，谈吐的表情好像故意要刺激和侮辱对方一般。

"只有美才是我所喜欢的，"莉达骄矜地说，但是马卡罗夫却反唇相讥道：

"哦，您说什么？光是美就够了吗？"

"有了美就足够了！"

克里姆坐在他俩的中间,说道:

"斯宾塞给美下的定义①是……"

不过他俩都没有听见他的话,而是在两边直推他,挤他,争先恐后地抢着说话。马卡罗夫摘下帽子,用帽檐向克里姆的膝盖磕打了两下,弄得他很疼。他那杂色的卷发都竖了起来,那张长着鹰钩鼻子的脸上显出一副克里姆从未见过的、简直要吃人的凶相。莉达揪着克里姆的大衣袖子,龇着牙,发出恶意的狞笑。她两颊绯红,红到了耳根,两手直哆嗦。克里姆是头一次见到她这副勃然大怒的样子。

克里姆觉得自己已经处在一个被人瞧不起的屈辱地位。有好几次他想站起来走开,然而还是坐在那里,吃惊地听着莉吉雅的吼叫。她并不喜欢读书,可她又是从哪里知道她所说的这些道理的呢?她一向沉默寡言,避免争论,只有跟那位漂亮之至的姑娘阿琳娜·捷列普涅娃和柳芭·索莫娃在一块儿时,才会聊上几个钟头。她不时地扮着鬼脸儿,悄悄告诉她们一些事情,大概是什么秘密的事情吧。她对中学生们也是厌恶的,而且并不掩饰这一点。克里姆觉得她自以为要比她的同龄人大十岁。在克里姆看来,马卡罗夫对莉吉雅的态度是很粗暴的,所以,现在她跟他争论起来才声色俱厉,露出一副几乎是怒不可遏的凶相,仿佛一定要压倒和贬损这个和她争论的人似的。

"该回家了,莉达,"克里姆为了提醒她他还在这儿,便生气地说。

莉达立即站起来,气势汹汹地挺挺身子。

"您这种标新立异是徒劳的,马卡罗夫!"她像机关枪似的嘟哝着,口气似乎有点儿缓和了。

马卡罗夫也站起来,鞠了一躬,把那只拿着制帽的手往旁边一甩,就像那些蹩脚演员扮演法国侯爵的动作一样笨拙。

姑娘微微皱了一下眉头,表示对他的回敬,然后挽住克里姆的胳膊,匆匆扬长而去。

---

① 斯宾塞有许多著作论述美的概念,他给美下的定义是:"美是通常引起我们内心喜悦的事物所具有的重要特质之总称。"

"你为啥生这么大的气呀?"克里姆问道;她一面理着遮住耳朵的头发,一面愤愤地说:

"我现在看不惯这些……叫什么啦?唔,虚无主义者!他装腔作势,叼着烟卷儿……一脑袋杂色的头发,还长了个歪鼻子……人家都说他是个肮脏的小子,是吗?"

但是她没有等到回答,当即又指出她所指责的此人的长处。

"他溜冰的技能倒是挺高超的。"

## 十

经过这场风波以后,克里姆感觉到一种近乎尊敬这位姑娘和她那被他意外发现的智慧的心情。莉吉雅对他的不信任和听他谈话时流露出的那种心不在焉的神情,却更增强了这种感觉。有时候他很害怕莉吉雅会抓住他的什么把柄,戳穿他的老底。他早已体会到,他的同龄人是比成年人更危险,更狡猾,更多疑的,而成年人的自命不凡不知为什么总是带有一种朴实的成分。

不过,他虽说害怕莉吉雅,可是对她并没有什么恶感,而且正相反,这姑娘却在他心里激起一种想讨她欢心和消除她对他的怀疑的愿望。他自知他并没有爱上她,而且丝毫没有这方面的意念。他还不曾有过向姑娘求爱的想法,性欲更没有使他冲动过。已经司空见惯的男女学生之间的恋爱,在他看来只能嗤之以鼻。他认为自己是不可能去搞这种恋爱的,因为他相信,一个阅读正经书籍的戴眼镜的青年去扮演一位情人的角色,未免太不体面。他甚至连跳舞也停止了,觉得跳舞会降低他的人格。他对待他熟识的姑娘们冷若冰霜;他学着伊戈尔·图罗博叶夫的样子,对他们表现出一种漠然的斯文神态,而当阿琳娜·捷列普涅娃兴致勃勃地告诉他,柳芭·索莫娃在溜冰场上怎么跟电报生伊诺科夫接吻时,他傲气十足地听着,一声不吭,因为他很怕别人疑心他喜欢打听那些鸡毛蒜皮的桃色故事。然而当他发觉自己已经在恋爱的时候,便大吃了一惊。

事情是这样开始的:一天早晨,克里姆·萨姆金上课要迟到了,他正在顶着凛冽的二月风雪急忙朝学校奔去,在离淡黄色的校舍不远的地方碰上了德罗诺夫,他正站在人行道上,一只手抓着背上的书包带子,另一只手拿着制帽耷拉在身边。

"学校把我开除了,"他嘟嘟哝哝地说。他头上和脸上的雪都融化了,好像整个脸面,从脑门到下巴颏都流着眼泪。

"为什么?"克里姆问道。

"都是些败类。"

克里姆劝他说:

"戴上帽子吧!"

伊万慢慢地举起一只手,好像那顶帽子是铁铸的一般沉重,帽子里面落满了雪,他就连雪和帽子一起扣在头上,但又倏地摘下来,抖了抖,往前走去,嘴里断断续续地嘟哝着:

"这一定是勒日加干的。还有那个神甫。好像我是个害群之马。他说:总而言之,德罗诺夫,你上中学不过是碰上运气,是不适宜的。我读了六年书,可现在……托米林就一再证明世界上所有的人都不过是应运而生的。"

克里姆和德罗诺夫肩并肩地往家里走去,他注意地听他讲着,但是既不感到惊奇,也没有什么同情,而德罗诺夫却一直在唠唠叨叨,煞费苦心地寻觅着恰当的字句,然后慢吞吞地说出来:

"他们让我出丑,这些败类!说我是什么害群之马!只不过是因为我跟玛尔加丽塔接吻时,叫勒日加给捉住了。"

"你跟她接吻啦?"克里姆放慢脚步,向他追问了一句。

"嗯,是呀……可是勒日加,他自个儿就……"

不过克里姆这时已不再听下去了,现在他感到彷徨,苦闷,也很恼火。他想起那个女裁缝玛尔加丽塔;她生着一张苍白的圆脸蛋儿,两个深凹的眼洞里布满浓重的阴影。她的一双眸子蒙蒙眬眬,呈现出淡黄颜色；惺忪的眼神显得无精打采，疲惫不堪，看样子她快有三十岁了。他给克里姆母亲、瓦拉甫卡和克里姆自己缝补衣服；她是挨家做零活的。

克里姆听说德罗诺夫在对待女人方面也跑到了他的前头，大为恼火。

"她有什么反应呢？"克里姆问道，并且站住了，不晓得该怎么说下去。

"只要不把我登入黑籍簿①就好了。"德罗诺夫嘀咕一句。

"她允许你吻她了吗？"

"谁呀？"

"玛尔加丽塔呗。"

德罗诺夫耸了耸肩膀，好像要推开什么人似的，说道：

"哼，什么样的女人会不叫人吻呢？"

"你跟她相恋很久了吗？"克里姆追问。

"咳，这你甭管喽！"德罗诺夫说着，猛然转到街拐角那边去，立即消逝在白茫茫的大雪之中。

## 十一

克里姆往家门口走去。他不相信这个纯朴的女裁缝会心甘情愿地亲吻德罗诺夫，很可能是他逼着她接吻的。而且他一定是拼命吻她的。克里姆一想到德罗诺夫怎样吻她，怎样吧嗒嘴的狂热劲儿，简直气得发抖。

回到家里，他在脱衣服的时候，听见母亲正在客厅里弹一支他陌生的曲子。

"怎么这样早就回来啦？"她问道。克里姆把德罗诺夫的事情讲了

---

① 黑籍簿是沙皇当局为镇压革命和进步人士而设立的一种登记制度，凡登入黑籍簿的，都不能入学和进入政府机关工作。

一遍,又加了一句说:"我没去上课,大概那里闹翻天了。伊万学习成绩优异,帮助过许多同学,他有不少朋友。"

"没去上课,这是你的聪明,"母亲说;今天她穿了一件浅蓝色的新外套,显得格外年轻、漂亮。她抿着嘴照照镜子,对儿子说:"陪我坐一会儿吧!"

她迈着轻飘飘的步子在屋里徜徉,一边走一边温柔地说道:

"勒日加事先跟我说过,他要严厉处分德罗诺夫。因为他曾经把一些禁书和不堪入目的照片拿到教室里。我对勒日加说,也许书上没什么了不起的玩意儿,这不过是德罗诺夫吹牛罢了。"

克里姆煞有介事地说:

"是的,是吹牛,也可能是像少年儿童普遍迷恋手枪那样一种行为吧……"

"你说的很有道理,"母亲笑眯眯地称赞说。"不过把有害的书和猥亵的照片弄在一起,就足以暴露他那道德败坏的品行了。勒日加说得好,学校是造就想方设法美化生活、使生活丰富多彩的人才的地方。可是德罗诺夫这种人怎么能美化生活呢?"

克里姆付之一笑。

"可真蹊跷,德罗诺夫和那个衣衫褴褛、疯疯癫癫的马卡罗夫竟会成为你的朋友。你可跟他们不一样。你应当知道,我是相信你的聪颖的,我也不为你担心。我想是他们那种徒有其表的才华吸引了你。可是我认为,这种才华不过是机灵加狡猾而已。"

克里姆同意地点了点头,他很高兴母亲讲的这番话。他承认马卡罗夫、德罗诺夫和另外几个同学在言谈上都比他聪明,但是他很自信,认为自己比他们聪明的地方并不在言谈上,而是在其他方面,并且更牢靠,更深刻。

"当然机灵是一种优点,然而却是一种靠不住的优点,说得客气点儿,机灵常常会变成不诚实,"母亲继续往下说。克里姆越来越爱听她的话了。他站起来,紧紧搂住她的腰,但是马上又把手松开了,他顷刻间初次感觉到母亲是个女人,非常难为情,竟忘记了想对母亲说的亲热的话,他甚至离开她往旁边挪了一点,但是母亲却把一只手放在他的肩上,把他搂在怀里,说起他父亲、瓦拉甫卡,以及她和父亲离婚的理由来。

"我本来早该把这些事都告诉你,"她说。"不过我要再说一遍,因为我知道你是一个很有洞察力,很会思考的人,所以我觉得说这些都是多余的。"

克里姆吻了吻她的手。

"是的,妈妈,你不讲我也明白。你知道,我很尊重季莫菲·斯切潘诺维奇。"

他感到兴奋之至,简直有点儿新奇。窗外静悄悄地飘着白花花的鹅毛大雪,而在室内淡淡的昏暗之中,一切东西都仿佛陷入了凝思,显得没有生气。瓦拉甫卡爱好绘画、瓷器,自从父亲出走以后,屋子里的一切都变了样儿,变得舒适、漂亮和温暖了。这位面孔严肃而又高傲的、体态娉婷的妇人,在克里姆面前还从来没有这样亲昵过。她跟他谈话就像跟一个和她平等的人在谈话一样,非常和蔼,声调也特别温柔而爽快。

"莉吉雅很让我担心,"她一边说话,一边走近儿子。"她是一个神经不正常的姑娘,她母亲对她有严重的遗传。你记得她跟图罗博叶夫的事吧?当然,这是很幼稚的,不过……何况我跟她的关系,并非像我所希望的那样。"

她瞧了瞧儿子的眼睛,笑盈盈地问道:

"你是不是爱上她了?有点儿,是吧?"

"没有,"克里姆断然回答。

她用一种不以为然的口吻又说了几句莉吉雅的事,然后站到镜子前面,问他:

"大概你的零花钱不够用了吧?"

"足够用的……"

"我亲爱的,"母亲抱住他,吻了吻他的前额,说道:

"到了你这样的年龄,对于某种欲望可以不必感到害羞了。"

克里姆这才恍然领悟到母亲问到钱的用意了,于是他的脸涨得通红,不知对她说什么才好。

## 十二

吃过午饭,他来到阁楼上看德罗诺夫,马卡罗夫已经挨着炉子站在那里,把一缕缕青烟向天花板上喷去,用手指捋着上嘴唇上的黑胡子;德罗诺夫像个裁缝似的盘腿坐在床上,正不知对谁疾言厉色地说:

"你们胡说!反正我要设法进大学。"

紧跟着克里姆的后头,门又打开了,莉吉雅出现在门口,微微眯起眼睛,问道:

"这儿是在熏鱼吗?"

德罗诺夫粗鲁地喊道:

"关上门,这不是夏天!"

但是马卡罗夫却一声不吭地对莉吉雅鞠了一躬,在烟蒂上接了一支又抽起来。

"这烟可真臭!"莉吉雅说着走到落满雪花的窗前,站住,侧着身子对着大家,询问起德罗诺夫为何被开除的事情来;德罗诺夫待答不理地愤然回答她。马卡罗夫皱了一下眉头,眨了眨眼睛,透过弥漫的烟雾仔细打量着这姑娘深褐色的窈窕身躯。

"伊万,你为啥要给别人看些混账的书?"莉吉雅问他。你给柳芭·索莫娃看《怎么办?》①,可你要知道,这是一本混账的小说!我曾经试图看完它,可是不行啊,这么一大本书连屠格涅夫的《初恋》的两页都不如。"

---

① 俄国革命民主主义作家车尔尼雪夫斯基(1828—1887)所著长篇小说。

"姑娘们都喜欢又酸又甜的玩意儿,"马卡罗夫说。他或许是对自己这种拙劣的反唇相讥感到难为情,便拼命把纸烟上的灰往下吹。莉吉雅没有答理他。克里姆从她的口气当中听出来她是想刺激一下什么人,当她挑逗性地说出下面一番话的时候,克里姆顿时感到原来他自己就是被刺激的对象:

"一个把自己的女人让给别人的男人,当然是个废物。"

克里姆扶了扶眼镜,用教训的口吻指出:

"可是,假如以赫尔岑笔下的恋爱而论……"

"拿《来自彼岸》①里那个花言巧语的人作例子吗?"莉吉雅问道。马卡罗夫纵声大笑,把纸烟往炉子的瓷砖上一戳,放肆地将烟蒂扔到门口去。

"怎么,这有什么好笑的?"姑娘生气地问道。过了一会儿,曾经在市立公园看见过的那出戏,现在又在克里姆面前重演了,而且台词和腔调更激烈了。

克里姆仔细地听着他俩的争论,听见他们叫喊的虽然是一些他所熟悉的普通语句,但它们之间的相互联系却是难以捉摸的,而且争论者可以随心所欲地曲解争论的每句话的意思。看来,实际上他们好像并没有什么可争论的,然而他们却是个个捶胸顿足,面红耳赤;克里姆预料,再过一两分钟,他俩就会对骂起来。马卡罗夫那迅疾的手势,使克里姆怏怏不乐地想起了包里斯·瓦拉甫卡淹死前两只手的慌乱动作。莉吉雅那长着一双大眼睛的脸也变成另一副陌生的面孔了,这着实令人不安。

"不,他俩并没有恋爱,"萨姆金心里思忖。"他们没有彼此相爱,这是很清楚的!"

德罗诺夫坐在床上,眼睛滴溜溜直转,不停地打量着这两个争吵的人,悠悠地摇动着身躯;他那张大饼脸上不时露出一丝轻蔑的冷笑。

---

① 俄国革命民主主义作家赫尔岑(1812—1870)在国外写的文集。

莉吉雅忽然从座位上跳起来,呼的一声把门关上,扬长而去。马卡罗夫用手掌擦擦脑门儿上的汗,焦躁地说道:

"真是个脾气暴躁的姑娘。"

他点着一支烟,又接着说:

"然而却很聪明。好吧,再见喽!……"

德罗诺夫嬉皮笑脸地目送他出去,然后侧着身子躺在床上。

"他俩是在装腔作势,故意找岔子,"他轻声地说着,闭上眼睛。尔后他有点儿粗鲁地问坐在桌旁的克里姆:

"莉吉雅说的话你听见了吗?她骄傲地说:在爱情上是没有什么慈悲可言的。是吧?唉哟,那她可要叫许多人遭殃喽!"

对德罗诺夫的粗鲁声调,克里姆并不感到恼火,因为有一次他曾听见马卡罗夫说:

"其实,万卡①是个好心肠的人,他说话粗鲁只是因为他不敢用别的方式,他害怕那样会显得更愚蠢。他的粗鲁是一种职业特征,就跟消防队员一定要戴那顶笨重的铜盔一样。"

德罗诺夫侧耳听着烟筒里传来的暴风雪的吼声,继续用那种令人烦躁的音调说下去:

"我有一位当电报员的朋友,他教我下棋。他的棋艺是很高明的,人还不算老,才四十来岁,可是已经秃顶了,就像这个火炉一样光亮。他跟我谈到女人,说:'为了礼貌起见,可以称她们为妇女,如果说老实话,她们是奴隶。按照自然规律,女人的天职就是生儿育女,可是她们偏偏要谈情说爱。'"

他好像被什么扎了一下似的,忽然跳起来,用拳头捶着墙,说道:

"你们胡说八道,鬼东西!我能上大学的。托米林答应帮我的忙……"

克里姆耐心地听完德罗诺夫把勒日加和许多教师大骂一通,就装

---

① 伊万的小名。

作漫不经心地问道：

"你跟玛尔加丽塔是怎么搞上的呀？"

"什么怎么搞上的？"德罗诺夫没有立刻回答。

"哼,这叫恋爱吗？"

"是恋爱呀,"德罗诺夫想了想重复了一遍,然后低下头去。"经过是这样的:我们先是接吻,后来就什么都干了。不过,老弟,这没有什么值得大惊小怪的……"

# 第四章

## 一

德罗诺夫又谈了一阵学校的事情。克里姆听他讲了一会儿就走开了,没有能了解到他想要了解的情况。

他仿佛觉得,那些有关莉吉雅和马卡罗夫,瓦拉甫卡和母亲,德罗诺夫和女裁缝的风流韵事,老是萦绕在他的脑际,不过他又觉得,这些纠缠不休的念头似乎并不是产生在他的身上,而是受了外来的影响,是由于好奇心,而不是由于别的什么原因。他对于这些扑朔迷离的暧昧关系和情绪,感到一种难以忍受的屈辱。对女人的胡思乱想,已经成为他至关紧要的事情,其余一切都已退居次要地位,化为一场晕晕糊糊、朦朦胧胧的奇异的梦。

在厢房里发生的那种吵吵闹闹的事情,也仿佛是一场昏昏沉沉的梦。这里又来了一位生着一副清瘦、苍白而又呆板的脸和一头长发的人。此人丝毫不像庄稼汉,但他却是农民的装束,穿一件灰土布长外套,蹬一双沉重的、齐膝的长毡靴子,一件蓝色的麻布衬衣和同样布料的裤子。他舞动着两条细胳膊,有时又拍拍干瘪的胸脯;他的头长得好生奇怪,仿佛有人曾经对准他的下巴颏揍了一拳,从此以后,脑袋就不由自主地仰起来,再也低不下去了。他劝人们放弃都市的腐败生活,到乡间去种田。

"又是老调重弹!"那个像奶妈样子的人挥手说道。作家也随声附和说:

"我们都尝过滋味,把嘴都烫喽!"

那位庄稼汉打扮的人,操着传教士传经布道的腔调说:

"尔等均为盲目之人!前往乡间乃心存私欲,鼓吹邪恶与暴力。吾则奉劝尔等行慈善与博爱之道,且以吾师之圣言相告:尔等务须平民化①,做土地之子,弃绝尔等所臆想终致盲目昏庸之一切虚妄邪念!"

托米林的声音从屋角里的炉子后面传来:

"您是想叫珠宝匠去铸造犁铧吗?而且这样的平民化岂不意味着回到野蛮时代去吗?"

克里姆听见教师的声音更加洪亮,语气也越发坚定和激烈了。他的头发越来越长,看来他的日子也越来越穷困了,他的上衣袖肘部都快磨出了窟窿,裤子的后屁股还打着一块三角形的补丁,鼻子显得越来越尖,面颊也消瘦了。他笑起来很难看,不断地摇头,红褐色的毛发耷拉到腮帮上,和连鬓胡子混在一起,他满有耐性地用两手把头发撩到耳朵后面去。他比别人都更沉着地跟那位庄稼汉打扮的人和另一位秃顶红脸的人争论,反驳他们所说的制造干酪和养蜂,是什么真正可以拯救民众的事业之类的言论。

克里姆看到他们每个人都提出许多针锋相对的问题,以及他们为自己真理辩护的倔强劲儿,心里感到很别扭。那个农民装束的人,摆出一副道貌岸然的架势,有恃无恐地谈论着托尔斯泰和基督的双重面孔——宗教的面孔和平民的面孔,谈论着由于荒淫无度和精神空虚而濒临毁灭的欧洲,谈论着科学的谬误,因为他特别蔑视科学。

"科学乃是导致吾辈谬误之源,其中包藏着摧残吾辈灵魂之毒素。"

---

① 列夫·托尔斯泰在许多作品中都表现出平民化的思想。

从一张面子已经磨破、棕麻像大胡子一般露在外面的长沙发上跳起来一个人,他身材矮小,头发卷曲,戴着夹鼻眼镜。他以粗重的嗓音压倒其他人的声音,喊道:

"好野蛮呐!"

"一点儿不错!"作家附和说。托米林兴致勃勃地问道:

"难道说退回到迦勒底牧羊人的宇宙观去①,对我们来说是可行的,是一种解救吗?"

"要搞手工业!瑞士就是一个例子②!"那个秃顶的人用嘎哑的声调对作家的妻子说。"要搞畜牧业。要奶酪、油脂、皮革、蜂蜜、木材,总之,不要工厂!"

一阵阵乱哄哄的喊叫和议论,总要被那个戴夹鼻眼镜的人洪亮的男低音压下去。他也是一位作家,常写一些通俗科学小册子。他身材矮小,所以他那满头黑卷发的大脑袋,活像是把别人的移到他那瘦窄的肩膀上去了似的。他那张夹在黑发中间的面孔,模模糊糊,难以辨认。总而言之,他的全身,他的整个体形,都给人一种不完整的感觉。然而,他那浑厚粗重的男低音,却具有一种难以置信的力量,有如水泼在炭火上,很容易就压住了一切喊叫声。他跃到屋子当中,像醉汉一般摇晃着身躯,双手在空中画着圈圈,谈起猴子、史前的人类和宇宙的构造来。他谈得那样肯定,有把握,俨然他亲手创造了宇宙,亲自在太空撒下了"银河",布下了各个星座,点燃了太阳,使所有星球运转了起来似的。大家都聚精会神地听他演讲,而德罗诺夫更是目瞪口呆地望着演讲人那张模模糊糊的脸,似乎在盼望他马上讲出一些可以一劳永逸地解决一切问题的办法来。

那个庄稼汉装束的人也板着脸,简直有点儿呆若木鸡了,不过他听完讲话以后,立刻又以传教士的口气,用高昂的声调说道:

---

① 迦勒底牧羊人指古代波斯湾西北岸的一个游牧民族,曾经统治过巴比伦。这里的意思是说"返回野蛮蒙昧的时代"。
② 瑞士曾以手工业闻名于世,这里的意思是要俄罗斯也成为瑞士。

"虽说天文学者亘古以来即以推算天体之秘密颇负盛名,然而彼等实以引起吾人之恐惧为宗旨,更有甚者,彼等居然否认创造万物之神存在之说……"

"并不是所有的天文学家都否认吧,"托米林插嘴说。"弗拉马里昂①就是一个例子嘛。"

然而,不出克里姆所料,那位托尔斯泰主义者并不理会他的话,也许是没有听见他表示的异议,绘声绘色地描述着一幅惊心动魄的景象:一片寂寥沉沉、茫茫无边的黑暗,"银河"宛若一条条金色的蚯蚓,在这黑暗中蜿蜒浮动,轻盈飘舞,一个一个的星球忽而显现,忽而泯灭。

"我们这渺小的地球,这充满悲伤和痛苦的尘世,都被那镶嵌在茫茫无边的黑暗中的无数星群所淹没;而且,请设想一下,您孤孤单单地生活在地球上是多么恐怖;想到在这空荡荡的黑暗中,在熊熊燃烧,但注定要毁灭的太阳当中,您是如此渺小,那该是多么可怕!"

克里姆听他讲这些阴森恐怖的景象,非常镇定自若,只不过偶尔有一股寒气,浸透他背上的皮肤,使他感到挺不舒服。他们谈话的样子,较之他们谈话的内容,更能引起他的兴趣。他看见那个大脑袋的、体形不完备的作家欣喜若狂地谈论宇宙的构造,而那个庄稼汉打扮的人也兴高采烈地描绘着地球在宇宙中孤孤单单的阴森情景。

这些话对德罗诺夫发生了强烈的作用。他毛骨悚然,身体缩成一团,左顾右盼,悄悄询问克里姆或者马卡罗夫:

"你说他们谁的意见是对的,嗯?"

他慌忙用指甲搔了搔左眼的眉毛,怪声怪气地说:

"噢,是的,真见鬼……是应该学习。中学学的那点儿东西太不够用了。"

马卡罗夫对卡京家里的热烈争论也感到不满足。

---

① 弗拉马里昂(1842—1925),法国天文学家,著有许多天文学书籍和长篇幻想小说。

"他们见多识广，能言善辩，这些都很有意思，然而他们所谈的东西只会发光，不会发热。而且也无关宏旨……"

德罗诺夫急忙问道：

"究竟什么有关宏旨呢？"

"伊万，你问得太愚蠢了！"马卡罗夫面带愠色地回答。"我若能知道这个问题，我不就成了圣贤之中最聪明的了么？……"

## 二

深夜，一场持久的舌战结束之后，他们三人送托米林回家时，德罗诺夫便把自己的问题向他提出来：

"他们谁说的对呀？"

托米林慢腾腾地走着，用发呆的眼神打量着天上的繁星，吞吞吐吐地说道：

"你问得不恰当，伊万。这是宇宙思维的两种习惯不可避免的交锋。亘古以来，我们就有这样的习惯，而且是根本不调和的。这种习惯总是把人分成唯心论者和唯物论者。究竟谁对呢？唯物主义朴素一些，实际一些，乐观一些；唯心主义虽然华丽，但却空洞无物。唯心主义具有贵族的风气，严于律人。在有关宇宙的一切思维体系中，都多多少少巧妙地隐藏着一些悲观因素，而在唯心主义当中包含的悲观因素，要比和它对立的体系更多一些。"

他沉默了一会儿，更放慢了懒洋洋的脚步，随后说道：

"我不是唯物主义者，可也不是唯心主义者。这些人都是些……"

他把手往肩后一挥，继续说道：

"他们都是些学识浅薄的人，所以他们才都成为信徒。他们生吞活剥地、拙劣地重复古代的思想。当然，各种思想都有其一定的价值。倘若予以认真对待，即便是一种还没有定型的思想，也可以成为激发无数其他思想的媒介，像明星一样，把自己的光辉投射到四面八方。

而当实际运用这种思想的时候,它的绝对的和纯粹的价值,就立刻消失了。呢帽、阳伞、睡衣、眼镜和灌肠器,等等,都是由于我们追求安乐、秩序和平衡而从纯粹的思维中演绎而来的。"

他站住,用手指指背后,说道:

"拜伦①虽说是个诗人,但是你也常常会从他那里发现一些深刻的思想,其中之一就是:'思想家不见得比他自己的思想更现实。'②他们这些人都不懂得这一点。"

他气呼呼地把话说完:

"人就是大自然的思维器官,他没有别的价值。物质都竭力借助于人来显示自己的用途。这就是一切症结之所在。"

他们把托米林送到家,和他道别以后,德罗诺夫说:

"他倒摆起架子来了,好像封他当了大主教似的,可是他的裤子上还打着补丁哩!"

所有这些思想、言论和印象都是间接地进入克里姆脑海的。为了使他的脑子摆脱那些单调印象的过度重负,他便竭力回味着这一切。于是他的记忆力仿佛以一种神奇的力量,长成了一堆鲜花盛开的灌木丛,去欣赏它们吧,又有点儿羞怯,他只有好奇地瞧着它们,心里很不是滋味。他觉得惊讶的是,他居然看到了那么多被人认为是猥亵下流的情景。他一闭上眼睛,就会闪现出阿琳娜·捷列普涅娃跌倒在溜冰场上时露出的两条匀称的大腿;睡眼惺忪的女仆那对隔着衣服看得清清楚楚的和香瓜一般大小的乳房;坐在瓦拉甫卡膝盖上的母亲,还有作家卡京正在亲吻半裸着身子坐在桌子上的他老婆的胖大腿。

作家妻子老是沉默不语,像小猫一样温柔。她每晚都不断地给客人斟茶。这女人每年都要怀孕,因此,克里姆从前不愿接近她,对她感到厌恶。他当时很赞成莉吉雅的看法,她曾经尖刻地说:孕妇身上有一种肮脏的东西。可是现在就不然了,自从他看见她那光溜溜的大

---

① 拜伦(1788—1824),英国杰出诗人,革命浪漫主义卓越的代表人物。
② 出自拜伦所著诗体小说《唐璜》(1823)。

腿,她那副快乐得如醉如痴的脸蛋儿,她对所有的人都流露着同样热情的笑容以后,他的好奇心便油然而生,他已经对她没有什么憎恶的情绪了。

就连她那位大鼻子的妹妹,也以一对紧紧绷在花布上衣里的乳房吸引了克里姆的注意力。她老是小心翼翼地招待着客人,俨然一个必须讨主人欢心的婢女,也完全和丹尼娅·库里科娃一样不大惹人注目。克里姆有一次听见作家卡京大声呵斥她:

"大自然创造了一些什么事也不会做的姑娘,她们就连醋渍蘑菇也不会做,我这样说并没有错……"

当时这种有如公鸡打鸣一样的呵斥声,只使克里姆觉得很好笑,但是现在他觉得这位脸上长着许多粉刺、鼻子大大的姑娘很冤枉,很值得同情,这倒不仅仅是因为这些温和的、默默无闻的人,大家都喜爱,而且也因为她们对任何事情不闻不问,也没有什么要求。

有一天晚上,克里姆把一本新出版的杂志拿到作家屋里。卡京看见他,便摇晃着手里的一封揉皱的信,乐呵呵地喊道:

"小伙子,你知道吗,再过两三个星期,你伯父就要从流放地回来了?噢,这些老鹰终究要慢慢地飞到一处来的!"

裱糊的纸墙嗤的一声撕裂了,作家小姨子惊愕的脸从门缝里伸进来。

"就要生啦!"她说完,马上就不见了。

"我妻子要生孩子了,你等等,我很快就会帮她生下来的!"卡京慌慌张张地说着,从桌子上操起一盏小铜灯,钻进那扇纸糊的窄门洞里去了。克里姆只好留下来跟几把维也纳式的椅子做伴,坐在一张堆满书籍和报纸的桌子旁边。另外还有一张桌子放在屋子当中,桌子上面放着一只高高的、已经熄灭的火壶,还堆着一些没有洗涤的碗盘和一条拆散的双筒猎枪。靠墙放着那只露出了一块块衬垫麻布的黑色长沙发,沙发上面的墙上挂着车尔尼雪夫斯基、涅克拉索夫的肖像,在一只金边的镜框里镶着体态臃肿的赫尔岑的坐像,他跷着二郎腿,旁边就是萨尔蒂科夫那张蓄着络腮胡子的脸。这整个景象都使克里姆感觉到一种凄凉的穷气,但这并非妨碍作家按时交付房租的那种穷气,而是另一种无法治愈的、令人惶恐的,同时又是十分感人的穷气。过了大约十分钟,作家从里面跑出来,坐在桌角上,吹起牛皮来:

"她生起孩子来倒是非常容易,可是孩子都活不成!"

他弯着腰,用一只手撑住桌子,惶惶然地悄悄说道:

"雅科夫·萨姆金是俄国历史这艘战舰上的一名水兵。这些水兵以自己的精力鼓足战舰的风帆,使战舰飞速奔向自由和真理的岸边。"

他一再称呼雅科夫·萨姆金是舵手,是铁匠,是使徒。并且激动地反复说:"鹰要飞到一起来了,要飞到一起来了!"他蓦地跳下来,跑进门内,从门内传来一阵比一阵厉害的呻吟。克里姆因为害怕作家会问他,对他在杂志上发表的那篇小说有什么意见,便急急忙忙溜掉了。这个短篇小说并不比卡京的其他作品高明。小说描写了几个幼稚天真、忠实厚道的农民,他们老是盼着上帝的真理降临,因为曾经有一位乡村教师向他们担保说一定会降临的。这位教师是个思想正直的人,他遭到两个仇人的迫害:一个是残忍的大地主,一个是狡猾的神甫。

## 三

克里姆回到家里,把伯父要回来的消息告诉了母亲。她一声不吭,用疑惑的眼神扫了瓦拉甫卡一下;他正低头看着餐盘,冷言冷语地说:

"是呀,是呀,那些被历史下令免职的人们,都要渐渐地'从遥远的漫游中'回家来了。在我事务所干事的也有三个这样的人。应该承认,他们都是优秀的办事人员……"

"这可怎么办呢?"母亲问道;瓦拉甫卡回答说:

"这事以后再说吧!"

克里姆以为瓦拉甫卡不愿当着他的面谈这件事,所以觉得这有点儿不近情理,便用疑问的目光瞥了母亲一眼,但是她没有注意到他的眼神,因为她正在瞧着神思倦怠、头发蓬乱的瓦拉甫卡狼吞虎咽地吃火腿。勒日加来了,律师紧跟在后面,他们和母亲一道一直惬意地玩到将近午夜。音乐使克里姆陶醉,使他沉浸在一种从未体验过的脉脉温情之中,他感到情趣盎然,心满意足,于是在他和母亲告别时,竟吻了吻她的手,因为对母亲产生了一种新的感情,便轻轻叫了她一声:

"我亲爱的妈妈!"

母亲紧紧地搂住他,默默地抚摸着他的脸蛋儿,用温暖的嘴唇吻着他的额角。

当他躺到床上的工夫,那种朝夕不离他心头的不可抑制的思绪,立刻又萦绕在他的脑际。他想起了不久前跟马卡罗夫的一次谈话;当克里姆把德罗诺夫跟女裁缝胡搞的事告诉马卡罗夫时,他含含糊糊地说:

"果真是这样吗?简直是个小畜生……"

他说这话时并没有恼恨,没有嫉妒,没有憎恶,也没有惊异,似乎最后几个字是多余的。后来他扑哧一笑,又说道:

"我的房东是个邮差,因为爱自己的妈妈,不想用结婚这桩事来烦恼她,便学习拉小提琴。他说:'妻子毕竟是外人。当然我是要结婚的,不过要等到妈妈去世以后。'他每个星期六都去逛一趟妓院,逛完妓院去洗澡。他已经拉了四年多提琴,可是老在拉练月曲,他认为假如不把所有的练习曲拉熟,就去拉正规曲谱,那就会'对听觉和手臂有害'。"

马卡罗夫紧锁着双眉,不说话了。

"你究竟想说什么?"克里姆问道。

"我也不知道,"马卡罗夫回答,仔细盯着香烟冒出的烟雾。"这和万卡·德罗诺夫有点儿关系。其实万卡是在撒谎,很可能他并没搞什么恋爱。但是他贩卖春宫画,倒真有其事。"

他摇摇头,继续悄悄地,但是气急败坏地说下去:

"简直是叫驴的性情。除了那件东西以外,任何东西都无关紧要。他并不把自己看作一个人,而只看作是人的一个器官。真是可耻而又可恶!好像有个中学学监向人灌输说:你是一只公鸡,去找那只和你配对的母鸡吧!可我呢,我又想要母鸡,又不想要母鸡,我不想演奏这个练习曲。你这位明公,也有这样一种感觉吗?"

"没有,"克里姆硬着头皮撒谎说。

他们沉默了一会儿,马卡罗夫弯腰坐下,跷起二郎腿。克里姆仔细打量着他,问道:

"你对女人抱什么态度呀?"

"我敬畏她们,就跟敬畏鬼神一样,"马卡罗夫无精打采地说着,站起来,抓起帽子要走。

"好吧,我要走了。"

克里姆一想到这种情景,就愤懑地联想到托米林。他认为此人一定懂得,而且也应当讲一些能够使人得到安慰,可以消除羞愧和恐惧的话来。有好几次克里姆都是小心谨慎地,而马卡罗夫则是恳切而又强烈地试图要教师谈一下女人的问题,然而托米林对这个问题竟是那样噤若寒蝉,以致后来引起马卡罗夫的怒骂:

"这红毛鬼是在装腔作势!"

"他一定是吃过亏,"德罗诺夫也冷笑一声,说道。这笑声使克里姆想起了在花园里的那场戏,引起了他的疑心:

"莫不是他也瞧见了吗?他知道这件事吗?"

只有一次,教师对马卡罗夫的顽强进攻作了让步,他不屑一顾这些小青年,一边走,一边冷冰冰地说:

"应当用诗歌来谈论女人。这就好比没有佐料,食物不可口,是同样的道理。而我是不喜欢诗歌的。"

他把目光移到天花板上,劝他们说:

"你们看看叔本华所著《爱情的玄学》①吧,在那本书里能找到你们要知道的一切。托尔斯泰的《克莱采奏鸣曲》可以作为这本书的很好的佐证。"

## 四

他们三人走访托米林的次数越来越少了。当他们去拜访他的时候,老是碰上他在看书。有时他把胳膊肘撑在桌子上,用手掌捂着耳朵看书,有时又躺在床上,跷起两条腿,把书靠在膝头上,用牙咬着一支铅笔。他对于敲门声是从来不应的,即使敲上三四次他也不理。

"我又不是女人,"他解释说,末了又补充一句:"我更没有赤身露体。"

他想了想,又加上一句:

"我又没有结婚。"

他在屋子里踱着步子,用教训的口吻说:

"在思维领域里,必须区分谁是探索者,谁是隐蔽者。对于探索者来说,必须找到一条通向真理的正确之路,不管这条道路多么艰难曲折,即便是要经过深渊,把他引向毁灭,也在所不惜。至于那些隐蔽者,就是要想方设法把自己隐藏起来,掩饰自己对生活的畏惧,掩饰自己对生活秘密的无知,隐蔽在一种苟且偷安的思想之中。那位托尔斯泰主义者,就是一个滑稽可笑的典型,他彻头彻尾地暴露了那些隐蔽自己的人的真面目。"

克里姆看见马卡罗夫正弯腰注视着教师的脚,好像在盼望着托米林马上摔一跤似的,而且盼望的心情是那样急切。他迫不及待地大声

---

① 叔本华所著《作为意志和概念的社会》一书的一部分。作者在该书中认为爱情是神秘的、粗野的,而赋予迫使人服务于种性利益、作为人的几乎每个意愿的最后目的的社会意志以主要地位。

提出问题,就好像要唤醒一个沉睡的人,但却得不到回答。

克里姆听着教师那沉着而又深思熟虑的声调,仔细打量着他的面孔,心里想:什么样的女人会爱他呢?也许只有像丹尼娅·库里科娃那样其貌不扬的,出身卑贱的女人,或者像卡京小姨子那样失去了爱情希望的女人,才会爱他吧。但是,这些思绪并未妨碍他听取那些冠冕堂皇的奇谈怪论和引经据典。

"通向真正信仰的道路,是要经过无信仰的沙漠才会达到的,"他听见。"信仰作为一种容易养成的习惯,比之怀疑要有害得多。可以说,信仰,假使说得更明确些的话,那是一种不正常的心理,简直可以说是一种病态,所以我们把有信仰的人看作是歇斯底里患者,宗教狂热者,萨沃纳罗拉①或者阿瓦昆大主教②就是这样的人,而弗朗西斯科·阿西兹斯基③之流,充其量也不过是些无能之辈。"

德罗诺夫有时提出些社会性的问题,但是教师要么不答理他,要么说些莫名其妙的话。在他那些言论中克里姆只记住了一点:

"以为参加社团和政党的人,精力就会充沛和增强,那是错误的。恰恰相反,把自己的希望、憧憬和责任都寄托在领袖身上,那就会阻碍个人力量的发挥和积极性的提高。个人能力最理想的体现就是《鲁滨孙漂流记》的主人公。"

马卡罗夫最先对这些坦率的议论感到厌倦。

"好吧,咱们该走了,"他很不客气地说。托米林伸出他那温暖而湿润的手和他们握握,哑然一笑,从来不主动邀请他们到自己家里来。

马卡罗夫对托米林越发不礼貌了。有一天,他从托米林屋子里走出来,下楼梯的时候,好像故意大声地说:

"我觉得那红毛鬼真像个毒蜘蛛。我虽然没见过这种虫子,可我

---

① 萨沃纳罗拉(1452—1498),意大利传教士,宗教改革家。
② 阿瓦昆(1621—1682),俄国旧正教的拥护者,反对尼康的宗教改革,受到许多人的拥护,后被沙皇处以火刑。
③ 阿西兹斯基(1181—1226),意大利宗教活动家。他背叛本阶级,宣扬忏悔和穷困,其学说具有反封建的意义。

在高里赞托夫的《古自然史》一书中读到过:'若是把毒蜘蛛用油浸过,就会大有用处,是治疗被毒蜘蛛咬伤的良药。'"

他这番气呼呼的冷嘲热讽,使德罗诺夫笑得喘不过气来,叫人听起来挺别扭。

克里姆思索着这些问题走进家门,他忽然听见客厅里传来一阵奇怪的簌簌声和琴弦的嗡嗡声,好像是勒日加放在那里的大提琴,想起了晚上奏过的曲调,现在又想为他自己重奏一遍似的。这个对克里姆很不寻常的念头,在他脑子里闪了一下,便形成了一种莫名其妙的惶恐。他屏息静听,这声音分明是从客厅里传来的,而不是有时在楼上莉吉雅的房间里,深夜故意把钢琴乱弹一阵发出来的声音。

克里姆点上蜡烛,右手抓起一只哑铃,向客厅里走去,他觉得两条腿战战兢兢的,不听使唤。这时大提琴的声音更响了,簌簌声也更清晰了。他马上猜想准是一只老鼠在琴上跑动,于是他蹑手蹑脚地把琴反过来放在地板上,看见从反响板底下跑出来一只像黑蟑螂似的小老鼠。

从卧房里射出来的光亮,宛如一条明晃晃的火带一直拉到他母亲黑咕隆咚的书房。

"她还没有睡,我去把老鼠的事儿告诉她,"克里姆心里想着。

但是,当他走进卧室门口时,突然退了回来:灯光照在母亲的脸和一只裸露在外面的胳膊上,这只胳膊正搂着瓦拉甫卡那毛烘烘的脖子,他那头发乱蓬蓬的脑袋紧紧偎在母亲的肩上。母亲仰卧着,张着嘴,像是睡得很熟;瓦拉甫卡不停地打着呼噜,不知怎么显得比白天身材小了。这情景使人产生一种羞愧、难堪同时又很激动的情绪。

克里姆回到自己屋里,躺在床上,心情久久不能平静下来。在黑暗中,女人的身影一个接一个地从他眼前闪过:胖胖的柳芭·索莫娃,举动娇懒、声调低沉而有力的美女阿琳娜;她故意噘起嘴巴,显得顽皮任性,一双湛蓝的眼睛流露着骄矜的神情。他最熟悉的莉吉雅的身姿遮蔽住了她女伴的形象。克里姆一想到她,就陷入一种错综复杂、不可思议的感情之中而不能自拔。他知道莉吉雅并不漂亮,甚至于常常叫人讨厌,然而他觉得她有一种无法抗拒的吸引力。他在夜里思念姑娘的心情已经很明显,在他肉体上引起一种惊恐不安的,几乎是病态的紧张情绪,从而使他想起达尔诺夫斯基教授那本论述手淫的严重危害、令人心惊肉跳的书①。这本书是母亲早有预见,悄悄塞给他看的。他从床上爬起来,点上灯,拿起一本黄皮小书,孟希科夫的《论爱情》看起来。这是一本枯燥乏味的小书,讲的并不是那种使萨姆金受感动的爱情故事。窗外的风吹得树木直摇晃,树叶沙沙作响,使人觉得好像有数不尽的鸟群从天空飞过,又仿佛勒日加举行的中学跳舞会上舞裙发出的窸窣声。

## 五

黎明时分克里姆方才入睡,等他醒来时已经很晚了。他显得精神恍惚,萎靡不振。今天是星期日,早弥撒已经结束,正在敲钟,暮春的雨点打在玻璃窗上,铁皮漏水管发出单调的淅淅沥沥声。克里姆凄然思忖着:

"莫非我也要经受马卡罗夫所经受的那种苦恼吗?"

现在他一想到马卡罗夫就一定会想到莉吉雅。马卡罗夫一见到莉吉雅就很激动,声色俱厉,比平日更加粗鲁和刺人了。但是他那张严峻的面孔却变得温柔了,眼睛里也流露着喜悦的神情。

"听说因为酗酒的事学校把马卡罗夫开除了,是真的吗?"莉吉雅若无其事地问道。然而克里姆明白她这种若无其事的样子是假装的。

门轻轻地推开了,走进来一个新来的女仆,是个肥胖蠢笨的女人,生着一只翘起的大鼻子和一双平淡无奇的眼睛。

"妈妈叫我问您要不要喝咖啡?因为快吃早饭了。"

---

① 指当时皇家军医学院教授达尔诺夫斯基所著《性的成熟、经过、异常和疾病》一书。

漂白的围裙紧紧箍住她的胸脯,克里姆想象她的乳房一定也像小腿肚一样坚实而有弹性。

"我不喝!"他气呼呼地说。

他猛然觉得,莉吉雅和马卡罗夫的恋爱比所有男女学生间的恋爱都傻气,因此他诘问自己:

"或许我根本就没有处在恋爱之中,只不过是偶然受了这恋爱气氛的影响,而对自己所感觉到的一切,胡思乱想一通罢了?"

然而,这种想法并没有使他心安理得,不知怎么他老是想起醉醺醺的马卡罗夫所说的那句蠢话。当时马卡罗夫坐在椅子上,摇摇晃晃,使劲儿用手指理着他那不听话的杂色卷发,用醉汉的硬舌头吃力地说:

"生理学告诉我们,人的器官只有九种还处于进化之中,有些器官已经退化了,只留下残存的痕迹,你明白吗?可能生理学上的话是胡扯,不过也许我们的确有一些感觉器官是在衰退。试想,对女人的迷恋不就是一种由于正在衰退而显得特别痛苦,特别强烈的感觉吗?啊?你再想想看,一个人会愿意按照托米林的理论生活吗?嗯?真是活见鬼,大脑这个探索和创造灵感的宝库,已经开始把恋爱理解为一种偏见了吧,不是吗?也许,手淫和鸡奸实质上就是一种摆脱女人束缚的渴望吧?喂,你说是吗?"

马卡罗夫曾经向克里姆问过这些问题,不过以前这些问题还没有引起过克里姆的忧虑,所以同学那些酒后胡言只不过在他心目中激起一股憎恶,可是现在却不然,他觉得"摆脱女人束缚"这句话并非胡言乱语了。于是,他几乎欣然提醒自己,虽然马卡罗夫酒喝得越来越多,可他似乎变得越发沉着,而有时是陷入冥思苦想之中,仿佛突然间成了聋子和瞎子似的。克里姆时常发觉,马卡罗夫点着烟以后,并不把火柴熄灭,而是故意让它在烟灰缸里,或者用手指捏着慢慢烧尽;他手指战战兢兢地捏着烧尽的火柴头。他那两个手指头上的烧焦的皮肤已经发黑,变硬,就跟个老铁匠的手指似的。

克里姆并没有问他为什么要这样做,他宁愿观察一番,而不先去

发问,因为他记得德罗诺夫曾探问他而未获结果,以及瓦拉甫卡曾说过的这样一句刻薄的话:

"傻瓜往往要比求知心切的人提的问题还多。"

现在马卡罗夫老是手里拿着一位匿名作家所写的《女人的凯旋》这本书,并且非常热心而又娓娓动听地夸奖它,于是克里姆就从他手里把这本厚厚的小书夺了过来,仔细读了一遍,但没有发现书中有什么值得称赞的地方。作家枯燥无味地叙述奥维德①和科林娜,彼特拉克②和劳拉,但丁③和比亚特丽奇,薄迦丘④和费亚梅塔的恋爱;这本书中尽是些译成散文的哀歌和小诗。克里姆疑惑不解地想了老半天,弄不懂这方面究竟有什么可让这位同学着迷?他什么也没有发现,于是就去问马卡罗夫。

"你还不懂吗?"马卡罗夫一面惊奇地反问,一面打开书,把作者序言第一段中的一句话念给他听:

"'战胜唯心主义,同时也就是战胜女人'。这就是真理!高度文明就取决于对女人的态度,你明白吗?"

克里姆肯定地点了点头,然后瞟了一眼马卡罗夫严峻的面孔和那双俊秀而傲慢的眼睛,猛然想到,马卡罗夫需要《女人的凯旋》这本书,是因为他对奥维德和薄迦丘下流无耻的纵欲行为感兴趣,并不是为了看但丁和彼特拉克的故事。毫无疑问,他需要这本书只不过是为了使莉吉雅能有所动心罢了。

"其实,这一切都很简单,"他思忖着,皱紧眉头望着马卡罗夫兴致勃勃地谈论那些抒情诗人⑤、骑士比武和决斗。

---

① 奥维德(前43—17),古罗马诗人,著有长诗《变形记》。
② 彼特拉克(1304—1374),意大利诗人,人道主义者。
③ 但丁(1265—1321),意大利大诗人,《神曲》是他的著名长诗。
④ 薄迦丘(1313—1375),意大利作家,著名作品有《十日谈》、《费亚梅塔》等,讽刺中世纪的禁欲主义。
⑤ 指中世纪法国南部普罗旺斯地方的行吟诗人,他们所写的抒情诗多以男女爱情为题材。

## 六

  当克里姆走进餐厅的时候,看见母亲正在开一扇窗户,可是怎么也打不开。屋子当中站着一个衣衫褴褛的人,他穿一双肮脏的、长到膝盖的靴子,正仰着头,张着嘴站在那里,把纸包里的一些白药面儿撒到一条伸出来,卷成小船样子的舌头上。

  "这就是你雅科夫伯父,"母亲急忙介绍说。"你把窗户打开!"

  克里姆走到伯父面前,鞠了一躬,伸出手,但又马上把手缩回去,因为雅科夫·萨姆金一只手正端着水杯,另一只手正把纸揉成小球;一面舐着嘴唇,一面用那眼皮肿胀、很不自然地眨闪着的无精打采的眼神凝视着侄子的脸。他喝了一口水,把杯子放在桌上,小纸球扔在地上,用一只皮包骨的黑手握了握侄子的手,闷声闷气地问道:

  "这是二小子克里姆吗?德米特里呢?噢,是大学生吗?当然是学自然科学的喽!"

  雅科夫·萨姆金坐到桌旁,用胳膊肘儿推开吃药的杯子,用手指头在桌布上画了一个圈儿,提醒克里姆说:

  "你说话声音大一点儿,我因为吃奎宁过多,耳朵都聋了。"

  他还说:

  "那就是说,现在没有接头的地方喽?小组也不存在啦?真奇怪,现在他们究竟在干什么呢?"

  母亲耸了耸肩膀,紧锁着双眉。老萨姆金没等她回答,就对克里姆说:

  "你感到稀奇吗?没有见过我这样的人吧?小家伙,我在塔什干,在塞米巴拉金斯克省住了二十年,生活在那些可以说是野蛮人之中。是啊,在你这样的年岁,人们都跟我叫'L'homme qui rit'[①]。"

---

① 法语:笑面人,《笑面人》是雨果的著名小说。

克里姆听见伯父把这句法语的第一个单词读成了俄文"Льём①"这个音。

"我在那里挖过水渠,是些灌溉渠。小家伙,那里还流行疟疾哩!"伯父把餐厅打量一番,然后使劲儿擦了把脸。

"哦,伊万发财了!他怎么发迹起来的?是做买卖吗?"

他又用探索的目光扫了这屋子一眼,当着克里姆的面就挖苦起这间屋子来。

"它很像火车站的小吃部。"

他把一种霉烂的毛皮气味和另一种难闻的气味带进了餐厅。他那瘦骨嶙峋的肩膀上披着一件肥大的铁青色夹克,敞着怀,露着浅灰色的粗布衬衣;满是皱纹的脖子上,尖利的喉结下面,用一块破旧的红绸布打了个蝴蝶结。土灰色的脸上,零零落落地扎煞着一些花白的、刮过不久的胡楂子,被煤烟熏黑的秃脑袋顶上、后脑勺上和皱巴巴的黑耳朵后面还残留着一绺绺的卷发。这一切都使他颇像一名老兵,或者像一个被逐出庙门的和尚。但是他的牙齿却是洁白而娇嫩的,两只灰眼睛也炯炯有神。从他那浓密的眉毛下面和前额深深的皱纹下面投射出来的、有些惘然若失和冥思苦想的眼神,使克里姆觉得他酷似一个疯疯癫癫的人。但不管怎么说,他伯父是个叫人畏惧的不速之客,使人感到陌生。餐厅里的家具在他面前也失去了富丽雅致的色彩,墙上的绘画也暗淡无光了,许多东西都显得很笨重,变成多余的,成了累赘了。他伯父像个主考官似的,一个接一个的提出问题,他母亲忐忑不安,答话很简单,显得冷冰冰的,似乎还有点儿腼腆。

"喂,怎么样,你们学校里有些什么小组呀?"克里姆虽然听见了他的提问,但因为他消息闭塞,只好像对勒日加一样,踟蹰犹豫,然而毕恭毕敬地回答:

"有托尔斯泰主义者,还有经济派分子②……不过不多。"

---

① 俄语:浇水,与下文有关连。
② 十九世纪末至二十世纪初俄国社会民主党中的机会主义分子。

"你讲讲!"伯父用命令的口气说。"托尔斯泰主义者是一个教派吗？我听说他们正在农村里搞垦殖哩①。"

他摇摇头,又继续说：

"是有过这种事,我们就干过。而且我认识一些教派分子。我在萨拉托夫省的莫洛堪教徒②当中进行过宣传,据说,斯切普尼亚克,也就是克拉甫琴斯基③,曾经写过关于我的生活的书,你知道吗？古谢夫就是我。"

幸好他虽然不断地提问,但并不要人回答。不过他仍然纠缠不休地追问托尔斯泰主义者的情况：

"喏,他们究竟在干什么呀？唔,搞垦殖,那后来呢？"

克里姆瞟了瞟坐在窗前的母亲；他本来想问问她,为啥还不开早饭？但是他母亲正瞧着窗外。于是,他怕难为情,就告诉伯父说,厢房里住着一位作家,他可以详细讲述托尔斯泰主义者的情况,各种问题他都知道得比他清楚,而他自己的功课又紧,所以……

"功课并不碍事,"伯父嗔怪说,撇了一下发青的嘴唇,然后便问起作家的情况来。

"他叫卡京吗？我不认识他。"

他听说作家是个被监视的人,便喜出望外,笑眯眯地说道：

"啊哈,原来他是一个正直的人。在我那个时代,奥姆列夫斯基④、涅菲多夫⑤、巴仁⑥、斯坦纽科维奇⑦、扎索基姆斯基⑧等都是老老

---

① 垦殖是托尔斯泰主义者在十九世纪八十年代提倡的一种主张,即让大家以劳动养活自己。这种思想在当时的农民中颇为盛行。
② 莫洛堪教是十八世纪六十年代俄国产生的一个教派。莫洛堪教徒提倡"自我修行",鄙弃教会仪式。
③ 克拉甫琴斯基-斯切普尼亚克(1851—1895),俄国民粹派作家、政治家。
④ 奥姆列夫斯基(1836—1883),俄国散文家、诗人。
⑤ 涅菲多夫(1838—1902),俄国小说家、诗人。
⑥ 巴仁(1843—1908),俄国作家。
⑦ 斯坦纽科维奇(1843—1903),俄国民粹派作家。
⑧ 扎索基姆斯基(1843—1912),俄国作家。

实实地写作,还有列维托夫①,他是一位空谈家。斯列普佐夫②是一个性情古怪的人……还有乌斯宾斯基。乌斯宾斯基有两个③,一个比较有生气,另一个马马虎虎,有点儿滑稽。"

他沉思了一会儿,忽然问母亲:

"我还忘记了:伊万写信告诉过我,说他跟你离婚了。维拉,你现在跟谁过呢?一定是跟一位财主喽?是律师吗?啊,是工程师。是自由派分子吗?嗯……你说呀!伊万是在德国吗?为什么他不待在瑞士呢?他在治病吗?仅仅是在治病吗?以前他是很健康的呀!不过,在原则性上他却不坚强,这是大家有目共睹的。"

他说话声音很大,好像在跟聋子说话似的,他那嘎哑的声音,听起来还很威严。母亲的简短答话也渐渐洪亮起来,仿佛再过一会儿,就要喊起来似的。

"你多大年纪啦?是三十五,还是三十七?还很年轻嘛!"雅科夫·萨姆金说完,停住嘴,蓦地从上衣口袋里掏出来一包药面,吞了下去,喝了口水,使劲儿把杯子往桌上一顿,用命令的口气对克里姆说:

"好吧,领我到作家那儿去!在我那个时代,作家还是很受重视的哩……"

雅科夫伯父在院子里慢慢走着,东张西望,颇像一个迷路的人,正在回想着那久已忘却的情形。

"伊万的房子是自己的吗?"

"是祖父的房子。不过瓦拉甫卡把它买下了……"

"谁买下了?"

克里姆不晓得该怎么回答;这时伯父朝他的脸瞟了一眼,自己回答道:

"我晓得了,就是跟你母亲同居的那个人吧?你为啥还腼腆呢?

---

① 列维托夫(1835—1877),俄国民主主义作家。
② 斯列普佐夫(1836—1878),俄国革命民主主义作家。
③ 指格·乌斯宾斯基和尼·乌斯宾斯基(1837—1889)。

这是司空见惯的事情。女人大凡都爱荣华富贵。小家伙,你可真是个纨袴子弟!"他说到这里忽然不再说下去了。

## 七

卡京毕恭毕敬地接待了这位老萨姆金,有如接待自己的恩人似的,而且像小孩子一般欢欣鼓舞。他点头哈腰,笑容可掬地用一双手摇晃着那只黑手,急急忙忙说道:

"我隔着窗户就看见了您。我顿时感觉到:这准是他来了!萨拉汉诺夫①已经从萨拉托夫写信告诉我了……"

伯父笑呵呵地打量了一番这间寒舍。克里姆立刻看到,他那布满皱纹的黑脸,似乎容光焕发了,年轻了。

"好,好,"他说着便往那张破长沙发坐下去。"噢,原来是这样!在萨拉托夫是有人的,在萨马拉也有一些人……我还不晓得呢。辛比尔斯克却像一座没人住的小房子。"

他又列数了几个伏尔加河畔的城市,最后问道:

"喂,你们这儿怎样?请你说得响一点儿,不要太快,我的耳朵听不大清楚。奎宁把我的耳朵搞聋了,"他提醒说,好像并不希望人家能听懂他的话似的。他举起两只手,用手指扒拉扒拉耳唇;克里姆心想,这对被太阳晒得黑不溜秋的耳朵可不要用手一碰就裂开。

作家开始讲述知识分子的生活,那谨小慎微的腔调仿佛生怕有人会因为某种缘故告发他似的。他难为情地哑然笑笑,摊开手指,说了几个朋友的名字,这些人名克里姆好像听到过,但又不大熟悉。作家说到最后一个时伤心地补充说:

"他也在地方自治局②工作,当统计员。"

---

① 萨拉汉诺夫(1864—1917),十九世纪八十年代喀山民粹派小组的成员,新闻记者。
② 地方自治局是由于一八六四年地方自治改革而在沙俄中央各省设立的地方自治机构。自由派地主和资产阶级在其中起主导作用。

155

"在地方自治局工作,倒很不错!"雅科夫伯父称赞说,不过又加了一句:"可这还不够。"

然后他点点头,叹了口气,说道:

"你们都变野喽!"

"如今这叫学乖了,"卡京很遗憾地解释说。"甚至有人写了个短篇小说,是以背弃过去的生活为主题的,题目叫《他学乖了》。是包布雷金①写的。"

"包布雷金是个空谈家,"伯父举起一只手果断地说。"你别学他的样子,你是个青年人。可不要学包布雷金那一套!"

门轻轻地开了,作家的妻子羞答答地走了进来;作家跳起来,拉起她的一只手,说道:

"这是我内人,叶卡捷琳娜,卡佳。"

雅科夫·萨姆金用和善的目光,打量了妇人一眼,笑眯眯地说:

"是神甫的女儿吗?"

"是的!"

"我会相面,保准没错。有孩子吗?"

"老是活不成。"

"嗯……当前青年们都读些什么书啊?"

卡京说话的声音越来越小了,兴致也不那么大了。克里姆觉得,作家虽然很高兴地迎接了伯父,可是他却怕伯父,就像学生怕老师一模一样。雅科夫伯父的嘎哑声调变得越来越高昂了,在他的话语里出现了许多哼嗒人的声音。

克里姆很想走开,但觉得把伯父扔在这里又不好意思。他坐在屋角的炉子旁边,看着作家的妻子在桌子周围忙来忙去,蹑手蹑脚地摆上了茶具,用惶恐的眼神打量着这位不速之客。当雅科夫伯父说下面这句话时她甚至哆嗦了一下:

---

① 包布雷金(1836—1921),俄国作家,著有《中国城》、《瓦西里·焦尔金》等长篇小说。

"干革命是不能中途停歇的!"

等到女仆来唤他们去吃早饭的时候,克里姆很高兴。雅科夫伯父挥手拒绝了邀请:

"我只吃米饭、茶和面包。况且有谁在下午一点钟才吃早饭呀?"他看了看挂钟,问道。

克里姆回到家,看见瓦拉甫卡正在餐厅里,紧锁着双眉,来回踱步,用那只黑色的小梳子向两边梳理他的大胡子;他一看见克里姆就问:

"你伯父呢?"

"他说只吃米饭。"

他们默默地坐在餐桌周围,母亲唉声叹气地问道:

"怎么样,你喜欢他吗?"

克里姆猜到他们的情绪,便回答说:

"他是个怪人……"

母亲把身子一仰,靠在椅背上,眯缝着眼睛说:

"活像个幽灵。"

"像个印度饿鬼,"儿子也同意她的说法。

"他还没过五十岁呐!"母亲寻思了一下说出声来。"他本来是一个快活的人,喜欢跳舞,爱说笑话。后来他忽然到民间去,加入了教派。我看他好像有过失恋的事吧。"

瓦拉甫卡擦了把大胡子,给每人的杯子里斟满了葡萄酒。

"他们这些人都爱跟历史闹失恋。历史就是梅萨琳娜①。克里姆,历史是很喜欢跟青年人调情的,可是相爱的时间却很短。青年一代还没来得及跟它尽情欢乐一番,还没做够那黄粱美梦,而新的情人已经取而代之喽!"

他用餐巾使劲儿擦了擦大胡子,用果断的教训口吻说,赫尔岑、车

---

① 梅萨琳娜(公元一世纪),罗马皇帝克劳狄的皇后,以残酷淫乱闻名,后人就把她的名字作为残酷淫乱的代名词了。

尔尼雪夫斯基之流并不能创造历史,创造历史的是斯蒂芬孙①和阿尔克莱特②这样一些人,而且在一个百姓还相信妖魔和巫师的国家里,在用木犁耕田的国家里,靠作诗是一事无成的。

"首先必须有好使的犁铧,其次就是要有个议会。豪言壮语是无济于事的。我们说出的话,既要抑制自己的本能,又能启发他人的良智。"

他喊道,越说越慷慨激昂,脸也越发涨得通红。母亲坐在那里沉思不语,克里姆不由地觉得她的沉默和作家妻子的惶恐,是出于一个缘故;在瓦拉甫卡的勃然大怒之中也包含一种跟卡京的激昂腔调共同的东西。

"我想把他安置在阁楼上,"母亲小声说。

"那德罗诺夫怎么办呢?"瓦拉甫卡问道。

"是呀……我也不知该怎么办……"

瓦拉甫卡无可奈何地耸耸肩膀,说:

"随你便吧。"

但是雅科夫伯父拒绝到阁楼上去住。

"爬楼梯对我是有害的,我的腿有病,"他说。后来他住到作家小姨子住的那间小屋子里去了。把作家小姨子安置在小贮藏室里。母亲觉得雅科夫伯父不肯住在她家里太不近人情,瓦拉甫卡同意她的看法,说:

"这是耍威风……"

雅科夫伯父的行为的确有些古怪。他从不到正房里来,跟克里姆打招呼那副漫不经心的神气,就跟个陌生人似的。他从院子里走过的时候,和走在大街上一样,头扬得老高,把生着一小撮灰白色硬毛的喉结鼓出来,用陌生人的眼睛打量着正房的窗户。他几乎老是在中午烈日当头的时候从厢房里走出去,直到黄昏才思虑重重地低着头,双手

---

① 斯蒂芬孙(1781—1848),英国发明家。一八一四年他创造了蒸汽机车的结构。
② 阿尔克莱特(1732—1792),英国企业家,纺织机的发明者。

插进那条驼色肥大的裤子口袋里,回到家来。

"一把旧斧子,"瓦拉甫卡这样评论雅科夫伯父。他对雅科夫·萨姆金住在厢房里这件事显然不满。他每天都奚落、挖苦他一番,这种情形显然使母亲压抑,甚至也影响了女仆菲妮亚,她非常害怕并且憎恶厢房里的房客和他们的来宾,仿佛疑心他们会把这座房子放把火烧掉似的。

克里姆由于思念女人,老是心神不宁,觉得他自己正像马卡罗夫一样,变得麻木不仁,萎靡不振。他嫉妒德罗诺夫到了仇恨的地步,因为德罗诺夫虽然得到了一张"黑籍证",但他的心情不知怎么反而安定下来;他到瓦拉甫卡的事务所工作以后,照旧在托米林的帮助下,努力准备中学毕业考试。

## 八

每当克里姆感到六神无主的时候,就时常到厢房去找作家。那里又来了一些陌生人:大鼻子女医士伊萨克荪;一位戴着茶色眼镜的小老头,他不断地揉搓两只肿胀的手,大声喊叫:"我赞成!"

还来了一位工匠,从他的手来判断,准是一位钳工;他也常常重复这样一句话:

"我们根本用不着这个,就像狗用不着第五条腿一样。"

百叶窗紧紧关着,玻璃窗用窗帘遮住,可是作家的妻子仍不时地走到窗户前面,掀起窗帘,朝黑乎乎的方框框看看。她妹妹也跑到院子里去,朝大街上张望一番,回来悄悄安慰她姐姐:

"没有人,一个人也没有!"

克里姆几乎没有留心去听那些他已经听惯了的谈话和争论,因为这些话既不涉及他,也引不起他的兴趣。他伯父也没有讲出什么新鲜玩意儿,可以说,他比别人更不善于辞令,说来说去,意思很简单,可以归结为一句话:

"应当把民众发动起来。"

克里姆总是在听说或者亲眼看见莉吉雅到厢房里去的时候,他才到那里去。因为这就是说马卡罗夫也一定在那里。不过他在仔细打量这位姑娘时,确信除了马卡罗夫以外,还有某种东西吸引着她。她坐在一个角落里,虽然屋子里烟雾弥漫,使人透不过气来,但她仍紧紧裹着一条橘黄色的披肩,使劲儿抿着嘴唇,一双无精打采的眼睛严峻地盯着人们。克里姆觉得,在她那眼神中,以及她的一举一动中都流露出一种新奇而又有点儿可笑的表情,俨然一位孀妇,故意装出一副庄重而又悲戚的模样。

"你能不能谈谈对我伯父的看法?"克里姆问她,并且立刻就听见她下面这令人奇怪的回答:

"他活像使徒约翰①。"

在一个春天的夜晚,她从厢房里走出来,和克里姆在花园中散步,她说:

"真蹊跷,世界上竟有这样的人,他们所想的,居然不单单是他们自己。我觉得这不怎么合乎情理,要不然就是装腔作势。"

克里姆几乎有点儿沮丧地瞟了她一眼,因为她恰恰说出了他所感觉到的然而却没有办法用语言表达出来的东西。

"还有,"姑娘继续说下去。"不知为啥他们说的都是些反话。我觉得他们在谈论爱人民时,却流露着憎恶的情绪,而在谈论对当局的憎恨时,又表现出欣然的神态。至少我听起来是如此。"

"不过,当然并非如此,"克里姆这样说,是希望她会问他:"怎么并非如此呀?"那时他就可以在她面前炫耀一番了,何况他已经懂得用什么方法和怎样来炫耀自己。可是姑娘却一声不吭,沉思着往前走去,用头巾紧紧裹住胸脯;克里姆下不了决心把想说的话都说出来。

他发现,从莉吉雅的年岁上来看,她的言谈是太严肃而又聪明了,

---

① 基督教《圣经》中所说的耶稣十二门徒之一。

这使他很不高兴。然而她这种使他吃惊的谈吐竟越来越频繁。

过了几天,他又觉得莉吉雅抢走了他一次自我炫耀的好机会。这是吃过晚饭以后,在餐厅里发生的事:不知为何母亲老是死乞白赖地追问莉吉雅,那些人在厢房里都议论些什么。姑娘坐在一扇朝花园开着的窗户跟前,侧身对着维拉·彼得罗夫娜,待理不理地,也不大礼貌地回答着问题,过了一会儿,她猛然转过身来,面带愠色地说道:

"我父亲也害怕这些人会对我发生什么不良影响。可这不会的。我认为他们的全部谈话和争论只不过是捉迷藏。他们不过是想掩盖自己的欲望和无聊,或许还有他们的罪孽而已……"

"说的好,我的女儿!"瓦拉甫卡惊叹地说,把四肢往沙发椅上一摊,然后把一支雪茄插进大胡子里去。莉吉雅又慢条斯理地说下去:

"人应该有忘我的精神。我想有许多人都愿意这样做。当然,不是雅科夫·阿基莫维奇这样的人。他……我不晓得该怎么说……他一下子就为一个思想永远牺牲了自己……"

"他像个瞎子跌进了泥坑,"瓦拉甫卡插了一句。但是克里姆觉得很懊丧,简直脸色都气白了。他心里在嘀咕:为什么竟会出现这种情况,所有的人都能抢在他的前头呢?托米林所说的"人们在思想上是互相隐瞒的"这句话,他一向是很欣赏的,他认为这些话挺有道理。

"这是托米林的话!"他懊恼地说。

"我并没有说这是我自己想出来的呀!"莉吉雅回答。

"你是从马卡罗夫那里听来的!"克里姆生硬地说。

"就算是吧,那又怎么样?"

"雅科夫伯伯是历史的牺牲者,"克里姆性急地说。

"但他不是雅各,而是以撒①。"

"我不明白你的意思,"莉吉雅眉毛往上一挑,说道。但是克里姆恼恨他自己所说的话没有被人理会,便又怫然动气地唠叨说:

---

① 雅各是《圣经》中的人物,耶稣的门徒。俄国人名雅科夫与雅各同音。以撒也是《圣经》中的人物,其父亚伯拉罕曾想以其作为牺牲祭奉上帝。

161

"马卡罗夫喝醉的时候,就会说些悲观失望的胡话。他甚至说爱情是一种退化的感情。"

瓦拉甫卡发狂似的哈哈大笑起来,不住地摇晃他的雪茄烟。维拉·彼得罗夫娜也嫣然一笑,说道:

"他还不明白退化这个词儿的涵义呢!"

莉吉雅打量他们一番,便悄悄向门口走去。克里姆以为她是由于对她父亲的大笑感到恼怒才走的,但是瓦拉甫卡擦掉笑出的眼泪,长叹一声说:

"嘿嘿……孩子们,孩子们呀!"

克里姆想跟莉吉雅出去,和她辩论一番,但是瓦拉甫卡笑得没有力气以后,就冲着他粗声粗气地谈起了学校的问题:

"你们应该知道的东西,他们没有教给你们。倘若我们想成为一个真正的国家的话,那么在学校的初年级里就应该教授祖国学这门课程。俄罗斯现在还不是一个真正的国家,恐怕俄罗斯又要像十七世纪初那样,再来一次大动乱①。那时候,大概我们就可以成为一个真正的国家了。"

他津津乐道地谈起各阶层是怎样相互讽刺挖苦、视若仇敌的,就像许多文化不同的部族那样,每一个阶层都认为其他所有阶层都不能了解自己,因此也就安之若素了。同时,他们也都认为,毗邻三省的百姓以风俗、习惯,甚至方言而论都是夷人,都比他们住在这个城市里的人要坏。

克里姆感到苦闷的是他还不会思考俄罗斯问题,不会思考人民、人类和知识分子这些问题,因为这些问题都是他根本不可能理解的。全城的六万居民中他只认识六十个,顶多一百个。他自以为,对于这座木板房占四分之三的安逸恬静、尘土飞扬的城市,他是很熟悉的。

---

① 一六〇一年起,俄国沙皇鲍里斯·戈都诺夫当政期间,及他死后一个时期,曾经连续发生农民起义及外国入侵,动乱直到十七世纪三十年代才被镇压下去,这里就是指的这个时期。

一条浑浊的小河从城市前头潺湲流过,从教堂公墓后边升起的太阳高悬在城市上空,正不慌不忙地走完它自己的里程,然后在屠宰场后面的菜园里落下去。那些贵族、商人、小市民和手工业者,在神甫和官吏们的驱策之下,都乖乖地过着日子,从不到处乱闯。

克里姆对那些喜欢争论和标新立异的人观察得越深入,就越发对他们的行动产生怀疑。对于这些人是否有资格和有志气解决生活中的重大问题并强迫他接受他们的解决办法,他疑窦重重,不肯轻信。他以为,要达到这个目的,需有另外一些比较扎实可靠、头脑冷静的人,而无论如何不是像雅科夫伯父那种吃尽苦头的、有些疯疯癫癫的人。

# 第五章

## 一

于是,在克里姆看来,托米林便成了惟一不在他怀疑之列的最可信赖的人。托米林总是鞭策自己:要想到一切,考虑得周全。然而他什么事都干不成,或者不想去干。他不想用自己的思想去束缚别人,而仅仅是讲他的所思所想,至于别人是否听他的话,他并不大感兴趣。他在生活上什么人也不妨碍,也不要任何人来看望他,不像作家卡京那样,表现出一副殷勤恭维的神态,满脸堆笑地招揽人。去不去找他,完全由你;他既不能引起你的好感,也不会引起你的厌恶,决不像厢房里的人们那样,一面使你对他们感到惶恐不安,一面又引起你对他们莫名其妙的仇恨,归根到底,应当承认马卡罗夫对于这些人的评价是有道理的。他说:

"这里的每个人都想把我驯服,有如驯服猎取野味的鹰犬一般。"

克里姆也嗅到了他们的这种意图,并且认为这是自私自利的,是威胁他个性自由的,因此也就学会了每逢遭到某个说教者的进攻时,他就彬彬有礼地来个默不作声,或表示含含糊糊的赞成。

他听了德罗诺夫那番怡然自得的猥亵语言以后,性欲大为冲动,简直越发难以忍受了;这种情形被瓦拉甫卡看出来了。有一次克里姆

正从穿堂走过,听见瓦拉甫卡对母亲说:

"我像他那么大的时候,就曾经爱上过我的亲姑母。你别担心,他不是个浪荡公子,更不是个傻瓜蛋。可惜,咱家的女仆是个丑八怪……"

这些恬不知耻地谈论女仆的话,使克里姆感到厌恶,而他自己的欲望被人察觉这件事更使他难为情,不过总而言之,瓦拉甫卡心平气和地讲出的那些话却似乎纵容了他的某种行动。

两天后的一个晚上,母亲和瓦拉甫卡到剧院看戏去了,莉吉雅和柳芭·索莫娃也到阿琳娜家里去了。克里姆躺在自己的屋子里,正在犯头痛。起初,家宅里一片寂静,后来忽然听到餐厅里有轻轻的笑声,好像有人打了一下耳光,又好像有什么东西啪的响了一声,有挪动椅子的声音,接着就听见两个女人小声地唱起来。克里姆悄悄地从床上爬起来,蹑手蹑脚地打开门,看见女仆和女裁缝丽塔①正围着桌子跳华尔兹舞,桌子上放着一个闪闪发亮的火壶,有如一尊铜像。

"一,二,三,"丽塔小声地教女仆。"别用膝盖顶呀。一,二……"女仆低着头,仔细看着自己的脚,而丽塔从她肩膀上面看见克里姆正倚在门口,于是把她推开,朝他行了个礼,一边用双手整理散乱的头发,一边流利而又尖声地说:

"唉哟,请您原谅……"

"请跳吧,请跳吧!"克里姆两手插兜,慌里慌张地说。"我甚至可以跳给你们看看,你们愿意吗?"

腼腆的女仆抱起火壶,跑出去了,女裁缝开始把桌子上的碗碟收拾到托盘里,说了一句:

"不,为啥要这样呢?……"

克里姆只恍惚记得这事发生的经过。他是怀着恐惧和突然沉醉的心情动起手来的;他抓住丽塔的一只胳膊,把她往自己屋子里拉,低声央求道:

---

① 玛尔加丽塔的爱称。

"请吧……请吧……"

她嫣然一笑,把那只热乎乎的胳膊从他手里抽出来,跟他并排走着,也悄悄地说:

"您这是干吗呀?这可怎么行呢?"

可是事毕以后,她从床上爬起来,又弯腰伏在他的身上,两手捧住他的脸蛋,接二连三地亲吻他的嘴唇,气喘吁吁地喁喁私语道:

"哎呀,您哪,您可真是的!"

克里姆清醒过来以后,大吃一惊,觉得不过如此而已。他躺在床上,感到有点儿飘飘然;觉得全身轻松而有力了,尽管有点儿倦怠,但是很痛快。他觉得在丽塔妮娓娓动听的私语中,在她那最后的几个接吻中,流露着一种鼓励和感激的心情。

"可我并没有答应给她什么东西呀!"他猛然一想,又马上反问自己:

"那德罗诺夫又能给她什么犒赏呢?"

他一想到德罗诺夫,心里就凉了半截,因为其中有些奥妙,叫人捉摸不定,理解不透,甚至十分可笑。克里姆仿佛要向别人表白自己似的,几乎出声地喃喃自语道:

"当然,我再也不能跟她干这种勾当了,"但是过了一会儿,又转了另一念头:"我要告诉她,叫她不要再跟德罗诺夫……"他想点上灯,起来照照镜子,然而有关德罗诺夫的种种思绪一直纠缠着他,他预感到有可能发生一些不愉快的事。但是克里姆又一转念,想到马卡罗夫,想到他那郁郁寡欢的惶恐之状,想到那本无聊的《女人的凯旋》和"退化的感觉器官",以及此人一天到晚所说的其他一些滑稽可笑的胡话,他没有特别费劲儿,就轻而易举地抑制住了这种念头。毫无疑问,马卡罗夫编造这些话,是为了给自己脸上贴金,也许在背地里他比别人更加放荡不羁。他既然已经喝酒上了瘾,他就一定会干那些淫荡的事,这是不言而喻的。

这些思绪使克里姆一想到马卡罗夫,就不禁对他嗤之以鼻,于是他很快就入睡了；而当他醒来时，他竟觉得自己判若两人，似乎一夜之间他长大了，恍悟到自己的重要地位，增强了自尊心和自信心。他心花怒放，快活异常，简直要大声歌唱；就连春天的阳光也透过窗扉照进他的屋子，显得比昨天更加温暖而和煦。不过他还是认为，最好是向大家隐瞒这种新的情绪，因此他仍和往常一样不动声色，并且，在想到女裁缝时，已经是充满着亲切而感激的心情了。

## 二

四五天来他一直过得很愉快，因为他已经领悟到：迈出这重大的一步竟是如此简单。女仆菲尼娅第五天上把一只揉皱的小信封悄悄塞到他的手里，信封一角上凸印着一朵浅蓝色的勿忘我花，亮光光的信纸上也印着这种小花，克里姆有点儿自豪地念道：

"若是您还没忘记我的话，请在明天半夜弥撒钟声响过之后，到我家来吧！我住在拐角紧里头，维肖雷宅邸，打听玛尔加丽塔·瓦冈诺娃就行啦。"

从玛尔加丽塔接待他的那种情绪看来，好像他不是头一次，而是第十次光临了。当他把一盒糖、一篮糕点和一瓶葡萄酒放在桌上时，她狡狯地扑哧一笑，问道：

"那么说您是想喝茶吗？"

克里姆搂住她说道：

"我想要你爱我！"

"可我不知道怎么爱呀！"女人嫣然一笑，回答道。

和她在一起感到特别轻松，在她的周围，在这间干干净净的小屋里充满着令人陶醉的气息。屋角上，靠墙放着一张床，床头朝着一扇面对低矮的屋顶的窗户，床上铺着雪白的斜纹布床单，玻璃窗上挂着白色的窗帘；正在盛开的苹果和樱桃的粉红色花枝伸展到屋顶上面。一只黄蜂正朝玻璃窗上乱撞。五斗橱上铺着一条白线钩织的桌布，上面放着一面没镶框的镜子,井井有条地摆着些盒子和铁罐;在一个角落里,圣像的银饰闪闪发亮,靠门的一角遮着一块浅灰色的细布。一切都显得非常恬静、安逸,而黄蜂的嗡嗡声也是不可或缺的;一切都似乎超然于现实,远远离开了克里姆习以为常的环境,而且两者之间相距十万八千里。玛尔加丽塔只是娇滴滴地跟他悄悄说些无聊的话,什么事也不问他。克里姆也找不到可以跟她说的话题。他觉得自己此刻变得很愚笨,而且有点儿惶惑不安了,便对她莞尔一笑。玛尔加丽塔跟客人并肩坐在一条长凳上,用那情意绵绵的眼神盯着他的脸,仿佛在想什么事情;那副神情很使克里姆冲动。他胆怯地摸摸她的肩膀和胸脯,但没有勇气再前进一步。他俩共饮了两杯葡萄酒,尔后玛尔加丽塔就问他:

"喏,咱们上床吗?"

她说完立刻站起来脱衣服,并且心切地劝他说:

"你也脱光吧,这样更舒服些……"

一小时之后,她光着身子,坐在床上,两条腿耷拉到地板上,望着克里姆的袜子,懒洋洋地打个哈欠,说道:

"应该补补啦!"

克里姆打起盹来了。

他们幽会了五六次之后,克里姆觉得在玛尔加丽塔这里比在自己家里惬意多了。和她在一起,根本用不着对自己的行动加以提防,她既不要他表现得怎样聪明,也勿须忌讳什么;总而言之,对他一无所求,而且不知不觉地使他学到了许多在他看来是很有价值的东西。

## 三

克里姆开始用另一种眼光来观察他熟悉的那些姑娘了。他发现,柳芭·索莫娃的臀部是扁平的,穿在身上的裙子也是平整整的,从后面看起来又肥又大,没有一点儿线条。柳芭走路的姿势像个麻雀,一蹦一跳的。她有点儿发胖,身材不太匀称;很喜欢谈论爱情和讲些恋爱的故事。她那张小脸儿,变得漂亮起来了,常常激动得泛出红晕;一对和善的灰眼睛流露着安详的神情,俨然一位老太婆,正在谈论各种各样的奇迹,谈论圣人和伟大的殉道者们的生平。她天真烂漫,有时也很动人。克里姆觉得应当给她鼓鼓劲儿,至少也要给她以亲昵的微笑。然而他还是认为:

"她真是个古怪的姑娘,一个小傻瓜。"

她讲的故事差不多老是让莉吉雅听了生气,但有时也会逗得她发笑。莉吉雅笑起来勉勉强强,犹豫不决,带有讥讽的意味。她笑过之后就皱起眉头来,四面张望,仿佛一种拙笨的举动被人发现觉得很不好意思似的。索莫娃拿来一些长篇小说让莉吉雅看,莉吉雅读了其中的《包法利夫人》[①]以后恼怒地说:

"这部书中讲的一切真实的东西都龌龊不堪,一切好的东西都是谎言。"

她对《安娜·卡列尼娜》的批评更是尖刻:

"这书里所有的人物都是马:安娜是母马,沃伦斯基是公马,所有其他的人也都是马。"

索莫娃怒不可遏地说:

"我的上帝,你可太粗俗了,真是个怪物!你是多么不近人情啊!"

克里姆也发现莉吉雅身上有一种反常的表现;虽然她那过于聚精会神的、探求的目光不只是对着他的,而且对马卡罗夫也是一样,但是他毕竟有点儿畏惧这种目光了。不过克里姆觉察到,她对马卡罗夫的态度越来越和气了,马卡罗夫跟她说话的口气也不那么挖苦和倔强了。

克里姆对莉吉雅跟阿琳娜·捷列普涅娃的友谊感到惊奇。阿琳娜的面孔虽然变得迷人的漂亮,可她的思想却越来越愚笨。这种情况

---

[①] 法国现实主义作家福楼拜(1821—1880)的作品。

是克里姆在他母亲说过这样一句话之后发现的：

"倘若这姑娘长得不是这么漂亮，那她会更出色，更聪明！"

克里姆当即觉得这话说得很对。美是这位姑娘惶惶不可终日的不竭之源，阿琳娜恰恰把自己的美看成是一件宝贝，而且只是人家暂时送给她玩的，一旦她做了什么有损于那迷人的美貌的事，马上就有被人收回的危险。鼻炎是她的一种严重病症，她有时惊恐地问道：

"我的鼻子很红吗？我的两眼直发呆，是吗？"

只要脸上长个小疙瘩，她就会伤心落泪，若是手指甲旁边长点儿肉刺或者被蚊子叮了一口，也同样懊丧。她害怕长胖，又担心变瘦，连打雷也吓得胆战心惊。

"闪电，任你打吧！"她说。"虽然闪电是美丽的，不过在我头顶上打闪，我可受不了。"

她养成了小心翼翼、袅袅婷婷的走路姿势，她把身子挺得笔直，仿佛头上顶着一只盛满水的罐子。在滑冰场上她害怕跌倒，常常一个人躲在旁边慢慢地滑，或者跟一些特别有经验的滑冰健将在一块儿滑，因为她相信他们既灵巧，又有力气。这姑娘身上使克里姆喜欢的惟一特点，就是她善于过幽静舒适的生活，她老是能够给自己选择一个最好的位置，让阳光特别和煦地照在她身上。她那种过分的洁癖简直有点儿可笑，对于尘土、垃圾和街道上的污泥，她几乎表现出一种病态的憎恶；她坐下以前，一定要仔仔细细地把沙发或椅子打量一番，用手帕轻轻地掸掸座位；只要手里拿过什么东西，立刻就得擦擦手指头。吃起饭来细嚼慢咽，非常斯文。马卡罗夫有一次对她说：

"阿琳诺奇卡[①]，你吃起饭来活像个神仙！简直不像我们凡人吃饭的样子，你好像在进圣餐！"

阿琳娜低着头文静地回答：

"医生劝我吃饭时要细嚼慢咽。"

---

[①] 阿琳娜的爱称。

阿琳娜有时也会因为自己的美貌而感到恐惧,以致引起她近乎切齿痛恨,仿佛一个女仆痛恨刻薄的女主人那样。很可能也是由于这种恐惧,阿琳娜那对非常妩媚可爱的蓝眼睛常常流露着疑惑的神情,长长的睫毛忽闪忽闪的,使她的目光里充满着恳求的意味。

她只是谈论一些服装啊,跳舞啊,追求她的人哪,等等,而且即便谈论这些玩意儿,也是无精打采,叫人听了兴味索然。已经有一位满头银发的炮兵将军在向她求婚。这位将军是个清秀睿智,体魄魁伟的鳏夫。助理检察官伊波里托夫也在追求她;他是一个身材矮小、微黑的脸上留着一撮小黑胡子的快活机灵的男人。

"不,我不愿意出嫁,"她用低沉的声音说。"我要当个演员!"

她朗诵菲特和佛凡诺夫①的诗,音韵悠扬,非常动听,但也过于柔媚;她想入非非地唱起吉卜赛抒情曲,但是音调死板,歌词既无生气,又不清晰,而且由于她那娇嫩的声调而显得软弱无力。克里姆认为她根本不了解自己慢悠悠地唱的这歌词是什么涵义。

"真是一个叫人舍不得玩的洋娃娃,"马卡罗夫像往常对姑娘们品头论足时一样,谈论她的口吻也是轻蔑的。

克里姆瞟了马卡罗夫一眼,因为每当他听到人们彼此评头论足,说得很贴切的时候,他就越发感到刺心的嫉妒,而且叫他特别生气的是,说出这种一针见血的评价的居然常常是马卡罗夫。

和在所有的人身上一样,克里姆也很想在阿琳娜身上发现某种矫揉造作、臆想出来的东西。有时候她问他:

"我今天的脸色苍白吗?啊?"

他晓得,阿琳娜这样问,不过是为了再次引起人们对她的注意罢了,然而他倒觉得这是很自然,很有道理的,甚至使他内心产生了对这个女孩子的同情。自从母亲悄悄告诉他,阿琳娜的美貌可以理解为一种惩罚以后,那种同情心就越发强烈了。她的美貌已经有碍于她的生

---

① 佛凡诺夫(1862—1912),俄国诗人。他的诗充满了悲观与颓废情绪。

活,逼着她每隔五分钟就去照照镜子,也使得她把所有的人都当成一面镜子来照她自己。有时候他恍惚觉得,在他和她之间有一种共同的东西,不过他认为这种感觉降低了他的身份,因而不屑去认真思考这个问题。

他发现马卡罗夫和莉吉雅两人对阿琳娜的看法截然不同。莉吉雅对阿琳娜体贴入微,甚至殷勤献媚,这种感情是克里姆从前在莉吉雅身上一直没有看见过的。马卡罗夫对阿琳娜则是冷嘲热讽,但口气并不凶狠。有一次莉吉雅跟他发生了口角。非常喜欢教训人的索莫娃劝他们不要吵嘴,还把她的朋友伊诺科夫的几封很有趣的长信念了一遍。伊诺科夫已经辞掉电报局的工作,跟着谢尔加奇的一群渔民到里海去了。

## 四

大体说来,家里的生活是既憋闷,又枯燥,同时也令人忐忑不安的。母亲和瓦拉甫卡好几天晚上都在慌慌张张地计算什么,两个人好像在怄气,把纸弄得哗啦哗啦直响。瓦拉甫卡把手掌往桌上一拍,骂道:

"这些白痴,连偷窃都不会!"

克里姆觉得他在玛尔加丽塔家里所感受到的那种孤寂气氛,对他来说更为惬意。这种气氛不但不使他心烦,反而使他舒坦,使他的思想变得迟钝,从而也就没有必要去进行种种编造了。他在女裁缝那里,完全用不着像个士兵受检阅那样拘谨。他对玛尔加丽塔那种感情和思想的纯真极为欣赏。有时候,她或许是以为他心情烦躁,便用猫叫般的细嗓门儿唱一些从未听见过的小调:

卧也卧不宁呀,睡也睡不着,
美梦儿从不把我来惊扰,

>我顶好到丽塔家里去做客,
>却不知她家在哪儿住着。

>我本想把伙伴来请求,
>上她家叫他给我领路,
>可我的伙伴更聪明,更漂亮,
>我害怕他把我的丽塔给拐跑。

"多愚蠢的小曲儿呀!"克里姆打了个哈欠,说道。可是那唱歌的女人却用教训的口吻回答他:

"好就好在愚蠢上,我的小乖乖。一切小调都是愚蠢的,统统是歌颂爱情的,这才是它们的长处呢!"

她老是喜欢开导克里姆,不过这开导却使他很开心。他看到这姑娘对他表现出一种母性的体贴,心里着实惬意快活,也颇为感动。玛尔加丽塔那种毫无私心的样子使克里姆感到吃惊,因为他不知不觉地形成了一种成见,认为所有从事这种职业的女子,都是贪得无厌的,可是每逢他把糖果和礼物送给丽塔的时候,她一面收下,一面责备他说:

"你真是个怪人儿!用你花在我身上的钱,可以找到一个比我更漂亮更年轻的姑娘!"

这句话她说得很干脆、有力,使克里姆不敢怀疑她是虚情假意的。但是,当她谈到比她漂亮的姑娘时,她就用手摸摸胸脯和屁股,自我夸耀说:

"你瞧,我的皮肤多嫩呀?并不是每个娇小姐都有这样的皮肤!"

五斗橱上面的墙壁上,用两个小摁钉钉着一张没有镜框的相片。相片中间有一道横的断纹,相片上的年轻小伙头发梳得光溜溜的,两簇浓眉,满脸大胡子,打着一个漂亮的蝴蝶领结。他的两只眼睛却被挖掉了。

"这是谁呀?"克里姆问道。

玛尔加丽塔眯缝着眼睛,仔细盯着这张相片,仿佛在回忆往事,尔后说道:

"是一位圣像画师。"

"干吗要把他的眼睛挖掉呢?"

"他已经瞎了,傻瓜!"丽塔回答,长吁一声,不愿再回答克里姆继续提出的问题了,并提议道:

"喏,上床吗?"

在这温情脉脉的时刻,他终于下决心来问问德罗诺夫的事情了。他分明知道,这个问题问得越迟,越会失去问的必要性和意义,所以他认为一定得问问,因为这里隐藏着一种使他惴惴不安的、卑鄙龌龊的东西。然而,当他刚一提问,丽塔就惊讶地竖起眉梢,反问道:

"你说的究竟是谁呀?"

"你别装蒜了!"克里姆本来想把这句话说得严厉些,可他未能这样做,反而笑了起来。

丽塔抬起头,坐在床上,一面穿衬衣,用衬衣遮着脸,一面同情地说:

"哎呀呀,原来你说的是住在你家阁楼上的万尼亚呀!你以为我会跟他这样一个丑八怪胡搞吗?你想的可太不高明了。"

她一面往自己那双露出细细青筋的白皙的脚上套着丝袜,一面又不知为何长吁短叹地继续说下去,话语急促,词句暧昧:

"他怪可怜的,因为我是眼看着神甫把他赶出去的,那天我正好在神甫家干活。万尼亚本来在教他女儿念书,可是不知怎么搞的,他后来可能是掐了他家的女仆一把吧。他也想来拉扯我,我吓唬他说,我要去告诉神甫太太,他这才撒手。他虽说很厉害,但却是一个满有风趣儿的小伙子。"

她换了一种声调,悄悄把话说完:

"他被中学开除了。其实给他点儿处分,也就算了!"

克里姆本来就很相信她的话,现在就更相信了。那种多少有点儿妨碍他的德罗诺夫的影子也就随之消失了。

克里姆早已晓得,靠墙摆着的这张干干净净的小床,就是这位姑娘的祭坛,丽塔在这个祭坛上孜孜不倦地、俨然很虔诚地来履行她的神圣义务。自从那次丽塔谈了德罗诺夫的事情以后,克里姆心里好像放下了一块石头,他想方设法经常做些使她高兴的事情,然而她喜欢的只是蜜糖麦芽饼和有时叫他感到厌倦的接吻。于是有一天,她那句带着催促意味的"喏,上床吧"忽然引起他心里一阵隐隐约约的恼怒和一种莫名其妙的屈辱。他有点儿生气地问她,为什么她不读书,不看戏,除了上床以外再不晓得有什么更好的东西了。但是,显然丽塔并没有听出他这话的涵义来,便一面披散开头发,一面若无其事地问道:

"不这样生活,那又该怎样生活呢?你想想看吧,没有别的样子!"

随后她告诉他,她是常常去看戏的:

"如果戏院里演的是有趣的喜剧,或是轻松歌剧,我是去看的。不过我不喜欢话剧。我也常上圣母升天教堂,那里唱诗班的合唱比大教堂的合唱还好听。"

克里姆每逢感到精疲力尽时,便觉得有点儿后悔,于是反躬自问:

"爱情莫非就是如此这般吗?"

他不知为什么绝不认为莉吉雅·瓦拉甫卡就是为了这样的爱情出生在世的。而且也很难想象,只有这样的爱情,才是他所读过的那些小说和诗歌的基础,才是马卡罗夫许多痛苦的根源。马卡罗夫变得越来越愁眉苦脸,酒也喝得少,话也说得不多,口哨也吹得不响了。

## 五

后来有些天,克里姆感到他和玛尔加丽塔幽会以后非常萎靡不振,神思恍惚,忐忑不安。于是他不得不去请教那位智囊托米林,或者去厢房取经。

托米林确实发生了一些变化:他换上了一件"幻想牌"花衬衣;不

打领结,却系了一根有穗儿的带子,外面穿一件灰色上衣和一条肥大的紫裤子。这副打扮同他极不相称,使他那一头剪得很短的、扎煞在耳朵上面和直竖在白皙的额角上的火红头发显得更突出了。尤其惹人注目的是袖口上的那两枚沉甸甸的月牙形大钮扣。托米林说话的声音大了一点儿,然而却似乎更踌躇不决了,常常一顿一顿的,眼睛盯着上衣的袖子,摆弄着钮扣。又似乎有一种新思想随着这副装束来到了他的身上。克里姆对这种思想的赤裸裸暴露感到惊骇,因为在他看来是太肆无忌惮、恬不知耻了。克里姆有时把这种赤裸裸的思想,想象为一缕缕带腐蚀性的烟雾,缭绕在他那间小屋的温暖空气中,有如灰色、肮脏的尘垢散落在那些书上、墙上、玻璃窗上和有这种思想的人自己身上。

托米林手里掂量着莫里斯·卡里埃尔①的《艺术与文化普遍发展的关系》五大卷中的一卷,说道:

"有个意大利人断言,天才是疯狂的一种表现形式。这很可能。一般地说,很难认为那些具有过高本领的人是正常的。比如那些饭桶、色鬼,还有……思想家。是的,甚至还有思想家。完全可以这样设想:特别发达的大脑也和特别大的胃和异常大的生殖器一样,是一种畸形。这样我们就可以看到,在卡冈都亚②、唐璜③和哲学家伊曼努尔·康德④之间有某种共同点。"

克里姆很欣赏这种比喻,正如他一向欣赏那些简单明了的思想概念一样。他看出,托米林自己对这种看来是偶然的发现也颇为吃惊。托米林把那本沉甸甸的书扔在床上,双眉紧锁,两手托着脖子后面扁

---

① 卡里埃尔(1817—1895),德国哲学家,自然神论和泛神论的调和者,一生写过许多美学作品。
② 法国杰出作家拉伯雷(1494—1553)的长篇小说《巨人传》中的主人公,他有吸干河水的本领。
③ 唐璜是许多作品中的主人公。传说他是一个专门玩弄女性的荒淫贵族,有情妇数千人。
④ 康德(1724—1804),十九世纪初德国唯心主义哲学的创始人。

平的后脑勺,朝窗外眺望:

"好吧,"他眨眨眼睛说。"我该到下面喝茶去了。哼……"

托米林越来越经常地谈论起女人和女人的事情来,而且不知为何在谈论中显得愁眉苦脸,有时还跟人争论得脸红脖子粗。比如,有一次作家卡京在厢房里慷慨激昂地断言,美就是真。于是这位红毛汉就俨然以一个确实了解真理精髓的人自居,跳出来,操着他那习惯的腔调说道:

"不,美恰恰是不真,那完完全全是人们为了自我安慰而捏造出来的,像什么仁慈呀,等等,等等……都是一样。"

"那么自然界呢?大自然姿态的美呢?请您看看赫克尔①的书吧,"作家有恃无恐地高声喊道,但是他得到的回答却是几句冷嘲热讽:

"自然界不过是各种畸形和光怪陆离现象的大杂烩。"

"那么鲜花呢?"作家还是不服气。

"在自然界中就没有英国人、法国人、荷兰人所制作的那种玫瑰花和郁金香。"

争论越来越激昂,火气越来越大,并且反驳的声调越高,托米林的言语也就越固执,脸色越阴沉。他最后说:

"当我们像两只动物彼此接近那样去接近女人的时候,我们最需要的就是美。在这种关系的范畴内,美渊源于羞愧的感情,也是因为人不愿成为像山羊和兔子一样的动物才产生出来的。"

他说了几句更加粗野的话,把争论压了下去,使大家感到很尴尬,引起人们的冷嘲热讽,一片奚落。正在生病的雅科夫伯父,半卧在沙发靠垫上,吃惊地小声问道:

"他是疯子吗?"

作家笑嘻嘻地对着他的耳朵嘀咕了些什么,但是伯父却摇晃了一

---

① 赫克尔(1834—1919),德国自然科学家,进化论者,达尔文学说的拥护者和传播者。

下秃头,说道:

"可惜他生得太迟了。虚无主义者们的论调可比他高明得多。"

看得出,伯父心里是很得意的。他那张晒得黝黑的脸显得容光焕发;他虽说瘦了一点儿,但是眼睛里却闪现出亲热的目光,常常是眉开眼笑。克里姆得悉他要上萨拉托夫去,要在那里定居。

克里姆觉得自己待在厢房里是越来越不相宜了。那里所说的有关人民,有关对人民的热爱等等一切言词,都是他自幼就听惯了的。这些话都空空洞洞,不但一点也不使他动心,却叫他觉得非常无聊。克里姆早就养成了把它们当作耳旁风的习惯。

德罗诺夫公然对教师怒目而视的神情,使克里姆很感兴趣。德罗诺夫不知怎么也骤然发生了变化。克里姆虽说颇有观察人的能力,但他总觉得人们的变化是太突然了,简直是跳跃式的,有如瓦拉甫卡新近买来的那只奇妙的手表一样,它的分针不是徐徐向前移动,而是一格一格地跳过去。人们也是如此:昨天他还是半年以前的模样,而今他身上就忽然出现了某种新的特征。

德罗诺夫身穿藏青上衣、黑裤子和一双圆头皮鞋,摆出一副滑稽可笑的体面派头。然而他的脸憔悴了,眼神呆滞了,黑眼珠显得浑浊,白眼珠上也出现了红丝,活像一个正在闹失眠症的人。他不像从前那样拼命地提出许多问题,话也说得少了,听别人讲话的样子也是心不在焉,把胳膊肘子紧紧夹在胸前,交叉着手指,像老头儿一样转动着两个大拇指。对一切事物他都是冷眼相看,频频有气无力地长吁短叹,使人觉得他嘴里说的根本不是他心里想的。

## 六

每当克里姆跟丽塔幽会以后,他都想当面揭穿德罗诺夫的谎言,但是这样做就会暴露他和女裁缝的关系,何况克里姆明白,他是不能为自己的初恋而自豪的。同时还发生了一件使他大为吃惊的事:一天

晚上,德罗诺夫毫无礼貌地闯进他的屋子,无精打采地坐在椅子上,快快不乐地说:

"你听我说,瓦拉甫卡想把我调到梁赞去工作。可是,老弟,这不合我的心意。如果到梁赞去,谁还能为我补习投考大学的功课呢?而且,又有谁能像托米林那样免费帮助我补习呢?"

他从桌子上拾起一个菱形玻璃镇纸,把它放在斜射进来的阳光下,一面欣赏着反映在墙上和天花板上的彩虹般的光影,一面继续说:

"还有玛尔加丽塔。我离开她很不方便,就像常言所说的,缝缝洗洗全靠她。而且我也舍不得她。不过我知道我对她来说并不称心如意。"

他做了个鬼脸,然后把五彩的光影移到克里姆母亲的相片上,移到她的脸上;克里姆觉得这种举动含有侮辱的意味。他本来坐在桌子边上,可是一听见丽塔的名字,就急忙跳了下来,不假思索地说:

"别胡闹了,"他好像被阳光直射着一般,使劲眯缝着眼睛,冷冰冰地说。德罗诺夫若无其事地把镇纸往桌上一搁,而克里姆竭力装出一副无所谓的样子,问道:

"你现在还在跟她同居吗?"

"我干吗不跟她同居呢?"

克里姆坐在桌子边上,仔细打量着德罗诺夫;他从他谈论丽塔时的沉着声调中听出了一种可疑的成分。于是他装作天真的样子,开始和和气气地详细盘问姑娘的事情,可是德罗诺夫的吹牛劲头又上来了。没过多一会儿,克里姆就很想向他大喝一声:"滚你的蛋吧!"

"她是一位好姑娘,"德罗诺夫说。

克里姆扭过身去,背朝德罗诺夫,而德罗诺夫却眉头一皱,换了个话题:

"我简直都快恨死托米林了,恨不得马上就打他两个耳光。我需要知识,可他却教我不要相信科学,他硬说什么代数学是武断的科学。鬼才知道他到底要干什么!他喋喋不休地说,必须撕破理性织成的概念之网,冲出去,冲到无边无际的自由天地里去。结果就会是:赤身露体地去游逛吧!你瞧,他不知给什么鬼迷住了心窍?"

克里姆待答不理地说:

"他是一个非常聪明的人。"

"聪明人?"德罗诺夫明显地表示怀疑,气呼呼地看了看表,站起来说道:

"那你就跟瓦拉甫卡给我说说情吧!"

德罗诺夫走后,屋子里显得爽快了一些。克里姆站在窗口,掐下几片秋海棠叶。他心里憋着一股恼怒和屈辱的情绪,所以眉头老是锁得紧紧的。他一听见瓦拉甫卡在堂屋里说话的声音,马上就出去找他。瓦拉甫卡正对镜子梳理他那把狐狸尾巴似的大胡子,做了个鬼脸儿,说道:

"我要他上梁赞去,他就得上梁赞去!"他怒气冲冲地回答克里姆的问话。"否则,随便他到什么地方去好了,用不着你来替他说情!"

"我并没有打算替他说情,"克里姆理直气壮地说。

瓦拉甫卡搂着他的腰,把他带到自己的办公室去,说道:

"我讨厌这小子了。他工作很糟糕,又粗心,又鲁莽。他太喜欢跟住在这儿的那些被监视的家伙胡扯了。"

"是啊,"克里姆很认真地说。"他跟他们太亲近了,他老待在厢房里。"

瓦拉甫卡叫克里姆坐在那张大写字台旁边的沙发椅上,又继续往下说:

"我不明白,你为何对德罗诺夫,还有马卡罗夫这样的人如此感兴趣,你是在研究他们吗?"

一向喜欢笑话人,而且往往很尖刻的瓦拉甫卡也会说些曲意奉迎的话,并且说得让你心悦诚服。克里姆已经不止一次地感到,此人可以轻而易举地叫他说出一些不应该说的话,所以他打算在跟继父说话时,尽力闪烁其词,加倍小心。但是和往常一样,这一回瓦拉甫卡又不知不觉地设法儿套他说出了莉吉雅和马卡罗夫常常幽会的事,还说他们的关系颇像恋爱。这是自然而然,也是很简单的,因为他俩都是知识不相上下、严肃认真的人,他们关切地谈论那些喜怒无常的少年,是挂虑他们的前途。倘若避而不谈莉吉雅和马卡罗夫两人的奇特关系,倒是显得不近情理了。

瓦拉甫卡把两只狗熊般的小眼睛闭了片刻,一只手插进大胡子里,一下把胡子弄成个扇子形。尔后眉开眼笑地说道:

"这叫浪漫主义。一种年龄病。我相信你是不会染上这种病症的。莉吉雅要上克里米亚去了,她秋天要入戏剧学校。"

"可是马卡罗夫也要上莫斯科大学呀!"克里姆提醒他。

瓦拉甫卡没有答话,只顾剪指甲,指甲屑蹦到堆满文件的桌子上。后来他掏出一个小日记本,在上面用铅笔做了个记号,本想用口哨吹支小曲,可是没有吹出来。

"你常到厢房里去吗?"他问道,立即又亲昵地在克里姆的膝盖上拍了一下,说道:"我劝你别再上厢房去了!当然,那里的人都是无辜和无害的,他们的一切言论归根结底不过是要豺狼换换皮毛而已。然而对他们还有另一种看法。既然在一个国家里还存在着政治警察,那就一定也有政治犯。虽说目前政治问题已经不像拖地撑裙那样时髦了,但是毕竟还有一种习惯势力,还有一些老信徒。在俄罗斯,革命只能像农民暴动一样,也就是说只能是一种文化贫乏的、具有破坏性的现象……"

随后他详细谈了十二月党人的起义,管这次起义叫做"独特的一幕可悲的闹剧",把彼得拉舍夫斯基派[①]案件称为"职业空谈家的阴谋",但是当他正要把话题转到民粹派这个问题上去的工夫,克里姆的母亲昂然走了进来。她穿一件紫藤色的、镶着花边的连衣裙,胸前挂

---

[①] 以彼得拉舍夫斯基(1821—1866)为首的一个政治团体,研究和传播空想社会主义,提倡出版自由等等,俄国著名文学家加入者甚多。一八四九年四月被沙皇政府破获,成员多被流放西伯利亚。

着长长的一串珍珠项链。

"时间到了!"她疾言厉色地说。"你怎么还没换衣服呢?"

"对不起!"瓦拉甫卡跳起来,一面急忙往外跑,一面抱歉地喊叫。"我们谈得太有趣了!"

克里姆看到母亲管束这个男人,好似驾驭一匹牡马这种比她低下的动物一样,心里总是特别高兴。她望着瓦拉甫卡的背影,叹了口气,随即用香喷喷的手指摸摸儿子的眉毛,问道:

"你们刚刚谈什么呀?"

"我似乎太失礼了,"克里姆承认了自己的过失。他虽说心里想着德罗诺夫,可嘴里说的却是莉吉雅和马卡罗夫的事。

"你不这样做还能有什么别的办法呢?"母亲略微有点儿惊诧,"你是应当警告她的父亲!"

"我准备好了,"瓦拉甫卡走到门口,说道;他穿了一身常礼服,身材显得特别魁梧。

## 七

他俩走了。克里姆一个人留下来,犹豫彷徨,不知怎样来解决这个突如其来的问题。他打开窗户,一阵湿润的晚风吹进屋子;一小片银灰色的云霞遮住了那弯新月。克里姆下了决心:

"我去找她。"

他下了决心,但又踌躇起来;一种羞涩的情绪妨碍了他这种突然要去找玛尔加丽塔的想法,他也唯恐自己忍耐不住,会盘问她德罗诺夫的事情,进而忽然证实德罗诺夫说的都是真话。他可不希望这是真的!

一些黑魆魆的人影,一个跟一个的从厢房里走出来,他们有的手里拿着包袱,有的提着皮箱;作家搀着雅科夫伯父的一只胳膊。克里姆本想跑到院子里去跟他告别一声,但是一想起伯父早已把他和这帮人等同起来,他就没有离开窗前。作家把伯父搀到一辆马车上,让他坐下。马车夫是一个穿得邋邋遢遢的汉子。

"文件包放在哪儿?"

"在我这儿,"作家大声回答。

马车吃力地驶上街道,消逝在黑暗之中。

伯父把呢帽扣在脑瓜上,也不扭头朝大门这边瞥一眼,而作家的妻子、小姨子和另外两个人正站在大门口,摇着手帕和帽子,兴高采烈地向他喊着"再见!"呢。

此情此景,还有这一片黑暗,都使克里姆想起那本兴味索然的小说里的一个场面:大家正在送别一位为了赡养已经贫困无着的家庭,决心去当家庭教师的姑娘。

克里姆叹了口气,仔细听着马车的咔哒咔哒声消逝在寂静之中。他很想思考一下伯父的来历,用一些出色的言词把他形容一番,但是有一个叫人烦恼的问题,像蚊子一样,老在他的头脑里嗡嗡作响:

"倘若德罗诺夫说的是真话,我该怎么办呢?"

这个问题既阻碍他去找玛尔加丽塔,又迫使他除了她以外,什么事都不能去想。他在黑暗中烦闷地坐了一个时辰,尔后走进自己的屋子,点上灯,照照镜子,看见那副疑虑重重的愁眉苦脸,几乎不敢认了。他马上又熄了灯,摸黑脱掉衣服,躺在床上,用被单蒙住头。然而,过了片刻他又说服自己,认为必须在今天,就在此刻去揭穿玛尔加丽塔的谎言。他又摸黑穿上衣服,鼓起勇气,毅然决然地往她家走去。和往日一样,玛尔加丽塔照例用一声熟悉的惊叫迎接他:

"哟,你来啦!"

他早就听腻这句话了,从这句话里他还从未听到过喜悦和欢乐。她那单调的、背得滚瓜烂熟的、大概一辈子也忘不了的亲昵的情话,也越发叫人觉得害羞了。有时候,她死乞白赖地发嗲,都使克里姆厌烦了,甚至动摇了他的自尊心。

何况这一次这些听惯了的情话说得更是异常平淡。玛尔加丽塔刚刚洗完澡回来,正坐在五斗橱旁边,对着镜子梳理那头湿漉漉的黑发。她那红扑扑的脸庞仿佛流露着愤怒的神情。

克里姆强作笑脸,用气得发抖的手拍了一下她那热乎乎的、直冒气的肩膀。她一面躲避着,一面悻悻说道:

"好疼呀,你这是干吗?"

但她马上又镇静下来,郑重其事地对他说:

"我告诉你一个消息:我找到了一个好位置,要上修道院的学校里去,教那里的姑娘们学缝纫。修道院还要在学校里分给我一个房间。这就是说,咱们要分手了!男人是不能上那儿去的。"

她把衬衣退到膝盖上,用手巾擦着脖子和胸脯,同时不是用请求的口气,而是用命令的口气说:

"给我擦擦后背!"

克里姆一见她那赤裸裸的身子,那早已鼓足的勇气,便顿时烟消云散了。不过这姑娘命令他擦背这一点却使他大吃一惊,十分恼火。她还从未让他干过这种差事,他也不曾记得,是否有过出于礼貌而给丽塔干这类差事的情况,他一声不吭地坐在那里不动。姑娘问他:

"懒得动吗?"

这时他勃然大怒,发起脾气来,声音不很高,但是轻蔑地说道:

"你对我撒谎,德罗诺夫是你的情人……"

但他立即又觉得,这话说得很不恰当,措词也不合适。玛尔加丽塔背朝着他,弯腰坐着,正在穿一双新皮鞋。略微过了一会儿她又坦然自若地回答说:

"这事儿可真凑巧。"尔后又问:

"这是菲茵卡[①]告诉你的吗?"

克里姆觉得这问话仿佛在他胸膛上击了一猛掌。他焦虑不安地用手指弹着皮带的铜扣环,等着看她还会说些什么话。但是,玛尔加

---

① 女仆菲尼娅的小名。

丽塔只顾扣皮鞋的扣儿,什么也没说。

"是德罗诺夫亲口告诉我的,"克里姆狠狠地说。

她站起来,微微撩起裙子,仔细打量着她那两只脚。然后又坐到椅子上,轻轻叹了口气,重复说:

"这事儿可真凑巧。我已经想了一个星期了,就是想怎么告诉你,我再不能跟你混下去了。"

克里姆觉得她是在逼着他现出一副蠢相,他几乎是惶惶地问道:

"你为啥说谎?"

姑娘望着窗外,仿佛心里想的和嘴里说的全然不同。她用温和的语调回答:

"你妈给我钱,并不是为了叫我跟你说实话,而是为了不让你去找妓女,免得害传染病!"

克里姆突然感觉火烧火燎的,他高声叫道:

"你胡扯,我母亲不会……"

"这鞋夹脚,"丽塔轻声地说,同时把一只脚从衬裙底下伸出来,也不晓得骂了谁一句"坏蛋",接着又用教训的口气漠然说道:

"不要生你妈妈的气吧,她对你太关心啦。我知道全城只有三个母亲是这样关心自己儿子的。"

克里姆的头虽然嗡嗡作响,但他还是听出了丽塔是在说瞎话,所以他的腿直哆嗦。如果不是丽塔把话说得这样冷漠,他还以为她是在嘲弄他呢。

"那就是说,母亲是把她雇下来了?"他心里在纳闷儿。"母亲已经给过她钱,所以这骚货才如此大方哩。"

"尽管她盛气凌人,而且苛待过我,可我还是要说:她是一位少有的母亲。我向她请求不要把万尼亚派到梁赞去,可是她拒绝了,所以你也就别再上我这儿来了。我也再不上你们家去干活了。"

这最后一句话,她说得有点儿威胁的味道,好像以为没有她帮忙,萨姆金家和瓦拉甫卡家的人都会遭到极大不幸似的。

克里姆很想解下皮带来,照她那张依然红扑扑、汗津津的脸抽几下。但是他遇到这尴尬的场合,简直一筹莫展;他又气又羞,耳根和脖子都涨红了。他没有再理睬玛尔加丽塔,也没有跟她说一句话,就转身走了出去,而她也用斥责的口气送他出去:

"呸,真是个劣种,还懂礼貌呢!……"

## 八

他在大街上徘徊了很久,后来就坐在市立公园里思索起来:该怎么办呢?他想把德罗诺夫揍一顿,或者告诉他人家都把玛尔加丽塔当妓女来雇用了;也想去对母亲说几句激烈的话,让她难堪一番。但是这些想法都从他那深深眷恋玛尔加丽塔的思潮上面浮游过去了。他对她的态度一向是轻蔑和嘲讽的,而现在他头一次尽可能严肃认真地来考虑这位姑娘了。玛尔加丽塔莫名其妙地给他造成了双重的印象。他想起她那些毫无疑问是真挚的亲昵感情,那些单调的,虽说很可笑但却真心诚意的情话,他还想起就是那些虽说愚蠢但也温情脉脉的肺腑之言曾经使莫泊桑作品中的一位主人公抛弃了自己原来的情人。可她又是用怎样亲昵的爱恋来款待德罗诺夫的呢?她都对他说了些什么样的私房话呢?他带着一种迟钝的猜疑,不由得想起了这位姑娘为他肉体的畅快所花费的心血,于是他问自己:她怎么竟会把谎撒得如此圆滑而巧妙呢?他又想到她说的三位操心的母亲那句话,心里直嘀咕,除了他,也许还有两个像他一样的男子托付给玛尔加丽塔照顾吧。他脑子里闪过一个离奇古怪的念头:

"她究竟是个妓女,还是个女看护呢?"

不过这个想法刚一露头就消失了,因为他想到丽塔显然只是爱那第四个,也就是那个其貌不扬而又令人讨厌的德罗诺夫。

这些胡思乱想使克里姆的憎恶和怀恨越发强烈,简直到了忍无可忍的程度,然而他却没有力量去加以排除。他坐在铁椅子上,脸朝着黑暗空旷的河面;河水朦胧地闪着银光,宛如一片巨大的瓦楞铁屋顶,悠然寂静地流淌,似乎相距很远。夜是黑漆漆的,没有月光;星星投在水面上的倒影仿佛一点点发黄的油花。克里姆听见背后有脚步声和谈笑声。一个带点儿花腔的男高音正在用"La donna e mobile"①的调子唱道:

> 我听见你的声音,
> 是那样甜蜜而温存,
> 就为这声音,
> 我决不会吝惜金钱……

这支小曲咄咄逼人地流露着一种抑郁的鄙俗之气。克里姆蓦然惶恐地跳起来,急忙走回家去。

## 九

母亲和瓦拉甫卡到城外别墅去了,阿琳娜也住在别墅里;莉吉雅和柳芭·索莫娃到克里米亚去了。克里姆一个人留在家中,监工修理房屋并跟勒日加学习拉丁文。因为他独自一人留在家里,所以也就没有必要再扮演平日那种角色了,不过他所受的心灵创伤恢复得很慢。他一直在惦记着玛尔加丽塔,但这种思念慢慢变得不那么强烈了;虽说对她已不怎么怀恨,可是对她的疑心却越发严重。在克里姆的想象中,这姑娘完全是另一种样子。克里姆已经不再认为玛尔加丽塔的理智是哑然无声的了,他的脑海里又浮现出她说的那些带有教诲意味的话语,他觉得这些话大多涂饰着一层憎恨女人的色彩。有一回,玛尔加丽塔从床上跳下来,一面用海绵擦着汗津津的身子,一面夸奖他道:

---

① 这句意大利语的意思是"女人反复无常"。这是意大利作曲家威尔第的歌剧《弄臣》中公爵咏叹调开头一句,整个歌词是仿莱蒙托夫的诗改写的。

"你不是个火性儿,这对你是件好事。我们姐妹都想把那些火性儿的人烧化,甚至烧成灰。好多人都是经过我们给毁掉的!"

还有一次她亲昵地劝他说:

"你不要相信娘儿们的爱情。你要记住,她们爱的不是灵魂,而是肉体。娘儿们都是些狡猾的家伙,哎呀,可真不得了,真凶狠!她们彼此争风吃醋,视若仇敌,你到街上看看就知道了。这都是由于贪婪的缘故:每个女人都嫉妒世界上除她以外竟还有别的女人存在。"

她甚至对克里姆讲过一个恋爱故事,但当时他打起盹来,整个故事他只记住了这样一句话:

"她追求什么呢?不过是想从我手里把他夺走而已,还说什么你看见吗,我的手段可比你高明哩!"

现在,当他回想着她那些忠告的时候,他吃惊地感觉到她说的这类话是如此之多,这样千篇一律,以致他欣然以为丽塔和他谈这些,可能是出于良心的驱使,是为了让他不要上当受骗。

"我是想为她辩护吗?"他反躬自问,但头脑里又马上浮现出德罗诺夫那张扁平的脸,他那虚情假意的笑颜和那些议论玛尔加丽塔的淫秽之词。

"假如我和她一起掉进河里,她也会像瓦莉娅·索莫娃拉着包里斯溺死在河里一样,把我溺死的!"他懊恼地想着。

然而他在恼恨丽塔的同时,又觉得心里在萌生一种想去找她的卑鄙欲望,这就越发使他懊恼起来。他终于找到了一个消除这种懊恼的办法,于是就到工人当中消气解闷去了。

就在萨姆金家的斜对面,泥瓦匠正在拆除一座兵营式的二层旧楼房,这座楼房装着一些使人感到憋闷的小窗户,楼房从前漆的是黄颜色,现在已经褪掉。瓦拉甫卡买下这座楼房,是为了盖商人俱乐部。有二十来个浑身尘土的人在干活儿,其中两个人显得特别突出,一个是卷头发、厚嘴唇的小伙子,他那蓬头垢面的脸上生着一对圆圆的眼睛;还有一位是身穿蓝衬衣的小老头儿,他胸前系着一条长围裙。小伙子那双强有力的手握着一根尖头铁棍,在笨拙地凿一扌旧墙上砌得很牢固的砖;小伙子力气很大,他一面磨洋工,一面显示自己的劲头儿,但那小老头儿却尖声怪气地故意逗他:

"使劲儿干吧,莫佳!砸碎它,莫佳!很快就完工啦!"

工头是个火红胡子的彪形大汉,他劝小老头儿道:

"你别捉弄人了,尼古拉依奇!为啥要把砖砸碎呀?"

小老头儿开玩笑说:

"我怎么会这样呢?这是莫佳干的呀!唉,莫佳,可真有你的,你多能干哪!"

可他自己却竭力用铁棍往整个砖上砸,而不往砖当中的石灰缝里撬。工头又照例满不在乎地喊叫,说旧砖还有用处,比新砖又大又结实。小老头随声附和,又尖声怪气地说:

"真对呀!咱们的父辈、祖辈都比咱们干得好!唉,莫佳!"

所有的工人都在全神贯注地拆墙,但克里姆觉得,小老头儿却老是捣乱,所以他很气愤,很讨厌这家伙。那个莫佳却像一架机器似的,盲目地干着;每当他一下子拆下几块砖的时候,就唉呀尖叫一声,工人们都哄然大笑,有的吹起口哨来,但是那小老头儿却恶狠狠地发出可怕的尖叫声:

"快干吧!"

"都是些白痴!"克里姆心里想着,不禁记起了外婆立在自己家宅的废墟前面默默流泪的情景,想起了街上那些戏剧性的场面,工厂工人的斗殴,中学对面广场小市饭店门口许多醉汉耍酒疯的情形,尔后又是外婆流眼泪;想起了瓦拉甫卡那些谈论人民时怒形于色的、含有嘲笑意味的话语,他咒骂人民是些喝得酩酊大醉的、狡猾而又懒惰的人。他甚至觉得,自从和玛尔加丽塔私通以来,所有的人都变坏了,就连那位虔诚而又仁慈的看门老人斯捷潘和那个老在嚼着糖果、身体肥胖、沉默寡言的菲尼娅也不例外。

"人民,"他思忖着,暗自好笑。每当他想起那些所谓爱人民,规劝人们进行教育人民的工作等等慷慨激昂的言论时,都感到好笑。

克里姆去找托米林,想跟他聊聊人民这个问题。他去时心里隐隐约约地有个希望,想为自己那种对人民的反感表白一番,哪曾想托米林竟摇摇他那冥顽不灵的脑袋瓜,说道:

"只有企业主、沽名钓誉的家伙和社会党人才对人民有真正的兴趣。人民,对我来说是个兴味索然的课题。"

看来,托米林是发了迹,他不仅衣着较前整洁了,就连他那间屋子的墙边也很快堆满了用德文、法文、英文印成的新书。

"俄文书没什么好看的,"他解释说。"俄文书虽说引人入胜,但思想性很差,缺乏独立见解,也没有新奇的东西。俄国人的思想感情是很深的,因而也是很粗俗的。只有当这种思想被怀疑所推动的时候,它才会卓有成效。俄国人也跟印度人和中国人一样,他们的理性是同怀疑主义格格不入的。我们大家都致力于信仰,哪怕你信仰怀疑,只要能够得救超生也行。信仰基督也好,信仰化学也好,信仰人民也好,反正都一样。对信仰的憧憬,也就是对安宁的渴望。我们谁也不甘心去为那种独立的思维活动而提心吊胆。"

并非所有这些格言都为克里姆所喜欢。他觉得这些格言中有许多是本质上不能接受的。但是他真心诚意地想记住托米林所说的一切格言,而托米林讲这些格言时,总是有节奏地合着那双毡鞋或是光脚踏在地板上发出的哒哒声。

"没有人为了真理本身,为了感受真理的快乐而去追求真理。我再说一遍,一个人憧憬真理,是因为他渴求安宁。一些所谓的科学真理,完全可以满足这种需要,而我并不否认这些真理的实际意义。"

十

有一次克里姆到教师家里去,被女房东也就是那位害肺炎已经过世的厨师的遗孀给拦住了。这女人正坐在台阶上,用一根槐树枝驱赶要落在她那张油光光的圆脸上的苍蝇。她已近四十岁,体态臃肿,生着一对大乳房,很像个奶妈。她站在克里姆面前,用宽阔的肩膀堵住门口,两只绵羊眼笑眯眯地说道:

"对不起,他正在写作,他嘱咐谁也不让进去。就连殷诺坎吉亚神甫,我也给挡回去了。你可知道现在常常有神甫来找他,有从神学院来的,也有从圣母升天教堂来的。"

她结结巴巴地小声说着,一对绵羊眼闪耀着喜悦的光亮。克里姆以为她要把托米林的事情讲个没完了,所以出于礼貌便听她讲了两三分钟,就要向她鞠躬告辞,这时她又长叹一声,说道:

"起初我很可怜他,而现在却是怕他了。"

不知怎么他老是和马卡罗夫不期而遇;他今天风尘仆仆地来到萨姆金家,又身着粗布短衫,腰系宽皮带,光脚穿一双破皮鞋。那满脑袋杂色的头发长得很长,一卷卷的往下垂着,样子活像庙里的小道士。由于风吹日晒面孔变得黝黑,耳朵和鼻子上的皮肤都脱了下来,犹如鱼鳞一般,两眼流露着悲戚的神情。不过有时候,他眼睛里也闪耀着一种克里姆感到陌生的光芒,使他产生一种模模糊糊的疑惧之心。他对马卡罗夫的态度小心谨慎,竭力掩饰着对他那流浪汉式的褴褛衣着的恼怒神色,以一种又谦恭又奚落的表情听着他令人腻烦的唠叨。马卡罗夫徒步走访了一些农村、修道院,他讲述这次旅行,就像讲述到外国游历一样有声有色,但不管他怎么说,克里姆总寻思他仿佛是在想着和谈论着女人与爱情。

"怎么,你是在研究人民吗?"

"我是在研究自己,这还用问吗?根据古代圣贤的遗训来研究自己,"马卡罗夫回答道。"何谓研究人民?就是收集民谣吗?那些乡下姑娘们唱的净是些不堪入耳的淫秽曲调;老人们只会追忆丧葬祭祷时的挽歌。不,老弟,没有这般玩意儿,生活已经够不痛快的了。"他作结论似的说。然后用手指平整一支皱巴巴的、好像灌满尘土的香烟,继续说下去:

"我有时觉得,托尔斯泰主义者的话或许是正确的:人们能够做到的最聪明的事情,也不过就像瓦拉甫卡所说的:回到浑噩的状态中。或许,真正的智慧就是像狗一样单纯,而我们人却沉溺于不着边际的遐想,岂不是枉费心机吗?"

克里姆清楚,他只能用托米林的话来回答这些问题,而这些话又是马卡罗夫久已熟悉的。他在沉思默想:假如马卡罗夫能有决心跟一位像丽塔那样的女人发生关系,那么他的一切担心就会消失了。而且,倘若这个头发蓬乱的美男子能把女裁缝从德罗诺夫手里夺走,再不去纠缠莉吉雅,那就更好了。马卡罗夫从来没有问起过莉吉雅的事情,但是克里姆却看到,他有时一面说话,一面歪着头,朝天花板的一角望去,侧耳静听。

"他以为她回来了,"克里姆心里又好笑又恼恨地猜想。

但是马卡罗夫踌躇不决地说:

"我有时觉得,硬是去理解宇宙,是很愚蠢的。我有好几次露宿旷野,仰面朝天躺着,久不成眠;我遥望星空,回忆着我读过的书。猛然间,就像当头棒喝似的,你晓得吗,简直是在逼着你去想:宇宙的广大博深果真只是浑浑噩噩所致,果真只是因为造物主没能把世界安排得更易于理解,更简单些吗?"

"这好像又是出自托米林之口,"克里姆提醒他。

马卡罗夫吸了一口烟,想了想,说道:

"不管是谁说的,反正都一样。不过结论是:人是很难通达自己的理性的。"

马卡罗夫对宇宙的不满使克里姆大为恼火,他觉得马卡罗夫是在扮演一位不高明的哲学家,笨拙地模仿托米林的样子。克里姆不看他同学的脸面,就怒气冲冲地说:

"再过两三年,我们就不会去想这些问题了……"

他本来想说这是愚蠢,是无聊,但是他克制了自己,说道:

"想得太天真了……"

马卡罗夫把香烟按在鞋底子上捻灭,问道:

"我们都会变成傻瓜吗?"

随后他向克里姆要了三个卢布,就溜掉了。克里姆从窗子里看见他逍遥自在地迈着轻快的步子走出庭院,他很想举起拳头朝他示威。

## 十一

星期六克里姆乘车来到别墅。马车快到别墅时,他老远就看见他母亲坐在阳台上,莉吉雅穿一件白色连衣裙,披着一条紫色围巾,依着阳台上的一根圆柱站在那里。他情不自禁地哆嗦了一下,挺挺身子,虽说那匹马跑得并不快,他还是对车夫说:

"赶慢点!"

当莉吉雅绷着脸握过他的手,用迅疾而冷淡的目光扫了他一眼以后,他简直有点儿惶惶然了。两个月的光景,她发生了很大变化,那张本来就黝黑的脸庞,晒得更黑了,那高昂且有点刺耳的声调变得圆润了。

"大海根本不是我想象的那样,"她对克里姆的母亲说。"那不过是一大片寂寥的水面罢了。山也不过是些与天相接的死沉沉的大石头。一到黑夜,我就觉得那些山峦在向房子跟前爬,想把房子推到海里去,而大海随时要将房子吞没似的……"

维拉·彼得罗夫娜朝通向树林那边的大道瞥了一眼,提醒她说:

"人在夜间不该胡思乱想,应该好生睡觉!"

"在那儿很难入眠,哗哗的波浪声搅得你睡不着觉。石头也跟牙齿一样咯吱咯吱响。大海犹如千百万头猪一齐吧唧嘴……"

"你还是那样……神经过敏,"维拉·彼得罗夫娜说。克里姆从母亲说话支支吾吾中猜到,她还想说些别的话。他发现莉吉雅已经完全是个大姑娘了。她的目光呆滞不动,仿佛在紧张地等候发生什么事情。她说话急促匆忙,根本不像原来的样子,仿佛想赶快把那些要说的话一下子统统说出来似的。

"我不了解,为什么人人都说克里米亚风景美。"

看来,她那倔强劲儿使母亲很生气。克里姆看见,母亲咬紧嘴唇,鼻子尖泛出红晕,气得直哆嗦。

"多数人是在探索美,而只有少数人在创造美,"克里姆开口说。"或许在自然界中根本就不存在美,正如生活中不存在真一样。真和美都要人类自己去创造……"

莉吉雅没等他说完,就接过话茬儿道:

"你已经老练了,就是说已经成年了。"

维拉·彼得罗夫娜站起来,走进屋子;她一边走,一边故意大声说:

"克里姆,你的审美观是很独特的……"

他和莉吉雅留下来,感到有些愕然,不知跟她说些什么才好。姑娘走到阳台那边去,望着树林子,问道:

"我父亲打猎去了吗?"

"是的。"

"他是一个人去的?"

"跟个庄稼汉一道去的。就是省长春天下令鞭笞的七人当中的一个。"

"是吗?"莉吉雅问道。"好像那儿什么地方也有庄稼人暴动,还朝他们开了枪呢……好吧,我该走了,我太累了。"

她从阳台上下去,看也不看克里姆一眼,一面往小白桦树林走着,一面说:

"柳芭已经找了一个工作,是陪伴一位生肺病的小姐。"

她把克里姆留下,自己径直朝小树林去了。克里姆对她这种冷若冰霜的态度很恼火。他坐在母亲坐过的软椅上,拿起一本黄色封面的法文书,是莫泊桑的小说《像死一般坚强》,用它拍拍膝盖,然后沉浸在绵绵不断的胡思乱想之中。当然这姑娘并不会去搞像丽塔那样的恋爱。更无法想象她那纤弱苗条的身躯会脱得精光,叫人狂热地拥抱。随后他想起了母亲发红的鼻子尖儿,又想起了他上次到别墅来时也是在这个阳台上,他母亲和瓦拉甫卡交谈的一席话。

当时克里姆坐在自己屋子里,听见母亲似乎乐滋滋地说道:

"我的上帝,你已经开始秃顶了。"

瓦拉甫卡答道:

"我可没去注意你鬓角上的白发哟,我的眼睛是比较讲礼貌的!"

"你生气了?"母亲诧异地问道。

"当然不。可是真不高兴听见有些话从女人嘴里说出来,尤其不高兴听见从一位熟悉法国礼貌的女人嘴里说出来!"

"为啥你不说从一个心爱的女人嘴里说出来呢?"

"也是从一个心爱的女人嘴里说出来的,"瓦拉甫卡又加了一句。

克里姆想起了玛尔加丽塔谈论母亲的话,把书摔在地上,朝树林那边瞅了一眼,看见莉吉雅袅娜的洁白身影消失在白桦树林中。

"我真想知道,她怎么和马卡罗夫会面呢?还有,她是否了解我已经洞悉男女之间的奥秘了呢?如果她能猜到的话,这在她眼里会不会抬高我的身价呀?德罗诺夫说过,姑娘也好,妇人也好,都能从某种迹象上准确无误地判断出一个小伙子是否已经失去童贞。母亲谈到马卡罗夫时说过,从眼神上可以看出来,他是一个好色的青年。虽说母亲信仰上帝只是出于礼仪,但她现在却常常以上帝的名义唠叨些枯燥无味的话语了。"

克里姆坐在摇椅上,摇晃着身子,头都有点发晕了。他简直想不出任何法子来解释为什么莉吉雅的这次到来会引起他如此大的惊恐。后来他才恍然大悟,原来他是害怕莉吉雅会从女仆菲尼娅嘴里听到他和玛尔加丽塔的风流韵事呵。

"若不是母亲贿赂这个姑娘,她一定会拒绝我的,"他心里想着,把手指掰得咯吧咯吧直响。"真是少有的母亲……"

莉吉雅散完步以后悄悄地回来了。大家坐下吃晚饭的时候,发现她已经睡下了。第二天从早到晚,她老是心神不宁地踱着步子,回答维拉·彼得罗夫娜的问话也不太礼貌,好像要跟谁吵架似的。

"你读过这本书吗?"维拉·彼得罗夫娜一面把莫泊桑那本小说拿给他看,一面问道。

"读过。这本书可真无聊。"

"是吗?我倒不这样认为。"

"读书是一种奇特的习惯,"莉吉雅说。"简直就像仰仗别人过活一样。而且还老是你问我,我问你:读过吗?读过吗?"

"上帝知道你在说些什么!"维拉·彼得罗夫娜有点儿气恼地说。但是莉吉雅却嗤之以鼻,说道:

"那是一派胡言。要知道,说爱情'像死一般坚强'是没有道理的。"

维拉·彼得罗夫娜哄然大笑道:

"原来如此。你倒是挺内行的嘛!"

"我看得出来。人们恋爱五次,还会照样活下去的。"

克里姆思绪万端,默默不语,以为她俩会吵起来,并且觉得自己在莉吉雅面前老是怯生生的。

## 十二

夜晚,他乘火车回到城里。避暑列车的破旧车厢,摇摇晃晃,上下颠簸,跟一辆农民赶的大马车没什么两样。黑压压一片树林徐徐从窗外飘然而过,点点星光闪耀在夜空。一种将要发生倒霉事件的预感,使克里姆惴惴不安。每当他自我反省的时候,这位奇特的姑娘总要闯入他的脑海,威风凛凛地逼着他去思念她,而这使他感到很不自在。她并没有满足他的愿望:弄清楚她所玩弄的这套思想感情把戏究竟目的何在。然而,把她和所有的人都弄得像一加一等于二那样清楚,是很有必要的。划出固定的界限,将自己置身其中,同时揭穿和摒弃一切妨碍过轻松愉快生活的杂念,这才是必要的呢。

过了一天,莉吉雅和她父亲一块儿回来了。克里姆跟着他们在房子四周的垃圾堆和刨屑中巡视一番,看见泥瓦匠们正在房子周围的脚手架上工作。铁皮工人正在哗啦哗啦地敲打屋顶上的瓦楞铁。瓦拉甫卡抖动着大胡子,怒气冲冲地责骂,不时把一些平时不大听见的粗鲁语言深深印入克里姆的脑海。

"这帮人就跟棺材匠似的,干活匆匆忙忙,马马虎虎。"

莉吉雅今天对她父亲格外亲热,这在她来说是很不寻常的,她挽着他的胳膊,一边走,一边说:

"爸爸,你这是打算建造整个一座城市吗?"

"是打算这样啊!"瓦拉甫卡应道。"顶好能建它十座。我亲爱的女儿,城市好比一个大蜂房,在里面可以积累文化的蜜汁。我们必须把农业的俄罗斯的一半,都变成城市,到那时才能开始过好日子。"

他跟女儿和克里姆闲聊了一阵,又把工人痛骂了一顿,然后慷慨地赏给他们一些小费,就坐车到别处去了。莉吉雅也回楼上自己的屋子里去,躲了起来,等到喝晚茶的工夫,她却一再逗引丹尼娅·库里科娃,问她:

"为什么这是有趣的呀?"

丹尼娅·库里科娃头发已经斑白,面孔憔悴,身子也干瘪了,眼看就要变成一个完全默默无闻的人物。

"青年们,你们书读得太少了,知识太贫乏了!"她伤心地说。"在我们那一代……"

"'一代'这个名词是由'传宗接代'这个动词变来的吗?"莉吉雅问道。

从幼年时代克里姆就很熟悉她那种桀骜不驯的性格,现在这种性格变得更加乖戾,尖酸刻薄得叫人难堪了。跟莉吉雅谈话几乎是不可能的,她老是向他提出同一个问题:

"为啥我非要对这感兴趣呢？为啥非要知道这个呢？"

在喝茶或吃饭的时候，她有时蓦地陷入沉思，像个聋哑人似的，愣上老半天。过了一阵子，她才猛然哆嗦一下，很不自然地兴奋起来，又开始取笑丹尼娅。她肯定地说，卡京在写那些以农村生活为背景的小说时，是穿着草鞋的：

"因为这是获得灵感所不可少的呀！"

当克里姆仔细观察她，并且发现她双眉紧蹙，一对乌黑的眼睛在聚精会神地寻觅、探索的时候，当他听到她过分激动地弹奏肖邦和柴可夫斯基的抒情曲的时候，他断定她已沉湎于十分苦恼的心绪之中，犹如身陷荆棘丛而不能自拔一样。

"她是在恋爱吗？"克里姆疑心地思忖着，但他决不肯轻信这一点，"不会的，倘若她真的是在恋爱的话，大概她的行为不会是这样的。"

# 第六章

## 一

八月里一个阴暗的傍晚,克里姆从别墅回来,看见马卡罗夫正弯腰坐在自己屋子当中一把椅子上,两肘撑着膝盖,手指插进乱蓬蓬的头发里;一顶皱巴巴的、被太阳晒得褪了色的制帽放在他的身旁。克里姆轻轻地推开门,马卡罗夫一动也没动。

"他喝醉了,"克里姆心想,然后用责备的口气说道:"好家伙,你可真是的!"

马卡罗夫并不把手指头从头发里抽出来,而是慢条斯理地抬起脑袋;他的脸消瘦了,两边的颧骨好像肿了起来,眼白上挂满了红丝,不过眼神却透着清醒的光亮。

"酒劲儿过去了吗?"克里姆问道。

马卡罗夫拾起帽子,放在膝盖上,用胳膊肘压住,又低下头去,继续冥思苦想。

克里姆问他从莫斯科回来是否很久了,考上大学没有。马卡罗夫摸了摸裤袋,小声回答说:

"回来三天了。大学是入上了。"

"是医科吗?"

"你别再刨根问底了!"

他又坐了片刻,便站起来,懒洋洋地拖着两条腿,步履维艰地朝门口走去。

"你是去找她吗?"萨姆金眼望天花板,问道。马卡罗夫也朝上看了看,扶住门框,回答道:

"不是的。我告辞了!"

克里姆看着他跟跟跄跄地走出去,心里涌起一股恐惧、怜悯而又幸灾乐祸的复杂情绪,他心里嘀咕:

"他害传染病了吧?"

菲尼娅跑进屋子,惊骇地说道:

"小姐叫好好地看着他,哪儿也别放他去!"

她傻乎乎地瞪着大眼睛,拉长声音说道:

"好像出什么事儿啦!"

克里姆往楼上跑去,正赶上莉吉雅从楼上跑下来。她对着他的耳朵高声问道:

"你为啥把他放走了?为啥呀?"

一盏壁灯的昏暗光亮映照着莉吉雅的头部,克里姆看见,她的下颏正在哆嗦,两只手紧紧拉住裹在胸前的头巾,身体直往前倾,仿佛马上就要摔下来似的。

"你去追上他,把他拽回来!"她已经是跺着脚喊叫了。

克里姆好像做了一场梦,他醒来后拔腿跑出大门,四下顾盼,竖耳细听;天色已经昏暗,街头寂静无声。克里姆向马卡罗夫住的那条街跑去,很快就在黑暗中看见马卡罗夫站在教堂围墙旁边的菩提树下,一只手扶着围墙的木柱,另一只手已经举到和头一般平。虽说克里姆并没看见他拿的手枪,可他心里明白马卡罗夫马上就要开枪了,于是他大叫一声:

"你不能这样干!"

当克里姆离马卡罗夫只有两步远的工夫,他听见马卡罗夫用醉汉的声调说道：

"哈利路亚①！统统见鬼去吧！……"

克里姆还没来得及拉住他，就听见呼的一声枪响，吓得他后退了几步。马卡罗夫那只拿着手枪的手耷拉下去，轻轻地呻吟起来。

后来，克里姆在叙述当时的情景时说：马卡罗夫摇晃着身子，好像是在决定往哪边倒似的。他慢慢地张开嘴，用两只瞪得圆溜溜的眼睛惊骇地左顾右盼，嘟嘟哝哝地说：

"好家伙，原来是这样……"

克里姆抱住他的腰，扶着他站起来，把他搀回家。说来真蹊跷，马卡罗夫虽说跌跌撞撞，走路很吃力，可他走得很快，差不多是在奔跑。然而当他们走到大门口的时候，已经过了很长时间，也累得筋疲力尽了。他把牙齿咬得咯吱咯吱响，疼得直哎哟，不住地喁喁低语：

"放开我，放开我呀！"

在院内的台阶上站着三个女人。人们把马卡罗夫搀到这里时，他哼哼唧唧地说：

"我知道，这真是糊涂哇……"

丹尼娅·库里科娃带着责备的表情摇摇她那梳得光溜溜的头，眼泪汪汪地说道：

"你不觉得害羞吗？……"

"住口吧！"莉吉雅命令说。"菲约克拉，快去请大夫！"

然后，她拉住马卡罗夫一只手，悄声问道：

"打在什么地方了……你这位中学生？……"

克里姆听见她嗔怒地甚至轻蔑地盘问他。

克里姆在自己屋子里借着灯光，看见马卡罗夫外衣的左侧黑乎乎一片血污，发黑的血点一滴一滴地从椅子上落下来，掉到地板上。莉吉雅一声不响地站在马卡罗夫面前，扶着他那垂到胸前的脑袋。丹尼

---

① 希伯来语，犹太教和基督教赞美上帝的呼语。

娅赶忙铺开克里姆的被褥,抽抽搭搭地哭泣。

"脱掉衣服!"莉吉雅命令。克里姆走上前,他的头被一股咸腻的血腥味儿熏得直发晕。

"这不行。先扶他躺在床上,"莉吉雅指挥着。克里姆摇摇头,不以为然,随后迷迷糊糊地走到客厅去,倒在那里的沙发上。

等到清醒过来以后,他回到自己屋子里,看见马卡罗夫上身脱得光光的,躺在他的床上。一位陌生的、白发苍苍的医生正弯腰看着马卡罗夫。医生挽起袖子,一边用一根亮晶晶的长针刺探着马卡罗夫的胸部,一边说:

"年轻人,你们干吗老是惹祸,胡乱开枪?"

马卡罗夫的两边太阳穴上和凸出的前额上都沁出了汗珠,鼻子变得尖尖的,跟死人的鼻子没什么两样。他咬紧嘴唇,闭住双眼。菲尼娅手里端着一个铜盆,库里科娃拿着绷带和纱布,都站在床边。

"普希金、莱蒙托夫这些人的自杀方式可不是这样的,"医生叽里咕噜地说。

克里姆来到餐厅,看见莉吉雅坐在桌旁,双手交叉在胸前,伸开两条腿,两眼凝视着烛光。

"有危险吗?"她怅然问道,看也不看克里姆一眼。

"不晓得。"

"大夫好像不怎么高明吧?"

克里姆没有回答,倒了一杯水,喝下去,说道:

"瞧吧,已经有人为你寻短见了!"

莉吉雅委婉而又严肃地央求道:

"你可别这样说!"

他俩都沉默起来,仔细倾听里屋的声音。克里姆站在碗橱旁边,使劲儿用手帕擦手。莉吉雅坐着发愣,两眼盯着金灿灿的烛光。许多琐碎的念头萦绕在克里姆的脑际:"医生跟莉吉雅说话恭恭敬敬,就仿佛跟贵妇人说话一般,当然是因为瓦拉甫卡成了本城大名鼎鼎的人物的缘故；本城的人又要像谈论她童年时代和图罗博叶夫的恋爱故事那样来谈论她了；把马卡罗夫放在我的床上可真讨厌，顶好是把他送到阁楼上去，他也会心安一些。"这些念头太不近情理了，克里姆也明明知道这不对，但是除此之外他什么事情都想不到了。

医生进来，一面擦手，一面告诉大家：

"噢，好了，一切平安无事！那支手枪不太好用，子弹打在肋骨上，似乎是把肋骨打断，穿过左肺叶，留在脊背的皮肤里面了。我已经开刀把子弹取了出来，送给这位勇士了。"

他一面说，一面笑眯眯地瞧着莉吉雅，但她并没有理会他的表情，因为她正在用茶匙柄从蜡烛上往下抠蜡油。医生嘱咐了几点护理事项，向她鞠了一躬，但她还是没有理睬，等到医生走掉以后，她才望着屋角，说道：

"夜间我和丹尼娅在这里看护，你去睡吧，克里姆！"

克里姆欣然离开这里，因为他在这里一筹莫展，也不知该说些什么好，总觉得脸上的悲痛表情变成了一副神经衰弱的怪相。

## 二

马卡罗夫在克里姆的屋子里躺了四天四夜，第五天他请求把他送回家。克里姆这些天来老是感到心情压抑，简直惶惶不可终日。头一天上午，他去看病人的时候，看见莉吉雅正在那里；她两眼通红，凄迷无光，呆然望着马卡罗夫那张眼睛瘪进去的、疲惫不堪的苍白面孔。马卡罗夫的嘴唇发黑了，嘴里断断续续地咕噜些什么，不时地高声喊叫，痛得直咬牙咧嘴。

"他在说梦话，"莉吉雅朝克里姆挥挥手，悄悄地说。"你走吧！"

但是克里姆在门口流连片刻，听见一阵上气不接下气的嘎哑梦呓：

"我——我没有罪过……我——不能忍受。"

莉吉雅又用命令的口气说了一遍：

"你走吧！"

到了晚上，马卡罗夫的伤势有些好转。第三天上他笑呵呵地对克里姆说：

"对不起，老弟，我把你这儿弄脏了……"

他神色惶恐，两只黑洞似的眼睛茫然注视着克里姆，仿佛在回忆什么，猜想什么。莉吉雅的表情显然是假装的，好像她自己也了解这一点。她讲一些鸡毛蒜皮的事情，笑也很不自然；她那异乎寻常的放肆举止使人大吃一惊，尔后又悻悻嘲笑起克里姆来：

"你的趣味和老年人一样，只有老头儿和老太婆才喜欢这么多的相片。"

马卡罗夫一声不吭地望着天花板，他仿佛成了一个新来乍到的陌生人，连身上穿的衬衣也是别人的，是克里姆的。

维拉·彼得罗夫娜和瓦拉甫卡从别墅回来后，听了克里姆的详细讲述，当即小声地争论起来。瓦拉甫卡站在窗户旁边，斜对着母亲，把大胡子攥在拳头里，紧蹙着眉头好像牙痛的样子。母亲坐在穿衣镜前，一面梳理她那头蓬松的华发，一面不住地摇头。

"莉吉雅太爱卖弄风情了，"她说。

"嚯，你净瞎说！她一点儿风情都不会卖弄。"

"卖弄风情的方法可是五花八门的。"

"我知道，可是……"

"马卡罗夫是个腐化堕落的青年，这一点克里姆是知道的。"

"你对莉达太不公道……"

克里姆只是听着，一句也不言语。母亲的口气越来越傲慢，瓦拉甫卡发起火来，嘴里叽里咕噜骂着，走了出去。这时母亲便对克里姆说：

"莉吉雅很鬼。我觉得她太凶气。这样冷酷无情的女人将来会成为冒险家的，你对她可要小心！"

克里姆早就知道母亲不喜欢莉吉雅,然而她以这样激烈的口吻谈论她,这还是头一次。

"当然,我是晓得你这种同学情谊的,不过若是把这个小伙子送进医院,那就更明智些。从咱家的社会地位来说,这是件丢脸的事……当然,你是明白事理的……咳哟,我的上帝!"

瓦拉甫卡好似一头大象正在楼上乱跺脚,他那嘎哑的吼声传到楼下来:

"我不许你这样!简直荒唐之至!"

过了一会儿,莉吉雅从紧里头的小楼梯跑下来,克里姆看见她一溜烟似的钻进花园去。他耐着性子又听母亲唠叨了几句,也往花园走去。他寻思在花园里一定会看到莉吉雅那副受委屈的样子,眼睛里一定噙着泪花,本想去安慰安慰她。

但是她坐在凉亭边的长椅子上,跷着二郎腿,一见克里姆就问:

"你不会为了爱情而寻短见吧?不会的,是吗?"

她问得那样镇定而又鲁莽,以致克里姆心想:

"莫非母亲真的说对了吗?"

"这得看情形,"他耸耸肩膀回答。

"不,你不会的!"她满有把握地重复了一遍,然后又像小时候那样提议说:

"咱们坐一会儿吧!"

然后,她瞟了他一眼,意味深长地说:

"你很可能成为一个浪荡公子!我想你或许已经是这样的人了吧?是吗?"

克里姆被她问得目瞪口呆,还没等想出答话来,莉吉雅的脸忽然抽动了一下,作出一副怪相。她摇摇头,又用双手捂住脸,凄然说道:

"这太可怕了!况且,为啥会这样呢?你我生下来究竟是为什么呢?对这一点你是怎么想的呀?"

克里姆正要抖擞精神,大发一通宏论,哪知她却跳起来,走开了,只说了两句:

"算了吧,你别说了!"

等到她的影子看不见以后,克里姆还对她依依不舍,想跟上去,但已经不是要发表什么宏论,而只是为了能跟她并肩走走。这想法是如此冲动,以至他一下子跳起来,追了上去。这时院子里传来了阿琳娜不太高亢,然而却很清脆的声音:

"真的吗?唉呀,我曾经说过……"

克里姆站了一会儿,又坐回原处,心里琢磨:是的,很可能莉吉雅,也许还有马卡罗夫,都懂得另外一种爱情。这种爱情在母亲和瓦拉甫卡心里引起强烈的嫉妒和羡慕。他俩甚至都没有去探望过病人。瓦拉甫卡叫来一辆"红十字"救护马车,当几个厨师装束的卫生员抬着马卡罗夫从院子走过的时候,瓦拉甫卡就站在窗户旁,捧着大胡子。他不让莉吉雅去送病人,而母亲也许是故意从家里躲了出去。

马卡罗夫一到院子里顿时容光焕发,兴奋起来,他仰望天高云淡的寒彻的苍穹,轻轻说道:

"真是美极了!"

他躺在马车里,由于猛烈的震荡直皱眉头。他用手抚摸着克里姆的膝盖,说道:

"是呀,老弟,我该谢谢你!这次的'放血'或许是有益处的,可以使我心安理得了。"

他又强作笑脸,补充道:

"你可千万别尝试这玩意儿:又疼痛,又有点儿害羞。"

他闭上眼睛,两眼成了一对黑洞,整个脸跟瞎子一样,而且比生下来就是瞎子的人看上去更可怕。

他家住在一座像玩具似的小房子里,房子的三扇窗户羞答答地隐蔽在篱笆后面。在一个长满青草的小院子里,出来迎接马卡罗夫的,是一个身材细高、瘦骨嶙峋、面貌活像个小丑的男人,他拿着一把扫

帚。他扔下扫帚,跑到担架跟前,弯腰对着担架,一面推开卫生员和克里姆,一面用滑稽的声调说道:

"哎呀,科斯佳①,哎哟哟!莉吉雅·季莫菲叶夫娜告诉我们以后,我们简直都吓死了。后来她又跟我们说没有危险,我们又高兴了。好哇,托上帝的福!现在什么都刷洗干净了。妈妈!"他喊了一声,用长长的手指抓住克里姆的胳膊肘,自我介绍说:

"我姓兹洛宾,名彼得,是邮差。见到你很高兴。"

从木板门里钻出来一位身子骨儿健壮、满面红光的老太婆,她身穿一件长袍般的灰色连衣裙,费劲儿地弯下腰,吻着马卡罗夫的脑门,老泪纵横地埋怨道:

"哎哟,你这个小傻瓜哟!"

克里姆也被感动得心软了。但是看到这样一个身材瘦长的男人和一个矮胖的老太婆,住在这座玩具般的小房子里,又觉得好笑;几间窗明几净的屋子里摆着许多鲜花,靠墙边的一张椭圆形小桌子上井井有条地放着一只用盒子装着的小提琴。他们把马卡罗夫安顿在一间阳光充足的舒适的小屋子里,让他躺在床上。兹洛宾莽撞地一屁股坐在椅子上,说道:

"你可知道,就为了这事,我下决心来学一支小曲《维尔娜的礼物》,是一支娓娓动听的曲子!我已经练习三个晚上了。"

克里姆瞧着这个翻孔鼻子、浅蓝眼睛、留着平头、头发已经斑白的男人,越发觉得他像个小丑。他那位体态臃肿的老妈妈,像头母牛似的,从这间屋子窜到那间屋子,把冷水瓶和玻璃杯放在马卡罗夫床前的桌子上,一面走,一面唠叨:

"唉,唉,这有什么好处呀?青年人,你们开自己的玩笑,然后就吃苦头!"

她请克里姆喝茶,但他彬彬有礼地谢绝了,随后站起来握了握马

---

① 康斯坦丁的爱称。

卡罗夫的手。马卡罗夫看着兹洛宾母子,发出会心的微笑。

"请常来做客呀!"马卡罗夫说。兹洛宾母子也异口同声地重复道:

"请常来做客吧!"

## 三

克里姆走到大街上,心里有些惘然若失。他想,马卡罗夫这些天真的朋友一定很爱他,和他们住在一起既舒服,又单纯。他们那种纯朴的样子使他不由地想起了玛尔加丽塔。如果上她那里去,可以好好休息一下,可以把这几天来发生的荒诞不经的事情忘得一干二净。他一想到她,忽然觉得这个姑娘的身价无形之中在他眼里提高了,不过他对她的重视还及不上莉吉雅,她还不能促使他对莉吉雅的思慕淡薄下去。

当莉吉雅一闯入他那思维的境界,除了她以外,他就再也不能想别的事情了。其实,他不是在想她,而简直是站在她面前,茫然地打量着她,仿佛有时他望着天空的行云和地上的流水,呆呆出神一样。那白云和碧波在冲刷掉他一切杂念的同时,也会使他产生一种漠然无声的麻木不仁的心绪,就跟他所想的那位姑娘一样。不过当他真的看到她本人,而不只是在脑子里想着她的时候,他心里就产生了一种对她几乎是仇恨的感情,他很想窥视她的一举一动,想知道她在想些什么,跟阿琳娜和自己的父亲在谈些什么,很想当面戳穿她的画皮。

过了几天,莉吉雅脱口而出地,但克里姆却以为是寻衅地问他:

"你为啥不去看马卡罗夫呀?"

他说他正在为学校教务会议对他的态度而苦恼,因为有些教务委员不主张发给他毕业文凭,要他复试一次。

"得了吧,反正勒日加会安排好的,"莉吉雅冷冰冰地说,随后她眯起眼睛,嫣然一笑,又补充道:

"我还以为你后悔,不该阻拦同学自杀呢!"

他刚要开口回答,她就走掉了。当然,她是在取笑他,克里姆从她脸上看出了这一点。不过这嬉戏之言却使他大为恼火。她这种挖苦人的念头,究竟是何时何地,又是怎样产生的呢?克里姆紧张地思索了老半天:他是不是曾经产生过像莉吉雅所猜想的那种后悔的想法呀?他没有发现有过这种想法,于是下决心去跟她解释清楚。但是在两天内一直没找到解释的机会,第三天上他怀着一种自己也扑朔迷离的愿望,忧心忡忡地上马卡罗夫那里去了。

他在那座玩具般的小房子的一间屋门口停住脚步,看见马卡罗夫躺在靠墙的一张长沙发上,被子盖到胸脯,衬衣领敞开着,扎着绷带的一边肩膀露在外面,不禁哑然失笑;莉吉雅坐在一张小圆桌旁边,桌上放着满满的一盘苹果。阳光透过上面那扇玻璃窗斜射进来,照在这些红通通的苹果上,照在莉吉雅的后脑勺和马卡罗夫那张生着高鼻梁的半边脸上。克里姆觉得屋子里散发着一股清香的气息,而且很暖和。病人和姑娘都在吃苹果。

"这可真是天堂般的生活!"克里姆说。

"那天堂里的第三个人就是魔鬼喽!"莉吉雅马上接过话茬儿道。她搬着椅子从沙发跟前往后退了一步。马卡罗夫一面握着克里姆的手,一面也随声附和着她的奚落:

"萨姆金更像浮士德,而不太像梅非斯特①。"

克里姆不喜欢他俩的俏皮话,因而特别警惕起来,但是马卡罗夫和莉吉雅仍旧轻而易举地你一言我一语开着玩笑,这使克里姆越发感到难堪。他笨拙而困窘地应付着他们的挖苦,仿佛从他们的言谈里听出了对他的厌烦和愤怒,好像他妨碍了他们的好事似的。于是他心里涌起了对他们的一股怨气和一种沮丧的情绪。那个由于他的阻拦自杀未遂的人,十分快活,甚至变得更漂亮了。面色的苍白恰好衬托出

---

① 梅非斯特是德国大诗人歌德的长诗《浮士德》中魔鬼的名字。

他那炯炯眼神的温柔；上嘴唇的胡髭显得更浓了，更分明了。总而言之，马卡罗夫这些天来出乎意料地变成了一个成年人。就连他的声音，虽说有气无力，但却是沉毅的。莉吉雅对他的态度很随便，毫无平日那种高傲骄矜的样子，这一点克里姆看着很不是滋味。尽管克里姆发现，莉吉雅今天对他也比往日和善些，可他还是感到有些委屈。

"在这里很开心，是吗？"她朝克里姆说着，用手画了个圆圈儿。

克里姆回答说：

"很平常，像在小市民的家里。"

"嚯，你可真会说。好一个贵族！"马卡罗夫把脸躲开阳光说道。莉吉雅也笑了，但是克里姆此刻迅速地琢磨了一下她将来的光景：她嫁给一位中学教师马卡罗夫，丈夫准是个醉鬼；她正在怀孕，已是第三胎了；她穿一双拖鞋，上衣袖子挽到胳膊肘上头，手里拿着肮脏的抹布，像个婢女似的在擦尘土，两个屁股冻得通红的孩子在地板上乱爬，哭哭啼啼。这个迅疾闪现的图景使他那郁郁寡欢的心境略微振作起来，但是兹洛宾娜老大娘朝门里看了看，邀请他们说：

"我请你们吃点心！今天有您喜欢吃的烙饼，莉吉雅·季莫菲叶夫娜！"

莉吉雅跑到她跟前，用她那纤细的手指理好披散到老太婆紫红脸蛋上的一绺头发，随后跟她攀谈起来。兹洛宾娜呵呵地笑着，全身直抖动。克里姆没有听见莉吉雅说什么，只是耸了耸肩膀来回答马卡罗夫的问话：

"你干吗像猫头鹰似的看人哪？"

"原来是这样！"克里姆心里琢磨。"那么说，她早就是这里的常客了？是这里的自家人了？可是马卡罗夫干吗又要自杀呢？"

有一个念头死乞白赖地纠缠在他的脑子里，他以为马卡罗夫和莉吉雅，已经像他和玛尔加丽塔一样同居了，于是他就紧蹙着眉头，打量着他俩，心里呵斥说：

"两个撒谎的家伙，都是伪君子！"

兹洛宾坐在他身旁,用瘦骨嶙峋的肩膀顶了他一下,说他只喜欢音乐和他的妈妈。

"为了这种爱,我没有结婚,您晓得吗?因为第三者一来家就会成为绊脚石!不是每个做妻子的都能耐心地听练习小提琴的声音。可我每天都要拉琴。妈妈已经听惯了,就跟没有听见一个样……"

## 四

克里姆离开这些人的时候心情十分惆怅,甚至没有向莉吉雅提出跟她同路回家的要求。可是她自己跑出大门,把他叫住,眼睛里流露着狡狯的笑意,嗲里嗲气地央求他:

"你回家可别说我上这儿来过,好吗?"

他点点头答应了。可他并不打算回家,而是来到河畔,一面散步,一面思忖:

"应该抽抽烟,据说抽烟可以消愁解闷。"

眺望河对岸,那粉红色的天宇宛如一个浅底的大瓷盘,倒悬在修整得平坦坦的大地上空;不知怎么这使他想起了那座玩具般的窗明几净的小房子,以及房子里的人。

"这是何等荒唐啊!"

他回到家里,正碰上瓦拉甫卡和他母亲在餐厅里坐着,大桌子上乱七八糟摊着许多单据,瓦拉甫卡一面拨着算盘珠,一面抖着大胡子,呜噜呜噜地说:

"骗——骗子手!"

母亲正敏捷地从一些同样的小方纸片上把数字抄到一张干净的大纸上。她面前放着一个盘子,盘子里盛个大西瓜,瓦拉甫卡面前放着一瓶白葡萄酒。

"噢,你那位射手怎样了?"瓦拉甫卡问道。他听完克里姆的回答,疑疑惑惑地打量他一番,满满地斟了一杯酒,活像个笃信的教徒一般,

喝下半杯,然后舔着厚厚的嘴唇,把身子往椅子上一靠,用手指敲着桌子边,说道:

"天下人分为比我聪明的和比我愚蠢的两类。前一类是我所不喜欢的,而后一类则是我所瞧不起的。"

母亲仔细审视他一阵,问道:

"为啥你忽然……想起讲这样的话来?"

"因为有必要呗,"瓦拉甫卡回答之后,用叉子叉起一块西瓜,送进嘴里。"不过还有一类人,是我惧怕的。"他铿然有力地继续说下去。"这就是那些优秀的俄罗斯人,他们相信用语言的逻辑可以影响历史的逻辑。克里姆,出于友谊,我要向你提出忠告:要提防这些优秀的俄罗斯人。不错,他们是些很可爱的人!和他们谈论将来,是很开心的。然而,他们根本不了解现实,何况他们也看不到本身所担负的那种幼稚的角色是多么可悲了。试想,一个小孩子想入非非地走在马路中间是会被马踩死的,因为这些拉着沉重的历史车子的马,都是由老练而又莽撞的车夫驾驭的。在这方面,我们的这些优秀人物是无济于事的,他们充其量也不过是那建造起来的大厦门面上的雕塑而已,然而,因为这座大厦还刚刚动工,所以……"

母亲倔强地打断了他的演说:

"可是,你要记住基督是……"

"这也是一种过早成熟的现象,所以也是有害的现象,"瓦拉甫卡用粗手指合着说话的节奏打着拍子往下说。"所谓基督教文化,不过犹如宽阔浑浊的河面上漂浮的一个五彩缤纷的油点而已。所谓文化,在目前来说不过是几本小书,几幅画,一点音乐和极少量的科学罢了。那一小撮自称为'民族精华'和'精神骑士'之类的人物的所谓文明,也只是表现在他们不大声骂娘和老爱挖苦抽水马桶这一点上。若按我对文化的理解,一切信奉基督的人们,都是对文化深恶痛绝的。我亲爱的,文化就是爱劳动,而且这种爱正如对女人的爱情一样,是无法抑制的……"

瓦拉甫卡匆忙点燃一支香烟,一面喷着蓝色的烟雾,一面侃侃而谈。他那前额上山羊皮一般的皮肤泛着红晕,一对锐利的小眼睛射出兴奋的光芒,狐狸尾巴一般的大胡子在烟雾中显得朦朦胧胧,就连他说的话也好像模糊不清。

克里姆对瓦拉甫卡这种大发议论的毛病早已司空见惯,尤其在他因事务繁忙而感到疲乏的时候,这种毛病发作得更厉害。克里姆看到,人们在街上对瓦拉甫卡是越发恭敬了,不过他也晓得,人们回到家里,议论他的话却越来越难听,越来越恨他了。他发现一种非常奇怪的巧合:城里人谈论瓦拉甫卡的话越多越坏,他在家里发起议论来就越放肆,越发滔滔不绝。

今天他这毛病发作的时间冗长得真叫人难以忍受。他甚至像有时在饭桌上那样,把背心下方的几个钮扣解开,大胡子里闪现出满面春风的笑容,椅子在他屁股底下也发出咯吱咯吱的响声。母亲伏在桌子上听他议论,那对少女般的乳房倚在桌沿上,叫人看着真恶心。克里姆非常讨厌她这种样子。

"你听我说,听我说!"瓦拉甫卡对母亲喊叫。"要知道这种仁爱可以说是我们臆想出来的,是违反我们本性的。而我们的本性并不切望去爱人,而是切望和人斗争。倘若对人所生活的那种肮脏环境没有憎恨,没有厌恶,那么这种可悲的爱就没有任何意义,就一钱不值!归根结底,不要忘记,只有在物质福利的基础上,精神生活才能顺利地发展。"

克里姆洗耳恭听着,他觉得心胸和头脑都有点儿近乎痛苦和憋闷的感觉。这对他来说是一种新的感觉。他坐在母亲身边,懒洋洋地吃着西瓜,狐疑地想着:为什么人们都喜欢大发议论呢?他觉得最近一些时候,人们更喜欢迫不及待地大发议论了。今年春天他很高兴,因为借口修理厢房,请作家卡京把房子腾出来了。现在,每当他从院子里经过时,他都要欣然看看厢房那几扇关着的百叶窗。

他每每觉得自己是那样深深地被别人的言词所湮没,已经连自己都看不见了。每个人都仿佛因为有所恐惧,而要找他充当同盟者,冲着他的耳朵喋喋不休地灌输一些私货似的;人人都把他当作自己思想的接收器,把他埋在言论的沙堆里。这使克里姆又沮丧,又懊恼。他今天的心情就是这样。

菲尼娅走进来,告诉瓦拉甫卡包工头来了。

"唔,知道了!"瓦拉甫卡疾言厉色地答应一声,站起来,有如一只大狗熊似的,迈着沉重的步子急忙走了出去。克里姆也站起来,但母亲拽住他的一只手,把他拉到自己身边,问道:

"看得出,莉吉雅的事很使你激动吧?"

她在客厅的地毯上来回踱步,慢条斯理地重复着那些克里姆早已听絮烦的有关莉吉雅和马克罗夫的评语,显然害怕说些不应说的话。她儿子一声不吭地听着,那口气仿佛唯有她的话最聪明,最需要似的。他忽然想到:她和瓦拉甫卡的爱情同玛尔加丽塔所理解的和教给他的那种爱情有什么区别呢?

他恍惚觉得这种对比是太牵强,太不严肃了。他觉得自己很对不起母亲,于是吻了吻她的手,看也不看她一眼,就说道:

"你放心吧,妈妈!并且也请你原谅,我太累了。"

她也使劲儿吻了一下他的额角,说道:

"我知道因为你特别喜欢冥思苦想,所以你也就很难过。"

他回到自己屋里,脱下上衣,扔到一边,心里寻思,若是能把所有这些爱冥思苦想的性格,以及乱七八糟的思想感情统统剥下来抛掉,跟别人一样过简朴的生活,那该多好啊!若能这样,也就用不着为脱口而出的一些蠢话感到难为情了;倘若能忘记托米林、瓦拉甫卡……等人的崇论宏议,那就好了。顶好也能忘掉德罗诺夫。

## 五

克里姆睡眠不佳,起得很早,身体有点儿不舒服。他到餐厅去喝咖啡时,看见瓦拉甫卡正在那里为当天的拼搏作准备,一面嚼着烤面包,一面喝着葡萄酒。

"你听着,"他拉着克里姆的手不放,眉飞色舞地轻声说道。克里姆以为一定会有什么不愉快的事告诉他。"昨天我因为不愿叫维拉生气,所以没想到而且也没有找到机会,把德罗诺夫的事告诉你。调解法官科兹敏还不知道这个家伙已经不在我这儿工作了。他警告我,说德罗诺夫侵占了一位姑娘的银行存折,已经被人控告。这里有些狡诈的情节。虽说法官用的是'侵占'一词,但实际上显然是一桩盗窃案,而且不在调解庭受理的范围,因为款额在三百卢布以上。这就是说,应由地方法院审理。你和这家伙有什么瓜葛?啊哈,和他绝交了吗?这我很高兴!"

克里姆也感到欣慰,但是为了掩饰这种情绪,便低下头去。他似乎听到自己内心也发出了喜滋滋的"啊哈!"声。霎时间,他脑海里充满了纷乱的思绪,同时闪过一个怜悯玛尔加丽塔的念头。瓦拉甫卡兴许是把他的愉快心情理解为害怕了,所以就说了几句宽慰他的话:

"好喽,有什么办法呢?我们决不能保证一个人的品行端正。我们选择朋友还没有选择皮鞋慎重。要记住,一个人如果没有朋友,那才更不愧是一个人哩!"

他沾沾自喜地把话说完:

"我就没有朋友。"

于是,出于对瓦拉甫卡刚才这番令人高兴的谈话的感激,克里姆当即告诉他,莉吉雅常常到马卡罗夫那里去。然而使克里姆颇为惊讶的是,瓦拉甫卡并没有因此生气,只是顾虑重重地朝母亲住的屋子瞥了一眼,低声说道:

"对,对,我知道。什么浪漫主义,真是活见鬼!但是浪漫主义毕竟胜过……"

他用右手做了一个犹豫不决的手势,把一个鼓鼓的皮包塞在腋下,轻声问道:

"你没把这事告诉过你妈吧？是吗？你可千万别说，我请求你！即使没有这件事，她俩彼此的感情已经挺僵了。好吧，我走了。"

瓦拉甫卡刚一离去，克里姆的喜悦心情马上消失了，因为他觉得，向瓦拉甫卡报告他女儿的事情是太不光彩了。此刻，一向优柔寡断的克里姆，一步跨上两个台阶，急忙跑上楼去。

莉吉雅披头散发，身穿一件橘黄色睡衣，光脚踏着拖鞋，手里捧着一本乐谱，正坐在沙发床的角上。她不慌不忙地用睡衣襟盖住两条光光的大腿，不大亲热地打量着克里姆，问道：

"出了什么事？为啥你的神色那样慌张？"

他坐在沙发床边上，仿佛担心不能把想说的话全说出来似的，倏然说道：

"原谅我，可我是无意中说出来的……"

莉吉雅把乐谱放在膝盖上，截住他的话头：

"我知道。我早就想到你会告诉我父亲的。也许正是因为这个，我才央告你不要说出来，试试你，看你会不会告诉他。不过，昨天我自己已经告诉他了。你已经晚了！"

从她的声调和眼神里都可以看出，她有一股很大的怨气。克里姆没有作声，觉得怒火正在上升，但是姑娘困惑莫解地、有点儿懊丧地说：

"我真不明白，你俨然是个正人君子，可是不知怎么老是往坏的地方跳。这说明什么呢？"

克里姆觉得她的话中带刺儿，便从沙发上跳起来，顷刻间他俩就发生了口角。克里姆用长者的口气说：

"这就是说，我认为你的行为没有什么好的地方……"

"你真可笑！"姑娘一面回答，一面往沙发床角上挪动，盘腿坐着。

"你跟马卡罗夫的恋爱……"

莉吉雅又诧异又愤怒地睁大眼睛，低声问道：

"我的行为？恋爱？你怎么敢这样讲话，你是个小孩子吗？你以为……"

她气得直喘,好像有话说不出的样子;她那张黝黑的脸庞泛出红晕,甚至显得肿胀了,眼睛里噙着泪花;她挪动一下轻捷的身躯,跪了起来,喃喃说道:

"你以为……"

克里姆忽然被她的嗔怒吓了一跳,没有心思去理会她的话,一味想着要打断她滔滔不绝而且越发尖刻的、前言不搭后语的讲话。她用一根手指戳了一下他的脑门儿,让他抬起头来,然后盯着他的眼睛,问道:

"难道你真的以为我……我跟马卡罗夫已经发生那样的关系了吗?你不了解,我是不愿意这样做的……不正是因为这个他才寻短见的吗?你怎么不明白呢?"

克里姆觉得这姑娘的手指狠狠地戳在他的脑门上,感到他这一生还是头一次受到这般侮辱。莉吉雅说了些愚蠢而幼稚的话,但她的举动则像一个成年人,一位妇人。他朝她那严峻的面孔和忧伤的眼睛打量一番,想狠狠挖苦她几句,可是总是张不开口。而当他一声不吭地回到自己屋子里之后,又觉得口干舌燥,非常难受;许许多多不连贯的愤恨的语句一下子涌进脑海,嗡嗡作响。他站在窗前,看着风吹落叶;从窗玻璃上瞧见自己的面容,虽然脸型有几分模糊,却仍然使他想起他母亲那副冷漠而骄矜的面孔。

克里姆下了此时此刻他所能下的最大决心来责问自己:他对莉吉雅的感情,有哪些是真挚的而不是虚情假意的?他确实费了不少力气,花了不少工夫,总算把这个感情上的复杂的纠结解开了,这就是仿佛丢失一件十分珍贵的东西那种沮丧的感觉,对自己极端不满,因为受到莉吉雅侮辱而想向她报复,对她产生的性的好奇心,此外还有迫不及待地想使她确信他是举足轻重的。伴随这一切而来的则是深信:他终于爱上了莉吉雅,这爱情是真挚的,正像诗歌和散文里所描绘的那种爱情一样,而且其中没有丝毫幼稚可笑和矫饰做作的成分。

他轻轻叹了口气，又继续胡思乱想：倘若莉吉雅真爱上了马卡罗夫，那么她就应当出于感恩戴德而改变对他这位救了她爱人性命的人的傲慢态度。然而他没有听到一句感激的话。真蹊跷，今天她却说了些莫名其妙的话：马卡罗夫自寻短见是由于他害怕恋爱——对于她的话就该这样来理解。但是，更确切些说，是莉吉雅自己有这种恐惧心理。克里姆马上想起了许多迹象，使他确信真有其事：莉吉雅害怕恋爱，她就把自己的恐惧注入马卡罗夫身上，因此造成一个人自寻短见的罪过应由她承担。克里姆想到这里心中很痛快；他又把自己这种思想的来龙去脉理了一遍，然后扬起头，甚至发出一阵冷笑，俨然一位善于迅速排除各种倒霉事件的了不起的英雄。

他决定对莉吉雅采取豁达大度的态度，就像小说里描写的那些非常少见的高贵人物一样，他们都为了爱而宽恕一切。他已经是第二次不得不采取这种立场了。但是这次他很快就了解到，扮演这个角色使他在莉吉雅的心目中更加渺小了。他对着镜子打量着自己，看到一副情思缠绵、郁郁寡欢的表情使他的面孔变得委琐不振了。他本来就不满意自己的面容，觉得相貌太粗俗，不足以反映出他心灵的浩繁。由于眼睛近视，他不得不老是眯缝着双眼，隔着眼镜玻璃，瞳仁显得挺大，叫人看着不舒服。他不喜欢自己的鼻子，嫌它太挺直，太瘦削，而且也不够大；两片薄薄的嘴唇，下巴颏特别尖，胡子只在两边嘴角上长着两小撮。每当他皱起眉头的时候，那两撇稀疏的眉毛就拢在一起，他的脸也就显得有意思一些，聪颖一些。可是他不能老是装出一副愁眉苦脸的怪相啊！

## 六

他开始读莱蒙托夫的作品了。他觉得他的诗作的强烈辛辣气味对他颇有益处。他越来越经常地引用这位郁郁不得志的诗人所写的特别尖酸刻薄的句子了。

他还试着把莉吉雅当作一个小姑娘跟她交谈,对于她的糊涂观念他很了解,不过他认为这些糊涂观念有些可笑。当母亲和瓦拉甫卡在场时,他是能够保持这种派头的,但是剩下他跟她两人的时候,他立即就失去了这种派头。

莉吉雅要到莫斯科去,可是她打点得不慌不忙,好像很勉强。她一面听着瓦拉甫卡和克里姆母亲的谈话,一面用试探的目光仔细瞧着他们,仿佛在瞧着两个陌生人似的,而且显然她不赞成她所听见的谈话,便使劲儿地摇摇她那留着一头卷发的脑袋。

马卡罗夫康复以后,已经上大学去了。他走得很匆忙,简直叫人生疑。他跟克里姆告别时,狠狠握了握他的手,只说了几个字:

"谢谢你,老弟。"

马卡罗夫走后,萨姆金觉得莉吉雅越发明显地避免跟他见面了。她像修女一般,眼睛里老是凝聚着悲郁而愤懑的神情,同时也发觉她现在比起几个星期之前,更像一个小孩子。克里姆发现,她跟他母亲说话时,已经不像从前那样冷若冰霜,格格不入了,母亲对她的态度也和蔼了。使他有点儿担心的是,莉吉雅有时候到母亲屋里去,两人坐在那里,悄悄地聊天。有一次,近午夜时分,克里姆跟瓦拉甫卡和他母亲玩腻了纸牌之后,回到自己屋子里。过了几分钟,母亲也走了进来,她已经换上了一件紫色的长睡衣,趿着拖鞋;她坐在沙发上,一面摆弄着腰带的穗子,一面体贴地问道:

"这一夏天你消瘦多了,瞧你无精打采的样子,简直都变样儿了。"

他没有作声,摸摸嘴上的小胡子,心里猜度,这是一场严肃谈话的序幕。果然不错。母亲用一向镇定自若的眼神望着他,几乎是粗率地、开门见山地告诉他,她发现他被莉吉雅迷住了。克里姆脸羞得通红,淡然一笑,问道:

"你没有看错吗?"

她好像没有听见他的问话,用教训的口吻说下去:

"像你这样年纪的爱情,还不是那种……爱情。这还不是爱情,不是的!"

她沉默了一会儿,又叹息道:

"我和你父亲结婚那会儿才十八岁,过了两年我才晓得这是一个错误。"

她又沉默了,显然她并没有说出她想要说的话,但是克里姆惘然若失地听着,只偶尔听进一句半句,因为他很想弄明白:为什么她母亲的话使他如此愠怒呢?

"我对她父亲的态度……"他一面听,一面寻思:怎样才能提醒母亲他已经是个成年人了呢? 于是他皱起眉头,心不在焉地说道:

"我跟莉吉雅是朋友关系。当然,她跟马卡罗夫的事把我吓了一跳,其实马卡罗夫是配不上她的。或许我和她谈到他时有些急躁,太不沉着了。我想不过如此而已,至于其余的,那都是想象罢了。"

当他说这话时,确信一点儿也没有撒谎,而且自以为说得很漂亮。他觉得还应当加上几句有分量的话,于是就说:

"你知道:只有人才是真实存在的,其余的一切都是人的想象。这话可能是勃洛达戈拉①说的……"

母亲微微眯起眼睛,答道:

"这话并不完全对,不过说得很聪明。你的记忆力真好。当然,你是对的:姑娘们以为必然要走这一步,所以老是想往前赶一点。你叫我放心了。我和季莫菲都非常重视在我们之间已经建立起来并且日益巩固的关系……"

克里姆点点头,被母亲这种赤裸裸的利己主义弄得局促不安。他恍然觉得此时此刻母亲只是个为自己的幸福而担忧的女人。

他问道:

"我觉得你对莉达和善一些了,是吧?"

"我的观点你是知道的,这种观点也不可能改变。"母亲说着站起

---

① 勃洛达戈拉(前481—前411),古希腊哲学家。

来,吻了他一下。"睡觉吧!"

她走了,留下一股浓烈刺鼻的香水气味,儿子的嘴角上流露出一丝冷笑。

跟母亲谈话,往往能够增强克里姆的自信心,而这种自信心的增强,与其说是由于她的言词,不如说是由于她那不可动摇的自信口气。他听了母亲的话,觉得确实一切都很简单,可以悠然自得地生活下去。母亲终日所想的只是她自己,而且生活得也不坏。她从不胡思乱想。

当然,臆想一些东西出来也是必要的,这就好比当生活清淡无味的时候,需要加些盐,苦涩的时候需要加些糖,是一个道理。不过应当有个准确的尺度。而且有些感情,如果把它们鼓得太足的话,那就很危险。当然,对女人的爱情,特别是发展到用一把破手枪自杀的爱情,就属于这样的感情。据说,爱情犹如饥渴一般,是人的本能,可是又有谁会为饥或渴而自杀呢?有谁会因为没有裤子穿而自杀呢?

当克里姆这样独自思忖的时候,他觉得自己比他所认识的一切人都更聪明、更坚定,也更别出心裁。于是他心里对这些人渐渐产生了一种无异于讥讽嘲笑的姑息态度,而他对这种态度还暗暗地自鸣得意呢。就连瓦拉甫卡也有时会激起他这种新的感情。他认为虽说瓦拉甫卡是个很有才干的人,然而毕竟是一位脾气古怪的空谈家。

## 七

克里姆终于领到了中学毕业文凭,正准备到彼得堡去。可是,就在这时候,他在路上遇见了玛尔加丽塔。这是一个雾气沉沉的傍晚,他正要到托米林家去告别,忽然看见一个女人从一座简陋的铺面住宅台阶上走到人行道上来,他立刻认出这是玛尔加丽塔。他俩的邂逅相遇并没有使他感到奇怪,他早就料到会遇见这个女裁缝的,他非常盼望能有这样一次偶然的会晤,不过他当然要掩饰住快乐的心情。

他俩矜持地交谈了几句无关紧要的话。玛尔加丽塔提醒他说,他对她太没礼貌了。他们款款而行,她瞟了他一眼,噘起嘴巴,双眉紧蹙;他尽力想跟她谈得亲热一些,便温柔地盯着她的一双眸子,心里寻思:怎么才能使她邀他到她家里去呢?

他对她十分眷恋,很想能再有机会尝尝她那亲昵的滋味,而且还有一个突然产生的重要念头。当他同情地问她德罗诺夫那桩案子的时候,她反驳说:

"根本就没那么回事儿,他从来就没偷过存折!"

末了她平心静气地解释了两句:

"他自个儿不好意思攒钱,就把钱存在我的存折上了。在我们吵翻了以后……"

"为什么吵呢?"

"噢,你问男人跟女人为什么吵嘴吗?当然是因为男人要搞女人,或者女人要搞男人呗。他向我要他的钱,我跟他开玩笑,没有给他,于是他就把存折偷走了,我这才不得不把这件事报告调解法官。这时万卡就把存折还给了我,这就是事情的来龙去脉。"

当他们走到一个黑魆魆的、烟雾蒙蒙的小胡同口上的工夫,她提出来:

"上我那儿去吗?我已经搬到新房子里住了,咱们去喝茶吧!"

她现在这间狭窄的小房子和克里姆所熟悉的从前那间一模一样。他在她这里度过了四个小时。她跟他的接吻好像比从前更热烈、更贪婪了,然而她的亲热劲儿并不能使克里姆陶醉,不能使他忘却他想询问的那件事情。于是他就趁着她疲乏的工夫,先是旁敲侧击地问了她一些他从不感兴趣的问题:

"你是怎样生活的?"

这问话使她大吃一惊。

"我和大家一样生活呀!"

但是克里姆死乞白赖地盘问她;她稍稍挪开他一点儿,打了一个哈欠,用手指在嘴上画了个十字,发誓地说:

"我的生活和所有的姑娘们一样,起初什么也不懂,后来才晓得要爱你们男人,所以我也就爱上了一个,他想跟我结婚,可是又变了心。"

她说得很镇静,毫无怨恨,一直闭着眼睛;克里姆望着她的脸颊、脖子和肩膀,十分温和地提出了他的要害问题:

"你是怎样失身的呀?……"

"也和大家一样,经过同样的过程呗。"这女子耸耸肩膀答道,并不睁开眼睛。

"你当时害怕吗?"

"这有啥可怕的呢?"

"就是在第一次……第一夜吗?"

玛尔加丽塔想了一下,好像在尽力回忆似的,然后舔了舔嘴唇,说道:

"那是在白天,而不是在夜里,是万圣节①那天在墓地里。"

她睁开眼睛,把披散到耳朵上和脸颊上的头发撩起来。克里姆觉得她的动作异常慌张,看得出她很生气,似乎是因为不愿意,或者不善于向他介绍实际感受吧,然而克里姆却毫不害臊地一味追问她这些问题。

"很平常,头脑一发昏,处女时代就永别了!"

除此而外,她一点儿也没有谈到方法问题,而是自告奋勇地对他讲起理论问题来了。为了说话方便起见,她从床上坐了起来。

"我听说,你有一位同学用手枪自杀过。有许多男人为了姑娘,为了娘儿们去寻短见。娘儿们都是些喜怒无常的下贱货。她们都有一股倔强劲儿……我说不出是一股什么劲头儿。一个男人很不错,她是看中了,可是却又偏偏不是那一个,这倒不是因为他穷,或者因为他丑,相反的,他很漂亮,然而就是不称心,偏偏不是她要的那一个!"

她一面把头发编成辫子,一面越发深思熟虑地说道:

---

① 万圣节是十一月一日,基督教的节日。

"你若是结婚的话,应该挑选一个性格刚毅的姑娘。这样的姑娘都很愚蠢,很坦率,只要一开口,就会暴露出自己的真面目。但是对那些文质彬彬的姑娘,你可得留神,这样的姑娘一个钟头就会骗你两次。"

她的脸色骤然改变,黑眼珠缩小了,犹如猫眼一般,发黄的眼白上映着睫毛的阴影,她仿佛在用厌恶的神情注视着什么东西,怒形于色地回忆着往事。克里姆觉得她以前谈论女人时并没有这样怫然动气过,只不过像谈论远房亲戚那样,无所期望,她既不想从他们那里得到什么好处,也不愿因他们而遭怏;她无求于他们,对他们置若罔闻。他一面听她讲话,一面又在提心吊胆地思忖,仿佛所有他认识的人都不约而同地力图要抢在他前头;他们都想比他更聪明,更难于理解;他们言语狡猾、奸诈。也许他们正是因为想成为难于理解的人,所以才害怕他克里姆·萨姆金很快会识破他们。

但是玛尔加丽塔却说:

"我甚至不相信世上有圣洁的女人,即使有,那也是老处女。所谓圣洁的女人,可能指的是没有失身的处女吧?"

克里姆一面想着心事,一面听着玛尔加丽塔胡扯,还盼望着她会告诉他,她在头一个情人面前是怎样克服处女恐惧心理的?真蹊跷,他情不自禁地闪过一个念头:这姑娘的话语里,有一种和瓦拉甫卡的花言巧语,甚至和托米林的至理名言雷同的东西。

克里姆终于听得不耐烦了,就忍不住说道:

"你今天很喜欢卖弄大道理哩!"

玛尔加丽塔急忙把自己打量一番,问道:

"你说什么?"

等到他把自己的话解释清楚以后,她说:

"噢,我还以为你看见血了呢,因为我就该来月经了……"

克里姆厌恶地颤抖了一下,从床上跳下来。以前他就曾经觉得这姑娘的单纯,是一种卑鄙龌龊的表现,不过他都加以容忍了。可是这次他却是怀着一种深恶痛绝的感情离开了玛尔加丽塔,同时心里责怪自己不该进行这次毫无益处的造访。不过他庆幸的是,再过一天就上彼得堡去了。瓦拉甫卡劝他进工程学院,已经办妥了一切必要的入学手续。

  漆黑的夜,又阴冷又潮湿;路灯的光惨淡而凄凉,仿佛失去了征服这沉沉黑暗的希望。克里姆情绪沮丧,心中空虚。但却觉得在瓦拉甫卡、托米林和玛尔加丽塔三人之间有一种共同的东西,他们都在教训人,警告人和吓唬人;仿佛在他们的豪言壮语后面隐藏着恐惧的心理这种念头,又骤然闪现出来,并且很活跃。他们究竟怕什么呢?怕谁呢?难道是怕他这个孑然一身、毫无畏惧地在黑夜茫茫之中徜徉的人吗?

# 第七章

## 一

克里姆·萨姆金早就不知不觉地对彼得堡产生了一种外省人常有的讨厌、甚至有些憎恶的想法。他认为这个城市不像俄罗斯的城市,因为在这里居住的,都是些铁石心肠、疑虑重重而又精明敏锐的人。这个俄罗斯巨大躯体的头部装满了冷酷、凶狠的脑髓。夜里,克里姆坐在火车上,想起了果戈理和陀思妥耶夫斯基。

他怀着小心提防人们的决心来到首都,因为他确信这些人马上就会来考验他,研究他,并用自己的信仰来感染他。

浓重的烟雾弥漫着城市;虽然时间不过下午三点,可是涅瓦大街已经早早点上了宛如巨大蒲公英花朵一样华美的路灯。黏湿的空气浸润着脸上的皮肤,苦涩的烟味呛得鼻孔发痒。克里姆缩着脖子,耸着肩膀,左顾右盼地望着大街两边店铺里湿漉漉的玻璃窗,里面明光锃亮,仿佛出售的尽是夏季的阳光。他对这座城市里令人烦恼的喧嚣很不习惯。马蹄踏在木板拼成的马路上发出的嘚嘚声,也显得过分轻柔而低沉;马车的胶轮和铁轮发出的声音几乎难分轩轾;人声也显得低沉而单调。令人奇怪的是,听不见马蹄踏在石块上发出的清脆的咔哒咔哒声,听不到四轮马车的咯吱咯吱声,听不到小贩嘹亮的叫卖声,而且也听不到教堂的钟声。

在满是烂泥浆的人行道上，人们异常匆忙地走着，那清一色的装束，简直异乎寻常。石砌的房子同样也只有一种灰颜色，没有用篱笆隔开，而是鳞次栉比，一座紧挨一座，看起来好像一栋望不到尽头的大建筑物。这座大建筑物的下面一层灯火辉煌，紧贴着地面，有的甚至压进地底下去。黑魆魆的上面几层高高插入灰色的雾霭之中，使人想象不到这雾霭的上面还有天空。

在这些高楼大厦下面，行人、马匹和警察，都显得比外省城市里要低矮渺小一些，安稳驯良一些。克里姆把他们想象为遨游在水中的鱼群，仿佛个个都在急急忙忙地寻觅食物，想尽快从那充满污泥浊水和朽木气味的深沟里浮到清澈的水面上来。三五成群的人在路灯下伫立片刻，相互照示一下那藏在黑礼帽和雨伞下面的蜡黄面孔。

人们来去匆匆，勾起克里姆心中一股凄凉的意念：这成千上万的小人物，忽聚忽离，都在奔向自己的目标，这目标说不定是很渺小的，然而对他们每个人来说却是明确的。可以想象，那一片苦涩的雾霭就是人们呼出的热气，城市里的一切潮湿都是他们奔忙流汗的结果。他心里油然萌生一种害怕会在这群小人物当中张皇失措的恐惧。于是他想起了瓦拉甫卡所说的无数警句当中的一个咄咄逼人的警句：

"大多数人必须恭顺地屈从自己的使命——充当编造历史的素材。比如说，他们好似大麻一般，用不着去想它制成的绳子多粗，多结实，有何种用途。"

"我不该听从母亲和瓦拉甫卡的主意，不该到这个闷死人的城市里来，"克里姆一面想，一面自怨自艾，"也许在母亲的主意中，暗含着不让我跟莉吉雅待在一个城市的愿望吧？倘若真是这样，那可太糟糕了；他们把莉吉雅送到马卡罗夫手里去了！"

路灯周围形成许多乳白色的影泡，在拼命地抖动，仿佛就要爆裂似的。这一景象打破了克里姆的凝思。原来这些影泡是由烟雾里的许多细微尘埃构成的，当一些尘埃不断侵入路灯光环的内部，另一些又不断地从里面钻出去的工夫,路灯光环的大小并无变化。这种五彩斑斓的尘埃的奇景,简直叫人眼花缭乱,使你不禁给它打个比喻,然后就不再去理睬它了。

克里姆把布满雾气的眼镜摘下来,看见那乳汁般的巨大光环顿时暗淡、模糊起来,同时也使人感到更不舒服了。灯火也变得暗无光泽,仿佛躲进灯球的中心去了。"城市就像个大蜂窝",瓦拉甫卡这句陈腐的比喻在这里套不上。用那位通俗科学读物的大脑袋作者的几句话来形容这些魔影般的灯火,是最贴切不过了。有一回,在卡京的厢房里,那位大脑袋作家热情洋溢地说明,人类的思想和意志是一种电化学现象,说是把人们的意志集中在一个思想的周围,就能创造奇迹,只有用这种意志的集中才能解释那些轰轰烈烈的划时代的事件,比如十字军东征啦,文艺复兴啦,法兰西大革命啦,以及诸如此类的意志力迸发的事件。

在枢密院广场上,也是一些同样的乳白色影泡,照亮那座油光光、黑魆魆的赳赳武夫般的沙皇①雕像,他正用一只青铜手臂遥指宽阔的涅瓦河对岸通往西方的道路;大河上空的雾霭越发浓重而阴森。克里姆触景生情,此刻觉得理应在这里回忆一下《青铜骑士》②里的诗句,然而却模仿《波尔塔瓦》③信口吟出这样两句:

　　于是他举起威严的手臂,
　　命令三军向瑞典人攻击。

后来又不知怎么想起了歌德的叙事诗《森林的皇帝》中的诗句:

---

① 指俄国沙皇彼得一世(1672—1725)纪念像。
② 普希金的诗作。
③ 普希金的叙事诗《波尔塔瓦》讲的是瑞典国王查理十二进攻俄国败于波尔塔瓦的故事。原诗中的这两句是:突然,他微弱地扬起手臂,命令三军向俄国人攻击。

是谁在冒着寒冷的阴霾奔驰?

是那位姗姗来迟的骑士……

一座大桥架在黑乎乎的波涛滚滚的大河上,马蹄踏在桥板上发出咔哒咔哒的响声。过了一会儿,马车夫喝令那匹疾驰的马在一座毫无特征的楼房前面停下来;这楼房坐落在华西里叶夫岛的一条大街上。车夫用恳切的声调央求说:

"您该加点车钱,少爷!"

"为什么叫少爷呢?"克里姆心里纳闷,但是没有加钱给车夫。

一个留着中国式胡髭、干瘪的胸前挂着几枚勋章、光光的头顶上扣着一只小黑帽的看门老人,表情严肃地对他说:

"普列米罗娃家住二楼四号。"

他那两只通红的耳朵微微颤动了一下,用手指指那边角落,这时一个身材矮小的、系着白围裙的女仆,飞快地从铺着灰色红边地毯的红漆石头楼梯上跑下来。这楼梯使克里姆想起了他读书的中学,而这位女仆好似一只瓷制的牧羊女。

她用温和的声调说道:

"您的房间在过道右边头一个门,令兄的房间就是右边角上那间。"

"我哥哥的房间?"克里姆吃惊地问道。

"就是德米特里·伊万诺维奇的呀!"女仆仿佛抱歉似的说道,随后把两只皮箱拎在手里。"您不是萨姆金先生吗?"

"是的,"克里姆怏怏不乐地回答,心想:为何母亲不告诉他和哥哥同住一个公寓呢?

他没有走进自己的房间,而是怒气冲冲地敲了敲德米特里的房门,屋内有人高兴地喊道:

"请进来!"

德米特里正躺在床上,他的左脚掌缠着纱布;他穿一条蓝裤子,一

件绣花衬衣,颇像一位乌克兰剧团的演员。他扬起头,用一只手撑着床,蹙紧眉头,吃惊地说道:

"这是……这是克里姆吗？是你吗？"

他伸出双手,招呼弟弟,高兴地叫道:

"啊,真是你呀,我真没想到哩!"

克里姆看见德米特里好像一个陌生人,只有他的眼睛还像四年前那种少年时代的样子。这对眼睛里依然流露着常常被克里姆称之为女人的嫣然一笑的那种笑意。德米特里那张温柔的圆脸上已经长出了一片亮晃晃的胡须;长头发梢都卷曲起来。他兴奋而又急切地告诉克里姆,他是五天前搬到这里来的,因为他摔伤了腿,所以玛琳娜才把他送到这里来了。

"她早就吓唬我说:等着吧,您会有一件意外的事！你知道玛琳娜是谁吗？她是普列米罗娃的侄女。她的姑妈也是很可爱的,是一位很开明的女人;她是瓦拉甫卡的远亲。"

## 二

德米特里问起母亲、瓦拉甫卡和莉吉雅的时候,脸上的喜悦神情便消失了。克里姆觉得口干舌燥,头脑发昏,他懒得回答哥哥那些言不由衷的客套问话,觉得心烦。窗外黄澄澄的一片烟雾和一条条拉得整整齐齐的电话线,他觉得好似一张陈旧的五线谱。透过烟雾可以隐隐约约看见一栋三层楼房的褐色墙壁,墙上密密麻麻地挂着许多招牌。

"喏,雅科夫伯伯怎么样？是病了吗？唔,……前些时候,有位民粹派作家,在一次晚会上把他颂扬了一番。你晓得吗,那是什么样的生活啊！那才真叫有意义呢,并非普普通通的生活！对啦,你知道他在萨拉托夫又被捕的事吗？"

克里姆并不知道这件事,但他却肯定地点了点头。

"民粹派又活动起来了,"德米特里说这话时的口气是很赞赏的,简直使克里姆差点儿笑出声来。他冷冰冰地打量着哥哥,仿佛他是个陌生人似的;而德米特里谈到他们的父亲,也好像在谈论一个陌生人,但却叫人听了很有趣。

"你现在可能都不认识他了,他现在变得举止稳重了,说起话来老爱用低沉的音调。他正在跟法国人和西班牙人做橡木桶板生意,在欧洲跑来跑去,而且吃东西多得要命,春天他在这里,现在他在第戎①。"

他扶着椅子背,用一条腿在屋子里跳着,头发直抖动,两片柔软厚实的嘴唇流露着和蔼可亲的微笑。他把一根拐杖夹在腋下,说道:

"咱们去喝茶吧。要换衣服吗,啊?算了吧,你这样已经够好的了。"

克里姆毕竟还是走进了自己的房间。哥哥咯咚咚咚地拄着拐杖,送他到屋子里来,一直兴高采烈地说个没完,克里姆对他的高兴心情感到不可理解,也感到很局促。

"好吧,够了,太棒了,我们走吧!"

在一间昏暗的、温暖而舒适的小房间里,一位身材矮小,头发梳得溜光的老太婆,正坐在火壶旁边,她那粉红的尖鼻梁上架着一副金边眼镜;她把一只猴爪般的、腕子上缠着红毛线的苍白的小手伸给克里姆,像小姑娘一般发音不清楚地说道:

"非常欢迎!"

克里姆握过她的手以后,她哎哟了一声,说她害了关节炎。她急急忙忙问了几句瓦拉甫卡的近况。这时走进来一位打扮得很漂亮的姑娘,她用金发编成的粗辫梢当扇子扇着脸,用低沉的女中音说道:

"我叫玛琳娜·普列米罗娃。"

他坐到德米特里身旁,抱怨道:

---

① 法国东部的一个城市。

"街上到处是烂泥巴。"

克里姆顿时觉得室内有些憋闷。玛琳娜动作麻利地从他面前的盘子里叉了一块面包干,涂上厚厚的奶油和果酱,开始吃起来。为了不把两片紫红而有弹性的嘴唇弄脏,她把嘴张得大大的;一些排列很密的大牙在她嘴里闪着光亮,看起来真有点儿吓人。她的脸红红的,直冒热气,好像不是来自大街上,而是刚刚洗完热水澡回来;她身躯魁梧,简直有点畸形。克里姆觉得自己在这个身穿一件紧绷绷的黄毛衣的姑娘面前很局促,于是他想起了托尔斯泰《克莱采奏鸣曲》那篇小说中的情形①。不一会儿克里姆就得悉玛琳娜在产科学校学习了整整一年,现在又改学唱歌了。她父亲曾是一位植物学家,被派到加那利群岛②去考察,死在那里了。现在有一出叫做《加那利群岛的秘密》③的滑稽小歌剧,但是很遗憾,总没能上演。

"那里头有几位很风趣的将军——巴塔凯斯,包姆巴尔多斯……"

她把话说到一半停下来,告诉德米特里:

"库图佐夫今天要来,跟他一道来的还有……"

她仰望天花板,两只眼睛又鼓又大,眼珠是琥珀色的,眼神直发愣,夹带着催促的表情,使人觉得不舒服。

"你就会看到一位熟人了,"德米特里使了个眼色,告诉他说。

"是谁?"

"我先不说。"

小老太婆的一双猴爪般的手在桌面上闪来闪去,井井有条地移动着杯盘,她给人斟茶,喋喋不休地嘀咕什么,谁也没有去听她的话。她身穿一件鼠皮色的呢外套,显得更加像一只猴子了。她那张布满皱纹的、黑黝黝的脸上不时地掠过一丝笑意,克里姆觉得这笑容是狡狯的,

---

① 小说主人公波兹内舍夫谈论女人说:"她晓得我兄弟那套高尚情操的话是一派胡言。他需要的是肉体,因此一切丑恶的行为他都可以原谅,惟独不能饶恕的却是那难看的、不雅的、令人讨厌的衣着……"
② 位于大西洋的东北部,原为西班牙的属地。
③ 法国作曲家列科克(1832—1918)的作品。

觉得老太婆本人也是不正常的。她的絮絮叨叨被德米特里有点儿粗鲁而又讨厌的声调所湮没。他说：

"种族的特性是由女人的血统所决定的,这一点已经得到证明。比如,智利、玻利维亚……的土著就是如此。"

普列米罗娃小姐忽然生气地问道：

"土著是什么意思呀？您为啥要说这些难懂的字眼呢？"

德米特里跟粗壮的玛琳娜坐在一起很不相称,因为他的骨骼虽然宽大,可肌肉配合得并不好,个子显得很矮小,又不匀称。他和玛琳娜并肩坐着,显得十分得意,而玛琳娜却一直用令人讨厌的眼神盯着克里姆,而且她的瞳仁里闪着红彤彤的火花。

"她准是个娇生惯养而又任性的姑娘,"克里姆心里认定。

"姑妈说得对,"玛琳娜用乡下姑娘的口音娇滴滴地大声说道。"这个城市太腐败,城里人没有情义,悭吝得很,喝茶的柠檬要切成十二小块。"

克里姆好不容易才得到一个机会,便托故身体疲劳,走了出来,哥哥一面送他,一面死乞白赖地追问：

"这两个人可爱吗？"

"是的。"

"好吧,你该休息了！"

克里姆气恼地脱掉上衣和皮鞋,倒在床上。他下定决心要离开这里,但为了礼貌起见要在这儿暂住一两个星期,然后再搬到别处去。他想着想着就睡着了。

## 三

三个钟头以后,哥哥把他唤醒,硬让他洗了脸,又带他来到普列米罗娃家。克里姆本不想来,但是为了掩饰心中的恼怒,他只好来了。餐厅里拥挤不堪,有人在弹钢琴,玛琳娜正跺着脚吼叫般地唱道：

可怜的马儿在战场上倒下……①

克里姆的注意力落到一位大学生身上。他身着一件大袍般的礼服,一双灰暗无神的眼睛,留着庄稼汉一样的大胡子;他站在屋子当中,面对一位穿着华贵藏青礼服、体态匀称、面色苍白的男子。此人扶着椅子背,摇晃着椅子,正在大发议论,从他那过分彬彬有礼的腔调中,克里姆即刻听出了讽刺的意味。

"我简直不能想象一个没有权利,也不希望有权有势去支配别人的自由人,是什么样子。"

"不错。可是等到私有制废除以后,权力又有什么鬼用处呢?"那位大胡子大学生用悦耳的男中音喊道,并匆匆扫了克里姆一眼,然后把一只大手伸给他,流露出无法掩饰的惆怅神情,自我介绍说:

"我姓库图佐夫。"

而那位穿藏青礼服的人却笑着问他:

"您不认识我了吗,萨姆金?"

德米特里不知趣地哈哈大笑着高声说道:

"这就是图罗博叶夫呀!你觉得奇怪吗?"

克里姆还没有来得及表示惊讶,玛琳娜已经像推一个小孩子似的,推着他在屋子里转了一圈儿。

"又来了一位萨姆金,他是一位非常严肃的人,"她对一位生着一副猫儿面孔的高个子妇人说。"她的名字叫伊丽莎白·利沃夫娜,这位就是她的丈夫。"

她指的是那位坐在钢琴旁边的、背驼得很厉害的小个子。他留着一头卷发,乌黑的头发闪着蓝光,那张平庸无奇的脸上泛着一些粉红色的斑点。他正在翻弄乐谱。

"我姓斯皮瓦克,"他声音嘎哑地说道。"您唱歌吗?"

---

① 出自格林卡的歌剧《伊万·苏萨宁》中的万尼亚咏叹调。

否定的回答使他大吃一惊,他把烟色的夹鼻眼镜从沮丧的鼻梁上摘下来,一面咳嗽,一面直眨眼睛,不住地用那对肿胀的眸子打量克里姆的面孔,仿佛在问:

"那么您来干什么呢?"

"咱们走吧,他除了乐谱什么都不懂。"玛琳娜说着把克里姆拉开。

长沙发上半卧着一位瘦削的姑娘,她身穿一件道袍似的"改良"服,德米特里正弯腰跟她大声说话:

"埃尔吉利亚①是塞万提斯的朋友,叙事诗《阿拉乌卡纳》的作者……"

"干脆说西班牙人就够了,"玛琳娜大声说道。"他是萨姆金,她是谢拉菲玛·涅哈叶娃,这不就行了!"

说完,她扔下克里姆,跑到钢琴跟前去。涅哈叶娃骄矜地点点头,把两条细腿缩回去,用衣襟盖住。克里姆以为这是请他在身边坐下来的表示。

克里姆很恼火:玛琳娜那种喜欢吵吵闹闹的快活劲头使他讨厌,不知为什么他对和图罗博叶夫的邂逅也悻悻然。他很难想象,这个面色苍白、生着一对惹人注目的眼睛的人,就是那个曾经站在瓦拉甫卡面前,响亮地宣布他爱莉吉雅的男孩子。叫他讨厌的还有那位大胡子的大学生。

这位大学生和伊丽莎白·斯皮瓦克唱了一支克里姆没有听见过的二重唱,那位矮小的音乐家伴奏得很出色。音乐一向是克里姆的慰藉,说得更确切些,音乐可以使他心灵空虚,把一切思念和感情统统驱逐出去;他听着音乐,心里便涌起一股缠绵悱恻的伤感情绪。那位夫人唱得颇有感染力,用的是不太高亢,然而却造诣很深的女高音;她的脸也不像小猫的脸了,忧伤的神情使她的面孔显得窈窕不凡,娉婷的体态看上去更挺拔,更洒脱了。库图佐夫的男中音也优美动听,他唱

---

① 埃尔吉利亚(1533—1594),西班牙诗人,他在长诗《阿拉乌卡纳》中叙述了西班牙殖民主义者征服阿拉乌卡纳地区(今智利)印第安人的情形。

得又轻松又娴熟。他俩把尾声唱得尤其感人：

> 噢,夜啊！快用你那
> 透明的天幕遮盖起来吧！
> 捧起那消愁解闷的杯盏,
> 去抚慰那被忧伤苦恼着的心灵,
> 像母亲抚慰孩儿一样！①

克里姆觉得他俩唱的这种悲怆的曲调是他早就熟悉的,不过此时此刻,他真的觉得内心充满了苦闷忧伤,几乎要凄然泪下。

夫人唱完以后,走到桌子跟前,从盘里拿起一只苹果,若有所思地用小手摸摸,又放回原处。

"您看见了吗？"坐在克里姆身旁的那个女人悄悄地说。

"看见什么？"他瞥了一眼她那梳得光溜溜的穴鸟般的脑袋,和稚气十足的小鸟脸,问道。

"您看见她怎样摸那苹果了吗？"

"是的,我看见了。"

"多窈窕,是吧？"

克里姆点点头,同意她的说法,心里寻思：

"她备不住是一位大学生吧？"

她那对细长的、浅灰发绿的眼睛里流露出的犹豫彷徨、好似希求的奇异神情,深深印在了克里姆的脑际。

德米特里拄着拐杖,吃力地颠来颠去,并且用挑逗的声调说道：

"不管怎么说,您那位魏伦②要比佛凡诺夫还糟糕。"

库图佐夫那悦耳的声音从钢琴旁传来：

---

① 茹科夫斯基作词,鲁宾施坦作曲的二重唱《夜》中的一段。
② 魏伦(1844—1896),法国颓废派诗人。他的诗作远远脱离现实,充满忧郁和宗教的情绪。

"老早以前加伦①就已知道灵魂的位置是在延髓里面……"

"您唱得那样美妙动听是用延髓唱的吗?"图罗博叶夫问道。

"到处都一样,"克里姆心想。"没有一件事不发生龃龉的。"

玛琳娜抓住库图佐夫的袖子,把他拉到钢琴跟前,当他们在那里唱起《莫把我欺诳》②这支歌时,克里姆觉得这位大胡子大学生唱得蛮有感情,而这感情是跟他那矮胖的身躯和庄稼汉的面孔很不协调的;不但不协调,而且有点儿滑稽。玛琳娜有力而浑厚的声音震耳欲聋,她音韵掌握得不太好,高音符唱得又尖厉,又刺耳。克里姆感到高兴的是,当库图佐夫唱完这支二重唱以后,不客气地对玛琳娜说:

"不,姑娘,这不是为您谱写的歌曲!"

玛琳娜和撑着拐杖的德米特里,在屋子里比所有其他的人占地方都大。德米特里紧跟在姑娘后头,活像轮船后面拖着一条拖船。但是玛琳娜急躁的步履中显现出一种令人不安的神情,她像个动物似的有着充沛的精力,这使克里姆感到惶惑不安,心里萌生一种对这姑娘来说极不礼貌而又荒唐可笑的念头。在老远的地方她就激起他的一种欲望,希望她那高高隆起的乳峰来碰他一下,或者用屁股顶他一下。仿佛她的身躯不仅在衣服里裹得紧绷绷的,就是在屋子里也显得很拘板。克里姆厌恶地注视着她,心里在想,她身上一定散发着汗臭,以及厨房和澡堂的气味。此刻她的胸脯正贴在库图佐夫身上,对他怨声怨气地喊叫:

"噢,是呀,我穿棉毛衫是因为我受不了列夫·托尔斯泰的说教。"

"吓!"库图佐夫叫喊一声,紧紧闭上眼睛,他的整个脸都像老头子似的布满了皱纹。

钢琴家夫人也在屋子里悠悠徘徊,仿佛一只乍到陌生人家的小猫。她那轻飘的步履,浅蓝眸子里流露出的懒怠神情和待人接物的风

---

① 加伦是公元二世纪古罗马的医生和科学家,他对中世纪以前的西方医学有重大贡献。

② 格林卡一八二五年作的抒情歌。

度,都引起克里姆的注意;那樱桃小嘴的两片朱唇紧紧地抿在一起,挂在唇边的微笑似乎是很勉强的,她的沉默也令人生疑。

克里姆心里在想:"这女人一定很狡狯。"

涅哈叶娃那副样子真叫人讨厌。她坐在那里,使劲儿蜷缩着身子,从她身上散发出一股叫人头晕的浓烈香气,不由地使人觉得她那两只眼窝里的阴影是人工造成的;那脸颊上的红晕和嘴唇的过分鲜艳,也使人有同样感觉。一直垂到耳边的头发使她的脸显得又窄又尖,但是萨姆金此刻感到这姑娘已经不像他第一眼看到时那样丑陋了。她的眼睛惆怅地望着大家,仿佛感觉到自己比这屋里的所有其他人都要庄重些。

克里姆蓦地想起了莉吉雅去莫斯科前,跟他告别时那种疾言厉色的神情。

"我相信你会凯旋而归,不会惨败回来的,"她说完,发出一阵恶意的冷笑。

德米特里走过来,靠在涅哈叶娃身旁。过了一会儿,克里姆听她念了一串人名,好像在念教历上的圣徒像名似的:

"马拉梅①,罗利纳②,莱涅·基尔③,贝拉当④……"

"马克斯·诺尔道⑤把他们骂得好痛快,"德米特里操着揶揄的腔调说道。

库图佐夫一面嘘嘘,一面用手指吓唬他,因为斯皮瓦克已经弹起莫扎特的曲子来了。图罗博叶夫蹑手蹑脚地走过来,朝克里姆笑笑,坐在沙发的扶手上。挨近一看,他似乎比他的实际年岁大一些,那脸上白得出奇的皮肤,仿佛涂了一层粉,眼睛下面显出一片浅蓝色的暗影,嘴角倦怠地向下垂着。当斯皮瓦克弹完一支曲子以后,图罗博叶

---

① 马拉梅(1842—1898),法国颓废派诗人,象征主义的奠基人之一。
② 罗利纳(1846—1903),法国颓废派诗人。
③ 莱涅·基尔(1862—1925),法国所谓"科学诗"的创始人。
④ 贝拉当(1858—1918),法国颓废派作家。
⑤ 马克斯·诺尔道(1849—1923),在匈牙利出生的德国作家。

夫便说：

"您的变化可真大，萨姆金。我依稀记得您那对什么人都喜欢教训一顿的小书呆子模样。"

克里姆咬紧牙关，尽力思索着反驳这家伙的词句；他在他目不转睛的注视之下，觉得十分尴尬。德米特里又谈起外省的因循守旧思想来，但他老说不到点子上，声音也太大。图罗博叶夫瞥了他一眼，漫不经心地说道：

"我倒喜欢他们那种趣味和见解的坚持不渝。"

"乡下人还更坚定哩，"克里姆说。

"我认为这没什么不好，"图罗博叶夫说着，点燃一支香烟。"而这里的一切现象和人本身，比任何别的地方都更加像走马灯一样，来去匆匆，我甚至要说，是更加死气沉沉。"

"一点儿也不错！"涅哈叶娃表示赞成。

图罗博叶夫吃吃而笑；他的两片嘴唇很不相称，下唇比上唇厚得多，一对乌黑的眼睛，位置虽然适中，不过眼神却飘忽不定，扑朔迷离，叫人看着很不顺眼。萨姆金认为，这是一个为掩饰自己内心的痛苦而忧虑的病人的一双惹人注目的眼睛，他肯定图罗博叶夫是个未老先衰的人。他哥哥正在跟涅哈叶娃辩论象征主义问题，她面带愠色地规劝德米特里道：

"您搞错了，研究象征主义，应该以柏拉图①的思想为依据。"

"您还记得莉吉雅·瓦拉甫卡吗？"克里姆问道。图罗博叶夫盯着手中香烟冒出的缕缕青烟，慢条斯理地回答：

"当然记得。一个十分活泼的吉卜赛小姑娘。噢，她近来怎么样？她还想当演员吗？这可是一种真正女性的职业哩。"他说完，朝克里姆莞尔一笑，同时瞥了斯皮瓦克夫人一眼；她正弯腰瞧着钢琴的键盘，隔着丈夫的肩膀问玛琳娜：

---

① 柏拉图（前427—前347），古希腊哲学家，苏格拉底的学生，哲学中客观唯心主义派的创始人之一，他认为永恒不变的理念世界是真实的存在。

239

"你听得出吗？'米'是低半音的……"

"仅此而已吗？"克里姆想到莉吉雅，心里这样寻思。他本来想幸灾乐祸地回顾一番，可是却越想越伤心。

他们又开始唱歌了，萨姆金简直又不相信这个粉面红腮、满脸大胡子的人会唱得如此娴熟而动听。玛琳娜唱得很起劲儿，但是老走调，她张着大嘴，紧皱着两道金色的眉毛，一对高高的乳峰鼓出来，显得很不雅观。

## 四

将近午夜时分，克里姆方才悄悄回到自己屋子里，立刻脱掉衣服，躺在床上，觉得昏昏沉沉，非常倦怠。但是他忘记关门了。过了一会儿，德米特里溜了进来，坐在床上，笑嘻嘻地说道：

"他们每星期六都有这种集会，你注意那个库图佐夫，他是一个杰出而又聪明的人物！图罗博叶夫也是一个独出心裁的人，不过是另一种类型的。他已从政法学校转入大学，可是既不去上课，也不穿制服。"

"他喝酒吗？"

"也喝酒。总而言之，这里的许多人都惶惶不可终日，好像心灵上有什么创伤似的！"德米特里一直兴致勃勃地说个不停。

"大概我变得像德罗诺夫了，什么都想知道，真所谓百废俱兴，一事无成。我又学自然科学，又学语言学……"

克里姆虽然心里想打听打听斯皮瓦克夫人的情况，可是嘴里问的却是涅哈叶娃。

"你问涅哈叶娃吗？她是一个很可笑，然而却是饶有风趣的人。她对法兰西的颓废派文学着了迷。至于这位斯皮瓦克夫人，弟弟，她可是一个了不起的人物！很难理解她。图罗博叶夫正在追求她，看来并非没有成功的希望。不过我不知道……"

"我要睡了,"克里姆不客气地说。等到哥哥走后,他提醒自己:"明天我就去找别的寓所。"

但是,事与愿违,一大早他就给玛琳娜牢牢缠住了。

"喂,我们出去浏览一下市容吧!"她不是在建议,而是在下命令。克里姆觉得拒绝是很不礼貌的,于是就跟着她在蒙蒙的雾霭中,顺着滑溜溜的人行道遛了三个钟头。这里的人行道也尽是烂泥巴,不过和外省人行道上的稀泥不同,特别叫人讨厌。她像个士兵,迈着匆忙而稳健的步子,走路的姿势也如讲话一般,带有不可抑制的劲头儿,然而那天真无邪的性格却博得了克里姆的一些好感。

"彼得堡是个变幻莫测的城市。您看,今天它好像又神秘又吓人。而在白夜①里,它的空气清新得简直令人心旷神怡,是一个生气勃勃、十分引人入胜的城市。"

克里姆说道:

"昨天我还以为您不喜欢这座城市呢!"

"昨天我和它发生了纠纷,有纠纷并不等于不喜欢。"

萨姆金觉得这个回答倒还机灵。

克里姆透过雾霭瞥见水面上的铅灰色荧光,河滨的铁栏杆和一些浸在黑乎乎河水里的、像烂泥巴里的猪一般丑陋的拖船。这些拖船停泊在富丽堂皇的高楼大厦旁边,显得极不雅观。无数窗户上的晦暗的玻璃,给人一种奇怪的印象:仿佛这些楼宇里面装满了肮脏的冰块。湿淋淋的树木难看得要命,光秃秃的样子十分凄凉,麻雀也无精打采,几乎哑然无声;为数不多的教堂钟楼静悄悄地高耸入云,好像在这座城市里,钟楼是多余的。在涅瓦河上,轮船冒出的黑烟袅袅钻入雾霭之中;许多工厂的烟囱像石头爪子一般插进雾空。在这座光怪陆离的城市里,那种压倒一切的喧闹声,真叫人厌烦。黑魆魆的人群在这鳞次栉比的高楼大厦中间显得非常矮小,所有这一切都令人吃惊地贬低

---

① 由于地轴偏斜和地球自转、公转的关系,在高纬度地区,有时黄昏尚未过去就呈现黎明,这种现象叫"白夜"。

了个人生活的意义。克里姆不由自主地往前走着,沉溺于自我陶醉的状态中,什么也不去想,只听见玛琳娜操着浑厚的女中音说道:

"发疯的保罗①曾打算建造一座比法尔孔纳②的作品更胜一筹的纪念像,可惜没有成功,真窝囊!"

姑娘走得很快,好像她必须走得疲惫不堪才肯罢休,可是克里姆却希望能躲到一个干燥光亮的角落里去,在那里仔细回味一番刚才从他眼前掠过的那些闪烁着铅灰色、金黄色,以及红铜色和青铜色光泽的东西。

"为何您不作声呀?"玛琳娜严厉地问道。当萨姆金回答说这个城市使他大吃一惊的时候,她便扬扬得意地喊了一声:

"啊,真的呀!"

一连好几天她都领他参观博物馆。克里姆看出来她因此喜出望外,犹如一位主妇炫耀自己操持家务那样心满意足。

一天傍晚,萨姆金走进他哥哥的屋子,碰见库图佐夫和图罗博叶夫。他俩正面对面,像下跳棋似的,坐在桌旁。图罗博叶夫点燃一支香烟,说道:

"倘若一旦证明这种偶然性就是魔鬼的代号,那又会怎样呢?"

"我不相信魔鬼,"库图佐夫严肃地说着,握了握克里姆的手。

图罗博叶夫对着烟蒂,又点燃一支,尔后把这个烟蒂放在另外六个已经熄灭的烟蒂旁边,他已经抽昏了头,那波浪式的稀疏的头发乱蓬蓬,两边太阳穴上都沁出了汗珠,苍白的脸变成了红褐色,两眼盯着冒烟的烟蒂,正在出神。库图佐夫用责难的目光瞅着他。德米特里半卧在床上,用教训的口吻说道:

"所谓科学有害于道德,这是一种陈腐的思想。卢梭③早在一七

---

① 指俄国沙皇保罗一世(1754—1801)。
② 法尔孔纳(1716—1791),法国著名雕刻家,列宁格勒的彼得一世纪念像就是他的杰作之一。
③ 卢梭(1712—1778),法国杰出的思想家,启蒙学者。他的社会学有唯物主义倾向。

五〇年给第戎科学院的复信里,就已经最终地巧妙地阐述了这种思想。你们的托尔斯泰一定是在让·雅克①的《论文集》里看到过这种思想。况且,您,图罗博叶夫,又算是什么托尔斯泰主义者呢?您不过是一个刚愎自用的人罢了。"

图罗博叶夫没有吭声,只是冷冷一笑,但是库图佐夫问克里姆道:"您对托尔斯泰主义究竟怎么看呢?"

"这是一种想返回蒙昧时代的企图,"萨姆金大胆地回答。他此刻看到图罗博叶夫的脸上和眼睛里,都流露着一种和自杀未遂之前的马卡罗夫一样的神情。

库图佐夫一面搓着双手,一面龇牙咧嘴地哈哈大笑。图罗博叶夫想了想,以有气无力的声调固执地说道:

"返回蒙昧时代,这话说得不错。我认为,对我们来说,不论是从托尔斯泰的观点来看,还是从米哈伊洛夫斯基②的观点来看,这种现象都是不可避免的。"

"可是,假如是从马克思的观点来看呢?"库图佐夫喜滋滋地问道。

"我不相信工厂的锅炉可以使俄罗斯得救。"

克里姆莫名其妙地瞥了一眼库图佐夫,心想:莫非这位大学生装束的庄稼汉,真是一个马克思主义者吗?他那美妙的歌喉,同他用朗读的声调讲些枯燥的词句和干巴的数字,是极不协调的。克里姆本想继续听他说下去,但是德米特里打搅了他:

"这里有一张多余的歌剧票,你去不去?我本来是给自己买的,但我不能去了,玛琳娜和库图佐夫也去。"

随后,他愤愤不平地说,检查机关已经彻底禁止上演歌剧《商人卡拉希尼科夫》③了。

图罗博叶夫站起来,把前额贴近玻璃窗,朝窗外瞅瞅,忽然不跟任

---

① 即卢梭。他的全称是让-雅克·卢梭。
② 尼古拉·米哈伊洛夫斯基(1842—1904),俄国社会学家和政论家。
③ 俄国音乐家鲁宾施坦(1929—1894)的歌剧。

243

何人告别就走了。

"是个聪明的小伙子,"库图佐夫好像很惋惜地说。他叹了口气,尔后又补充道:

"毒素也不小。"

他用手指把那排烟蒂从桌上弹到地上,详细盘问起克里姆家乡的情况,但顷刻间又搔着下巴颏上的胡子,蹙着眉头,说道:

"也同我们沃洛格达一样啊!"

萨姆金发现,他回答得越谨慎,库图佐夫对他就越亲热,越关切。他决心对这位大胡子马克思主义者自我炫耀一番,于是谦虚地说:

"其实,我们未必能够对人类的生活作出那样肯定的结论。在千千万万人中,我们能了解百十个人的生活情况就不错了,可我们说起来,居然像研究过全体民众的生活似的。"

他哥哥表示赞成,说道:

"这话很对!"

可是库图佐夫却反问道:

"真是这样吗?"

于是他又谈论起阶级分化的过程和经济因素的决定性作用来。他已经不像对图罗博叶夫说话那样干干巴巴了,而是带有一种十分感人的委婉口气,这使克里姆特别惊讶。萨姆金仔细听着他讲话,巧妙地插上一两句谨慎的见解,来肯定库图佐夫的论据,欣然觉得好像对这位马克思主义者产生了同情心。

# 五

他回到自己房间,感到心安理得,相信他已经为自己的纪念碑奠定了第一块基石,总有一天他萨姆金会巍然屹立在它的石座上。屋子里散发着一股浓烈的汽油味儿,因为玻璃工上午刚在冬季窗框上涂抹了一层油灰。克里姆闻了闻,便打开一个通风孔,扬扬得意地自言自语道：

"看来是可以在这里住下去的。"

刚刚过了两个星期，他就彻底相信了：住在普列米罗娃家是很有意思的。原来，这里的人对他都很尊重，他不费吹灰之力就取得了这样的结果，简直有点儿受宠若惊。他从瓦拉甫卡说过的许多警句和托米林的那般宏论中提炼一些最精辟的词句，编成能够左右逢源的佳句，面带并非十分相信言词的人的那种微笑，把这些佳句倾吐出来。他已经看到，性格有些粗野的玛琳娜对他很钦佩，伊丽莎白·斯皮瓦克带着恭维的好奇心端详着他，而涅哈叶娃和他攀谈起来，比和其他所有的人都显得更为兴奋和信任。很显然，终日钻在厚厚书本里的德米特里也颇为他这个聪明的弟弟而感到自豪。若不是发现哥哥已经成为大家的一本活的百科辞典，因而使他克里姆大为逊色的话，他本来也想把德米特里那种博览群书的丰富知识引以为荣的。德米特里教给普列米罗娃老太太做贝恩保式煎鸡蛋，向斯皮瓦克解释真正的民歌和茨冈诺夫①、魏尔特曼②等人所作的过分温情脉脉的仿制品有何区别；就连库图佐夫也请教他：

"萨姆金，雅科夫·托尔斯泰伯爵③搞间谍活动的事，是谁揭发的呀？"

于是德米特里就把伊万·格洛文④在一八四六年出版的一本谁也没有读过的书详述了一遍。他讲什么事情老是不厌其详，而且喜欢操着教授的腔调，不过总是像跟自己讲故事似的。

库图佐夫在普列米罗娃家是最有威望的人，这当然不是因为他对于政治有什么高深的见解，而是因为他的歌喉和演员一般。他那带点

---

① 茨冈诺夫(1797—1831)，俄国诗人，他模仿民间创作的诗歌，在俄国颇为流行。
② 魏尔特曼(1800—1870)，俄国作家。
③ 雅科夫·托尔斯泰(1791—1869)，沙皇政府的间谍，曾提供许多有关法国政治和军事方面的情报。
④ 伊万·格洛文(1816—1890)，俄国侨民政论家。雅·托尔斯泰的间谍活动就是他揭发的。

儿粗犷的敦厚性格似乎是永无止境的,在和图罗博叶夫滔滔不绝的争论中,他从不发脾气;克里姆还经常看到,这个外表尽管不漂亮,但体格却很结实的人,老爱用一双浅灰色的眼睛流露出的冥思苦想的或者仿佛惋惜的神情惊异地打量着大家。库图佐夫对玛琳娜的那种粗暴而有时是很严厉的态度,使克里姆大为吃惊。在库图佐夫看来,玛琳娜仿佛是个劣等动物。有一天晚上,大家在喝茶的工夫,她生气地说:

"库图佐夫,您唱歌的时候,好像挺有感情,可是……"

库图佐夫没有让她把话说完,就抢过去说:

"当我唱歌的时候,我可以一本正经,而跟小姐们讲话的时候,就唯恐会显得过分天真,所以声调也就优柔寡断,您是想这样说吧?"

玛琳娜默默地转过身去,不理他了。

库图佐夫难得和伊丽莎白·斯皮瓦克交谈,即使交谈也是三言两语,不过态度却很友好,称呼"你",而且有时还亲热地叫她丽莎姑姑,尽管她大概只比他大两三岁。他不大理会涅哈叶娃,总是老远地仔细听她和德米特里的争论,而德米特里则老爱引逗这位古怪的姑娘。

克里姆认为库图佐夫这种粗犷的性格,是一个缺乏教养的人纯朴天真,并不是什么矫揉造作的表现,因而很体谅他。克里姆高兴地看到,库图佐夫在欣赏音乐的时候,他这位大学生的大胡子脸上老是流露着一副冥思苦想的神情。他感到有趣的还有:这位大学生的脸上老带有惋惜的微笑,他那忧郁的目光老是凝视在一点上,俨然要把人们看穿,甚至也要把墙壁看穿似的。德米特里告诉过他,库图佐夫是一个不大富裕,而且破了产的乡间磨坊主的儿子,他当过两年乡村小学教师,在这期间准备了投考喀山大学的功课。一年以后,因为参加学生运动,被开除学籍;又过了一年,在伊丽莎白·斯皮瓦克的父亲,本县贵族首领帮助之下,重新上了大学。

人们对图罗博叶夫没有定见,有时把他当作一个病人看待,照顾他;有时又怕他,生他的气。克里姆不理解,图罗博叶夫为啥要到普列米罗娃家里来呢?玛琳娜显然对他抱有敌意;涅哈叶娃既轻蔑又勉强地附和着他的话;斯皮瓦克夫人也不大理他,偶尔交谈几句也总是声音很低。所有这一切都很有意思,他很想弄清楚:究竟是什么东西把这些性格迥然不同的人吸引到一处来的呢?性格粗犷、块头硕大的玛琳娜,又为何需要这个干瘦得几乎像幽灵一般的涅哈叶娃呢?玛琳娜又为啥这样无微不至地体贴她呢?

"你吃呀,多吃一点儿!"她劝涅哈叶娃。"不想吃,也得吃。你老是闷闷不乐,也是因为你的食欲不佳造成的。喂,萨姆金老大,这句话的拉丁文该怎么说呀?你听说过吗?健美的精神寓于健康的身体……"

涅哈叶娃对玛琳娜的体贴腼腆地笑笑,好像受宠若惊似的。克里姆从这个瘦得可怜的姑娘眼睛里射出的感激之光中,看出了这种神情。涅哈叶娃用一只光滑的手摸摸女伴的粉红面颊;那苍白的手背上也没有了充血的青筋。

克里姆认为,涅哈叶娃和图罗博叶夫在这里是两个最迷离恍惚的人物,或许,在所有的家庭里,在一切的人们当中,他俩都会给人以失魂落魄的印象。他觉得他对图罗博叶夫的反感在不断上升。他认为这个人身上有一种可疑的、非常冷酷的东西;那对惹人注目的眼睛里闪烁的炯炯目光,活像一个暗探,想发现什么秘密似的。有时候,他的眸子里还流露出讥诮的神情。克里姆常常发觉这种愠怒的,甚至是蛮横无理的目光就是针对他的。图罗博叶夫的话使克里姆疑窦重重,他深信,此人一定对什么事都心怀不满,他一面用揶揄而粗犷的表情掩饰着不满,一面又只跟对方说些惹人烦恼的话。萨姆金每每觉得图罗博叶夫简直叫人难以容忍,这种情形在他跟库图佐夫和德米特里的谈话中更是屡见不鲜。克里姆很纳闷儿:库图佐夫怎么竟听得进这位纨绔子弟怀疑一切的言词,并报之以善意的大笑呢?于是他说:

"库图佐夫,您这是在发表预言嘛。我以为,预言未来不过是为了非难现在罢了。"

库图佐夫哄然大笑;德米特里向图罗博叶夫指出了一些社会预言

得到证实的事例。

图罗博叶夫跟玛琳娜谈话时,总是奚落她。

"您这话不对!"玛琳娜不知为何对他大发雷霆,叫喊道,而他却严肃地回答:

"可能是这样吧。不过我不是在幕后提词,不必说得丝毫不差!"

"您为啥扯起幕后提词来?"玛琳娜瞪着一对已经够大的大眼睛,问道:

"怎么不是这样呢?倘若提词者胡说一气,那您的戏不就演糟了吗?"

"简直胡说八道!"姑娘怫然动气地离开了他。

是的,这一切都很有意思,克里姆觉得他那渴望了解人们的心情日趋强烈。

## 六

萨姆金对大学生活一点也不感到稀奇,这里毫无吸引他的地方。他觉得历史教授的头一次讲课跟他进中学的第一天没什么两样。他在一群群大学生中感到惘然若失,这大庭广众使他心情十分紧张,简直不由自主,他觉得在这些装束一律、面孔相像的大学生中,自己也成了一个没有个性的人。

一位精瘦的教授站在讲台上,从台下只能看见他的上半身;他正在单调地挥动着一只手臂,摇晃着光秃秃的脑袋,金边眼镜在他那大胡子脸上闪闪发光。他以雷鸣般的声音慷慨激昂地说出一些动听的词句。

"祖国、人民、文化、光荣,"克里姆听见他说。"科学的成就……在与大自然搏斗中创造着越来越舒适的生活条件的工人大军……人道主义的胜利……"

坐在克里姆旁边的一个骨瘦如柴的麻脸大鼻子同学,结结巴巴直嘀咕：

"还,还不够劲儿!"

尔后,他用那双鼓出的模模糊糊的眼睛,对着挂钟的字盘仔细瞧了许久。等到教授摇晃着脑袋走出教室之后,这个结巴便举起两只长长的胳膊,轻轻鼓了三下掌,又重复道：

"还不,不太够劲儿。可是,据说他还是个激——激进派哩！同学,您不是从诺夫戈罗德来的吗？啊？喏,好吧,反正一样,咱们总归要熟起来的。我叫尼古拉·波波夫。"

他摇摇萨姆金的手,匆匆忙忙溜掉了。

克里姆对功课不大感兴趣,他所热衷的是了解人。他发现小说比科学书籍和讲义能给他更多有关人的知识。他甚至对玛琳娜说,艺术比科学更了解人类。

"噢,当然,"玛琳娜表示同意他的说法。"现在大家都开始明白这一点了。您去听听涅哈叶娃的见解吧！"

德米特里直到深夜才回来,浑身湿漉漉的,显得疲惫不堪,他一面摸摸喉结,一面声音嗄哑地问道：

"喂,怎么样？印象如何？"

但当克里姆坦率地承认在科学的宫殿里,他并没有感觉到神圣的敬畏时,他哥哥咳嗽一声,说道：

"我第一次听课的时候,心情非常激动。"

显然他心里想的和嘴里说的是两码事,于是他又前言不搭后语地补充道：

"但我现在认为库图佐夫说得很对:闹学潮真是白白浪费精力。"

克里姆呵呵一笑,但没有作声。他已经看出来,哥哥和库图佐夫认识的所有大学生,谈起教授和大学的情况来都深恶痛绝,也和中学生谈论他们的教师和学校时一样。他在探索形成这种局面的原因时发现,其中起主要作用的是像图罗博叶夫和库图佐夫这样一些性格迥然不同的人物。有一回图罗博叶夫以他惯用的慢吞吞的戏谑口吻说：

"上大学的都是那些德国人,波兰人,犹太人,而俄罗斯人中只有神甫的子弟们。所有其余的俄罗斯人都不读书,而是迷恋那些想入非非的轻举妄动。于是他们就害了西班牙式的骄傲狂,并且时常发作。昨天还被爸爸揪着头发揍了一顿的小伙子,今天居然以教授对他的回答漫不经心或者瞥了他一眼为理由,要求进行决斗了。当然,如此桀骜任性的行为可以说是个性发展异常迅猛的结果,不过我倒有另外的想法。"

"不错,"库图佐夫点点他那沉甸甸的头,说道。"看上去真像小牛犊翘尾巴!但也应该指出,他们正在十分拙劣地欺骗青少年,妄图把他们大胆思维的精髓榨干……"

"是把说大话的精髓榨干!"图罗博叶夫纠正道。

克里姆怀着嫉妒的心情在冥思苦想:是什么东西把他俩联系在一起的呢?有一回,在等候普列米罗娃家的例行音乐会开始的时候,库图佐夫跟这位纨绔子弟,并肩坐在长沙发上,责备他说:

"您尽用些尖酸的字眼,给自己惹是生非,这太不值得啰!"

"这的确没有好处!"图罗博叶夫同意说。"我明白,若是趋炎附势地生活,是会一帆风顺的。不过,哈哈,干这种事我可不擅长!"

库图佐夫情不自禁地大笑起来,喊道:

"可您已经是趋炎附势地生活了啊!"

当天晚上,克里姆又问库图佐夫:

"您喜欢图罗博叶夫的哪些方面?"

这位大胡子用长辈口气回答道:

"人体内需要一定量的酸素,它也和盐同样重要。我喜欢恰达耶夫[①]的思想,甚过一些文人学士过分甜蜜的深奥道理。"

他说这话时德米特里也在场,所以他赶忙解释说:

"作为一个没落阶级的代表人物,图罗博叶夫是很有意思的。"

---

① 恰达耶夫(1794—1856),俄国唯心主义哲学家,曾因发表抨击农奴制的著述而遭沙皇迫害。

库图佐夫笑眯眯地看了他一眼,说道:

"说得对,米佳!"

萨姆金觉得这笑容并不是恭维他哥哥的,因为他常常看见库图佐夫大胡子脸上流露出这种谦恭而又狡猾的微笑,然而他的笑容并未引起过他对这位大学生的怀疑,只是增强了对他的兴趣。涅哈叶娃也越发风趣了,可是她想叫克里姆成为她的同情者那种坦率而急切的心情,却使他惶惑不安。她对他数说着他一无所知的法国诗人的名字,那说话的口气,仿佛在告诉他一些只有他克里姆·萨姆金才配知道的秘密。

"您看过让·拉霍尔①的《幻想》这部书吗?"她问道。而万事通德米特里又接过话茬,解释说:

"这是卡扎列斯医生的笔名。"

"拉霍尔是一个佛教徒,也是一个尖酸刻薄的人。"

德米特里望着天花板,喃喃自语地回忆说:

"还有一位卡佐特②,是《魔恋》这本无聊的小说的作者。"

"很可惜,这些于您无益的东西,您知道得太多了!"涅哈叶娃对他气冲冲地说,然后又对着萨姆金老二百般称赞起罗斯坦③写的《公主的梦》来。

"这是一部新浪漫主义文学的杰作。在不久的将来,罗斯坦就会被公认是一位天才。"

克里姆发现,她列举的这许多人名和书名,除了德米特里以外,谁也不熟悉,大家都感到迷惑不解,对涅哈叶娃大谈文学都抱着怀疑和不以为然的态度,因而使这位姑娘惶惶不安起来。他有点儿替她难过。但是预言家的死对头图罗博叶夫,却故意恶狠狠地想扫她的兴,说道:

---

① 让·拉霍尔(1840—1909),法国医生和早期颓废派诗人。
② 卡佐特(1719—1792),法国作家。
③ 罗斯坦(1868—1918),法国诗人和新浪漫主义剧作家。

"应该把它看作是小市民已经厌恶廉价的纯理性主义的征兆。这是一个极其愚昧的时代终结的开端。"

克里姆开始认为涅哈叶娃是一个喜欢幻想的人,她已经远远地跃到了现实的前头,或者逃到现实的一边去,沉浸在德米特里称之为具有坟墓气味的思想之中了。这姑娘老是表现出一种极度紧张的情绪,有时觉得她很有可能从窗户里跳下去。涅哈叶娃那种没有女性特征和缺乏性感的模样,特别使克里姆感到惊诧,她简直一点儿也引不起他那男性的冲动。

她吃饭、喝水,都好像是出于无奈,近乎厌恶了;而且很显然,她并非装模作样,也不是故作娇态。她那些纤细的手指甚至连刀叉都不会拿。她十分挑剔地撕了一些小面包块,一对精明的眼睛疑惑地盯着软绵绵的面包瓤,似乎心里在琢磨:这东西苦不苦呀?有毒没有呀?

克里姆越发经常地在想,涅哈叶娃是这群人中最有学问、最聪明的了。然而这不但没有使他和这位姑娘更加接近,反而使他担心,害怕涅哈叶娃从他身上知道不该让她知道的东西,害怕她也会跟他说话态度倨傲,毫不客气,或者像跟德米特里那样,很不耐烦。

## 七

夜间,当萨姆金躺在床上,想到他竟这样轻而易举地博得了大家的好感时,便会心地笑了,他相信在这方面他已经大功告成。但是,他虽说觉得朋友们对他是信任的,可他还是没有丧失警惕性,因为他了解他搞的这个把戏是吉凶难卜的,因此他也就清清楚楚地意识到自己这个角色的艰难。有时候,这种角色使他感到厌倦,使他朦朦胧胧地意识到,他已经依附于一种与他为敌的势力了;有时候他又觉得,他自己像是某位不知姓名的绅士的奴仆。他想起了托米林说过的无数格言中的一句:

"阅历丰富,对大多数人来说都会起一种有害的作用,会使他们的道德观念混乱。不过,这种阅历丰富也往往会造就一些特别有趣的人物。请看看那些著名的犯罪分子、冒险家和诗人的传记吧!一般说来,凡是饱经沧桑的人,总是缺乏伦理道德的。"

克里姆从红毛教师这些话里发现了一种既令人畏惧,又使人入迷的东西。他觉得自己知道的人情事故已经够多的了,不过有时候还是觉得他根本不需要那些积累起来的种种感受和意念。这些东西丝毫没有在他身上扎下根,都不会使他称之为个人的思想和信仰。所有这一切,在他心目中都仿佛是事与愿违;而且只是浅浅地藏在皮肤里面,内心深处却是一片空虚,正等待着用其他内容来充实。克里姆越发心慌意乱地感觉到,在他克里姆作为一个积聚思想的人和他内心已经积聚起来的思想二者之间,正在出现纠纷和敌对。他羡慕库图佐夫已经学会信仰,并且能够心安理得地宣传自己的信仰。但他更羡慕图罗博叶夫那种显然什么都不相信,却有勇气嘲笑别人的信仰的精神。当图罗博叶夫跟库图佐夫和德米特里谈话时,克里姆想起了那个老泥瓦匠狡猾、恶意地教唆一个老实憨厚的大力士,去徒劳无益地砸碎有用的砖块的情景。

萨姆金认为,所有的人都爱虚荣,人人都想出人头地,排斥异己;一切纠纷和争议都由此而起。不过他已经在怀疑:除此而外,在人们身上还有一种他无法理解的东西。于是就产生了一种顽强的欲念,想打开人的内心世界,弄明白究竟是一种什么力量在逼着他言行必须如此,绝非他样。于是克里姆就挑中了谢拉菲玛·涅哈叶娃作为第一个试验品。因为她没有女性的诱惑力,所以拿她开刀最为相宜,而且可以尽情地研究、剖析和暴露她的某种特征,不必担心会像布尔热[①]所著《门徒》这部轰动一时的小说中的主人公格列拉那样,陷入困厄的境地。玛琳娜那种兽性劲儿使他望而生畏,而且她的身上丝毫没有神秘的地方。有一回克里姆无意中和她在一间屋子里邂逅相遇,他觉得自

---

[①] 布尔热(1852—1935),法国作家和评论家,他在一八八九年所写的著名小说《门徒》中强调了道德和宗教对科学思维的优越性。

己有被她那双鼓出来的眼睛的视线纠缠住的危险,发现这视线是挑逗性的,恬不知耻的。而涅哈叶娃却特别引起克里姆的好奇心,当时她正朝德米特里几乎发疯似的大喊大叫:

"您要知道,我可看不惯你们这些正常的人,看不惯那些快乐的人。快乐的人愚蠢和庸俗得要命。"

还有一回她气冲冲地说:

"尼采是个纨袴子弟,却硬要扮演悲剧的角色,因此才发了疯。"

她生起气来两颊的红晕便即刻消失,脸色苍白,表情发愣,两眼闪烁着绿光。

## 八

一个晴朗的冬日,萨姆金沿着涅瓦河堤独自悠悠徜徉,脑子里回想着课堂上听到的那些响亮的词句。他从老远就发现了涅哈叶娃,看见她从美术学院大门里走出来,穿过马路,在一座狮身人面像的旁边停下来,朝河里望着。河面上覆盖着一层晶莹耀眼的白雪,有些地方雪被风吹散了,露出了光溜溜蓝晶晶的冰层。涅哈叶娃跟克里姆打招呼以后,朝他妩媚地笑笑,有气无力地说道:

"我去看画展了。都是些涂了颜料的奇闻,简直庸俗得要命。您是要进城吗?我也要去。"

她穿一件仿佛深秋的晴空一样灰色的皮大衣,头戴一顶用浅灰色松鼠皮做成的样子奇特的帽子,两手插在用同样皮子做成的手筒里,显得十分别致。她走路趔趔趄趄,很难跟上她的步子。清澈透明的空气,大概是刺痒了她的鼻孔,所以她把鼻子也藏到了手筒里。

"但愿一切生机都能像这条冻结的河水一样静止下来,让人们从容不迫、深思熟虑地自我反省一番!"她用手筒捂着嘴,呜呜噜噜地说道。

"冰层下面的水依然在流呀,"克里姆本想这样说,但是,瞥了一眼

她那张鸟形的脸庞,说道:

"赫赫有名的保守派列昂季叶夫①也主张让俄罗斯冻结起来。"

"为何只是俄罗斯呢?全世界都应当静止不动,休息一个时期。"

她眯缝着眼,给刺目的雪光照得直眨巴。她一面轻轻地干咳,一面喋喋不休地说着,那急切的神色,仿佛刚刚从单独牢房里释放出来,许久没说过话似的。克里姆回答她的口气颇有点不以为然,好像他确信不会听到什么独特的见解,然而他听得却很仔细。她转了一个话题,问道:

"您喜欢图罗博叶夫这个人吗?"

尔后又自个儿回答说:

"我不了解他。他是一个对任何人,以及对他自己都冷漠无情的虚无主义者,而且生不逢时。真奇怪,那位情薄意短的斯皮瓦克夫人竟会迷恋他。"

"真的吗?"

"嗯,可不是嘛!"

她沉默片刻,又问克里姆对玛琳娜有什么看法,但又没等他回答就讲了起来:

"假如从女人对幸福的某种概念来看,她会是很幸福的。她的爱情准是狂热的,然后等她厌倦的时候,就去爱狗爱猫,就跟她爱我那种劲头一样。她是一个饱食终日的俄罗斯女性,可我并不觉得自己是个俄罗斯人,我不过是彼得堡人而已。莫斯科会使我失去个性。我对于俄罗斯知道得不多,也不理解它。我觉得生活在这个国度里的人们,都是些无用之辈,无论对于他人,还是对于自己,他们都是无用的。可是,你看法国人和英国人,全世界都需要他们。尽管我不喜欢德国人,可他们也是一样。"

---

① 列昂季叶夫(1831—1891),俄国哲学家和作家。他与尼采一样,蔑视伦理而主张对权力加以肯定。

她滔滔不绝地说下去,这些有独到见解的议论搅乱了克里姆的思绪。他并未感觉到在她那料想不到的坦率后面还隐藏着纯真的意念,于是他对这些话更加小心谨慎了。走到涅瓦大街时,她提议去喝咖啡。克里姆觉得她在饭店里的举止,对于一个姑娘来说是太放肆了。

"我请客,"她说完就要了咖啡、甜酒和饼干,随后便解开皮大衣;一股未曾闻见过的香水味扑到克里姆的鼻孔里。他们坐在靠窗户的地方;黑魆魆的人影从挂满霜花的玻璃窗前一个接一个地晃过去。涅哈叶娃轻轻地嚼着饼干,继续说下去:

"在俄罗斯,人们都不谈重要问题,不读有用的书,不做应该做的事,而且即使做了,也是于己无益,不过是为了出风头而已。"

"这话很对!"克里姆说。"臆想的事情太多了,而且他们老是彼此考验,唇枪舌战。"

"库图佐夫差不多快成为一名真正的歌剧演员了,可他学的却是政治经济学。令兄虽说知识渊博,不过请您原谅,他毕竟是个缺乏头脑的人。"

"一点儿不错!"克里姆嘴里同意她的说法,可心里却在想,已经到了该反驳的时候了。但是涅哈叶娃不知怎么,忽然厌倦起来,她那刚才还冻得绯红的脸蛋儿上只剩下了一些玫瑰色的斑点儿,两眼晦暗无光。过了一会儿,她又想入非非地谈起只有住在巴黎,她才能过美满的精神生活来。她说今冬本来是要上瑞士去度过的,可是为了一笔不大的遗产这件无聊的区区小事,她非得跑到彼得堡来不可。她吃掉所有的饼干,喝了两杯甜酒;当她喝完咖啡以后,便以几乎叫人难以察觉的动作,赶快在那狭窄的胸脯前面画了一个十字。

"或许再过两三个星期,我就要离开这儿了。"

她咬着嘴唇,一面戴手套,一面叹息道:

"很可能永远不再回来了。"

他们来到大街上的时候,她问道:

"您知道梅特林克①吗?噢,您一定要看看《藤泰吉尔之死》和《盲人》。他可是一位天才!他虽说年轻,但经历却是惊人地深广……"

她仿佛碰到一堵墙似的,蓦地在人行道上停下来,伸出一只手,说到:

"再见!请到我家来玩……"

她告诉他住址以后,就坐上了一辆雪橇。当那匹冻得直打哆嗦的马,猛然向前一冲的时候,涅哈叶娃身子向后一仰,差点儿从雪橇上翻下来。克里姆也雇了一辆马车,坐在车里,摇摇晃晃,心里思索着这位和他认识的所有女子都不相同的姑娘。霎时间,他仿佛觉得她身上有一种和莉吉雅共同的东西,但又马上否定了她俩之间的这种相似之处,觉得这对自己很不利;他又想起了瓦拉甫卡愤然说过的一句话:

"当人们还不理解的时候,他们就会想当然,以至犯错误。"

这是瓦拉甫卡告诉女儿的话。

## 九

克里姆这次和涅哈叶娃的相遇,并没有增加他对她的好感,然而这姑娘在饭店里那种俨然以一位主顾自居的潇洒风度,却引起了他特别的兴趣。

克里姆·萨姆金上她家去那天,这座郁闷的城市正下着烦人的鹅毛大雪;雪片大得出奇,宛如潮湿的纸片,嗖嗖嗖地直落下来。

涅哈叶娃住在一座公寓楼房里,她的房间在一个长长的走廊尽头,那是最后一个门。走廊的光线很弱,因为窗子给一只柜橱遮去了一半;这窗户正对着一道褐色的光溜溜的墙壁,窗外正落着像纸灰一

---

① 梅特林克(1861—1949),比利时剧作家、诗人,象征主义戏剧的奠基人。他的独幕剧《盲人》所描写的十二个瞎子——六男六女陷入莽莽原始森林之中,成为神秘的力量即死亡与孤独的牺牲品。

样颜色的雪片。

"她竟是住在这样一个肮脏的洞里呀,"克里姆心里嘀咕。但是当他在一间不太光亮的小会客室里脱掉大衣、走进屋子以后,他顿时觉得仿佛被从大雪纷飞的天空,从雾霭弥漫的城市,远远地抛到神话般的仙境来似的。一盏罩着橘黄色灯罩的强光灯照得屋子暖暖和和,墙上挂着几幅东方出产的壁毯,构成一派落日余晖的黯淡情调。桌上和沙发上凌乱地放着一些黄色封皮的法文书,活像一种稀奇植物的落叶。涅哈叶娃穿一件金黄色的睡衣,系着一条绿色的宽腰带,惶惶然地和他打招呼道:

"请原谅,我还穿着便服呢!"

"您这里很不错嘛!"克里姆说。

"您喜欢吗?"

她急忙点上一盏酒精灯,放上那把样子奇特的铜茶壶,说道:

"我受不了火壶的气味儿。"

她用一只穿着绿色羊皮拖鞋的脚,把堆在地板上的书,毫不留情地踢到桌子底下去,把桌上的东西推到挨近挂着深色窗帘的窗子的那一头,动作很麻利。克里姆坐在沙发上,仔细打量着她。屋角都用帷幔遮了起来,室内的三分之一面积用一扇中国式的屏风遮着,屏风后面放着一张床,床头的窗上挂着一条深红色的厚毛毯,地板上也铺着同样颜色的地毯。室内的温暖空气充满着浓烈的香水味儿。

"我不喜欢鲜艳的色调、洪亮的音乐和笔直的线条。这一切都过于真实,因而也就成了虚伪。"克里姆听着她说。

姑娘的动作不太灵活,她的衣袖甩来甩去,活像一双翅膀。克里姆觉得她那双手很像托米林的手,犹犹豫豫,不知搁在什么地方是好,而涅哈叶娃说起话来那娇滴滴的声调,就像莉吉雅十三四岁少女时候一模一样。克里姆觉得这姑娘似乎有些难为情,举动也慌里慌张。她忘记了换衣服,睡衣从肩膀上滑了下来,裸露的锁骨和胸脯的皮肤,被灯光染成了一种很不自然的颜色。

喝茶的工夫克里姆听见她说,一切真实的和永恒的东西都隐藏在灵魂深处,而一切表面的东西,甚至整个世界,都是错综复杂的一连串失败、谬误、拙劣无能和为表现隐藏在优秀人物内心的那种世界的理想之美所做的可怜的尝试。

"噢,我还忘了!"她蓦地从沙发上跳起来,大叫一声,从小橱里拿出一瓶葡萄酒、一瓶甜酒、一盒巧克力糖和一些饼干,把它们都摊在桌子上,然后两肘撑着桌子,露出纤细的胳膊,问道:

"您能否想到生存是徒劳无益的这个问题吗?"

克里姆很想笑出来,但他憋住了,一本正经地回答说:

"这个问题有时使我很激动。"

当他看到涅哈叶娃眼睛里冒出怒火时,他又补充说:

"有时候早上醒来,我就想这日子过得可真没意思。"

涅哈叶娃肯定地点点头,说道:

"是的,您当然是应该这样想的。从您那泰然自若的神情来看,从您那老是严肃的笑容来看,还有从大家都喊叫,而您却沉默不语的风度上看,我都晓得这一点。然而,他们都喊叫些什么呢?"

她把胳膊交叉在胸前,把两只手搁在瘦削的肩膀上,慷慨激昂地说下去:

"什么人民哪,工人阶级啦,社会主义呀,还有倍倍尔[①]呀!我读过他写的《妇女论》,我的上帝,这简直太枯燥了!我在巴黎和日内瓦都遇到过社会党人,他们都是些有意自我克制的人物。他们身上有一种和僧侣共同的东西,但也摆脱不了假道学,他们都程度不同地类似库图佐夫,但没有他那种滑稽可笑的、像庄稼人一般对那些他不能或者不愿了解的人所表现的谦恭态度。库图佐夫本人并不愚蠢,看来他是真心相信他所说的一切道理的,不过他这套库图佐夫思想,什么人民呀、群众呀、领袖呀等等糊里糊涂的概念,真是荒唐得要命!"

---

[①] 倍倍尔(1840—1913),德国社会民主党与第二国际创始人和著名活动家。《妇女论》即他写的《妇女与社会主义》。

她不禁哆嗦了一下，两只手无精打采地从肩膀上垂落下来。她把一只宛如长茎上长着一朵小花的酒杯，举到灯下，欣赏了一下那里面绿得出奇的酒浆，然后喝了下去，呛得咳嗽起来，全身直颤抖，赶忙用手帕捂上嘴。

"这对您是有害的！"克里姆说着，用手指弹了弹自己的杯子。涅哈叶娃一面咳嗽，一面摇头否认，然后又沉重地喘着气，断断续续地讲起被苦艾酒——"绿色菲亚"害死的魏伦来①。

"爱情和死亡，"过了一会儿克里姆听见她说，"我们生活的全部重大意义就隐藏在这两个秘密当中，其余一切，包括库图佐夫那套思想，都不过是想借猥琐之举自欺欺人的一种徒劳无益的卑微尝试而已。"

克里姆问道：

"莫非人道主义也是猥琐之举吗？"他竖起耳朵等候着，以为她就要谈到爱情了；听听这个幽灵般的姑娘对爱情的看法一定是很有趣的。但是，涅哈叶娃居然把人道主义称为"共享温饱的小市民幻想"，称为"业已由马尔萨斯证明不能实现的幻想"，接下去就讲起死亡这个问题来。起初，克里姆听出她的声调中有教堂祈祷的意味，她甚至还背诵了几首追悼仪式上用的挽歌，不过那些哀婉凄清的诗句她也背诵得有气无力。克里姆用绒布仔细擦着眼镜片，心里不住地嘀咕：这个涅哈叶娃怎么说话像位老太婆呢？他低下头，避免去看这个姑娘，唯恐她看出来他跟她在这儿很寂寞。但她似乎已经看出了这一点，或者是已经疲倦了，说话的声调也越来越低了。克里姆抬起头来，想戴上眼镜，但是办不到，他的两只手缓缓地垂到桌边上。

"不是的，您想想吧！"涅哈叶娃向他弯下腰去，把一只瘦骨嶙峋的手颤颤巍巍地举到空中，细声慢气儿地说道。她的眼睛瞪得很大，有些不自然，脸盘显得比往常更加尖削了。他靠在椅子背上，听着她那

---

① 高尔基在《保罗·魏伦和颓废派》一文中曾经写道："绿色菲亚的奴隶——魏伦的一生，是在苦艾酒的杯盏和醒酒医院中度过的。"

委婉动听的喁喁低语。

"一种神奇力量把人抛到这个世界上,使他赤身露体,毫无自卫能力,既无智慧,又不会讲话,等他长到青年时代又把他的灵魂和肉体分开,使他的灵魂变成一个软弱无力的旁观者,看着肉体遭受种种折磨。后来,这个魔鬼又叫人传染上各种疾病和罪孽,把他折磨得筋疲力尽之后,还要他长久地忍受着年迈的耻辱,与此同时却不去熄灭他心中燃烧的爱情之火,不让他忘却往事和那曾经将他欺诳,在他眼前闪现的幸福的火花,硬逼他牢记着所经历的痛苦,让他羡慕少年时代的欢乐,并以此来折磨他。到头来,似乎因为这个人居然胆敢活了下来,这残酷无情的势力就来向他复仇,把他渐渐地折磨死。这有什么意义呢?我们称为灵魂的那种奇怪的东西消逝到什么地方去了呢?"

她已经不是喁喁低语,她的声音非常洪亮,甚至慷慨激昂了。她的脸变得很难看,克里姆觉得好像安徒生童话中一幅插图上的女巫①。她眼睛里射出的凶光刺得他的脸热辣辣的,觉得她那目光里燃烧着愤怒与复仇的烈火。他低下头去,想着再过一会儿,这个古怪的人就会像发疯的索莫夫医生太太那样拼命喊叫起来:

"不行,不行,不行啊!"

往常克里姆阅读以爱情和死亡为主题的书籍和诗歌时,这两个问题并没有使他激动过。然而现在,当这位瘦小的、近乎丑陋的姑娘,用激昂的言词把爱情与死亡的想法表达出来的时候,克里姆居然顿时觉得这些想法无情地触动了他的心灵和头脑。他的思绪完全混乱了,仿佛一团烟雾在他脑海里旋荡。他不再去听涅哈叶娃那激昂的言词了,而是呆然瞧着她,心里在想:为什么这个胸脯扁平、病入膏肓、姿色不佳的女子,命里注定该有如此可怕的意念呢?这真是太不公道了。他开始对这位在肉体和心灵上都遭受病魔惩罚的人怜悯起来。他还是第一次有这样深切的恻隐之心,总而言之,他对这种感情的体会从前

---

① 可能指安徒生的童话《火镰》插图中的那个干瘦、驼背、老是裹着一块头巾的女人。

是极其肤浅的。

他从桌子上操起一只酒杯,这杯子宛如一朵已经褪色的残花;他用两个手指捏着它的细茎,叹息道:

"您抱着这种思想生活,一定是很痛苦的吧?……"

"可您不也是一样吗?那您又是怎样呢?"

她说这话的口气十分蹊跷,仿佛不是在问他,而是在请求他。她那涨红的脸颊复又苍白了,憔悴了,却又使人觉得她漂亮起来了。

克里姆正想对她说些亲昵的话,可他把杯子脚给捏断了。

"手指扎破了吗?"姑娘大叫一声,跳起来扑到他的面前。

"扎破了一点儿,"他一边腼腆地回答,一边用手绢缠住指头。涅哈叶娃用自己的一只异常热乎的手摸摸他的手掌,感动地低声说道:

"您的感情可真深沉啊!"

她在屋子里忙了起来,撕掉一条手帕,在伤口上抹了一点儿碘酒,然后把他的手指包扎好,劝说道:

"您喝杯葡萄酒吧!"

她给自己斟了一杯甜酒,又坐回桌子旁边去。

他俩沉默了一两分钟,谁也不看谁。克里姆觉得再这样沉默下去就太难堪了,而且也希望她继续谈下去,所以便问道:

"您喜欢叔本华吗?"

"我读过他的书,"姑娘稍停片刻才回答他。"不过您知道,过于坦率的言论是不会打动我的心的。您还记得丘特切夫①的话吧,他说'格言式的思想就是虚伪'。我觉得梅特林克比起叔本华这个粗暴的德国人来,更具有哲学家的风度。歌词比起说话来,那更要深刻,更有意义些。您同意吧,只有最伟大的艺术——音乐,才能触及灵魂的深处。"

她长叹一声,把灯火捻小了。屋子里显得更加紧凑,好像一切什

---

① 丘特切夫(1803—1873),俄国诗人,他善于描绘自然和人类的精神感受。

物和涅哈叶娃本人都更接近萨姆金了。他赞许地点了点头,说道:

"梅特林克也并不排斥怜悯的伦理观,也许他的这种思想就是从叔本华那里汲取的……然而,注定要死亡的人又何需这种怜悯呢?"

克里姆盯着姑娘头顶上橘黄色的阴影,心里直纳闷儿:

"她为何要捻小灯火呢?"

涅哈叶娃弯下腰,用脚勾出桌子底下那些黄皮的小书,扶着桌子说道:

"我们生活在残酷无情的环境中……这就使我们有权在各个方面,在恨与爱方面,成为残酷无情的人。"

萨姆金本想上去帮帮她的忙,可她已经从地板上拾起一本小书,把它打开,声色俱厉地说道:

"那就请您听听吧……"

她开始低声念起诗来,把元音拖得老长,她念得很快,时常猛然停顿一下,挥动着裸露到肘节的手臂。这些诗颇有音乐感,不过涵义却很暧昧,讲的是用金色的幛布蒙住眼睛的少女们和三位盲姐妹的故事。其中有两行是这样的:

> 可怜我吧,因为我正
> 徘徊在情欲的边缘……

克里姆仅从这两行中就恍惚听出一种好像是挑逗,又好像是暗示的意思。他疑惑不解地端详着这位姑娘。她正在看书。她的右手一会儿在空中晃晃,一会儿又用这只骨瘦如柴的、在昏暗中显得发青的手摸摸自己的脸蛋儿、胸脯和肩膀,仿佛在画一个十字,又像是想证实一下她确实是存在着的。

克里姆感到这葡萄酒和香水气味,还有诗歌正在使他陶醉。他渐渐降服于一种未曾体验过的倦情怠意之下,一切都失去了光泽,使人不愿动弹,什么话也不愿去听,什么事也不愿去想。所以他也就不想了,只是觉得这姑娘讲话的强烈印象正在他心里渐渐泯灭。

她念完诗以后,把书扔在沙发上,用颤抖的手又给自己斟了一杯甜酒。萨姆金一面擦脑门儿,一面四下顾盼,活像一个刚从睡梦中醒来的人。他感到惊异的是:这些音韵优美但又难以理解的外国诗句,他居然能久久地听下去。

"魏伦啊,魏伦,"涅哈叶娃连声赞叹。"他犹如天使下凡……"

说着她从椅子上移开,躺到沙发上去,动作异常敏捷。

"您疲倦了吧?"克里姆问道。

他站起来,端详着姑娘的面孔,看见她的脸色发灰,两边太阳穴上泛出红晕。

"谢谢您,"他又急切地说。"我在这儿过了一个有意思的晚上。请您别起来了……"

"您可快些再来呀!"她用热乎乎的纤细的手攥住他的手,恳求道。"不然,我很快就要走了!"

她用另一只手递给他一本书,说道:

"请您务必把这本书看完……"

# 第八章

## 一

外面还在下雪,而且下得很大,呼吸都感到困难。整个城市一片寂静,笼罩在白茫茫的大雪之中。路灯都戴上了厚厚的白帽,灯柱耸立在金字塔形的光影中。克里姆竖起大衣领,两手插进衣袋,不慌不忙地走在静悄悄的雪地上,思量着今晚的感受。雪花落在他的脸上,立刻化成水,皮肤觉得凉飕飕的。克里姆气冲冲地把从上嘴唇和鼻子上淌下来的水滴吹掉,心里感到一种难忍的抑郁,好像在做着一个永远不能忘怀的噩梦,看见一个老巫婆在他面前的雪地里晃动。当克里姆闭上眼睛想不去看她的时候,她反而变得更清晰了,她那凶恶的眼神仿佛在纠缠不休地恳求着什么。然而这大雪和他那精明的自卫本能,立即激起了他心中的反感。他一想到这姑娘的外貌,她那喋喋不休的言谈和她朗诵的优美诗篇,就觉得其中包含着一种可疑的、不相吻合的东西。可想而知,在她可怜的肉体中隐藏着的是别人的灵魂。萨姆金还想到,涅哈叶娃喝的甜酒实在太多,吃的酒心巧克力也太过分。

"她是有病,所以考虑和谈论死亡的事是很自然的。诸如生活的目的等等这样一些意念,对她是格格不入的,它们只适合于那些健康的人们。比如说,适合于库图佐夫……适合于托米林。"

一想到库图佐夫那些索然寡味的言论,克里姆就不禁发笑,他认为:"库图佐夫思想并不坏。"

克里姆走到寓所门口的工夫,已经确信,他对涅哈叶娃的剖析业已完成,证明她身上的原动力是疾病。听她那些由于对死亡的恐惧而引起的歇斯底里的言论,真没有劲。

"其实,一切都很简单……"他自己是这样认为的。

当天夜里他读完了梅特林克的《盲人》。这个缺乏感染力的剧本的单调语言使他昏昏欲睡,充满了难以名状的悲伤,同时他又琢磨不透这个剧本的主题。他气急败坏地把这本书扔在地上,想睡觉,但又睡不着。他的思绪又回到涅哈叶娃身上,然而心里对她已经有点儿温情脉脉了。他一想起她说的在爱情问题上,人们有权残酷无情这句话,便问自己:

"她说这句话是什么意思呢?"

随后他同情地叹息一声,心里说:

"未必有人会爱她。"

他那对疲惫的眼睛在漆黑的屋子里看见一群幽灵般的灰影,其中有一个瘦小的姑娘,生着一张鸟脸,梳得光溜溜的头发盖住了两边的耳朵。

"她是被恐怖吓昏了……"他又这样想。

这些扑朔迷离的人影仿佛映在深暗色河水中的秋云的倒影,依稀可辨。屋内黑影的移动,由想象渐渐变为真实,这就更加深了他心头的悲伤。这些幻影妨碍着他的入眠和思考,使黑暗中充满了单调的响声,宛如远处敲钟的回音,或者被减音器压低的如泣如诉的小提琴声。黑色的玻璃窗上慢慢呈现出熹微的晨光。

## 二

克里姆一觉睡到下午才醒来,他的情绪好像头天晚上经历了一桩大事似的,不晓得究竟是有所得呢,还是有所失?他思考自己的问题一向是轻而易举的,可是现在却感到既吃力又困难了。他不太有主见,对这种稀里糊涂的情绪大为恼火。他脑子里一片混乱,塞满了离奇古怪的言词、诗歌、"盲人"的哀诉,以及涅哈叶娃的喁喁私语和慷慨激昂的叫喊。他一面穿衣服,一面怒气未消地把地板上的书拾起来,站着看了一页,又扔到床上,耸了耸肩膀。外面还在下雪,不过下得稀稀拉拉,小多了。

克里姆·萨姆金本来不想离开他的房间,可是当女仆端来咖啡,告诉他过一会儿工匠要来给地板打蜡的时候,他便拿起那本书,走到哥哥的屋子里去。德米特里不在,只有图罗博叶夫身穿大学生制服,站在窗前;他用手指在玻璃上敲着鼓点儿,望着窗外一团团棉絮般的烟雾徐徐升入天空。

"失火了!"他和往常一样,一面说话,一面轻轻握握萨姆金的手。

在那些被大雪覆盖着的高低不齐的房顶中,有一处正在冒着灰色的浓烟;几名头戴铜盔的消防队员在厚厚的积雪上艰难地爬着,他们的身影也和烟雾一样成了灰色的。

克里姆感到眼前这幅图景太寂寞无聊了。

"那房子并不想燃烧起来!"图罗博叶夫说着,从窗前走开。克里姆又听见他在背后轻轻地喊道:

"啊,梅特林克……"

克里姆很想奚落几句这个他不喜欢的人,正在脑海里搜寻着最尖酸的字眼,但没有找到,就嘀咕道:

"都是些胡说八道。"

图罗博叶夫并不见怪,他又走到克里姆跟前,仿佛在求教,满不在乎地轻声说:

"不,怎么是胡说八道呢?这本书写得很高明,很像开导年岁大一些的儿童的寓言。那些盲人指的就是现代的人类,至于那些领路人,可以随你的便,不妨理解为理性,或者信仰。可是,我并没有读完这本书。"

克里姆离开窗前,懊悔自己怎么会抓不住这部剧作的涵义呢？图罗博叶夫坐到椅子上,抽起香烟来,但又立刻下意识地把它放在烟灰缸里戳灭了。

"您这是受了涅哈叶娃的启发吧？她也曾经想这样启发我,"图罗博叶夫若有所思地翻着书,说道。"她喜欢刺激性的东西。看来她把自己的大脑当成了针扎,你知道吗,就是那种装满沙子的小包包呀!"

"她是博览群书的,"克里姆为了敷衍几句,就说,可是图罗博叶夫却接过他的话茬儿小声说道：

"不过是一只秋天的苍蝇罢了……"

楼上有人用什么沉重的东西,大概是用椅子腿敲了三下地板。图罗博叶夫站起来,若无其事地瞟了克里姆一眼,看见他正伫立在窗前,随后就从室内溜了出去。

"他准是去找斯皮瓦克夫人了,这是她在楼上敲的,"克里姆心里寻思,眼望着窗外屋顶上几个消防队员正在用脚乱踢屋顶上的雪,使那青烟冒得更浓了。

"他,图罗博叶夫自己才是一只秋天的苍蝇哩!"他想。

玛琳娜没有敲门就走了进来,仿佛这是她自己的屋子似的。

"您想喝茶吗？"

"是的,谢谢您!"

她嗔怒地望着克里姆的脸,问道：

"令兄上哪儿去了？"

"我不知道。"

她转身朝门口走去,不过只将门虚掩了一下,又回到克里姆身旁。

"昨夜他没有在家里住,"她严肃地说。

克里姆笑嘻嘻地回答：

"青年人嘛,常有这种事。"

玛琳娜脸涨得通红,问道：

"您似乎是在开玩笑吧？可您要知道,他正和工人搞在一起,因为这,他会……"

她没有把话说完,萨姆金对她说话的口气很恼火,还没来得及告诉她他并非德米特里的监护人,她就不见人影了。

"真是个蠢货!"他在屋子里踱着步子,骂道。"一个粗野的糊涂虫!"

他记得有一天走进餐厅的时候,正看见玛琳娜站在自己屋子里,对着库图佐夫气势汹汹地说道:

"我总还是一个女人吧! 一个女人呀!"

起初克里姆以为她的吼叫是因为受惊或者受了委屈的缘故。她背朝着克里姆,所以他看不见她的脸,但是过了一会儿,他就发现,她说话的声音虽说并不激昂,调门儿也有些低沉,然而却是怒不可遏的,看来马上就要大发雷霆,甚至要跺脚了。

"您还不明白吗?"她问道,而且每说一个词就用拳头向柔软的手心猛击一下。"他是很有前途的,他要成为一个学者,是的,一个教授!"

"您不要吼叫了!"库图佐夫说。

他比玛琳娜高半个头,因此可以看清楚,他的一对浅褐色眼睛正好奇地端详着姑娘的面孔。他用一只手捋着胡子,另一只手耷拉在身上,手里捏着一支香烟。玛琳娜怒气未消地说道:

"他诚实,憨厚,但是缺乏意志……"

"哎呀,大概我把您的裙子给烧了个窟窿吧?"库图佐夫喊叫一声,从她身边躲开。玛琳娜一回身,看见了克里姆,然后就走到餐厅里去了,当时她的面孔也和现在一样,气得都发紫了。克里姆对哥哥的生活本来并没有留心,然而经过这场风波之后,渐渐对德米特里也注意观察起来。他很快就证实了:哥哥已经受了库图佐夫的影响,正在他的支配下,为了他的利益和目的,扮演一种近乎低三下四的角色。有一回,克里姆非常亲切而认真地把这种意思告诉了德米特里。但是哥

269

哥却吃惊地瞪大眼睛，温和地哈哈大笑起来，说道：

"怎么，你这是发疯了！"

随后他拍拍克里姆的膝盖，亲切地说：

"不管怎么说，我还是得感谢你！你提醒我这一点很好，你这古怪的小家伙！"

克里姆一声没吭，觉得他的惊讶、大笑和表情都很拙劣。克里姆曾经两次看见他哥哥的桌子上放着非法的印刷品，有一本小册子叫《工人须知》[1]，另一本叫《论罚金》[2]。两本小册子都是又脏又皱，有些地方铅印得模模糊糊，很像印上的指纹。

"他显然在和工人们打交道。倘若他被捕，就一定会连累我，因为我们是同住一处的两兄弟啊！……"

他心慌意乱，在屋子里焦急地徘徊，仿佛墙上的窗户也在左右旋转。

在克里姆所遇到的一切人当中，这位磨坊主的儿子给他留下的印象最深；他认为就完美性而论，库图佐夫是一个非常突出的人物。萨姆金在他身上没有发现丝毫多余的东西和臆想出来的成分，一点儿也不会使你想到：他是一个表里不一的人。此人直率的谈吐，憨厚的表情，大胡子里流露出来的谦虚和善的微笑，还有那美妙的歌喉——所有这些优点都互为配合，相得益彰，犹如一部机器的各种零件，缺一不可。克里姆此刻竟想起一位大名鼎鼎的青年诗人的一句诗：

　　　　火车头里也蕴涵着美。[3]

然而库图佐夫的说教变得越来越咄咄逼人而又粗暴了。克里姆发现，库图佐夫不仅能叫懦弱无能的德米特里在思想上俯首听命，就

---

[1] 系阿勃拉莫夫斯基最初用波兰文写的，后被译成俄文的小册子。
[2] 可能指列宁于一八九五年所写的一本小册子。
[3] 出自俄国作家、诗人梅列日科夫斯基（1865—1942）的诗集《维拉》。

连他克里姆也休想逃脱。要想反驳图库佐夫的论点,那是很困难的。他两眼直视着你,目光冷若冰霜,大胡子里露出盛气凌人的笑意。他说:

"萨姆金,您的议论太天真了。您脑袋里装的好像一锅稀粥。很难了解您是一个什么样的人。是唯心主义者吗?不是的。是怀疑主义者吗?又不像。况且像您这样的青年怎么会受到怀疑主义的影响呢?至于图罗博叶夫的怀疑主义吗,那完全是自然而然的,这是一个人的世界观所决定的,这种人明显地感觉到他的阶级已经完成了自己的使命,正在迅速沿着斜坡滚向虚无的世界。"

库图佐夫枯燥无味地谈论起农业政策、贵族银行和发展工业的问题来。

克里姆感到沮丧的是,库图佐夫竟是如此轻而易举地动摇了他的自信心,正在对他施加淫威,逼着他同意他的结论,而他克里姆·萨姆金只要说一声"我不同意",就可以推倒这种结论。

然而他并没有足够的勇气来说这句话。

他忽然在屋子当中停下来,把两只手交叉在胸前,煞费苦心地思忖着,仿佛他脑子里正在形成一种心安理得的念头:涅哈叶娃所说的一切话,都可以作为他自卫的武器。她的一切论点都是和"库图佐夫思想"分庭抗礼的。社会现象和个人生活的悲剧比起来,简直是微不足道的。

"正因为如此,我才对库图佐夫的说教采取了冷漠的态度,"克里姆心里这样断定,就又在屋子里徜徉起来,"这并非别人启发我的,我自己早就认识到了这一点……"

## 三

他走进餐厅,喝完茶,独自坐在那里,庆幸自己毫不费力地就萌生出了这种新思想。随后他便出去散步,不知不觉地来到了涅哈叶娃寓所的大门口。

"跟她谈话挺有收获,"他心里想着,似乎在为自己找理由。

姑娘眉开眼笑地欢迎他的光临。她照样是笨拙而又忙乱地在屋子里跑来跑去,像诉苦一般地告诉他,她昨晚彻夜未眠,因为有警察来捕人,还有一个喝醉的女人哭哭啼啼,走廊里人声鼎沸,不得消停。

"是宪兵吗?"克里姆愁眉苦脸地问道。

"不是,是警察抓了一个小偷……"

喝茶的时候,克里姆十分谨慎地谈论起梅特林克来,那副表情颇像一个具有独立见解,但又不想强迫对方接受自己意见的人。不过他还是说到《盲人》这本书中的寓意太明显了,而梅特林克对理性所抱的态度使他更接近于列夫·托尔斯泰。涅哈叶娃赞成他的见解,因此他很高兴。

"是的,"她说。"不过托尔斯泰更粗俗一点儿,他的许多思想就是渊源于理性,来自浑浊的泉源的。我觉得,他本质上仇视内心自由的感情。托尔斯泰的无政府主义不过是一种神话,这是由于他的崇拜者的慷慨,硬把无政府主义作为他的一个美德加在他身上的。"

她今晚的打扮显出一副可怜相,这使克里姆特别厌恶。那件说不出是什么颜色的厚厚的毛料连衣裙,使她显得老态龙钟了,仿佛是出于不得已才活动,动作起来也很迟缓。她把刚刚洗过的头发马马虎虎地盘成一个髻,使她的头显得很大,很难看。克里姆今天也对这位隐逸在这座肮脏公寓一个黑漆漆的角落里的姑娘,产生了一点恻隐之心,赞许她居然能在这样的地方为自己布置一个舒适的窝。

她又谈起了昨天谈过的问题——生与死的秘密,不过换了一种说法而已;她今天说话更为审慎,好像要听取别人的意见,等待着对方的反驳似的。她那细声慢气的话语在克里姆的脑海里只撒下了薄薄的一层,仿佛油漆的桌面上落了一层微尘似的。

"她还没有下决心来谈情说爱,大概她很想谈,但是又没有勇气。"克里姆心里这样想。

克里姆自己并不认为有必要把话题引到这方面来。低垂的灯罩使整个屋子充满了橘黄色的微光。裂纹纵横交错的黑蒙蒙的天花板，挂着一块块壁毯的屋墙，还有地板上的红地毯，都在克里姆心里引起一种奇异的感觉：他仿佛坐在一条口袋里，非常温暖，又极其肃静，只是偶尔传来一阵低沉的隆隆声，那时整个屋子都颤抖起来，好像要塌下来一般，很可能是一辆重载的大马车正从街上走过。

克里姆心不在焉地听着涅哈叶娃的喁喁低语，心里嘀咕：

"我生活的目的并非要决定民粹派和马克思主义者究竟谁正确。"

他没有注意到涅哈叶娃为什么和在什么时候讲起自己的身世来了。

"我父亲是一位大学教授，生理学家；他四十多岁才结婚，我是他的头一个孩子。我觉得似乎有过两个父亲：我七岁以前的父亲，面孔慈祥，脸刮得光光的，蓄着长长的胡子，有一双快活明亮的大眼睛。他大提琴拉得很熟练，后来就蓄起了满脸黑乎乎的大胡子，变得又邋遢，又爱发脾气，他戴着一副烟色眼镜，经常喝得酩酊大醉。他所以这样潦倒，是因为母亲生下一个死胎以后她自己也去世了。我记得她常穿一件白色的，或者浅蓝色的连衣裙，胸前和背后老耷拉着一条栗色的粗辫子。她不像一个出嫁的妇人，一直到死她都像一个活泼漂亮的小姑娘，她是夏天死的，我当时正在乡下的别墅里，那年我刚过六岁。我记得当时可真奇怪：我回到家里，妈妈没有了，爸爸也变了样子。"

涅哈叶娃慢悠悠地、小声地讲述着，没有悲痛，很令人纳闷儿。克里姆瞧了她一下，她不时地眯起眼睛，那描过的眉毛直颤动。她在谈话中常常很不自然地停歇一会儿，舐舐嘴唇，尤其不自然的是她嘴唇上流露出的微微笑意。克里姆头一次发现她的嘴很美，并且怀着一种幼稚的好奇心想到：

"若是把她的身子脱得精光，那会是个什么样子呢？那一定很可笑。"

紧接着他就恼怒地责备了自己不该如此好奇,于是紧锁双眉,更仔细地听她唠叨:

"我小时候常常问父亲:天是用什么造的,人为啥活着,又为啥死去等等。父亲回答说:'这种问题无人知晓。菲玛①,你就是为了弄明白这个问题而生下来的。'他把我抱在膝盖上,啤酒的气味扑到我的脸上,坚硬的胡楂子扎得我的脖子和耳朵真难受。他喝起啤酒来不要命,脸都喝肿了,两颊像吹起来似的发了青,他的眼睛上仿佛涂了一层油。他浑身上下我都不喜欢。因为他不会回答我那时提出的任何一个问题,而且我当时还以为他是不愿意,所以他在我心里就引起了反感。我以为他是故意把那些他已经弄明白的奥秘瞒着我,逼着我像解算术书上的习题那样去解开这些奥秘。他从不帮我温习功课,也禁止别人帮我。什么事都要我自个儿去做。然而,特别叫我讨厌的,还是他老重复那句:'这个我不知道,你自个儿想法去解答吧!'"

"我父亲对我所提的一切问题都回答,"克里姆也忽然情不自禁地说了一句。

"噢,他回答吗?"涅哈叶娃问道。"不过要知道……"

她没有接着往下说,而是沉默了片刻,然后又唠唠叨叨地讲起来。克里姆一面听,一面沉思,觉得他今天看这位姑娘用的不是自己的眼睛;不,她丝毫不像莉吉雅,但她身上有一些和他自己略微相似的地方。他搞不清楚,他对这一点是感到高兴呢,还是感到沮丧?

"我父亲喝得醉醺醺的,每天夜间都拉大提琴。那呜咽的声音常常把我从睡梦中惊醒。我听着父亲拉的好像只是低音弦,而且不如以前那样动听了。屋子里一片黑暗、寂静;悠扬的琴声在黑暗中荡漾,仿佛比黑暗本身还要郁闷凄凉。这悱恻的悲鸣我并不害怕,然而它却使我感到苦闷,于是我哭起来。父亲只病了四天就去世了。这是多么令

---

① 谢拉菲玛的爱称。

人难熬的日子啊!他脸色发青,腮帮浮肿,哮喘不停地躺了四天;他两眼噙着泪水,从眼缝里望着天花板,缄默不语。他去世那天本打算对我说几句话——这是惟一的一次呀!可是只说了这样几个字:'现在,菲玛,你自己可要……'他没有说完,不过我已经明白他要说的意思了。我并不特别可怜他,我虽然哭的次数很多,那大概是因为我害怕。他躺在棺材里,样子真可怕,尸体显得很大,眼睛紧紧闭着。"

涅哈叶娃又沉默起来,她低下头去,用手摩抄着膝盖上的裙子。克里姆听着她的讲述,仿佛触景生情,感慨万端地说道:

"是的,我们的父辈……"

"'父辈们吃了酸葡萄,孩子们也会倒牙的'①,这是哪位先知说过的话啦?我已经忘了。"

"我也不记得了,"克里姆说,其实他根本没有读过有关先知的故事。

涅哈叶娃犹豫不决地缓缓抬起胳膊,整理她那有点儿蓬乱的头发,但是越理越乱,一下子披散到肩上了。克里姆十分诧异:她的头发是如此厚密、华丽。姑娘嫣然一笑,说道:

"请您原谅!"

克里姆点点头,看着她笨拙地梳理头发,没有作声。因为脑子里一时想不出什么有意思的话来,而那些平日的俗气话她又听不进去,所以一种尴尬甚至担忧的心情使他有点儿惶惶然。

"我该走了。"

"为啥要走?"

"太晚了。"

"真的太晚了吗?"

她垂下双手,头发又披散到肩上和脸颊上,她的脸显得更小了。

"您可常来做客呀!"她操着奇怪的腔调,好像命令似的说。

---

① 出自《旧约·耶利米书》第三十一章第二十九节。

## 四

克里姆回到家里,已经快半夜了;看见哥哥的皮鞋放在屋门口,以为他是睡觉了。虽然他的屋子点着灯,一道淡黄色的光穿过锁孔投射到黑乎乎的过道里,但是克里姆敲门他没有反应。克里姆想吃点东西,便蹑手蹑脚地朝餐厅走去,看见玛琳娜和库图佐夫正并肩在那里漫步。玛琳娜双手交叉在胸前,低头踱着步子,库图佐夫捏着一支香烟,在自己面前晃来晃去,小声说道:

"我们只需要掌握一种力量,一种的的确确能改造我们的力量,这就是科学知识的力量……"

玛琳娜用深沉的声音有点儿惋惜地说:

"那艺术呢?"

"艺术可以使我们得到安慰,但不能教育……"

克里姆挖苦地皱皱眉头,怏怏不乐地回到自己屋子里,躺下睡觉。他心里思忖着:涅哈叶娃可比这个女人有趣多了!

两天后的一个傍晚,他又坐在涅哈叶娃家里。他来得很早,请她出去散步,但是姑娘在街上走着,一言不发,过了半个时辰,她才发牢骚说她太冷。

"咱们坐车到我家去吧!"

"坐在马车上您会更冷的。"

"不,这样可以回去得快一点儿!"她坚持说。

她回到家里,一切言谈和行动都表现出一种焦躁而又懊恼的情绪,有如一只小鸟,扭着脖子,把头藏在翅膀底下,两眼不瞧萨姆金,而是瞧着自己腋下的什么地方,说道:

"我真看不惯节日热闹的街道和熙来攘往的人群,他们干吗要在这一天穿上干干净净的衣服,戴上幸运者的假面具呢?"

克里姆用奚落的口吻把库图佐夫谈论科学力量的那些话转告给

她。涅哈叶娃耸耸肩膀,近乎愤怒地说道:

"即使全世界都点上这种没有血色的电灯,他这种人也不见得会好一些。"

克里姆今天酒喝得比往常多一些,举止有点儿放肆,说话更大胆了:

"我认为生活是极其复杂的,而库图佐夫所想的不是使生活简单化,而是使生活丑化。"

他在玩弄一把裁纸刀,这是用一个弯曲的铜片做成的,刀柄上有一个大胡子的萨蒂尔[①]镀金头像。刀子从克里姆手里滑了出去,落在姑娘的脚下,克里姆弯腰想拾起来,便和椅子一起倾斜下去,为了撑住身子,就想抓住涅哈叶娃一只手,可是姑娘却把手往后一抽,使克里姆失去重心,跪在了地上。以后的情景是怎样的,他就记不清楚了,只记得一双温暖的手捧着他的脸颊,对着他的嘴唇迅疾地来了一个干巴巴的亲吻,然后是一阵急促的喁喁私语:

"好啦,好啦……噢,我的上帝……"

后来他虽然感到很惬意,但也感到更为吃惊,他听见躺在他身边的涅哈叶娃不住地抽噎,同时温情脉脉地喃喃道:

"爱吧,爱吧……生活是这样可怕!假如不爱的话,那就太悲惨了!"

克里姆把她的头捧起来,贴到自己胸脯上,用一只手紧紧搂着她。他不愿去瞧她的眼睛,觉得很难为情;而当他恍悟到对这个温暖的肉体的过失时,他内心感到非常羞愧。她斜着身子躺在那里,一对柔软的小乳房难看地耷拉着。

"亲爱的,"她喃喃说着,几滴热乎乎的泪珠落在他胸前的皮肤上,他觉得痒酥酥的。"你是这样的可爱,天真烂漫,又是这样的严峻、可亲!"

---

[①] 希腊神话中的森林之神,生着尾、角和山羊腿,性好欢娱并耽于淫欲。

他默不作声地抚摸着她的头,从那扇用银线绣着许多小鸟的屏风缝里,瞟了一眼那片橘黄色的灯影,忐忑不安地思量着:现在可怎么办呢? 她真的会留在彼得堡,不再去治病了吗? 其实他可并不愿意,也不曾从她身上得到过什么抚爱呀。他不过是可怜她罢了!

然而,他一面想,一面感到自豪:她在她所认识的这么多男人中竟然选中了他。她那股问长问短的亲热劲儿和那天真得不顾廉耻的狂热情话,更增强了他这种自豪感。

"噢,我知道我长的不漂亮,可我是多么渴望爱情啊! 我已经像一个信徒准备去参加圣餐仪式①那样,准备这样做了。我是会爱的,是吗? 我会吗?"

"是的,"克里姆非常诚恳地说。"你是一个怪有趣的姑娘。不过这毕竟对你是有害的,你应该去……"

她没听进他的话,而是气喘吁吁地咳嗽着,弯腰对着他的脸,盯着他那惶惑不安的眼睛,滴滴热泪不住地夺眶而出,声音哽咽地说:

"亲爱的,你是我命里注定的呀!"

她的眼泪流得好像很不自然:有什么好哭的呢? 他并没有欺负她呀,更没有拒绝她的爱情呀! 她这种莫名其妙的动辄流泪的感情把克里姆吓了一跳。他赶忙亲亲涅哈叶娃的嘴唇,希望她不要再说下去,而且情不自禁地把她跟玛尔加丽塔比较了一下:玛尔加丽塔比她长得漂亮些,而且仅仅是在肉体上叫他感到疲乏。可是这位姑娘却喁喁私语说:

"你想想看:此时此刻地球上有一半男女,正像你我一样地相互爱恋着;有千千万万的人将要为了爱情而生下来,还有千千万万的人由于不再能相爱而渐渐死去。亲爱的人哪,我意外的人儿……"

她的话说得太过分了,甚至牵强附会:

"什么意外的人? 真是这样吗?"

---

① 基督教的一种仪式。据《新约全书》记载,耶稣受难前与门徒进晚餐时,手持面饼和葡萄酒祝祷后分给门徒们吃,并称"这是我的身体和血"。

屏风上的橘黄色影子颇像黄昏的落日,死乞白赖地不肯隐没到云霞里去。时间仿佛停滞在一种犹豫彷徨,近乎寂寞无聊的疑惑迷惘之中。

"为了那创造了我们自身的威严的秘密事业,我们正在服服帖帖、满腔热情地作着自我牺牲。"

克里姆搂着她,用亲吻紧紧堵住姑娘热乎乎的嘴。后来她忽然睡着了,痛苦地紧蹙着两道眉毛,张着嘴,她那瘦削的脸庞流露出呆滞的神情,像哑巴一样想喊又喊不出来。克里姆蹑手蹑脚地站起来,穿好衣服。

## 五

他离开她时已经很晚。一轮皎洁的明月高挂夜空,显露出大地上的许多东西都是多余之物。干硬的雪在脚下发出玻璃碎渣似的咯吱声。高楼大厦的窗户凝结着白霜,仿佛生了白内障的眼睛,互相呆然注视着;各家大门口都有打更守夜的人影在晃动;茫茫夜空,闪着几颗不很明亮的星星。世上的一切竟是如此分明。

精疲力竭的克里姆正不慌不忙地朝前走着,觉得夜间刺骨的寒风澄清了他心头的许多朦胧意念和感受。他甚至情不自禁地用一个小歌剧的曲调唱了起来:

"这里真的来过一个小孩吗?也许根本就没有小孩来过吧?"

他搓了搓冻僵的手,轻松地叹了口气,心里认定:涅哈叶娃不过是扮演了一个染上悲观之症的病人的角色罢了。她扮演这个角色,是为了用一种奇异的光照亮自己,诱惑男人对她的青睐。一些雌性的昆虫就是用这种方法来勾引雄虫的。克里姆·萨姆金觉得,在他这种新发现的快乐当中夹杂着一种对某人的怨艾。不过很难理解:他究竟是恨涅哈叶娃呢,还是恨他自己呢?还是恨那种使他找不到立足点的玄妙莫测的东西呢?

随后他想起口袋里还有一封白天收到的母亲的来信。她在这封写得跟代数公式一样准确的三言两语的信中说,有文化的人务必有所作为,说她打算在城里办一所音乐学校,瓦拉甫卡想办一个报纸,借以取得市长的职位。到那时莉吉雅就成为市长的小姐了。也许,将来他有机会把他跟涅哈叶娃恋爱的事告诉莉吉雅,不过顶好是用演滑稽剧的腔调来向她讲述这段经历。

他强制自己再度把思路引向涅哈叶娃,不过已经是抱着善意的态度去思索她了。实际上她的所作所为,并没有丝毫不寻常的地方,因为哪一个女人不怀春呢?她的脚趾甲剪得很不齐,大概是把他踝骨上的肉皮划了一道,感到很痛,所以他加快了脚步。天刚破晓,东方的天宇已经露出鱼肚白,显得更加寒冷了。克里姆·萨姆金紧蹙着眉头,觉得早晨回去挺难为情。女仆一定会到处去讲他没在家过夜的事。

## 六

他一觉醒来,感到精神抖擞;这次意外的桃色奇缘,使他有点儿飘飘然,更增强了他的这种信念:不论人们怎样夸夸其谈,他们的言词背后总要隐藏着一种十分简单的东西,而涅哈叶娃就是一例。他原打算晚上不去找她了,可是转念一想,倘若不去,她自己也会找上门来,这准会败坏他在哥哥、房客们和玛琳娜心目中的声誉。不知何故他特别不希望玛琳娜知道他和涅哈叶娃的关系,然而若是斯皮瓦克夫人知道了的话,那他倒不介意。

克里姆躺在床上,心慌意乱地想起了涅哈叶娃那种如饥似渴的贪婪劲儿,觉得在她狂热的情欲中有一种病态的、已经近乎绝望的东西。她紧紧地搂住他,仿佛想使自己融化到他身体里似的。然而在她身上也有一股稚气的柔情;有一瞬间,也曾在他心里滋生过一种甜美的温存之感。

"我必须去找她,"他下了决心,晚上他对哥哥说去看马戏,就又上她那儿去了。

在涅哈叶娃的屋子里,他看见一位圆咕隆咚的小老太婆正站在桌旁默默无声地擦着尘土,整理陈设和书籍。她穿一身绸料衣服,每拿起一件东西都先是彬彬有礼地点点头,然后才小心翼翼地揩起来,仿佛那花瓶和书籍都是活的,像小鸡一样娇嫩。当克里姆走进屋子的时候,她对他悄悄警告说:

"嘘嘘——她正在睡哪!"

这位小老太婆跟整个这间屋子和它的女主人一样,也是怪里怪气的。

"请您告诉她一声,说萨姆金来了!"

屏风后面传来微弱的声音:

"是您吗?噢,请进来吧……"

克里姆走进屏风后面淡黄色的阴影之中,心里怀着一个愿望:千万不要叫涅哈叶娃看出来他已经猜透了她的心思。但是他马上感觉到太阳穴和额角上都在冒冷汗。被子摊在床上显得十分平整,仿佛被子里面没有人的身体,只有一颗脑袋瓜儿搁在枕头上,两只眼睛在灰色的脑门儿下面闪闪发亮。

"这是一场游戏,"他心里自言自语说,但这句话不是马上想起来的。

"我的体温是三十八度六,"他听见她以抱歉的口气悄声说。"请坐吧,我非常高兴。达霞阿姨,请您预备茶,好吗?"

"好哇,"她像洋娃娃发出唧唧声似的说道。

涅哈叶娃把一只裸露的胳膊从丝绒被里伸出来,又用另一只把被子拉到下巴颏底下,她的手又潮湿,又发烫,轻飘得叫人不痛快,克里姆握过她的手以后,不禁打了个寒战。然而,克里姆恍然觉得,她那已经变得绯红的脸庞,掩藏在披散的头发中虽然显得有点儿阴郁,但是流露出的会心的微笑却是那样迷人,简直叫人认不出来了,而那对炽烈的眼睛则使他感到又自豪,又惆怅。屏风外面是一片黑影,晃动着,发出沙沙的响声,遮住橘黄色的灯光;姑娘多愁善感,喜怒无常。

这一晚上,涅哈叶娃没有再背诵诗句,没有再列数诗人的名字,也没有再谈她对生与死的畏惧,而是只讲爱情。并且这种谈情说爱是克里姆既没有听到过,也没有读到过的。她笑嘻嘻地摆弄着他的手指,急促地喘着气,喃喃说着娓娓情话,而克里姆确信她的话是真心诚意的,故而心里在想,并非每个男人都能激起一位姑娘对自己如此爱恋的!况且她是那样像小孩子般的叫人怜爱,于是他也很想倾吐一番自己的衷肠。他从她的话语中感觉到她已深深陶醉于幸福之中,甚至使他也陶醉了,激起了要拥抱和亲吻她那看不见的身体的欲望。他脑子里闪过一个奇怪的念头:即使是掐她,咬她,折磨她,她也会以为是对她的爱抚。她喁喁问道:

"可是我合你的心意吗?你有一丁点儿爱我吗?"

"是的,"克里姆回答,相信自己说的不是谎言。"我爱你!"

他打量一番她那双半疯半痴的眼睛和那扩大了的瞳仁,发现瞳仁深处仿佛有一种东西,使他不禁想到:

"难道这就是爱情吗?"

此刻他不由地想起了莉吉雅的眼睛,尔后又想起了斯皮瓦克夫人那哑然的神态,恍惚觉得,他正在向一位真正爱过的人学习恋爱的方法,认为这对他来说是很重要的。他在这天晚上还懵懵懂懂地觉得这位姑娘对他颇有益处:当他俩单独在一起的时候,他感到意趣横生,心情格外舒畅。他在她面前丝毫不用装假,不需要用别人的话来粉饰自己,而涅哈叶娃却对他说:

"你那庄重的风度,使你显得比别人更为高贵!你不像别人那样枉费心机地在人前争相炫耀,卖弄自己的思想和才华,我看着你这种样子心里就痛快!你很珍重你那心灵中的秘密,而这是难能可贵的。我讨厌那些像在森林中迷路的瞎子一样大喊大叫的人们。他们只会叫:'我,我,我。'"

克里姆赞同道:

"的确,不管他们喊叫什么,归根结底,也不过是一个'我'字罢了。"

"这是因为'我'这个字在他们看来是毫无价值的,他们根本瞧不起它。"她附和他说。

涅哈叶娃身上有个难能可贵的优点,那就是她善于从远处和高处观察人。就连那些被人佩服得五体投地,描绘得天花乱坠的人,在她的形容之下,也会变得既渺小而又毫无价值,较之她所想象的某种神秘人物来要大为逊色。这种神秘并不怎么使萨姆金动心,不过这姑娘把那些伟大的人物都说得平庸无奇,让他意识到他和他们是并驾齐驱的人,却使他心里美滋滋的。

## 七

从此以后他每天晚上去找她,听她大发议论,也感到自己增长了不少见识。他俩的恋爱当然已经被人发觉,而且克里姆认为,这对他出风头更为有利。伊丽莎白·斯皮瓦克好奇地盯着他,似乎非常赞许,玛琳娜跟他说话也变得更加和蔼了,哥哥更是羡慕他。不知为什么,德米特里近来显得愁眉苦脸,沉默寡言了,老是怯生生地眨着眼睛望着玛琳娜。

克里姆很想对所有的人都装出一副落落大方的谦恭样子,甚至得意忘形地想拍拍库图佐夫的肩膀,称赞一番他论证、研究马克思的必要性和穆索尔斯基[①]的天才时那种固执劲头儿。库图佐夫依在一直坐在钢琴旁边的沉默寡言的斯皮瓦克身上,说道:

"里姆斯基-柯萨科夫[②]的最次的歌剧,也比威尔第的最好的作品有才华⋯⋯"

"请您别对着我的耳朵喊叫!"斯皮瓦克请求他。

---

[①] 穆索尔斯基(1839—1881),俄国作曲家。
[②] 里姆斯基-柯萨科夫(1844—1908),俄国作曲家。

因为在家里待着寂寞无聊,而且大家老是唱抒情歌、二重唱、三重唱这些玩意儿,库图佐夫又总是嗔怪玛琳娜走调,对她大发雷霆,他老是和德米特里联合起来舌战图罗博叶夫,所以克里姆很想向他们大喝一声,说几句奚落他们的话。

涅哈叶娃康复了,她两颊上的红晕显得更加清晰,眼睛下面露出了两片黑影,颧骨显得更为突出,她的眼神里增添了一种几乎使人难以忍受的亮光。玛琳娜一见到她,就怒气冲冲地大叫:

"你疯了!你怎么不去看医生啊?你这简直是自杀!"涅哈叶娃朝她笑笑,舐了舐干裂的嘴唇,坐在沙发扶手上。过了一会儿,她那声音微弱的话匣子又喋喋不休地打开了,有根有据地说服了德米特里·萨姆金:

"科学家致力于分析自然现象,就好比一个小孩作游戏,把玩具拆散想看看里面有什么东西似的……"

"啊,您这不又是陈词滥调吗,小姐?"库图佐夫捏着胡子,皱起眉头,离老远问道。图罗博叶夫看她没有答话,就替她回答了。他懒洋洋地说道:

"那里面有的通常是些要么纯粹扑朔迷离的东西,要么像为了生存而斗争之类的破烂货。"

涅哈叶娃只待了一两个钟头,就想回家了。克里姆去送她,但不是每次都心甘情愿。

她很喜欢送他一些书和翻印的时装画册。她赠送过他一个文件夹,上面压印着一个牧神像,还有一个样子非常别致的墨水瓶。她相信许多可笑的预兆,弄一些小小的迷信,并因此觉得难为情。她和克里姆一起站在喀山大教堂里作复活节祈祷,等到大家一唱《基督复活》的时候,她哆嗦了一下,身子也摇晃起来,开始轻轻啜泣。

做完祷告,她和他在街上漫步,天空一片漆黑,冷风飕飕,狂怒地吹起干硬的雪粒,把大教堂微弱的钟声传到城市的四面八方。她一面咳嗽,一面抱歉地说:

"我哭了,你感到很可笑吧?可是那些有才华的作品最容易使我感动,而俄罗斯教堂里的音乐是颇有才华的……"

黑乎乎的人影从大教堂的石头围墙里鱼贯而出,他们急匆匆地奔赴四面八方,在彩灯的照耀下,这些人影显得比往常更加黑暗:只有女人的白衬裙在朦胧中忽隐忽现。

克里姆一面听她说话,心里一面在想,外省要比这个寒冷的城市热闹和快乐得多。涅瓦河和看不见尽头的涅瓦大街把这座城市整整齐齐、寂静无声地拦腰截开;涅瓦河两边镶砌着花岗石的堤岸,涅瓦大街也仿佛是从岩石中开凿出来的一般。人群犹如活的石头在大街上蠕动;像汽车一样飞快的骏马,拉着四轮马车在大街上疾驰。从石头墙中间传出来的铜铃声,也不像在满是木房的外省城市里那样清脆悠扬。

涅哈叶娃拽着克里姆的胳膊,仿佛吊在上面一般;她一面走一面谈论那篇追悼亡灵的哀诗,使克里姆凄然想起一个傻子在婚礼上唱挽歌的情景。他俩迎风走着,她说话很费劲儿,一直气喘吁吁。克里姆用长辈的口气,严厉地说:

"别说了,闭上嘴吧,用鼻子呼吸!"

但是等他们雇到一辆马车,往普列米罗娃家奔去的时候,她用手套捂住嘴,又说了起来:

"你当然以为这一切都是偏见,而我却喜欢偏见中所包含的诗意。有人说过,'偏见乃是古老真理的残骸。'这话说得多聪明。我相信古老的真理一定会复活,而且会变得更加美丽。"

克里姆默默地听着,觉得这姑娘是越来越想引起他同她辩论,同他闹矛盾。他已经不是头一次发现这种情形了,他颇为吃力地向她掩饰着他对她已经感到的厌倦情绪。对她那歇斯底里般的唠劲儿已经习以为常,而且感到太单调了,说来说去老是那一套。她疑心很重,常常呆呆地发愣,这使克里姆越发惶惑不安。同一个默默地窥视着你,仿佛要看透你的心事的人打交道,是很不痛快的。涅哈叶娃的干咳声使他想起:肺病是会传染的。

## 八

　　普列米罗娃家的餐厅灯火辉煌,摆着鲜花的桌子上,五光十色的玻璃瓶和大大小小的酒杯闪闪发光,刀叉也是明光锃亮;大磁盘宽阔的蓝边在灯光下,反射出璀璨的光芒,那堆得像小山一般高的各色彩蛋,也显得十分艳丽。桌子当中横放着一只大盘子,里面盛着一只仿佛正在笑盈盈的烤小猪,小猪肚上涂着奶油和洋姜末,烤小猪的旁边摆着一只烤得黄嫩酥脆的鹅,一只火鸡和一只很大的全火腿①。

　　"请大家入席吧!"普列米罗娃老太太说道。她今天穿了一身绸缎礼服,银灰色的头发上扣着一顶绣花边的小帽,她首先坐下来,谦虚而又得意地说:

　　"我今天全是按老习惯做的。"

　　玛琳娜坐在她身旁,身着华贵的淡紫色连衣裙,肩膀高高隆起,衣服上有许多皱褶,使她那魁梧的身躯显得更加宽阔了;一只珐琅小表别在她的胸前,恰对着她的心窝,有如一枚勋章。德米特里·萨姆金坐在老太婆的另一边,他穿白色制服上衣,发式俨然是一位面粉店的小伙计。图罗博叶夫这位花花公子坐在离克里姆很远的角上,库图佐夫坐在玛琳娜和斯皮瓦克夫人之间。他穿一身瘦小的旧礼服,缩着肩膀,坐在那里,那种姿态跟他那宽阔的体形极不相称。他一坐下就对玛琳娜说:

　　"您活像一座'游垒'!"

　　"什么叫'游垒'?"她恼火地问道。

　　库图佐夫彬彬有礼地解释说:

　　"游垒就是古代用来攻城的一种作战工事。"

　　玛琳娜皱着浓眉,寻思一会儿,不知想起了什么事儿,脸涨得通

---

① 这是复活节的宴席。

红，答道：

"这话太粗鲁了！"

德米特里·萨姆金用勺子敲了敲桌子，张了一下嘴，但没有说话，只是吧唧吧唧嘴唇，而库图佐夫却笑眯眯地对着斯皮瓦克夫人耳朵悄悄嘀咕几句。斯皮瓦克夫人今天穿一件浅蓝色连衣裙，肩膀上没有那种鼓泡式的俗气的皱褶，然而这没有华饰、熨得平平整整的衣裙，加上她那梳得光光滑滑的栗色头发，都突出了她面部的严肃表情和那双泰然自若的眼睛里射出的冷淡的目光。克里姆看到，当她朝着库图佐夫肯定地点点头的工夫，图罗博叶夫便惨然一笑。

涅哈叶娃穿一件童装式的白色连衣裙，非常稀奇；她紧着鼻子，望着丰盛的佳肴，细声慢气地对着手帕干咳起来。她颇像一位穷亲戚，被人发善心请来吃饭似的。这副样子使克里姆挺生气，因为他觉得他的情人应该是更妩媚，更动人的。她吃起饭来，比往常更加挑剔，简直叫人以为她是在装腔作势，故意刁难似的。

大家吃得很欢，不一会儿就已酒足饭饱，于是克里姆从童年时代就很熟悉的那种断断续续、毫无联系的闲聊就开始了。有人埋怨天气太冷，而且克里姆觉得奇怪的是，沉默寡言的斯皮瓦克夫人顿时精神抖擞地赞美起高加索的风景来。图罗博叶夫讲了一两分钟，打了个哈欠，懒洋洋地说道：

"高加索最有趣的是驴子的惨叫。显然，唯有叫驴才晓得那些山峰、峡谷、冰川和闻名遐迩的一切山川风景是多么怪诞。"

他一边说，一边使劲儿地抽烟，呆呆地瞧着烟蒂，往外喷着烟雾。斯皮瓦克夫人没有和他搭话，但是普列米罗娃老太太却长吁一声，说道：

"我父亲就是在高加索被害的……"

也没有人理她，于是她又急忙补充道：

"他跟莱蒙托夫很相似。"

然而这句话也没人听见。这位对任何事情都能逆来顺受的老太婆,用餐巾擦了一下自己用过的银杯,在胸前画了个十字,默默地走开了。

当克里姆得悉图罗博叶夫爱上了斯皮瓦克夫人,而且他的求爱不无成果时,他大吃一惊;尤其联想到那次哥哥屋子里有人敲了三下天花板,就更加吃惊了。图罗博叶夫现在对这个女人的态度有些嘲笑和嗔怒的味道。他百般奚落她的见解,总之似乎他不愿意她当着他的面跟别人交谈。

"显然是他俩闹别扭了!"萨姆金琢磨着,心里觉得挺高兴。克里姆脑子里有点嗡嗡作响了,他很想出出风头,于是就在屋子里徜徉起来,仔细听着和窥视着人们,差不多在所有的人身上都发现了一些可笑之点,瞧那玛琳娜,她把一位淡黄头发的高鼻梁小伙子几乎都要挤到墙上去了,并对他说:

"您顶好是写写散文,因为散文稿费多,成名快!"

"可我若是一个诗人呢?"小伙子擦擦前额,惊讶地问道:

"您别老擦脑门儿,这会使您的眼睛发红的!"玛琳娜说。

图罗博叶夫正在跟一位犹太人脸型的高个子解释:

"不,我没有编写历史的愿望,科留切夫斯基[①]教授的著作我就很满意了,他编著的历史太好了。我听说,他外貌很像沙皇瓦西里·舒伊斯基[②],所以他的历史书也就像这位狡狯的皇帝所写的一样……"

德米特里声色俱厉的谈话把他的声音压倒了:

"这不是新鲜事儿!狄奥尼斯[③]和耶稣的相像,早有人发现了。"

涅哈叶娃和往常一样又扯着她的细嗓门儿,慷慨激昂地说起来:

"在俄国,人们只知道抒发情感和对毁灭的哀怨。"

"小姐,您对俄国的了解太肤浅啰。"

---

① 科留切夫斯基(1841—1911),俄国历史学家。
② 瓦西里·舒伊斯基(1552—1612),俄国大贵族,一六〇六至一六一〇年当了俄国沙皇,因政策反动、对波兰战争失败而被迫退位。
③ 希腊神话中的司酒之神。

"那是雪一样的爱情,冰一样的仁慈!"

"哎哟哟!这叫什么话?"

"都是些臆想出来的人物……"

涅哈叶娃叫得很响,克里姆以为她酒喝得太多了,所以就尽力想离她远一点儿。斯皮瓦克夫人坐到长沙发上来,问道:

"在您故乡的萨姆金家还有人吗?"

"有,还有我的母亲。"

"很显然,准是她邀请我丈夫到那里去办一所音乐学校的,是吧?"

德米特里有些醉意,满脸通红,纵声大笑道:

"哈哈,这件事您已经问过我了!"

"是吗?"斯皮瓦克夫人诧异地叫道。"我的记性真坏!"

她轻轻地从沙发上站起来,跟跟跄跄地走进玛琳娜屋子里去,从那里传来了涅哈叶娃的喊叫声,克里姆笑眯眯地注视着她的背影,觉得她的肩膀和大腿都好像要从掩藏着它们的衣服里冲出来似的。她身上洒了浓烈的香水,于是克里姆忽然想起了两个星期以前他初次闻到这种香水气味的情景,当时正巧斯皮瓦克夫人走过他面前,嘴里哼着《在格鲁吉亚的山岗上》①这支小曲,其中一句很动人的歌词是:

> 我心上有你,只有你。

干吗她不唱:"……有你,只有你"呢?

他急步走进玛琳娜的屋子,库图佐夫正在那里敞开衣襟,双手插进兜里,好似一尊雕像立在屋子当中;他高高地扬起眉毛,在听图罗博叶夫演说。克里姆还是头一次看见图罗博叶夫说话时不作平常那种鬼脸,也不讥笑,没有使他那漂亮的脸蛋变丑。

"非常明显,文化是要衰败的,因为人们已经习惯于靠他人来养活

---

① 出自里姆斯基-柯萨科夫根据普希金的诗谱成的抒情歌。

自己,这种习惯已经渗透到一切阶级、人类的一切关系和活动之中。我认为,这种习惯是由于人类想减轻自己的劳动而产生的,然而它却成了人类的第二天性,不仅具备了丑恶的形式,而且正在从根本上破坏劳动的深刻意义和劳动的诗境。"

库图佐夫笑容可掬地说:

"您是个唯心主义者,图罗博叶夫,并且也是个浪漫主义者。可这已经完全不时兴了。"

玛琳娜正在那里气急败坏地拽通风窗上的拉绳。斯皮瓦克夫人走过来想帮她的忙,可这时玛琳娜已经把拉绳拽断,扔在地板上了。

"男人们都请出去!"她发号施令说。"谢拉菲玛,你今晚就睡在我这儿吧,大家都喝醉了,没人送你回家了。"

"我没有醉!"克里姆说。

斯皮瓦克夫人站在椅子上拼命想打开通风窗。库图佐夫走过来,像抱小孩儿一样,把她从椅子上抱下来,放在地上,然后自己打开通风窗,说道:

"走,咱们去找萨姆金……老大去。去吗,丽莎姑姑?"

大家都走了。

## 九

在餐厅里,图罗博叶夫用变戏法的动作从桌子上操起一个酒瓶子,但是斯皮瓦克夫人把它夺过来放在了地上。猛然间一个非常伤脑筋的问题使克里姆心里焦灼不安:为什么生活偏偏要把玛尔加丽塔这个娼妓或者涅哈叶娃这样的女人抛到他的脚下呢?他是最后一个走进哥哥屋子的,过了一会儿他打断库图佐夫和图罗博叶夫心平气和的交谈,急切地把他心里早就想说的话说了出来:

"从童年起我就听到过许多议论,什么人民啦,革命必然性啦,等等,当时还有人说,人们所说的一切话统统是为了彼此炫耀,卖弄聪明,夸夸其谈。说这些话的都是谁,究竟是谁呢?是知识分子!"

萨姆金恍惚觉得,他开始说话用的腔调太生硬了,而且他早就很喜欢的那些字眼竟迟迟才想起来,舌头也不太灵便,说出来很费劲儿。他沉默了片刻,把大家挨个打量了一番。斯皮瓦克夫人站在窗旁,朦胧的窗玻璃上映出了她的浅蓝色阴影。哥哥站在桌边,面前虽然举着一张报纸,但正从报纸的上端无精打采地盯着库图佐夫,而库图佐夫却站在那里,笑呵呵地跟他聊天。

"他们都不理我,"克里姆心里寻思,十分恼火。

图罗博叶夫坐在墙角,身子向前倾着,正在抽烟;他把烟雾一缕缕地喷到屋子当中,轻轻地说道:

"我听说,您的伯父……"

克里姆喊叫道:

"您想说什么?我的伯父也和您一样,是社会上层腐败的产物……和一切知识分子一样,他们在生活中竟不能为自己找到一个适当的位置,因为……"

图罗博叶夫从角落里说道:

"萨姆金,好像您已经变成一个马克思主义者喽。不过,依我看这是因为您在餐桌上不小心把白酒和红酒混在一起去了吧……"

德米特里纵声大笑起来,库图佐夫对他说:

"你别捣乱!"

克里姆想跟他争论一番,就越来越激昂地重复着瓦拉甫卡说过的一些话:

"人民自己是决不会闹革命的,那是领袖唆使他们去搞的。人民服从他们一时,但是很快就起来反对那种从外部强加于他们的思想了。人民晓得,而且感觉到,对他们来说,进化才是惟一的规律。可领袖们却想方设法破坏这种规律。这就是历史给我们的教训。"

"真是异乎寻常的历史啊!"图罗博叶夫说。

"这是陈词滥调!"库图佐夫补充了一句,站起来。"噢,好吧,我该走了。"

　　克里姆的整个思绪忽然断线了,话也噎住了。他觉得斯皮瓦克夫人、库图佐夫和图罗博叶夫身材都变得高大了,丰满了,只有哥哥还是老样子;他站在屋子中间,竖着两只耳朵,身子摇摇摆摆。

　　"库图佐夫,您站立的姿势真难看,干吗老是把一只左腿伸到前头去?这就表示,您已经以领袖自居了,已经想到要树碑立传了……"

　　"那不过是为了能在大雪和暴雨里面站住脚跟罢了,"德米特里·萨姆金抱住弟弟的腰,唧唧哝哝地说。克里姆用肩膀推开他,继续慷慨激昂地说道:

　　"然而,库图佐夫,从您的信仰来说,您是不能以领袖自居的,因为马克思不允许这样做。领袖是不存在的,历史是群众创造的。列夫·托尔斯泰把这个错误的思想发挥得比马克思更容易理解,更简单了,请您读一读《战争与和平》这部书吧!"

　　克里姆·萨姆金又推开哥哥,说下去:

　　"请您读一读吧!无巧不成书,就连您的姓也和那位受军队指挥的统帅①一模一样哩。"

　　克里姆真以为自己说了一些既辛辣又俏皮的话呢,所以就闭上眼睛,得意地哈哈大笑起来。可是等到他睁开眼睛的时候,屋子里除了他哥哥正在从瓶子里往杯子里倒水外,全都溜掉了。

　　以后的情形克里姆就忘得一干二净了。

---

① 此句是为了证实上句话的论点而说的。米哈伊尔·库图佐夫是当年著名的俄军统帅,曾多次参加俄土战争和对拿破仑作战。他以英勇善战和尊重下属部队官兵的意见而著称。

## 第九章

### 一

克里姆一觉醒来,感到昏昏沉沉,脑子里恍惚记得昨天做了某种错事蠢事似的。躲在窗外白蒙蒙苍穹中的太阳射进来熹微惨淡的晨光,使整个屋子感到不舒服。德米特里走了进来,他那湿漉漉的、梳得溜光的头发,仿佛涂了一层润滑油;一双发红的眼睛和那副女人般的、有点儿浮肿的面孔,显得很难看。克里姆从他忧郁的眼神中已经意识到,他马上就会听到有关他的坏话了。

"你昨天是怎么搞的?"哥哥开口问道,低下头去,把裤子背带拉短一些。"你一向沉默寡言,不爱张口……大家都以为你是一个深思熟虑的人,可你却忽然说了一通如此幼稚的话。真不知该怎么理解你。当然,你是喝了点儿酒,可是常言道:'清醒之人藏心计,酒醉之后露真言'嘛!"

德米特里踌躇为难地开导他。他把背带弄好以后,坐在一张吱吱咯咯直响的椅子上,说道:

"你可知道,这就好比一位陌生的乐师突然挤进乐队,胡乱演奏了一些与众不同的调子。"

"好一个平庸之辈,"克里姆暗想。"和丹尼娅·库里科娃没什么两样。"

于是他蓦地说道：

"咳，够啦，你并不是我的家庭教师！何必要说那些费力不讨好的双关俏皮话呢？指桑骂槐是可耻的！"

他盛怒之下把一些本来不愿说的话也对他哥哥说了。他说：有一天夜里，他从剧院回来，悄悄走上楼梯，忽然听到库图佐夫和玛琳娜两人在楼梯口上喁喁私语：

"你究竟什么时候告诉萨姆金呀？"

"我没有勇气……而且很可惜，他是这样……"

"我也是这样……"

后来响起了清脆的接吻声；玛琳娜大声说道：

"你别这样！"

听不清库图佐夫哼唧些什么，但是克里姆悄悄下了楼梯，然后又大踏步地呼呼走了上来。但当他走到楼梯口的时候，那里已经没有人了。他本想立刻就把这段对话告诉他哥哥，可又仔细一想，觉得这样做还为时过早：这桩恋爱一定会发展得很有趣，它的两位主角又都是肥胖而又肉感的。他俩在体格上的强壮劲儿使克里姆很感兴趣。库图佐夫和哥哥很可能要争风吃醋吵起来，但这对哥哥是有利的，可是哥哥又过于顺从库图佐夫了。

他把这段偷偷听到的对话告诉德米特里以后，带着挑拨的口气补充说：

"当然，她更喜欢他……"

克里姆讲这话的时候，一直望着天花板，因此没有看见德米特里在干什么；忽然两下沉重的拍打声把他吓了一跳，他突然从床上坐起来。原来是他哥哥在用书本拍打手掌，站在屋子当中，活像库图佐夫那副架势。他声音都变了，结结巴巴地说道：

"这都是些婆婆妈妈的闲话！谅你是酒后狂言，就饶了你这一次吧！"

他把书往桌上一扔,扬长而去;剩下克里姆一个人,表现出一副垂头丧气的样子。过了一两分钟他才恍然大悟:

"德米特里从来不敢用这种口气跟我说话。我应当跟他说个明白。"

他决定去找哥哥,想叫他相信,他告诉他关于玛琳娜那件事,完全是出于对一个被诓骗的人的同情这种自然而然的感情。但是等他洗完脸,穿上衣服,却发现哥哥已经和库图佐夫一道坐车上喀琅施塔德去了。

伊丽莎白·斯皮瓦克患了感冒,躺在床上。玛琳娜非常焦急地跑上跑下忙碌着,不时地望望窗外,两只胳膊胡乱摆动,好像在扑捉一只除她以外谁也看不见的蛾子似的。当克里姆表示希望去探望一下病人时,玛琳娜冷冰冰地说:

"我去问问她。"

克里姆肯定她是不曾去问的,因为没有请他上楼去。他感到很冷清。早饭后,那瘦小的斯皮瓦克和往常一样下楼来,走进餐厅,说道:

"我不打搅您吧?"他一边问,一边向钢琴走去。看样子,即使屋子里一个人也没有,他照例要问一句"是不是打搅您哪?"如果有人回答他:"是的,您打搅我。"那他照样要悄悄坐到钢琴那里去。

除了他坐在钢琴旁聚精会神弹琴的姿势以外,克里姆想象不出他还有别的姿势了。活像一个被锁在囚车上无法动弹的犯人,他坐在钢琴边也是一动不动。他用手指弹着黑白两色的键盘,使黑键发出的声音弱些。他弹了些异常的谐音之后,便歪着深深缩进肩膀去的脑袋,斜着眼睛,仔细听起琴音来。他说话很少,而且只有两个话题:带着神秘的表情和含蓄的笑容谈论中国式的音阶,再就是愤愤地抱怨欧洲人听力不完备。

"咱们欧洲人耳朵里灌满了石造都市的喧嚣和马车的嗒嗒声!只有在绝对安静的环境中才能产生真正纯洁的音乐。贝多芬是个聋子,然而瓦格纳①那双灵光的耳朵却远远不如贝多芬,因此他的音乐不过是些杂乱无章的音乐素材而已。穆索尔斯基为了倾听自己心灵深处的天才的音律,故意用酒把自己灌醉,您晓得吗?"

克里姆·萨姆金认为他是一个傻头傻脑的家伙。可是当他那异常矮小的躯体趴在黑漆漆的钢琴上时,常常在克里姆心里勾起一种可怕的意念,觉得眼前仿佛是一座黑色的大墓碑,一个男人正伏在碑下轻轻地哀泣。

## 二

克里姆的艰难时日来临了。人们对他的态度发生了急剧变化,而且谁也不隐讳这一点。库图佐夫再也不肯倾听他那从不轻易吐露的字斟句酌的话语了,跟他打招呼也很冷淡,老绷着个脸。哥哥一大早就不知跑到什么地方去,回来得也很迟,而且心灰意懒,形容倦怠,话也说得不多了;他一看到克里姆就惶惶然地笑笑。当克里姆试着要解释一下的时候,德米特里就小声地,但是坚决地说道:

"别提这码事儿喽!"

图罗博叶夫对克里姆冷眼相看的次数更多了,他不愿理他,所以老望着天花板。

"您为啥老是朝上面瞧呀?"普列米罗娃老太太问他。

他待睬不理地回答:

"我正在等待苍蝇复活哪!"

涅哈叶娃并没有离开这个城市。克里姆发现她的身体逐渐好起来,咳嗽也轻了,甚至胖了一点儿。为此他很不安,因为他听说,女人怀孕不仅可以抑制肺病的发展,有时还会把病治好。他一想到这个姑娘可能给他生个孩子,不禁吓了一跳。

---

① 瓦格纳(1813—1883),德国作曲家。

她变得较前沉默了,说话也不像以前那样慷慨激昂,那样风趣了;那种温存劲儿有点儿叫人腻烦,传情的眼神里流露出喜气洋洋的味道。这种眼神促使克里姆很想奚落她几句,煞煞她那半疯半狂的炯炯目光。但是他找不到这样的机会;每当他要对她说几句生硬的或者刻薄的话时,涅哈叶娃的眼神就立刻改变了,用疑问而又探究的目光盯着他,说道:

"你笑什么呀?"

"我没有笑哇!"克里姆怯生生地否认。

"可我明明看见你笑了嘛!"她固执地说。"你眼睛里还有笑的影子呢!"

他更胆怯了,以为她随时都会问他:对于他俩今后的关系有什么打算?

因为涅哈叶娃留在彼得堡,所以这座城市他就更加讨厌了。

## 三

春天已经姗姗来迟。懒洋洋的阴云几乎每天都要洒下些雨点,凄凄惨惨;太阳偶尔从云层中钻出来一刹那,勉勉强强、无精打采地照一下街道上的烂泥巴和屋墙上的煤烟。冷风从海上吹来,湛蓝的河水澎湃汹涌,重浊的波浪拍击着花岗石的堤岸。克里姆隔着窗户望见许多工厂的烟囱,像手指一般参差不齐地从屋顶后面威风凛凛地插向天空。这些烟囱使他想起了库图佐夫的历史性预见和预言,使他想起了一位面孔尖尖的工人,每逢节假日就秘密地从后楼梯上来,找哥哥德米特里,后面还跟着一个神秘的姑娘。这姑娘生着一张鞑靼女人的脸庞,偶尔也单独来拜访哥哥。这姑娘不知为何老不吭一声,像瞎子似的眯缝着那双犹如焦炭一般乌黑的眼睛。

时常觉得从工厂烟囱里冒出来的浓烟有些古怪:烟突突地冒出来,弥漫在城市上空,仿佛要把这座城市腐蚀掉似的。楼宇的屋顶像是在融化、消失,并且渐渐向上飘去,然后又从烟雾中降下来。这座幻影般的城市在惊心动魄的气氛中摇荡着。这一切一切都使萨姆金感到心情异常沉重,使他不由地想起那些厌恶彼得堡的斯拉夫主义者们,想起《青铜骑士》和果戈理的那些弊病百出的短篇小说。

他不喜欢彼得保罗要塞①的尖顶和被它刺穿的天使;他不喜欢这些东西,是因为人们一提到这个要塞,就敬畏地憎恶它,在憎恶之中又有点儿羡慕它。大学生波波夫就曾经兴高采烈地把这个要塞叫做"万神殿"。而且把"万"字的音发成了像玩具手枪发出的"啪"的声音,其余几个字母的音则发得很低。

"巴—巴枯宁②,"他一面掰着手指头,一面说。"涅恰耶夫③,克鲁泡特金公爵④……"

伊萨基耶夫大教堂的花岗石结构和绑在教堂四周脚手架上的灰色杉篙和木板,看上去简直不伦不类;克里姆从没看见脚手架上有工人在操作。一队身材异常高大的士兵踏着整齐的步伐从街上走过;走在前面的一个士兵尖声刺耳地吹着一只小军号,另一个使劲儿地敲着铜鼓。从军号发出的含有恶意嘲笑的声调中,从每天一大早就要惊断人们的美梦的各种工厂汽笛中,克里姆嗅出了要把他赶出这座城市的味道。

他发现在他的头脑里正在产生一些与自己的本性格格不入的意念、想象和比喻。每当他走在皇宫广场上或从广场旁边绕过去的时候,他只看见寥寥无几的行人,在这石子铺的人行道上匆匆忙忙地走着,然而他却很希望这广场聚满形形色色欢乐热闹的人群。亚历山大

---

① 彼得保罗要塞在今列宁格勒涅瓦河右岸,系一七〇三年彼得一世所建。十八世纪沙皇政府将其改为政治监狱,曾在要塞围墙上绞死十二月党人和许多革命者;车尔尼雪夫斯基和高尔基等人也曾经在这里被囚禁。
② 巴枯宁(1814—1876),俄国无政府主义者。
③ 涅恰耶夫(1847—1882),俄国革命家,但他主张使用冒险主义的斗争方法和恐怖主义,因而受到马克思的批判。
④ 克鲁泡特金(1842—1921),俄国无政府主义理论家。以上三人曾被囚禁在彼得罗巴甫洛夫要塞。

纪念柱使他不愉快地联想到工厂的烟囱,他恍惚觉得烟囱里飞出来一个青铜天使,奇怪地凝滞在空中,似乎在琢磨该把十字架扔到什么地方。一向安谧肃静、窗户里空荡寂寥,不见人影的皇宫,给人一种空宅的印象。这座皇宫,还有那些把空旷的广场围成半圆形的死气沉沉的铁锈色大厦,给人一种凄凉的感觉。克里姆以为,若是这座俄罗斯主宰者的宫殿能用埃尔米塔什艺术馆那些巍然耸立的女像柱来支撑,一定会锦上添花。

克里姆眼望着这座广场,心里却想着闹哄哄的大学和本系的同学,那些正在学习怎样控诉罪犯和为罪犯辩护的人。他们现在就已经在控诉教授、大臣和沙皇了。只有那些糊涂虫还在徒劳无益地、怯生生地为沙皇专制辩护;他们为数寥寥,而且淹没在众多的控诉者中。

克里姆对民粹派和马克思主义者永无休止的争论已经感到腻烦,而且使他恼火的是,他弄不清楚:双方究竟谁的过错最大?他认定,双方都是错误的,这是惟一的结论,但是他又不明白,究竟他们哪一派最需要和平渐进的生活发展规律?有时候他觉得,马克思主义者比起民粹派来,对发展规律的不可违抗性了解得更深刻一些,但他还是把双方都看成几乎已经被他所憎恶的"库图佐夫思想"的代表人物。他实在看不惯那些崇尚空谈的人物,他们依仗年轻鲁莽,居然大胆妄为,想破坏历代相传的成规,去推动那从容不迫的生活迅猛发展。

尤其使他激动的是这样一种争论:究竟是领袖主宰群众的意志,还是群众创造了领袖,使他成为自己的工具,自己的牺牲品?一想到他萨姆金可能成为别人意志的工具,他就心惊肉跳,怒不可遏。他想起父亲讲过的那个《圣经》上的亚伯拉罕燔祭上帝的故事,以及涅哈叶娃那些愤愤不平的言论:

"人民是个人之敌!几乎所有伟人的传记都向你说明了这一点。"

克里姆觉得这话很对:有个怪兽正在张着大口,一个一个地吞噬着世界上的优秀人物,然后从胃里呕出那些像包洛特尼科夫、拉辛和普加乔夫①之流的文化敌人。

克里姆很讨厌他的同学波波夫；这个贪婪的家伙老是在走廊里和教室里不知疲倦地跑来跑去，胳膊好像脱臼似的，老在肩膀上抽搐着，遇到同学就从破上衣口袋里掏出一些信和一些用卷烟纸胶印的传单，结结巴巴地说：

"萨——萨姆金，您听着：有人从敖德萨来信说……大—大学生是先锋……大—大学是组织文—文化力量的据点……同乡会就是全俄联盟的幼芽……喀—喀山方面也来信说……"

像波波夫这样忙忙碌碌、双手像脱臼似的人物有好几个。克里姆特别不喜欢他们，甚至害怕他们，他发现他们不仅使他惶惶不可终日，几乎所有认真求学的同学都因为他们而不得安宁。

他们老是死乞白赖地塞给同学一些为同乡会举行的晚会，或者为了某种秘密目的而举行的音乐会入场券。

演讲、争论、窃窃私语和成百上千名陶醉于生活与行动的憧憬中的青年吵嚷成一片——这一切把萨姆金弄得头昏目眩，连自己的思想也变得迟钝了；仿佛所有的人都被一种狂热的竞技迷住了，而且这种竞技越危险，他们就越发入迷。

他忽然果断地决定要转学到一个外省大学去读书，因为那里的生活可能平静一些，简朴一些。这样他跟涅哈叶娃的关系就必须一刀两断。他跟她在一起时感到自己俨然一位大富翁对待一个女乞丐，他慷慨地施舍她，但又瞧不起她。他把母亲来的一封信，说她身体欠佳，作为突然离开的口实。

## 四

他去涅哈叶娃那里告别之前，就已经凄然预感到她那悲伤的眼泪

---

① 包洛特尼科夫、拉辛和普加乔夫均为十七世纪至十八世纪俄国反抗封建农奴制压迫的农民战争领袖。

和苦苦的哀求了。然而当这位姑娘用纤细的胳膊紧紧搂住他的脖子，喃喃说出下面这些话时，他自己也感动得几乎流出了眼泪：

"我知道你是不太……不是那么强烈地爱我，是的！这我晓得的。不过，为了咱俩在一起度过的那些时光，我还是无限地、真心诚意地感激你……"

她使出全副力气把那骨瘦如柴的身躯偎依在他身上，满怀深情地哭诉说：

"上帝保佑你，可别像我一样遭受这无限孤独的命运！"

她并拢十个纤细的手指，抚摸着克里姆的额角、肩膀和胸脯，全身直发抖，几乎站立不稳，同时赶忙用手背抹掉脸上的泪珠，说道：

"我对上帝的信仰似乎不太虔诚，但我还要为你祈祷，为你祈祷！我祝愿你生活美满，如意！"

他看着她哭泣不但不感到难过，反而有些高兴，纵然有点儿悲怆，她哭得虽说挺伤心，但也并不过分。

当克里姆离开涅哈叶娃的时候，他确信他是很愉快地跟她永别了，觉得这桩恋爱使他的生活大大丰富了。夜间他坐在火车上，心里在想：

"莉吉雅·季莫菲叶夫娜，现在我凯旋而归了！"

为了向莉吉雅炫耀一番，他决定在莫斯科逗留两天。他心中暗自好笑：

"大学的考试可以延缓，但这项考试我非马上应取不可。"

他睡意蒙眬中蓦地想起：他曾经以幽默的口吻给莉吉雅写过几封详细的书信，但她只回过两封，而且都写得很短，无趣；其中一封信说：

"我不喜欢你把你那位女友叫做'死鬼'，而且这也并不俏皮。"

"莉吉雅没有才华。她在中学里的作业总是由索莫娃给她修改。"克里姆想到这一点就心安理得，马上睡熟了。

春天的晨曦悠然自得地映照着莫斯科的天宇；马蹄在坎坷不平的鹅卵石路上达达作响，车轮辚辚疾驰而过；教堂的钟声在温煦的蔚蓝色天空悠然回荡;快活的人们在狭窄弯曲的街道两旁踩得很脏的人行道上迈着矫健的步履。他们行动潇洒,足音明晰,并不像彼得堡人那样,把鞋底子擦得地面沙沙直响。总而言之,这里要比彼得堡热闹,但热闹的色调不同,不像彼得堡那样粗俗而又沉闷。

"在莫斯科的喧嚣中,人的声音听得最清晰。"克里姆这样认为,而且欣然觉得这句话仿佛成了一句格言。一个蓬头垢面的车夫赶着一辆咯唧咯唧直响的马车,克里姆摇摇晃晃地坐在车上,四下顾盼,活像一位刚从异国回到故乡的人。

"我要不要转到这里的大学来呢?"他心里自问。

旅馆的招待是精心而周到的,体现了莫斯科的殷勤好客,这在克里姆来说是从未领略过的,因而在他心里加深了它的真挚朴素,落落大方的印象。中午时分他去拜访莉吉雅。

"今天是星期日,她一定在家。"他想。

克里姆走在曲里拐弯的温暖的小胡同里,脑子里思索着跟莉吉雅见面说些什么,跟她谈话的姿态应该怎样,他仔细打量着那些窗户样子很别致、窗台上摆着鲜花的各式各样舒适的小房子。房前树木的枝头高出篱笆,一个劲儿地向着太阳伸展;空气中不时地飘来蓓蕾初绽的花木芳香。

两个大学生手挽手从胡同里走出来,和谐地吹着进行曲口哨,其中一个两脚往人行道的砖上一站,跟一个擦窗玻璃的女人谈起话来,另一个直拽他往前走,并且劝他:

"不要说了,沃洛吉卡①!咱们走吧!"

克里姆·萨姆金从人行道上下来,想绕过两个大学生,但是立刻就给一只强有力的手抓住了肩膀。他急忙生气地转过身来一看,原来是马卡罗夫兴冲冲地对着他的脸在高喊:

"是克里姆什卡②呀!你打哪儿来?我给你们介绍一下:这位是

---

① 弗拉吉米尔的小名。
② 克里姆的爱称。

萨姆金,这位是柳托夫……"

"我是商人的儿子,在幽默系①三年级读书,"那个斜眼儿的、有些醉意的大学生,歪着头傻乎乎地自我介绍道。

"沃洛吉卡,就是他阻拦我自杀的!"

"同学,应该发给您一枚金质奖章哩!因为您保住了这个青年的性命,从而也就大大助长了俄国人好说废话的习惯……"

他俩嬉皮笑脸地大开玩笑,简直旁若无人。马卡罗夫的高兴劲儿似乎是假装的;他头脑是清醒的,不过说话的神态却很激动,仿佛想掩饰,或者想压住他内心对这次会面的真实感情。他的同学焦急地扭着脖子,两只斜眼使劲儿盯着克里姆的脸。他们肩并肩地慢慢走着,对迎面过来的人也不让路。克里姆一面谨慎地回答马卡罗夫匆忙提出的问题,一面也问起莉吉雅。

"怎么,难道她没有写信告诉你她不愿意在戏剧学校学习,要考其他科目的事吗?两个星期以前她就回家去了……"

他一面说,一面惊异地盯着克里姆的脸。

"她断定自己没有演戏的才能。"

"不错,她是没有这种才能!"柳托夫证实说,随后使劲儿摇摇头,连制帽都摇到脑门上来了。

"捷列普涅娃也要退学,她要出嫁了,这就是她的未婚夫!"

柳托夫用食指对着自己的胸口,像拧螺丝一样,把手指头一拧;那双颜色难以捉摸的,但却炯炯发亮的眼睛,不停地打量着克里姆,流露出一种令人讨厌的探究的神情;他的一只眼睛躲藏在鼻梁旁边,另一只眼睛却在鬓角附近闪来闪去。

"恭喜您,她是一位非常漂亮的姑娘。"克里姆说这句话的当儿,柳托夫的眼睛眨巴了一下,露出一丝冷笑。

"是难以想象的漂亮,"柳托夫纠正他的话,把制帽移到后脑勺上去。

---

① 这是故意开玩笑。柳托夫读的是"法律系",因为"幽默"和"法律"的俄文发音相近。

303

马卡罗夫提议去吃早餐。

"当然要去!"柳托夫说着,毫不客气地挽住克里姆一只胳膊。"莫斯科人就是为了吃饭才活着!"

## 五

几分钟后,他们已经坐在一家小饭馆的阴暗然而舒适的角落里了;柳托夫像背诵祷文似的把菜名告诉一个上年纪的堂倌:

"老人家,请您给我们来几份威斯特伐利亚火腿和西班牙葱,切得厚一点,好让我们下酒……"

"好吧,我知道了。"

"我并不怀疑,不过我得提醒一下……"

"见到你真高兴!"马卡罗夫点上一支烟,一面喷着烟雾,一面笑着说。"老弟,真奇怪,我们彼此没有通过信,是吗?怎么样,你是马克思主义者吗?"

马卡罗夫的匆匆提问,更加引起了萨姆金的警觉。

"是马克思主义者吗?"柳托夫也大声问道。"我尊重他们这样的人!"

他把两只胳膊肘放在餐桌上,用嘎哑的声调说着,偶尔发出一些尖利刺耳的音,这使克里姆想起了德罗诺夫。

"我尊重他们,并非因为我是卡尔·马克思曾经对其详尽地阐述了资本的动力和它的文明力量的那个阶级的代表,而是因为我是一个真正希望不要再百无聊赖地蹉跎时光的俄罗斯人!最后还因为我把马克思看作是一位笃信的传教士,那虔诚的程度有如九十度的伏特加一般醇厚。这可不是我们俄国的家酿啤酒,只会在你的心灵里引起一种美滋滋的感觉,也不像克鲁泡特金公爵、托尔斯泰伯爵、拉甫罗夫①

---

① 拉甫罗夫(1823—1900),俄国民粹派思想家。

上校和那些皈依社会主义的神学院学生的羹汤,你跟这些人在一起闲聊是很快活的,而他可不是这样!跟马克思,你可不能胡扯一气!须知,在我们国家,情况是这样的:人们一面用舌头舔着米哈伊尔·叶甫格拉弗维奇萨尔蒂科夫阁下的苦胆,一面用雅斯纳亚·波良纳①工厂生产的灯油冲冲苦味,这就心满意足了!在咱们这儿,主要的是,只要有胡扯闲聊的话题,日子总是可以勉强过得去的,纵然把他们插在木橛子上,他们也能活下去!"

柳托夫毫不迟疑地侃侃而谈;尽管他的话语里免不了会有讥讽挖苦的意味,但是克里姆丝毫也没嗅出来。他感到纳闷儿,然而他更为惊讶的是,说这话的是一个头脑完全清醒的人。克里姆仔细端详着他,心里直嘀咕:

"我不至于看错吧:他在五分钟之前还是个醉鬼哩!"

他觉得柳托夫是在装腔作势。瞧那对斜眼简直有点儿龌龊。那倒不是颜色发浑,而是白眼球上沾着一层脏东西,仿佛落了一层灰尘似的。可是他那瞳仁却迸发出狡狯而又令人忧惧的火花。

"眼睛就是翻过来的大脑,"克里姆想起了这句不知是谁说过的名言。

柳托夫的黄头发梳得像女人的风帽,跟他那副长脸很不相称,好像故意要弄成这副怪相似的。他的脸庞本该蓄上一把宽而密的大胡子,可他却把脸蛋儿刮得光溜溜的,只下巴颏上垂着一小撮胡须。他的两片嘴唇很突出,跟黑人似的,而且好像马来橡胶那样富有弹性,上唇可以隐约看到一层稀疏的小胡楂。他的手掌通红,像他的脖子一样青筋嶙嶙,而且这种青筋也开始暴露在他的太阳穴上。他的装束也好像故意弄得马马虎虎:外面罩一件破旧的贵重呢料常礼服,敞着钮扣,里面穿的却是一件绸衬衫。他大概有二十七岁的样子,最多不过三十岁,一点儿也没有大学生的气魄。已经变得十分风流的美男子马卡罗

---

① 托尔斯泰的家乡。

夫,也仿佛想要显示自己一番,特意挑选了这样一个人做朋友。可是那位美貌的阿琳娜又为何居然看中了他呢?

柳托夫一杯又一杯地痛饮着冰凉的伏特加,牙给冰得直发麻;他一面嚼着薄薄的火腿片夹洋葱,一面问道:

"您尊重被贬斥的文学,也就是那部《伪经》吗?"

"这都是离经叛道之书,"马卡罗夫一边说,一边哈哈直笑,亲热地望着柳托夫。

"您读过《亚当的忏悔》这一段吧?"

他举起那只拿着刀子的手,朗诵道:

"于是魔鬼对亚当说:大地是我的,而苍天是上帝的;假如你愿意归属于我,你就可以支配大地!亚当说:'大地是谁的,我和我的子孙后代就服从谁。'您瞧,就是这样!我们庄稼汉的真正唯物主义就是如此!"

克里姆·萨姆金对这些莫名其妙的话竭力表示满不在乎;一个时辰以后,他已经确信柳托夫的确是个滑头滑脑的家伙,扮演丑角的伎俩也并不高明。他的一举一动都是伪装的,彻头彻尾表现出一副装腔作势的样子,那些充斥着斯拉夫语、拉丁文成语和海涅[①]的愤怒诗句的奇谈怪论,特别暴露了他的这种行为。他用外省剧院演员炫耀自己的那种生硬幽默来点缀这些谈话,不时穿插一些剧院"余兴"节目中表演过的滑稽情节。

柳托夫现在又变成了一个醉汉。他把一只香槟酒杯子送到克里姆面前,脸涨得通红,大声喊道:

"让您来祝我一帆风顺吧!我们为了美丽的姑娘阿琳娜·玛尔科夫娜的健康干杯!"

柳托夫兴冲冲地说着;马卡罗夫一面和他碰杯,一面严厉地对他说:

"好了,你喝得已经太多了!"

---

① 海涅(1797—1856),德国大诗人和政论家。

柳托夫喝干了一杯酒,对克里姆挤挤眼,说道:

"他在教训我。我是应该教训的,因为我常常喝醉。为了消解肉欲,我常说些淫秽的话。我害怕地狱和这个,"他用手在空中画了个半圆形。"阴曹地府。因为我惧怕遭到和犹大①一样的下场,所以才和神甫们交朋友。噢,同学,我给您介绍一位教堂助祭好吗……"

柳托夫闭上眼睛,摇摇头,然后从裤袋里掏出一条锁链儿,链头上坠着一只沉甸甸的金表。

"哎呀,我该走了!科斯佳,叫他们记上账吧!"

他把一只手伸给克里姆,说道:

"我很高兴和您认识。我听到过许多称赞您的话。请不要忘记:柳托夫,经销羽毛……"

"不要卖乖喽!"马卡罗夫劝他,但这位斜眼儿使劲握住克里姆的手,那狭长的脸上带着狞笑,说道:

"您知道吗?有些姑娘,虽说有点儿小毛病,但谁也没有去留心,可是姑娘自个儿却先说:您看,我的鼻子长得不大好,不过,别的器官倒还……"

他轻轻推开克里姆,脚给椅子腿绊了一下,趔趄着向前走去,用拳头朝克里姆晃了一下,就溜掉了。

"好一个……奇怪的家伙,"克里姆说。马卡罗夫想了一下,同意道:

"不错,是有点儿奇怪。"

"我不了解阿琳娜,是什么使她……"

马卡罗夫耸耸肩膀,好像要辩护一番似的,急忙说道:

"不,这有什么呢?她的美丽需要一个合适的陪衬。沃洛吉卡是个财主。这人很有意思,心地善良到了可笑的地步。他已经读完法律系,现在正在读历史语言系。不过,他并不去上课,而是成天搞恋爱,给弄得神魂颠倒,惶惶不可终日。"

---

① 据《圣经》载,犹大是收了三十块银币而出卖耶稣的叛徒。

## 六

马卡罗夫点燃一支香烟,等那根火柴一直烧到尽头,又把香烟扔到盘子里去。看样子他也喝醉了,两边太阳穴上都沁出了汗珠。克里姆说,他想逛逛莫斯科。

"咱们去逛麻雀山①吧!"马卡罗夫兴致勃勃地提议。

他们从饭馆里出来,雇了一辆马车;车夫身穿一件又紧又瘦的蓝色外套,马卡罗夫打量着他那微驼的脊背,说道:

"莫斯科叫人有点儿晕头转向。我被它所诱惑,简直心荡神迷,好像在这里变得迟钝了。你感觉不到这一点吗?你是太客气了。"

他脱掉制帽,一绺头发耷拉到了鬓角上,只有这一绺不动,其余的都飘动着,甚至竖起来。克里姆长叹一声,觉得马卡罗夫真是个美男子。他倒是跟捷列普涅娃挺般配。然而世界上的一切事情竟是如此荒唐!克里姆在大街上一片震耳欲聋的喧闹声中听见他说:

"这里的人们真是才华横溢。很可能,在文艺复兴时期就有过这样一些人。我不了解,究竟谁是圣人,谁又是骗子呢?差不多每个人都兼有这两种性格,而且有许多人都装疯卖傻,这是为什么呢?鬼才知道……你应该理解这一点……"

克里姆疑惑不解地瞟了同学一眼,说道:

"为什么我应该理解呀?"

"因为你是一位哲学家,观察一切事物都很冷静啊……"

"他多么天真无邪!"克里姆心想。"你的面孔长得可真秀气。"他接着往下说,并且把马卡罗夫和图罗博叶夫做了个比较,觉得图罗博叶夫看人,老是用陆军中尉那种藐视所有文官的眼神。"你是一个很了不起的青年,不过你可能成为一个酒鬼。"

---

① 即现今的列宁山。

"很有可能!"马卡罗夫不动声色地赞同他的见解,仿佛说的不是他自己似的。不过说完以后他又沉思起来。

在麻雀山上,他们走进一家冷冷清清的小酒馆;一个肥胖的招待引他们到阳台上去坐,那里正有一个油漆匠用白色油漆刷窗户框,不一会儿胖伙计端上茶来,用催促的口气,命令那位油漆匠:

"别晃来晃去妨碍先生们观赏美景!"

"他是个科斯特罗马人,"马卡罗夫心里断定,两眼眺望着远处依稀可辨的市容,它宛如一幅花团锦簇的地毯,上面点缀着许许多多教堂的金顶,绚丽多姿。

"啊,真美呀!"他小声地说;萨姆金肯定地点点头,但又马上说:

"美是一个相对的概念。"

马卡罗夫没有回答他的话,而是把茶杯推到一旁;茶杯里的枣红色茶水泛出一道阳光,水面上浮着一小片柠檬。他把胳膊肘撑在桌子上,手指插进他那深浅两种颜色的卷发里。

克里姆·萨姆金并不欣赏莫斯科的景致,在他看来,这座城市好似一块奇异的大蛋糕,它表面上装饰得花花绿绿,还撒上了一层晶莹的粉末,然而它却是松散的。当人们说到美的时候,克里姆总是小心谨慎地保持沉默,纵然他早已发现人们对于美谈论得越来越多,这个话题渐渐变得像谈天气和问候健康那样司空见惯了。对众所公认的大自然美景,他是无动于衷的,因为他觉得落日的余晖也和寒夜的星空一样,是那么单调。然而,他一方面感到美对他来说是不可思议的,另一方面也意识到这是他的一个缺陷。近来,一些赞美自然景致的词句,甚至使他感到愤怒和疑惧:莫非是莉吉雅把她仇恨大自然的感情灌输给了他,使他变得冷漠无情了吗?

有一回克里姆被图罗博叶夫弄得狼狈不堪,当时他为了逗弄伊丽莎白·斯皮瓦克和库图佐夫,嬉皮笑脸地问道:

"一旦证实我们所炫耀的这一切美,原来不过是一种理性的孔雀尾巴,而孔雀本身也是一种愚蠢的鸟,那又如何呢?"

这些唐突之言使克里姆大吃一惊,它们之所以能够牢牢地铭刻在他的脑海里,是因为图罗博叶夫继续争辩时,说了这样一句话:

"鸟儿越别致,越美丽,它就越发愚蠢,而一条狗长得越丑陋,它就越聪明。人也是如此。普希金长得像只猴子,托尔斯泰和陀思妥耶夫斯基也不是美男子,所有的聪明人物大凡如此。"

马卡罗夫若有所思的沉默使克里姆颇为恼火。他问他:

"你记得普希金的一句诗吧:

莫斯科啊!你那惆怅的容颜,
让俄罗斯人多么提心吊胆!①"

马卡罗夫用冷静的目光扫了他一眼,没有吭声。克里姆不喜欢他这种样子,他认为这有些失礼。他一面喝茶,一面用那种引人注目的口气说道:

"每当人们谈到美的时候,我就觉得自己有点儿上当受骗。"

马卡罗夫把手指从头发里抽出来,把胳膊肘从桌子上挪开,惊诧地问道:

"你是怎么说的啦?"

克里姆把自己说过的话又重复了一遍,然后接下去说:

"那些经过六十俄里、徒劳无益地从湖里流到海里去的水,又有什么美呀?不过,人们都公认涅瓦河是美的,可我却偏偏觉得它是寂寞无聊的。"

马卡罗夫咽了一口凉茶,眯起眼睛,打量起克里姆的面孔来。

"我认为,列维丹②的风景画也罢,涅斯杰罗夫③那抒情诗般的桦

---

① 出自普希金一八一四年写的《皇村回忆》。
② 列维丹(1861—1900),俄国写生画家,现实主义风景画大师。其作品极富诗意,真实揭示了俄罗斯大自然的特点。
③ 涅斯杰罗夫(1862—1942),苏维埃俄罗斯画家,他创作了许多描绘俄罗斯大自然的作品。

树林也罢,映在雪地上的晶莹碧蓝的影子也罢,都是为了同样的意图,那就是想把自然界的贫乏掩盖起来。白雪像装着少女的棺材盖那样闪闪发光,使人眼花缭乱;自然界中根本不存在那种碧蓝的阴影。所有这一切都是为了自欺欺人,为了叫我们生活得舒适一些而杜撰出来的。"

克里姆看见马卡罗夫在洗耳恭听他的讲话,就一气谈了十来分钟。他想起了涅哈叶娃那些伤心的怨言,也没有忘记重复图罗博叶夫所说的理性的孔雀尾巴这一名句。他本来还可以喋喋不休地说下去,但是马卡罗夫却发牢骚道:

"真奇怪,你的这番话和莉吉雅的思想竟是如此雷同!"

他一面揉搓额角,一面问道:

"你究竟想说明什么呀?……"

然后又发出一阵冷笑道:

"我真不知道该问你什么……岂不是咄咄怪事……"

他忽然怒形于色,耳朵也涨得通红,两眼闪着愤懑的光,小声说道:

"这些事情对我倒无所谓,我是从另一方面来看的。我认为,自然界不过是一只愚蠢而凶恶的猪!不久前,我解剖了一具因为难产而死亡的女尸。我亲爱的朋友,倘若你能看见她是怎样受折磨,怎样被断送性命,就明白了!你想想看吧:鱼产卵,鸡生蛋,都没有痛苦,偏偏女人生孩子却要受尽这般折磨,这是为什么?"

马卡罗夫用拉丁文说着一些器官的名称,同时用手指在空中比画着它们的轮廓,顷刻间愤愤然地在克里姆面前绘出了一幅叫人深恶痛绝的景象,以致克里姆央告他道:

"别说了!"

但是,马卡罗夫越说越气愤,他用手指敲着桌子,说道:

"不,请你想想:这是为什么,啊?"

克里姆觉得这位朋友的气愤是天真的,令人讨厌的;因为他提到

莉吉雅,所以很想对他报复一下。于是他讥笑道:

"你现在研究妇科学,将来一定会成为一个妇科医生。你的相貌是很有福气的哩。"

马卡罗夫突然惊呆了,疑惑不解地瞥了他一眼,沉默片刻,又叹口气道:

"你这玩笑开得太离奇了。"

"而你看来还是在抽象地谈论女人,不肯跟她们接吻吧?"

"这好像一首军官歌曲里的一句词嘛,"马卡罗夫吞吞吐吐地说,同时用力摩挲了一下脸蛋,摇了摇头。他的脸上露出惴惴不安的羞愧神情,仿佛在打瞌睡,后来被人推醒了,觉得很不好意思似的。

"他的酒劲儿过去了,"克里姆·萨姆金心里这样琢磨着,认为很有必要回敬一下这位同学刚才提到军官歌曲那句话。

这时两只苍蝇飞来帮了他的忙:它们落在茶匙背上,匆匆忙忙地亲昵了一下,一个马上飞走了,另一个过了两三秒钟也跟着飞走了。

"你看见了吗?不过如此而已!"克里姆说。

"不是的!"马卡罗夫近乎严厉地回答。"我不相信你的话,"他紧蹙着双眉,盯着他,用斥责的口气继续说。"你是不会这样想的。据我看,悲观主义者与犬儒主义者①是一路货色。"

他喝完杯子里的凉茶,更加慢条斯理地说下去:

"我想必有点儿诗人的气魄,或许我简直是一个傻瓜,不过,我不能……我是尊重妇女的,你知道吗?有时我还觉得害怕她们哩。你等等,先不要笑嘛!首先是尊重她们,甚至也尊重那些卖身的女人。我也不怕染上性病,更不厌恶她们,一点儿也不!我在这方面想得很多……"

"不过你说得很糟糕,"克里姆指出。

"是吗?"

---

① 犬儒主义者原指古希腊抱有玩世不恭思想的一派哲学家,后来泛指玩世不恭的人。

"不清楚。"

"你会理解的!"

马卡罗夫又摇摇头,仰望了一下灿烂的天空,使劲儿把两只手攥成拳头,照膝盖捶了几下。

"这种感情是莉吉雅灌输给我的,你知道吗?"

"真是这样吗?"克里姆踌躇地说道,立刻警觉起来。

"我和莉吉雅是朋友,"马卡罗夫继续说,眼睛里流露出会心的微笑。"我们虽说没有恋爱,但是很亲密。我曾经爱过她,然而爱情之火已经烧尽。我为爱过她而感到非常幸运,如今这件事已成为过去,也值得庆幸。"

他说完便纵声大笑,显得满面春风。

"我的话暧昧不清吗?"他一面笑,一面问。"我不过是说话含糊,可内心却如明镜般地清楚。你晓得吗,是她叫我悬崖勒马,没有掉进深渊去的⋯⋯不过,当然,重要的并不是她拦住我,而是她的存在!"

萨姆金心里得意地想:

"我可不能允许自己跟别人讲这种话。可为什么'她要阻拦他呢?'"

"用一般的爱情去爱她,那是不行的。"马卡罗夫严厉地说。

克里姆吃吃而笑,问道:

"为什么呢?"

"你别笑,我觉得是这样。否则那是不可能的,老弟,她是一个很古怪的人!"

他合上眼睛,想了一下说:

"她曾经给我念过一句《圣经》上的话:'我又要叫你和妻子彼此为仇。'①她相信这句话,所以惧怕仇恨和谎言。不过这是我的想法。你知道吗,柳托夫跟她说过:从您这个人的天性来看,您是应该进修道

---

① 出自《旧约·创世记》第三章第十五节。

院的,可您为什么要登台演戏呢? 她跟他也曾经很要好,就跟和我一样。"

克里姆聚精会神地听着,但他没有听明白,而且也不相信马卡罗夫的话,因为涅哈叶娃在获得她所需要的东西之前,也是讲着满口的大道理;莉吉雅又何尝不是这样呢! 他也不相信马卡罗夫所说的他对女人的态度,以及跟莉吉雅的友谊。

"这也是孔雀尾巴。很显然,他还在爱着莉吉雅。"

萨姆金心里想着,不大注意去听马卡罗夫那吞吞吐吐暧昧不清的谈话了。此刻莫斯科城显得更明媚、绮丽了;伊凡大帝钟楼高高耸入云霄,宛如一根涂着粉红色指甲的手指。悦耳的钟声在空中回荡,许多教堂的钟声也此起彼伏,召唤着人们去做晚祷。克里姆掏出怀表一看,忙说:

"我该上车站了,你去送我吗?"

"当然。"

"你在谈话一开头说得很对:人总是喜欢装模作样。也许这是无可厚非的,因为这可以给那种为了碌碌无为的人生而感受的痛苦,加上一点儿甜味……"

马卡罗夫惊异地瞟了他一眼,站起来,说道:

"你,你居然说出这样的话,真叫人纳闷! 就连我下决心自杀那会儿,也丝毫不曾有过这种想法……"

"你那些日子心理很不正常,"克里姆心平气和地提醒他。"对于人生碌碌无为的这种思虑,越来越叫人担心了。"

"你觉得生活挺艰难吗?"马卡罗夫和蔼地小声问道。克里姆认为若是他不置可否,情况会更妙些,于是他就紧紧闭上嘴,一声不吭了。

## 七

他俩不慌不忙地款步而行。克里姆觉得马卡罗夫正用惆怅的眼

神斜视着他。他一面用手指把那些不听话的卷发塞进制帽里去,一面细声慢气地说道:

"考试结束后我也回去,我要到那里去教书,给轮船主拉捷叶夫的养子当家庭教师。你认识他吗?柳托夫也要去。"

"噢,是这样!那索莫娃现在在哪儿呢?"

"在乡村小学教书。"

一个大胡子车夫赶着马车从弥漫的烟尘中钻出来,两个同学坐上马车,不一会儿就顺着大马路疾驰而去。克里姆观察着街上的行人,发现这里的胖子比彼得堡多,而且尽管他们都蓄着大胡子,但他们的动作却很像乡下女人。

"或许他们之中没有谁会为思虑人生的目的而操心吧?"他有点儿轻蔑地想着,最后又想到了涅哈叶娃。

"不,她毕竟是一位可爱的姑娘,甚至是一位杰出的姑娘。莉吉雅对她的态度会是怎样呢?"

马卡罗夫一直缄默不语。他们到了火车站;马卡罗夫不知想起了什么事情,急急忙忙拥抱了一下克里姆,就走了:

"我们很快就会见面!"

克里姆望着他的背影,走进车站餐室,坐在犄角的一张桌旁。现在离开车还有一个多小时,他不愿再去想马卡罗夫的事了,他最终肯定马卡罗夫是个变色龙式的人物,而且永远是一个愚蠢的家伙。在克里姆看来,他的所有相识都是变色龙,都失去了自己的本色,他认为这种感觉是自己精神发展的一个征兆。他觉得所有的人都急急忙忙想用尼采和马克思的孔雀羽毛来装饰自己,这就恰恰启发和增强了他的上述印象。克里姆一想到图罗博叶夫也看出这种急切的神情并且恰当地嘲笑一番,心里就很恼火。诚然,这家伙从来不那样急切,也不曾失去他的本色。有一回,他蹙起那仿佛镶嵌上去的双眉,瞪大两只眼睛说道:

"每个单身汉都渴望找一个理想的女人作自己的终身伴侣,跟她和和睦睦地过一辈子。我认为这种想法是完全合情合理的,不过我个人倒宁愿打光棍儿。"

克里姆对图罗博叶夫说话的风度挺嫉妒,几乎嫉妒到了深恶痛绝的地步。图罗博叶夫把思想称作"教会阶层的少女",他肯定地说,"人道主义思想比之教会思想需有更深的信念,因为人道主义就是堕落了的宗教"。萨姆金感到懊丧:他自己为什么不能如此轻而易举地把看过的书解释一番呢?

他觉得图罗博叶夫似乎在密切注视着他,默默地研究着他,想抓住他言谈中的矛盾。有一天,他用蛮横无理的眼神盯着他,轻蔑地说道:

"萨姆金,对于一切问题只能有两种答案:是与否。好像您想发明出第三种答案,是吗?这是大多数人的愿望,不过迄今还没有一个人能把这个愿望实现。"

他听着这番话,心里觉得羞辱,况且意识到图罗博叶夫此刻并不糊涂,就更加悻悻然了。

铃声和值勤人的喊声告诉人们火车马上就要开了,也打断了萨姆金脑子里对那个使他烦恼的人的思绪。他四下环顾,看见候车室的旅客已忙乱起来,正你推我搡地往月台口走去。

克里姆站起来,耸耸肩膀,心里自问:

"干吗我要为图罗博叶夫和库图佐夫去大动脑筋呢?"

# 第十章

## 一

阳光透过薄薄的纱帘射进来,格外和煦;客厅里充满了春天正午的温馨气息。窗户是敞开的,但是窗纱和窗台上的鲜花叶子却纹丝不动。克里姆·萨姆金对这幽静的环境已经感到不大习惯了,正是这种环境逼着他异常仔细地聆听母亲的絮语:

"你已经长得非常非常像个成年人的样儿了,"维拉·彼得罗夫娜的这句话好像已经说过三遍了。"就连你的眼睛也显得深暗了。"

她看见儿子时的那副高兴劲儿,是克里姆所没有料到的。克里姆从小就看惯了她那严肃、冷漠的表情,也习惯于以恭恭敬敬的冷漠态度来应付她。但是现在却必须换个样子了。

"好吧,可是,德米特里呢?"她问道。"也还在研究工人问题吗?噢,我的上帝呀!不过,我早就料到他会干这类勾当的。季莫菲·斯切潘诺维奇认为,这个问题是人为地吹起来的。有些人以为这是因为德国害怕我国工业发展,所以才把工人的社会主义输入到我国来。德米特里谈到过你父亲的事吗?在过去这八个月中,噢,不,还要多一点,伊万·阿基莫维奇一直没有给我写信!……"

她穿得很漂亮,仿佛要迎候嘉宾,或自己打算出去做客似的。那淡紫色的连衣裙紧紧裹着她的胸部和整个躯体,使她的身姿富有一种弹性的诱惑力。她学会抽烟了,这是件新鲜事儿。她说"我的上帝,时光流逝得好快呀!"这句话的当儿,克里姆从她的声音里听出一种怨艾的情绪,这也是她从前没有过的现象。

"你知道吗,在四旬斋期间,为了你雅科夫伯父的案子,我不得不上萨拉托夫去了一趟。可真是一次艰苦的旅行啊!我在那里连一个熟人也没有,简直成了当地那些……急进分子的俘虏,他们对我百般刁难,我什么事情也没办成,他们甚至不许我会见雅科夫·阿基莫维奇。我承认,我并没有坚决要求去会见他。其实,我有什么话可对他说的呢?"

克里姆同意地点点头,说道:

"是的,跟他说话是很困难的。"

母亲喋喋不休的唠叨使克里姆有点儿局促,但是他也借此机会打听了一下莉吉雅的下落。

"跟阿琳娜·捷列普涅娃一块儿到女修道院看她的姑妈去了。她姑妈是女修道院院长。你知道吧,她已经觉悟到她没有登台演戏的才能了。这很好。不过她还应该有自知之明:自己什么天才也没有。这样她就再也不会把自己看成一个特殊的人物了,而且也许能学会……尊重别人。"

维拉·彼得罗夫娜叹了口气,看看表,仿佛在倾听什么声音。

"你听说捷列普涅娃找到了一个有钱的未婚夫吗?"

"我在莫斯科见到此人了。"

"是吗?他是怎样一个人啊?"

"活像个小丑。"克里姆说着,耸耸肩膀。

"大概是季莫菲·斯切潘诺维奇回来了……"

母亲站起来,朝门口走去,但是屋门已经被瓦拉甫卡的一只大手推开了。

"啊,法学家回来了,你好哇!喏喏,叫我看看你!"

他那双新皮鞋的咯吱声和移动沙发椅的碰击声马上就充满了整个屋子;大街上马在嘶鸣,孩子在吵闹,其中有一个响亮的男高音在呼喊:

"就这样,咕噜—咕噜—咕噜噜!"

"维拉,请把茶拿来!七点半还要开会。市里决定给你的学校发一笔补贴,你听说了吗?"

但是维拉已不在屋里了。瓦拉甫卡朝门口看了看,用手捋了捋大胡子,沉重地坐到沙发椅上。

"喂,法学家,怎么样?从你的面孔看来,功课给你的营养不坏呀,你讲讲好吗?"

但是他又用那对黑熊般的小眼睛朝克里姆的脸瞅了一下,拍了拍克里姆的膝盖,自己开口说起来:

"我想办个报纸,老弟,你说怎么样?我打算试一试,用有组织的舆论来代替那些荒诞不经的谣言。"

过了片刻,他便拖着圆滚滚的身躯,蹒跚着走进餐厅,一面忙着用勺子搅拌杯子里的茶,一面像喊叫似的说道:

"对我们俄国人来说,社会进化意味着什么呢?这不过是把麻布裤子换成体面一些的裤子的过程罢了……"

克里姆觉得他母亲是在以一种表面的温顺伺候着瓦拉甫卡,她流露出一种不能或者不愿意掩饰的怨气。瓦拉甫卡说笑了半个时辰,喝了三杯茶,便不见人影了,活像一个幕间出现的丑角,把戏剧气氛活跃起来,就从舞台上消失了。

"他简直忙得不可开交,"母亲叹了口气说道。"我几乎见不到他的面。人们不喜欢他,正如不喜欢一切搞文化工作的人一样。"

维拉·彼得罗夫娜把商人的粗野阴险、诡计多端和知识分子的薄识短见、孤陋寡闻唠叨了半天。听她说话可真没趣,使人觉得她是在漫无边际地夸夸其谈。瓦拉甫卡走后,家里家外又归于平静,只听见母亲那干巴巴的、忽高忽低的、单调的声音。当她无精打采地说出"我想你累了吧?"这句话的工夫,克里姆心里高兴极了。

"我想出去走走。你不想去吗?"

"哦,我不去了。"她一面说,一面用手指理理鬓角上的银丝,看样子是想把它们掩盖起来。

## 二

克里姆来到街上的工夫,天色已经昏暗。各家宅院的木板墙和栅栏还散发着温暖的气息,月亮已经从右面天空升上来;阴凉的树影浮在灰色的石子马路上。暗淡的灯火映着玻璃窗,好像涂了一层黄油;寥寥可数的星星也仿佛一滴滴油汪汪的汗珠渗透在天幕上。一栋栋房屋都好像匍匐在地上,又仿佛正在不知不觉地融化掉,像影子一样洒落在大街的两旁。木栅栏犹如一条黑乎乎的水渠从一栋栋宅院流过。在市立公园水池周围的小路上,人们正在缓缓徜徉,他们的喁喁语声在波平如镜的魆黑的水面上回荡。此刻,克里姆想起了罗登巴赫①的书和涅哈叶娃;她恰恰应当住在这里的幽静环境中,生活在这些慢腾腾的人群里。

他坐在一株茂密的灌木下面的长椅上;一条小径从这里直向右边拐过去;在拐角那面坐着两个人;其中一个正在嘎哑地嘀咕什么,另一个正用手杖或是靴底子在还没踏平的、咯吱咯吱响的碎石路面上戳动。克里姆竖起耳朵细听那单调的低语,原来是些他早已熟悉的思想:

"他像托尔斯泰一样,寻求的不是真理,而是信仰。只有当世界变得空虚的时候,也就是说,当你把世界上的一切——一切事物、现象和你的一切愿望都统统抛弃,而只留下认识思维的实质这一个愿望的时候,人们才能去自由地思考真理。他俩都想到人,上帝和善与恶的问

---

① 罗登巴赫(1855—1898),比利时诗人、小说家,他的作品充满天主教精神。

题,而这仅仅是寻求可以解决一切的永恒真理的出发点……"

"您身上带着一个卢布吗?"德罗诺夫用酸溜溜的腔调问道。克里姆·萨姆金站起来,想悄悄溜掉,但是发现德罗诺夫和托米林好像也站起身子,朝他这个方向走过来。于是他又坐下去,弯着腰,捂住脸。

"我没有一个卢布,"托米林仍旧用刚才谈论永恒真理的腔调说。

克里姆没有抬头,只是朝他们的背影看了看。德罗诺夫脚上穿一双后跟歪斜的旧皮靴,头上戴的是冬天的呢帽;托米林穿一件拖到脚跟的藏青大衣,戴一顶宽边礼帽。克里姆心里好笑,觉得这套装束把这位外省贤人的古怪身姿勾画得真是淋漓尽致了。他觉得已经非常讨厌托米林那套哲理,所以压根儿就没想到去探望托米林,只是勉勉强强地想到要去看看德罗诺夫。

华灯初上,公园里渐渐幽静下来,游人也散去了;一条浅绿色的月光倒映在黑乎乎的池水里面,使公园里充满了昏昏欲睡的寂寥之感。一个身着黄上衣的人慌忙走过来,坐在克里姆身旁,深深地叹了口气,摘掉草帽,用手掌揩了揩汗水,又朝手掌看看,气冲冲地问道:

"您要不要打台球,大学生?"

他听到一声"不要"的干脆回答,站起来,摇晃着草帽,慌忙走开了,但走了十五六步又回过头大声喊叫:

"你这乳臭未干的小无赖!"

说完便恶狠狠地纵声大笑一阵,扬长而去。克里姆也付之一笑,又心神不定地坐了一会儿,然后走回家去。

## 三

在第四天头上,莉吉雅回来了。

"哦,你回来了!"她惊讶地扬起双眉,说道。她那吃惊的神态,犹豫不决地伸出来的一只手,以及匆匆扫视克里姆面孔的目光,都迫使他蹙起眉头,不敢看她。她的身体发胖了,然而那对罩着阴影的眼睛却凹了进去，脸色好像生病的样子。她穿一条灰色连衣裙，系着腰带，头戴一顶罩着白面纱的草帽，打扮得活像一位去埃及旅行的英国贵妇人。她向维拉·彼得罗夫娜打招呼的神态也很不拘礼；她把修道院的寂寞无聊，道路上的尘垢和污泥娇滴滴地埋怨了半天，尔后就出去换衣服了。这更加深了克里姆心中厌烦她的印象。

"你发现她有什么变化吗？"母亲对着镜子，一面梳理头发，一面问道，接着自己又作出了回答：

"她已经有点儿像在做戏，这是学校的影响。"

喝晚茶的时候，阿琳娜来了。她俨然一位听惯一切恭维辞令的贵妇人，雍容大方地听着克里姆对她的赞赏，一对倦怠的眼睛扫视了一下克里姆的面孔，嫣然一笑。

"真稀奇，他跟我谈话竟用起'您'来了！"她大声说道。"这有什么必要呢？噢唷，原来是这样！你看见我的未婚夫了吗？他很幽默，是吗？"她把手指掰得嘎巴嘎巴直响，又娇滴滴地补充道："他是个聪明人，斜眼睛，爱吃醋。跟他在一块儿可真有意思，简直把你弄得晕头转向！"

"并且是个财主……"

"这当然是最好不过的喽！"

她抿起两片艳丽的嘴唇，收敛那转瞬即逝的笑容，开口问道：

"你是在责备我吗？"

她养成了说话像唱歌的习惯，举止豪放，但又温柔而自信，也就是养成了一种在商界称之为雍容华贵，潇洒大方的风度。她身体的每一个动作都巧妙而又洒脱地体现了她那娉婷美姿的魅力。克里姆发现母亲正以忧郁的神情欣赏着阿琳娜。

"女友们都责备我，说这姑娘是为了贪图金钱，"捷列普涅娃一面用夹子从糖盒里夹糖块，一面说。"莉吉雅说得特别刻薄。按她的道理，必须跟心爱的人在一起生活，为此，即使住草棚也甘心。不过我是一个普普通通、喜欢快快活活过日子的人。对我来说，一栋漂亮的小房和自家的马,是必不可少的。有人跟我说:'捷列普涅娃,您对戏剧化完全缺乏认识。'说这话的不是别人,正是这位编剧本的人。但是跟自己心爱的人在一起如果缺乏戏剧性,那日子是没法过的,而且这一点已为许多诗歌和散文所证实……"

"学校把这位姑娘教坏了,使她变得比莉吉雅还糟糕,"克里姆心里说。母亲喝完一杯茶,便悄悄走掉了。莉吉雅听着女友这娇滴滴的声调,两片薄薄的嘴唇露出一丝勉强可以察觉的笑意。阿琳娜津津有味儿地讲了一个女学生富有戏剧性的恋爱故事,她爱上了一个很有学识的装订工人。

"是一位名副其实的知识分子,戴眼镜,蓄着连鬓胡子,裤子的膝盖处老是鼓鼓囊囊的。他很崇拜纳德松那些酸不溜丢的诗句,啊,真的!莉达奇卡,你看,假如一个知识分子住窝棚,那该多可怕呀?而我的柳托夫是信旧教的,商人的儿子,崇拜普希金,读普希金的诗也是旧教徒的特色。现在有这么一个人倒很时髦,噢,他叫什么名字啦?是叫维捷伯斯基,还是叫维连斯基①?"

她用那粉红色的手指捏起一块糖,指甲像珍珠似的闪闪发亮;雪白的牙齿咬住糖块,一点儿一点儿地嚼着。她说话的声调和蔼可亲,一对水灵灵的大眼睛也流露出妩媚可爱的神情。

"我和柳托夫都不喜欢那些吓唬人的诗,像什么:

请相信:巴尔②一旦复活,
就会把理想吞没……③

噢,那好吧,就让它大吃一顿吧!"

她忽然兴致勃勃,简直要从椅子上蹦起来了。

---

① 指俄国第一批象征派诗人之一敏斯基(1855—1937)。
② 巴尔,即古代腓尼基日神。
③ 纳德松的原诗是:请相信,巴尔一旦死去,爱情就会回到大地!

"哎呀，莉杜莎，我今天收到一些从莫斯科寄来的诗，可真棒！是一位新诗人，叫布鲁索夫，也可能叫布罗索夫①的人写的。妙极了！这些诗不大文雅，然而却是音乐，是音乐！"

她急忙在裙子褶缝里搜索，翻找口袋，终于掏出一个皱巴巴的信封，高举着说道：

"你们看……"

身材溜圆的索莫娃有说有笑地跑进餐厅，她身后跟着一个高个子的小伙子；他仿佛走在光滑的石板上，步履异常小心。这小伙子身穿粗布白衬衣，蓝裤子，光脚穿一双凉鞋。

"亲爱的女友们！你们太没礼貌了！"索莫娃喊叫道。"你们回家来一声也不吭，而且明明知道离开你们我简直不能活！"

"离开我也不能活！"那个外表粗野的小伙子用嘎哑的低音说道。

"离开你也不能活，这是上帝的惩罚，是的，也离不开你！啊，我给你们介绍一下，姑娘们：这是伊诺科夫，我的心肝儿，流浪汉，未来的作家。"

索莫娃吻过女友们以后，就坐在克里姆的身旁，一边用头巾角揩着脸上的汗珠，一边满面春风地打量着萨姆金。

"你变成一个漂亮的小木偶喽！"

她马上又挪到莉吉雅跟前，说道：

"哼，他们辞退了我的教师职务。你有什么看法，高兴吗？"

伊诺科夫一屁股坐在她刚才坐过的地方，把椅子朝旁边挪挪，离克里姆远一点儿，然后用手指梳理他那火红色的长发，一双碧蓝的眸子偷偷地盯着阿琳娜。

克里姆有三年没有见到索莫娃了；在这期间，她从一个呆板而又丑陋的小女孩变成一个穿一身印花布衣的乡下大姑娘了。她的鬓发晒得已经变了颜色，头上扎着一条白头巾，两腮圆圆地鼓了出来，眼睛里闪烁着快活的光芒。她说话的声音很响，话语中夹杂着许多乡下土

---

① 指俄国诗人布柳索夫（1873—1924）。

语,红扑扑的脸颊上老挂着一丝笑意。她身上有一种粗俗的气味,对此克里姆暗地里直皱眉头。伊诺科夫颇像一个傻头傻脑的乡村牧童。在他身上,没有一点儿克里姆记忆中的中学生影子了。在他那张颧骨高高的布满雀斑的脸上,难看地长着一个蒜头鼻子,两只宽阔的鼻孔神经质地呼扇着,上唇上蓄着一撮非常稀疏的、鞑靼式小胡子;碧蓝的眼睛不时地变换着神情,忽而像女人一样过分妩媚,忽而如严冬一般极其冷酷。他那突出的前额上已经有了皱纹。

"这里可以抽旱烟吗?"他小声地问克里姆;萨姆金让他到朝花园开着的那扇窗户跟前去抽,自己也跟着他走过去。伊诺科夫在那里掏出烟荷包和卷烟纸,卷了一支狗腿样子的烟卷儿抽起来。他把火柴在空中一晃,让它灭掉,然后叹口气,说道:

"简直是个美人精……"

"你说谁呀?"

伊诺科夫用眼睛瞥了一下阿琳娜。

"这姑娘真像梦中人儿一样。"

克里姆忍住笑,问道:

"您现在搞什么工作?"

伊诺科夫耸耸肩膀道:

"没有什么特别的工作……秋天我在里海捕鱼,很有意思。我也写通讯,不过只是偶尔写写罢了。"

"他们给你发表吗?"

"发表的很少。说我写得似乎太尖锐。"

伊诺科夫伫立在那里犹如一个大木橛子:肩膀宽阔,臀部狭窄,两腿像麻秆儿。

"我想认真研究一下渔业……鱼类学。"

姑娘们坐在桌边有说有笑好不热闹,但是索莫娃还是听到了伊诺科夫的话。

"你要写作!"她喊叫道。

伊诺科夫把没有吸完的纸烟扔到窗外去,使劲儿喷出一股辛辣的烟雾,一面往桌子那边走,一面说:

"要写就要像福楼拜那样写,不然就干脆别写。我国的作家不是在写作,而是在为灵魂编织草鞋。"

他双手抓着沉重的椅子背,慷慨激昂地说了起来,喉音发得很重:

"我国是欧洲首屈一指的盛产鱼类的国家,可我们的渔业呢,却极其野蛮,我们捕鱼就跟强盗似的,你抢我夺。鱼类学家格里曼教授来到阿斯特拉罕,我陪他参观了一些渔场。他是个瞎子,是故意装瞎……"

"难道老百姓需要青鱼吗?"索莫娃一面用刺眼的黄手绢擦着胖胖的脸蛋儿,一面喊叫。

阿琳娜瞧瞧索莫娃,又瞥了一下伊诺科夫,有点造次地纵声大笑起来;莉吉雅眯缝起眼睛看看伊诺科夫,仿佛在考察一件离得很远又很神秘的东西,但是伊诺科夫把沉甸甸的椅子往地板上使劲一顿,扬扬得意地说下去:

"咸海,里海,亚速海,黑海,还有北海,以及各大江河……"

"顶好让他们都干涸!"索莫娃恼怒地说。"我不能再听下去了!"

莉吉雅站起来,邀请大家上楼到自己屋里去。克里姆在镜子前头站了片刻,仔细瞧瞧嘴唇上生出的一个小疖子。母亲从客厅里出来;她恰当地把伊诺科夫和索莫娃比作两位戏迷,在表演一出很不成功的小喜剧,然后把一只手放在克里姆的肩上,问道:

"阿琳娜怎么样?"

"她很迷人。"

"而且,虽说刁钻,却不愚蠢……就是有点儿粗鲁!"

她一面抚摸克里姆的肩头,一面小声说道:

"要她作你的未婚妻,好吗?"

"可是,妈妈你要知道,她是个偶像!"儿子笑嘻嘻地回答。"为了使这个偶像打扮得很像样,每年就得花几万卢布。"

"可不是么!"母亲长吁一声,严肃地说。"你的话很对。"

## 四

　　克里姆来到莉吉雅的房间。姑娘们像小时候一样,仍旧坐在屋子里的长沙发上;沙发的颜色褪得很厉害,弹簧已经破旧,咯咯吱吱直响,不过仍像从前那样宽敞和柔软。矮小的索莫娃伸开腿坐在沙发上,她看见克里姆进来,就在自己身旁为他让出一块地方,但是克里姆却坐到椅子上去。

　　"他依然故我,一个旁观者!"索莫娃对女友们说着,用脚踹了一下椅子;她脚上穿一双样式很难看的皮鞋。阿琳娜提议让克里姆讲讲彼得堡的趣闻。

　　"是啊,讲讲那里的人都是怎么生活的?"伊诺科夫嘴里叼着一支瓦拉甫卡抽的那种粗雪茄,坐在长沙发的扶手上嘟哝道。

　　克里姆开始字斟句酌、慢条斯理地讲起来。他讲到博物馆、剧院、文艺晚会和演员们,但很快就扫兴地发现,他自己讲得枯燥无味,人们听得也心不在焉。

　　"那里的人也并不比别处的人更优秀,更聪明,"他继续说。"你在那里很少能遇到以爱与死为人生之本的人……"

　　莉吉雅理了理披散到耳朵和腮帮上的一绺头发。伊诺科夫把雪茄烟从嘴里抽出来,把烟灰磕到左手心里,然后攥成拳头,以责难的口吻说道:

　　"这是列夫·托尔斯泰向人们灌输的那一套……"

　　"但不如别人说得好。"

　　"还有别人吗?"

　　"您对这类问题是持否定态度吗?"

　　伊诺科夫把左手插进衣兜里,擦掉烟灰。

　　"我不知道。"

　　克里姆以为这家伙是故意想激怒他,妨碍他博取姑娘们的青睐。

"很可能他是个宣传家,而且必定很蠢。"他暗想。

克里姆又用更为激愤的言词讲下去,不过尽力把话说得柔和而又可信些。他讲完梅特林克的《盲人》、罗登巴赫的《织雾者》以后,两眼盯着伊诺科夫,严肃地谈起政治问题来:

"我们的父辈太热衷于解决物质性的问题了,完全忽略了精神生活的奥妙。政治是一种自信的领域,它会把人们最深切的感情变得迟钝。政治家是一些心胸狭隘的人,他们把精神上的恐惧看作是一种皮肤病。所有这些民粹派呀,马克思主义者呀,等等,都不过是些手工业者,而生活则需要艺术家,作家……"

伊诺科夫以手持蜡烛的姿势举着雪茄,用左手指把他喷出的缕缕青烟划开。

"是的,现在又出现了具有另一种思想的人,他们为我们揭开了内在生活的无穷奥妙,使我们的思想感情变得丰富多彩。他们使人高高凌驾于丑恶的现实之上,使人们看到现实并不像我们和它处在平等地位时所表现的那样了不起,那样惊心动魄。"

"我们不能长久地生活在空中呀!"伊诺科夫小声说着,把雪茄烟插到花盆的泥土里。

克里姆不再言语了。他觉得他说了一些不可信的、连自己也莫名其妙的话。他决不轻易相信自己脑子里孑然而生的、同某人或某本书毫无关系的偶然念头。不论什么思想,只要是来自别人,吻合他的本意,又便于他记忆的,他就认为比之那些偶然萌生的、飘忽不定的意念,更为可靠。因为他觉得在这种意念中隐藏着一种危险,似乎有可能使他脱离,甚至抛弃那些他早已牢牢把握的思想。克里姆·萨姆金恍惚意识到,他这种对偶然萌生的意念的惧怕,是和他的某种感情相抵触的,不过这种抵触情绪并不分明,而且由于他自觉地认识到必须进行自卫,来抵制他深恶痛绝的思潮的冲击,这种情绪也就给抵销了。

他有点儿焦灼不安地扫了一眼听他讲话的人,他们那种留心听讲的样子使他宽慰,而莉吉雅的聚精会神更叫他高兴。

索莫娃沉思不语地解开然后又编起她的发辫,说道:

"德罗诺夫也爱讲些大道理,这个可怜虫!"

"是的,真是个可怜的家伙,"伊诺科夫赞同地点了点他那卷发的头,附和她道。"可他在中学念书时是很活泼的呀。我现在要劝他到乡村去教书。"

索莫娃生气地说:

"教哪门子书哇?他脾气那么凶!……"

伊诺科夫趔趔趄趄地走开,在窗户跟前停住,又回过身来说道:

"我不怎么了解他,也不喜欢他。当我被学校开除的时候,我以为是由于德罗诺夫的好意,是他告了我的密。不久前我甚至还问过他:'是你告的密吗?'他说:'不是我。'我又说:'那好吧,说不是你,那就不是你呗。我不过是出于好奇心才问问罢了。'"

伊诺科夫一面说,一面嘻嘻地笑,尽管这些话并没有什么好笑的,可是他却笑得那颧骨高高的脸上整个皮肤都光闪闪地皱了起来,雀斑都挤在一处,脸色也变得阴沉了。

"他肯定是个糊涂虫,"克里姆心里断定。

"不错,德罗诺夫是脾气很凶,"莉吉雅沉思一下说。"不过他脾气发得太无聊,就好像发脾气是他的拿手,而他已经厌腻了似的……"

"莉杜莎,你真聪明,"捷列普涅娃赞叹道。

"你这姑娘真泼辣,"索莫娃搂了一下莉吉雅,也表示赞同。

"喂,听我说,"伊诺科夫朝她说道。"雪茄烟有一股臊味儿,我可以抽旱烟吗?我对着窗户抽。"

克里姆蓦地站起来,走到他跟前,问道:

"您不记得我了吗?"

"不记得了,"伊诺科夫看也没看他一眼,就一面抽着烟,一面回答。

"咱俩同过学。"克里姆肯定地说。

伊诺科夫嘴里喷出一条长长的烟雾,摇了摇头。

"我不记得您了。因为我们的年级不同,是吗?"

"是的,"克里姆一面说,一面离开他,同时心里在嘀咕:"我这是怎么了,问他这个干吗呀?"

莉吉雅从房间里溜了出去,索莫娃和阿琳娜两人坐在沙发上争论得热火朝天。

"绝不是每一个女人都为了生儿育女才活着,"阿琳娜愤愤地喊道。"最丑的和最美的都不应该这样干。"

索莫娃纵声大笑,反驳道:

"傻瓜蛋!那怎么办呢?那就该把我送到修道院去,或者送去做苦役,而把你当作上帝来膜拜吗?"

克里姆在屋子里踱着方步,心里在想:大家变化得这样快,简直彼此都认不出来了,可他却如索莫娃所说,"依然是那样一个旁观者"。

"应当为此感到自豪,"他提醒自己。不过他还是感到惆怅。

丹尼娅·库里科娃手里端着一盏煤油灯走了进来,她还是那样文静而呆板,像个影子似的。

"请把窗子关上,不然灰尘要吹进来的,"她说。然后听了一会儿两个坐在沙发上的姑娘争论,眯缝着眼睛朝伊诺科夫的宽脊背瞥一眼,长吁一声,说道:

"到花园里去抽多好哇!"

没有人答理她。于是她用手指敲敲乳白色的灯罩,听听玻璃的响声,歪着头,悄悄溜掉了。不知怎么,她使克里姆的惆怅更沉重了。

## 五

他走进花园。那里已是暮色苍茫,一簇簇白丁香花仿佛变成了浅蓝色。月亮还没升起来,繁星朦胧闪现在天空。地上的各种鲜花散发着馥郁的香气。光滑似锦的树叶忽而触到脖颈上,忽而触到腮帮上,叫人感到凉丝丝的。克里姆踏着小径上的沙土,发出嚓嚓的响声;从窗户里传出来的喋喋语声妨碍着他的思考,不过他也并不想思考什么。花木的浓烈芳香使他陶醉,他觉得在花园小路上漫步,可以摆脱那联翩的思绪。莉吉雅忽然出现了,她用披肩使劲地裹住她的胸部,和他并肩走起来。

"你讲得很妙。好像讲这话的不是你。"

"谢谢你,"他带有讽刺意味地回答。

"我今天收到马卡罗夫来的一封信,说你的变化很大,他很喜欢你。"

"是真的吗?过奖了!"

"你别耍花腔了,人家喜欢你,你为啥不高兴呢?何况你是很高兴人家喜欢你的,我晓得……"

"我自己可没有发现这一点。"

"你的情绪很不佳,是吧?不然干吗要躲开他们呢?"

"那你又为啥出来呀?"

"他们叫我感到厌烦,不过这样做毕竟是不礼貌的,咱们还是回去吧!"

莉吉雅挽住他的一只胳膊,意味深长地说道:

"我原来以为我是了解你的,可是今天却觉得你好像是个陌生人。"

克里姆·萨姆金小心而又感激地握了握她的手,觉得她好像又在重新激起他对她的感情。

屋子里还在激烈地争论。阿琳娜站在钢琴旁边,根本不搭理索莫娃,而索莫娃正在像只母鸡似的,连蹦带跳呵斥她,嘴里还大喊大叫:

"厚颜无耻!犬儒主义!"

但是伊诺科夫有点儿惘然若失地笑着,喉音很重地说道:

"其实,我一向认为犬儒思想总比伪道学要好些,可我没想到您竟也赞赏那些描写家庭丑事的诗句。"

"阿琳娜,绝对不可以……"

"就是可以!"捷列普涅娃跺着脚,喊道。"我要证明给您看。噢,莉吉雅,你听着,我给你朗诵一首诗。克里姆,您也……不过,您……那好吧,反正都一样……"

她脸涨得通红,两只倦怠的眼睛燃烧着愤怒的火焰,鼻孔直颤动,然而克里姆却认为她的愤懑是荒唐可笑的。当她从衣袋里掏出一张纸片,气势汹汹地挥舞着的时候,萨姆金不由地笑了起来,因为他觉得阿琳娜的姿势还像小时候那样滑稽可笑。

"这首诗我都可以背下来。"她心情平静下来,小心地收起小纸片,说道。"现在就请你们听吧!"

她闭上眼睛,站在那里沉默了几秒钟,然后挺起胸膛;当她的浓眉慢慢扬起来的时候,克里姆觉得这姑娘好像一下子长高了一个头。她声音低沉地一口气念下去:

> 一对淫荡的幽灵,
> 在昏暗的睡榻上翻滚,
> 他们忽隐忽现,将你勾引……①

她站在那里,昂着头,扬着眉梢,惊讶地望着窗外的苍茫夜色;两手悬垂,粉红的手掌张开着,稍稍离开大腿一点儿。

> 光光的身影若明若暗,
> 我却瞥见那白嫩的臀尖,
> 黑乎乎的毛,也依稀可辨……

克里姆听她念着,想起涅哈叶娃也常常喁喁背诵这样一些极不健康的色情诗句,往往引起他一定的性欲冲动,不过阿琳娜却没有引起

---

① 出自布柳索夫的诗作《幽灵》(1895)。

他这种冲动,她只是在天真无邪地复述别人讲给她听的一个梦。克里姆脑海里立即闪现出一个小姑娘的形象,记得她在很久很久以前曾经羞羞答答地朗读过她所珍爱的菲特的诗句。然而现在从这些淫秽的诗句里却听不出任何羞怯的语调,有的只是惊异的神情。从这娓娓动听的低沉声调中,克里姆所感觉到的正是这样一种惊异的神情,看见她那可能是由于羞愧而变得苍白的脸上,在瞪得圆圆的眼睛里,也同样流露着这种神情。阿琳娜由于说出这些荒诞不经的词句而感到心情压抑,因而声音越发低沉。她背诵得越来越慢,越来越无精打采,仿佛在理解这些莫名其妙的诗句方面煞费苦心。过了一会儿,她忽然松了口气,又高声朗诵出一句:

噢,那是许久以前的早晨,
红霞映在浪花飞溅的海滨,
羞答答描绘出一番奇异的光景……

这些诗句她背得很吃力,仿佛诗人就站在她身边,悄悄告诉她一些美妙的语言。

克里姆靠在墙上;他已经不理解这些诗句的涵义,只听到她那有节奏的颤抖的声音。他呆呆地望着莉吉雅正悠悠忽忽坐在椅子上,眼睛盯着阿琳娜。

……乌烟瘴气。

阿琳娜背完诗的最后几个字,坐到钢琴旁边的圆凳上,用手捂住脸。

"太妙了,"伊诺科夫说道。

索莫娃悄悄走到女友跟前,抚摸着她的头,赞叹道:

"你真不该出嫁,你是一位好演员!"

"不,柳芭,我不能……"

伊诺科夫怏怏不乐地急忙说道:

"柳芭,咱们该走了!"

"我也该走了。"阿琳娜站起来说道。

她走到莉吉雅跟前,不声不响地使劲儿吻了她一下,又问伊诺科夫:

"喂,你觉得怎么样?"

"您真行,太棒了!"他使劲儿摇晃一下她的手,回答道。

## 六

他们都走了。月光照进敞开的窗扉。莉吉雅把椅子挪到窗前坐下来,把胳膊肘放在窗台上。克里姆站在她身旁。姑娘的侧身在暮色苍茫中显得线条清晰,轮廓分明,那双乌黑的眼睛闪着亮光。

"她朗诵爱情的诗歌非常出色,"莉吉雅说。"不过我认为她仅仅是想象,根本没有感受。马卡罗夫也谈论爱情,而且津津乐道,但也是……说不到点子上。柳托夫倒是懂得爱情的,他是一位非常有趣儿的人,不过也是一个被爱情之火烫伤的人,现在有点儿害怕……有时我挺可怜他。"

她说着,看也不看克里姆一眼,声音也挺小,好像在作自我反省。她挺起身子,双手撑着后脑勺;一对尖尖的乳房使她那薄薄的上衣高高隆起。克里姆仿佛有所企求地站在那里缄默不语。

"这一切是多么奇怪呀!……你晓得吗,在学校的时候,追求我的人要比追求她的人还多,还狂热呢,可是我和她比起来,简直像个丑八怪。所以我觉得很伤心,不过我不是为自己,而是为了她的美貌。有个人……可真怪,他姓吉奥米多夫,而不是姓那个简单些的杰米多夫,说阿琳娜美得叫人讨厌。是的,他是这样说的,不过……他是一个怪稀稀的人,他说得娓娓动听,可是却很难叫人相信。"

萨姆金本想说他没听懂她的话,可是莉吉雅却瞥了瞥他的眼镜下面,又马上问道:

"你发现她朗诵的姿势活像一条大鱼吗?两手张开,犹如两个鱼鳍。"

克里姆同意说:

"是呀,她的姿势像个木头疙瘩。"

"在学校里也没能把她这习惯改掉。你以为我是在背地里说她坏话吗?是我嫉妒她吗?不是的,克里姆,不是那码事儿!"她吸了口气,继续往下说:"我认为有一种美不会引起……那种猥亵的念头,有这种美吗?"

"当然有喽,"克里姆说。"你这话真蹊跷,为什么美就一定会激起猥亵的欲念呢?……"

"对,对,你先别反驳我!假如我长得俊俏,我就会激起人家这种欲念……"

她说得果断而急促,又即刻问道:

"你说过的那个描写盲人的作家叫什么啦?是叫梅特林克吧?把这本书拿给我看看!不,真奇怪,你今天可算说到了点子上喽!"

她的声调听起来甜蜜而柔和,使克里姆想起了那些已经记忆淡薄的日子,那时候她还是个小姑娘,她玩累了以后跟他说:"咱们去坐一会儿吧!"

"这些问题使我忐忑不安,"她望着天空说道。"去年过圣诞节的时候,德罗诺夫曾领我去拜访托米林;托米林现在可时髦了。他常常应邀到知识分子家里去演讲。不过我认为他似乎把世间的一切都化成了语言。我一个人也去过他那里一回;他就像把一只小猫抛进大海一样,把我扔进冷酷言词的汪洋之中,就算完事了。"

虽然她说这话并无埋怨之意,只是带点儿讥讽口吻,但是克里姆却觉得很受感动。他很想摸摸她的手,和她谈谈知心话。

"给我讲点什么吧!"她恳求说。

他一面讲着图罗博叶夫的情况,一面在想:

"我若是把涅哈叶娃的事情告诉她,那会怎么样呢?"

莉吉雅只听了不到一分钟他那含有讥讽意味的话,就说:

"这没意思!"

但她马上又心不在焉地问道:

"她病得很厉害吗?"

"我不知道,"克里姆吃惊地回答。"你怎么忽然问起这样的问题? 就是说你怎么会想到她害病呢?"

"我听说她患的是肺病。"

"看不出来。"

莉吉雅沉默了一会儿,用手帕使劲儿擦擦嘴唇和脸颊,然后长吁短叹地说道:

"我们学校有一位图罗博叶夫的朋友,纯粹是个叫人讨厌的坏蛋,然而却是一位才华出众的人。可是他忽然……"

她神经质地哆嗦了一下,站起来,走到长沙发前头,用披肩裹住身体,愤愤地喃喃说道:

"你想想,这有多么可怕呀! 二十来岁的年纪就给女人传染上了疾病,卑鄙! 这有多下作! 恋爱的结果,竟是如此……"

她躲开克里姆,几乎是跌倒在沙发角上。

"是呀,这算什么爱情啊!"萨姆金喃喃道。

莉吉雅怒不可遏地打断了他的话:

"哎哟,得了吧! 你不懂。在恋爱中是不应该有疾病和痛苦的,也不该有任何龌龊的东西……"

她摇摇摆摆地弯下身去,带睬不理地继续往下说:

"不管怎么说,反正是太可怕了! 你还不晓得吧,我父亲去年冬天又给一个女歌剧演员迷住了;她是一个胖乎乎的、脸蛋儿红红的下流女人,活像个小商贩。我跟维拉·彼得罗夫娜的关系闹得很不好,我们彼此没有友爱。可是,上帝呀,她太痛苦了! 她的眼睛像发了疯似的。你看见吗,她的头发白了多少呀?这一切是多么卑鄙而又可怕呀!人们是在互相糟蹋。我想要生活,克里姆,但我不知道该怎么生活才好。"

最后一句话她说得特别激动,简直叫克里姆有点儿心慌意乱。但是她要求他:

"喏,请你告诉我,该怎样生活呀?"

"你要恋爱!"他轻轻地回答。"你若是爱上一个人,那就一切都明白了。"

"你是怎么知道的?难道你有体会?不,不会明白的。不会的!我知道应当恋爱,但我相信我是不会称心如意的。"

"为什么不会呢?"

莉吉雅胳膊肘儿撑在膝盖上,抿着嘴唇,缄默不语。她那黝黑的脸庞,因为充血显得更黑了。她像个瞎子似的闭着眼睛。克里姆挺想对她说些安慰的话,但是没有来得及说出口。

"我上戏剧学校原来就是为了离开家,而且也因为我不喜欢什么产科学啦、显微镜啦等等这些玩意儿!"莉吉雅心乱如麻地说着。"我有一个女友,成天摆弄她那架显微镜,她很相信它,犹如一位老太婆虔诚地拜领神秘的圣餐一样。然而,从显微镜里,既看不见上帝,也看不见魔鬼。"

"当然,即使用望远镜也是看不见上帝和魔鬼的!"克里姆怯生生地开了句玩笑,心里不禁责备自己太胆小了。

莉吉雅盘腿坐在沙发床的一个角上。

"我觉得,"克里姆壮着胆子说起来,"我甚至相信,那些纵情幻想的人们定会生活得轻松一些。亚里士多德①就说过,遐想比现实更真实。"

"不,"莉吉雅断然反驳说。"并非如此!"

---

① 亚里士多德(前384—前322),古希腊哲学家,他在《诗学》中曾认为历史是真实事件的描述,而诗歌则包含着比历史更有哲理、更严肃的成分。

"难道诗不就是遐想的吗?"

"不是的,"姑娘的话说得更强硬了。"我不会争辩,但我知道这是错误的。遐想同我毫无缘分。"

她用手碰了一下克里姆的胳膊肘,恳求道:

"你不要像托米林那样引经据典好吗?……"

她的举动使克里姆惶惑不安,他躲开她,惘然若失地嘟哝道:

"随你的便吧……"

他俩沉默了一两分钟,随后莉吉雅提醒他说:

"天已经很晚了。"

## 七

克里姆回到自己房间,一边脱衣服,一边觉得很后悔:为什么这样胆怯呢?他并不是头一次才发现,每逢他单独和莉吉雅在一起的时候,就觉得心情很紧张,而每次相会之后,这种心情就更甚一层。

"我已经不是一个爱上她的中学生了,也不是马卡罗夫,"他寻思着。"我对她的缺点了如指掌,至于优点么,其实我是不清楚的。"他尽力在说服自己。"关于美的问题,她简直是在胡说八道。她的话统统是臆造出来的……对她这样年龄的姑娘,这种言谈很不正常。"

他想弄明白,究竟为什么他如此迷恋这个姑娘。他觉得自己不但对她没有爱恋之心,就连玛尔加丽塔那种正经八百的爱抚和涅哈叶娃的贪欲所引起的生理上的好奇心,也不存在。然而,他却越发难于克制地迷恋上了莉吉雅,并且从这种迷恋中隐隐约约地觉察到对自己的凶兆。有时他觉得,莉吉雅对他的态度很孤傲,就像他童年时代对待所有其他女孩子一样,那时他认为除了莉吉雅之外,她们都是比他低一等的生物。克里姆一想到他这位小巧玲珑的女友老是表现出一种想发号施令的欲望,就以为她这种欲望现在发展得更古怪了,更严重了,在力量上莉吉雅也一定胜过了他。这欲望并不表现在莉吉雅的言谈之中,而是隐藏在她的话语后面;她恳切要求克里姆成为另外一种人,要他改变思维方法和言谈方式,要他表现出异乎寻常的坦率态度。她用教诲的口吻说:

"你说话的学究气味太浓,对人老摆出一副钦差大臣的架势!你为啥笑得那么不自然呢?"

凡此种种,都引起克里姆的反感,使他觉得必须进行自卫。这也提醒他不要忘记马卡罗夫的前车之鉴,同时告诉他:

"不要再去理她了,到此为止吧!况且,我对她也并无所求哇!"

他尽量表现得泰然自若,竭力想让莉吉雅相信他对她是无动于衷的;他在她眼皮底下转来转去,很希望她能觉察到他那种超然自持的神气。可是当她发现他这种神气以后,居然轻蔑地问道:

"你这是在跟谁怄气呀?"

随后她又纠缠不休地试探他:

"你为啥喜欢《我们的心》①这本书呢?多蹊跷,一个男人是不该喜欢这种书的!"

要回答她这些问题,并非总是轻而易举的。克里姆觉得这些问题的背后还隐藏着一个想抓他小辫子的意图,以及另外一种东西,不过也是深藏在她那双乌黑的眸子和凝神探究的目光里的。

有一回,他实在憋不住了,便气呼呼地质问她:

"你干吗像考小学生似的考我?"

"真的吗?"莉吉雅惊诧地问道。

她露出一丝令人纳闷儿的笑意,非常温和地说道:

"不,你简直不配称作青年,你是那样……"

她在思索下面的词儿,结果只找到两个字儿:"特别"。

随后,又像往常一样地追问起来:

---

① 法国作家莫泊桑一八九〇年所作描写男女之间钩心斗角恋爱心理的小说。

339

"你从罗登巴赫的书中有何发现？在我看来，他的作品不过是一块劣等肥皂泛起的泡沫。"

## 八

一天晚上，春雨猛烈地拍打着窗扉，克里姆的房间闪过一道蓝光，窗玻璃给雷霆震得直抖动，吱吱咯咯响起来，克里姆触景生情，竟吻了吻姑娘的手。她对于这个举动却泰然自若，仿佛没有什么感觉似的。但是，当克里姆想要再吻一次的时候，她轻轻地把手缩了回去。

"你不相信我，可我……"克里姆顺水推舟地说起来，但是她打断了他的话。

"你根本不像骑士戴戈利。我也不像曼侬①。"

过了一会儿，她忽然哆嗦一下，说道：

"我觉得演员跟女人谈恋爱最叫人恶心了。"

"为什么只是演员呢？"克里姆慌忙问道。

她没有回答。

她的这种想法是突如其来的，同以前的思绪毫不相干，然而克里姆总觉得这话中有某种可疑的含沙射影的味道。他该不是把他也当成一个演员了吧？他已经意识到，莉吉雅不论在说什么话，她心里想的准是爱情，就像马卡罗夫老是念念不忘女人的命运，库图佐夫不忘社会主义，以及涅哈叶娃在没有尝到恋爱滋味以前仿佛一直想着死一样。克里姆·萨姆金越来越不喜欢并且害怕那些仅仅沉醉于一种思想的人了，因为他们都是些强暴者，都想方设法要奴役别人。

他每每觉得莉吉雅是在玩弄他，因而加深了他对她的憎恶，同时也更增强了他的懦怯心理。可是他又惊诧地发现，即使这样，也不能使他离弃这位姑娘。

---

① 法国作家普列沃（1697—1763）的小说《骑士戴戈利和曼侬传》中的两位主人公。书中描写一个年轻贵族对一个贫贱少女的纯真爱情。

他感到最为尴尬的,是她有时在谈话中间忽然陷入一种令人吃惊的痴迷状态。她紧紧抿住嘴唇,睁大两只眼睛,呆呆地注视着他,仿佛要把他看穿似的。她那黑黝黝的脸上显现出冥思苦想的神情。此刻她仿佛骤然变得老练了,敏锐了,聪明得令人可怕了。克里姆因为吃不消她那炯炯的目光,便低下头去,以为她马上就会臆想出一些离奇古怪的事情来,并且要求他去实施这种臆想。他生怕自己缺乏胆量拒绝她的要求。只有一回,他壮着胆子问道:

"你怎么啦?"

"我没怎么呀!"她用大家都听惯的一句空话回答他。但随即脸上悠悠显出一丝笑意,说道:

"我是给沉默鬼迷住了。你还记得帕甫拉吗?就是那个偷了我家的东西逃之夭夭的女仆呀!她跟我说过,真有这样一种怪物,名叫'沉默鬼'。我知道这种怪物——甚至还看到过它——像一片云霞,像一团烟雾。它会将人缠住,钻进他的心腹,使他的灵魂空虚。它是那样阴森可怕,所有一切,诸如思想、语言、记忆、智慧,等等,都会被它吞没!给人剩下的只是一点点,那就是自我恐怖。你懂我的意思吗?"

"我懂,"克里姆一面回答,一面盯着她的脸,瞧她那故作的笑容怎样渐渐消失。他心里说道:"她是在逢场做戏,准是的!"

"可我不理解,"她脸上又掠过一丝讪笑,接过话茬说。"我即不理解自己,也不理解别人。我觉得……我不擅于思想。或者说,我心里想的唯有我自己的意念。在莫斯科的时候,我认识了一位教派分子,他样子很天真,长着一副狗脸,时常摇晃着身子,叽里咕噜地念道:

腿在唱——我往哪儿迈步?

手在唱——我为什么拿住?

身体在唱——我为啥活着?

你说这不奇怪吗？他这样天真,而且瘦弱,在我看来,他又何必念叨这些东西!"

克里姆同意说:

"是没有必要。"

可莉吉雅却突然声色俱厉地问他:

"但是,假如真有这种必要那会怎样呢？你又怎么知道必要或者不必要哇？"

她有个习惯:逼着你同意她的见解,但又马上对自己的话加以否定。克里姆轻易地同意了她的看法,并不想和她争辩,因为她根本听不进别人的意见,所以跟她争辩也是徒劳的。

## 九

克里姆看得出,他母亲很不高兴他和莉吉雅单独交谈。瓦拉甫卡也皱着眉头,两片红嘴唇抿着大胡子直嘟哝:鸟儿学会飞翔之后,就该给自个儿筑巢了。他风尘仆仆回到家来,显得精神倦怠,满面怒容;浑身上下,衣服都是皱巴巴的,那副狼狈相,好似刚经过一番厮打回来。他把那臃肿的躯体塞进一只皮沙发椅里,喝着掺有白兰地的矿泉水,捋了下大胡子,然后骂起市政府,地方自治局和省长来。他说:

"在俄国有两种人:一种人只会思考和谈论过去;另一种人只会思考和谈论未来,而且一定是很遥远的未来。现在和明天的事情几乎谁也不感兴趣。"

母亲坐在他对面,那姿势好像等着画师给她画像似的。莉吉雅从前就对父亲不大亲热,现在跟他说话的态度更孤傲失礼,表情冷淡了,仿佛他对她来说是一个无用之人。这种令人烦恼的寂寥把克里姆驱赶到大街上。他在那里看到,一个酩酊大醉的小市民正在向一位独眼的农村胖女人买鸡蛋。他把鸡蛋从篮子里拿出来,对着太阳光照照,一面往口袋里装,一面操着鞑靼语说道:"亚克西,乔赫亚克西。①"

一个鸡蛋从口袋里掉出来,他把它踩碎了,一摊蛋黄在脏乎乎的靴底子下面咕唧咕唧直响。在"莫斯科旅馆"前面一块破招牌上落着几只鸽子,正对着一扇小窗户窥探。小窗子里面站着一个没穿上衣,蓄着一撮小黑胡的男人。他吹着口哨,焦急地皱着眉头,一面仔细端详,一面把浅蓝色的背带放松。一位和颜悦色的老太婆推着一辆摇篮车,车里面露出一双像玩具一般的粉红小手,在空中乱抓;老太婆推的小车轮碰了克里姆一下,她却恶人先告状地吼了起来:

"你看不见吗?啊,还戴眼镜呐!"

她停下来,闻了一下鼻烟,随后把那些不信上帝的大学生数落了半天。克里姆边走边想着那个嘟嘟哝哝念叨"腿在唱——我往哪儿迈步?"的教派分子,想着那个酩酊大醉的小市民,那位暴戾的老太婆和那个对自己的背带饶有兴致的黑胡子男人。这些人的生活究竟有何意义呢?

在两道腐朽的木栅栏当中的一条狭窄的死胡同里,有二十来个男孩儿正在吵吵闹闹地玩打棒游戏。伊诺科夫趴在一边地上,赤着脚,光着头,乱蓬蓬的毛发在太阳下闪闪发光;他那多斑点的脸上老是笑眯眯的,雀斑也仿佛在跳动。他像祈求似的,兴致勃勃地大喊:

"佩佳,你沉着点儿,别慌!打那根直立的!打直立的……哎呀,可惜打偏了!"

伊诺科夫常常在克里姆眼前一闪而过。他有时低着头,迈着大步到什么地方去;两手攥成拳头放在背后,好像肩上驮着无形的重负似的。他有时坐在公园里的长椅上,张着嘴,着迷似的看着孩子们玩耍。

从希尼奥夫商店地窖里爬出来成千上万条蛆,它们到处乱爬,爬到房基的灰石头上,像涂了一层会活动的黑边似的,有的爬到人行道上,爬到行人的脚下。人们一见到蛆就赶快躲开,有的害怕,有的憎

---

① 即"好,很好"的意思。

恶;有的狠狠咒骂,有的幸灾乐祸:

"这是要倒霉,这不是好兆头!"

"胡说八道,"伊诺科夫一面喊,一面哈哈大笑,露出两排不齐而又可憎的牙齿,解释道:

"一定是什么东西腐烂了……"

人们都躲着他这个身体瘦长的人,好像躲开蛆虫一般。有一回克里姆和他迎面相遇,本来想跟他寒暄几句,但是伊诺科夫却瞪着两眼,抿着嘴唇,像瞎子似的走了过去。

## 十

有那么两三回,伊诺科夫陪着柳芭·索莫娃来看望莉吉雅。克里姆发现,这个身材跟个木橛子似的小伙子在莉吉雅那里感到挺拘谨,俨然一位不速之客。他好像木桶里的一条泥鳅正惘然若失地来回徜徉,摇晃着他那留着长发的脑袋,绷着满是雀斑的脸,用疑问的目光打量着屋里的摆设。很明显他是不喜欢莉吉雅的,但是却在研究着她。他突然走过来,扬起眉毛,瞪大眼睛,问道:

"您喜欢屠格涅夫的作品吗?"

"我读他的作品。"

"您说'读他的作品'是什么意思?是正在读呢,还是已经读过了?"

"喏,好吧,就算读过了吧,"莉吉雅嫣然一笑,同意说,而伊诺科夫却用教训的口吻提醒她:

"《圣经》、普希金和莎士比亚的作品都是要读的,而屠格涅夫么,为了履行对俄罗斯文学表示敬重的义务,随便看一下也就行了。"

尔后他就信口胡诌起来:

"屠格涅夫是个糕点匠。他肚子里没有艺术,只有糖饼,而真正的艺术是不甜的,它永远带有苦味。"

他说完就溜掉了。还有一回,也是冷不防地从背后走过来,站在她的身旁问道:

"您读过契诃夫的《没意思的故事》①吗?很有趣,是吧?那位教授一辈子教导别人,到临终时才恍然大悟,'人们并没有共同的理念。'那么他一生的处事准则又是什么呢?既然没有共同的理念,那他究竟教导人们些什么呢?"

"什么共同的理念,还不是陈词滥调吗?"莉吉雅说道。

伊诺科夫惊诧地瞟了她一眼,说道:

"真是这样吗?噢,是的……我没有想过,我不晓得。"

他又喋喋不休地说下去:

"契诃夫本人也缺乏这种共同的理念。他既不相信个人,也不相信人民。可列斯科夫②就是相信个人,对于人民也不怎么相信。他就骂过:'斯拉夫的废物,祖国的败类。'③然而他,列斯科夫洞悉整个的俄罗斯。契诃夫的许多成就要归功于他呐。"

"我看不出这一点,"莉吉雅仔细观察着伊诺科夫的脸色,说道。

"您把他俩的作品对照读一读,就看出来了……"

他用手指触了一下姑娘的肩头,把她吓得直往后退。他问她:

"告诉我,那位美人儿,就是您那位女友,她现在在哪儿?"

"可能在家里吧,您找她吗?"

莉吉雅笑起来,伊诺科夫脸上的雀斑也在颤动,像小孩子似的,嘴里直流哈喇子,他眉开眼笑,显得很温和。

"我问得可笑吗?喏,这没什么关系!当然,我并不要找她,可我有点儿纳闷儿,想知道她是怎么生活的?她长得那么漂亮,不是个负担吗?而且,我一直在琢磨,我国在新沙皇统治下一定会出现一位罗

---

① 契诃夫在该书中描写了一位德高望重的教授尼古拉·斯捷潘诺维奇,他承认:"我只是在风烛残年才恍悟到我那些哲学家同行们所说的'共同理念'是不存在的。"
② 列斯科夫(1831—1895),俄国作家。
③ 此句出自列斯科夫的小说《大自然的产物》。这篇小说的主人公冲着被他鞭打的农民说:"咳,你们这些斯拉夫废物,你们这些祖国的败类!"

拉·蒙苔斯①。"

"他爱上她了呗,那还用说!"索莫娃温存地瞟一眼她的男朋友,说道。"他呀,就是贪恋女色!"

"爱上她?简直胡说八道。我连怎么恋爱都不会。不过这位小姐可使我想到了许许多多。她是生不逢辰哩,所以我一想到她,心里就难过。"

"您顶好是不要去想,"莉吉雅劝他。

伊诺科夫双眉紧蹙,吃惊地问道:

"您是说只准看而不准想,那怎么行呢?"

等他和索莫娃走后,克里姆问莉吉雅:

"你为啥用一种贵族老太婆的腔调跟他谈话?"

莉吉雅微微一笑,双手交叉在胸前,耸耸肩膀,解释说:

"我也觉得这很荒唐,但我没有别的办法。我以为,若是换个腔调跟他说,他准会把我放在他的膝盖上,抱住我,以至于盘问我:'您是怎么回事呀?'"

克里姆略一思忖,说道:

"是的,他是什么厚颜无耻的勾当都干得出来的。"

---

① 罗拉·蒙苔斯(1818—1861),西班牙舞蹈家,曾受到巴伐利亚国王路德维格一世的钟爱,封为"艺术之王",这是酿成其逊位的一个主要原因。

# 第十一章

## 一

一天傍晚,索莫娃独自来找莉吉雅,她神色慌张,有气无力地说道:

"让我在你这儿住一夜吧,莉杜莎!我那最亲爱的格利舒克①到一个什么县里去了,他得去看看庄稼人怎么暴动。请你给我点儿什么喝喝!可不要牛奶,最好是葡萄酒,好吗?"

克里姆到楼下去拿来一瓶白葡萄酒,三个人都坐在长沙发上,于是莉吉雅问她的女友:伊诺科夫为人怎样?

"哎,我也不知道,我的朋友!"索莫娃把两手一摊,稀里糊涂地说道。克里姆觉得她说的倒是真话。

"我跟他认识已经六年,同居也一年多了,可是我难得看见他,因为他老是离开我,四面八方到处跑。有时候,他像一只黄蜂似的飞进来,绕几个圈圈,嗡嗡叫一阵,冷不防地说:'柳芭,明天我要到赫尔松去。' Merci, monsieur. Mais – pourquoi?② 我亲爱的朋友,在咱们农村说法语是极其可笑的,也是令人讨厌的,可人们还是要说!也许这样做

---

① 格利戈里的爱称。
② 法语:谢谢您,先生。然而这是为什么呢?

是为了可笑更可笑,不然就是为了提醒自己还有别人,还有别的生活方式呐。"

她用滑稽的腔调开起玩笑来,不过她越说越显得忧心忡忡,尽管不时地流露出怅惘的幽默感。

"他说我们应当熟悉俄罗斯。想知道一切,就是他的最终目的。他甚至在一首诗里也表达了这种心情:

> 我要砸碎这节节锁链!
> 誓酬那梦寐以求的宿愿,
> 为此,知识的狂魔撒旦,
> 才把我的灵魂召唤!

是的,就这样,一忽儿他不见了;也不来信,仿佛没有我这个人似的。一忽儿他又闯进了屋门,做出一副亲昵而又抱歉的样子。我问他上哪儿啦?都看见了什么呀?他就讲一些不大使人惊奇的事情,然而却是⋯⋯"

索莫娃的眼睛里沁出了泪珠,她掏出手帕,羞涩地擦擦眼睛,又笑呵呵地说:

"真烦死人啦!原来是这样:他说在马利乌波尔①有个商人的寡妇嫁给了一个黑人水手,这个黑人皈依了东正教,现下在教堂唱诗班左边的席位上唱男高音。"

索莫娃又大声哭起来,用手帕捂着眼睛。

"黑人的事我是不相信的,那是他瞎编的。可是瞎编些离奇古怪的事情也是他的拿手好戏。他老跟生活争辩,就像跟脾气乖戾的妻子争辩一样,叫喊:哎呀,你怎么这样?哼,你瞧吧,我有更妙的办法来对付你哪!噢,我的伙伴们,他可把我吓坏了!在我们住的村子里有个

---

① 乌克兰的城市。

无赖汉,叫米凯什卡·包贝里的家伙,他胡作非为,弄得大家不能安生。格利沙①住在那儿的时候,跟他混得很熟,每次遇到他都在他面前来个倒立,两脚朝天。大家都哄然大笑,不晓得这是什么名堂?米凯什卡也跟着哈哈大笑。随后姑娘和小伙子们就逗他:'包贝里,你可没这两下子哟!'于是他勃然大怒,爬起来跟格利沙厮打。但是格利沙比他有劲儿,把他捺在地上,像逗弄小孩子一般,揪他的耳朵。可是包贝里是一个快四十岁的人了。格利沙一边拧他耳朵,一边呵斥他:'不许你再胡闹!听见吗?要胡闹谁都会,而且比你强!'"

索莫娃紧蹙双眉,长吁一声,又轻声说下去:

"说真格儿的,我看见他骑在包贝里背上很不是滋味。格利戈里发起脾气来,脸色真可怕!后来米凯什卡哭起来。倘若是单单把他揍一顿,他不会这样委屈,这回却是拧他的耳朵,出了他的丑呀!因为大家都嘲笑他,他就跑到热多夫斯基庄园当雇工去了。说真的,他走掉我很高兴,因为他常常从窗户往我屋里扔脏东西,什么死老鼠啦,活刺猬啦,等等,我特别害怕刺猬!"

索莫娃战栗了一下,喝了口酒,舔舔嘴唇,仿佛回忆着久远的往事,说道:

"庄稼人都很喜欢格利戈里。他向他们讲述他所知道的一切。他一向愿意帮助他们干活儿。他是个出色的木匠。会修理大车,会干各种各样活儿。"

她心灰意懒地叹了口气,沉默了片刻,又接着说:

"他干起活儿来高高兴兴。"

克里姆听完她的讲述,认为伊诺科夫肯定是个神经不正常的,危险的人物。翌日他把自己的推断告诉了莉吉雅,但是她却很肯定地说:

"我喜欢这样的人!"

---

① 格利戈里的小名。

"可你也许并不合他的心意呀!"

莉吉雅不作声了,并且瞥了他一眼。

## 二

过了两天,索莫娃又慌里慌张地跑来了。

"省长已下令,要把伊诺科夫从本城驱逐出去,因为他写了一篇报道,讲省长夫人为救济遭受火灾的难民发行彩票的事,使省长大为光火。他们正在搜捕格利沙,来了一队警察,要我说出他在什么地方。可我也不知道他在哪里,但他们不信!"

她坐在椅子上,抱着头,摇晃着身子,继续往下说:

"我更不能告诉他们:他到农民暴动的地方去了!何况我根本不知道他们是在哪儿暴动的呀!"

莉吉雅尽力安慰她,但她声音哽咽地说道:

"你不晓得呀,我这位爱人就跟个瞎子似的,莽莽撞撞。他真是不自量力,胆大妄为。他需要一个带路的人,需要一个保姆,我在他身边就干这事……莉达,请你向你父亲求个情……不过,这不行,不用了!"

她从椅子上跳起来,急冲冲地吻了一下女友,走到门口又转过身来,说道:

"我在纳闷,是不是德罗诺夫泄露了这篇通讯的事,因为除了他谁也不知道哇?而且他们发觉得太快了,很可能是德罗诺夫……再见!"

她走了,已经有两个多星期没有在城里见到她了。

克里姆坐在市立公园的水池边上,瞧着映在浅绿色水面上的歪歪扭扭的身影,回忆着这一切。他用手杖拍击一下水面,溅起了白色的水花;当他把自己的身影戳乱以后又凝视着水面上慢慢复现出自己的头、肩膀和闪闪发光的眼镜。

"为什么要有索莫娃、伊诺科夫这类人呢?现实生活真是太错综复杂啦!"他心里寻思着,竭力想证明倘若连莉吉雅也没有的话,那生活一定会轻松、简单一些的。在他看来,莉吉雅之所以显得神秘莫测,似乎就是因为她很胆怯,比涅哈叶娃还胆怯,然而她也是同样紧张地在窥伺适当的时机,以便显示自己的本能。假如没有托米林,库图佐夫,甚至没有瓦拉甫卡,总而言之,假如所有这些聪明人和语言的魔术师统统没有的话,生活一定会过得安宁一些。力图把自己的想象和臆造强加于人,并以此为终生志向者,真是不乏其人。图罗博叶夫比喻得很恰当:

"我们每个人都像瑞士奶牛似的,走起路来脖子上挂个铃铛。"

每当这类思想出现在萨姆金脑海的时候,他都明晰地感觉到:这恰恰是他的真思想,也正是这种思想使他鹤立鸡群,与众不同。然而,他又觉得,就是在这些思想中也有一种彷徨犹豫、忐忑不安的因素。他不愿把这种心情倾吐出来,即使在莉吉雅面前他也巧妙地掩饰着。

池水面上,在他那白上衣倒影的旁边,出现了一个黑影,同时传来一个女人般的声音,怨声怨气地问道:

"喂,萨姆金,你怎么不理人了?"

克里姆大吃一惊,一挥手杖,站起身来,原来是德罗诺夫站在他身旁。皱巴巴的制帽歪扣在脑门上,两只大耳朵显得更扎煞了,滴溜溜的一对小眼睛在帽檐下闪闪发亮。

"我曾经要求跟你见见面,索莫娃告诉过你吗?"

"我没有工夫啊!"萨姆金一面握着那只硬邦邦的手,一面说。

"可你坐在臭水池边倒有工夫,是吗?"

德罗诺夫又擤鼻涕又咳嗽,并且直往水池里吐痰。克里姆看见那痰正好吐在他克里姆的白制帽在水中的倒影上,或者吐在离它很近的地方。克里姆后退一步,仔细打量着伊万·德罗诺夫的脸庞。他的脸比从前消瘦多了,那只肿胀的小红鼻子气呼呼地抽搐着,两眼射出愤怒的光,比以前更明亮,更冷漠了,不像克里姆所记得的那样紧张地滴溜溜转了。德罗诺夫操着陌生的浓重鼻音,慌里慌张、语无伦次地讲到,他日子过得很不妙,没有工作,在啤酒厂地窖里洗了两个星期的酒瓶子,因此着凉患了感冒。

"你没有香烟吧?"

"我不抽烟。"

"噢,我还忘了。你以后也不打算抽烟吗?"

"我不知道,"克里姆耸了耸肩头,说道。

"当然,你是不会抽烟的。"

德罗诺夫发出呼哧呼哧的声音,长吁一口气,然后又咳嗽一阵,说道:

"那么说,你是在念书喽? 可是他们激起了我的求学欲望,却又把我撵了出来。假如不是他们把我弄进中学去的话,我本来可以去画画牌匾或者圣像,或者像修理钟表这种行业,也是满好的。总而言之,可以干些轻松的活儿。可是现在,你瞧,就是这样高不成低不就地混日子。"

克里姆定睛看了一下他那扎煞的耳朵,心里思忖:

"若是你不把禁书拿到学校去,那不就没事了吗?"

他甚至想把这一点告诉德罗诺夫,但是德罗诺夫仿佛已经猜到了他的心思,说道:

"这些白痴把我开除中学那会儿,那里只有三个七年级学生读过托尔斯泰的小册子,可是现在……"

他摆了摆手,懊丧地说:

"现在,学生们的头脑越发痒痒了。并且来了一位像你伯父那样的先知以赛亚,他规劝大家说:亲爱的同学们,你们将会成为英雄,把沙皇赶下台去。"

"你认为怎么样? 赞成把沙皇赶下台吗?"

"我可不玩这种游戏。老弟,我是既不相信伯伯,也不相信阿姨。"

德罗诺夫的歪嘴唇上掠过一丝冷笑,摩挲着下巴颏上的小黑胡子,更加和蔼地说道:

"我相信托米林。此人既不向我要求什么,也不催促我去干什么。

他只求在自己的小阁楼上对人间世道海阔天空地发一通议论,就心满意足了。他只是在书堆里和概念中蹉跎岁月,非常简单地证明,世界上的一切事物都泾渭分明,一清二楚。老弟,他只教人一点,那就是什么也别相信。这真可以说是光明磊落,是吗?"

他打量一番克里姆的眼睛,又重说一遍:

"这难道还不光明磊落吗?"

"是的……"

德罗诺夫摘下制帽,用它拍拍膝盖,更加心平气和地说下去:

"他是一位杰出的人物。他过得快快活活,从不愁眉苦脸。前几天这里死了一个人,他的一位生前好友在为他送殡时风趣地说:'他活了三十九岁,愁眉苦脸三十九年,现在终于忍无可忍,便死去了。'而托米林却能忍受许许多多的痛苦。

  他不屈不挠像鞑靼人那样强悍!
  他刚毅勇健似猛犬逐猎一般![①]"

乌云从树后升起,池水失去了油润的光泽。一阵凉风吹来,拂动池水泛起微微涟漪,树叶沙沙作响,尔后又复归宁静。

"他恐怕要唠叨半天吧?"克里姆一面寻思,一面瞟了德罗诺夫一眼。

"他写了一篇文章《论第三种本能》。我不晓得什么内容,不过我看见了文前的一句题词:'我并非寻求安慰,只为探索真理。'他把稿子寄给了莫斯科的一位教授;这位教授用绿墨水在稿子的首页上批了几个字,答复他:'异端邪说,有伤大雅'。"

德罗诺夫喜形于色,但没有大笑,而且有些惶惑。他一面拉扯他的制帽,一面说道:

---

[①] 出自基列耶夫斯基一八六八年收集的《民歌集》。

"当然,若不是那位厨娘救了他,他会饿死的。她把他当作圣人看待;把她丈夫的衣服拿给他穿,供他吃,供他喝,甚至陪他睡觉。你瞧,怎么样?

　　　　大凡成功都不免有牺牲,
　　　　命运之神也要赎罪供品。①

厨娘就是他这位哲学家的'命运之神'啊!"

德罗诺夫说得上气不接下气,又快又急,很想在咳嗽的间隙尽量多说几句。听他说话是既难受,又枯燥。克里姆一面瞧着德罗诺夫拼命揉搓他的帽子,一面想着自己的心事。

"文学家皮谢姆斯基②的命运之神也是一位厨娘,没有她,他连街都不上。可是我的命运之神至今还不来光顾我!"

萨姆金忽然想起要问问他玛尔加丽塔的事情,但又马上打消了这个念头,因为他害怕德罗诺夫的话匣子一打开,就说个没完,使他那肆无忌惮的腔调有增无减。他想起来,这个叫人讨厌的家伙曾经一面嘲笑马卡罗夫的苦恼,一面放肆而又恬不知耻地说:

"他是个怪物。他怕什么呢?头一回他可以闭起眼睛来,好像喝蓖麻油一样,不过如此而已。"

"你的伯父正在鼓吹爱……"

"他已经被捕了。"

"我知道。可是他的爱是为了战斗……"

"这话兴许是对的。"克里姆心里想。

"然而托米林的活动中却根本排除爱之类的东西。老弟,他并不坏,也不骗人,你干吗不去看看他呢?他知道你回来了。他很夸奖你,说你是一个会独立思考的人。"

---

① 出自涅克拉索夫一八八五年写的诗《在医院》。
② 皮谢姆斯基(1820—1881),俄国作家。

"当然,我是要去看他的,"克里姆说。"不过我要到别墅去办一件事,明天就走了……"

他并没有什么事,也没有打算去别墅,不过他不愿去看托米林,是因为德罗诺夫那种肆无忌惮的腔调使他越来越惶惑不安。克里姆以前觉得,德罗诺夫越是气冲冲地责备他,他就越发有主见,但是现在德罗诺夫这种喋喋不休的言谈却使他感到窘迫了,他怕他常来找他,妨碍他生活。

"伊万,你不需要钱用吧?"

克里姆刚刚问出口,便恍然大悟,觉得这句话应当早一点问,或迟一点问才好。

德罗诺夫站起来,环顾四周,慢慢把制帽扣在扁平的脑瓜上,又坐下去,说道:

"我需要钱。"

他接过钱以后,猛然伸开一条腿,把钱放进皱巴巴的裤子口袋里,扣好灰上衣上仅剩下的一个钮扣;上衣的胳膊肘已经磨了个洞。

"我去修靴子。"

他对着黑乎乎的池水啐了一口,不知怎么又唠叨起来:

"去年夏天,有一位名叫穆辛-普什金的地方官,在游人众目睽睽之下脱得精光,在这个水池里洗起澡来。过了几天,他回到自己的乡村,从窗户里用猎枪射击刚刚放牧回来的牛群。庄稼人把他捆起来,送到城里,但是这里的医生断定,这位地方官早在两三个月前,就已经发了疯。他居然在发疯的状态中办公,审讯犯人。还有一位布朗斯基,也是一位地方官,每当马夫牵着马去洗澡的时候,倘若乡民不给他的马脱帽行礼,他就罚乡民每人半个卢布。"

## 三

克里姆又坐了两分钟,便跟德罗诺夫告别,回家了。他在一条小路的拐弯处回头看看：德罗诺夫还坐在椅子上,弯着腰,那架势活像要跳进黑乎乎的池水里似的。克里姆·萨姆金恼恨地将手杖往地上一戳,煞有介事地加快了脚步。

他对这次会面极为不满,对他自己跟德罗诺夫谈话时表现的那种平庸无能和精神不振的样子也很气恼。他一面呆呆地听着德罗诺夫唠唠叨叨,一面心里纳闷儿:莉吉雅和阿琳娜三天来在喁喁私语些什么呢？她俩为啥今天突然去别墅呢？阿琳娜的表情很激动,她似乎是哭过了,她的眼睛显得倦怠;莉吉雅煞费苦心地照顾着她,快快不乐地咬着嘴唇。

克里姆迎风走在大街上。此刻已是华灯初上,店铺里灯火辉煌。一些纸片飞到他的脚下,使他联想到莉吉雅和阿琳娜昨天在花园里读过的那封信,想起了阿琳娜的吼叫声:

"不,他是什么东西？真是个下流痞！"

"莫非她说的是柳托夫吗？"克里姆心里猜想。"也许她不止这一桩恋爱吧？"

风把雨点洒在他的脸上,仿佛涅哈叶娃的眼泪一样温润。克里姆雇了一辆马车,钻到马车的皮篷里,愤然想到:莉吉雅对他来说简直是邪魔,是心病,在妨碍他的生活。

他回到家里,刚刚脱掉衣服,柳托夫和马卡罗夫就来了。马卡罗夫的衣冠皱皱巴巴,钮扣也敞着;他嬉皮笑脸地在客厅里四下张望,仿佛来到了他好久不曾光顾的小饭馆似的。柳托夫穿一套法兰绒礼服,一双浅黄色皮鞋,样子显得特别荒唐可笑。他把小连鬓胡子刮掉了,只留下一撮稀疏的宛如猫须一般的胡髭,这副相貌叫人看着真别扭。在克里姆看来,柳托夫现在这张脸很像个蒙古人,厚厚的嘴唇,大大的嘴巴跟脸太不相称;他咧着大嘴,发出阵阵狂笑,两排尖而细的鱼牙闪着光亮。

克里姆看见柳托夫吻他母亲的手时,歪着脖子,一双贼眼滴溜溜地打量着她的身段,这种放肆无礼的举止使他大吃一惊。

"他是羞涩呢,还是下流?"克里姆一面自问,一面怫然动气地瞧见柳托夫眼珠子又倏然溜到瓦拉甫卡的红脸上,而当他看见瓦拉甫卡欣喜甚至恭敬地接待莫斯科的这位来客时,就更加惊诧了。

"我叔父拉杰叶夫已经通知您……"

"当然,当然,"瓦拉甫卡大声说着,把一把软椅推到客人面前。

"您是想买图罗博叶夫家的田产……"

"正是。"

"那里有一块争议地段。我的未婚妻,也就是令爱的好友阿琳娜·玛尔科夫娜·捷列普涅娃的姑母,对图罗博叶夫家这块地的所有权提出了异议……"

克里姆听见柳托夫模仿《卡希拉老人》①中文书官的腔调,用一种讼棍的口吻,故意瓮声瓮气地说话。

"不错,他正是阿琳娜所说的那种下流痞……"

"令爱贵体安否?我祝她……"

"很好。今天她跟您的未婚妻一道上别墅去了……"

"是今天去的吗?"柳托夫的问话里夹杂着咝咝的声音。他站起身来,两手扶着软椅靠背,但立即又坐了下去,说道:"连这样坏的天气也不顾吗?"

克里姆觉得柳托夫的这个动作很蹊跷,于是就更加仔细地观察起来,没想到柳托夫又换了一个调门儿,郑重其事而又沉着镇定地跟瓦拉甫卡谈田产问题,不再耍花腔了。

母亲招待马卡罗夫时故意装出一副兴致勃勃的样子,真叫人犯疑;她只是在接待她不喜欢,但对她又很有用场的人时,才做出这种样子。当瓦拉甫卡把柳托夫领到自己办公室去以后,克里姆便开始注意母亲的表情。她摆弄着一副长柄眼镜,笑容可掬地坐在沙发上,马卡罗夫坐在他对面的软椅上。

---

① 俄国剧作家阿维尔基耶夫(1836—1905)的话剧。

"克里姆告诉我说,教授们都很喜欢您……"

马卡罗夫乐呵呵地说:

"教授功课要比学习功课容易些……"

"母亲为啥要说谎呢?"克里姆很纳闷儿。"我从来没讲过这种话呀!"

女仆走进来,对维拉·彼得罗夫娜说:

"老爷请您去……"

当他母亲急匆匆地离开以后,马卡罗夫惊诧地问道:

"阿琳娜是今天走的吗?怪事!"

"为什么?"

"是的……这就怪了!"

克里姆扑哧一笑,问道:

"有什么秘密吗?"

"不是,没有什么……你是不舒服呢,还是生气了呢?"

"我累了。"

克里姆朝窗外看看,只见朵朵白云好似从天空脱落下来,消失在屋顶和大树的后面。

"我若不理他,可就太不礼貌了,"克里姆无精打采地思忖着,但并没转过身来,问道:

"他俩吵嘴了吗?"

他没有听见马卡罗夫的回答,因为外面传来了母亲严厉的问话:

"难道您不认为,简单化是正常思维的可靠标志吗?"

柳托夫吸了一口斜插在琥珀烟嘴上的香烟,吧嗒吧嗒嘴唇,眨眨眼睛,喃喃说道:

"天真哪……太天真喽!"

柳托夫、母亲和瓦拉甫卡三人都站在门口,仿佛不想进屋似的;马卡罗夫走过去,把柳托夫的香烟从烟嘴里拔出来,塞到自己嘴里,笑嘻嘻地对母亲说:

"假如他对您说了些什么可怕的话,您可千万别在意!那都是吹牛。"

但是柳托夫掏出表来,用烟嘴敲了敲表蒙子,问道:

"康斯坦丁,我们该走了吧?"

说完便转向瓦拉甫卡说:

"那就请您催一催图罗博叶夫好吗?"

他站在大块头的瓦拉甫卡身边活像个小孩子;两手垂着,缩成一团,显出一副受气包儿似的可怜相。

## 四

两位不速之客走后,克里姆说:

"真是一次奇特的造访!"

"他是无事不登三宝殿哪!"瓦拉甫卡纠正他的说法,并且马上摆弄着大胡子,用大肚子把克里姆挤到墙边,开始发号施令:

"明天早晨你到别墅去,在那里楼下给他们两位准备一个房间,在楼上给图罗博叶夫准备一间。你明白了吗?好吧,就这样……"

瓦拉甫卡像小伙子似的一步跨两阶,很快上楼回自己房间里去;母亲瞧着他的背影,双眉紧锁,长叹一声,说道:

"我的上帝呀,这位柳托夫有多叫人讨厌哪!阿琳娜究竟看上他哪一点啦?"

"金钱呗,"克里姆坐在桌边的一张椅子上,怏怏不乐地答道。

"幸好你不是一个谨小慎微的人,"母亲沉默了一会儿说道。克里姆也一声不吭,因为接不上她的话茬儿。于是她显然是心口不一地小声说道:

"马卡罗夫的面孔也很稀奇:如果从侧面来看,你会觉得很讨厌,但是从正面来看,却成了另一个人。我不是说他有两副面孔,来贬低他。不,可他……很不幸,他的长相就是两副面孔……"

"这话该怎么理解?"克里姆彬彬有礼地问。维拉·彼得罗夫娜耸耸肩膀,答道:

"这只是我的印象。"

她还谈了一些图罗博叶夫的事。克里姆没有留心去听,而是心里在寻思:

"她老了,也喜欢唠叨了。"

## 五

母亲走后,他顿时觉得一种从未有过的凄恻之感,仿佛一阵过堂风掠过他的全身。这凄恻之中充满了辛辣的气息,侵蚀着一切思想和希望,简直令人作呕。人的思维、语言和记忆机能的火种,仿佛只在他脑海和心胸刹时轻轻点燃,不过只是缓缓引燃成灰,却不能酿成熊熊烈焰。随之出现了对周围一切的深恶痛绝之感,而且犹如病魔一般呶呶不休。他憎恶墙壁上五颜六色、四四方方的画片,也嫌弃那些截住黑暗的玻璃窗和那张冒着热茶和木炭的呛人气味的桌子。

克里姆凝视着那只空杯子,听着渐渐消逝的火壶的刺刺声,自言自语地呆然重复着"苦闷"这两个字。

他那僵滞不动的大脑既不要去想,也想不出任何其他字眼。克里姆·萨姆金带着这种麻木不仁的心绪回到屋子里,打开窗户,坐下来望着花园里黑暗中一片湿漉漉的空间,耳边老听见这两个字眼在铿锵作响。他依稀记得,那些地方官吏不就是因为处在这种百无聊赖的压抑心境中才发疯的吗,不然德罗诺夫又为什么讲那些地方官吏的故事呢?他为什么老是讲一些荒诞不经的轶事呢?不过,克里姆不想去寻求这些问题的答案。

当他浑身感到凉飕飕的时候,他似乎才从神志恍惚的寂寥中解脱出来;他觉得仿佛过了几个时辰,但是当他懒洋洋地脱掉衣服,正要躺下去的工夫,他听见教堂远远传来的钟声只有十一下。

"才十一点吗？真怪……"

他躺下之后,觉得心灰意懒,疲惫不堪。一阵敲门声把他惊醒了,原来是女仆唤他去赶火车。他急忙跳下床,闭着眼睛站了一会儿,因为绚丽夺目的晨曦刺得他眼花缭乱。窗户是敞开的,湿漉漉的树叶反射出耀眼的光芒,晶莹的露珠在晨曦的映照下也呈现出五彩斑斓的虹霓。屋子里充满了泥土的湿气和鲜花的芳香,沁人心脾;清爽的晨风吹得皮肤凉飕飕的。克里姆·萨姆金打着哆嗦在思量:

"我昨天的情绪是很荒唐的。"

但是,他仔细一琢磨,又觉得这情绪在他心里只留下了薄的影子。

"这是心灵发展上的一种疾患,"他一面想,一面急忙地穿衣服。

# 六

傍晚,克里姆坐在一片夹杂着白桦树的小松林边沙丘上;在他前面一百来步远的地方,有一条小河潺潺流过,落日余晖洒在河面上,放射出绚丽的光辉;隐没在几棵歪歪扭扭的柳树当中的磨坊红屋顶,好似一团熊熊燃烧的火焰;河对岸田野里的庄稼正在茁壮成长。克里姆虽然知道这块地方以其风景秀丽闻名,可他仍然觉得这里的景致酷似儿童读物中的一幅水彩画。瓦拉甫卡在一个样子很像调解法官戴的大礼帽的土岗上盖了一座二层楼的大别墅。从岗坡一直到河边,还有六座镶嵌着俄罗斯雕花的五颜六色的小房子。在右面尽头上那座房子里,住的是阿琳娜的监护人,一个郁郁寡欢的老头子,他是地方法庭的成员;其余的几座也被城里人租去了,不过尚未住人。

四周一片宁静,只有一些知了在白桦树上啼鸣,还有一阵阵和煦的晚风,吹拂着松树的针叶发出窸窸窣窣的响声。克里姆在这寂静中已经不止一次听到阿琳娜娇滴滴的话语和甜蜜的笑声。但他硬是不想去找姑娘们。从瓦拉甫卡别墅烟囱冒出的烟,以及从敞开的窗户和仆人忙碌的情形来看,莉吉雅和阿琳娜应该知道有人来了。克里姆曾三番五次地到阳台上去,在那里久久伫立,希望姑娘们能瞧见他,跑过来看他。他看见了莉吉雅的窈窕身姿,橘黄色的上衣配着蓝裙子,看见阿琳娜穿一身红艳艳的衣服。她们怎么会没有发现他呢,可真叫人纳闷儿!

若是能够冷不防地出现在她们面前,说一些不寻常的话,或者做一些惊人之举,比如腾空飞跃,或者如履平地般地穿过狭窄而又深邃的河流,跑到对岸去,那有多棒啊!

"这念头太荒唐了,"克里姆一面责怪自己,一面觉得近日来一些幼稚可笑的念头,不时像小燕子一般闪现在他眼前。而这些念头又几乎总是和莉吉雅纠缠在一起,随之而来的总是隐隐约约感到惊恐,恍惚有什么不祥之兆似的。

天色很快暗了下来。小河上面的苍穹中用细细的光线坠着的三颗明星,倒映在黑乎乎的河水里,宛如三滴油珠在浮动。阿琳娜的别墅里已经有两扇窗户射出了灯光,俨然一副丑陋的四方大脸,生着一双发黄而又鼓胀的眼睛,戴着一顶尖尖帽子,从河水中漂浮上来,过了片刻,两位小姐从别墅的台阶上下来,向河畔走去,阿琳娜还一边走一边怨声怨气地叫喊:

"上帝呀,真闷死人了!我可受不了喽……"

"那你就走呗!"莉吉雅显然是生气地说。

克里姆站起来,急步朝她们走去。

"嚄,是你呀!"莉吉雅惊叫道。"干吗你鬼鬼祟祟的?什么时候到的?是五点钟吗?"

克里姆从她的句话语中,除了听到惊讶之外,还听到了高兴的意味儿。阿琳娜也眉开眼笑起来。

"太棒了!咱们去划船吧。你划桨。不过,克里姆,请你可不要卖弄你那套高论。所有这些高论,从古代的鱼龙①到弗拉马里昂,我的未

---

① 海中胎生爬行动物,体形似鱼,四肢很短,发现在由三叠纪到上白垩纪的土层中。

婚夫都给我讲过了。"

克里姆逆流划了半个钟头,姑娘们都一声不吭,静听那黑乎乎的河水在船桨的拍击下发出清脆的溅激声。天上的星斗越来越密了,两岸吹拂着令人陶醉的春天的温馨气息。阿琳娜大发感慨,说道:

"莉德卡,咱俩好比一对圣洁的贞女,这位白衣天使萨姆金正要把我们活着送上天堂去呢!"

"我是哈伦①,"克里姆小声说道。

"什么?哈伦是白头发,大胡子,可你还得过很久才能长出大胡子来呢。你净扫我的兴,"她生气地说。"我是灵机一动想起来的,想说句笑话,可是你……真奇怪,人们老是那么喜欢纠正和指导别人!仿佛整个世界对我阿琳娜·捷列普涅娃来说都是一座大感化院。莉吉雅整天价唠唠叨叨地讲一位什么梅特金,还是梅塔尔金②的感伤作品,把人家弄得喘不过气来。我的监护人特别严肃地规劝我,说格罗什坦公爵夫人这个女人并不是历史上的真实人物,而是奥芬巴赫③为了写轻歌剧杜撰出来的。我那该死的未婚夫把我当作笔记本,好像可以随时记录下他的思想,以便保存……"

莉吉雅扑哧一笑,克里姆也呵呵笑起来。

"不,这是真的!"阿琳娜抱住女伴,和她一同摇晃着,继续说下去。"他很快就会把我这个笔记本都写满了!他说话活像个教堂小助祭,老带点抒情味儿。"

她模仿柳托夫的声调,瓮声瓮气地说:

"'噢,顶顶美丽的姑娘啊!把我从沉默的桎梏中解放出来吧,因为我要向你倾吐慰藉灵魂的心声!'你们瞧,他自以为'因为'和'倾吐'这两个词儿用得很妙……"

---

① 哈伦是希腊神话中在斯提克河上渡亡灵往冥府的老艄公。
② 这里指的可能是比利时作家梅特林克。
③ 奥芬巴赫(1819—1880),法国作曲家,古典轻歌剧的创始人。《格罗什坦公爵夫人》是他一八六七年所写的轻歌剧。

莉吉雅意味深长地说道：

"你对他的态度太轻浮了。他很腼腆，而你那两只眼睛却使他很尴尬……"

"是吗？太轻浮？"阿琳娜嗔怒地问道。"假如你的未婚夫老是对你讲什么唯物主义啦，什么唯心主义啦，以及生活中其他一些骇人听闻的事情，你会怎么样呢？克里姆，你有未婚妻了吗？"

"我还没有呢。"

"就假设你已经有了吧，你会跟他谈些什么呢？"

"当然什么都谈，"萨姆金说这句话时心里明白，现在就是考验他的一个严重关头。他那话音的起落和着船桨的击水声，显得非常自然而有节奏；他小心谨慎地谈到：和女人相处，只有在真心诚意地倾诉衷肠的时候，才会得到幸福。但是阿琳娜把手一挥，讥笑地打断了他的话：

"这话我早就听说过了。大概就连青蛙也会这样呱啦呱啦议论一通哩……"

克里姆没有生她的气，说道：

"但是每一个女人每月都要撒一次谎，隐瞒一次……"

"为什么只有一次呢？"阿琳娜仍用那种讥笑的声调请问，但是莉吉雅却闷声闷气地说道：

"这话说得太对了。"

"对什么？"阿琳娜性急地追问，同时又怒气冲冲地说：

"萨姆金，您不觉得害羞吗？"

"不，我觉得很懊丧，"克里姆回答，看也没看阿琳娜和莉吉雅一眼，"我觉得……"

他本来想说"有些姑娘"，但是忍住了，改了口气，说：

"有些女人竟为了虚伪的羞怯，而常常自卑，认为上天创造女人是犯了大错。有些姑娘害怕恋爱，是因为她们觉得：爱情会使她们降低到动物的地位。"

他说话很小心,生怕莉吉雅会从他的话里听出马卡罗夫思想的回音。何况她对他的这种思想一定很熟悉。

"也许她们中有些人就因为这样才……品行不端,以致急于完成恋爱,希望赶快把自己身上那种女性的本能——按照她们的说法,就是动物的本能——耗尽,以便成为一个摆脱了天性束缚的人……"

"这话说得对极了,克里姆,"莉吉雅的声音很低,但是很清楚。

克里姆自以为他的话语,在这静悄悄、黑漆漆的小河流水上听起来很动人。

"您认识这样的女人吗?至少认识一个吧?"阿琳娜不知为何愤愤然地小声问道。

"是说认识还是说不认识呢?"克里姆心里在嘀咕。"不,我不认识。不过我相信,这样的女人一定是有的。"

"那当然喽,"莉吉雅说。

克里姆不再吭声了。两位小姐也沉默起来;她俩裹着一条披肩,紧紧偎在一起。过了几分钟,阿琳娜提议说:"该回家了吧?"

## 七

小船摇动着,静悄悄地顺流而下。克里姆只是手把着桨,并没有划。他感到很得意,因为他轻而易举地使莉吉雅露了真情!现在完全清楚了,她是害怕恋爱,而这种害怕的心理正是他在她身上所感觉到的那种神秘的东西。他对她的怯懦说明,莉吉雅把这种害怕的情绪也传染给了他。只要你善于观察,一切都简单得出奇。克里姆正在思忖,又听见阿琳娜嗔怪说:

"反正总归要讲一套大道理!哎,我听了它们就仿佛到了这样一种境界,在那里'既没有忧伤,也没叹息,然而生命'[①]……却是转瞬

---

[①] 出自《正教祷文》。

即逝。"

阿琳娜哈哈大笑,前仰后合地拍着膝盖,重复说:

"哎哟哟,我的上帝,人生转瞬即逝……"

克里姆觉得她的笑声和动作都很粗俗。

莉吉雅把一只手伸到船帮下面去,弄得小船猛烈摇晃起来,把她的女友吓了一跳。

"你疯了!"

莉吉雅把水溅到她的脸上,同时用湿漉漉的手摸摸自己的面颊,说道:

"胆小鬼!"

黑漆漆的河岸,一边高高耸立着棕红色的沙丘,另一边幽静地生长着一簇簇灌木。阿琳娜用手指着一边河岸说:

"莉达,你瞧,大地的脑袋趴在河边喝水呢,它的头发都竖了起来!"

"那是个猪头!"莉吉雅说。

当他们分手的时候,克里姆觉得莉吉雅好像非常用力地握了握他的手,并且异常亲热地问道:

"你上这儿来是要住一夏天吗?"

阿琳娜仰望着天上的星斗,心里在想:

"那么说我的未婚夫明天要来喽!"

她搂着莉吉雅,慢慢朝别墅走去,克里姆攀着松枝,顺着陡峭的土坡往上爬。透过树叶的唰唰声和砂土的咯吱声,他听见捷列普涅娃的欢笑,紧接着又听见她说:

"……图罗博叶夫,你可怎么办呢,可爱的人儿? 你就在这两堆火当中生活下去吗?"

"是啊,"克里姆心想。"他该怎么办呢?"

他停下脚步,竖起耳朵细听,但已经辨别不出语句了。他目不转睛地久久凝视着黑暗中静静的流水和那朦胧的群星倒影,眼睛都有点发疼了。

翙日清晨,柳托夫和马卡罗夫下了火车,来到别墅,他们身后跟着一辆四轮马车,车上装满了皮箱,木箱和大包小包。克里姆没有来得及请他们喝茶,瓦拉甫卡的朋友柳博穆德罗夫医生就来了。他身材修长,秃顶,脸刮得光光的,一对金黄色的小眼睛深藏在拧起的黑眉毛下面。克里姆几乎陪这位医生过了一整天,向他介绍每一座别墅。医生愁眉苦脸地瞧着周围的一切,好像人们违背他的心愿,强迫他非住在这块地方不可似的。他咬着嘴唇,耳朵旁边的小肉瘤直颤动。他挨个看过这些别墅之后,嘴里嘟嘟哝哝地说:

"是这样。那还有什么可说的呢?很—很好嘛!"

最后,他肯定地用低沉的声音对克里姆说:

"那就把这一座留给我吧!"

但是他把头上戴的皱巴巴的呢帽正了正,又补充说:

"要么那一座也行。"

克里姆跟医生忙活了一整天,再加上他自己那令人苦恼的好奇心,真是疲惫极了。但他想弄清楚,莉吉雅和马卡罗夫是怎样会面的,他俩在干什么,在说些什么。他立即决定去看莉吉雅,但他走过自己住的别墅时,却听见了柳托夫的声音:

"不,等一等,科斯佳,再坐一会儿……"

柳托夫的声音很近,在一片密密的桦树林后面,就在克里姆经过的这条小路下面一点,但是他看不见柳托夫本人,也许他是躺在那里;他只看见了马卡罗夫的制帽和缭绕在他制帽顶上的青烟。

"我真想跟什么人吵骂一顿,"柳托夫的声调像黑管发出的音律一般清晰。"科斯佳,跟你是争吵不起来的,怎么能跟一位抒情诗人争吵呢?"

"那你不妨试试看。"

"不,我不能。"

"据说菲特就是一个爱发脾气的人,然而他却是一位抒情诗人。"

克里姆站住了,因为他既不愿意看见柳托夫,也不想见到马卡罗夫,可是这条小路是通到下边去的,顺着它走下去,必然会被他俩发现。但是要爬上去,顺着岗坡走,克里姆也不愿意,因为他太累了,而且他们也同样会听到他的脚步声。那时他们就会以为他是在偷听他们的谈话。克里姆·萨姆金伫立在那里,紧蹙着眉头听下去:

"你为啥当着她的面喝酒哇?"马卡罗夫若无其事地问道。

"正是为了让她看见。我是正直的青年。"

"你是发疯!你胡思乱想得太多了。你要恋爱吗?那就应该这样爱:

没有彷徨,没有忧伤,
不要去思虑命运的不祥。①"

"要做到这一点,除非把我的大脑挖掉!"

"那你就和她一刀两断吧!"

"这也得有决心呐!"

马卡罗夫跟他喁喁低语了一两分钟,而且说得很快,克里姆仅仅听到只言片语:

"性的利己主义……装腔作势……"

随后柳托夫又说起来,声音也不大,但是挺清楚,好像一字一句地印在这寂静之中似的:

"非常成熟了,而且很有趣。不过你忘了我是个商人的儿子。我必须尽可能准确地权衡利弊。阿琳娜·玛尔科夫娜也并非不懂人情世故。她看到,她在人生的道路上迈出头几步时所遇见的未来伴侣,和阿多尼斯②比起来虽然差得很远,甚至望尘莫及,但是她知道,而且也已经考虑到,他是经营毛皮生意的'柳托夫兄弟公司'的惟一继

---

① 出自俄国诗人迈科夫的诗《她是幸福的》。
② 希腊神话中的英雄,爱神阿佛洛狄忒所恋的美少年。

承人。"

马卡罗夫叽里咕噜地说了一两句,柳托夫又接下去说:"我的朋友,你愚笨得像根火柴棍儿。要知道我不是买一幅画,我已经拜倒在这个女人的脚下,不仅我这脆弱的躯体,就连我的饥饿的灵魂也渴望跟她融合在一起。有一回,我一面吻着她那美丽的小手,一面说:'这是工具的工具①。'她就问我:'这是什么意思?'我回答:'这是古希腊一位贤哲给人手取的名。'她说:'假如您用自己的话来说也许更让人开心些。'你想想看,科佳斯,更让人开心些!哼,不过如此而已!真蹊跷,难道我生来就是为了让人开心的吗?"

"好了,拉倒吧!弗拉吉米尔,睡觉去吧!"马卡罗夫愤愤地大声说道。"我已经告诉过你,我不理解这些……奥妙,我只晓得一点:女人仅仅为了女人才生男人。"

"这是十足的谬论……"

"母系社会……"

柳托夫轻轻吹了一下口哨,他俩的声音就听不清了。

## 八

克里姆松了口气。但是一个小甲虫爬进了他的衣领,把他的脊背弄得直痒痒,难受得要命。他三番五次靠在桦树干上想蹭蹭背,但却弄得这棵树咔吧咔吧直响,拼命摇晃,树叶也哗哗响起来。他吓得出了一身冷汗,心想马卡罗夫马上就会站起来,四下张望,一定会发现他在偷听。

克里姆听到柳托夫发牢骚,很高兴,甚至暗自笑了两回。他觉得,他若是马卡罗夫的话,一定会讲得更聪明些。对于柳托夫提出的"难道我生来就是让人开心的吗?"这个问题,一定也要反问他一句:

---

① 亚里士多德之言。

"那否则是为了什么呢?"

在马卡罗夫坐过的地方,一直还在青烟缭绕,克里姆来到这里,看见在一个小沙坑里还在冒着火苗,宛如小小的萤火虫,有金黄的,有浅蓝的;红褐色的松针和光滑的桦树皮很快就要烧尽。

"何等小孩子气呀!"克里姆·萨姆金心里想着,便用沙土把燃烧的火苗埋住,使劲儿把沙土踩了踩。当他走到瓦拉甫卡别墅的时候,听见从窗户里传来马卡罗夫跟他打招呼的声音:

"你上哪儿去?"

马卡罗夫自然嘴里又是叼着香烟,手里拿着一张什么纸,潇洒地站在那里,说道:

"两位小姐都在生气。阿琳娜恐怕是感冒了,正在发脾气。莉吉雅什么都看不顺眼,在大骂柳托夫,因为他说了《巴什基尔采娃日记》①的坏话。"

萨姆金担心马卡罗夫也会到姑娘们那里去,就决定晚一些去拜访她们,于是走进屋子。马卡罗夫坐在椅子上,解开衬衣领子,摇晃着头,把一个薄纸的小本放在窗台上,再把烟灰缸放在上面。

"老弟,大家不知为何都惶惶然地感到苦闷无聊,"他皱着眉头,用手挠搔着头发,说道。"从文学作品上看不出来,从前的人是否也经受过这种奇特的苦闷。或许这不是苦闷吧?"

"我不知道,"克里姆正因为感到无聊,所以才这样回答。尔后又补充一句:"据说,活跃的气氛正在出现……"

"那是书本上的。"

克里姆不作声了,他在仔细打量着那些苍蝇在浅红色的太阳光下无精打采地飞着。其中有几只,仿佛看到空中有个固定点,就对着它飞老半天,不敢落上去;随后又坠下来,差点儿触到地上,最后再倏然朝那个看不见的固定点飞去。克里姆用眼睛扫了一下那个小本子,

---

① 巴什基尔采娃(1860—1884),俄国女画家兼回忆录作者,以画人像著称。《巴什基尔采娃日记》于一八八七年用法文出版。

问道：

"这是什么？"

"这是'社会党人联盟'的纲领草案①，其中断言，村社制度使我国的庄稼汉，比起西方各国的农民来更容易接受社会主义。这是老生常谈。可柳托夫却对此颇有兴趣。"

"是出于无聊吗？"

马卡罗夫耸耸肩膀，说道：

"噢，不。他对政治有他自己的见解。在这方面我不了解他。"

"除此以外，他在所有其他问题上的态度怎样呢？"

马卡罗夫扬起眉毛，点燃一支香烟。他本想把还在燃烧着的火柴棍扔进烟灰缸里，但是却稀里糊涂地塞到了牛奶杯子里。

"唉，真见鬼！"

他把牛奶泼到窗户外头，眼睛盯着那白花花的泡沫，懊丧地说：

"咳，泼到花上了！你这儿有钢琴吗？"

他显然是忘记了克里姆提出的问题，要么是不想回答这个问题。

"你问钢琴干吗？难道你会弹吗？"萨姆金冷冰冰地问道。

"怎么的，我当然会弹喽！"马卡罗夫一面把手指头掰得咯吧咯吧响，一面说。"起初我喜欢听，后来就开始学习……这还是上中学时候的事。在莫斯科，我的一位老师还劝我进音乐学院呢！真的，他说我很有音乐天才。我不信他的话，我一点儿音乐才能也没有。可是没有音乐我就很难过活，真是这样，老弟……"

"钢琴就在我母亲那间屋子里，"克里姆告诉他。

马卡罗夫站起来，随手把那个小本子塞进口袋，搓着手往外走。

## 九

琴声刚刚响起，克里姆恰好也来到了阳台上。他在那里站了片

---

① 可能指《我们的任务（社会革命党人联盟纲领的基本原则）》小册子，一八九八年出版。

刻,眺望河畔的景色:右边是黑压压一片半圆形树林,左边是峰峦起伏般的灰色云嶂,太阳已经隐没到它的后面去了。微风轻拂,把层层灰绿色的麦浪驱向河边。传来了悠扬的歌声,这是一支没有听过的悲剧中的插曲。克里姆往捷列普涅娃住的别墅走去。一位装着木腿的大胡子庄稼汉拦住他,问道:

"您想去钓鲇鱼吗,先生?"

克里姆把手一挥,没有搭腔。

"一条大鲇鱼有两普特重哩!"庄稼汉朝着他的背影败兴地说。

阿琳娜的女仆告诉克里姆,小姐身体不舒服,莉吉雅到外面散步去了;于是萨姆金又来到河边,四面张望,却没有发现莉吉雅。马卡罗夫正在弹奏一支动人心弦的乐曲。克里姆转身往回走,路上又遇到那个庄稼汉,他正站在小路上,抓着一根松树枝,用木脚蹭着沙土,想画一个圆圈儿。他仔细端详一番克里姆的脸,然后给他让开路,紧挨着他的耳朵,悄悄地说:

"这里还有一个当兵人的老婆呢……可迷人哪!"

当克里姆走上阳台的时候,马卡罗夫已经停止弹琴了,柳托夫的尖细嗓音从里面传了出来:

"老百姓想的可齐全了,亲爱的莉吉雅·季莫菲叶夫娜,他们既想到了不曾见过的天堂,也想到了可以知晓的地狱。"

屋子里没有点灯,所以柳托夫的样子在昏暗中显得模模糊糊,很难看;莉吉雅穿着白罩衫,坐在窗户旁边,透过窗纱,她那一头卷曲的黑发依稀可辨。克里姆走到门口,在柳托夫的背后停下来,听见他说:

"亚当被逐出伊甸园之后,回头看看那棵分别善恶的树,看见上帝已将那树砍掉,因为树已经干枯。'这时魔鬼走到亚当跟前说道:被遗弃的孩子,除了去经受人间的苦楚之外,再没有别的路可走了。于是他把亚当领到人间地狱里去,指给他看一切善与恶,所以善与恶也都是亚当的种子结出的果实。'①匈牙利人伊姆雷·马达奇②就用这个题材写了一部很出色的作品。就是应当这样来理解它,莉达奇卡,可是您……"

"我说的不是这个问题,"莉吉雅说。"我不相信……是谁在那里呀?"

"是我,"克里姆回答。

"你干吗这样神出鬼没的?"

克里姆听出她的问话里有埋怨的情绪,也很生气。他走到桌子前面,点上灯。头发蓬乱的马卡罗夫走了进来,他紧蹙双眉,瞥了一眼柳托夫,然后把两只手搭在他的肩上,将他捺在一把藤椅中,说道:

"你自己不睡,干吗逼着别人去睡觉呀?"

莉吉雅问克里姆:

"你为啥要点灯?让闪电的光照着有多好哇!"

"这不是闪电,这是霹雳,"克里姆纠正她的话,想把灯熄灭,但是莉吉雅又说:

"你甭管了!"

马卡罗夫轻轻地吹着口哨,在阳台上来回踱着方步,他的身影在无声的闪电映照下时隐时现。

"您可以送送我吗?"莉吉雅站起来,对柳托夫说。

"我很高兴。"

当他们走到阳台上时,马卡罗夫说:

"我也送送你。"

但是莉吉雅说道:

"不,用不着。"

马卡罗夫两手托着脖子后头,定睛瞧了一会儿:他看见柳托夫拨

---

① 源出《圣经》。
② 伊姆雷·马达奇(1823—1864),匈牙利诗人和剧作家。名著有《人间悲剧》,这是一部根据圣经中亚当与夏娃的故事用诗体写成的有哲理的剧作。

开垂到莉吉雅头上的小松树枝,帮着她往前走去,于是马卡罗夫笑嘻嘻地对克里姆说:

"你听见吗?'用不着'。她现在最常说的就是'用不着'这三个字,此外你很少能够听到可以说明她待人接物的态度的其他字眼来。"

马卡罗夫点燃一支香烟,让火柴一直燃到尽头才扔掉;他的肩膀靠在门框上,好像一位医生在向他的同行讲述一件有趣的病历似的,继续说下去:

"当她跟一个男人谈话时,老是提心吊胆,怕别人听见,怕别人得悉他们谈话的内容。他似乎唯恐人们说话不诚恳,鹦鹉学舌,人云亦云,但是,纵然她对于争论挺有兴趣,可她自己却不喜欢引起争论。或许,她以为每个男人都有秘密,而且这种秘密只能告诉她莉吉雅·瓦拉甫卡小姐,是吧?"

克里姆认为马卡罗夫说得挺对,心里很恼火:为什么竟是马卡罗夫,而不是他说出这样的话呢?克里姆隔着眼镜片瞧着自己的同伴,心想:母亲说过马卡罗夫是两面派,一点儿不错!若没有他那对幼稚憨厚的眼睛,他那副长相简直就像个道德败坏的家伙。克里姆吃吃而笑,说道:

"你反正是爱上她了。"

"我已经告诉过你,我没有爱上她。"

马卡罗夫吹了一下烟灰,弄得火星四处飞迸。

"然而她并不骄矜自傲,我甚至觉得她有点儿自卑。她深切感到生活是十分严肃的事情,也并非为了寻欢作乐。我有时觉得她对昨天那个自我是深恶痛绝的。"

马卡罗夫停了一会儿,又微微笑道:

"我有一位搞自然科学的朋友,是个很有天才的青年,可是他却是一个畜生,一个面首,公然跟一位有钱的老妇人姘居。他倒说得好:'我们都是靠这些老家伙来维持生活的。'我有一回责备了他,可是他却出言不逊。你瞧,老弟,可真有意思……"

"我只能说这是无耻之尤，"萨姆金说。

暴风雨即将来临。乌云给周围的一切罩上了深沉的阴影。河流已消失在黑暗中，仅有一个地方，那就是捷列普涅娃别墅窗户射出的灯光，还闪现在昏沉沉的流水上。

马卡罗夫已经不像当年血染衣襟、由克里姆搀扶着惶惶然地走在大街上的那位小青年了。这种相貌的改变引起了克里姆的好奇心和惋惜之情。

"康斯坦丁，你变了，"萨姆金不以为然地说。马卡罗夫呵呵一笑，问道：

"是变好了吗？"

"我不知道。"

马卡罗夫扭过头去，用手把散乱的头发捋了捋。

"我似乎变得心平气和一些了。你知道吗，我有一种感觉，仿佛我那次不是向我自己开枪，而是在猎取一只猛兽，在向它开枪？还有，就是我当时直盯着墙角。"

他停了一会儿，又若有所思地小声讲起来：

"我小时候什么也不怕，不怕黑暗，不怕霹雳，不怕打架斗殴，也不怕夜间火光冲天，我们住的那条街醉鬼多的是，常常失火。可是对于墙角旮旯，就是白天我也害怕。从前，我走在街上，到了拐弯处，老是觉得墙角后面有什么在等待着我，但不是那些可能揍我的小孩子，根本不是什么实有的东西，而是像童话里所说的一种……东西，也许这并不是一种恐惧，而是非常渴望看到那些我闻所未闻，见所未见的东西。老弟，我在十岁以前已经知道许多事情了……在我那个年龄不该知道的一切几乎我全知道了。或许我是在期待着我还不熟悉的事情，但不管是好，还是坏，只要新奇就行。"

他笑眯眯地望着克里姆，深深叹了口气。

"可我现在看着一切犄角旮旯都很镇定，因为我知道，即使在大家认为最可怕的拐角后面也没有什么东西。"

"我认为生活中最可怕的是撒谎!"克里姆·萨姆金用咄咄逼人的口气说。

"不错。还有愚蠢……依我看,人们都在稀里糊涂地生活。"

两个人都沉默了一会儿。

"我再去弹一会儿琴!"马卡罗夫说。

在桌子上面,吊灯周围,有许多该死的绿色小虫飞来飞去,有些已经被灯火烫死,落在台布上,像布满了一层灰烬。克里姆关上通到阳台去的门,熄了灯,上床睡觉了。

他听着越来越近的隆隆雷声,堕入一种虚无缥缈的心境中;而这心境既不能用语言,也不能用形象来说明。他感到自己正处在一股不可捉摸的激流中;这股激流不仅在慢慢浸透他的身心,而且也仿佛在他的脑海之外,在那低沉的雷鸣中,在稀疏硕大的雨点落在屋顶上发出的咚咚声中,在马卡罗夫弹奏的格里格①乐曲中,奔腾呼啸。乌云吝啬地撒了寥寥几个大雨点之后,即飘然而去;隐约可以听见越来越远的雷声。一轮明月照进窗棂,那光辉仿佛推动了周围的一切,使家具和墙壁也顿时活跃起来。从磨房传来令人毛骨悚然的犬吠,马卡罗夫也停止了琴声;有砰砰的关门声,还可以听见柳托夫的低语。尔后又是万籁俱寂,克里姆在这种宁静的环境中更加强烈地感到一股无形的思潮在他胸中起伏。

这并不像他不久前所感觉到的那种苦闷,这仿佛是做着一场噩梦,梦见自己正在堕入一个无底的深渊,并且出乎自己所料,一种与他格格不入的新思想正展现在他面前。他虽胸有成竹,然而却不能用语言表达,而且像影子一般软弱无力。克里姆·萨姆金恍惚觉得,他应当承认自己犯了错误,但他却不能,并且害怕弄清楚:究竟错在哪里?

风飕飕地刮着,松树沙沙作响,屋顶上老有什么东西发出尖利刺耳的声音;月光忽而射入窗扉,忽而又从屋子里溜掉,黑暗中的簌簌声

---

① 格里格(1843—1907),挪威作曲家。

和喁喁絮语又充满了整个屋子。风很快卷走了短短的春夜,天宇呈现出浅绿色的寒光。克里姆用被子蒙住头,忽然想到:

"其实我并没有才华。"

然而这个念头还没有来得及使他感到悔恨,便消失得无影无踪了。他又在仔细倾听那无形的、使人心灵空虚的思潮怎样流经他的全身。

## 第十二章

一

他起得很早,觉得头昏脑涨,心里直嘀咕:

"我这种情绪是从哪儿来的呢?为什么会产生呢?"

正当他独自喝茶的时候,图罗博叶夫和瓦拉甫卡来了,他俩都穿着灰色风衣。瓦拉甫卡活像个大木桶,图罗博叶夫虽然罩了一件又肥又大的风衣,但没有失去他那挺秀洒脱的风采,而当他把身上的风衣脱掉之后,克里姆才发觉他身材变得更加修长而消瘦了。他那对冷冰冰的眼睛深藏在浅蓝色的阴影中,克里姆从他凝滞的目光里发现一种悲愤的神情。

瓦拉甫卡一面掸去大胡子上的尘土,一面告诉克里姆,他母亲叫他明晚返回城里。

"一些音乐家要来拜访她,你认识他们,所以……"

他踌躇不决地摆了摆那只红不棱登的手,但是克里姆简直是气急败坏地在想:

"看来,瓦拉甫卡和母亲都故意要把我赶走,他们希望我跟莉吉雅在一起的时间越少越好。"

他还纳闷儿的是,他所熟悉的这些人正令人可疑地匆匆聚在他的周围。那种匆忙的样子只有在舞台上,或者在大街上发生什么不幸事件时才能认为是合情合理的。他不想回城里,一种好奇心使他不能平静,他很想知道:莉吉雅和图罗博叶夫见面时会是怎样的情景?

瓦拉甫卡从厚厚的皮包里掏出来一叠蓝图和文件,嘴里滔滔不绝地说着那些开明绅士们对新沙皇的期望。图罗博叶夫一面听,一面喝着杯子里的牛奶,脸上流露着莫名其妙的神情。柳托夫站在阳台门口,头发湿漉漉的,脸颊通红。他眨眨斜眼儿,说道:

"我已经下河洗过澡了!"

"太早,太冒险了,"瓦拉甫卡以责备的口吻说。"噢,让我……让我来给你们介绍一下……"

克里姆发觉图罗博叶夫握柳托夫手时很不礼貌,握完马上把手缩回来插进了裤袋里,然后趴到桌子上,用面包搓了个小球球。瓦拉甫卡赶忙挪开餐具,展开了蓝图,用茶勺柄指着图上的绿点,谈起树林、池沼和沙地来,克里姆却站起来,走了出去,感到打心眼里憎恶这伙人。

他在林中一个小土岗上选了块地方坐下来,从这里可以清晰地看到所有的别墅、河岸、风车和一条通向附近尼康诺沃小村去的路。他坐在一棵桦树下面的沙土地上,打开勃留纳杰尔①的《论象征派和颓废派》。但是阳光刺得他看不下去,而且他非常想看看山岗下面在干什么。

风车旁边站着个大胡子庄稼汉,身穿红衬衣,看上去像玩偶一般矮小,正在堵塞小船的漏缝,木槌的咚咚声在幽静中清脆地响着。一个同样矮小的村妇正在摇动衣裙的下摆,把鹅群赶到河里去。两个男孩肩上扛着钓竿,顺河边走着,一个穿黄衣服,一个穿蓝衣服。嘿,马卡罗夫来了!他摇着毛巾,走到浴场的跳板跟前,把一只光脚往水里探探,马上又缩回来,像小狗似的抖了抖。然后趴在跳板上,洗了洗头

---

① 勃留纳杰尔(1849—1906),法国文学批评家、哲学家。

和脸,又慢悠悠地走回别墅去。他边走边擦头,仿佛要想用毛巾把头缠住,然后把它拽下来似的。

在太阳的烘烤和林中散发出的浓郁香气熏陶下,克里姆打起盹来。当他睁开眼睛的工夫,看见图罗博叶夫正站在河岸上,摘掉帽子,急忙转过身来,眼睛盯着正朝风车走去的阿琳娜的背影。而在左面远远的地方,在通往村子去的路上,莉吉雅那洁白窈窕的身姿,仿佛在地面上飞着飘然而去。

"她见过他了吗?他俩说过话了吗?"

他站起身来,打算走到河边去,但是一种强烈的憎恨阻碍了他。他憎恨图罗博叶夫、柳托夫,憎恨那位卖身的阿琳娜,也憎恨马卡罗夫和莉吉雅,因为他俩不愿意,或者不善于指出阿琳娜的厚颜无耻。

"假如我像他们那样和阿琳娜接近,我就……可是,见他们的鬼去吧……"

## 二

克里姆无精打采地坐在已经被太阳晒得滚烫的沙地上,擦起眼镜片来;他盯着图罗博叶夫,见他还一直站在那里,用两个手指捋着小胡子,另一只手拿着灰色礼帽在扇自己的脸。马卡罗夫朝他走去,现在他俩又慢悠悠地向风车那边走了。

"其实,所有这些明公们都很叫人讨厌,而且都是些伪君子,"萨姆金强令自己这样想,并且感到昨天夜里那种情绪又在纠缠着他。"在他们各自的灵魂深处,在他们的言谈之中所隐藏的,或许就是一种十分简单的东西。他们与我之间的差别,就在于他们善于装出一副信徒或无信仰者的面孔,而我迄今既没有笃定的信仰,也缺乏一贯的无信仰。"

克里姆·萨姆金已经不止一次地意识到,有许许多多尖锐而价值相等的思想,已经从外部机械地闯入他的脑海。这些思想是相互矛盾的，必须把那些最适合于他的思想分辨出来。不过当他试着把那些听到或从书本上看到的思想加以整理，理出一套见解，作为抵抗那些明公们的攻击的盾牌，同时又可以非常明显地突出他的个性的时候，他竟然失败了。他觉得他脑海里悠悠旋荡着一股五彩斑斓的见解、观念和理论的涡流，而这股涡流除了使他精疲力尽之外，对于他的心灵和理智来说一无所获。这种虚无缥缈的自我感觉时常使他不胜惶恐；在这种境遇中他不断说些激愤的言词，表露一些尖刻的思想，但并不能给人以温暖。他甚至每每问自己：

"莫非我是个糊涂虫吗？"

在这个炎热的日子里，当他坐在沙土上，望着图罗博叶夫、马卡罗夫和夹在他俩中间的阿琳娜从风车那边回来的时候，他头脑里忽然闪过一个欣慰的念头：

"我这样激动，又何苦呢？其实一切都很简单：我还没到该有信仰的时候。况且在我的心灵深处已经有一颗真正信仰——我自己的信仰——的种子在日益成熟！这信仰我虽还不大清楚，然而它的神奇力量已经在为我排除种种异己的东西，不让我去接近它们了。有一些思想对我有用，有一些对我没用；有的思想我要去深刻理解它们，有的只要了解一下就够了。我还没有遇到过对我有'化学亲和力'的思想。库图佐夫说得很中肯：每一个社会成员都有一些跟他有'化学亲和力'的观点和见解。"

克里姆一想到库图佐夫，心里就有点儿憋气，他觉得内心受到莫大的屈辱，矛盾重重，仿佛堕入五里雾中，然而他又迅速摆脱了这种困境，告诫自己：

"这里虽然错综复杂，但它只能证明借用别人的思想是危险的。我心中有一个校准器，可以发现这些谬误。"

尔后，萨姆金脑子里又恢复了原先的念头：

"这正是我有时觉得我的思潮在空虚的心境中汹涌翻腾的原因。而我昨夜的情绪，自然是我的信仰日趋成熟的表现。"

他庆幸自己的发现,不禁淡然一笑;然而他并未完全相信这发现的价值。不过要说服自己相信这一点已经很容易了;他又思索了一会儿,便站起来,快快活活地伸了个懒腰,舒展一下筋骨,兴冲冲地走回家去。

## 三

瓦拉甫卡和柳托夫坐在桌子旁边,柳托夫背朝门,克里姆一进屋就听见他在说:

"在报纸上起主要作用的不是社论作者,而是小品文作家……"

瓦拉甫卡一见克里姆就怨声怨气地说道:

"你到哪儿去了?找你吃早饭,怎么也没找到。图罗博叶夫在哪儿?和小姐们在一起吗?噢……对了!有一件事儿,克里姆,劳你的驾,把这两个文件给我抄一下!"

柳托夫皱着眉头,疑心重重地瞅了克里姆一眼,然后俯在纸上,一边用铅笔画着什么,一边说道:

"也许我叔父不会同意您的条件。"

他又神魂不定地从桌上操起酒瓶,给自己杯子里斟满啤酒。三个酒瓶已经空了。克里姆走出去,他一面抄文件,一面细听瓦拉甫卡和柳托夫模糊不清的话音。两个人的声调几乎同样高昂,有时还奇怪地尖叫,活像两条关在屋子里的小狗,因为太憋闷而汪汪地直发怒。

图罗博叶夫、马卡罗夫和两位小姐直到喝晚茶时才回来。克里姆立刻发现莉吉雅的情绪不佳,好像有心事。不过他认为可能是太累了。马卡罗夫的样子好像刚刚睡醒似的,那无意中流露出的微笑使两片美丽的嘴唇掀动了一下;他照例不停地抽着烟,烟雾直从嘴角往外冒,呛得他左眼也不得不眯缝起来。阿琳娜目不转睛地、惊诧地盯着图罗博叶夫,那副样子看着真叫人莫名其妙。从那位大少爷的冷淡目光里可以看出他心事浩繁,连平常那点儿讪笑也从他脸上消失了。正当克里姆·萨姆金观看瓦拉甫卡和柳托夫展开一场激烈舌战的时候,他们一道进了屋子。

这伙人争论起来是很激烈的,带有一种饥不择食、甚至是荒唐可笑的意味。好像他们早就在寻找时机,面对面地挖苦嘲笑,反唇相讥一番,以示互不信任。瓦拉甫卡放肆无礼地、懒洋洋地躺在藤椅里,伸着两条短腿,双手插在裤兜儿里,看上去好像把两只手插进了自己的肚子。他听对方讲话的工夫,老鼓着紫红的腮帮子,眯缝着一对狗熊般的小眼睛;而当他说话的时候,大胡子就犹如波浪一般在绸衬衣上涌动,又像是一条大舌头,要把一切都舔掉似的。

"请等一等,让我说!"他尖利地喊叫道。"您已经承认,我国的工业正处在萌芽状态,可您却置此于不顾,居然认为可以,甚至必须向工人灌输仇视工业家的情绪,这是为什么?"

"嘿嘿嘿!"柳托夫嗤之以鼻,发出轻蔑的笑声。

"您这里还得补充一点,阶级的仇恨必然要阻碍文化的发展,欧洲的例子就是一个证明……"

克里姆对这笑声感到吃惊,因为他觉得这里根本没什么好笑的,而是明显地流露出一种死皮赖脸的挑逗意味。柳托夫坐在椅子边上,弯着腰,两手撑在膝盖上。克里姆看见,他的一对斜眼直眨巴,力图把目光盯在瓦拉甫卡的脸上,但是办不到,因为它们老是滴溜溜转个不停,逼得柳托夫的脑袋也跟着扭摆。克里姆还发现,除了正在倒茶的莉吉雅以外,这家伙引起所有在场的人的反感。马卡罗夫正面对阳台门向外张望,他用茶勺敲着左手的指甲,显然是什么话也没听进去。

"可是理由呢?您有什么理由呀?"瓦拉甫卡大声喊道。"您有何理由认为存在这种仇恨……"

"理由就是我的姓[①],"柳托夫尖声说道。"我狠狠地憎恶生活的无聊……"

---

[①] лютов 这个姓系由形容词 лютый(意思是:凶狠的)变来。

图罗博叶夫做了个鬼脸儿,给阿琳娜发现了,她弯腰朝莉吉雅悄悄嘀咕了些什么,然后把自己涨红的脸颊藏到她肩膀后面去了。莉吉雅并没有理她,而是推开杯子,也紧蹙起双眉来。

"弗拉吉米尔·伊万诺维奇!"瓦拉甫卡喊道。"我们是讲正经的,不是吗?"

"一点儿不错!"柳托夫怒气冲冲地说。

"您究竟想要什么呢?"

"我想要自由!"

"什么自由,是无政府主义吧?"

"随您怎么说好了。既然我们的公爵和伯爵们①都可以大肆宣扬无政府主义,那您就允许商人的儿子也来善意地谈谈这个问题吧!要允许人们去经受行动自由的一切欢乐和忧虑,是的,的确是忧虑!要无限制地允许……"

"那么,尔后又怎么样呢?"图罗博叶夫大声问道。

柳托夫在椅子上转过身来,把一只手伸给他。

"尔后嘛,人们就可以用自己的毅力来克制自己了。人既胆小怕事,又贪得无厌。人之所以聪明,就是因为人是胆小鬼。那就让他们自我恐惧去吧!倘若您允许这样做,您就会得到许多杰出而温顺的、干练有为的人才,他们会毫不迟疑地相互限制并约束自己,彼此告密……对那幸福与和平生活之神崇拜得五体投地……"

瓦拉甫卡气冲冲地从裤兜里拔出一只手来,摆了摆,说道:

"恕我不客气:这话可……太不严肃了!"

"我可以说几句话吗?"图罗博叶夫问道,并且没等允许就看也不看柳托夫一眼,开口说道:

"我在听你们争论的时候,心里就有点儿不痛快;我们俄国人不善于运用大脑。在我们这里,不是人驾驭自己的思想,而是思想在奴役

---

① 公爵指克鲁泡特金,伯爵指列夫·托尔斯泰。

人。萨姆金,您记得吗,库图佐夫曾经把我们的争论叫做'炫耀奇谈怪论'?"

"嚄,真的吗?是奇谈怪论又怎么样呢?"柳托夫以寻衅的口吻尖叫道。

"这种人在我们这里多得出奇,他们只会接受别人的思想,不但不能,甚至似乎害怕检验一下这种思想是否对头并加以纠正,反而把它们引申开来,使其锋芒毕露,越出逻辑的界线,超过可能的范围。总而言之,我以为,思考,对俄国人来说似乎很不习惯,尽管它很诱惑人,然而却有点儿可怕。这种不善于支配理性的现象,在一部分人当中引起了对理性的惧怕和仇视;而在另一部分人当中则造成奴隶般地屈服于理性的拨弄,以致往往误入歧途。"

柳托夫使劲儿地搓着手,发出一阵冷笑,然而克里姆却在想,他时常幸运地,甚至几乎总是幸运地从他所不喜欢的人们嘴里听到些有益的主张。他颇为欣赏柳托夫那些要自由的呐喊,他觉得图罗博叶夫指出俄国人不善于支配思想这一点也言之有理。他沉思了一会儿,没等听完图罗博叶夫的话,就被柳托夫的吼叫吓了一跳:

"您自视甚高嘛!"

"我们对于思想,特别是对于杰出的思想一向抱有饕餮的欲望,有如野蛮人渴求玻璃串珠那样望眼欲穿,"图罗博叶夫理也不理柳托夫,他一面瞧着自己的右手指头,一面说。"我以为,只有用这个理由才能解释像伏尔泰式的农奴制拥护者,达尔文式的神甫的儿子,头等商人家庭出身的唯心主义者和这一阶层的马克思主义者的诸如此类的奇谈怪论。"

"这不是朝我菜园子扔砖头吗?"柳托夫怒不可遏地质问道。

"不,我并不想触犯什么人。要知道我不想说服谁,我不过是姑妄言之,"图罗博叶夫朝窗外看了看,回答道。他回答的声调非常温和,克里姆觉得很纳闷。柳托夫在椅子上欠了欠身子,然后跳起来,想反唇相讥,便把所有在座的人都打量一番,可是一看到大家都在聚精会神地听图罗博叶夫讲话,便粲然一笑,沉默不语了。

"我不知可否把这种对外来思想的渴望,解释为我国需要有组织的思想?"图罗博叶夫站起来,问道。

柳托夫也蹦起来,嚷道:

"那么斯拉夫主义者呢?民粹派呢?"

"'头一种人早已不复存在,而另一种人是远离'①现实的,"图罗博叶夫回答;在整个争论中他还是头一次露出笑容。

柳托夫逼近他,大声喊叫:

"然而就连您,就连您的思想也不是独立的。唉,不足独立的!恰达耶夫……"

"他是用一个聪明的、有爱慕之心的欧洲人的眼光来看俄罗斯的。"

"不,您等等,您别插嘴……"

柳托夫紧逼图罗博叶夫,把他逼得退到阳台上去,并在那里大叫道:

"这是等级观念……"

"人们都认为不可能还有别的……"

"真是个奇怪的人,"瓦拉甫卡嘟嘟哝哝地说;克里姆从他那斜视阿琳娜的眼神判断,以为这是说柳托夫。

屋里的四个人沉默了一两分钟,静听阳台上的争论。还有那个马卡罗夫,却毫不害羞地躲在屋角的一张无背的矮沙发上睡着了。莉吉雅和阿琳娜并肩坐着,莉吉雅低着头,看不见她的脸部表情,阿琳娜正对着她的耳朵喁喁私语。瓦拉甫卡抽着雪茄,在闭目养神。

"现在每个人都彼此显示了一下自己独出心裁的旗帜……这算怎么回事呢?"

这时候传来一个嗄哑而沮丧的声音:

---

① 出自普希金的长诗《叶甫盖尼·奥涅金》第八章第五十一节。普希金指的是十二月党人。

"先生们,你们想去钓鲇鱼吗?这里养着一条三普特重的大鲇鱼,你们一定很感兴趣,去消遣消遣吧!……"

克里姆走到阳台上,看见那个装着木腿的庄稼汉站在阳台前面,仰着一副毛茸茸的脸,用央求的声调说道。

"只出二十五卢布,我就可以给你们安排一次很有趣的钓鱼。这条大鱼是很危险的。不过以后你们可以在亲友面前夸耀一番哩……"

图罗博叶夫走到阳台的另一边。柳托夫则伸着脖子,仔细打量那个庄稼汉。只见他宽阔的肩膀,一头灰发上扣着顶漂亮的小帽,身穿一件没系腰带的红衬衣,那条只有一半的腿上套一件蓝裤子。他一只手拿刀,另一只手拿把木勺,一边说话,一边用刀子刮那已经有缺口的木勺边,同时还用炯炯的目光,从下面不住地打量楼上的这些先生们。他的脸色虽然一本正经,但也有些沮丧,声音里流露着失望的情绪;他说完话,两道愁眉便紧锁起来。

柳托夫忙跑下楼去,走到他面前,说道:

"咱们走吧!"

他朝河边走去,那个庄稼汉一瘸一拐地跟在他后头。阿琳娜在屋子里哈哈大笑起来。

"您喜欢柳托夫这个人吗?"克里姆问坐在阳台栏杆上的图罗博叶夫。"他很古怪吗?"

"他不是令我敬佩的那种人,不过倒是一个很有风趣的人。"图罗博叶夫想了想,小声地回答。"你看他说到克鲁泡特金、巴枯宁、托尔斯泰,以及谈到商人的儿子也有权畅谈他们的主张的时候,是很激愤的。不过这是他所说的最聪明的话。"

## 四

莉吉雅和阿琳娜一前一后走出了屋子。莉吉雅坐在阳台台阶上,阿琳娜手搭凉棚望望就要落山的夕阳,然后像在冰上滑行似的,蹑手蹑脚地走到图罗博叶夫跟前。

"我可真没想到,您也喜欢争论!"

"这是缺点吗?"

"是的,当然是缺点。这是上了年纪的人的一种习惯……"

"'我们这一代本来就没有青春'①,"图罗博叶夫说。

"哎哟,好一个纳德松!"阿琳娜作着鬼脸儿,轻蔑地喊道。"我觉得只有那些郁郁不得志和运气不佳的人才喜欢争论。那些幸福的人才一声不响地过日子呢。"

"是这样的吗?"

"是呀。不过那些不幸的人们很难承认他们不会过日子,因此他们就大发议论,大喊大叫。他们简直是无的放矢,空话连篇,不触及自己一根毫毛,却大谈特谈对人民的热爱,其实这爱是谁也不会相信的。"

"啊哈!您可真是一个勇敢的姑娘,"图罗博叶夫莞尔一笑,轻声说道。

他那温柔的语调和笑容却使克里姆很恼火。他讥讽地问道:

"您认为这是勇敢吗?那您把那些民意党人②和革命党人又叫做什么呢?"

"他们也是勇敢的人。特别是那些毫无私心,只是由于好奇而干革命的人。"

"您说的是那些冒险分子!"

"怎么是冒险分子呢?我说的是那些因生活艰难而渴望促成事变的人们。须知,科尔特斯③和哥伦布都是民意的体现者,而门捷列耶夫④教授也是革命家,他并不比卡尔·马克思逊色呀!好奇心就是勇敢。而当好奇心变成激情的时候,它也就变成爱了。"

---

① 纳德松一八八四年所作无题诗的第一行。
② 民意党是俄国民粹派恐怖组织(1879 年建立),民意党人曾刺死沙皇亚历山大二世,后被沙皇警察摧毁。
③ 科尔特斯(1485—1547),征服南美的西班牙人,是屠杀当地印第安人的刽子手。
④ 门捷列耶夫(1834—1907),俄国大科学家。

莉吉雅扭过头来看看图罗博叶夫,问道:

"您说的是真心话吗?"

"是呀,"他并没有立刻回答她。

克里姆觉得这家伙越来越叫人讨厌了。他很想反驳一下这种把好奇心和勇敢混为一谈的论调,但又找不到反驳的理由。一如既往,每当人们当着他的面用认真的口气谈一些似是而非的事情时,他总是很羡慕他们。

柳托夫回来了,他摇晃着手帕,喊道:

"天一亮我们就去钓鲇鱼!十三个卢布一次,我已经讲妥了。"

他跑到阳台上来,问阿琳娜道:

"我的未婚妻!您从来还没钓过鲇鱼吧?"

她待理不理地说:

"我是既没钓过河里的鱼,也没捉过天上的鹤……"

"我明白了!"柳托夫喊道。"您宁肯要手里的麻雀!我赞成!"

克里姆看见,阿琳娜猛一转身,向未婚夫走去,但是她走到莉吉雅跟前,就坐在了她旁边,那样子活像只母鸡在下雨前把毛扎煞起来一般。柳托夫搓着手,撇着嘴站在那里,用一双贼溜溜的眼睛激动地打量着大家,他的脸色像喝醉酒似的难看。

"我们活着就是为了造孽哟,"他叽里咕噜地说。"你看那个庄稼汉……不就是吗?"

好像大家都已察觉,他从外面回来情绪更狂妄了。萨姆金认为这正是大家对柳托夫报以轻蔑的沉默的原因。图罗博叶夫背靠阳台尖柱,双手交叉在胸前,紧锁着两道秀气的眉毛,注视着柳托夫滴溜溜直转的眼神,仿佛在等待着进攻似的。

"我赞成!"柳托夫走到他跟前慢条斯理地说道。"不错,我们要么在理性的迷宫中彷徨,要么像那些惊魂未定的傻瓜溜之大吉。"

他用一只手迅疾地挥动一下,把图罗博叶夫吓得直眨巴眼,往旁边一闪;他怕打着他,便向后退了一步,脸色都苍白了。看来,柳托夫

并没有注意到他的动作,也没有看见他的满面怒容,而是像包里斯·瓦拉甫卡快要淹死前那样,摇晃着一只手,继续说下去:

"然而,这是因为我们都是些爱好空想的人。我们每个地方自治局的统计员都有可能成为毕达哥拉斯①,可我们的统计学家竟把马克思当成了斯维登勃格②或者亚科夫·比尧姆③。因此,我们就只能把科学理解成形而上学,岂有它哉?就比如对我来说吧,数学就是数字的神秘化,更简单些说,就是妖术。"

"这不是什么新玩意儿,"图罗博叶夫小声地插了一句。

"所谓德国人是天生的哲学家,那是无稽之谈,是胡扯!"柳托夫压低声音,急匆匆地说着,他的两条腿都发软了。"德国人都是机械地谈论哲学的大道理,都是根据传统,按照职业,在节假日里进行,仿佛成了个习惯。而我们却不然,谈论起哲学大道理来,简直是劲头十足,不顾一切,不分白天黑夜,甚至在睡梦中,在情人的怀抱里,在寿终正寝前的卧榻上。其实,我们不算什么发表哲学宏论,因为你们知道,我们这样做并非由于聪明,而是出自想象;我们不是在运用我们的大脑来思维,而是使尽了浑身的蛮劲儿去幻想。我用'蛮劲'这个词儿并没有责难的意思,不过是打个比喻而已,请您理解!"

他把手一挥,在空中画了个大圆圈儿。

"您就该这样理解。这就叫做没有节制和贪得无厌!在我们这里智者发现得并不多,然而那些丧失理智的天才,却不乏其人。我们从上到下,人人都像要憋得喘不过气来似的。我们飞上去,又摔下来。一个庄稼佬④可以飞黄腾达,当上科学院院长,贵族⑤也可以贬谪为庄

---

① 毕达哥拉斯(前580—前500),古希腊哲学家和数学家。
② 斯维登勃格(1688—1772),瑞典神智学家,神秘论者。
③ 亚科夫·比尧姆(1575—1624),德国哲学家,泛神论者。
④ 可能暗指渔民家庭出身的俄国大科学家罗蒙诺索夫。不过他没有当过科学院院长。一七四六年任科学院院长的是曾经放过羊的乌克兰人拉祖莫夫斯基。
⑤ 指列夫·托尔斯泰。

稼汉。而且在哪里还能找到像我国这样五花八门,名目繁多的教派呢?其中最狂热的要算修心派、鞭身派、火殉派①了。从伊凡雷帝和阿瓦昆大主教到巴枯宁·米哈伊尔,再到涅恰耶夫和弗谢沃洛德·迦尔洵②,我们这些火化殉身者做梦都想自焚。涅恰耶夫当然不能排除在外,不能不算上他!因为他是一位杰出的俄罗斯人!从精神上说,他简直是康斯坦丁·列昂杰夫③和康斯坦丁·波贝多诺斯采夫④的亲兄弟。"

柳托夫跳起来,挥动着两只手,那激昂的情绪仿佛就要爆炸似的,但是说话的声音却越来越低,几乎变成喁喁低语了。看样子,他很烦躁,像个醉汉,肆无忌惮,感情冲动。显然,图罗博叶夫是不愿再听他那喃喃自语和声嘶力竭的吼叫了,也不愿去看他那张激动的、长着一对斜眼的红脸蛋了。

"阿琳娜可怎么跟他一起生活呀?"克里姆心里这样想着,瞥了这姑娘一眼;她正坐在那里,把头放在莉吉雅的膝盖上,莉吉雅一面仔细听着,一面摆弄她的辫梢。

"您似乎在许多问题上是同意陀思妥耶夫斯基的喽?"图罗博叶夫问道。柳托夫从他面前踉跄后退了几步。

"不!我同意他什么呢?我既该不着他,也不喜欢他。"

马卡罗夫来到门口,气呼呼地问道:

"弗拉吉米尔,你要喝牛奶吗?是凉的。"

"陀思妥耶夫斯基迷恋苦役生活。他的苦役生活究竟又是什么呢?那是一种阅兵式,他就是检阅的指挥官,是苦役营的监督官。况且他一生除了描写服苦役的犯人以外,别的什么都不会写,他的正人君子就是那位'白痴'。他不了解人民,更没有想到过他们。"

马卡罗夫走进来,递给莉吉雅一杯牛奶,然后坐在她身边,阴阳怪

---

① 均为十七世纪中叶以后出现的俄国教派。
② 迦尔洵(1855—1888),俄国作家。
③ 列昂杰夫(1831—1891),俄国哲学家和作家。
④ 波贝多诺斯采夫(1827—1907),俄国政客,专制政体的拥护者。

气地大声说道：

"这种滔滔不绝的高谈阔论该收场了吧？"

柳托夫用拳头吓唬他一下。

"我国人民是天下最自由的人民了。他们的内心世界不受任何约束，也不喜欢现实。他们所喜欢的是耍把戏和变魔术，喜欢巫师和术士，喜欢古里古怪的人，因为他们自己就是这种人。为了尝试一下，他们明天就可以皈依回教。不错，就是为了试验一下，可以烧掉自己所有的房子，一同到沙漠上去寻找'奥朋王国'[①]。"

图罗博叶夫双手插进口袋，冷冰冰地问道：

"到头来又会怎么样呢？"

柳托夫环顾四周，显然是想更加引人注目，于是摇摇晃晃地答道：

"这就是说，人民所希望的自由，并不是政治家们所允诺的自由，而是只有神甫才能赋予的那种自由，也就是犯下种种可怕的罪孽，结果大吃一惊，然后自我忏悔三百年的自由！如此而已！他们什么都干，无所不为！一切罪孽都造了，也就干净利落了！"

"好一通奇谈怪论！"图罗博叶夫说着耸了耸肩膀，然后摸黑走下阳台，但是刚走十来步，就高声说道：

"不管怎么说这都是陀思妥耶夫斯基那一套。即使不是在思想上，也是在精神上跟他沆瀣一气的……"

柳托夫眯起两只斜眼，又叽里咕噜地说起来：

"……我们活着就是为了造孽，为了消除那些诱惑人的东西……没有罪孽，就不必忏悔；不忏悔，也就不能得救！"

大家都默默地望着河面，看见一只小船在黑乎乎的河面上静悄悄地移动，船头上点着一个火把，青烟缭绕；一个黑影在小心翼翼地划着桨，另一个黑影手里撑着一根长篙，弯腰立在舷边，正用篙竿对着水里的火光扎下去；水里的光影奇异地变化着，忽而像一条长着许多鳍的

---

[①] "奥朋王国"即"虚无缥缈之乡"，俄国旧教徒所创立的独特的乌托邦。

金鱼,忽而像一个直通到河底去的通红的深坑;那个拿篙竿的人想跳下河去,但又下不了决心。

柳托夫望望满天星斗,然后掏出怀表来看看,说道:

"还不太晚。您愿意去散散步吗,阿琳娜·玛尔科夫娜?"

"你若是保持沉默,我就去。"

"要我一句话也不说吗?"

"你可以讲讲亚美尼亚故事什么的。"

"那好吧。对此我应该说一声:谢谢!"柳托夫一面扶他的未婚妻站起来,一面说。她搀住他的胳膊。

当他们走有三十来步远的时候,莉吉雅小声说:

"我很可怜他!"

马卡罗夫含含糊糊地嘀咕了一句什么话。克里姆问道:

"干吗要可怜他呢?"

莉吉雅没有作答,但是马卡罗夫却悄悄地说:

"你看见他是怎样吼叫了吗? 他那是想狠狠责骂自己一番。"

"我不理解!"

"喏,那有什么不理解的呢?"

莉吉雅站起来,说道:

"康斯坦丁,你送我回去吧……"

他们也走了。沙土地上发出咯吱咯吱的响声。瓦拉甫卡屋子里算盘声又清脆又急促。小船上的火光在风车水闸旁远远地荧荧闪烁。克里姆坐在阳台台阶上,望着莉吉雅的洁白身影消失在黑暗中。他在竭力说服自己:

"我不是并没有爱上她吗?"

为了不去想这些,他便来到瓦拉甫卡屋子里,问他要不要帮忙。原来他正需要人帮忙。他伏案抄写了两个小时之久;他一边抄瓦拉甫卡跟市政府签订的建造新剧院的合同草案,一面静静地听着。万籁俱寂;人语和脚步声都已消失得无影无踪。

## 五

在旭日初升之时，克里姆已经站在风车水闸旁边的柳树下，静听那位装着木腿的庄稼汉兴致勃勃地小声讲鲇鱼的事：

"鲇鱼喜欢喝粥。杂米粥可以，荞麦粥也行，这是鲇鱼最喜欢的食物。您用粥就可以驯服这条大鲇鱼。"

庄稼汉的木腿深陷在沙土里，他歪着身子站在那里，用一只强健粗糙的手抓住一条折断的柳枝，抽搐着肩膀，把木腿从沙土里拔出来，挪了个地方，但是木腿又陷进松软的沙土里，庄稼汉的身子也往一边歪去。

"我已经给这个野家伙喂了粥，"他说话的声音更加放低了。他那毛烘烘的脸上流露出得意的神情，眼睛里闪耀着矜持而快活的光亮。"我把粥煮得烫烫的，然后装在罐子里，这罐子已有裂纹，您明白这意思吗？"

他朝柳托夫挤了挤眼儿，随后转向瓦拉甫卡——他身穿樱桃色浴衣，头戴绣金花绿色小圆帽，足蹬华丽的软皮靴，正仪表堂堂地站在那里。

"就是说，鲇鱼会把瓦罐吞下去，罐子就会在它肚子里破碎，稀粥就会流出来烫它的肠子，您明白这意思吗，老爷？它一觉得疼，就会乱蹦乱跳，这时我们可以把它……"

太阳照在瓦拉甫卡的脸上，他情不自禁地眯缝起眼睛，用手捋着古铜色的大胡子。

柳托夫的上衣皱巴巴的，沾满了棕色的松针，那副样子酷似一场大醉之后刚醒过来似的，脸色蜡黄，半疯半痴的眼睛充满了血丝；他得意地笑笑，用低沉嘎哑的声音对未婚妻说：

"当然，他是在胡扯！不过除了俄国庄稼佬之外，再没哪个鬼东西敢编造这种无稽之谈了！"

两位没有睡足的小姐并肩站在一旁,接连不断地打着哈欠,在清晨的凉爽空气中冷得直打哆嗦。河面上弥漫着粉红色的晨雾,透过雾气克里姆看见晶莹的水面上,两位姑娘的熟悉面孔,相像得简直难以区分。马卡罗夫穿一件翻领白衬衫,脖子露在外面,毛发蓬乱,坐在姑娘脚下的沙地上,活像《田地》杂志①经常翻印赠送的那个叫人腻烦的意大利少年画像。萨姆金头一次发现,马卡罗夫的魁梧身躯也像个木橛子,跟那个流浪汉伊诺科夫一模一样。

图罗博叶夫挺着身子站在一旁,紧盯着柳托夫那疙瘩流丘的后脑勺儿,慢慢把香烟从这个嘴角移到另一个嘴角,嘴里在不停地嘀咕什么。

"喂,怎么样,快了吗?"柳托夫忍不住问道。

"先生,请您说话轻点儿!"庄稼汉严厉地小声说道。"它是一种狡猾的野兽,它会听见的!"

庄稼汉转过身去,对着风车那边喊道:

"喂,米科拉!谁在那里呀?"

一男一女两个声音同时怏怏不乐地回答:

"喂,你要干什么?"

"你看看,吃了没有?"

"看过了。"

"怎么样?"

"吞下去了!"

柳托夫怒不可遏地瞪了庄稼汉一眼,推推他的肩膀。

"你是怎么搞的:不叫我说话,而你却可着嗓门儿大喊大叫,这是为什么?"

庄稼汉惊异地望着他,眉开眼笑,脸上的毛全都扎煞起来了。

"哎呀,上帝,这鲇鱼认得我呀!而您对它来说是生人。一切生灵

---

① 一八七〇至一九一八年在彼得堡出版的文艺和科学通俗插图周刊。

对待自己的生命都很小心。"

庄稼汉这番话是悄悄说的。他随后手搭凉棚看了看河水,又细声细气地说道:

"现在您瞧吧!它的肚子很快就要给烫了,它马上就要蹦起来……"

他说得很肯定,而且眉飞色舞,引人入胜,大家都悄悄聚到河边,就连那黄澄澄的河水也仿佛停止了潺潺流动。庄稼汉的木腿深戳着沙土,一瘸一拐地朝风车那边走去。阿琳娜哆嗦了一下,惊愕地悄悄说道:

"你们瞧,你们瞧呀!对岸有一个黑影子……在灌木丛下面……"

克里姆没看见黑影子。他不相信会有什么喜欢吃荞麦粥的鲇鱼。然而,他却看见周围的人都相信,连图罗博叶夫,而且看样子还有柳托夫也都相信。大家都盯着闪闪发光的水面,眼睛都有点儿发疼了,可是还是目不转睛地凝视着好像竭力要把河底看透似的。这种情形也着实叫克里姆惶恐了一阵子:倘若刹那间真的来一条大鲇鱼可怎么办呢?

"瞧那鱼……游来了,游来了!"阿琳娜又小声嘀咕起来,可是图罗博叶夫却大声说道:

"那是云彩的影子。"

"嘘—嘘!"瓦拉甫卡示意他们不要说话。

大家又都向天空张望。真的,一朵宛如羊皮大小的白云,正孤零零地飘荡在天空。一只小船刚从水闸近处繁茂的灌木丛和芦苇中悄悄划出来,那个瘸腿的庄稼汉站在小船当中,手持钓竿,在向观众招手,操桨的是个宽肩膀、浅棕发、穿灰衬衣的小伙子,小船在他的操纵下,轻捷如飞,无声无息。他像个顽石,一动不动地坐在船上,只见两个手腕在摇摆,仿佛船桨自己在划动,荡得水面泛起层层锦缎般的涟漪。瘸子不再摆手,而是把手举到头上,眼睛盯着水面,也呆然不动了。小船从这岸到那岸,来回划着三角形的路线。那个庄稼汉慢慢把左手放下来,又举起拿着钓竿的右手。

"看你往哪儿跑!"他一声吼叫,举起手,把钓竿戳进河里。

克里姆站在后面,比大家都站得高,他看得很清楚,瘸子戳了个空。当那庄稼汉跟跄一步,栽到船外去的时候,克里姆肯定地认为:

"他是故意装的!"

然而这瘸腿汉立即就打消了他这种想法。

"没有戳准!"他像狼嗥一般哭丧着脸说道。他在河里胡乱挣扎,红衬衣在他脊背上鼓了个奇怪的大气泡,那只顶端装着明亮的铁箍的木腿,慌慌张张地拍击着水面,鼻子里直往外喷水,摇动着脑袋,晶莹的水花从头发和大胡子上往四面飞溅,他用一只手抓住船尾,用另一只手攥成拳头,拼命地击打船帮,又是吼叫,又是哼唧:

"唉呀呀,没有戳准!米科拉,你这鬼东西,为啥不用桨揍它,啊?你应当用船桨揍它,混蛋!要是照着头给它一下子不就好了,是吧?你叫我出丑,真该挨嘴巴!"

小伙子不慌不忙地抓住钓竿,把它顺着放在船舱里,一声不吭地帮瘸子爬上小船,使劲划了几下,把小船靠到岸边。浑身跟个落汤鸡似的瘸腿庄稼汉跳到沙地上,两手一摊,抱歉地说:

"没有戳准,先生们!我出丑了,看在基督的面上,请大家包涵吧!我稍稍看错了一丁点儿,本来是瞄准鲇鱼的头戳下去的,可是一下戳偏了。你们明白吗?唉,我的老天爷,这可怎么办呢?"

由于灰心丧气,他连声调都变得呜呜啦啦的了,那张浮肿的脸也变得狭长了,脸上流露着真正痛苦的表情。他两边太阳穴上,前额上,眼皮下都淌着水珠,仿佛满脸的泪痕;一双明亮的眼睛流露出羞愧而又抱歉的目光。他把头发和胡子上的水一把把挤出来,甩溅到沙土上和两位姑娘的衣裙上,沮丧地喊道:

"一条大鲇鱼,足有四普特重!不像条鱼,而像头牛,说真格的,光须子就有这么长!"

瘸腿汉用手在空中比画了一下,大约有十二俄寸长的样子。

397

"是我弄错了,"克里姆心里寻思。"他真地看见鲇鱼了。"

"这鲇鱼伏在河的紧底下,我看它正在沉思,须子摆来摆去,"瘸子又懊丧又兴奋地说道。

"它什么样,啊?"柳托夫也兴致勃勃地问。

"他表演得很不错,"图罗博叶夫笑呵呵地说着,随手掏出个黄皮的小钱包。

柳托夫抓住他的手,说道:

"对不起,这是我出的主意!"

莉吉雅瞥了一眼庄稼汉,厌恶地努着嘴,紧锁双眉;瓦拉甫卡好奇地望着他,阿琳娜迷惑不解地问大家:

"喂,真有鲇鱼吗? 到底有没有呀?"

克里姆躲到一旁,觉得自己是个双重的受骗者。

"我们走吧!"莉吉雅对女友说。但是柳托夫喊道:

"等一等!"

他又直截了当地问那庄稼汉:

"是骗人吗?"

"是那鬼东西把我们骗了,该死的!"瘸子同意说,两手一摊表示惋惜。

"不对,骗人的不是那鬼东西,而是你吧? 是你骗人吧?"

"您这是什么意思? 我骗谁呢?"庄稼汉吃惊地问道,并且从柳托夫面前后退了一步。

"你别害怕! 我照样要付你钱的,而且还要给你加点儿酒钱。不过你得干脆说一句:是不是骗人?"

"算了,别理他了!"图罗博叶夫劝道,但是瘸子却用疑惑不解的目光打量大家一番,非常天真地问道:

"我咋会欺骗各位老爷呢?"

柳托夫举起手,在他那湿漉漉的肩头上清脆地拍了两下,又蓦地发出一阵女人的尖声大笑。图罗博叶夫也呵呵笑起来,仿佛有点儿不好意思似的,连克里姆也笑了。此刻大胡子庄稼汉那对炯炯有神的眼睛惘然若失地眨巴着,流露出幼稚的惊愕神情,真有点儿滑稽可笑。

"我咋能骗老爷呢?"他一面嘟哝,一面又把大家打量一番,眼睛里的惊愕神情很快就被细心审视的目光所代替,下巴颏直打哆嗦。

"真见鬼!"瓦拉甫卡把手一扬,叫了一声,也吃吃笑起来。

柳托夫仍在纵声大笑,他眼睛都眯了起来,躬着身,扬着头,那笑声就跟玻璃器皿从他凸出的喉结里发出来的声音一模一样。

瘸子瞥了一眼瓦拉甫卡,也咧嘴笑了起来,不过他马上用手捂住嘴,但还是憋不住,呵呵笑出声来,他把手一摆,假模假样地叫了一声:

"真该死!"

他也觉得好笑,起初有点踌躇,不敢大声,继而放肆,终于哈哈大笑起来,简直把柳托夫那像猫叫一般的尖细笑声压了下去。他大张着毛烘烘的嘴巴,木腿在沙土里越陷越深。他一面摇晃着身子,一面唉声叹气地说道:

"噢,我的上帝啊……哎呀呀,真是作孽,上帝保佑……"

他浑身湿透,从头到脚光光滑滑,仿佛那洪亮的纵声大笑也显得油润而有光泽。

"骗—骗子,"柳托夫喊叫。"在哪儿……鲇鱼在哪儿呢?"

"是—我把它……"

"你把鲇鱼怎么了?"

"我没有戳着它……"

"鲇鱼在哪儿呀?"

"它还活着……"

两人相觑一番,又摇晃着身子,哄然大笑起来,可是克里姆却看见,那瘸腿毛烘烘的脸上真的淌出了眼泪。

"好啦,这可有点儿……太过分了,"图罗博叶夫耸耸肩膀说完,便去追赶两位小姐和马卡罗夫。萨姆金也跟着他走了,同时听见后面还有笑声和叹息声:

"唉,我的上帝,这……"

走在前面的阿琳娜气愤地喊叫道:

"他骗人,应该治治他!"

"别说蠢话,阿琳娜!"莉吉雅严厉地制止她。

他们都默默地走着,柳托夫很快也追了上来。

"你们晓得是怎么回事吗?"他一面大声说,一面用手帕擦去脸上的汗珠和泪花,在大家面前来回蹦跶,盯着他们的眼睛直看。因为他妨碍大家走路,图罗博叶夫便瞥了他一眼,向后退了两步。

"他把我们糊弄得可真够呛,是吧?"柳托夫死乞白赖地喊叫。"这是天才,是艺术啊!真正的艺术总是糊弄人的!"

"说得不错,"图罗博叶夫笑嘻嘻地对克里姆说。"总而言之,他并不愚蠢,不过就是太叫人着急了!"

"得了吧,沃洛佳!"马卡罗夫嗔怒地说。"你干吗要来糊弄我们。等你成为一个能言善辩的教授时,再来折磨我们,糊弄我们吧!"

"科斯佳,你轻率得像只小鸟!你要弄明白这是怎么一码事儿!"

"不,说真格的,你还是住嘴吧!"

"您喊叫得太多了!"阿琳娜埋怨他说。

"好,我再不说了。"

"真像个疯子!"

"我就沉默吧!"

他真的一声不吭了,但是莉吉雅却挽起他的胳膊,问道:

"您为啥不生那个庄稼汉的气呀?"

"我?为啥要生他的气呢?"柳托夫惊诧而又激动地叫起来。"恰恰相反,莉达奇卡,我给他加了三个卢布,还向他道了谢。他是个聪明人。我们的庄稼汉都是异常聪明的人物!是他在教导我们!他怎么会叫我生气呢?"

柳托夫停下来,抚摸着莉吉雅放在他胳膊肘上的手,美滋滋地说道:

"现在您该不相信有鲇鱼的话了吧,啊？这条小河里是不可能有鲇鱼的,你这可爱的人儿……"

他又纵声大笑起来。马卡罗夫和阿琳娜走得很快,克里姆落在后面了。他朝正往别墅慢慢走去的图罗博叶夫和瓦拉甫卡扫了一眼,一屁股坐在浴场跳板旁边的长椅上,气呼呼地沉思起来。

他想起昨天马卡罗夫无意中说的一句话:

"你的心理很健全,克里姆！你有如一座耸立在广场上的纪念像,尽管四周一片喧哗、呼叫,可你却泰然自若,一点儿不动声色。"

"这番话无非说明我不爱出风头罢了。然而我已不屑于担当一个躲在角落里,在一旁注意倾听和细心观察这样一个观察员的角色了。现在我该显显神通了。倘若我现在就谨慎地开始把人们身上的孔雀羽毛都拔光,那对他们是颇有益处的。是的,正如一首圣诗中所说的:'说谎是为了得救'。'为了得救',这是可能的——尽管可能性很小——但绝对不是为了相互戏弄。"

他在这方面左思右想,感到心情振奋,跃跃欲试地作好了战斗准备。他本想到阿琳娜那里去,因为除掉瓦拉甫卡以外,大家都到她别墅去了；但是他蓦地想起,已到回城里去的时刻了。克里姆·萨姆金在去车站的路上,当他步履艰难地走在栽着歪歪扭扭的小松树的山岗中间那条沙土小路上的时候,他不禁丧失了战斗豪情。他一面向前移动着自己颀长的身影,心里一面思忖：要在这浑浑噩噩的、隐藏着扑朔迷离的感情的异己思想中发挥自己的作用,可真不容易！

## 六

他回到家里刚刚半个小时,斯皮瓦克夫妇就来了。

母亲派头很大地接待了他们,就好像接待两位由上司派来让她指挥的官员似的。她干巴巴地、鼻音很重地说着法国话,把一副长柄眼镜搁在脂粉扑得厚厚的面孔前边摆弄着,在请客人坐下之前,她自己先舒舒服服地坐了下去。克里姆发现,母亲这副矫揉造作的架势,在斯皮瓦克夫人的浅蓝色眸子里激起了嘲讽的反映。伊丽莎白·利沃夫娜,穿一件格外肥大的深色长袍,显得有些衰老,像修女一样朴素,也不如在彼得堡那样风趣了。然而克里姆的鼻孔却立刻嗅到一股熟悉的香水味儿,脑海里还回响着一句美妙的歌词:

我心上有你,只有你。

身材矮小的钢琴家,身披一件茧绸斗篷,活像一只大蝙蝠;他一声不吭,跟个哑巴似的,只是不住地点头,沮丧地应和着女人的谈话节奏。萨姆金恭恭敬敬地握过他那热乎乎的手,欣然看到,他生着一副好像用发黄的骨头雕得很拙劣的面孔,他根本配不上坐在他身边的那位漂亮妇人。当斯皮瓦克夫人和母亲谈了几句客套话之后,伊丽莎白·利沃夫娜又慨然说道:

"我很抱歉,维拉·彼得罗夫娜,刚一见面我就得告诉您一件伤心的事:德米特里·伊万诺维奇被捕了!"

"噢,我的上帝呀!"母亲往沙发背上一仰,喊叫一声,她的眼睫毛哆嗦起来,鼻子尖也红了。

"是的!"斯皮瓦克先生大声说道。"他们是夜里来的,把他带走了。"

"那么,库图佐夫呢?"克里姆怫然动气地问道。

斯皮瓦克夫人回答说,库图佐夫早在德米特里被捕三星期以前就回家为父亲送葬去了。

母亲为了避免擦掉脸上的脂粉,便把一条小手帕轻轻放在眼睛上,但是克里姆看到,根本用不着放手帕,因为她的眼睛完全是干的。

"我的上帝呀!这究竟是为什么呀?"她装模作样地问道。

"我想这件事没什么了不起,"斯皮瓦克夫人亲昵地安慰她说。"被捕的还有德米特里·伊万诺维奇的一位朋友,一位工厂学校的教师和他的兄弟大学生波波夫,他好像也是您的朋友,是吗?"她问克里姆。

萨姆金冷冰冰地答道:

"不是!"

母亲为这突如其来的事件分神了大约一刻钟。显然,她认为她的悲伤表情已经非常令人信服了,于是她邀请客人到花园里去喝茶。

## 七

花园里,小鸟儿在唧唧喳喳快乐地歌唱,鲜花盛开;碧蓝的天空使花园也笼罩着蓝莹莹的气氛。在这春光明媚的时刻谈论伤心的事,是很不相宜的。于是维拉·彼得罗夫娜开始询问斯皮瓦克先生有关音乐的问题。斯皮瓦克先生立即精神抖擞起来,他一面从领带上抽出一些蓝线,用手指在空中画了几个小逗号,一面指出西方没有音乐:

"那里有的只是机器。那里已经从小步舞曲①和加伏特舞曲②发展到——到这样一种地步……"

他把手指放在嘴唇上吹了一个下流的曲调。

"别揪领带儿啦!"妻子要求他。

他很听话地把手放在桌子上,就跟按在钢琴键盘上一模一样;但是领带头却掉在茶杯里了。他颇不好意思地一边忙用手帕擦领带儿,一边说:

"挪威出了个格里格。此人很有意思。据说他是个漫不经心的人。"

他又沉默起来。两位妇人正谈笑风生,而且越来越起劲,但是克里姆觉得,她俩彼此之间并无好感。斯皮瓦克先生这时才来问他:

"您近来贵体如何?"

---

① 十八世纪流行于法国的宫廷舞曲,旋律迂徐婉转。
② 法国农民的一种古典舞曲,轻快活泼。

当克里姆请他吃草莓的时候,他却婉言谢绝道:

"我吃这玩意儿会出荨麻疹的。"

母亲对克里姆说道:

"你带伊丽莎白·利沃夫娜去看看那套厢房。"

"真是一座古怪的城市,"斯皮瓦克夫人挽着克里姆的胳膊,一面小心翼翼地踏着花园小路朝前走,一面说道。"然而却是一个善良的、爱发牢骚的城市。我刚一出火车站首先感到吃惊的就是这种发牢骚。或许住在这里太寂寞,就像生活在炼狱①里一样吧。这里经常发生火灾吗?我可怕火灾!"

厢房里的烂纸堆使克里姆想起了卡京;斯皮瓦克夫人匆匆看了一遍,就说道:

"可以把这里布置得舒舒服服。窗户又是对着花园的,不过毛毛虫可能会从苹果树上爬进来吧?小鸟大清早就会叫起来,一定会叫得很早!"

她长叹了一声。

"您不喜欢这座房子吗?"他们走到花园的时候,克里姆抱歉地问道。她娴雅地扭过头来,朝他嫣然一笑。

"不,怎么不喜欢呢?不过这房子对于两姊妹,两位老处女倒是特别合适的。对于新婚夫妇也合适。咱们就在这儿坐坐吧!"她在樱桃树下一张长椅跟前提议说,同时作了一个娇媚的鬼脸,说道:"让他们在那里……谈生意经吧!"

她环顾四周,继续若有所思地说:

"真是座美丽的花园,厢房也很好。正适合于新婚夫妇。在这幽静之中可以尽情享受爱情的幸福,然后……不过,您这小伙子,是不懂的,"她忽然笑眯眯地把话停住了。这笑容使克里姆有点儿发窘,因为他弄不清楚:这里面隐藏着的是嘲笑,还是挑逗?

---

① 据天主教教义说,炼狱是位于天堂和地狱之间的地方,人死后不入地狱,升天堂前在这里洗净罪恶。

斯皮瓦克夫人望望天空,拽了几片樱桃叶,问道:

"这儿冬天怎么过呀?看戏,打牌,为了消遣而谈谈恋爱,或者闲聊,是吗?我觉得还是住在莫斯科好,可能您对莫斯科是不会很快习惯的。您还没有养成固定的习惯吧?"

克里姆大吃一惊。他没料到这女人竟能谈得如此直率而又诙谐。他根本没有想到她会是这样天真;在彼得堡时,斯皮瓦克夫人是个性情孤僻,被许多苦恼的心事纠缠住的人。克里姆感到快活的是,她跟他谈话,有如跟一位亲近的老朋友谈话一样无拘无束。她顺便问起厢房出租附带不附带木柴?后来又提了些有关日常生活的问题,不过都说得挺轻松,挺随便。

"钢琴上那张胡楂是您的继父吗?他那把大胡子,真像个大财主的样子。"

克里姆以试探的神情朝她面孔扫了一眼,告诉她图罗博叶夫快来了。

"是吗?"

"他正在卖自己的田产。"

"原来是这样。"

克里姆觉得他很喜欢她那镇静的语气,而且他更为高兴的是,她的胳膊肘碰了他一下,却没有向他道歉。

母亲正朝他们走来,斯皮瓦克先生和她并排,他的斗篷随风飘动,仿佛要从地上飞起来似的。听见他在说:

"这要写成九度音,音调要饱满,咚,咚……"

他夫人很不客气地打断了他的音乐感,同维拉·彼得罗夫娜谈起厢房的事来;她俩走开了,斯皮瓦克先生就坐在克里姆身旁,咬文嚼字地跟他攀谈起来:

"令堂是位爽快的人。她通晓音乐。此地离公墓远吗?我喜好各种各样的挽歌。我们俄罗斯最好的东西是坟墓。办理丧事则是我们的拿手好戏。"

在他说话的当儿,可以听见两个女人的声音。

"我的要求不对吗?"斯皮瓦克夫人苛求道。

"我会给您办妥的。"

"我们说完了吗?"

"是的。"

## 八

几分钟之后,当克里姆送走斯皮瓦克夫妇回到花园来的工夫,看见母亲还一直坐在樱桃树下,低着头,两臂伸展在椅背上。

"我的上帝,看来她不是一位讨人喜欢的夫人!"她无精打采地说道。"她是犹太人,是吗?真奇怪,她是那样一个讲究实际的女人。她就像在市场上买东西那样讨价还价。不过,她不像一个犹太女人。你没发现她告诉我德米特里的消息时,那副高兴的神情吗?有些人就是喜欢报告人家坏消息。"

她懊丧地用小拳头在膝盖上捶了一下。

"唉,德米特里,德米特里呀!我得马上到彼得堡去一趟。"

花园里弥漫着粉红色的晚霞,白色的花朵显得更加艳丽。馥郁的香气越发使人陶醉。四周一片宁静。

"我去换换衣服,你在这里等我!屋子里太闷热。"

克里姆望着她的背影,心里很不自在:母亲对斯皮瓦克夫人的议论跟他对她的印象有很大出入。然而母亲的这番话恰恰附和了他那越来越容易产生的对人们的猜疑。于是,克里姆又沉思起来,迅速检点一番那个使他钟情的女人的言谈、举止和笑貌。这种诗情画意的幽静环境令人心醉,不容许他发现斯皮瓦克夫人的举动有任何迹象证明他母亲的话是对的。另外一些念头却轻而易举地闯入他的脑际:伊丽莎白搬到厢房来以后,他可以去追求她,从而治愈对莉吉雅的那种莫名其妙而又十分苦恼的相思病。

他母亲转来时身穿一件橘黄色的长衫,系着银白色的扣带,脚踏柔软的拖鞋,显得年轻多了。

"你不认为你哥哥的被捕会影响到你吗?"她小声问道。

"怎么会影响我呢?"

"你们在一起住过呀!"

"可这并不能说明我们志同道合呀!"

"是的,可是……"

她用手指抚摸着太阳穴上的细微皱纹,沉默了一会儿,叹了口气,又出乎意料地说:

"这位斯皮瓦克夫人的身段倒挺窈窕,即使有孕在身也不难看。"

因为出乎意外,克里姆哆嗦了一下,急忙问道:

"她怀孕了吗?是她告诉您的吗?"

"我的上帝,是我自个儿看出来的。你跟她很熟吗?"

"不,"克里姆说着,摘下眼镜,低下头去,擦着眼镜片。他晓得自己脸上的表情一定很懊丧,所以他不愿意叫母亲看出来。他觉得自己是上当受骗了。所有的人都在骗他:那个卖身的玛尔加丽塔、生肺病的涅哈叶娃,还有莉吉雅,都在欺骗他,莉吉雅矫揉造作,完全变样了,最后还有这位斯皮瓦克夫人也欺骗他。他已经不能像一个小时之前那样对她抱有好感了。

"一个女人,除非她十分残忍,心肠冷酷,否则她不会欺骗自己生病的丈夫。"萨姆金愤愤然想着。"母亲居然如此粗暴无礼地干预起我的生活来了。"

"哦,我的上帝呀!"她叹息道。

克里姆瞥了她一眼。她正焦躁不安地挺着身子坐在那里,那张憔悴的脸庞怏怏不乐地紧蹙着,可真像个老太婆了。她把一双眼睛瞪得大大的,紧紧咬着嘴唇,仿佛在抑制着内心痛苦的呻吟。克里姆本来是生她的气的,但是现在却把自己的一丝恻隐之心转移到这个女人身上去了,他小声问道:

"你很伤心吗？"

她哆嗦了一下，闭上了眼睛。

"在我这种年纪是不会有多少欢乐的。"

随后母亲用一只颤抖的手把长衫的领子从脖子边拉开，喃喃说道：

"这近处已经有一个女人……一位姑娘在等着你，你去爱她吧！"

克里姆从她的喁喁低语中听出她这话有些蹊跷，使人以为她这个一向傲慢矜持的女人马上就要哭出来了。不过他想象不出她哭的样子。

"别谈这种事儿了，妈妈！"

她抽搐着把脸颊贴在他的肩膀上蹭蹭，时而气喘吁吁地干咳几声，时而又想大笑一通，但却笑不出来。于是她又悄悄地说：

"这件事我虽然谈不好，但必须谈谈。归根结底，就是对女人一定要宽厚和仁慈！是的，就是要仁慈！世界上最孤独的生灵，就是女人，是母亲了。这是为什么呢？孤独得使人发昏。我讲的并不仅仅是我自己，不是的……"

"你想不想喝茶，我给你端来好吗？"克里姆问道，但马上又意识到，这很愚蠢，他甚至想拥抱她，但是她躲开了，浑身直哆嗦，尽力想忍住痛哭。而且她的喁喁低语越发感伤，越发激愤了。

"这孤寂岁月的日日夜夜所获得的报酬，只不过是几个小时的欢乐。"

"涅哈叶娃也说过这样的话。"克里姆想起来。

"人们的自尊心被残酷地践踏。人们通常不愿意亲切而友善地去理解你的心灵，这已经是司空见惯的事，你要明白，这是司空见惯的呀！我说不到点子上，因为这是难以用语言表达的……"

"其实这没有必要说！"克里姆本想告诉她。"因为这会降低你的身份。这是一位患肺病的丑姑娘对我说过的话。"

但是他的宽厚尚未来得及表露，母亲又气喘吁吁地轻声说道：

"倘若你号啕大哭一场,人们就会说你是犯了歇斯底里,大家就会请医生,给你吃药、灌水。"

儿子惶惶不安地抚摩一下母亲的手,缄默不语了,因为想不出安慰她的话。他心里一直在想:她刚才说的这些话不过是枉费心机。可是她竟然真的歇斯底里地大笑起来,她的喁喁低语叫人听着是那样枯燥乏味,好像她身上的皮肤都干裂了似的。

"你要知道:所有的女人都患着难以治愈的孤寂症。这就是你们男人所不能理解的种种事情和突然变心的原因……事情就是这样!你们男人没有一个像我们女人那样寻求和渴望过对一个人的钟情。"

克里姆感到有必要设法安慰她一下,于是就咕噜道:

"你晓得吗?马卡罗夫对于女人颇有独特的见解……"

"我们的自私并不是一种罪过,"母亲不理他的茬儿,继续往下说。"自私是由于生活的冷酷,由于心灵、肉体、筋骨都受着痛苦折磨而造成的……"

她倏然瞥了儿子一眼,从他跟前往旁边挪了挪,仰望着树上密密层层的绿叶,又沉思起来。过了一会儿,她理好披散到脸颊上的一绺头发,从椅子上站起来,丢下儿子,自己走了。克里姆坐在那里,感到心灰意懒。

"当然,她这种情绪是因为渐渐衰老和喜欢妒忌的缘故,"他心里一面寻思,一面紧蹙眉头看着表。母亲和他坐在一块儿不过半个小时,而他觉得仿佛过了两个钟头。他感到懊丧的是在这半小时里母亲似乎在他眼里失去了什么东西。克里姆·萨姆金又想到,每个人的心上都耸立着一根普普通通的小旗杆,每个人都把自己别出心裁的旗帜挂在它的上面。

409

# 第十三章

## 一

翌日清晨,瓦拉甫卡出人意料地回来了。他虽说风尘仆仆,衣冠不整,但精神矍铄,一对小眼睛炯炯放光。维拉·彼得罗夫娜劈头就问:

"怎么,这位小姐,或者太太,租了一座别墅吗?"

"哪是什么小姐呀!"瓦拉甫卡惊讶地说道。

"不是柳托夫的女朋友吗?"

"我没见到过这个女人。那里只有两个女的:莉吉雅和阿琳娜,还有三个男的。你真见鬼了!"

瓦拉甫卡臃肿肥胖得活像那个放大了许多倍的中国弥勒佛塑像。在客厅的镜台上就摆着这样一尊难看的小佛像,他那滑稽可笑的样子莫名其妙地具有一种特殊的美。瓦拉甫卡像只公鸭似的,急急忙忙大口大口地吃着火腿,嘴里还不住地咕噜:

"图罗博叶夫是个败家子儿。这叫什么啦?哦,叫颓废派!他老说芬戴希耶克[①]之类的话。可是连作生意都不懂。我把他城里的房

---

① 法文,即"世纪末"的意思。

子买下来了,想改建成一所技术学校。他卖得真便宜,就像卖赃物似的。总而言之,他是一位出身高贵的白痴。柳托夫为了从他手里购置田产送给阿琳娜,曾经打算把他弄个精光,若不是我加以制止的话,就已经把他弄个精光了。顶好是我自个儿来……"

"你说这话成何体统呀?"维拉·彼得罗夫娜轻轻申斥了他一句。

"我这话很实在。一个人应当善于巧取豪夺,特别是从傻瓜蛋手里。瞧那谢尔盖·维特①多么会巧取豪夺呀!"

瓦拉甫卡酒足饭饱,深深吸了口气,惬意地闭目养了一会儿神,又喝了一杯葡萄酒,然后一面用餐巾擦着脸,一面又打开了话匣子:

"说到这位柳托夫,那真是个十分狡黠的恶棍,克里姆,你可要当心点儿……"

这时维拉·彼得罗夫娜正伸着脖子,一动不动地坐在那里,稀里糊涂地把德米特里被捕的事告诉瓦拉甫卡。克里姆觉得她这样做很不妥当,简直有失体统。瓦拉甫卡张开巴掌把大胡子向上一托,自我欣赏一番,然后把胡子由手掌上吹下去。

"这是怎么搞的呀?难道萨姆金家有祖传的坐牢瘾吗?"

"我得上彼得堡去一趟。"

"当然要去啰,"瓦拉甫卡阴阳怪气地说着,把一只手放在克里姆的肩上摇摇他,劝道:

"老弟,你顶好是改上民政工程学院。我国的律师太多喽,暂且还不需要甘贝塔②这样的人。检察官也不需要,因为现在每个报馆都摊得上二十五六个这样的检察官。但是建筑师却没有,我们不会建设。你去学建筑学吧。只有这样我们才能得到某种平衡:就好比哥儿俩,一个建设,一个破坏,我这个营造商才会有利可图哩!"

他腆着大肚子,纵声大笑起来,随后便提议让克里姆到别墅去一趟,他说:

---

① 维特(1849—1915),曾任沙俄财政大臣和总理。
② 甘贝塔(1838—1882),法国著名律师、政治家。

"应当在那里安置一个我们自己的人。看来,我应当派德罗诺夫去那里当经理。好吧,我现在要找公证人去啦!"

母亲把他送走后,慨然说道:

"瞧他精力多充沛,多精明呵!"

"是的,"克里姆彬彬有礼地赞同母亲的话,但是心里却在嘀咕:"他把我当成皮球踢来踢去。"

## 二

黄昏时分他下了火车,步出车站,顺着松林边走向别墅,而没有走那条沙土小路,因为不久前搬运教堂大钟进村,这条路给人和马踩得乱七八糟了。在这幽静的环境中步行是很惬意的;小松树油汪汪的嫩枝散发出松脂的芳香,一道道彩霞透过朦胧的雾霭从参天古木茂密枝叶的间隙照射进来;松树皮宛如青铜和锦缎,熠熠放光。

忽然在林边小土岗后面,出现了一顶红色小阳伞,很像一只大蘑菇;而莉吉雅和阿琳娜是没有这种阳伞的。随后克里姆便看见阳伞下面是一个穿黄上衣的、脊背狭窄的女人和脑袋尖尖、头发蓬乱的柳托夫。

"这就是母亲问的那个女人吗?是柳托夫的情妇吗?这是不是最后的幽会呢?"他心里直嘀咕。

克里姆走得已经离他们很近,甚至可以听到那女人温和的语调和柳托夫嘎哑的、短促的问话了。他本来想拐进树林子去,可是柳托夫却把他叫住了:

"我看见了!您不要躲喽!"

他的喊声带有奚落的味道,而当克里姆走到跟前时,柳托夫才迎上来,皮笑肉不笑地龇了龇牙。

"您根据什么以为我是在躲藏呢?"克里姆生气地说完,故意慢悠悠地摘下帽子,向那女人行了个礼。

"我还以为您是出于礼貌呢！"柳托夫说。"我来介绍一下。"

女人伸出一只巴掌结实的手。她的脸型没有特征，很难记住，那双明亮的眸子像照相机一般对准克里姆。她含含糊糊地道了自己的姓，他当即就忘掉了。

"帮帮我的忙吧！"柳托夫一面说，一面皱着眉头四下张望，"她误了火车……在您那里给安排个住处吧，不过不要声张出去。这里已经有人看到过她了；她是来租别墅的，但不要让大家再发现她。尤其是不要给那个瘸鬼看见，他可是个精明的庄稼汉。"

"您这告诫可能是多余的吧？"女人悄悄地问。

"我不这样想，"柳托夫厉声说道。

女人嫣然一笑，用阳伞尖戳着沙土。她的笑倒很蹊跷：在两片紧闭着的小嘴唇启开之前，闭得更紧，以致嘴角上出现了曲折的皱纹。这笑仿佛是很勉强，很冷淡的，明显地改变了她那平平淡淡的脸型。

"好了，您自己去散散步吧！"柳托夫一面命令似的说，一面站起来，挽住克里姆的胳膊，朝别墅走去。

"您对她可不太礼貌哇，"克里姆嗔怪道。他对柳托夫那种放肆无礼的举动很气愤。

"这没关系！"柳托夫说。

"我应当警告您，我哥哥可是在彼得堡被捕了……"

柳托夫急忙问道：

"他是民权党员吗？"

"是马克思主义者。民权党是干什么的？"

柳托夫摘下帽子，对着自己涨红的脸使劲儿地扇着。

"聚集革命力量东山再起呗，"不知他是在模仿谁的腔调。"聚集力量……去他妈的吧！"

萨姆金对柳托夫很恼火，因为他正在拉他去干一种很不愉快而且似乎是很危险的勾当，他也恼恨自己这样轻率地就答应了他的要求。然而惊讶和好奇心却压倒了愤怒。他默默地听着柳托夫令人讨厌的

413

唠叨,回头看看那个打着小红伞的女人已经没影了……

"还东山再起呢!……这个女人是来通知我,在斯摩棱斯克有一位朋友被捕了……他有一个印刷所在那里……真可恶!哈尔科夫也在捕人,在彼得堡和奥廖尔也都在捕人。什么聚集力量!"

他在大发牢骚,那劲头就像瓦拉甫卡训斥那些木匠、泥瓦匠和办事人员一样。克里姆不但对柳托夫这种怪稀稀的声调感到诧异,他尤为吃惊的是他居然结识这么多革命党人。克里姆听他唠叨了一会儿,再也忍耐不住了:

"可是您跟这事件,跟革命,又有什么关系呢?"

"您问得有道理,"柳托夫笑嘻嘻地回答。"遗憾的是令兄已被捕,不然他也许会回答您这个问题。"

"糊涂虫,"萨姆金心里骂了一句,把胳膊从同伴的腋下抽了出来,不过柳托夫可能没有感觉到这一点,仍旧用脚踢着地下的松球,若有所思地低头朝前走。克里姆加快了脚步。

"您忙什么呀?那儿,"柳托夫望着别墅方向点了点头,"一个人也没有,他们都坐小船到什么地方赶集去了。"

他又挽起克里姆的胳膊,当他们走到木柴堆跟前的时候,他用命令的口气说:

"来,咱们坐一会儿!"

他刚一坐下,就牢骚满腹地嘀咕起来:

"当我国的农民还是这般状况的时候,我们知识分子又有什么鬼用场啊?这无异于把珍珠镶在乡村茅屋上。什么心地善良呀,忠心耿耿呀,浪漫主义呀等等,这些甜言蜜语统统无济于事,他们只有坐牢的本领,有在荒无人烟的流放地生活的本领,擅长写些激动人心的小故事和文章。他们都是些虔诚的殉教者,充其量也不过是诸如此类的人物。总而言之,他们都是些不速之客。"

他嘴里散发出一股伏特加酒味,说话时把牙齿磕得咯吱咯吱响,好像要咬断一根丝线似的。

"就拿民意党人来说吧。其实这是从墨西哥传过来的,古斯塔夫·埃玛尔①和麦因·李德的作品就是证明。他们的手枪射不中目标,地雷不会爆炸,十枚炸弹只有一枚能炸响,而且爆炸得又不是时候。"

柳托夫抓起一根歪歪扭扭的木棍,想把它立在沙地上,但没能立起来,木棍慢悠悠地倒下了。

"俄罗斯必须用阔斧砍,而不能用削铅笔的刀子削,这是最清楚不过的了,您不认为是这样吗?"

萨姆金被问得目瞪口呆,没能立即回答。

"前次您谈到俄国人民时,说得跟这次完全不同。"

"我对于人民的评价始终是一致的:这是优秀的人民!是无与伦比的人民!可是……"

他猛然一使劲儿,把个小木片抛到空中,等到小木片翻旋着落在他脚跟前的时候,他又把它抓起来插到沙土里。

"用这个家伙可以做出各式各样的东西来。工艺美术家可以用它雕塑魔鬼和天使。可是,您瞧,这可贵的木片搁在这里已经腐烂。不过还可以把它放进炉子里去引火。让它腐烂是没有益处,也是可耻的,让它燃烧还可以得到一些热量。您明白我这个比喻吗?我很赞赏那种把光和热献给生活,使生活变得如火如荼的行为。"

"这是在说谎,"克里姆心里暗想。

克里姆坐在比柳托夫高一尺的地方,所以在他看来,柳托夫那张惘然若失的脸庞不是凸出来的,而是凹进去的,犹如一个菜盘,一个肮脏的菜盘。一根垂下来的松枝影在他脸上晃动,两只斜眼儿活像两颗榛子在他脸上滚来滚去;鼻梁直抽搭,鼻孔一扇乎一扇乎的;两片有弹性的嘴唇吧嗒个不停,露出上面一排狰狞的大牙,可以看到舌尖;没有刮过须毛的高高的喉结动来动去,耳朵旁边有几块小鼓包来回直转。

---

① 古斯塔夫·埃玛尔(1818—1883),法国冒险小说家。他和麦因·李德的作品都有有关民意党人的描写。

柳托夫双手舞动,右手指像哑巴打手势似的摆来摆去;他全身都在抽搐,活像一个被牵动引线的木偶,看上去真叫人恶心。他使克里姆打心眼儿里感到讨厌。他心里琢磨:

"倘若我对他说,他是在演戏,是在变戏法,是在装疯卖傻,他说的话都是病态的胡说八道,那该会怎样呢?然而,这位爱上了那个美女,不久就要成为她的丈夫的阔少爷,玩弄这套把戏,撒这种弥天大谎,究竟是为了什么?又是为了谁呢?"

"您想想看,"克里姆听见柳托夫那醉汉般的声音。"您想想看,在一亿有头脑和心灵的俄国人当中,能有十个,或者五个肯全力以赴地进行工作的吗?"

"是的,当然喽,"克里姆勉强地回答。

黑漆漆的天空已经布满繁星,空气中充满了闷热的湿气,仿佛松林正在融化,飘散出松脂的芳香;可以感觉到露珠在往下滴沥。在河对面黑洞洞的夜空闪现出一点点微光,又迅速燃起一堆篝火,映照出一个浑身洁白的小小人影。河水有节奏的拍溅声打破了沉寂。

"我们的人回来了,"克里姆说。

柳托夫沉默了良久,方才回答:

"该走了。"

随后,他站起来,好像在仔细审视着什么东西似的。

"是那个庄稼汉在溜达。我去拦住他,您去安置那位女客人吧……"

萨姆金向别墅走去,他听见柳托夫在后面兴冲冲地说:

"你到树林里来也是为了捉鲇鱼吗?"

"您不要开玩笑,老爷,鲇鱼是真有的!"

"真有吗?"

"可不是,怎么会没有呢?"

"它在哪里呀?"

"除了在河里,那还能在什么地方呢?"

"是在这条河里吗?"

"可不是吗?这条河很适于养鲇鱼哩。"

"真会做戏,"克里姆一面听,心里一面在想。

"老爷,您要不要找个女人呀?这里有个士兵的妻子……"

"也像鲇鱼一样吗?"

"她很苦闷……"

"瓦拉甫卡说得很对,这是一个危险的人物!"萨姆金心里这样断定。

## 三

萨姆金在家里吩咐女仆开过晚饭后就去睡觉,他自己来到阳台上,朝河边眺望一眼,又转身瞧了瞧捷列普涅娃别墅窗户里放射出的金色光焰。他很想上那里去看看,可是在那位神秘的夫人或者小姐到来之前是不能出去的。

"都怪我没有主意。我应该拒绝他。"

克里姆一面等待着落满松叶的沙土小路上的脚步声,一面想象着,莉吉雅是怎样跟图罗博叶夫和马卡罗夫谈话的。柳托夫一定是上那里去了。远处雷声隆隆;断断续续传来钢琴的声音。月亮躲进了河对岸的云层里,偶尔露出来把朦胧的光辉撒在田野上。克里姆·萨姆金等候那位不受欢迎的女客直到半夜,才砰然一声把门关上去睡觉了。他悻悻然地想着:柳托夫可能压根儿就没去找未婚妻,而是正在跟那个不会笑的女人在树林里寻欢作乐吧;什么"民权党人"啦,印刷所和逮捕啦,很可能统统是他凭空捏造出来的。

"一切都很简单:这是最后的幽会。"

他想着想着便进入了梦境。翌日清晨,大风的吼声把他吵醒。他听见窗外松涛汹涌,白桦沙沙;湛蓝的河水泛起层层涟漪。从河对岸涌上来的一片深沉的乌云,渐渐被狂风撕裂,宛如一团一簇的棉絮,迅速飘过小河的上空,在河面上投下朦胧的阴影。阿琳娜正在浴室里喊叫。等萨姆金洗完脸,穿上衣服,坐到桌边吃早饭的时候,忽然下起了倾盆大雨。过了一会儿,马卡罗夫一面甩着头发上的雨水,一面走进屋子来。

"弗拉吉米尔在哪儿?"他关切地问道。"他没有在家里睡,床铺都叠得整整齐齐。"

克里姆一面冷笑,一面选择着比较尖刻的词句,本想说几句柳托夫的坏话,但是他还没有来得及开口,阿琳娜就跑了进来。

"克里姆,快点儿拿咖啡来!"

湿漉漉的连衣裙紧紧箍在她的皮肉上,仿佛赤身露体一般,她拧着头发,把水溅得到处都是,还叫嚷道:

"莉德卡这疯丫头跑到那儿去取衣服了,雷会把她劈死的呀……"

"昨晚柳托夫到您那里去了吗?"马卡罗夫怏怏不乐地问道。

阿琳娜站在穿衣镜前,两手一摊,说道:

"哦,原来这样!我那未婚夫失踪啦,我又要伤风咳嗽啦!克里姆,你干吗用这样不害羞的眼睛盯着我?"

"昨天那个瘸子请柳托夫到磨坊去过,"克里姆告诉姑娘。她已经坐在桌子旁边,匆匆喝着咖啡,嘴烫得直唏溜。马卡罗夫把一杯没喝完的咖啡放下,走到阳台门口,站在那里,轻轻吹起口哨来。

"我会感冒吗?"阿琳娜正经八百地问道。

图罗博叶夫走进来,仔细打量她一眼就出去了,过了一会儿又回来把自己的一件风衣披到她肩上,说道:

"这是一场对庄稼有利的及时雨呀!"

电光闪烁,雷声隆隆,窗上的玻璃震得咯咯直响,可是河那边的天宇已经放晴了。

"我到磨坊去看看,"马卡罗夫气呼呼地说。

"这才够朋友哩!"阿琳娜喊道。

"就因为他不怕伤风吗?"克里姆问她。

"就为这也不错呀!"

风衣从姑娘肩上滑了下来,袒露出紧紧箍着麻纱上衣的胸脯,但她并不因此感到难为情,不过图罗博叶夫又用风衣把她那美丽匀称的肩膀给遮起来了。萨姆金还看到她很喜欢这种殷勤劲儿,看见她笑眯眯地耸耸肩膀,说道:

"不用了,我太热了。"

"我怎么不敢像这个花花公子一样献献殷勤呢?"萨姆金心里想着,有些嫉妒,于是他用挑逗的口吻问图罗博叶夫:

"您喜欢柳托夫吗?"

他看见图罗博叶夫的腮帮子像给苍蝇叮了一口似的哆嗦了一下;他一面掏烟盒,一面很有礼貌地回答:

"他是一个满有风趣的人。"

"我认为有风趣的人是最不诚恳的人,"克里姆说完这句话,蓦地觉得自己有些忘乎所以,因此便尽力冷静些说:"有风趣的人犹如戎装的印第安人,老爱金饰银彩,羽毛遍身。而我却总想抹去他们的油彩,拔去他们的羽毛,还其本来面目。"

阿琳娜走到穿衣镜前,叹口气道:

"哟,变成这样一个丑八怪啦!"

图罗博叶夫一面抽烟,一面莫名其妙地打量着克里姆,因此萨姆金在想,他这样慢条斯理地抽烟,莫非是不愿意开口吧。

"你听着,克里姆,"阿琳娜说。"今天你可以收起那套大道理吗?没有你这套玩意儿,天气已经够糟的咧!"

她的话带有天真、央求的味道,图罗博叶夫听了微微一笑。但这一笑却把她惹火了;她立即转过身来朝图罗博叶夫直瞪眼睛:

"您笑什么?其实克里姆说得很对,不过我不愿意听就是了。"

她又用手指吓唬道:

"也许您很喜欢这种戎装和羽毛吧?"

"我该死,"图罗博叶夫低下头,说道。"您要知道,萨姆金,把诚实的铜币赏给人们,并非总会有好报应,也不是一向都有裨益,更何况这枚真理的铜币未必真的就那么诚实。有这样一个古老的风俗:在铸造一个呼唤人们到神殿里去祈祷的大钟以前,总要先散布一些捏造的故事和谎言,说什么铸钟用的铜因此就会更洪亮。"

"噢,原来您是在维护谎言吧?"萨姆金声色俱厉地诘问道。

图罗博叶夫耸耸肩膀说:

"不完全是这样,不过……"

"阿琳娜,来换换衣服!"莉吉雅站在门口喊道。她穿一件颜色鲜艳的连衣裙,头上包着毛巾,酷似什么画上的契尔克斯族①宫女。

阿琳娜哼着歌曲走了出去,克里姆站起来打开阳台门,一股清新空气和阳光顿时一起冲进屋子。图罗博叶夫刚才油腔滑调的讽刺,又激起他心中每每对这个迄今还留着拿破仑式小胡子的人的深恶痛绝之感。萨姆金自知争论不过他,但他还是想阐明自己的见解。他望着窗外,说道:

"斯威夫特②、伏尔泰以及其他许多人都不怕真理。"

"就以当代德国社会主义者倍倍尔来说吧,他就更为大胆。我以为,您对纯朴这个问题理解得很肤浅。有弗朗西斯科·阿西兹基式的纯朴,有村妇式的纯朴,也有中非黑人那样的纯朴;还有倍倍尔所不能接受的、无政府主义者涅恰耶夫式的纯朴。"

克里姆走到阳台上。他脚下的地板被炎热的太阳烘烤,正冒着热气,他觉得头脑里也正在冒着怒气。

"您自己也曾经讲过所谓理性的孔雀羽毛之类的话,您还记得吗?"他背朝图罗博叶夫,问道。图罗博叶夫轻声回答说:

"这不是一码事。"

图罗博叶夫抬起双臂,把手搁在脑后,手指掰得咯吧咯吧直响。后来,他伸开两腿,不知怎么一下子软弱无力地从椅子上滑了下来。

---

① 北高加索的一个民族。
② 斯威夫特(1667—1745),英国作家和政治家,《格利佛游记》的作者。

克里姆转过身去,但过了一会儿又朝屋里瞅瞅,只见图罗博叶夫那张苍白的脸变得很不自然,越发宽扁了,一定是他紧紧咬住牙关,嘴唇使劲儿撇着的缘故吧。他紧锁双眉,仰望天花板。克里姆头一次发现他那双冷静而秀气的眼睛显得那样惆怅、温顺,仿佛有个敌人向他扑过来,他无力与之搏斗,马上就要被他置之死地一般。马卡罗夫来到阳台上,生气地说:

"原来沃洛吉卡跟那个瘸子喝了一整夜,现在睡得像个死人一样。"

克里姆递眼色叫他瞧瞧图罗博叶夫,但图罗博叶夫却站起来,像老头子似的弓着身,走了出去。

"他病了,"克里姆悄悄地说,而且有点幸灾乐祸。但是马卡罗夫并没有理会图罗博叶夫,而是要求克里姆道:

"你可别告诉阿琳娜!"

萨姆金欣然得到了一个发泄愤怒的机会。

"你应该把这告诉她。噢,请原谅,不过对你在这桩恋爱中所起的作用我感到很纳闷儿。"

他是背朝马卡罗夫说这番话的,这样可以方便一点。

"我不明白,究竟是什么把你同这个醉汉扯在一起的呢?他是一个草包,萦绕在他脑际的只是一些不能自圆其说的外来语言和思想。他和图罗博叶夫是一样的败家子儿。"

克里姆喋喋不休地说起来没完,并且为自己说话的沉着而镇定颇感得意。他斜眼瞟了下自己的同伴,只见马卡罗夫坐在那里,跷着二郎腿,照例在喷云吐雾地抽着香烟。他拆了一个火柴盒,把碎片放在烟灰缸里点着,一面将火柴一根根放在小火堆上,一面仔细瞧着它们燃烧。

克里姆一住嘴,他就盯着火苗说道:

"做一个道德家可是很简单哩!"

火堆熄灭了,没有烧尽的火柴棍冒着青烟。再没有火柴来点燃碎片了。马卡罗夫用茶匙从杯子里舀了一勺咖啡,十分惋惜地把火堆的余烬浇灭了。

"告诉你吧,克里姆:阿琳娜并不比我糊涂,在她的恋爱中我不起任何作用。我喜欢柳托夫,我也喜欢图罗博叶夫。总而言之,我不希望你或者别的什么人来校正我对人的态度。"

马卡罗夫的话毫无埋怨之意,语调中肯,叫人信服。可是克里姆却惊诧地打量着他,发现他这位同学忽然变了,已经不是萨姆金此刻以前所认识的马卡罗夫了。数天前,伊丽莎白·斯皮瓦克也曾经在他眼前变成一位陌生的人,这是怎么回事呢?在他看来,马卡罗夫本是一个由于自杀未遂而感到羞愧的人,一个热心求学的朴素的大学生,一个迄今还在害怕女人的风趣的小伙子。

"请不要生气,"马卡罗夫说着便往外走,他被椅子绊了一下,克里姆正眺望着河岸,冥思苦想:人们这种越发司空见惯的变化究竟说明什么呢?他很快就得到了一个答案,而且简单、明了:人们都在试戴形形色色的假面具,以便从中找一个对自己最合适、最有用的戴上。他们犹豫彷徨,钩心斗角,争论不休,也正是为了寻觅这种适合的假面具,以便掩饰自己的平庸和空虚。

## 四

当两位姑娘来到阳台上的时候,克里姆对她们亲热地粲然一笑。

"你瞧,莉达,"阿琳娜推了一下她的女友说道。"他安然无恙。可你还责备我心肠太狠呢。不,陷入泥潭的不是他,而是我,是他要把我逼进这深奥莫测的泥潭。马卡罗夫,咱们走吧!到学习的时间了……"

"她可真是一个……桀骜不驯的姑娘,"莉吉雅若有所思地目送着女友和马卡罗夫,悄悄地说。"然而她将来的日子是很艰难的。"

莉吉雅坐在那扇敞开的窗台上,背朝屋子,脸对阳台;她坐在白色的窗框当中,仿佛镶在镜框里似的。她那吉卜赛女郎式的头发披散下来,直垂到脸颊、肩膀和交叉在胸前的胳膊上。艳丽的花裙子下面露着两条光溜溜的棕红色大腿。

"柳托夫心事重重,好像在躲避什么;你知道吗?他老是四处奔忙,就是在阿琳娜跟前,他也显得忙忙碌碌。"

"他在磨坊里喝了一整夜,喝得酩酊大醉,现在正在那里睡大觉呢。"克里姆声色俱厉地告诉她。

莉吉雅仔细审视他一番,问道:

"你干吗要发火呀?他喝酒不过是他个人的不幸。你知道,我觉得咱们大家都不幸,而且不可挽回。越是在大庭广众中,我就越发感觉到这一点。"

她一面在墙上磕打鞋后跟,一面笑盈盈地说。

"柳托夫昨天在集市上,向庄稼人朗诵了几首涅克拉索夫的诗,很感动人;他朗诵得虽然不像阿琳娜那样优美,可也娓娓动听!大家都很认真地听他朗诵,不过后来有个秃顶的小老头儿问道:'你会跳舞吗?我还以为你们是戏班子里的丑角呢!'马卡罗夫说:'不是的,我们都是些普通的人。''怎么是普通人呢?普通人,这是不可能的!'"

"真是个精明的庄稼汉,"萨姆金说。

"不知为啥他们说话老丢字,比如'这是不可能的',他就说成'这是不可的'?"

克里姆没有回答。他虽然在听,但并没去思索姑娘说的话,因为他内心一直十分沮丧。她所说的"咱们大家都是不幸的"这句话微微触动了他一下,使他想到自己也是一个不幸的人,一个孤独的人,谁也不愿意了解他。

"而且当我们夜晚回家的时候,我们都回想起童年时代……"

"回想起你和图罗博叶夫吗?"

"是的。还有阿琳娜。大家都想起童年时代。康斯坦丁讲了许多有关他母亲,以及他自己小时候可怕的事情。可真奇怪:每个人回忆

423

自己都好像回忆别人一样陌生,人生要经历这么多无聊的事情!"

她亲昵地望着克里姆,细声慢气地说着,他觉得这姑娘那双乌黑的眼睛里似乎有所期望,有所追求。他蓦地觉得涌上来一股从未有过的忘乎所以的缠绵情欲,于是他一条腿跪下去,抱住姑娘的大腿,使劲儿把脸贴在上面。

"你怎么敢这样!"莉吉雅一面用手推开他的头,一面声色俱厉地喊道。

克里姆·萨姆金响亮而又干脆地说:

"我爱你!"

她挣脱他的手,从窗台上跳下来,膝盖猛撞在他的胸脯上,差一点把他撞倒。

"我这是真话,莉达!"

"就因为我几乎是赤身露体的吗?"

她停步在台阶上,哀叹一声:

"你真不害羞! 我曾经……"

她没有说完,就顺着楼梯跑下去了。

克里姆靠在墙上,对这突如其来的欲念和令他跪倒在姑娘脚下倾诉衷肠的举动感到惶惑不安。他还从未体验过像此时此刻这样充满内心的欢愉。他甚至唯恐兴奋和骄傲得哭出声来,唯恐终于会发现自己内心那种特别强烈的,大概唯有他才有,而别人是根本不可想象的感情。

他整整一天都沉湎于这种新发现的思绪之中。他在树林里徘徊,谁也不想见到,眼前老是浮现出他跪在莉吉雅面前,抱住她两条热乎乎的大腿的情景;嘴唇和脸蛋上一直还留着对她大腿光滑皮肤的回味;"我爱你"的声音一直萦绕在耳际。

"我说得很干脆,这太妙了。而且,当时我的仪表很可能也不错哩!"

在这不寻常的时刻,他想的唯有自己,而且非常焦灼,仿佛唯恐忘掉生平头一次听到而又深受感动的歌曲的主题。

## 五

翌日早晨,莉吉雅去浴场,克里姆刚刚洗完澡回别墅,两人在路上不期而遇。他觉得姑娘仿佛突然从天而降。他俩寒暄了几句早晨天气闷热,水温几度之类的话,尔后她问道:

"你生气了吗?"

"没有。"克里姆很诚恳地回答。

"你不必生气,因为这可不是儿戏,"莉吉雅轻声说道。

"这我知道,"他依然诚恳地回答。

她那柔媚动听的语调既没有使他感到惊奇,也没有使他欣慰,因为她应该说些诸如此类的话,甚至还可以说些更加爱抚的话。由于对她的倾心思慕,克里姆居然信心十足地认为,如果现在毅然决然地追求她,她是会向他让步的。然而,不应当操之过急。等她觉得真正重视他内心所产生的那种不寻常的感情时再着手也不迟。

马卡罗夫陪柳托夫在磨坊里过了一夜,现在回来问克里姆去不去村镇,说那里要举行教堂悬钟典礼。

"我当然要去!"萨姆金高高兴兴地回答。半小时后,他就沿着阳光明媚的河岸向村镇走去。阿琳娜的袅娜身姿在阳光照耀和用土布做成的朴素连衣裙的衬托下,更加引人注目地显示出她那迷人的美丽。她和马卡罗夫跟在图罗博叶夫的后面,唱着《马斯科塔》①里的一段二重唱,图罗博叶夫给他们提示歌词。柳托夫挽着莉吉雅的胳膊,正悄悄跟她讲笑话。克里姆·萨姆金觉得他自己比走在他前面的五个人更为成熟,但对自己的孤僻性格却有点儿懊丧。他想,顶好也能像柳托夫那样,挽住莉吉雅的胳膊,跟她肩并肩地闭着眼睛朝前走。他望着莉吉雅那珍珠纱裹着的苗条身躯轻盈地向前移动,心里着实有

---

① 法国作曲家奥德朗(1842—1901)的歌剧。

些纳闷儿，因为他丝毫未曾体验到许多文艺作品中所描绘的那种感情。

"我不是浪漫主义者，"他提醒自己。

姑娘今天在他心中激起的纷繁思绪使他有些忐忑不安，因为这种思绪和他昨天体会到的截然不同。昨天，甚至一个小时之前，他完全没有意识到他居然受着她的支配，而且也不曾闪现过任何这种暧昧的希望。可是现在，正是这种希望使他特别心神不宁。当然，莉吉雅会成为他的妻子，她的爱恋决不会像涅哈叶娃那样歇斯底里地发作，对此他是深信不疑的。可是除此之外，在他内心还潜藏着一种难以言状的憧憬、愿望和希求。

"既然是她激起来的，她就应当满足这些希求。"他安慰着自己。

村镇呈弧形坐落在又高又陡的河岸上。克里姆一进村才恍然大悟：

"可不能在这方面想得太多。"

## 六

村镇里一条向阳的大街上挤满了本村居民和附近一些村庄来的庄稼人。庄稼汉们都没戴帽子，他们有的秃顶，有的头发乱蓬蓬，或者涂得油光锃亮，站在那里一声不响；村妇们都用五颜六色的花布包着头。一片宛如轻轻啜泣的喃喃祷告声，仿佛看不见的烟雾从她们之中传出来。似乎正是这上百人如泣如诉的祷告声，夹杂着刺鼻的松焦油、汗臭和茅屋顶上被太阳晒得蒸发出来的霉味，使周围空气顿时闷热起来，变成一片眼睛看不见的气体，一片使人呼吸困难的云雾。人们纷纷踮起脚尖，伸长脖子，忽高忽低地来回扭动脑袋。二三百人眼睛睁得大大的，盯着一个方向，望着那座造型很不雅观的钟楼的蓝色圆顶。钟楼的每一面各有一个孔洞，从孔洞中可以瞥见远方的一小块蓝天。克里姆觉得这块蓝天比村镇上面的天空更加湛蓝，更加明朗。

人群中发出的喃喃低语渐渐高昂起来，使人心焦地感到马上就要爆发一阵霹雳般的吼声。

图罗博叶夫走在前头，穿过稀疏的人群，其余几个人都跟着他鱼贯而行；他们离钟楼越近，村妇们呜呜咽咽的祷告声就越低沉，神甫做祈祷的威严声音也就听得更真切。一群身穿各色衣服的男人围成一个小圈子，像埋在土里一般，一动不动地站在被踩得乱七八糟的草坪上；在小圈子中间的几根粗方木上放着一口足有二百普特重的大钟，大钟前面还摆着三只一个比一个小的小钟。克里姆觉得这口大钟酷似《鲁斯兰》①里面的勇士头，那个身穿浅色复活节教袍、红铜脸、白头发的驼背小神甫，活像书中的魔法师菲因。小神甫围着几只钟转一圈，用清脆的男高音唱着，把圣水洒到钟上；地上放着三捆粗麻绳，神甫给其中一捆绳子绊了一跤，他愤愤地把洒水的刷子往上一撩，一串晶莹的水珠洒在了绳子上。

图罗博叶夫在教堂附属小学台阶旁坐下来。学校是刚刚修建的，还没有安窗框。一群两三岁的小孩儿正在台阶上爬来爬去，哭哭闹闹；管束这帮肮脏的、浑身瘰疬的小家伙的，是一个年岁大一些的蓝眼、驼背的小女孩儿。她管束的方法就是低声咒骂和拳打脚踢。在台阶的最上一层躺着一个瞎老太婆，她两腿叉开，腿上青筋暴露；脸面肿涨得发紫，嗓子眼儿喘气呼噜呼噜直响。

"佳什卡，你用柳条抽他们，用柳条抽！"老太婆摇晃着沉重的脑袋出主意说。阳光反射在她那双浅灰色的、视力不佳的眸子里，就跟反射在啤酒瓶的碎玻璃片上一模一样。从学校门内走出一位警察，他一面用手捋着灰白的胡髭和修剪得整整齐齐的络腮胡子，一面用炯炯有神的猩红眼打量着这几个避暑客人。他一发现图罗博叶夫，就急忙把一只手举到新制帽檐上，对他背后的人严厉命令道：

"把孩子们赶走！"

---

① 即普希金的长诗《鲁斯兰和柳德米拉》。

"不用赶他们!"

"简直没有办法,伊戈尔·亚历山大罗维奇,他们会把房子弄得一塌糊涂……"

"我说过了:不用赶他们,"图罗博叶夫轻声提醒说,同时扫了一眼他那张有着许多细微皱纹、因而显得苍老的脸庞。

警察来了个立正,拼命挺起胸脯,弄得几枚奖章叮当乱响,随后行了个举手礼,像回声似的重复道:

"是的,不赶他们!"

他从孩子们身上跨过去,走下台阶;那个来自磨坊的瘸子站在门口,满脸堆笑地说:

"向诸位请安!"

"您懂吗?"柳托夫瞥了瘸子一眼,悄悄对克里姆说道。

克里姆感到莫名其妙,他正和两位小姐呆然望着那个驼背的小姑娘,敏捷而又匆忙地把那些半裸身的小家伙拽下台阶,简直像老鹰抓小鸡似的扔在满是碎木屑的地上。

"住手!"阿琳娜跺着脚喊道。"木屑会把他们扎破的!"

"噢,圣母呵!"那个瞎老太婆气喘吁吁地说道。"佳什卡,这是什么人来了?"

随后,她用两只手哆哆嗦嗦地在自己身旁乱摸起来。

"这是谁在说话?小母狗,你把我的拐棍儿藏到哪里去啦?"

驼背小姑娘既不听阿琳娜的话,也不理睬老太婆,仍在往下拽那些小家伙,就跟大狗拽小狗似的。莉吉雅颤抖了一下,扭过身去,阿琳娜和马卡罗夫又把小家伙们抱到台阶上,但那驼背姑娘用一对机灵的眼睛大胆地瞪了他们一下,喊道:

"咦,你们干吗要管闲事呀?这又不是你们家的孩子!"

她又把孩子往台阶下拽去,那个瘸子看见这情形用称赞的口气说:

"瞧这丑丫头有多倔,是吧?"

小姑娘的顶撞使马卡罗夫很尴尬,他吃吃笑着对阿琳娜说:

"算了吧……"

萨姆金看到大家居然给这个驼背小女孩弄得狼狈不堪,都好像在她面前愣住了。柳托夫用安慰的口气对莉吉雅说了些什么。图罗博叶夫摘下手套,抽起烟来,阿琳娜拽拽他的袖子,气呼呼地说:

"她怎么这样呢?"

他只是朝她亲昵地笑笑。

## 七

台阶旁边站着两个小伙子,模样相像,活像两只小公羊;他们都穿着仿佛用粉红色锡箔做成的新衬衣。其中一个打量一番这些别墅来的人,走近那个瞎老太婆,把她扶起来,郑重地告诉她:

"安菲萨奶奶,给老爷们腾个地方!"

"噢,我的上帝,大钟挂起来了吧?"

"马上就挂了。走吧!"

"我活到这么大年纪,托您的福啊,圣母……"

"我们都好像害了传染病似的,"阿琳娜大发脾气。

柳托夫饶有兴致地盘问那个瘸子:

"喂,你信仰什么呀?"

那瘸子摇头晃脑地哈哈大笑起来,把他的大胡子弄得乱蓬蓬的。

"噢,不,我的信仰是另外一种。"

"那是基督教吗?"

"一点不错,只是更严格些。"

"鬼东西,那你说说:怎么个严格法?"

瘸子深深叹了口气,说道:

"这可不能乱说。这只能对同教的信徒讲。钟和一切教堂仪式我们都承认,可是……"

此情此景使克里姆·萨姆金心头燃起一股无名之火,他觉得人们似乎是故意把他带到这里来,使他心中充满烦恼和有毒的迷雾。周围的一切对他都是格格不入的,仿佛正把他推进一个黑暗的角落;逼迫他去想那个驼背的小姑娘,去想阿琳娜说的话和瞎老太婆提出的问题:"这是什么人来了?"

村妇们喃喃呢呢的祷告声还一直萦绕在他的脑际,妨碍他的思考,然而却挡不住他记下在这里耳闻目睹的一切。祈祷仪式已告完毕。一位身材细长的白胡子老头儿,脱去背心,仰天画了三个十字,跪在钟前,对着钟边亲吻三下,然后双膝跪着绕钟一圈,朝钟上刻的圣像又画十字,又亲吻。这老头儿生着一副蜡黄面孔,脑袋光秃秃的,像个南瓜,其貌实在不扬。

"真行!"瘸子赞叹道。"他叫潘诺夫,瓦西里·瓦西里耶维奇,是本村的一位施主。他生产的玻璃很出名,啤酒瓶行销全省。"

广场上已经安静下来。大家都目不转睛地盯着潘诺夫,他一直跪在地上,吻着钟边,他即使跪着也显得挺高。

有人高喊一声:

"乡亲们!分成三队!"

另一个人问道:

"可是铁匠在哪儿呀?"

潘诺夫站起来,静默了一会儿,然后打量着大家,用低沉的声音说道:

"开始吧,正教徒们!"

人群呼啦一声,缓缓分成三行:两行排成倒八字形,分列钟楼左右;另一行从钟楼排成一条直线。三行全都小心翼翼地俯身在绳子上,好像三串珠子一般。绳子从大钟的吊耳上穿过去,仿佛大钟不肯松开绳索,因此越拉越紧。

"停住!请大家停一停!"

"他来了!"

"嘿,这就好啦,尼古拉·巴甫雷奇,来为上帝效劳吧!"潘诺夫大声嚷道。

一个肩宽腰圆的庄稼汉,扎着一件皮围裙,迈着两条罗圈腿,慢悠悠地走到他面前。他那棕红色的头发扎煞着,粘成一绺一绺的大胡子塞在花粗布衬衣领子里。他用脏乎乎的手把袖子卷到胳膊肘上,对着教堂画过十字,便朝这些钟深深一鞠躬,那样子不是弯腰,而简直是把胸膛贴在了地上;两只长长的胳膊搁到身后,伸直,以便保持平衡。后来他又如法炮制,对着人群,四面鞠躬,最后解下围裙,小心地叠起来,塞到一位穿红上衣的高大村妇手里。他一声不吭,慢腾腾地做着这一切,举止显得十分庄重。

人们递给他几顶帽子,他接过两顶,戴在头上靠近脑门的地方,用手扶着帽子,跪在地上。五个庄稼汉从地上抬起一口小钟,放在这位铁匠头上,钟沿正好搁在帽子上和那个村妇卷好的围裙垫肩上。铁匠摇摇晃晃地双膝离开地面,缓缓站了起来,大步朝钟楼走去,那五个庄稼汉也拥着他,并排往前走。

"他走得很稳当,这鬼东西!"瘸子摸摸下巴颏,吁了口气,羡慕地说。"你可知道,这虽说是一口小钟,也差不多有十七八普特重了,而且还得上楼梯。本地还没有一个人能抵得过这个铁匠。打架谁也不是他的对手。曾经有人,当然是一大群人,一齐上去想把他打倒,可是仍然无济于事。"

广场上越来越肃静,气氛越来越紧张。人人都把头抬起来,眼巴巴地望着钟楼上的半圆形吊环。从钟楼上伸出来三根粗木梁,上面挂着滑轮,拴钟耳的绳索通过滑轮直垂到地上。

那位警官走到大钟跟前,像拍骏马似的拍拍这口大钟,然后摘掉帽子,用另一只手掌搭起凉棚,也抬头仰望。

四周一片寂静,气氛更加紧张,就连孩子们也停止乱跑乱闹,仰起头,站在那里,仿佛长在地上似的一动不动。

忽然在钟楼的蓝色吊环里出现了一个无形的东西在晃动,一顶帽子从它身上飞下来,随后又有一顶飞下来,卷成团的围裙也飞下来。地上的人群顿时沸腾起来,又是吼,又是叫,孩子们也欢呼雀跃。一个秃顶白胡子庄稼汉这时发出一声尖叫,冲破了全场的喧闹:

"尼古拉·巴甫雷奇,我的老伙计!你可以当皇帝哩……"

警官戴上帽子,把胸前的奖章扶正,照着庄稼汉的秃脑壳打了一拳。庄稼汉急忙逃开,站在远处,一面摸着脑袋瓜,一面望着小学校的台阶,懊丧地说道:

"开个玩笑都不行……"

铁匠从钟楼上下来,用长臂对着教堂画了个十字。潘诺夫深深一鞠躬,抱住他,亲吻一番,说道:

"你真是个大力士!"

尔后又高喊:

"正教徒们!齐心协力,拉起来吧!上帝保佑你们!"

于是,这三伙人躬身拉起绳索,抖擞精神,立稳脚跟,身躯后仰,有如渔夫拉网的姿势;三条灰色绳索在半空紧紧绷起来;大钟也动弹了,徐徐摇晃着,快快不乐地离开了地面。

"稳当一点儿,稳当一点儿!上帝的孩子们!"啤酒瓶厂的老板用深沉的音调又惊又喜地喊叫。

那口沉重的大铜钟在阳光照耀下闪着晦暗的光泽,徐徐升入高空,看热闹的人们也挺身仰望,仿佛要离开地面飞起来似的。莉吉雅看到这种情景,悄悄地说道:

"你们瞧,他们把身躯挺得这么高,好像长了一截儿似的。"

马卡罗夫同意说:

"是的,我也好像在升高。"

"你净胡扯,"克里姆·萨姆金寻思。

广场上是比较肃静的,只听见孩子们的喊叫和抱着的婴儿的啼哭。

"稳当一点儿,正教徒们!"潘诺夫尖声刺耳地吼叫,而那个警官也

严厉地,但不像他那样刺耳地重复着:

"再稳当一点儿!喂,右边的人!"

这三大群人使劲儿把大钟吊了上去,大家累得咳呀呼叫,有的唉声叹气,有的咆哮咒骂。滑轮吱咂吱咂直响,钟楼上好像有什么东西发出轻轻断裂的声音,然而却使人感到一切声响马上就会消逝,庄严肃穆的沉静即将来临。克里姆不知为何不愿看到这种情景,他觉得此刻若是出现一阵异教徒的狂欢,轰然呐喊,甚至出现一种滑稽可笑的场面,那才够意思呢。

他发现莉吉雅并没看大钟,而是在望着广场上的人群,咬紧嘴唇,怒目而视;阿琳娜则表现出幼稚好奇的神情;图罗博叶夫是一副百无聊赖的样子,低着头,站在那里,正在轻轻吹掉袖子上的烟灰;马卡罗夫一副蠢相,就像他每逢陷入沉思时那种表情;柳托夫把脖子歪到一边,伸得老长,脖子上的青筋暴露出来,皮肤跟鲨皮一般粗糙,两只不听话的眼睛牢牢盯在一个点上。

突然,在钟楼三分之二高的地方,大钟抖动了一下,一根绳索嘎吧一声断开垂了下来,左面的一帮人趔趔趄趄,后面几个成堆地摔倒了,传来一声歇斯底里般的呼喊:

"哎呀,我的上帝呀!"

大钟在摇晃,钟沿儿无精打采地撞着钟楼的砖墙,簌簌地落下来许多碎碴和石灰末。萨姆金不停地眨巴眼睛,好像飞进了粉末似的。阿琳娜一边跺脚,一边拼命尖叫。

"哎呀,真见鬼!"柳托夫嘴里啧啧有声。

"别撒手,正教徒们!"潘诺夫一边吼叫,一边挥动着双手,来回蹦跶。

罗圈腿铁匠跑到钟楼正面那帮人身后,拾起绳头缠在一棵粗柳树上,一个穿粉红衬衣的小伙子给他帮忙。绳索越绕越紧,像琴弦一般直抖动,人们纷纷躲开。铁匠咆哮着:

"一定要拽住!不然我宰了你们!"

克里姆闭上眼睛,等待着大钟噗咚一声掉在地上。他听见人们在怒吼,在尖叫,铁匠在咆哮,潘诺夫在大喊:

"拽住绳子!"

"别害怕,正教徒们!轻点儿!齐心协力拉呀!拉起来呀!"

大钟又几乎是不知不觉地升了上去,从钟楼的窗洞里伸出来几个庄稼汉的头。

"回家吧!"莉吉雅不耐烦地说。她的面色吓得灰白,眼睛里闪现着恐惧和憎恶的神情。站在小学校走廊里的阿琳娜在大声啜泣,柳托夫嘴里在嘀嘀咕咕;从广场上传来了两个村妇呜咽的声音。克里姆·萨姆金此刻恍然大悟:他一生中又消磨了一段时光,而且没有在他头脑里留下丝毫的印象。

瘸子走下台阶,扶着一个惊魂未定的小孩子肩膀,追问道:

"他怎么样?还活着吗?"

"我不知道。你放开我,米哈依洛叔叔……"

"傻瓜。你虽说看见了,但是弄不明白……"

图罗博叶夫站在柳树下面,他那根苍白的手指正在警官鼻子底下晃来晃去,不知在跟他理论些什么。一位神甫手捧十字架,慌慌张张走过广场,来到柳树下边;他的十字架闪闪发亮,映在他那黝黑而干瘪的脸上。村妇们聚在柳树周围,挤成一个严严实实的大圈儿。当神甫到来的时候,警官把她们推开,让出一条路。这时萨姆金才发现,柳树底下躺着一个穿粉红衬衣的小伙子,马卡罗夫正跪在他旁边。

"怎么会出这样的事呢?"克里姆小声问道,然后环顾四周,发现莉吉雅已经不在台阶上了。

她和阿琳娜手拉手走出了学校,柳托夫皱着眉头,跟在她们后面。阿琳娜呜咽着说:

"我本来不想上这儿来的,可你们……"

## 八

  他们急忙走在村镇的街道上,头也不回。当他们走到村外时,已经赶上了那个瘸子。他立刻就以一个目睹者的口气肯定地说道:

"绳索套在了他的脖子上。嘿,脊梁骨咔嚓一声就断了……"

柳托夫举起拳头,吓唬瘸子说:

"你住嘴吧!"

瘸子疑惑不解地看了看他,又瞅瞅克里姆,继续说道:

"也许是铁匠开玩笑,故意把绳子套上去的……也许是套错了……这两种情况都有可能。"

柳托夫拉住他的袖子,慢慢朝前走,但是姑娘们走到河边以后,也放慢了脚步。这时柳托夫又问起瘸子的信仰来。

几只看不见的蝈蝈唧唧唧叫个不停,使人觉得这被太阳烘烤的天空仿佛就要爆裂似的。克里姆·萨姆金感到自己好似噩梦初醒,身体疲惫不堪,所以对周围一切都不以为然。瘸子在他面前摇摇晃晃地走着,用说教的口气对柳托夫讲道:

"比如我们那个教派就不相信人手所制成的圣物。基督圣像并不是人手所制,这我们才相信,而其他圣物,我们一概不能接受。基督圣像是怎么形成的呢?它是由基督的血和汗形成的。当耶稣基督背着十字架走上各各他山岗的时候,使徒多玛不肯相信,使用手帕擦了擦他的脸,因为他想证实一下,这人是不是基督?结果手帕上就留下了他可爱的容颜——正是他![①] 所有其他的圣像,都是伪造的,就像您的相片那样……"

"等一等,为什么我的相片是伪造的呢?"

"怎么不是这样呢?不是您的,难道还是别人的吗?我们庄稼人

---

[①] 出自古代叙利亚神话。

又会做什么呢？只会做茶杯、勺子、雪橇等等的东西,而您却会制相片,做缝纫机……"

"哈哈,你是这个意思呀!"

克里姆从柳托夫的笑声中听出他是很快活的,他的呵呵笑声颇像一只娇生惯养的小狗,有人搔它耳后根时发出的吠鸣。

"我们说,面包也不是人手造的,而是上帝赐给的,是地上长出来的。"

"那么面团是用什么揉成的呢？"

"这是女人的事情。女人跟上帝毫不相干。对于上帝来说,女人不过是次等动物。上帝首先创造的并不是女人……"

莉吉雅扭头瞟了瘸子一眼,加快了脚步,而克里姆却在惦记着柳托夫的事:

"他对这些胡说八道发生兴趣,一定是因为百无聊赖所致。"

"你这是从哪儿听来的？从哪儿呀？这决不是你自己想出来的,不是吗？"柳托夫兴致勃勃地使劲儿追问瘸子,那种兴奋劲头儿简直叫人摸不透。而那瘸子却从容不迫、一本正经地答道:

"不是我自己想出来的,这是真的;我们大家互相学习,增长见识嘛！去年这里住过一位万事通先生……"

克里姆暗想:

"万事通先生？真有意思!"

"每到傍晚,或节假日,他常和周围的人攀谈。他是一位绝顶聪明的人!他直率地说:我们的根源何在呢？根源就是人民,一切物品都是为了人民……"

"你应该把他记入追念亡灵簿中,你记上了吗？"

"您这是开玩笑。我们连自家人死了都忘记填写追念亡灵簿呢!"

"可他真的死了吗？"

"这我可不知道……"

萨姆金到家就躺下了。他的头痛得要命,什么事也没去想,惟一的希望就是让这沉闷而烦恼的一天快快过去,尽早抹掉这一天中所感受的种种荒诞不经的印象。昏昏欲睡使他难以抑制,但又睡不着,好像有许许多多小锤子在向他的太阳穴敲来,白天的各种声音:女人的喁喁低语和唉声叹息,发号施令的咆哮和骇人听闻的怒吼,还有吊唁死人的悲泣,不住地在他耳边嗡嗡作响;他又想起了那个驼背小姑娘的气呼呼的质问:

"咦,你们干吗要管闲事呀?"

## 九

直到天黑,柳托夫和图罗博叶夫才回来。他们坐在阳台上,继续谈着显然早已开始的话题。萨姆金躺在床上,听着两人断断续续的谈话。他听见柳托夫说起话来居然没有了平常特有的厉声尖叫的习惯,图罗博叶夫也不带讥讽口吻了,感到很奇怪。茶匙碰在玻璃杯上叮当作响;开水沸腾,咝咝地叫着,从火壶嘴上冒出来,这使克里姆想起了他的童年:冬天的夜晚,他常常在喝茶以前睡着了,正是这种金属和玻璃相碰的声音把他惊醒。

外面阳台上正在谈论斯拉夫主义者和丹尼列夫斯基①,谈论赫尔岑和拉甫罗夫。克里姆·萨姆金是了解这些作家的,但他们的思想对他来说也同样是格格不入的。他认为,这些人实际上都把个人只看成是历史的素材,在他们眼里,人不过是注定要作为牺牲品的以撒而已。

"要承认必须把人类奉献给将来未知的神明,那要有某种特殊的头脑和心灵才行。"他一面寻思,一面留心听着他俩冷静的谈话和图罗博叶夫慢条斯理的语句:

"在目前盛行的思想之中,没有一种思想是我能接受的……"

柳托夫说得很快,起初听不清他说些什么,后来才能听清几句:

---

① 丹尼列夫斯基(1822—1885),俄国政论家,后期斯拉夫派的首领。

"民粹派占很大优势,因为农村比城市更健康,更实际,农村可以涌现出更为坚强的人物,您说,对吗?"

"这是可能的,"图罗博叶夫说。

克里姆在琢磨,图罗博叶夫答话时一定像平常那样耸起左边的肩膀,回避直接回答。

"然而他们终究要半途而废的!"柳托夫又叫起来。"他们毕竟还是那些把富饶的南方让给游牧民族,自己逃到北方森林和沼泽中来的愚人的子孙。"

"似乎您的话不能自圆其说……"

"不,请原谅!您自己怎么样呢?要知道,这就是您的祖先……"

克里姆听见女仆沉重的脚步和茶杯的叮当声,便从床上爬起来,悄悄打开对着阳台的窗户,随之传来一些有气无力的、冷冰冰的语句:

"当然,我不曾想到,我的祖先在国家的历史上会犯下这么多的错误,居然犯了如此愚蠢的罪孽,就像某些……激进派政论家当中那些真理的炮制者们所描绘的那样。我并不认为祖先们都是天使,也不想把他们当作英雄,他们都不过是历史嘱托的比较驯服的执行者,而这种历史正如您所说的,从一开始就误入了歧途。据我看,目前的历史已经到了这种地步:它使我个人有权拒绝继续执行祖先的路线,因为这条路线要求每个人具备我所不具备的一些品质。"

"您这话是什么意思呀?"柳托夫尖声叫道。"是听天由命呢?还是托尔斯泰那一套呢?"

"记得我曾经告诉过您,我认为我自己从精神上来说是失掉了阶级性的……"

传来扑通扑通的脚步声。

"怎么,他死了吗?"图罗博叶夫问道。马卡罗夫接着回答:

"当然死了。弗拉吉米尔,给倒杯茶!图罗博叶夫,您再去跟警官谈谈;他现在已经不认为铁匠是谋杀,而是由于不小心所致。"

萨姆金离开窗口,梳了梳头,来到阳台上,他意识到两位小姐可能马上就要回来了。

室内的灯光仿佛被红铜火壶所吞没,朦胧地照着三个在盛暑的昏暗中晃晃悠悠的人影。柳托夫在椅子上不停地摇动,下巴颏直颤抖,吧嗒着嘴,朝图罗博叶夫瞟了一眼,看见他正伏案在一张揉搓过的信封上写什么东西。

"你干吗要赤脚?"克里姆问马卡罗夫。马卡罗夫手里端着一杯茶,一面在阳台上踱步,一面回答:

"我的靴子沾上血了。给这个小伙子……"

"咳,算了吧!"柳托夫紧蹙着双眉长叹一声,又说:"可那些次等动物现在都在哪里呀?"

他坐在椅子上不再摇晃了,开始用挑逗的声调把那个瘸庄稼汉谈论女人的话讲给马卡罗夫听。

"庄稼汉的话既简单又明了,"克里姆接过话茬儿说道。柳托夫朝他挤挤眼,但是马卡罗夫却停住脚步,把手里的杯子往桌上一蹾,茶杯倒在了茶碟外面。末了匆匆忙忙,慷慨激昂地说:

"是这样,你知道吗?我说这是生理现象!所谓用男人的肋骨制造女人的神话①,分明是一个编造得既拙劣又带有仇恨味道的谎言。其实在编造这一谎言的时候,人们已经知道男人是女人生出来的,而且女人是为了自己才生男人的。"

图罗博叶夫抬起头,仔细打量一番马卡罗夫激动的脸,莞尔一笑。柳托夫一面朝他挤眼,一面说道:

"这是解释俄国人胡说八道的一个最有趣的假设。"

"所谓对女人的仇恨,这是你说的吗?"克里姆流露着惊异的神情问道。

"是我说的,"马卡罗夫用手指点点自己的胸前,又朝图罗博叶夫说:

---

① 《圣经·创世记》第二章讲到用亚当的肋骨造世界上第一个女人的故事。

"有个神话,说是由于女人的罪过,而把最初的人类赶出了逍遥自在的天堂。这个神话同样也包含着对女人的仇恨。"

克里姆·萨姆金扑哧一笑,他很希望图罗博叶夫能看到他这种讥诮的神情,但是图罗博叶夫两肘一直撑在桌子上,紧紧颦蹙着两道俊俏的眉毛,疑惑不解地望着马卡罗夫的脸。

"你是一个幸福的娃娃,科斯佳!"柳托夫一面叽里咕噜地说,一面不住地摇头,用手指蘸上水在铜茶盘里乱画什么。但是马卡罗夫仍在唠唠叨叨,不过压低了声调。因为太激动,他说话有点儿结结巴巴,慌里慌张:

"对女人的仇恨,是从男人感到女人创造的文化,对男人的本能是一种压力的时候开始的。"

"他在胡扯些什么呀?"克里姆心里想着,便收敛了揶揄的笑容,警觉起来。

马卡罗夫两腿并拢,站在那里,身姿显得越发像一根木橛子。他摇头晃脑,那两色的头发散落到额角和腮帮上,他用手敏捷地把头发向后一撩,面孔显得更加俊俏,更加机灵了。

"女人为人类开创了定居的,从而也是文明的生活,"他说。"因为她们必须住下来,使自身和孩子们都不遭野兽的袭击,不受恶劣天气的危害。她们发现了可以吃的五谷、草药,饲养了家畜。对于自己的配偶——尚处于半野蛮状态和流浪阶段的男人来说,女人渐渐成了越来越神秘、越来越聪明的动物。对女人的敬畏和恐惧一直延续到现今,列为一些野蛮氏族的'禁忌'。女人以自己的智慧、巫术,特别是生儿育女的神秘行为,使男人慑服于她们面前,就连专事狩猎的男人也不能看野兽怎样下仔儿。女人又是术士,她们制定法律,文化就是发源于母系社会……"

一些灰色的小飞蛾,围着灯火乱飞乱扑,它们的影子在马卡罗夫的白色衬衣上忽隐忽现,他的整个胸前,甚至他的脸颊上,都布满了灰点点儿,犹如他那急促的话语留下的斑斑阴影。克里姆·萨姆金觉得

马卡罗夫的话又无聊,又天真,他想:

"他正在应考,要当一个'万事通先生'哩!"

马卡罗夫又恢复了他的老习惯,用右手转动着衬衣的上钮扣,左手慢悠悠地驱赶着小飞蛾。

"顺便说一句,您知道吗,图罗博叶夫,对那句很流行的下流骂人话,我早就感到受辱了。这句话究竟从哪儿来的呢?我认为它在远古时代是一句亲切的招呼语,正是靠这种招呼语来确定血缘关系的。按说这也许是一种自卫手段。那时老猎人一看见比他身强力壮的年轻人就说:我×过你娘。您还记得穆罗姆人伊里亚和吹牛大王见面的故事吧①?……"

柳托夫兴致勃勃地听着,嘿嘿直笑。

"你是在什么地方读到过这个故事的?"克里姆也笑嘻嘻地问道。

"这是我的猜想,否则我无法理解,"马卡罗夫不耐烦地回答。但是图罗博叶夫站起来,仔细听了听动静,轻轻地说道:

"你的猜想很妙。"

"我叫您讨厌了吗?"马卡罗夫问道。

"咳,没有,这是哪儿的话呀?"图罗博叶夫急忙和蔼地回答。"我还以为是两位小姐回来了呢,原来是我弄错了。"

"是瘸子来了,"柳托夫悄悄地说,随后从椅子上跳起来,蹑手蹑脚地走下阳台,进入茫茫黑暗之中。

克里姆听见图罗博叶夫说马卡罗夫的想象很妙,挺不高兴。现在他俩在阳台上踱着方步,马卡罗夫说话的声音越来越低;他一手摆弄着钮扣,另一只手向上一扬,继续往下说:

"当初,半开化的亚当根据强权法则剥夺了夏娃对生活的统治权

---

① 高尔基在《闲谈》(1934)一文中曾经写道,"吹牛大王战胜了勇士之后想割下他的乳头,不料从胸部的伤疤中认出败者是他的父亲。此伤疤是他母亲告诉他的。可是并非每个做父亲的都有这种伤疤或其他外部特征,因此辨认血缘关系的最好标志就是那句'骂娘'的话。"

的时候,就曾宣布,凡是女人的所作所为都是邪恶。很有趣的是,这种事情竟发生在东方这个一切宗教的发祥地。所谓男人是阳、天、强、善,女人是阴、地、弱、恶这种学说就是从那里传来的。犹太人祷告说:'主啊,感谢你没有把我造成女人。'我国则盛行在产后举行忏悔祷告的恶习,毫无疑问,这是男人和祭司干的勾当。不过男人在征服女人以后,却再也不能征服自己那种由女人培育起来的对爱情和温柔的渴望了。"

"可你究竟想说些什么呀?"萨姆金声色俱厉地追问道。

"我吗?"

"你到底想得出什么结论呢?"

马卡罗夫在他面前停住,好像迷了眼睛,眨巴个不停。

"我是想弄清楚:现代的妇女,也就是易卜生①在戏剧里所描写的那种抛弃了爱情和家庭的女人究竟是怎么回事? 她们是否感觉到有必要和有力量重新为自己争取到昔日那种文明的激发者,人类之母的地位呢? 是不是能成为新文明的动力呢?"

他把手向黑暗中一挥,接着说:

"须知,这种文明已经衰老,已经过时,其中甚至包含着一种疯狂的因素。虽然人们已经把女人变成了华贵衣着、首饰和诗歌的展览台,可是我不相信,我们生活中的小市民庸俗习气会最终地丑化女人形象。不过,我也看到了这样的女人,她们不愿意——你懂吗? ——不愿意恋爱,或者把爱情胡乱抛弃,像抛弃废物一般。"

克里姆朝他哈哈一笑。

"嚙,你可真是个幻想家!"他一面说,一面伸了个懒腰,从正在若有所思地望着自己表盘的图罗博叶夫身旁走过,朝楼梯走去。萨姆金茅塞顿开,这段冗长说教的用意他完全清楚了。

---

① 易卜生(1828—1906),挪威大戏剧家。他在剧作中不止一次地描写过那些不满资产阶级家庭关系的女性。他在《玩偶之家》中塑造的女主人公娜拉,就是为争取自己的权利而抛弃丈夫的女性。

"真是个小傻瓜!"他一面寻思,一面顺着沙土小径慢慢走下山坡。一弯小巧明亮的月牙儿钻出了云端;银色的光辉在松针之间闪动,松树的阴影在树根周围凝成一簇簇黑团。萨姆金一面往河边走,一面感到心安理得,他认为他对浮华言词的憎恶是正当的,而且又善于辨别人们苦心孤诣杜撰出来的漂亮话。

"大凡这些柳托夫、马卡罗夫和库图佐夫之辈,也都是这样生活的。他们抓住某个鸡毛蒜皮的想法就大做文章,大吹大擂一通……"

## 十

翌日清晨,一阵热风吹来,松枝摇曳,细沙飞扬,灰暗的河水泛起波澜。当瓦拉甫卡摘掉礼帽,走出车站的时候,风把他的大胡子吹到了肩膀上,上下直抖动。这大胡子使瓦拉甫卡那面孔通红、毛发蓬乱的脑袋瓜酷似一本通俗天文读物上画的那个丑陋的彗星。

喝茶的时候,他穿一件拖到脚跟的长睡衣,没穿裤子,光脚穿着拖鞋。他热得气喘吁吁,一面擦着脸上油汪汪的汗水,一面叫骂:

"这夏天,真见鬼!阿弗利卡尼什,菲伊尔利赫①!那个女音乐家在家里造反了。她要贮藏室,要把屋子隔起来。总而言之,鬼晓得她还要什么!老弟,你回去安慰她一下吧,是个很有风韵的小娘们儿哩!"

他长叹一声,捧起大胡子擦了擦脸。

"维拉·彼得罗夫娜在彼得堡为德米特里操办的事不顺利。看来他们把他整得好苦哇。这是对时代应有的贡献呐……"

克里姆背地里想到瓦拉甫卡时很不尊重他,甚至有些鄙视,但在跟他谈话时,却总是对此人的精明强干佩服得五体投地。他知道他的精明是犬儒式的,然而他也晓得第奥根尼②是一个正直的人。

---

① 德语:"像非洲一般炎热"。
② 第奥根尼(约前404—前323),古希腊犬儒学派哲学家,犬儒主义的倡导者;他反对一切文明成果,否认国家、家庭、道德,自称为"世界公民"。

"您知道吗?"他说。"柳托夫是同情革命党人的。"

瓦拉甫卡皱皱双眉,略一思忖说:

"是这样的。但这似乎不是商人该做的事情。其实这都是为了赶时髦,因为人们现在都同情革命党人。"

于是他像机关枪一般嘟嘟嘟地说起来:

"革命党人,假如不是傻瓜的话,也是有用处的嘛。即使真的是个笨蛋,那也不会完全没用,因为俄国人的生活条件真是太差劲儿了。我们现在正在生产越来越多的商品,尽管我国可能有一亿人口,但没有买主。每人每天用一根火柴,那就是一亿根,每人用一根钉子,那就是一亿根钉子啊!"

他双手捋住大胡子,塞进衬衣领子里,然后趴到杯子上,吮起牛奶来。喝完牛奶,他哼了一声,摇摇头,继续说:

"倘若革命党人鼓动庄稼人说:笨蛋们,请你们把土地从地主手里夺过来,学习学习怎样生活,像人一样,有条理地工作,那革命党人是有用处的。柳托夫是何许人?是民粹派吗?噢……是民意党人。我听说这些人已经垮台了……"

"他资助您办报吗?"

"他叔父拉杰叶夫资助……这是一位非常有福气的老人……"

他沉默片刻,眯起眼睛问道:

"怎么样,柳托夫为人可靠吗?"

"我不知道。他这个人很难捉摸透。"

"可以捉摸透的,"瓦拉甫卡有把握地说着,站起来。"好吧,我要去洗澡了,你快到城里去吧!"

"洗澡?"克里姆惊诧地问。"您喝了那么多牛奶……"

"我还要喝呢!"瓦拉甫卡一边说,一边把瓶里的冷牛奶倒进杯子里。

## 第十四章

一

克里姆回到城里,走进自家庭院,看见斯皮瓦克夫人系着灰色印花布长围裙,站在厢房台阶上。她向他摆摆袒露到肘部的手臂,亲切地招呼道:

"喂,少东家!请您过来!"

她紧紧握住他的手,发牢骚说:不该出租这样的房子,门吱嘎吱嘎乱响,窗户也关不严,炉子直冒烟。

"有一位作家曾经住过这儿,"克里姆说完,大吃一惊,顿时觉得这话太愚蠢了。

斯皮瓦克夫人惊讶地瞥了他一眼,使他更加惶惑不安。随后她请他进屋去,看见一个横眉竖眼的麻脸姑娘正在那里忙活;斯皮瓦克先生手里拿着一把小锤子,正站在屋子当中琢磨什么,他没有穿上衣,两条背带的铜环在胸前闪闪发亮,好像挂着两枚勋章。

"我们正在布置房间,"他一边说,一边把那只拿着锤子的手伸给克里姆。

斯皮瓦克先生摘掉眼镜,于是在他那张娃娃般的小脸儿上露出了一双瞎乎乎的鼓胀的红眼睛,眼皮肿得发青,看上去好像有满腹的苦衷。他妻子领着克里姆在堆满家具的屋子里巡视一番,要求找木匠和修炉匠,她那袒露着的手臂和印花布围裙使她显得朴素多了。克里姆厌恶地瞟了一眼她那圆滚滚的大肚子。

过了一会儿,克里姆脱去上衣,小心谨慎地在墙上钉了几根钉子,挂上画像,把书放进书橱。斯皮瓦克先生在调整钢琴的音键,他妻子说:

"他老爱自己调音,那是他的经坛,连我也不让动。"

几根低音琴弦在嗡嗡作响,女仆把瓷器弄得叮叮当当,水管工人正在厨房里用粗锉咔哧咔哧锉东西。

"您不觉得生活中某些东西是多余的吗?"斯皮瓦克夫人出乎意料地问道。等到克里姆欣然同意她的说法以后,她又眯缝着眼睛,朝角落里瞅瞅,说道:

"我正好喜欢多余的东西。那些日常所需的东西真叫人讨厌死了。它们支配着人们,所有那些大大小小的箱子都很可怕!"

随后她又说,她喜欢古老的瓷器和精装书籍,拉莫[①]和莫扎特的音乐以及暴风雨前的宁静。

"那时你会觉得你自己和周围的一切都骤然紧张起来,仿佛一场大难即将来临!"

克里姆还从未看到过她如此兴致勃勃。她虽然显得不那么漂亮了,脸上出现了微黄的斑点,然而一双眸子里却流露着扬扬自得的神情。她在克里姆心里激起了一种审慎与好奇交织在一起的感情。当然也使他产生了一线希望,亦即当一个年轻美貌的女子妩媚动人地盯着一个青年,而且温情脉脉地跟他谈话的时候总要产生的那种希望。

"我跟您说过库图佐夫也被捕的事吗?是的,那是在萨马拉的轮船码头上。他的声音可真好听,是吗?"

"他应当加入歌剧团,而不应该搞革命,"克里姆郑重其事地说,发

---

[①] 拉莫(1683—1764),法国作曲家和音乐理论家。

现斯皮瓦克夫人的嘴唇嘲讽地努了一下。

"他本来是想参加歌剧团的,不过,有时为了不使某种强烈的愿望压倒一切其他的愿望,或许就要反其道而行之,您说对吗?"

"我不知道,"克里姆说。

很明显,她是在试探,在打听。她的眼睛里流露着一种猜度的神情,她的目光刺得他的脸痒酥酥的,使他感到越发局促不安。

斯皮瓦克夫人很不雅观地腆着大肚子,打量着一本断线脱页的旧书。

"您不知道吗?您不曾想过吗?"她又追问他。"您是一个矜持审慎的人。您这种性格是出于谦虚呢,还是因为喜欢沉默寡言呢?我很想知道:您对人的态度究竟如何?"

"不,她完全不像我在彼得堡见过的那位女人了,"萨姆金这样想着,同时在设法回避她那些纠缠不休的盘问。

## 二

萨姆金给他们帮了一个多小时的忙就走了。他觉得这个女人的样子很叫人生气,她的思想难以捉摸,也和所有喜欢刨根问底的人一样,令人生畏。他认为,这些人之所以喜欢问这问那,是因为他们急于获得对于人的认识。为此他们就凭空捏造,随意歪曲,牵强附会地看待人的个性。克里姆确信,事实就是如此,他自己就是企图把别人看得简单化,所以他就疑心别人也打算把他这个自认为个性无限开朗的人看得简单化。

"对这个女人须特别提防,"他毅然决定。

但是翌日清晨他又去帮忙布置房间;同斯皮瓦克夫妇一道去市立公园饭店进午餐,晚上陪他们一块儿喝茶。后来他看见有一个留着两撇小胡,生着一双傲然鼓出的鲤鱼眼的波兰人,带着一把大提琴专诚来找斯皮瓦克先生,于是不知疲倦的斯皮瓦克夫人便借机要克里姆领

她去逛大街,但是当克里姆去换衣服的工夫,她又变卦了,她对着他的窗户喊叫:

"我改变主意,不去逛大街了!咱们在花园里坐坐吧,您愿意吗?"

克里姆本来不愿意,但又没有勇气拒绝她。他们在花园的小路上徜徉了将近半个时辰,谈论一些鸡毛蒜皮的小事。克里姆觉得心情异常紧张,他仿佛是在一条很深的小河边行走,正要找一个方便的地方跳过河去。从厢房的窗户里传来钢琴的伴奏声和大提琴的呜咽,还有那位矮小音乐家刺耳的喊叫。微风轻拂,黄昏变得越发浓重了,好像从树上飘落下一片温煦的、浅蓝色的尘雾,把空气染得更加黑暗了。

斯皮瓦克夫人缓缓迈着方步,摇晃着大肚子,走路的姿态带点儿炫耀的神气,因而克里姆进一步认为她很扬扬自得。奇怪的是,他在彼得堡竟没有发现这一点。她随便问了些有关瓦拉甫卡和维拉·彼得罗夫娜的事情,而从这些简单的问话中,克里姆并没有听出什么可疑之点。但却从她身上发现一种无法衡量的,然而明显能感觉到的压力,使克里姆对她产生了一种望而生畏的奇怪的胆怯心理。她那对圆溜溜的猫眼射出咄咄逼人的浅蓝色光亮,威严地盯着他,仿佛她已猜透他在想什么,他要说什么话。而且还有:她逼着他忘记了莉吉雅。

"咱们坐一会儿吧,"她提示道,然后意味深长地告诉他,她跟丈夫三天前曾经到一个当律师的老朋友家去做客。

"他显然是本地的一位艺术和科学的保护人。有一个红头发的人正在他家作《关于认识的本能》的演讲,我想没错,大概是这个题目吧?噢,不是,是《关于第三本能》的问题,其实也就是认识的本能。我对哲学虽说一窍不通,可是我很喜欢听他的演讲,因为他证明,认识就是像爱情和饥饿那样一种强大的力量。我从未听说过这样一种见解。"

斯皮瓦克夫人一边说,一边似乎在仔细琢磨,一双眸子显得昏暗无光;使人觉得她一边说话一边瞧着自己的肚子,嘴里说的并非心里想的。

"他是一个非常邋遢、其貌不扬的人。不过,每逢这些失恋的人谈论爱情的时候,我相信他们是真心实意的,他们的感情是深厚的……曾经有个驼背的男人谈论到爱情和女人,他的话是我所听见过的最动听的。"

她叹了口气,接着又说:

"一个男人长得越漂亮,他做丈夫和父亲就越不牢靠。"

她又笑嘻嘻地补充道:

"美和淫佚分不开,这大概是一条自然规律吧,老天爷是很吝惜美的,因此,一旦创造了美,他就要尽可能广泛地利用它。您为何不作声啊?"

萨姆金沉默不语,因为他已有所预料。她的问话使他哆嗦了一下,随后他忙不迭地说道:

"那个红头发的哲学家是我的老师。"

"是吗?原来如此呀!"

她好奇地瞅瞅克里姆的脸,而克里姆却若无其事地继续说下去:

"十二年前,他曾经爱上过我的母亲。"

他责怪自己成了一个饶舌的顽童,并且几乎是提心吊胆地等候着:这妇人马上就要对他提出下一个问题。然而她却沉默了片刻,说道:

"这里太阴冷,咱们进屋去吧。"

在回厢房的路上,她小声地说:

"大概,您是一位很孤寂的人喽。"

她这句话并不是用疑问的口气说出来的。萨姆金刹那间觉得很感激斯皮瓦克夫人,但随之而来的却是对她倍加小心地提防了。

留着两撇胡子的波兰人不见了,他把大提琴搁在钢琴旁边走了。斯皮瓦克先生正在弹奏巴哈[①]的赋格曲;他从他那黑眼镜框里朝进来的人打量一番,咳嗽一声说道:

---

① 巴哈(1685—1750),德国作曲家。

"他不是一个音乐家,而是一个下水道工匠。"

"您是说那位大提琴手吗?"

"那是个十足的废物,"音乐家很肯定地说。

他又弹了起来,弹得很有特色,竟使克里姆也莫名其妙地瞧着他发愣。他弹着一支缓慢的曲子,音调忽高忽低。他不时地抬起左手,伸出一根食指,仔细听着琴音渐渐消失。他仿佛把音乐撕成了碎片,正在从克里姆所熟悉的旋律中寻觅一种深藏着的东西。

"弹一支拉莫的曲子吧!"妻子请求道。

于是,他娴熟地奏出轻快而悠扬的旋律,使这间布置得十分雅致的屋子,随着琴声的荡漾而更加舒适了。

几幅瓷制人物像挂在昏暗的墙壁上,十分显眼。萨姆金心想,伊丽莎白·斯皮瓦克不适于在这里居住,这间屋子很适合那些富于幻想、恋慕丈夫和诗歌、抒情情调浓重的金发女郎。没想到这位妇人站起来,把乐谱放在丈夫面前,用法语唱起一支克里姆陌生的娓娓动听的小曲,它的结尾是一句呼喊:"A toi, mon enfant!"[①]

在克里姆兴致方酣之际,女仆走了进来,面带微笑通知他说:

"妈妈回来啦!"

克里姆原以为母亲回来一定是风尘仆仆,气急败坏,可是当他看见母亲精神抖擞,甚至似乎近日来变得年轻了的时候,真是高兴极了。母亲立刻谈起德米特里的案子来,说他很快就会获释的,不过他丧失了进大学读书的权利。

"我并不认为这是他的不幸;我一向觉得他将来也不会有什么出息。他的性格适合当个教师、银行会计,或者搞搞其他简单的工作。那位办理他的案子的军官,为人很和气,他向我诉苦说,在审问他的时候,他态度无礼,不肯说出他是受了谁的主使,来干这种冒险的勾当。这对他自己是贻害不浅的……这位军官很同情青年人,不过他说:'请

---

[①] 法语:送给你,我的孩子!

您为我们设身处地地想一想,我们总不能去培植那些革命党人吧!'他还提醒我,一八八一年破坏宪法的就是革命党人①。"

母亲的眼睛显得亮晶晶的,使人以为她做过眼睛整饰术,或者滴上了阿托品②。她身穿一件剪裁得很时髦的新衣裳,嘴里叼着香烟,俨然一位女明星在出色的演出后正在休息。她只是顺便提到德米特里,仿佛老是想把他的事情置诸脑后,话也说得断断续续。

"他们准许我去见他。他就关在那座叫做'十字架'的监狱里;他很健康,脸上长满了胡子,摆出一副若无其事的样子,甚至还挺快活,俨然一位英雄。"

接着她又改变了话题。

"我在彼得堡感到格外爽快,因为我从九岁到十七岁一直住在那里,我回想起许多美好的往事。"

她以平常少有的感慨,绘声绘色地把彼得堡略略追述了一番,使他儿子不以为然地想到,二十四年前彼得堡不过是一个寂寥萧疏的小城市。

"我和普列米罗娃老太太很合得来,她是一位可爱的老太婆。不过她的侄女实在吓人!她老是那样粗鲁和愁眉苦脸吗?她简直不像是在说话,而像是在用一支破猎枪射击。唉哟哟,我还忘啦:她交给我一封信,是要我带给你的。"

随后她说要去洗澡。但刚刚走了几步,又在屋子当中停住,说道:

"噢,我的上帝,你能想得到吗?玛丽亚·罗曼诺夫娜,你还记得她吗?她也被捕了。她坐了很久的监狱,现在已经在警察的监视下,把她流放到别的地方去了!你想想看,她比我要大六岁,可是一直还⋯⋯的确,我觉得在这种同当局的斗争中,在玛丽亚这样一些人的

---

① 一八八一年三月八日沙皇亚历山大三世废除了亚历山大二世临终时签署的关于召开所谓立宪会议的命令。自由派等便借机诬陷革命党人,硬说他们"破坏了宪法"。
② 阿托品是一种药物,有解除平滑肌痉挛、放大瞳孔的作用。

451

身上,起主要作用的是那种为了被蹂躏的生活而复仇的宿愿……"

"可能是这样吧,"克里姆赞同说。

## 三

母亲的一席话丝毫不曾打动他的心,这就好比他坐在窗口,窗外正在下着毛毛细雨,一点也淋不到他身上一样。等他清醒过来,打开上面有玛琳娜粗犷的笔迹的信封时,他发现信封里的信却不是她写的,而是涅哈叶娃写的。她在一张浅蓝色的、印着一些别致的小花的厚实的信纸上写着:她即将康复,可能在仲夏回到俄国来。

"回来又怎么样呢?"萨姆金惆怅地想着。

涅哈叶娃写的文字虽然娓娓动听,却给人一种完全是装腔作势的印象。

"她一定是自命为玛丽雅·巴什基尔采娃了。"

克里姆把信撕掉,脱下衣服,躺到床上,心里在想,这帮人终究是要使人厌恶的。他们每一个人都想把自己浓重的影子留在他的脑海里,硬逼他去想他们,重视他们,在自己的心灵里给他们找到一个位置。为什么要这样呢?这样做究竟有什么意义呢?

"正是这些外来的干扰妨碍我给自己的个性确立一个固定不移的界限,"他这样断定,同时又觉得不能自圆其说。"归根到底,我之所以能引人注目,仅仅是因为我置身于众人之外,并且保持缄默。必须像托米林、马卡罗夫和库图佐夫那样,择取某种思想为己所用;一个人应该在自己灵魂深处树立一根标杆,从而把自己个性中与众人不同的东西汇集在它的周围,显示出自己鲜明的特点。一个人的讲话应当始终如一,这才会显示出个性的坚定不移,这是不言而喻的。所谓个性,就是一整套掌握牢靠的见解,就是一部别出心裁的辞典。"

但是克里姆·萨姆金在探索他所熟悉的各种思想时,却没有给自己找到一个合适的思想,当然也不可能找到,因为这不是把他人的思想攫为己有的事,而是如何创造自己的思想的问题。这一切的思想之所以很糟糕,只不过因为它们都是别人的,且不说其中有许多思想连他自己也深恶痛绝了,有一些思想简直天真到了可笑的地步,而马卡罗夫的思想就是其中一例。

这种联翩的思绪,再加上纱帐外面蚊子纠缠不休的嗡嗡声,使他久久不能入眠。克里姆·萨姆金为使心情平静下来,就不断提醒自己:我实际上是有一个标杆的,这就是我对自己的忠诚。正是因为他憎恶任何自我克制,所以他才不能吸收别人的思想,使之成为自己的思想。它们对他来说,犹如浮光掠影,丝毫不起作用,只不过给他的记忆增加点儿负担而已。然而这已经不能使他感到自慰了。为了寻找一件合适的法衣,他曾经拼命地、孜孜不倦地奔波,而现在他要把这一切置诸脑后,将思虑转到斯皮瓦克夫人和莉吉雅身上去了。她俩几乎同样地让他感到不快,因为她俩都想在他身上寻找什么东西,向他刨根究底。他发现她俩在这方面对他的态度全然两样,却又都同样使他着迷。吸引力是一样的吗?对这个问题,他无法回答。这似乎取决于她俩在空间所处的地位和在肉体上接近他的程度。当斯皮瓦克夫人在场的时候,莉吉雅的形象就泯灭了,烟消云散了,可是等到莉吉雅出现在他面前的时候,斯皮瓦克夫人就不见影了。而且,最糟糕的是,克里姆并不能清楚地意识到,他究竟想向这位有孕在身的妇人和那位未经世故的少女要求些什么呢?

他并未忘记抱住莉吉雅大腿那会儿的心情,不过每当他想到这一点时就感到像一场梦。从那时起已经过去好多天了,但他已经有好几次盘问自己:究竟是什么东西促使他跪在她面前呢?这个问题使他对感情的真正力量产生了疑窦,而在几天以前他还为这种感情而自豪呢。

总而言之,日益频繁地展现在他眼前的是一种梦幻式的、他无须去正视的东西。干吗要搞那出编造的捕捉鲇鱼的愚蠢闹剧呢?柳托夫和那个瘸腿庄稼汉莫名其妙的大笑究竟用意何在呢?根本不该去看教堂挂大钟引起的令人痛心的骚乱,以及其他许多毫无意义、只能给人的记忆增加负担的事件。

"咦,你们干吗要管闲事呀?"那个驼背小姑娘的愤怒问话和几个村妇的凄婉哭诉又在脑海里回响起来。

"真的,我很可能要被这些东西弄出病来的……"

天已破晓,地板上的月影已经消失,玻璃窗失去了浅蓝色的光泽,也仿佛融化了。克里姆打了一个盹,但是很快就被许多杂沓的脚步声和哗啷哗啷的铁器声惊醒。他从床上跳下来,走到窗前,看见街上正在通过一大群囚犯,一队轮船警卫兵列成稀疏的散兵线押解着他们。一个留着长长连鬓胡子的清扫工正在打扫石砌马路,对这批衣衫褴褛的人群扬起一阵阵尘土。士兵的身材矮小,衣服上都缀着蓝色的条带,他们那出鞘的马刀也都像冰块一般闪着蓝光。这行列的最前面是一些剃成光头的穿灰衣服的男人,他们一个个身材高大,几乎全都留着大胡子;他们被成对地用手铐铐在一起,脚镣蹚得哗哗乱响。其中一个人脸上斜绑着一条黑色绷带,遮住一只眼睛,他用那只露在外面的毛烘烘的眼睛朝克里姆的窗户扫了一下,便对一个面貌很像他哥哥、也是大胡子的同伴说:

"瞧,拉撒路复活了[①]!"

但是他的同伴并没有去看克里姆,而是两眼望着远处的苍穹,然后对着押送兵的靴子啐了一口。这是克里姆在成百只脚沉闷的脚步声和铁镣的哗啷声中听到的惟一一句话。这些声音打破了这座还在沉睡的城市悠闲而温煦的宁静。

一些身穿各式各样衣服的愁眉苦脸的人们,腋下挟着包袱,身后背着行李,稀稀拉拉地跟在这群囚犯的后面。一个身材高大的老头儿,披着斗篷,戴着神甫小圆帽,腰里挂着一把茶壶和一只小锅,也在后面走着。他这套家什也和着脚镣的声音叮当作响。

---

[①] 拉撒路复活的故事出自《新约·约翰福音》第十一章,据说拉撒路已病死四天,耶稣使他复活。

有二十来名政治犯挤成一团,其中两个戴眼镜的人,一个红头发,满脸胡子;另外一个头发花白,酷似尼古拉·米尔里基①的圣像,他们后面蹒跚着一个满脸胡须的红鼻子老人;他有说有笑地在跟一个卷发的小伙子闲聊,那小伙子紧跟在他身旁,一面说话,一面指着那些熟睡的住宅窗户。四个女人走在行列的最后,其中一个身材肥胖,尼姑似的脸上皮肉松弛;另一个还很年轻,体态娉婷,两腿细长。还有两个手挽手走着,其中一个走起路来一瘸一颠,摇摇晃晃;她身后是一个塌鼻子的士兵懒洋洋地移动着沉重的步履,他那蓝光闪闪的军刀几乎要碰到她的耳朵。

当这群人的排头走过那个清扫工面前时,他站在那里观看,而当苦役犯们走过去以后他又急忙操起笤帚,往政治犯身上扬灰尘。

"等一等再扫,混蛋!"一个押送兵大声喊叫,趔趄一下,打起喷嚏来。

这群人拐到通往河岸的大街上去了,那个清扫工仍然起劲地在他们后面扬着灰尘,弄得烟雾腾腾。克里姆听说有一艘烟囱上漆着白色条纹的红褐色轮船和一艘同样颜色的驳船正停靠在岸边,等候着囚犯们;驳船甲板上都钉着铁栏杆,整个驳船看上去就像一个鼠笼。很可能,他哥哥德米特里也要被装进这种鼠笼的。他哥哥为啥要当一个革命党人呢?他童年时代本来平庸无奇,虽说上年纪的人都觉得他很懒散,可他的性格却异常执拗,不过他在跟孩子们玩耍时就像条看家狗那样温顺。涅哈叶娃说得对,他是一个不学无术的人,他的身躯臃肿,一点儿不灵敏。而做一个革命党人,应该是又机灵,又精明,又凶狠。

远处还可以听到镣铐的哗啷声和沉重的脚步声。清扫工打扫完他的地段,用帚把敲敲石路,望望远处旭日升起的地方,在身上画了一个十字。此刻四周一片寂静,使人觉得是这个蓄着长胡子的清扫工把这群囚犯从街上,从城市扫除出去了。这也仿佛是一场噩梦。

---

① 传说是基督圣徒。海员和商人祭奉为航海的保护神;农民祭奉为土地和庄稼的保护神。

## 四

傍晚,在一家昏暗的旧书铺里,克里姆不留神撞了一位身穿夹大衣的人。

"对不起!"

"噢,是您哪,萨姆金,"那人不慌不忙地说。

克里姆听见这句话也没有立刻认出托米林来,因为这座堆满旧书的、尘土弥漫的书铺里光线太暗。这位哲学家坐在一把腿被截短了的矮椅子上,一只手伸给萨姆金,另一只手拾起掉在地上的帽子,对一个站在书铺紧里头、看不见的人说道:

"一卢布三十戈比足够了。走吧,萨姆金,到我家去!"

克里姆对这次邂逅相逢感到有些困窘,他还没有来得及谢绝邀请,托米林已经表现出他那少有的匆忙神情了。

"当你在翻书的时候,时间就不知不觉地过去了,您瞧,我已耽误回家喝茶了,"他走到大街上说道;夕阳照得他直皱眉头。他头戴一顶鼓鼓囊囊、皱皱巴巴的呢帽,穿一件又肥又长不合身的夹大衣,颇像一个坐牢很久刚被释放出来的破落商人。他两手插在兜里像只大鹅似的,傲然朝前走着;大衣的两只长袖子打着深深的皱褶。托米林脸颊红润,显得很丰满,说话的声音镇定自若。克里姆从他的言谈中仍可听出当教师时的严厉声调。

"怎么样?大学的功课满意吗?"他带着怀疑的表情,含笑问道。

"这是瓦尔瓦拉·谢尔盖叶夫娜,"当这位厨师的妻子走到堂屋里来,恭恭敬敬地帮他脱下大衣时,他向克里姆介绍道。

他脱去大衣,露出里面穿的常礼服,一件胸前带有黄点、浆熨得很平整的衬衣;剪短的大胡子下面扎着一个鲜艳的紫蝴蝶结。他的头发也剪短了,好像分成两半的睡帽扣在头顶上似的;他的脸也不像那个很逼真的基督圣像了。只有那对细瓷般的眼珠仍然呆滞不动,而那两道火红的浓眉毛也和从前一样紧皱个不停。

"请吃点儿吧!"那妇人用温柔的语调劝说着,同时把茶杯、炼乳瓶、蜜缸和一碟铁锈色的糕点放在克里姆的面前。

"这是很好吃的点心,"托米林补充说。"是她亲手用麦芽加蜂蜜做的。"

克里姆为了避免说话,就吃了起来,并且悄悄地把这间收拾得干干净净的屋子打量了一番。他看见窗台上放着鲜花,前面角落摆着圣像,墙上挂着一幅油画,画的是一个饱食终日的女人,手里拿着羊皮鼓,站在立柱旁。而那位坐在桌旁,靠近火壶的活女人,一生也是饱食终日:她那养得胖胖的肥大躯体,坐在椅子上仿佛一尊佛像,稳稳当当;紫红的嘴唇动个不停,细羊皮似的红脸蛋圆鼓鼓的,双下巴颏哆哆嗦嗦,隆起的乳房微微颤动;一对水灵灵的眼睛闪耀着温存、贤惠而又心满意足的光芒。而当她停止咀嚼时,那张小嘴就紧缩得宛如一颗小星星。她那双粉红色的小手娴熟地在桌上来回舞动,无声无息地搬弄着那些器皿;仿佛这双长着像小灌肠似的手指的巧手,具有磁石般的吸引力:只要它们一伸向那糖罐和奶瓶,这些东西就会自动驯服地飞向她柔软的手中。火壶也显出铜光闪闪的仿佛懂得人情的微笑,屋子里的一切都似乎倾注到这个妇人的身上,期待着她温柔的抚摸。然而也有不协调、使人感到压抑,甚至古怪离奇的地方:他竟然当着这位妇人的面,在这间充满天竺葵花香和食品香味的屋子里,漫不经心地和冷嘲热讽地唠叨起来:

"唯物主义者断言,精神是有机物质的特性,而思想则是化学反应。然而,这仅仅是在术语上与万物有生论,与物质有灵论不同而已。"托米林一边说,一边挥舞着那只拿着点心的手。"在一切不可容忍的粗浅概念中,唯物主义最为丑恶。而且很明显,这种思想乃渊源于愚昧无知和疲于徒劳无益地寻求信仰而造成的失望。"

他把点心放在盘子里,做了一个吓人的手势,慷慨激昂地说下去:

"我重复一遍:人们寻求信仰乃是为了自我安慰,而不是为了真理！可我要求的是不仅要超脱一切信仰,而且还要肃清对信仰的渴望本身！"

"茶要凉了！"妇人提醒说。托米林看看墙上的挂钟,急忙走了出去,但是她用安慰的口气告诉克里姆：

"他马上就回来,他找小猫去了。他的研究工作需要安静。我甚至用砒霜把我丈夫的狗给毒死了,因为这狗在月夜里叫得太厉害。现在我们养了只小猫,他叫尼基塔,我很喜欢在家里养个小动物。"

她一边整理包着黑头发的厚头巾上的卡子,一边唉声叹气地说：

"他的研究工作可真不容易！他得认识好几千字！而且他要把它们抄下来,从各种书上去抄,而那些书简直多得数不清！"

一只驯良的、带有金黄斑点的银灰色金丝雀,像这家的精灵在屋内飞来飞去；它落在花枝上,啄着花瓣,花枝摇曳,吓得它直扑动翅膀；忽然被一只撞在玻璃窗上的嗡嗡怒叫的黄蜂所惊扰,飞进了笼子,喝起水来；每喝一口都要高高仰起它那尖尖的小嘴儿。

托米林十分爱惜地抱着一只绿眼睛小黑猫走进屋来,把它放在妇人肥胖的膝盖上,问道：

"该喂它牛奶了吧？"

"还早呐,"妇人朝挂钟看了看说道。

过了一小会儿,克里姆又听见他说：

"自由思想界在追随着我。信仰,在思想的面前,乃是一种犯罪。"

托米林说这话的工夫,做了一个潇洒而又目空一切的姿势,他的声音威严激昂,眼神凛然可畏。克里姆惊异而且羡慕地望着他,觉得人们的变化是多么迅速,多么厉害啊！而他却一直在扮演着一个有失尊严的角色,大家都把他看作是一个盛装自己见解的杂物箱。当他告辞的时候,托米林再三叮嘱说：

"请您常来做客哟！"

那妇人用她热乎乎的手握过克里姆的手以后,似乎在从衣襟上往下掐什么,然后把手藏在背后,笑呵呵地说道：

"这下子他一定会来的,我把猫须插到他身上了!"

克里姆问她插猫须是什么意思,她解释说:

"噢,您瞧,这就是小猫的一根须子,公猫是很恋家的,并且它们对人又很有吸引力。如果家里喜欢什么人来玩,那就让他带走一根猫须,他就一定会留恋这一家。"

"真是胡说八道!"克里姆走在街上时心里这样想,不过还是把衣袖和裤腿仔细察看了一番,看他身上是否真插了猫须。"真庸俗,"他重复着,仿佛感到有必要使自己确信这种安逸的生活恰恰是庸俗的,也只能是庸俗的。"实际上,托米林正像那些使他感到震惊的唯物主义者一样,也在宣传一种粗俗的思想。"克里姆心里寻思着,几乎下了狠心要在这位哲学家与绿眼小黑猫之间找到一种共同的东西。"这公猫是要吃掉那金丝雀的,"他粲然一笑,感到头昏脑涨。"我莫非中了那些铁锈色点心的毒吧?……"

## 五

他回到家里,看见母亲和斯皮瓦克夫人坐在饭厅朝花园开着的窗户旁边,兴致勃勃地在聊天。母亲把一封蓝色的电报递给他,忙不迭地说:

"你看,是你雅科夫伯伯去世了。"

她把烟蒂扔到窗外,补充道:

"还没等从监狱出来,就这样死去了,真可怕!"

接着她又加了一句:

"当局方面也太残忍了。他们眼看着这人奄奄一息,却仍然把他关在监狱里不放!"

克里姆觉得母亲说这话颇为勉强,似乎在客人面前惶惑不安。斯皮瓦克夫人同情地望着她,然而却认为向她表示同情是不相宜的。过了一会儿她就走了,母亲看她出门后,慢条斯理地说道:

"这位斯皮瓦克夫人是个风趣的女人。为人实在,跟她相处很随便。她把房间布置得很雅致,别有一番风味。"

克里姆感到她对雅科夫伯伯的态度过于唐突,简直有失礼貌,于是问道:

"他已经埋葬了吗?"

母亲吃惊地回答:

"电报里不是说了吗:'十三日逝世,昨天已下葬'……"

她斜着眼睛,瞧着镜子,打量耳边那个小斑疖,长吁一声,说道:

"我马上写封信把这件事告诉伊万·阿基莫维奇。你知道他在什么地方?是在汉堡吗?"

"我不知道。"

"你很久不与他通信了吗?"

一股无名之火,涌上克里姆心头,他愤愤地说道:

"很久了。其实,我很少给他写信。他给我回信老是教训我,应当怎样生活,怎样思考,怎样信仰等等。他还向我推荐一些书……像普鲁加文①的《论人民的要求和知识分子的责任》这样一些庸俗的作品。在我看来,那些信不过是些极其天真的空谈,是跟他那橡木桶板生意毫不相干的。他很希望我能继承连他本人大概也已抛弃的那种思维习惯。"

"是的,"母亲一面说着,一面轻轻敷粉在那小斑疖上。"他一向崇尚空谈,最喜欢雄辩术。可是,你今天为什么这样焦躁不安呐?甚至你的耳朵都红了……"

"我有些不舒服,"克里姆说。

这天晚上他躺在床上,头上在施行冷敷,医生安慰他说:"胃有些毛病,明天我再来看看。"

---

① 普鲁加文(1850—1920),俄国民粹运动的参加者,后来成为人种学家。

## 六

　　五个星期来,柳博穆德罗夫医生一直未能确诊这位患者的病情,而患者本人也弄不清楚,他究竟是身体有病呢,还是由于厌恶生活与众人而造成的精神颓废这种心病呢?他虽非疑神疑鬼,但有时觉得体内确有一种强酸在起作用,使他筋骨发热,消磨着他的精力。阴沉沉的迷雾充满他的脑际,使他很想熟睡一场,然而失眠症却折磨着他,无声无息而又非常严重的神经衰弱苦恼着他。往事的回忆,熟悉的面孔,以及熟悉的话语,杂乱无章地浮现在他的脑海。

　　"这里真的来过一个小孩吗?也许根本没有小孩来过吧?"

　　"你们干吗要管闲事呀?"

　　"对上帝来说,女人是次等动物。"

　　这些话一句句响彻在他的耳边,又仿佛书写在空中,凝滞不动一般;它们死气沉沉,令人烦躁不安,不会激起他任何意念,而只会加剧他的病痛。

　　有时这种酸化作用忽然消失,克里姆·萨姆金觉得自己差不多已经康复,于是就去了别墅。可是在路上,或是到了那里就又发病,陷入完全的虚脱状态。他不想见人,不愿听他们的声音。他事先就知道母亲、瓦拉甫卡、那位优柔寡断的医生,还有这位身穿法兰绒上衣、在火车上和他邻坐的黄脸乘客,以及那个手里拿着长锤、浑身油污的润滑工要说些什么。他嗔怪于人,只不过因为人们存在,活动,会看东西,会说话罢了。他们每个人都强制自己去想,硬着头皮去思考:他活在世上有什么用场?浮现出一些不伦不类的问题:这个颧骨高高的人为啥要刮掉胡子,而那位虽然长着两条又健壮又匀称的腿,却为何偏要提着一根手杖呢?有个女人把嘴唇涂得鲜红,描画着黑眼圈,因而鼻子显得苍白,没有血色,又小又丑,跟她的脸很不相称,而谁也不愿告诉她,说她把脸糟蹋了,而克里姆也不愿这样做。他敏锐而又贪婪地在人们身上搜寻着各种丑陋之处，可笑之举，以及一切与他格格不入的东西；他竟然以一种轻蔑和默默憎恶的感情思考每一个人。与此同时，他又恍惚觉得他那念念不忘的卖弄聪明，是一种病态，既荒唐又脆弱，而且对这手法的千篇一律越发烦恼。萨姆金有时感到他那心绪的容器，也即人们称之为心灵的东西，乱七八糟地塞满了这种卖弄聪明的玩意儿，以及他耳闻目睹的一切事物，而且要充塞一辈子，这样他就永远不能接受任何外来的新事物，而只能纠缠于往昔的万端思绪之中了。假如能把这思绪的顽结彻底解开，那就太好了。然而，随之迸发和燃烧起来的却是想把这种顽结增大到最大限度的欲望，以至种种念头又充满他的心灵，填塞一切的空虚，产生一种强烈而勇猛的决心，使克里姆·萨姆金敢于向人们呼喊：

"咳，你们这些人哪！我什么也不知，什么也不晓，什么信仰都没有，而我对你们说的都是真话！可是，你们虽然装成有信仰的人，其实都是些谎言家，是最粗浅的真理的奴才，而这些所谓的真理，根本不是什么真理，不过是些破烂，垃圾，陈旧家具和坐坏了的椅子而已。"

克里姆想着这种他既无勇气也无力量去建树的功勋时，蓦地忆起童年时代他曾经无意中打开家里那间堆得乱七八糟的废物贮藏室的门。

## 七

早在克里姆这场莫名其妙的病症的头几天，柳托夫就带着未婚妻，和图罗博叶夫、莉吉雅一道乘船沿伏尔加河旅行去了。他们先是到高加索，然后游览了克里米亚，初秋返回莫斯科去了。克里姆对这次旅行无动于衷，甚至心里想：

"我才不嫉妒呢，我也不担心图罗博叶夫，莉吉雅不会成为他的！"

瓦拉甫卡的别墅里搬来一些陌生的人，他们带来一大帮吵吵闹闹的孩子；每天早晨都可以听到河岸和游泳场有击水的声音，湛蓝的水面上,许多人头像软木塞一般浮上浮下,无数油光光的手臂在空中挥舞;一到晚上,男女中学生就聚集在树林里唱歌,每天下午三点整,那位身穿粉红色连衣裙、戴着圆圆的黑边眼镜、胸部扁平的瘦弱姑娘,都在钢琴上弹奏《少女的祈祷》这支曲子,四点钟她沿着河岸去磨房喝牛奶,身后拖着一条粉红色的影子,斜映在水面上;她身上散发出一股浓郁的晚香玉气息。一位实验中学的高个子教师,挥动着捕蝶网,来回奔跑;那个瘸腿庄稼汉在地上一摇一摆地走着,仿佛有一种同时在几个不同的地方显现的神奇力量。一些衣着鲜艳的吉卜赛女人游游逛逛,要人算命,随手扒窃人家的衬衣、母鸡和儿童玩具。

柳博穆德罗夫医生住在瓦拉甫卡别墅下面不远的地方;每逢假日,吃过午饭,他就立刻跟那位教师以及阿琳娜的监护人,还有自己的胖太太,围着桌子打牌。三个男人都一声不响,只有医生太太不时发出刺耳的尖叫:

"我要红桃!""我要方块!""我一定要两张红桃!"

只是偶尔听到医生优柔寡断的声音,他说得郑重其事:

"只有英国人已经实现了政治自由的理想……"

有时他还用同样的声调建议大家:

"多吃点蔬菜,尤其要多吃些含硝酸钾的蔬菜,像葱啦、蒜啦、姜和萝卜之类的东西。甜萝卜也很有益处,尽管它不含硝酸钾……您要的是两个梅花吗?"

每逢休假日,村镇的孩子们便成群结队来到这里,好像奇特的小鸟,栖息在河边,一声不响、聚精会神地打量着这些避暑游客悠闲自在的生活。其中有个眼睛机灵、长着一头黑卷发的小男孩,大家都叫他拉甫鲁什卡,据女仆说,他是个孤儿,能生吞小鸟儿,因此很出名。

瓦拉甫卡在喋喋不休地大发议论,他的话千篇一律,听着刺耳,搅乱了和婉的空气。母亲也常来游玩,有时和伊丽莎白·斯皮瓦克一道来。瓦拉甫卡公然放肆地对这位音乐家的妻子献殷勤,她也欣然对他报以微笑,不过在克里姆看来,她和母亲的情谊越来越深厚。

瓦拉甫卡当着克里姆抱怨道：

"她太好奇了，什么都想知道。什么轮船航行呀，森林伐木啦。她酷爱读书，可是书籍会使女人堕落。去年冬天我认识了一位女歌剧演员，她忽然问我：尼采对易卜生究竟有多大影响啊？是呀，鬼才晓得他们谁对谁有多大影响！我才不理这种糊涂虫呢。最近省长指责我损害了自己的名声，因为我雇了政治上受监视的人。我告诉他说：我的阁下！他们工作态度很老实呀！可他却说：难道在我们俄国就再没有声誉良好而又忠实可靠的人了吗？"

瓦拉甫卡正患着腿病，他拄着拐杖走路。伊万·德罗诺夫迈着两条罗圈腿正在沙子路上徘徊，孤僻地张望着大人和小孩，跟女仆和女厨子交口对骂。瓦拉甫卡交给他一项繁重的任务，要他耐心听取避暑游客们滔滔不绝的牢骚和要求。德罗诺夫听取后每晚向瓦拉甫卡汇报。这位别墅老板听完德罗诺夫汇报的一件件令人不愉快的牢骚和要求之后，长满大胡子的胖脸露着眯眯笑容，问道：

"噢，怎么，所有这些要求你都答应他们了吗？"

"我答应了。"

"那他们就该满意了吧？你要记住，这些人全都不过在这里住短时间，再过五六个星期，他们就都不见了。全都可以答应他们，但是不去改，他们也照样过得去！"

瓦拉甫卡哈哈大笑，颤动着大肚子；德罗诺夫到磨坊去，同一群风流女人喝啤酒一直喝到半夜。瓦拉甫卡很想同克里姆谈谈，但是克里姆却对此反应冷淡。

在这段昏昏沉沉、百无聊赖的时光里，伊诺科夫匆匆出现过两次，他面带饥饿和怅惘的神情，整个晚上都在疾言厉色地谈论修道院，嘟嘟囔囔地咒骂那些修士：

"天主教为我们贡献了康帕涅拉、孟德尔[①]，总之是许许多多科学

---

① 孟德尔(1822—1884)，奥地利神甫，孟德尔遗传学说的创始人。

家和历史学家,而我们的这些修士都是些冥顽不化的蠢材,就连一部平庸的俄罗斯教派史也写不出来。"

他问斯皮瓦克夫人道:

"可是,为什么只有我们和匈牙利有犹太教派呢?"

"真是个有独到之见的小伙子,"斯皮瓦克夫人称赞他说;而瓦拉甫卡也请他到他的事务所工作,可是伊诺科夫连一声感谢的话都没说,就拒绝了。

"不,我要学习。"

"可是,您要学习什么呢?"

伊诺科夫绷着脸,荒唐可笑地回答:

"我要学习人生。"

就在那天晚上,他像石沉大海一样,无影无踪了。

## 八

克里姆·萨姆金无论如何不能理解自己对斯皮瓦克夫人的态度,这使他很恼火。他有时觉得,她使他内心的纷扰更为加重,使他的病势更加恶化。他既迷恋她又要躲着她。在她那双猫儿眼的深处,在瞳仁的中心,他发现一道亮晶晶的犀利的寒光,仿佛在嘲笑他,抑或在狠狠地刺激着他。他确信,这个大肚子女人一定在他身上搜寻着什么东西,一定对他有所希求。

"您具有批评家的智慧,"她嗲声嗲气地说。"您是一个博学多才的人,可为何不试着写写文章呢?可以先写写书评嘛,然后就会熟练起来的……顺便说一句,您的继父从明年年初就要发行一种报纸了……"

"她为啥要我写书评呢?"克里姆很纳闷,又觉得这种想法对他是一个好兆头,尽管不甚明显。

这些日子,一种无法消解的烦闷驱使他由别墅来到城里,一到晚间他就坐在厢房,听斯皮瓦克弹钢琴。瓦拉甫卡把斯皮瓦克先生称作"轻松喜剧中的人物"。

这位矮小音乐家的迟缓的手指,居然颇有独特风格地奏出了贝多芬天赋灵魂中的悲壮激情,巴哈的虔诚祈祷和莫扎特惊人美妙的忧伤。伊丽莎白·斯皮瓦克在聚精会神地为即将出世的婴儿缝制一些娃娃穿的小衣服和襁褓用品。听音乐入了迷的克里姆瞥了她一眼,但始终不能抑制自己内心那种自作聪明的念头。他想,倘若周围的一切并非如他所想象的那样,那光景又会怎样呢?

他心里有时产生这样一种强烈的欲望,就是他最好处在斯皮瓦克先生的地位,而莉吉雅处在他妻子的地位。伊丽莎白可以原封不动,但不怀孕而且改掉她那凡事都要问个水落石出的讨厌毛病就好了。

"您怎么理解这一点呢?"她寻根究底地问道,原来她一向认为克里姆的解释不合她的心意。有时她好像用责备的口气向他提出问题。克里姆第一次有这种感觉是在她问这样一个问题的时候:

"您不与令兄通信吗?"

"您怎么知道不通信呢?"

"我不过是问问罢了!"

"不过您问的口气好像您已知道我不与他通信似的。"

"可您为啥不和他通信呢?"

克里姆说:

"我们俩合不来,志趣也截然不同。"

斯皮瓦克夫人笑呵呵地望着他,他觉得这笑里带点儿轻蔑的意味。她又问道:

"您的志趣是什么呢?"

她的笑声使克里姆很不痛快,为了掩饰这种心情,他就冠冕堂皇地搭讪了几句:

"我以为,首先必须忠于自己,必须尽可能正确地定出自己人格的界限,只有这样才能了解自我的真正要求。"

"这是很可贵的志向,"斯皮瓦克夫人说完,咬断一根线。"也许这个志向虽然不要您花费一辈子工夫,但毕竟要您付出许多时光哩。"

克里姆想了想,问道:

"您这是讽刺我吗?"

"不,怎么是讽刺呢?"

他不相信她的话,生气地走开了,但是在院子里他清醒过来,意识到发火很不对头,对她的态度太荒唐。

克里姆不敢去和她争论,而且完全是避免和她争论。她的聪颖和博学多闻使克里姆又惊异又困惑。他发现,她思维的一般结构与"库图佐夫思想"很相近。与此同时,她所说的一切话,在他看来都不过是一个陌生人的话;这个人正远远站在一旁观察着生活的种种现象。萨姆金怀疑在她这种迥然不同的见解背后,隐藏着某种坚强的决心,不过从她身上丝毫感觉不到像图罗博叶夫那种冷漠无情的好奇心。归根结底,听听她的话也不是没有益处的,可是当伊诺科夫来到这里,并且把她的一半注意力吸引过去的时候,他高兴极了。

伊诺科夫穿一身用面袋布做成的武备中学生制服走进来,一声不响地向大家点头致意,然后坐下,但不知怎么老嫌坐得不舒服,索性把椅子放到了屋子的中间。他坐在那里,欣赏音乐,用严厉的眼神打量着屋子里的每样东西,仿佛是在计数它们。当他抬起一只手去理他那乱蓬蓬的头发的工夫,克里姆在他制服的下摆处发现一个已经洗得模模糊糊的蓝色印记:"头等品。雅·巴什基罗夫面粉厂"。

在斯皮瓦克先生弹琴的时候,伊诺科夫并不抽烟,但等到音乐家那双疲惫的手刚一离开琴键,藏到腋下去的时候,伊诺科夫又抽起他那廉价的纸烟来,用一种嗄哑而又干巴的声调问道:

"奏鸣曲和组曲的区别在哪儿呢?"

斯皮瓦克先生不高兴地瞟了他一眼,说道:

"您不是音乐家,用不着知道这个!"

伊丽莎白放下针线活,凑到钢琴旁来,把奏鸣曲和组曲有哪些结构上的区别解释了一番,然后问起伊诺科夫"人生课程"学得怎样了。他谈得既津津有味,又不厌其详,但带点儿困惑莫解的神情,仿佛在讲一位连他自己也不很熟悉的朋友。克里姆觉得伊诺科夫似乎在一边说一边问:"是这样的吗?"

于是在萨姆金面前展现出一幅慌慌张张、漫无边际地东奔西颠的景象。他觉得伊诺科夫似乎正在大地上滚来滚去,犹如盘子中的一枚胡桃,正由一个性急的人端着使劲儿地摇晃。

萨姆金越来越不喜欢这个小伙子了,简直是浑身上下都对他讨厌。也可以这样想:这小子是在故意张扬自己的鲁莽,故意叫人讨厌。每当他讲起自己荒诞不经的生活时,克里姆就听他讲了两三分钟,然后扬长而去。

莉吉雅曾经写信告诉她父亲,说她已由克里米亚到了莫斯科,现在又决定进戏剧学校了。她在第二封写给克里姆的三言两语的信中说阿琳娜和柳托夫已经告吹,就要嫁给图罗博叶夫了。

"这是可以料到的,"克里姆若无其事地想了想,随后又感到很好笑,想象着柳托夫一定会歇斯底里地大喊大叫,出尽洋相。

## 第十五章

### 一

克里姆的病和病中养成的怠惰情绪,未能使他及时转到莫斯科大学上学。他决定休养一番,今年就不再上学了。但是住在家里又嫌寂寞,最后还是搬到了莫斯科。在九月底一个刮风的下午,他走遍一条条小胡同,寻访莉吉雅的住所。

风吹落叶宛如小小蝙蝠飘荡在空中;天正下着毛毛细雨,沉重的雨点从房顶上落下来,像鼓点一般打在雨伞的绸面上,雨水在生锈的水管里哗哗地流着。一栋栋阴湿沉闷的小房子透过那仿佛沁满泪水的窗户瞧着克里姆。他想,这种小房最适于居住那些制造伪币的骗子、收买赃物的商贩和那些不幸的人。一些小教堂仿佛被人遗忘似的,夹杂在这些房子中间。

"这不是教堂,而是狗窝,"他对这种想法感到很得意。

莉吉雅就住在这样一个宅院里,住在厢房的二楼上。厢房的墙壁没有什么装饰,窗框也没有雕花,石灰已经剥落,好像被击伤、被抢劫过似的。

莉吉雅见到克里姆喜出望外,兴奋异常,耳朵通红,两眼笑眯眯,仿佛刚刚喝过酒似的。

"这是萨姆金,我的同乡和童年的朋友!"她把克里姆领进一间铺着朝窗子方向斜过去的油漆地板的空荡荡的屋子里,大声介绍说。这时一个身材不高的男人从腾腾烟雾中站起来,急忙抓住克里姆的一只手摇晃一阵,小声地、有点儿腼腆地说道:

"我叫谢米昂·吉奥米多夫。"

一位梳着蓬松华丽发式的高鼻梁姑娘自我介绍道:

"我叫瓦尔瓦拉·安琪波娃。"

"斯切潘·马拉库叶夫,"一个鬈发大学生也自我介绍说。此人生着一副末流歌舞团演员的面孔。

一个秃顶的男人从蓝色瓷砖砌成的壁炉旁一瘸一跛地走出来。他穿一件过膝盖的茧绸风衣,腰里扎着一根带穗的宽带子,操着浓重的鼻音,吐字不清地说道:

"我是贺里桑弗大叔。瓦莉娅,招待客人!欢迎您,请坐!"

他拉住克里姆一只手,像搀扶一个病人那样小心翼翼地把他扶到长沙发上。

过了几分钟,萨姆金情不自禁地寻思:这位贺里桑弗大叔好像早就在焦急地盼望着他的光临,对于克里姆终于到来感到欣喜若狂。他那张娃娃般的、红彤彤的小圆脸儿眉开眼笑。他笑起来,两片鼓鼓的嘴唇直动弹,使他那肥大的鼻孔越发扩张,腮帮越发鼓胀,遮住了那两只颜色不可捉摸的小眼睛;他那秃脑门上和整个光滑红润的脸蛋上都闪闪发亮。这样子看起来很奇怪,好像他的整个面孔都在向上滑动,滑到后脑勺才停下来,而脸上只留下一块没眼没鼻子的圆圆的红皮儿。

"我们刚才在分析《伪君子》[①]这出戏,"贺里桑弗大叔说完,坐在克里姆身旁,在地板上来回蹭他那双穿着花便鞋的脚。

屋子里点着两盏灯,一盏放在两扇布满灰色哈气的玻璃窗之间的

---

① 法国大剧作家莫里哀(1622—1673)的著名喜剧。

镜台上,另一盏用链条吊在天花板上。那位吉奥米多夫两手贴着身子耷拉着,歪着脑袋站在这盏灯下面,活像个吊死鬼儿。他伫立在那里,用局促的目光紧盯着克里姆,而克里姆则被贺里桑弗大叔那娓娓动听的、喜眉笑眼的话语弄得神魂颠倒。

"我崇拜莫斯科!我为作一个莫斯科人感到自豪!我和我国那些大名鼎鼎的艺术家和科学家在同一条街上走,感到很荣幸,这是真的!当我遇到瓦西里·奥西波维奇·克留切夫斯基和托尔斯泰,——对,就是列夫·托尔斯泰,我曾经见过他两次——脱帽向他们致敬的时候,我感到十分幸运!还有,当我看见玛丽亚·叶尔莫洛娃①乘车去排演场的工夫,简直想跪在马路上——我对她崇拜得真是五体投地,这是肺腑之言!"

## 二

莉吉雅和瓦尔瓦拉正在隔壁房间里忙活着;她俩一个穿着红上衣黑裙子,一个身着深绿色连衣裙。大学生马拉库叶夫不知躲在什么地方哈哈大笑。莉吉雅显得身材矮小,比从前更像一个吉卜赛女郎了。她似乎有点儿发胖,那窈窕的身段不再给人一种幽灵般的感觉了。这使克里姆很不安;他心不在焉地听着贺里桑弗大叔满面春风的滔滔议论,皱着眉头,悄悄审视着正在屋子里轻轻踱着步子的吉奥米多夫。

乍看起来,吉奥米多夫的面孔是很俊俏的,这使克里姆大吃一惊,然而他马上又想,这正是那种被人称为天使美的矫揉造作的美。他那温柔的圆脸上,一双碧蓝的少女眼睛炯炯发光,仿佛人工描绘出来的一般;两片肿胀的嘴唇过于红艳,金黄色的眉毛太粗,太浓,这些凑在一起俨然一个呆滞不动的瓷制玩偶,一头浅褐色的鬈发直垂到肩上,使人感到很可笑,真想看看他背后是不是还长着一双白翅膀。他在屋

---

① 叶尔莫洛娃(1853—1928),俄国著名女演员。

子里踱着方步,不时小心翼翼地抬起两只手,把头发撩到耳朵后面去,按按太阳穴,仿佛想试试脑袋是不是还长在原处;两个玲珑的小耳朵露在外面也很显眼。

吉奥米多夫,中等个儿,体态匀称,穿一件藏青短衫,腰间系一条宽皮带,足蹬一双毫无响声的、擦得锃亮的皮靴。克里姆发现这小伙子瞧了他两三次,每次都抿着嘴唇,好像想问什么又不敢开口似的。

贺里桑弗大叔兴冲冲地讲述道:

"我很荣幸地亲眼见到过尼古拉·尼古拉耶维奇·兹拉托甫拉特斯基①。"

甚至在莉吉雅招呼大家去喝茶之后,他还在那里把出了许多名人的莫斯科唠叨了老半天。

"这里既是俄罗斯的大脑,也是它宽阔的心脏,"他用手指着窗子大喊大叫,窗户外面就是秋天黄昏后一片阴湿的黑暗。

鼻梁尖尖的瓦尔瓦拉昂首坐在那里,她那双浅绿色的眼睛正对着大学生马拉库叶夫微笑,而他正跟她小声地交头接耳,滑稽可笑地鼓着腮帮子。

莉吉雅愁眉不展地给大家斟茶。

"对这种恭维颂扬,她是不会满意的,"克里姆一边想,一边瞧着弯腰喝茶的吉奥米多夫。贺里桑弗大叔的动作有如一只小猫,他懒洋洋地擦掉脸上和秃顶上的汗珠,然后把湿漉漉的手掌往肩头上蹭蹭,问克里姆道:

"彼得堡更中您的意吧?"

克里姆听得出这问话里带有讥讽的味道。出于礼貌,他不愿跟莫斯科人在评价这个古老城市方面发生龃龉,但是在他打算开口赞成贺里桑弗大叔之前,吉奥米多夫却头也不抬,满有把握地大声说道:

"在彼得堡,觉睡得更熟;在湿度大的地方,觉总是睡得很熟的。

---

① 兹拉托甫拉特斯基(1845—1911),俄国民粹派作家兼文艺评论家。

472

而且,在彼得堡做梦也很特别,在那里做的那种可怕的梦,在奥廖尔就不可能出现。"

他扫一眼克里姆,又补充说:

"我是奥廖尔人。"

莉吉雅用期待的目光瞅瞅吉奥米多夫,可他又弯下腰去,把脸藏了起来。

克里姆以迎合贺里桑弗大叔的口吻谈起了莫斯科:从波科隆山上眺望,它好像乱七八糟的一堆从整个俄罗斯扫来的五彩缤纷的垃圾,然而市内许许多多教堂的金色屋顶又雄辩地说明,这不是垃圾堆,而是珍贵的矿石。

"说得妙极啦!"贺里桑弗大叔眉开眼笑地赞扬说。

"淹没在众多的住宅中的这些小教堂十分动人,简直是小小的仙境……"

"真是肺腑之言!十分中肯!"贺里桑弗大叔从椅子上跳起来,大声说道。

"对了,这正是俄罗斯的、莫斯科的、全民族的仙境!我们有杰出的神仙,那就是纯朴!他既不披袈裟,也不穿法衣,却穿的是衬衫,对,对,是衬衫!我们的神仙,也和我们的人民一样,是全世界的一个谜!"他又兴致勃勃地说起来。

"您是一位信徒吗?"吉奥米多夫悄悄问克里姆,但是瓦尔瓦拉却嘘了一声制止他。

贺里桑弗大叔手舞足蹈地大发议论,一双小眼睛瞪得大大的,不过只见他那灰白眉毛直颤动,眸子里却流露着惘然若失的神情,灰溜溜的,犹如一对锡钮扣系在红边的扣眼里一般。

## 三

吉奥米多夫像是被针刺了一下,或是猛然想起什么惊心动魄的事儿,从椅子上跳了起来,默默地把手伸给每个人。克里姆发现,莉吉雅把这只过分白皙的手握了好几秒钟。大学生马拉库叶夫也告辞了;他在屋子里就很神气地把他的制帽扣在了后脑勺上。

"你想看看我房间布置得怎样吗?"莉吉雅亲热地邀请克里姆。

在一间狭长的小屋子里,一张笨重的床占去了横向三分之二的地方,高高的雕花床头和叠在一起的华贵的枕头使克里姆心里寻思:

"这是给老太婆住的吧。"

屋内有一个又矮又宽的三斗橱,橱上放着一面七弦琴式的穿衣镜;三把笨重的椅子,一个矮腿的旧沙发靠在窗下的书桌旁边,这些就是屋内的全部摆设了。糊着白纸的墙壁显得冷清而又空荡,只是在床对面,挂着一张深褐色的方相框,镶着莉吉雅和阿琳娜的合影:波平如镜的海面,一叶扁舟,她俩手挽手站在上面。

"苦行僧式的陈设!"克里姆想起涅哈叶娃那间舒适的屋子,说道。

"我不喜欢任何多余的东西。"

莉吉雅坐到沙发上,跷起二郎腿,双手交叉在胸前,匆匆忙忙有点腼腆地讲起了在伏尔加河上,在高加索,以及乘海船从巴统到克里米亚旅行的情景。她仿佛在仓促地报告自己的印象,或者在回忆自己读过的一篇有关轮船、城市和公路的枯燥无味的文章。克里姆觉得其中只偶尔有几句是她自己的话。

"你简直想象不到,成百万条鲱鱼密密麻麻,挤在一起游动,盲目地甩着无数的鱼子,该多可怕呀!真是奇怪得要命!"

她谈到高加索时说:

"简直像阴森森的地狱,到处是油锅里没有炸透的罪鬼黑黢黢的身影。铁青的山峦,长着稀稀疏疏的小草,仿佛生着一片绿锈。你知道吗,我越来越不喜欢自然风景了,"她笑呵呵地结束了自己的报告,把"自然风景"这四个字说得很重,并且作出一副憎恶的样子。"什么山哪,水呀,鱼呀,这些东西看上去都惊人地笨重而愚蠢!唉,人们真是够可怜的,可我却不会怜悯人。"

"你倒是上了点年纪,聪明起来了,"克里姆风趣地说;想到她的见解竟和他那徒劳无功的卖弄聪明不谋而合,心里挺高兴。

窗外滴滴嗒嗒下着雨,雨水顺着窗玻璃直往下流。街上已点燃瓦斯灯,白晃晃的灯光把那灰色雨点儿照得晶莹如珠。莉吉雅默不作声,双臂交叉在胸前,茫然地望着窗外。克里姆问她:贺里桑弗大叔为人如何?

"首先他是一位非常善良的人。而且,你要知道,他是一位无比善良的人,倘若让我说,那真是善良得要命。"

她眉开眼笑,说得兴致勃勃。克里姆吃惊地瞥了她一眼,刹那间觉得她判若两人,已经不是几分钟前作枯燥报告的那个莉吉雅了。

"我相信他真心实意地爱莫斯科,爱人民和他所谈到的那些人。不过,世界上没有他不爱的人。像他这样的人,我还没有见过。他性情古怪,具有一种把平庸无奇的事情说得天花乱坠的特殊本领,然而毕竟……像他这样……悠闲自在地生活的人是值得羡慕的。"

她告诉他,贺里桑弗大叔青年时代曾因参与政治斗争,名声受到玷污,这使他跟父亲——一个富裕的地主——发生了纠纷,后来他当了报馆的校对员,剧场的提词人,在他父亲去世以后,在本省开设了一家大剧场。后来又破产了,因为负债累累甚至坐了牢。之后又在一些私人剧院当导演,并且娶了一位有钱的寡妇,她死后把财产全部留给了她的女儿瓦尔瓦拉。现在,贺里桑弗大叔就跟他的继女一块生活,在一个私立戏剧学校教授朗诵课。

"这位瓦尔瓦拉又是怎样的人呢?"

"瓦尔瓦拉是很有天才的,"莉吉雅等了一会儿才回答,她的目光疑惑地盯住克里姆的脸。

"你为什么这样盯着我?"克里姆难为情地问道。

"我在想:你也有才华吗?"

"我不知道,"克里姆谦虚地回答。

"你一定是有某种天才的,"她一边说,一边若有所思地打量着他。

克里姆趁她沉默的机会,问了问那个主要的,也就是他最关心的吉奥米多夫的事。

"他很古怪,是吗?"莉吉雅扬声说道,又兴奋起来。原来吉奥米多夫是个孤儿,一个弃婴;由一位老处女——一位历史教师的姐姐——把他扶养到九岁;后来她死了,那位教师成了酒鬼,两年以后也死了,于是吉奥米多夫被一位雕刻神相框的木匠收留,当了学徒。吉奥米多夫在他那里干了五年,就转到他兄弟,一位光棍道具管理员那里去住,直到现在。这个道具管理员也是个酒鬼。

"贺里桑弗老是鼓励他登台演戏,但我不能想象还有比谢米昂更缺乏演技的人了。噢,他可是一个十分纯洁的青年啊!……"

"而且,他正在爱着你,"克里姆笑嘻嘻地说。

"而且,他正在爱着我,"莉吉雅随声附和。

"那么你的态度呢?"

她没有回答,不过克里姆发现,她那张黑黝黝的脸窘迫地涨红了。她两腿盘坐在沙发上,双手抱住肩膀,蜷缩成一团。

"我见过一些古怪的人,"她叹了口气,说道。"他们都非常古怪。不过总而言之,要了解人是太困难了!"

克里姆赞同地点点头。每当他不能马上形成对某个人的看法的时候,他就感到这个人对自己是很危险的。这样的危险人物是越来越多了,而在这些人物当中,莉吉雅是最接近他的一个。他现在特别明显地感觉到这种接近,并且忽然想把自己的一切事情都告诉她,任何想法也不向她隐瞒,再一次对她说:他爱她,可是他不了解她,有些怕她。这种欲望使他心情振奋;他站起来,和她告别。

"你快些再来吧!"她说。"那你明天就来吧,明天是假日。"

外面仍在下着绵绵秋雨,雨水淅淅沥沥叫人心烦;鳞次栉比的屋宇仿佛害怕浸湿后会坍塌似的,紧靠在一起,就连路灯的光亮也显得湿乎乎的。克里姆雇了一辆马车,车夫穿一身黑衣服,脸色气冲冲的;那匹浑身湿漉漉的马,摇着头,马蹄踩在石头路上发出嘎嘎嗒嗒的响声。克里姆被阴冷的湿气侵袭,缩成一团;他一想到人们都善于兴高采烈地谈些稀奇古怪的蠢事,想到自己至今还不能掌握自己的一套词汇,心里就觉得挺窝囊。

"人不过是一套词汇罢了。'小小的仙境',我这话说得可真蠢。真蠢啊!然而,更愚蠢的话是'穿衬衣的莫斯科神仙'。还有,为什么在奥廖尔做的梦要比在彼得堡做的梦更美妙呢?显然,这些陈词滥调,统统不过是那些想标新立异、自命不凡的人所不可缺少的玩意儿。其实,这都是骗人的伎俩。"

## 四

在贺里桑弗大叔家里逗留的几个晚上,已使萨姆金完全相信,莉吉雅生活在一群地地道道的古怪人当中。每当他在那里看见吉奥米多夫这位画中人似的美男子,他内心就激起一种复杂的感情,一种好奇心、疑惑不解和犹豫嫉妒交织在一起的感情。马拉库叶夫这位大学生对吉奥米多夫是深恶痛绝的;瓦尔瓦拉是谦虚而审慎的,而莉吉雅却是喜怒无常、古怪任性的。有时整个晚上她都不理睬吉奥米多夫,而只顾和马卡罗夫谈话,奚落一番马拉库叶夫那爱人民的大话。还有的时候,整个晚上都和他一个人窃窃私语,或倾听他喋喋不休的絮叨。吉奥米多夫说起话来老是眉开眼笑,而且慢条斯理,仿佛话从他嘴里出来很费劲儿似的。

"人有有修养的,也有野蛮的,我就是野蛮人,"他抱歉地说。"我了解有修养的人,但我很难和他们相处。总觉得好像有个人,跑来对我说:跟我走吧!我就跟他走了,去那无人知晓的地方。"

"这是我在唤你,在引导你!"贺里桑弗大叔喊道。"你将成为我的第一流演员。你可以扮演罗米欧和哈姆莱特[①]这样的角色……"

---

[①] 罗米欧和哈姆莱特都是莎士比亚戏剧中的主人公。

吉奥米多夫摩挲摩挲头发,半信半疑地微笑着,他那怀疑的神情是那样明显,以致克里姆暗想:

"莉吉雅说得对:这个人是成不了演员的,他太笨了,根本不会装腔作势。"

但是,有一次贺里桑弗大叔逼着吉奥米多夫和他的继女朗读《罗密欧和朱丽叶》中的几场戏。平时对戏剧兴味索然的克里姆,竟然被那个淡黄头发的小伙子倾吐出来的爱情和热恋的话语的巨大感染力所震惊。他有着柔和的男高音声调,尽管音色不算丰满,但是声韵却很洪亮。萨姆金一边洗耳恭听罗米欧那优美的台词,一边自问:为什么此人假装谦逊,自称野蛮人呢?为什么莉吉雅要隐瞒他的才华呢?此刻她正在睁大眼睛看着他,在她那黑黝黝的脸颊上浮现出鲜艳的红晕,搁在膝头上的手指也在微微颤动。

贺里桑弗大叔跨坐在椅子上,举起一只手,噘着上嘴唇,扬起眉毛,两条短腿的胖腿肚子绷得紧紧的,使劲儿伸展着他那臃肿的身躯;那张溜光的面孔显露着赞誉的神情,喜得眉开眼笑。

"真棒!"他鼓了三下巴掌,高叫道。"妙极了,不过音调不对头!这不像意大利人说的话,而像莫尔多瓦人①说的了!这是内心的倾吐,而非感情的表露;是忏悔,而不是求爱!爱情要通过姿势表现出来。可你的姿势在哪儿呢?你的脸部表情很死板!你的整个灵魂只表现在眼睛里,这还不够!不是所有的观众都带着望远镜来看戏的……"

莉吉雅走到窗台跟前,用一个手指在布满哈气的玻璃上一面画,一面粗声粗气地说:

"我也觉得这太……软弱了!"

"一点也不感动人,"瓦尔瓦拉一双碧绿的眼睛流露着嗔怒的神情扫了吉奥米多夫一下,证实道。这时克里姆才想起来,她对答吉奥米多夫的朱丽叶台词,声调是很平淡的,而且每到她读台词时,脖子老是

---

① 莫尔多瓦人自古以来定居在伏尔加河和奥卡河流域。

难看地向前伸着。

吉奥米多夫低下头去,把粗大的手指塞进腰带里,羞答答地说:

"我不相信我能登台演戏。"

"这是因为你什么都不懂,"贺里桑弗大叔咆哮道。"你读一读《法兰西戏剧的政治作用》这本书,这是那位……他叫什么啦?噢,是包布雷金作的!"

他跳到吉奥米多夫身旁,把他逼到挨近火炉边的一个角落,开导他说:

"应当用福音书,就是用《圣经》中讲天才的那个故事①来使你的脑袋开开窍!"

"这个故事我也不相信,"克里姆听见他喃喃地说。

"当然,他很窝囊,"克里姆这样断定,而当莉吉雅哈哈大笑时,他却认为她的笑声恰恰证明了自己的判断。

后来,他坐在她的屋子里问道:

"你记得你父亲曾经说过的话吗?他说:所有的人都各自用小绳子束缚着,而绳子要比人们有力量。"

"他自己就是用绳子拴着的,"莉吉雅冷冰冰地回答说,连看都不看他一眼。

"假如你说的是谢米昂,那可就错了,"她接着说。"他是一个性情开朗的人,他身上有一种自由奔放的特点……"

她无精打采地说着,就像妻子跟丈夫说话已经说得厌烦了似的。这天晚上她显得比实际老了五岁。她用一条披肩紧紧裹住肩膀,蜷缩在沙发里,克里姆感到她仿佛离他很远。但这并不妨碍他去想:这个姑娘虽然并不漂亮,而且性情古怪,但还是想去接近她,把头贴在她的膝盖上,再尝试一下他那次已经尝试过的不寻常的滋味。罗米欧的话语和贺里桑弗大叔的吼叫仍然萦绕在他的脑际:

---

① 见《圣经·马太福音》第二十五章第十四至二十九节。

"爱情要通过姿势表现出来!"

但是他没有勇气来作出这种姿势,他怀着懊丧的心情向她告辞了。他一边向外走,一边绞尽脑汁地琢磨:他为什么如此迷恋这位姑娘呢?究竟是为什么呀?

"我对她太想入非非了,要知道,她并不可能为我打开通向什么神话般的天堂的大门!"

不过他仍然觉得,在他内心深处早已埋藏下一个坚定的信念,那就是认为莉吉雅是为了一种特别的生活和爱情而创造出来的。一股纷繁思绪的激流,在阻碍着他去剖析对她的感情,而萨姆金正在这股激流中不由自主地,越来越迅疾地打旋。

## 五

每逢星期日晚上,贺里桑弗大叔家就宾朋满座;他们都是些志趣相同的成年人,他们怨天尤人,牢骚满腹,人人都带来些传闻和实例,可以更加证明他们所受的委屈;他们都喜欢吃吃喝喝,而且贺里桑弗大叔又有个身体肥胖的女厨师安菲米叶夫娜,她会烙一种美味的鱼肉馅饼。这些人中有两位男演员,自诩为演过空前绝后、谁也扮演不了的角色。

其中一个态度高傲,满头灰白鬈发,腮帮下垂;一对鼓出的严峻而浑浊的眸子,流露着目空一切的神情,仿佛对于功名利禄已经厌倦似的。他穿一身天鹅绒常礼服,一双柔软的鹿皮鞋,显得雍容华贵;在他那犹如叭喇狗一般的下巴颏底下打着一个浅蓝色的漂亮的蝴蝶结;他因为患风湿症,所以走起路来十分小心,那样子仿佛连大地也被他瞧不起似的。他大吃大喝,却沉默寡言;当着他的面不管提到谁的名字,他都要摆一摆沉重发青的手腕,表现出一副老爷的派头,神气十足地说:

"啊,我认识他!"

然后就不再作声了。很显然,他以为这几个字已经包含着对那人的很了不起的评价了。他是一个英国的崇拜者,也许就因为如此,他只喝"英国酒",而在他喝酒时总是紧紧闭上眼睛,脑袋向后一仰,好像要让那酒渗进他的后脑勺似的。

另一个男演员并没有什么架子:头有点儿秃,老是抿着嘴唇,鹰钩鼻梁上架着一副夹鼻眼镜;两只兔子耳朵,又大又灵敏。他穿一件浅灰色上衣,两条膝盖尖尖的细腿,套着深灰色的裤子。他坐立不安,来回忙碌,不停地打趣逗乐,津津有味地喝着伏特加,只就一些黑麦面包。他狡狯地撇撇嘴,也只用几个字来补充那位态度高傲的演员的评价:

"那是个酒徒!"

他说他正在写《夜莺回忆录》,并且解释说:

"夜莺就是我这个演员。演员和女人都只是在夜里生活。我爱一切历史的东西,几乎到了废寝忘食的地步。"

为了证明他对历史的酷爱,他津津乐道地讲述了那位最有天才的演员安德烈耶夫－布拉克[①]怎样在上演之前把扮演伊杜什卡·戈洛甫廖夫穿的戏装喝掉了;舒姆斯基[②]又是怎样狂饮;琳娜·塞洛瓦罗娃[③]怎样在酒醉之后不能在三个男人之中认出她丈夫来。他讲这些故事时大半都声调低沉,唾沫横飞,吞吞吐吐,而且一条腿哆嗦个不停。他把这条腿的抖动看得十分重要:

"拿破仑·波拿巴在风华正茂之时就有这种抽搐的毛病。"

克里姆·萨姆金已习惯于用他最熟悉的尺度来衡量人,所以在他看来,这两位男演员正以自己的颜色渲染着贺里桑弗大叔所有的朋友。

---

[①] 安德烈耶夫－布拉克(1843—1888),俄国名演员。
[②] 舒姆斯基(1821—1878),俄国名演员。
[③] 琳娜·塞洛瓦罗娃(1851—1905),俄国名演员。

## 六

克里姆把他在贺里桑弗大叔家见到的那位大胡子、小眼睛的矮胖老头儿,那位著名的作家,看作是一位完成了自己使命的人物。这位作家,虽然才华不甚出众,但由于他把农民理想化,而在十九世纪七十年代颇负盛名。他以对人民的热爱和信赖的抒情笔调使广大读者感到心情无比振奋。功名虽已一去不返,然而这种对人民的热爱与信赖却迄今留存,尽管他在为他的读者们已经不重视、不赞赏他的这种爱而感到悲伤。这位老人为此甚感屈辱,愤愤咒骂那些年轻作家,谴责他们背弃人民。

"他们都是列伊金①之流的人物,写作是为了消遣。还有柯罗连科②,他还算凑合,不过也不怎么样!他写了一些关于蟑螂的故事。在城市里,这是小事一桩,可是在乡村里你看见它,就一定要把它描写一番。比如契诃夫,大家都赞扬他,而他不过是一个心肠冷酷的魔术师,只会用淡墨水乱写乱画,你读过他的作品之后却一无所获。总觉得是些不成熟的东西。"

他特别恼恨马克思主义者,简直和他们不共戴天。他拽着大胡子阴沉地说道:

"最近有个糊涂虫对我说:您在人民身上下的赌注输得精光了,根本没有人民,有的只是阶级。他是法律系二年级大学生,是个犹太人。哪有什么阶级!他已经忘记不久前对他的同族人的大屠杀③了……"

他对这种牵强附会而又扑朔迷离的双关谐语感到沾沾自喜,不禁纵声大笑,笑得大胡子直往耳边扎煞,露出了一个慈祥的塌鼻子。

---

① 列伊金(1841—1906),俄国幽默作家和出版商。
② 柯罗连科(1853—1921),俄国作家和社会活动家。他的短篇小说《夜间》专讲蟑螂的故事。
③ 在沙俄时代曾多次发生蹂躏和屠杀犹太人的事件。

他走起路来显得很笨重,像个庄稼汉在扶着木犁耕地,总而言之,他的动作、举止、言谈都有许多庄稼汉的味道。萨姆金想起了那位农民装束的托尔斯泰主义者,便对马卡罗夫说:

"他演得很熟练!"

但是马卡罗夫却皱皱眉头,表示异议:

"我不觉得他是在演戏。也许他为了赶时髦,装模作样,早就特意学会了这一套。不过现在这倒是他的真正姿态哩。你注意,他有时说得很可笑,很笨拙,不过你却不能笑他,决不能!这是个老好人!人缘儿也不错!"

几杯伏特加一下肚,老作家的话匣子就打开了,他谈论起往事,谈论起他最初与之共事的人来。于是年轻人听到一些他们所不熟悉的文学家的名字时,彼此挤眉弄眼直发愣,不知道纳乌莫夫①、巴仁、扎索基姆斯基·列维托夫……是何许人。

"你读过这些人的作品吗?"克里姆问马卡罗夫。

"没有。在两位乌斯宾斯基中,我读过格列布·乌斯宾斯基的作品,至于那个尼古拉·乌斯宾斯基,我还是头一回听说。格列布是个歇斯底里式的作家。其实,我不很了解那些纯文学家,浪漫主义作家,以及什么什么家,因为我是个啥也不佳!"他扑哧一笑,但马上又怏怏不乐地说:

"我真担心他们把莉吉雅卷进政治中去……"

马卡罗夫常常到莉吉雅那里去,但每次都待的时间不长;他用兄长式的唠叨语气跟她谈话,而同瓦尔瓦拉说话时却很随便,甚至时常挖苦她几句;他管马拉库叶夫和波亚尔科夫叫作"合唱队员",管贺里桑弗大叔叫"莫斯科的崇拜者"。这些情况使克里姆听了喜出望外,他已经不记得马卡罗夫在别墅阳台上那种赤着脚、无精打采地宣扬他那天真可笑的论点的情景了。

---

① 纳乌莫夫(1838—1901),俄国民粹派作家。

## 七

　　还有一位作家,专写一些描述小人物蒙受小小不幸的短篇故事,这些作品大都平淡无奇,马卡罗夫管它们叫做《奇迹创造者尼古拉书信集》。这位作家个子也不高,粗壮,脸上疙瘩溜秋的,蓄着不太浓密的小黑胡子,一双眼睛闪着凶光。为了掩饰这副凶相,他强作笑脸,殊不知这笑却给他那黝黑的脸增添了不少皱纹,使他显得衰老了。清醒的时候,他说话很少,也很谨慎,全神贯注着他那发青的指甲,有时对着上衣袖干咳几声,而当他喝过酒以后,就不禁忘乎所以,风马牛不相及地说些意味深长的语句:

　　"'我是奴隶,我是沙皇,我是虫豸,我是上帝!'①不管是虫豸,还是歌德,本质都一样!"

　　他常编些顺口溜,而且还冷不防地把它们蹩脚地用在谈话中:

　　"果戈理来果戈理,他们未必是很多的!"

　　人们管他叫尼科吉姆·伊万诺维奇,有一次克里姆看见他神秘地笑着对吉奥米多夫说:

　　"等一等,瞧一瞧,看看尼科吉姆对咱有啥指教?"

　　他用老百姓唠家常的语调讲了一通之后,便对着衣袖惶惶然地咳嗽老半天。但过了几分钟,他讲话的语调就变了,仿佛心里在猜度着这话是否牢靠。

　　"人心隔肚皮,内在的东西是我们所看不见的,早在古希腊时代人们就懂得了这个道理。今非昔比,七十年代的人们已经不像从前喽!"

　　总而言之,他的举止是神秘的,情绪是沮丧的,以致克里姆认为,他这种情绪是伪装的。他说话老是吞吞吐吐,往往只说了半句就停住,从黑上衣口袋里取出一个皮面小本子,藏在桌底下,放在膝盖上,

---

①　出自杰尔查文的颂诗《上帝》(1784)。

用一根细铅笔在上面偷偷写什么东西。

尼科吉姆·伊万诺维奇的一举一动都给人一种印象:他似乎在孜孜不倦地创作,这也引起吉奥米多夫对这位作家的反感。

"您瞧,他又在记录了,是吗?"他有点胆怯地对莉古雅小声说。

尼科吉姆·伊万诺维奇是个饭桶,吃相也不雅观,想必他自己也意识到这一点,所以老是设法不引人注意,很快就狼吞虎咽地把食物吃下肚去。这位作家的胃消化不良,饭后老是打饱嗝;他大吃一顿以后,就难为情地眨眨眼睛,用手捂住嘴,随后把鼻子伸进衣袖里,一边咳嗽,一边向窗台走去,背朝大家站着,偷偷地揉摩他的肚子。

有一回遇到这种情形,那位快乐的大学生马拉库叶夫和瓦尔瓦拉递个眼色之后,走到他跟前问道:

"您这是在研究什么呀,尼科吉姆·伊万诺维奇?"

作家踌躇一会儿,说道:

"噢,你们瞧:那里有一颗星星在闪闪发光,可它对你我都毫无益处;它出现在距今几万年前,而且还要白白发光几万年,可是我们大家都不过活半个世纪……"

吉奥米多夫喝了些乌梅酒,略有醉意,便用不满的口气大声说:

"您这是从天文学书本上看来的。也许,整个宇宙就是由这个星球维持着的,它是它最后的一个挂钩,而您想要……您想要干什么呢?"

"这不关你们的事,青年人,"作家恼怒地说。

## 八

有一位红脸秃头的教授[①]常来贺里桑弗大叔家做客。他在十年前曾写过一篇纲领性的政论。他在这篇文章中证明,革命在俄国不可能

---

① 可能指俄国政论家和评论家格尔采夫(1850—1906)。

实现,国内一切反对势力,必须逐渐联合成一个实行改革的政党,这个政党要逐步从沙皇手中获得召开全俄缙绅会议的权利。可是,就因为这篇文章,终于把他赶出了大学,从那以后,他就荣获了"为自由而受难者"的头衔,不再试图去改变历史的潮流了。他从此便自满自足,饶舌多言起来,更耽溺于灯红酒绿,像俄罗斯的一切酒徒那样,不喝个酩酊大醉誓不罢休了。

落落大方的马拉库叶夫和另一位大学生波亚尔科夫都一心一意地向瓦尔瓦拉献殷勤,而她却用一对碧绿的眼珠惆怅地扫视他们一番,摇摇满头的红棕发,竭力模仿着叶尔莫洛娃的声调悄悄地答话,不过有时也心不在焉,又换了萨文娜①的腔调,用鼻音说话。那位波亚尔科夫是一个优秀的吉他手,麻脸儿,高个子,有点像个小神甫。

马卡罗夫和吉奥米多夫都死死纠缠在莉吉雅周围,不过他们互不妨碍。马卡罗夫表面上虽然对这位助理道具管理员态度甚至很和蔼,但是背地里却流露出对他的嫉恨:

"鬼才知道,他是一个神秘主义者,还是一个半疯半癫的人?不过莉吉雅也有往这方面发展的趋势。总而言之,他俩都不是什么出类拔萃的人物……"

克里姆·萨姆金聚精会神地观察着这些现象,发现自己虽说离群索居,但并不因此而感到惶惑。他认为当一个旁观者这种平凡的角色,是有益处的,是快活的,而且从内心上使他更加接近莉吉雅。这些晚上,她的一举一动都像外国人,她不太懂得周围人们的语言,而是焦躁地听着他们胡搅蛮缠的谈话,为了弄清楚这些谈话,她简直没有时间插嘴。她那双黑眼珠挨个扫视着人们的面孔,又从不肯在哪个人的脸上多停留,仿佛她刚刚才发现这些面孔似的。克里姆一而再地想了解:她对这些人有什么想法?然而她却默默地耸耸肩膀,不予回答。只有一次,当克里姆死乞白赖地追问她时,她才似乎不耐烦地说:

---

① 萨文娜(1854—1915),俄国著名女演员。

"我不知道,或许我不会有什么想法。"

这里还常常来一位叫祖叶夫的人,他头发梳得光溜溜的,小小脸庞的中央鼓出一个塌瘪的小鼻子,是个很不显眼的人物。这位祖叶夫从头到脚都似乎是扁平的,尤其穿着那件皱巴巴的上衣更显得像被压轧和揉皱过似的。他年岁已近四十,可人们还唤他小名米沙。

"喂,有什么消息,米沙?"那位老作家问他。

他用一种好像为亡故的亲友致悼词般的声调,悄悄回答说:

"在玛丽亚森林里发生了逮捕事件,在特维尔和下诺夫戈罗德也发生了这种事件。①"

他有时提到一些被捕者的姓名,大家听到这些人的名字都默不作声。只有这位老作家忧悒地说道:

"他们撒谎,他们不可能把所有的人都逮捕起来。唉,很可惜,他们把纳丹松②也逮捕了,他是位杰出的组织者。他们分散活动,这也就是他们常常失败的原因。需要一些领袖,一些老练的人物……这世界——农民世界,就是由这些老练的人物在维持着。"

"必需建立一个各种力量的联盟,"教授提醒说。"必需克制和循序渐进……"

尼科吉姆·伊万诺维奇用一句成语表示赞同他的看法:

"这叫'欲速则不达'。"

"既然他们在捕人,那就是说,革命的火种还在燃烧,"那个平易近人的演员安慰他们说。

## 九

贺里桑弗大叔满脸通红,心情振奋,汗流浃背地从厨房到屋里忙个不停,并且每当他们想起那些身陷囹圄和流放西伯利亚的人们而无

---

① 指一八九四年四月民意党被破获事件。
② 纳丹松(1850—1919),俄国民粹派运动的积极组织者,曾多次被捕和流放。

限悲痛的时候,就会听见他那快活的声音:

"请大家喝酒吧!"

于是大家尽力抑制着心中的悲伤,强作笑脸,走到墙角的桌子跟前;那里摆着花花绿绿的酒瓶,一盘盘佳肴,叫人垂涎欲滴。那位自视甚高的演员叹息道:

"说真格的,喝酒对我很有害处。"

他一面斟酒,一面补充说:

"不过我还是相信英国的烧酒。而且,甚至可以说,除了这种酒,我简直不知道还有别的更好的酒……"

那位活像一座红铜铸成的纪念塔似的安菲米叶夫娜走进来,两手捧着一个差不多有半普特重的大馅饼。大家纷纷称赞她手艺高超,她也扬扬得意地向大家鞠躬答礼,把一只手放在肚子上,和善地说道:

"为了健康,请大家尽量吃吧!"

贺里桑弗大叔和瓦尔瓦拉把酒瓶子从酒菜桌上搬到饭桌上,那位平易近人的演员兴奋地叫道:

"来把这迦太基①消灭掉!"

有一回,他吞下去第一口馅饼后,就轻轻地放下刀叉,用双手摁住额角,问道:

"喂,你们闻一闻,这是什么?"

大家都看着他,以为他烫了嘴,他的眼睛里噙着泪花,但是他却摇摇头说道:

"这是地地道道的神仙食品呀!上帝啊,俄罗斯妇女是何等多才多艺哟!"

他提议请安菲米叶夫娜来,为她的健康干一杯。这个建议大家都很赞成,并且一致照办了。

萨姆金没有忘记在彼得堡过的那个复活节之夜,因此他喝得很谨

---

① 迦太基是公元前九至八世纪时,在北非建立的一个奴隶制国家,公元前一四六年为罗马人所灭。

慎,等待着最有趣的时刻到来:那些吃饱喝足的人们还没等到酩酊大醉,每个人的话匣子就都一齐打开了,结果你一言我一语,掀起了一阵风马牛不相及的议论风暴:

"在英国,就连犹太人也可以成为勋爵!①"

"山鸡烤着好吃,完全是因为它肉鲜味美……"

"这是普列汉诺夫②思想!"老作家喊道,而那位大学生波亚尔科夫却用低沉悲愤的腔调倔强地反驳说:

"德国社会民主党人用合法手段壮大了自己的势力……"

马拉库叶夫硬说在德国国会中,三分之二的议员是神甫,而贺里桑弗大叔却证明说:

"基督已经成为俄罗斯民族的血肉!"

"我们还是把基督留给托尔斯泰吧!"

"永……永远不!没有任何理由!"

"莫里哀的思想已经是一种偏见了!"

"那您认为萨尔都③更好些,是吗?"

"不要胡扯!"

"现在大家上戏院看戏已成为一种风气,就跟上教堂一样,并不相信非去不可。"

"你这话不对,吉奥米多夫!"

"亲爱的,您还是尽量多吃些荞麦粥,就没事了!"

"我们大家活着都是为了基督……"

"这话真妙!虽然可悲,但很有道理!"

"不过我可以肯定,英国人一定会统治欧洲……"

---

① 指出身于犹太商人家庭的英国首相迪斯累利(1804—1881)。
② 普列汉诺夫(1856—1918),俄国的马克思主义者和马克思主义宣传家,后背叛了马克思主义,成为孟什维克。
③ 萨尔都(1831—1908),法国戏剧家。他的喜剧迎合资产阶级的口味,内容肤浅,专门追求表面效果。

"他又是因为阿斯特列夫案件①受到牵连……"

"基谢廖夫斯基②的全部天才都在他嗓子上,而他的灵魂中却是丝毫天才也没有。"

"请把醋递给我……"

"不,请原谅!在下诺夫戈罗德的波德诺沃镇,黄瓜腌得比涅日纳好!"

"土耳其人应当滚出欧洲去!滚出去!"

"大家把陀思妥耶夫斯基给忘记了!"

"可是萨尔蒂柯夫-谢德林呢?"

"那一时期他有科罗叶多娃-兹米耶娃作他的情妇,这样一个女人,唉,简直不好声张……"

"现在俄罗斯要听任维特的摆布了③……"

"他独断专行。看大家将来怎么生活吧!"

人们哄堂大笑。尼科吉姆·伊万诺维奇突然朗诵道:

倘若把作家比作波浪,
那俄罗斯就是海洋,
当暴风骤雨到来之时,
海洋不能不汹涌激荡④……

"可重要的是保持两只脚的温暖。"

"俄罗斯将要沸腾起来!它又要沸腾起来了……"

"大学生团体……联盟委员会⑤……"

"不,马克思主义者没有必要打倒民粹派……"

---

① 阿斯特列夫(1857—1894),彼得堡大学学生,因宣传民意党思想被捕。
② 基谢廖夫斯基(1839—1898),俄国演员,擅长扮演各种贵族人物形象。
③ 维特任沙俄财政大臣和内阁总理时,竭力维护君主制,发展资本主义。
④ 出自波隆斯基一八七一年所写的诗。
⑤ 一八八四年各大学生同乡会成立了统一的同乡会联合会,并选出了联盟委员会。

"我当然懂得什么是艺术,因为我是道具管理员呀……"

克里姆也不时地把瓦拉甫卡讲过的一些话,掷入这股吵吵嚷嚷的旋风之中,他的话也和其他人说的话一同消逝得无影无踪。

教授举着一杯红葡萄酒站起来,喊道:

"诸位!我提议斟满酒杯!让我们大家为它干杯!"

大家也都站起来,默默地把酒喝下去,彼此心照不宣地在为宪法而干杯;教授干完这杯酒之后,说道:

"是的,它会出现的!"

他差不多总是准确无误地选择祝酒的时机,那就是在老年人感到心情烦闷,愁眉苦脸,而青年人相反地热情激昂的时候。波亚尔科夫优美动听地弹奏着吉他曲,随后大家同声合唱了几首悲怆的俄罗斯民歌,这歌声使人心碎,一切生灵都仿佛在号啕痛哭。

吉奥米多夫已经得意忘形,他以清脆洪亮的男高音唱个不停。克里姆从他身上发现一种出乎意料的、令他钦佩的品质。很明显,这青年道具管理员说他在自家人面前也很腼腆的时候,那完全是假装的。有一回,马拉库叶夫激烈地抨击了年轻的沙皇,说他听完大学生拒绝作效忠于他的宣誓的上书①之后说道:

"没有他们,朕也照样干下去!"

大家差不多都一致认为沙皇这话说得不很恰当。只有贺里桑弗大叔这位软心肠的人,正在惴惴不安地用手掌揉搓着秃脑袋顶,打算为这位黎民百姓的新领袖辩护:

"他年轻,血气方刚。"

那位不爱出风头的男演员支持他的见解,讲了他所知道的一些历史情况:

---

① 指一八九四年华沙大学和彼得堡大学几十名学生联名上书,拒绝向尼古拉二世宣誓一事。

"他们在青年时代全都热情奔放,例如亨利四世①……"

吉奥米多夫莞尔一笑,那画中人一般秀气的面孔显得很呆板。他流露羡慕之情笑嘻嘻地说:

"真是一位有魄力的沙皇啊!"

他又带着同样的笑容对马拉库叶夫说:

"你们还在搞什么大学生总联合会,可他并不怕你们。因为他已经知道,老百姓是不喜欢大学生的。"

"谢米昂,我的小圣人!您别胡说八道啦!"马拉库叶夫悻悻然打断他的话。瓦尔瓦拉哈哈大笑,波亚尔科夫也笑起来,声调铿然,活像几把理发剪刀同时在他喉咙里作响。

可是,当谈论到沙皇宣布限制他权力的一切图谋都是枉费心机时,就连贺里桑弗大叔也怏怏不乐地说:

"他听信谗言,这很糟糕!"

但是道具管理员却用成年人打量小孩子的眼神瞧着大家,赞许而又执拗地重复道:

"不,他是一个正直的人。正因为他正直,所以他才勇敢,才敢于一人对抗全体……"

马拉库叶夫、波亚尔科夫以及他们的同伙,那个犹太人普列依斯,都喊叫起来:

"怎么是一个人?那宪兵呢?官僚呢?"

"这都是些奴仆!"吉奥米多夫说。"谁也不会去询问奴仆应该怎样生活。"

他们三人异口同声地说服他,而他却固执己见,低下头去,一声不吭地瞅着地板。

克里姆·萨姆金晓得吉奥米多夫是个不通情理的人,但这只能增强他对这位青年的好感。因为这样的人,莉吉雅是不会爱他的。她顶

---

① 亨利四世(1553—1610),法兰西国王,波旁王朝的始祖。

多不过是对他表示宽厚仁慈,有些可怜他,就像怜爱一只流离失所的招人喜欢的小猫一样。他甚至有点儿羡慕吉奥米多夫那种倔强劲儿和他对大学生们的嘲笑。这些大学生越来越多地出现在贺里桑弗大叔这座舒适的、隐藏在庭院深处的房子里。他们郑重其事地在瓦尔瓦拉的屋子里开会。这间屋子挂着许多舞台明星照片和版画;她收藏着一些珍贵的画像,有霍加士[①]、奥尔里奇[②]、拉舍尔[③]、马尔斯小姐[④]和塔尔玛[⑤]等人的。

大学生的集会使马卡罗夫非常感动,也激起了贺里桑弗大叔的恻隐之心。他觉得自己也正在参加一个酝酿中的伟大事件,并且深信不疑:随着尼古拉二世的登基,一定会发生惊天动地的大事。

"现在你们就走着瞧吧!"他对这群热血沸腾的青年神秘地说着,同时狡狯地眯缝起他那双红钮扣般的眼睛。"他正在愚弄所有的人,让他反省反省吧!你们不要光去注意他的眼睛这个心灵的镜子,而要仔细研究他整个的面貌!"

然后又开玩笑说:

"噢,吉奥米多夫,假如你留起一撇小胡子,把鬈发剪短,正好可以扮演这位皇帝,非常合适!"

---

[①] 霍加士(1679—1764),英国著名画家和艺术理论家。
[②] 奥尔里奇(1807—1867),美国出生的黑人悲剧演员。
[③] 拉舍尔(1821—1858),法国著名悲剧女演员。
[④] 马尔斯小姐(1779—1847),法国著名女演员。
[⑤] 塔尔玛(1763—1826),法国著名悲剧演员。

## 第十六章

一

克里姆·萨姆金对于休学一冬的决定感到心安理得,因为大学里正动荡不安。学生们对历史学家克柳切夫斯基①百般嘲骂,还侮辱了好几位教授。警察赶来驱散了学生们的集会;结果有四十二位自由派教授表示愤慨,八十二位发表声明,主张采取强硬手段。瓦尔瓦拉大逛古玩店和旧书摊,搜寻罗兰夫人②的肖像,她对找不到特鲁安·德梅里库尔③的画像,感到十分惋惜。

总的来说,生活似乎很不安宁,以至克里姆·萨姆金也不得不承认贺里桑弗大叔的预感是有道理的。这一冬克里姆所见到的一些人物,特别牢固地印入了脑海。

有一回,克里姆正站在克里姆林宫城墙上,眺望全城那些在冬季正午艳阳照耀下光彩夺目的高低不齐的屋宇,微微寒风像捉弄人似

---

① 克柳切夫斯基(1841—1911),莫斯科大学历史教授,亚历山大三世之子罗曼诺夫大公的政治历史教师。
② 罗兰夫人(1754—1793),即让·马里·罗兰之妻。她和她丈夫同是十八世纪末法国资产阶级革命活动家和资产阶级政党吉伦特派的领导人。
③ 特鲁安·德梅里库尔(1762—1817),法国资产阶级革命女英雄,攻占巴士底监狱的领导人。

的,把耳朵吹得麻酥酥的;积雪映出的光芒使人眼花缭乱;家家的屋顶仿佛小心翼翼地包了一层厚厚的银白色棉絮,给这座城市增添了安逸的气息。可想而知,在屋顶下面,在这明媚温煦之中,那些非常可爱的人们,正过着和睦的生活。

"您好,"吉奥米多夫挽住克里姆的胳膊说道。"这是个多么可恶的城市呀!"他不胜感慨地说下去。"冬天看上去还不错,夏天可就不行了。你在街上行走,总觉得背后好像有什么家伙向你身边爬过来,或者有什么沉重的东西要落下来似的。而且这里的人都很生硬,净会夸夸其谈。"

他又唉声叹气地说道:

"我一听他们惊叹'啊,莫斯科!',我心里就不是滋味。"

吉奥米多夫的脸冻得通红,更像画中人的脸那样漂亮了。他那一头鬈发的脑袋上戴着一顶猫皮旧便帽,显得太小;一件磨光绒毛的呢外套,钉着各式各样钮扣,口袋都撕破了,向外咧着。

"您上哪儿去?"克里姆问道。

"去吃午饭。"

他把头朝显圣修道院教堂点了点,说道:

"我在那里修理圣像壁。"

"噢,原来如此!您是又在剧院里工作,又在教堂里工作……"

"是又怎么样呢?反正都是一样干活呗。是我认识的一位雕刻和镀金工匠邀我来的,他可真是个好样的……"

吉奥米多夫颦蹙双眉,沉默了一会儿,又继续说:

"咱到一家小饭馆去吧,我吃午饭,您喝茶。您是不会在那里吃饭的,饭菜都做得不好,不过他们可以给您泡一杯好茶。"

跟吉奥米多夫谈话是很有趣的,不过和这样一个衣衫褴褛的青年人在街上游逛,克里姆却觉得很寒酸,因为一个大学生和一个工匠为伍总使人感到很不相称。克里姆拒绝去小饭馆,而吉奥米多夫则用手掌使劲揉揉冻红的耳朵,说道:

"我要加紧工作。我想积蓄一大笔钱。"

随后他又突然问道:

"您赞成莉吉雅·季莫菲叶夫娜演戏吗?"

没等回答,他马上又道破了问话的含义:

"是的,这就等于赤身露体在大街上行走。"

"莉吉雅·季莫菲叶夫娜是个成年人,"克里姆冷冰冰地提醒说。

吉奥米多夫肯定地点点头。

"据我看,聪明人也常常犯错误。"

"您怎么会这样想呢?"

"那又该怎样想呢?我看书,我观察……"

这在萨姆金看来太鲁莽:一个连话都说不确切的粗人,居然也要……

"您都读些什么书哇?"

"什么书都读。人们老是写些论述错误的书。"

他跺了跺脚,问道:

"您在从事革命活动吗?"

"没有,"克里姆直盯着吉奥米多夫的眼睛答道,发现他那双碧蓝的眼珠今天显得尤其浓重。

"我还以为您正在从事革命工作呢,不过您只是守口如瓶罢了!"

"您怎么对这一点如此感兴趣呢?"

"当人们告诉我这件事的时候,我知道他们讲的是真话,"吉奥米多夫若有所思地说。"这当然是真话,不然那又会是什么呢?"

他朝街上挥挥手。

"我虽然知道,但我不相信。我的感觉迥然不同。"

"在大街上是不该谈论革命的,"克里姆说。

吉奥米多夫环顾四周,尔后接着说:

"这不是大街。您愿意我给您介绍一个人吗?"

"什么人?"

"您看见就知道了。是一个出色的人物。每到星期六他就进行宣传。"

"是宣传革命吗?"

"我看还要更糟,"吉奥米多夫没有马上回答。克里姆哈哈直笑。

"您可真风趣!"

"我们走吧!"他声音轻轻地,然而却是很恳切地央告说。"今天是星期六,不过您应当穿得朴素些。其实,反正都一样,也有穿着跟您相同的人到场,就连警察巡官也常常出席,还有一位教堂助祭。"

从这个风趣的人物亲热的表情中可以清楚地看到:他很想让萨姆金和他同去,而且他断定萨姆金是会去的。

"太有意思了。您应当见识见识,"他说。"不过您要把眼镜摘掉,他们是不欢迎戴眼镜的人去的。"

克里姆本想拒绝跟警察巡官坐在一起,听那种比革命还要糟糕的宣传,可是好奇心使他丧失了警惕性。他马上产生了另一种模糊的想法,迫使他说出:

"您告诉我地址,也许我会去的。"

"最好是我去找您,陪您去……"

"不用了,您就放心吧……"

## 二

傍晚,克里姆正在苏哈廖夫钟楼附近的街巷徜徉。一轮明月高挂当空,寒风凛凛;黑乎乎的行人,有的双手揣在袖子里,有的插进口袋里,猫着腰从他面前走过,那歪歪扭扭的人影在雪堆上晃动。召唤人们作晚祷的无数钟声响彻城市的四面八方。

"我很想弄清楚,这个半疯癫的人究竟生活在什么样的环境中?"克里姆心里想着。"倘若发生什么变故,我想最坏也不过是把我赶出莫斯科而已。这有什么了不起的呀?我要吃点苦头,这是很时髦的哩！"

他终于看见在一扇破旧的大门上挂着一块弧形的招牌："克瓦斯饮料制造厂"。萨姆金走进院子，看见院内堆满了白雪覆盖着的筐子；有的地方从积雪中露出了瓶底和瓶口，月光照在这些昏暗的玻璃上，仿佛无数双稀奇古怪的眼睛。

在庭院的深处，耸立着一座长方形带地下室的砖房，本来想把它盖成两层，然而二层的三分之二都拆掉了，或者是压根儿就没有建起来。屋门很宽敞，好像临街的大门，使人觉得下面一层像个马棚；二楼的余下部分有两扇窗子透出昏暗的灯光，而在这紧底下的一扇方形窗户里却灯火通明，仿佛里面正在燃烧着一堆篝火。

克里姆•萨姆金刚用脚踢了一下门，就想离开这个院子，然而此刻一个不易发现的狭窄的小门打开了，一个不见影子的人用很重的鼻音说道：

"小心，有四级台阶！"

随后，萨姆金无意中走到了另一扇门的门口，炉子里的熊熊火焰照得人睁不开眼睛；炉子很大，上面放着两口大锅。

"为什么站在这里？请进吧！"一个嘴上长着黑毛的胖女人，一面说着，一面用围裙使劲擦手，把两手弄得咯吱咯吱响。

这个具有拱形屋顶的半地下室非常阴暗，充满一股潮湿的温暖气息，散发出烂肉和粪便的臭味。炉子旁边一个洗衣服的木槽里，浸泡着一些牛肚子，另一个同样大小的木槽盛满了牛肝和牛肺等血淋淋的东西。墙根放着六个大坛子，在坛子后面的一个箱子角上，坐着一位身穿灰袍的人，他的后脑勺和脊背都靠在墙上，伸出两条又细又长的骆驼腿。当他发现克里姆时，便扬起头，拉长脖子，操着男低音，小声问道：

"是卖药的吗？"

"您怎么会以为我是卖药的呢？"克里姆生气地反问道。

"从外貌看，当然……请您就坐到这里吧！"

克里姆坐在他对面宽敞的铺板上，这铺板是用四块板马马虎虎钉起来的,铺板的一角堆着乱七八糟的东西,不知是谁的铺盖。铺板前面的一张大桌子,散发出腐臭难闻的油腥味。一道没有漆过的布满裂纹的板壁,把屋子隔为两半,板壁那边点着灯,有人咳嗽,把纸弄得哗哗直响。那个嘴上长着黑毛的女人点了一盏煤油灯,放在桌子上,然后瞅瞅克里姆,对助祭说:

"是个陌生人。"

助祭没吭声,于是她又问萨姆金:

"是谁叫您来的?"

"是吉奥米多夫。"

"啊!是谢尼亚①,是他,吉奥米多夫哇!"

他走到炉子跟前,闻闻自己的手,然后停下来,问道:

"他不是说过来的人是戴眼镜的吗?"

"我带着眼镜哪!"

"噢,好吧……"

克里姆从兜里取出眼镜戴上,看见那位助祭有四十岁光景,他的面孔活像圣像上画的隐士。这类面孔在那些旧货商、讼棍和守财奴中更屡见不鲜。于是,透过许许多多这类面孔,在克里姆脑海里便形成了一种令人厌恶的形象,所谓长生不老的俄罗斯人的形象。

进来两个人:一个肩膀宽宽,头发散乱,蓄着鬈曲的连鬓胡子,胡子里老是流露出一种莫名其妙的微笑,既像是喝醉了酒,又像是在嘲笑谁。还有一个身材高大、留着黑胡须的人伫立在炉子旁边取暖。一位年轻的女人悄悄走了进来,她的头巾一直包到眉毛上。后来又挨个走进来四个人,他们都挤在炉子旁边,不到桌子跟前来,黑暗中看不清他们的面孔。大家都沉默不语,用脚在砖地上磕打和磨蹭着,只有那个老是笑嘻嘻的人在跟一个人说话:

"居然来了一位绅士……一位知识分子……"

---

① 谢米昂的爱称。

## 三

在这乌烟瘴气的环境中,克里姆感到简直就要窒息,因此他很想溜掉,正在这时吉奥米多夫跑了进来。他扫视大家一番,然后跟克里姆打招呼道:

"啊,您已经到了!"说完便急急忙忙走到板壁后面去。

一分钟之后,一个身材矮小的男人从板壁后头大摇大摆地走出来,他面孔阴沉而平庸,留着一撮散乱的小胡子;穿一件女式短棉袄,长筒毡靴齐到膝盖,灰头发梳得平整整、油光光的。一只手拿着一本狭长的书,活像杂货铺老板用的账簿。他走到助祭跟前,说道:

"你不要和我争辩……"

他坐下来,打开书,瞥了萨姆金一眼,问吉奥米多夫道:

"是这位吗?"

"是的。"

"噢,诸位好哇!"这位仪表平凡的人跟大家打招呼。他的声音洪亮,听起来有一种意想不到的威严气魄。他左手的一半已经截掉,只剩下三个手指头:大拇指,食指和中指。这几个手指拢在一起,形成一种尼康教派①画十字的样子。他用右手翻着写得密密麻麻的狭长的笔记簿,左手不停地在空中画着奇妙的图案。他的这些动作表现出一种惶惶不安的神情,同他那心平气和的语调很不合拍。

"今晚我本想接着向你们讲述我的训诫,可是恰好来了一位新客人,因此,我必须简单地向他谈谈我的本意,"他一面说,一面用那双无精打采的、醉汉般的眼睛打量着听众。

"快讲吧,我们都在听着哪!"那个老是笑嘻嘻的人说着,就坐在克

---

① 尼康(1605—1681),曾任莫斯科总主教,他实行教会改革,企图把教会权力提高到世俗权力之上,改革涉及教会的礼拜仪式。在此之前画十字用两个手指。

里姆的身旁。

这位说教者瞅瞅手中的本子,从容不迫地讲下去,仿佛在跟大家唠家常一般:

"先生,我的训诫是完全符合科学的,是符合托尔斯泰著述的。在我的训诫中没有丝毫有害的东西。一切都很简单;我们这个世界完全是人的双手所创造的;我们的双手很灵巧,而我们的头脑则很愚蠢,因此,我们生活中的苦恼都由此而来。"

克里姆瞥了一眼在座的人,他们全都坐在那里一声不吭;挨着他坐的那个人正弯着腰卷烟。吉奥米多夫已经不见了。大锅里的水咕嘟咕嘟地沸腾起来;那个生着须毛的女人,正在木槽里洗刷那些牛下水,潮湿的木柴在炉膛里噼啪噼啪直响。煤油灯的火光在颤抖、跳跃,把玻璃罩熏得漆黑。在昏暗中,人们显得有些畸形,不自然地肥大起来。

"假如正确地看待世界,那么这个世界究竟是什么呢?"那人问道,并且用三个手指在空中画了一个圆圈儿。"世界就是土地、空气、水、石头和树木。倘若没有人,这一切都毫无用处。"

那位坐在克里姆旁边的人抽了一口烟,问道:

"雅科夫·普拉托内奇,你怎知道什么有用,什么没用呢?"

"假如我不知道,我是不会说的。你不要打岔。倘若你们大家都来教训我,那真是太不划算,太可笑了!你们人数众多,而学生只有我一个。不,还是你们当学生,我来教你们为好。"

"他说得妙吗?"坐在克里姆身旁的那个笑嘻嘻的人,悄悄问他,同时把一口热乎乎的烟喷到他的脸上。

可是这位说教者继续慢条斯理、沉着镇定地在昏暗中说下去:

"石头是冥顽不灵的东西,树木也是冥顽不灵的东西。假如没有人,一切植物统统没有用处。而当我们的双手一碰到这些冥顽的物质,我们就有了便于居住的房屋,就有了道路、桥梁和一切东西,就有了机器和娱乐品,像什么象棋啦,扑克啦,乐器啦,等等,等等,就是这样。我从前是个分教派,也就是休塔耶夫派①,后来我开始深入研究真正的人生哲学,并且在一位无名人物的帮助下,彻底搞清楚了这个问题。"

"是那位万事通先生,"克里姆想起来。

从昏暗中闪出一个麻脸儿的人,他用伤风后的嗄哑声调请求道:

"讲讲上帝吧!……"

雅科夫·普拉托内奇用那只三个手指的手端起油灯,瞅了瞅提问题的人,皱了一下眉头,说道:

"是我在这里教你们,我知道该在什么时候讲上帝。"

尔后他又看了一眼萨姆金,说道:

"学者们已经证明,上帝是根据气候和天气条件行事的。什么地方气候温和,那里的上帝也就仁慈,而在特别炎热和特别寒冷的地方,上帝也就严酷,这一点应当明白。今天我不谈这方面的训诫。"

"他是怕您,"那个坐在克里姆身旁的人对他小声说着,把烟蒂灭掉。

这位哲人从容地用一只残缺的手在桌子上画着什么,仔细瞧着那个笔记本,一页一页地翻着。

萨姆金觉得自己好像病魔缠身,丧失了理智,作了一场噩梦。假如在这之前有人把他所见所闻的这一切讲给他听,那他一定不会信以为真。锅里的水沸腾得越来越厉害,使整个地下室充满了难闻的气味。那个嘴上长着须毛的女人,把一块块黑乎乎的牛下水捞在木槽里,哗啦哗啦地涮洗着,把牛肚子翻来翻去,活像翻弄那些脏袜子似的。她弯着腰,来回忙个不停,简直像个大母熊。炉子旁边有个人在打呼噜,两条腿耷拉在地上,脑袋嘭唥一声磕了板壁。那位说教者用手掌遮在眼睛上头,瞥了他一下,既不笑,也不生气地说:

"当心你的脑袋,也许它还有用呢!"

---

① 沙俄时代的一种教派,休塔耶夫教义的崇拜者,主张教会改革,提高教会权力。

他那只有三个指头的手掌,活像个龙虾爪子,在桌子上面晃来晃去,给人一种可怕而又可厌的感觉。他那张扁平的、在昏暗中显得模模糊糊的脸,以及脸上的皱纹和隐约其中的一双醉醺醺的眼睛,使人看上去非常不舒服。他那自以为是的腔调,对听众的公然貌视,以及听众洗耳恭听的默默神情,也都使克里姆感到气愤。

"我们是从天主那里下凡到人间来……"

这位说教者停顿了一下,搔了搔大胡子,然后加了三个字:

"……工作的。"

坐在克里姆身旁的那位好搭腔的人,在笑眯眯地喃喃自语:

"他要讲饥饿王①了……"

"我们都是依据互相竞争的法则生存的。这恰恰暴露了我们的极度愚蠢。"

他这些粗俗的话使克里姆感到很好笑,他想:

"若是库图佐夫听到这话就好喽!"

然而,当他看到地下室中的这位小人物,竟大胆丑化他所熟悉的,但却深恶痛绝的库图佐夫思想时,感到很不是滋味。

"为了心明眼亮,我姑且举这样一个例子:一些头脑简单的人去谒见年轻的沙皇,向他启奏说,陛下,最好能从民众当中举贤纳士,共商如何把我们的生活安排得更美好。可沙皇却回答说:这是荒唐的主张。然而酒类经营全操纵在他手里,一切捐税也都归他掌握。这才是应当考虑的事情呢……"

"他讲得很棒吧?"坐在克里姆旁边的那个人又兴冲冲地悄悄问道。然后使劲儿搓着两只手说:

"简直像位大臣,这畜生!"

"您相信他的话吗?"

"怎么不相信呢?他说的是真的。"

---

① 在涅克拉索夫的诗《铁路》问世以后,诗中说到的"饥饿王"已成为一个固定名词。

这位说教者又讲了十来分钟，便用那只龙虾爪一般的手从衣兜里掏出一块黑壳表，在手上掂掂，合上笔记簿，砰的一声扔在桌子上，然后站起来。

"今天就讲到这里！请大家思考思考。"

大家顿时活跃起来，那个麻子大声说：

"谢谢你，雅科夫·普拉托内奇。"

雅科夫向他点了点头，翘起鼻子闻了闻，皱着眉头说道：

"格拉菲拉！我早就让你不要把牛肚子泡在热水里，这没什么好处，只会发出臭味儿。"

当萨姆金向门口走去，经过他身旁时，他拉住他的袖子，开玩笑道：

"噢，先生，这是我妹妹在给穷人制做食品，美味食品，怎么样？多香啊，简直就跟进了切斯托夫饭店一般……"

"请原谅，我该回去了……"克里姆打断他的话，说道。

## 四

他来到寒冷的大街上，使出全身的力气，做了个深呼吸；他头发晕，眼发绿。低矮而破旧的小房子和一堆堆的积雪，还有那空旷的天宇和冰冷的明月，这一切刹那间都变成了一片绿乎乎的颜色，仿佛蒙上了一层腐烂的绿霉一般。萨姆金急急忙忙地走着，好像要抖掉身上的腐臭气味，不时地晃动着身躯。时间还不迟，晚祷刚刚结束。克里姆决定去看莉吉雅，把刚才所见所闻的一切都告诉她，也让她感受一下自己的懊恼心情。她必定知道吉奥米多夫是在怎样一种环境中生活，她也应当晓得和他交朋友，对她来说并不是没有危险的。但是，当他坐在她的屋子里，以一种奚落和鄙弃的口吻叙述自己刚才的印象时，这位姑娘略表惊奇地打断他的话：

"可我是知道这一切的，我去过那里。我好像跟你说过我去过雅科夫那里。吉奥米多夫就跟他一块儿住在那里的楼上。你记得'肉体在喊叫,我为何要活着?'这句话吗?"

她把一只发卡弄弯又抻直,若有所思地继续说道:

"当然,这一切都很不体面,不合规矩。然而,我认为这正是你在这里所看见的一切矛盾的反映。而且似乎到处都是一样。"

她把发卡掰断了,末了轻声地补充道:

"有的人在上面大喊大叫,一些人在下面洗耳恭听,然后随心所欲地解释一番。我真不明白,你为啥要这样愤愤不平?"

她那镇静的声调已使克里姆刚才的愤然情绪大大收敛了。

"可我不能理解,吉奥米多夫有啥叫你迷恋的,"他小声嘀咕说。

莉吉雅瞅了他一眼,颦蹙双眉,说道:

"我喜欢他!"

克里姆沉默了,他倾听着自己的心音,同时预感到内心的嫉妒马上就要迸发出来。

"我有时嗔怪他比我大了两岁,而我希望他比我小五岁。我不知道为什么会有这种想法。"

"你看我一直保持缄默,"克里姆又听见她慢条斯理、平心静气地说。"我以为,倘若我把心里想的都说出来,那一定是⋯⋯很可怕的!而且很可笑。人们会把我赶出去,是的,一定会把我赶出去。和吉奥米多夫在一起,我什么都可以谈,想说什么,就说什么。"

"那么,和我就不能说吗?"

莉吉雅叹了口气,闭上眼睛,说道:

"你是个聪明人,可你不太明白事理。不明事理之人较之那些精于世故之人更为我所喜欢,但是你⋯⋯你却不是这样。你很擅长批评,而且这已成为你的拿手。和你在一起是很寂寞的。我想你自己也很快会感到寂寞的。"

克里姆并没有产生嫉妒的情绪,不过他觉得,他在莉吉雅面前的胆怯心理和依恋于她的感觉正在消失。他以一位兄长的口吻郑重其事地对她说：

"完全可以理解；你已经到恋爱的时候喽，不过爱情是一种真实的感情，而你所说的这个小伙子，纯粹是你的臆想。"

"你倒有一种当教师的性格，"莉吉雅显然恼火地说。这句话在萨姆金听起来简直带有讽刺的意味。"当你说'我爱你'这句话时，让人听起来就好像你在说：'我爱教训你'。"

"原来如此，"克里姆嘟囔一句，然后强作笑脸道。"我觉得你在想，你似乎可以像一位女教师一样对待吉奥米多夫。"

莉吉雅沉默了。萨姆金又坐了一会儿，然后和莉吉雅冷冰冰地告别，走了出来。他心情很激动，但是他想，若是他激动得更厉害些，也许心里更舒坦。

## 五

回到家里，克里姆在桌上发现一封没有贴邮票、没有地址的厚信，信封上只写着几个字："克·伊·萨姆金收"。这是哥哥德米特里的信，信上说他已被转移到乌斯丘戈，他要求给他寄些书去。信写得很短，而且很枯燥，书目却开得很长，书名写得非常详细、准确，注明了出版者、出版年月和地点，大多数书是德文的。

"真是个会计师，"克里姆心里不高兴地想。他照照镜子，马上收敛了脸上讥讽的笑容，这时才发现他的面孔变得阴郁而消瘦了。他喝了一杯牛奶，利落地脱掉衣服，躺到床上，顿时自怨自艾起来。他眼前闪现出一位美少年的影子，还想起了他说过的一些蠢话：

"我的感觉迥然不同。"

"或许，我也具有'不同的感觉'，"萨姆金一面想，一面竭力安慰自己。"我不是个浪漫主义者，"他想着想着，便模模糊糊地感觉到，眼前就有一条自我安慰的捷径。"只因为姑娘没有珍重自己的爱情就恼恨她，这未免太愚蠢了。她为自己的浪漫故事找到了一位低劣的主角。他不会给她带来丝毫的幸福。很可能她要为迷恋于他而受到严厉惩罚,到那时我就……"

他没有把自己的这个念头想到底,便觉得对莉吉雅产生了微微轻蔑的情绪。这使他颇感安慰。他想到把他跟莉吉雅绑在一起的纠结已经解开,便心安理得地进入了梦乡。克里姆在梦中甚至还想到:

"这里真的来过一个小孩吗?也许根本就没有小孩来过吧?"

但是,早晨醒来他已经恍然大悟:事情并非如此。窗外晨光熹微,教堂钟声悦耳,但这一切皆因曾经有过"那个小孩"而叫人心烦意乱。并且这种影像历历在目。他又想起那一刹那:莉吉雅·瓦拉甫卡坐在窗台上,阳光照耀下,她精力充沛,神采生辉,而他正跪在她面前,亲吻她的大腿。她当时的脸色是那么严峻!她的眼睛闪烁着惊异的光芒!有时候,她也会变得美丽迷人的。可是一想到吉奥米多夫……他就感到羞辱。

他怀着这种意想不到的、羞愧的情绪一直过到晚上。晚上马卡罗夫来了,他敞着衣襟,头发蓬乱,脸颊肿胀,两眼猩红。克里姆觉得,就连马卡罗夫那双漂亮而坚挺的耳朵,也变得柔软和耷拉了,活像只狮子狗的耳朵。他满嘴喷出酒味,不过头脑是清醒的。

"柳托夫从库班回来了,一连喝了三天酒,喝得烂醉如泥。"他一面用手指捺捺太阳穴,梳理一下两色的鬓发,一面说道。"我本来很同情他,但我再也不能这样了!昨天有一位助祭,他的朋友来找他,我就溜出来了。现在我还要到他那里去一趟,因为他让我放心不下,他是一个性情乖僻的人。你愿意跟我一道去吗?你要去,他会高兴的。他管你叫冒号,在这冒号后面还不晓得是什么东西呢,不过总是独出心裁的东西吧。你可以和那位助祭认识认识,他真是个饶有风趣的人!也许你可以使柳托夫冷静一些。我们一同去,好吗?"

好奇心在支配着克里姆,他很想看看他讨厌的这个人怎样在受折磨。

"我也会喝醉的,"他心里说。"马卡罗夫也一定会把这事告诉莉吉雅。"

## 六

一小时之后他来到一间空屋子里,在光滑的地板上来回踱着,室内五扇窗户之间都摆着镜子,靠墙壁整整齐齐而又单调地放着几把椅子,墙上挂着两个人的画像,两张面孔怏怏不乐地盯着他,其中一个气冲冲的男人,脖领上缀着一条红绶带,大胡子下面挂着一枚蛋黄色的勋章;另外一个是一位妇人的红扑扑的面孔,生着两道手指一般粗的眉毛,下唇令人生厌地耷拉着。

他和马卡罗夫一步两阶地登上狭窄漆黑的楼梯,来到一间有两扇窗子、天花板低矮的昏暗屋子里。这屋子的每个窗角上都装有小通气孔,里面的小风扇吱吱呱呱地旋转,把一股股寒气送进屋子里来。

弗拉吉米尔·柳托夫站在屋子当中,他身穿一件拖到脚跟的睡衣,手把吉他颈的顶端,将身子依在上面,像撑着一把雨伞似的,趔趔趄趄直晃荡。他仔细打量着来客,深深地喘了口气,那敞开的睡衣里露出的枯瘦如柴的肋骨,随着喘气一鼓一瘪的。看见他那瘦骨嶙峋的样子,真叫人寒心。

"萨姆金吗?"他大声问道,闭上眼睛,张开胳膊;吉他掉在地上,咣啷一声,通气孔也和着它发出嗡鸣。

克里姆来不及躲避柳托夫的拥抱,他紧紧搂住他,一面用湿热的嘴唇亲吻他,一面嘟囔:

"谢谢……我,我很……很……"

他把他拉到一张杯盘狼藉的桌子跟前,一边用颤抖的手往杯子里倒伏特加,一边大声喊叫:

"助祭,出来吧!这是我们自己人。"

屋角里一道不易发现的门打开了,昨天那位身穿灰袍的助祭,流露着凄然的微笑走出来。在两盏大灯的照耀下,萨姆金才看清楚,这位助祭蓄着三绺胡子,一绺长的,两绺短的,长的生在下巴颏上,短的从两个耳朵下面布满了两腮。这胡须在他那灰袍衬托下并不惹人注意。

"我是伊巴切夫斯基。"助祭犹犹豫豫地说着,用他那枯瘦如柴的手把萨姆金的手紧紧攥住,攥得好疼,然后他才慢慢弯下腰去,把吉他拾起来。

马卡罗夫一面去关通风窗,一面对主人喊叫:

"你想得肺炎吗?"

"科斯佳,我气闷得慌啊!"

柳托夫一双渴求的眼睛一会儿扫视一下萨姆金,一会儿又打量一番助祭。这位助祭正慢悠悠地直起身来,好像生怕这屋子盛不下他那瘦长的身躯似的。柳托夫犹如热锅上的蚂蚁,围着桌子直打转,他光着脚,拖鞋也踢掉了。过了一会儿,他坐到椅子上,弯下腰,脑袋耷拉到膝盖上,趔趄着身子在穿拖鞋。真蹊跷,他怎么不倒下去,头撞在地板上呢!他用手指把助祭头发弄乱,尖声叫道:

"喂,萨姆金!这可是个了不起的人物呀!他简直可以说不是一个人,而是一位神仙!让我们祈祷,感谢创造这种人物的神力吧!"

助祭仔细调了调吉他的音,然后站起来,把它放到屋角上。这时克里姆看见自己面前站着一位巨人,他胸膛扁平,肩膀宽阔,两只手好像一对猴爪子,枯槁的面孔活像那鬼迷心窍的耶稣,一双水汪汪的大眼睛从两个深陷的黑洞里茫然注视着一切。

柳托夫斟满四大杯金黄色的伏特加,宣布道:

"这是波兰的老陈酒!它每饮必醉。我提议为我先前的未婚妻阿琳娜·玛尔科夫娜·捷列普涅娃的健康干一杯。她把我……她拒绝了我,萨姆金!她不愿以灵魂和肉体来玷污自己。我深深地、真心诚意地尊敬她,乌拉!"

"乌拉!"助祭用阴沉的低音重复着。

克里姆喝了两杯异常醇香的伏特加之后,觉得助祭和柳托夫并不那么可厌了。柳托夫也并非真醉,而只是十分感伤,兴奋激动得发狂罢了。他那对斜眼儿里燃烧着愤怒的火焰,疑惑不解地环顾着四周,那尖厉的声调,仿佛由于惊骇,霎时间低落到了喁喁私语的程度。

"科斯佳!"他大喊一声。"你可知道,一个人倘若没有一颗善良的心,怎么舍得放弃这大量的金钱呢?"

马卡罗夫扑哧一笑,把他推到长沙发跟前,亲切地劝慰道:

"你坐下,安安静静地坐一会儿!"

"你别管我!我就是有大量的金钱,仅此而已!可我也是一个牺牲者,是历史奉献给自己以赎我们祖先的罪孽的牺牲者呀!"

他在屋子当中站住,挥动双手,然后举到头顶,俨然一位正要跳下水去的游泳健将。

"有朝一日地球上定会出现一些正义的人们,他们将在城市的广场上树起无比壮丽的纪念碑,碑上铭刻着……"

他喘口气,眨眨眼,继续尖声说道:

"……铭刻着:'献给我们的先驱者,为了祖先的罪孽和过失而牺牲的人们'。一定会铭刻上这样的字句!"

克里姆发现,柳托夫的两腿正在睡衣下面颤抖,以为他的眼泪马上就会夺眶而出。然而这情景并未出现。柳托夫发泄了一阵绝望的激情之后,忽然仿佛清醒起来,安静下来了,听从了马卡罗夫的劝告,坐到沙发上,用睡衣袖子去揩那突然冒出的满头大汗。克里姆觉得,叫这位商人的儿子吃点苦头,是满有意思的。他对他既没有什么好感,也没有什么姑息怜悯,相反的,克里姆倒想逗逗他,看看这家伙到底还能蹦到何处去?于是他挨着柳托夫坐到沙发上。

"关于纪念碑的这番话,您说得可真妙……"

柳托夫扭过头来,用一对凶光闪闪的眼睛盯着他,欠了欠身子,然后用手掌摩挲着膝头。

"他们定会树起纪念碑,"他肯定地说。"但并不是出于仁慈,因为那时就用不着这种仁慈了,已经没有我们这种表面的痛苦了。他们树碑是出于热爱昔日真理的非凡的美,他们定能领略和珍惜这种美……"

助祭坐在桌边教马卡罗夫弹吉他,他用深沉的低音说道:

"您的手指要再弯一些,要像个钩子一样……"

"请您原谅!"克里姆说。"然而,我觉得阿琳娜……"

柳托夫不再摩挲膝盖了,而是弯腰坐在椅子上。

"她实际上并不是一个聪明的姑娘……"

"她身上那种女性的素质是聪明的。"

"我觉得她不能理解,人为什么要爱……"

"你干吗在这里要提'为什么'?"柳托夫猛然挺起身子靠在沙发上,用激愤的目光打量着萨姆金的脸。"为什么?这是出于理智,而理智与爱情是水火不相容的,是与一切爱情相抵触的!当爱情战胜理智的时候,理智就为自己辩解:我爱她是因为她美丽,她有迷人的眼睛,我爱就是爱她的愚蠢。人们可以用别的名字来称呼愚蠢……愚蠢有许许多多名字……"

他站起来走到桌子跟前,抓住助祭的肩膀请求道:

"叶果尔,你朗诵一下《一个花不完的卢布》那个故事吧……喂,请朗诵吧!"

"当着一位陌生人的面吗?"助祭瞅瞅克里姆,疑惑而又腼腆地说道。"不过我们似乎已经见过面了……"

克里姆彬彬有礼地莞尔一笑。

"自幼我就喜欢作诗,不过自知才疏学浅,班门弄斧可真不好意思哟!"

助祭仍然忸忸怩怩,显得极度小心。他在面包上撒了些盐,放了一片葱,然后像举两普特重的哑铃那样吃力地拿起一瓶伏特加。他一面往杯子里斟酒,一面把一只眼睛眯起来,另一只眼睛瞪得大大的,活像个鸽子蛋。他把酒一饮而尽,张开嘴,咕噜两声:

"啊,啊!"

在把面包和葱放进嘴里之前,他先紧紧长鼻孔,闻闻面包,就像闻一朵小花似的。

## 七

柳托夫站在一旁,举起右手,要大家洗耳恭听,同时用左手顺捋他那零乱的小胡子。马卡罗夫坐在桌旁,专心致志地在往面包上涂鱼子酱。克里姆·萨姆金坐在沙发上,笑眯眯地等着看那助祭出洋相。

"好,就来这个吧!"助祭说完,拉开嗓门儿,面带沉思地轻声朗诵道:

心事浩繁难入眠,
信步群星把心散,
耶稣脚踏黄金路,
要把星球走个遍。

我主耶稣谁陪伴,
赫赫主教理当然,
米尔里基的尼古拉,
使徒佛玛只他俩。

他的朗诵不易听懂,音调喑哑低沉,像教堂唱诗班一样,把词句弄得软绵绵,音阶拖得长长的,吐字也含糊不清。柳托夫胳膊肘顶着肋部,两手指挥着,就跟摇晃婴儿一般,有时又像要把什么东西扔出去似的。

我主耶稣心事重,
俯瞰地球悠悠转,
漆黑小球似陀螺,
鬼舞铁鞭来驱赶。

"怎么样?"柳托夫对克里姆挤挤眼问道;他的整个脸都痉挛般地哆嗦着。

"别打岔,"马卡罗夫说。

克里姆还在乐呵呵地、满有把握地等待着看他出洋相,可这位助祭却瞪大眼睛,望着墙上那幅模模糊糊的镶金框的版画,大声朗诵道:

> 基督悲诉说:"那里我去过。"
> 使徒佛玛却笑着对他说:
> "也许我们都是那里来的。"
> 基督俯瞰黑魆魆的地球,
> 又问上帝的奴仆尼古拉:
> "躺在那里大路边的是谁?
> 喝醉?入睡?还是灵魂已归?"
> "都不是,"上帝的奴仆回答,
> "那不过是卡卢加①人瓦西卡②,
> 沉醉在美好生活的梦境中。"

柳托夫闭上眼睛,摇摇头发蓬乱的脑袋,眉开眼笑。马卡罗夫倒了两杯伏特加,自己喝了一杯,另一杯递给克里姆。

> 基督出于对幻想者的钟爱,
> 化作飞鸽降到人间来。
> 他站在瓦西卡面前问道:
> "我是基督,你认识我吗?"
> 瓦西卡跪在上帝面前,

---

① 卡卢加原为沙俄的一个省。
② 瓦西卡是瓦西里的小名。

心潮澎湃,几乎放声痛哭。
"我主啊!原来是您啊!"他说。
"我真没想到您今天显灵!
为什么您不事先告知我?
我好召集黎民百姓来欢迎,
热兹德林县会倾城出动,
击鼓鸣钟前来把您欢迎!"
耶稣的胡子里露出微笑,
对那庄稼汉慈祥地说道:
"我显灵不过霎时间,
只想知道你瓦西卡有何心愿?"

柳托夫把左手伸向萨姆金,用右手指挥助祭,口里发出嗡嗡的声音:
"您往下听!"

瓦西卡惊诧得目瞪口呆,
高兴得嘴也合不拢来,
他喃喃低语,不住地流口水:
"主呀,请您赐我金币一枚,
赐我一个花不完的卢布吧,
无论怎样花也花不尽,
无论怎样换也换不开!"

"真是个天才!"柳托夫喊道,两手一挥好像把什么东西扔到助祭脚下似的,而那助祭却懊丧地皱起眉头,摆动着他那三绺胡须,继续朗诵道:

"我身边没有带金钱,

金钱都由司库佛玛掌管,

他现在代行犹大的职权……"

柳托夫已经不能听下去了,他蹦蹦跳跳,晃晃摇摇,一会儿甩掉拖鞋,一会儿赤脚乱跑,一会儿又大声喊叫:

"怎么样?啊?怎—么—样?"

他仰起脸,冲着天花板握紧拳头,像一位老神甫那样,瓮声瓮气地哼哼道。

"主啊,赐给我一枚花不完的卢布吧!不,可是那佛玛会怎样呢?那疑心重重的佛玛倘若处在犹大的地位,会怎样呢?"

"别发神经了,沃洛吉卡!"马卡罗夫一面倒着伏特加,一面大声呵斥他。"别再发疯了!"他又怒气冲冲地加了一句。

柳托夫放开他抱着的助祭,又扑向马卡罗夫,抱住他,说道:

"你还在为我的面子操心吗?没有必要喽,科斯佳!我知道,这是无济于事的。什么鬼需要我的面子呢?它有什么用处呢?所以,'当牛在场上碾谷的时候,不要笼住它的嘴吧'①,科斯佳!"

萨姆金大吃一惊,而且简直有点惘然若失。他发现,马卡罗夫那秀气的面孔变得阴沉起来,牙关咬紧,两眼噙着泪花。

"你好像要哭了?"他带着忸怩的微笑问道。

"我该怎么样呢?难道要笑吗?老弟,这根本不是什么好笑的事,"马卡罗夫声色俱厉地说。"就是没什么好笑的嘛,是的……那就喝吧,你这多疑的人!鬼才知道……我们俄国人似乎只会喝伏特加,用疯子般的语言来诋毁和歪曲一切事物,并且狠狠地嘲弄自己,总而言之……"

他狼狈不堪地摆了摆手。

---

① 此句出自《新约·哥林多前书》第九章第九节。

## 八

克里姆感到局促不安；入腹的伏特加和助祭的怪诗，突然使他心头涌起一股怅惘的情绪：这心境是淡薄而透彻的，犹如晚秋时节阳光明媚的蓝天，不但毫无抑郁之感，反而使人很想当众说些快活的话。于是他举杯，面对正弯腰看他脚底下的助祭说道：

"您的朗诵别有一番风味，真意想不到啊！我坦率地说，我本以为您会朗诵些滑稽的东西呢……"

助祭挺直身躯，一双几乎平淡无奇的眼睛流露着笑意，又给那张无精打采的脸庞增添了些光泽，他说：

"滑稽的成分也是有的，因为这是一部有八十六节的长诗。假如没有滑稽的成分，那就不成其为诗，就不真实。就拿我来说吧，我曾主持过不下一千人的殡葬仪式，我不曾记得有哪一次没有发生滑稽的事情。更确切些说，我脑子里记得的，正是这些滑稽的事情。甚至在最痛苦的道路上，我们也会碰到这种滑稽可笑的事，我们就是这样的民族嘛！"

柳托夫颓然倒在沙发里，大声请求道：

"不要管我，科斯佳！造反是有理的，科斯佳……"

"村妇式的造反，那是歇斯底里。快去，用冷水浇浇你的头吧！"助祭说。

马卡罗夫轻轻地把他朋友拉起来，领他出去。助祭回答克里姆的问题：卡卢加的瓦西卡和那花不完的卢布结局怎么样了呢？他沉思了一会儿说道：

"基督返回天堂，向佛玛要了一整块金币，把它掷给瓦西卡。于是，瓦西卡就去开怀畅饮，寻欢作乐，当然，除此而外，还有别的什么好干呢？

瓦西卡大吃大喝又嫖妓，
他带给青年人淫荡风气，
他肆意欺凌老者长辈，
还诅咒整个卡卢加大地：
'世人啊，我怎把你们放在眼里？
要造孽，要超生，全都随我意，
反正是天堂大门为我开，
有我挚友基督在，哪管三七二十一！'

后来伏尔加河流域的大盗尼基塔，得知瓦西卡这个花不完的卢布是从哪儿来的，就把它偷了去，并且使用盗贼的招数钻进天堂对基督说：'基督啊，你做事太不公道，我为了一个卢布，每星期都要犯下滔天大罪，而你却把一枚花不完的卢布送给一个懒汉二流子，这可不对呀！'"

柳托夫走进来，头发湿漉漉的，他已梳得溜光，换上了裤子和斜领衬衣。

"讲完，讲完，把故事讲完！"他吆喝道。

助祭嘻嘻笑道：

"是呀，我就是在讲嘛！基督同意了尼基塔的话。他说：你是对的，因为我太单纯，所以犯了错误。虽说你是一个强盗，但因你帮我纠正了错误，我还得谢谢你。他说：你们人世间万事都弄得一塌糊涂，什么都分不清楚，也许你说的是真话。在魔鬼的支配下，心地善良而头脑简单比盗贼还要坏。但是，当基督跟尼基塔道别时，他还是埋怨说：你们生活得很糟糕，完全把我忘了。可是尼基塔却说：

'基督，你不要对我发牢骚，
我们并没有把你耶稣忘掉，
我们恨你是因为爱你，
纵然我们恨你，也还是你的奴仆。'"

助祭长叹一声,说道:

"这就讲完了。"

"谁也不会理解这一点!"柳托夫喊道。"谁也不会!整个欧洲的莫尔多瓦人①,永远不会理解俄罗斯的这位神学者叶果尔·伊巴切夫斯基竟因为钟爱上帝而犯了亵渎神灵之罪!绝不会理解的!"

"这话很对,我很崇爱上帝,"助祭斩钉截铁地说。"不过我对上帝的要求很严格,因为他并非人,对他无须怜悯。"

"你停一停!假如上帝根本不存在,那又怎么样呢?"

"一口咬定这一点,那就要犯错误!"

"上帝是不存在的,我的助祭大人,"马卡罗夫接过话茬儿也满有把握地说。"不存在,因为这完全是愚蠢的!"

柳托夫扯着嗓子喊叫,恣意挑起争论,并对萨姆金说:

"您知道他为何受过审判吗?因为在他的一首诗里,讲到圣母与魔鬼谈话时责备了魔鬼:'当我还是夏娃的时候,你为啥把我出卖给软弱无能的亚当?这究竟为啥呀?你可知道,若是我与你同居,我会在人间生满天使!'你瞧,多妙哇?"

当克里姆听着柳托夫激昂刺耳的声调时,又听到助祭沉闷的话语:

"当然喽,一个渺小的人物管宇宙叫做混沌世界,就等于是铜管乐器里发出的雷声,怎么听都觉得好笑!"

"女人的确造得很愚蠢……"

"这一点我同意您的见解。一般地说,肉体似乎是建立在种种矛盾之上的,不过这也许是因为我们不了解肉体与灵魂结合的方法……"

"你们教会的人老是蔑视女人……"

柳托夫推了克里姆一下,欣喜若狂地喊叫起来:

---

① 莫尔多瓦人多从事农业。沙皇政府的奴役政策使莫尔多瓦人积极参加了包洛特尼科夫和普加乔夫等人领导的农民战争。

"谁敢像我们这样谈论上帝呀?"

克里姆·萨姆金从未认真地想过上帝是否存在,他也不曾感到有这种必要。何况他现在惬意地过着醉生梦死的生活,终日想的是音乐、跳舞和欢乐呢。

"我们应该到什么地方去玩玩。"他提议说。柳托夫偎在沙发里,盘腿坐着,笑嘻嘻地问道:

"找姑娘去吗?可您好像已经有情人了嘛!不是吗?"

"您说我吗?我可没有,"萨姆金说完又不由自主地补充一句:"和您的情形一样……"

这话刚一出口,他马上觉得情况确是如此,于是,感到悲郁满腹,心如刀绞,抽噎起来。柳托夫上前抱住他,和颜悦色地安慰他,同时委婉地提到莉吉雅的名字。此刻,使人感到这间屋子像条小船似的摇晃起来,墙壁上那毛瑟勒挂钟的字盘,像寒冬的月亮一般闪烁着银光,钟摆成弧形地来回晃动。

"我很不喜欢你,"克里姆呜咽说。

"大家都不喜欢我。"

"因为你是革命党人!"

"我们大家都是革命党人……"

"那就是说,康斯坦丁·列昂季叶夫说对了:应当把俄罗斯冷冻起来。"

"真糊涂!"柳托夫惊骇地说道。"那样它会像个瓶子一样破裂的。"

尔后又大声喊道:

"那就让它见鬼去吧!让它破裂吧!只有这样,才会平静的!"

后来四个人一起坐到长沙发上,屋子里顿时出现了郁闷的气氛。马卡罗夫抽烟弄得满屋子烟雾弥漫,助祭低沉的声音老是萦绕在耳边,使人呼吸都感到困难。

"心灵充满着屈辱,头脑里也极度惶惑不安……"

"得了,到此为止吧,助祭!"

"生活不是大地,也不是荒野,没有停歇的地方。"

这些话使克里姆痛心疾首,悔恨万分。

"我不允许你非难科学,"马卡罗夫叫道。

助祭大吃一惊,慢慢挺起胸膛;当他那怪里怪气的细长身影头顶天花板时,他又徐徐弯了下去,问道:

"可你们听说过这样的戒律吗?"

他像钟锤一般不住地摇头,发出嗡嗡的吼声:

"怀疑……上帝存在的人……是要革出教门的!"

"革出教门!革出教门!"柳托夫像唱歌一样,油腔滑调地说;助祭也扬扬得意,仿佛唱挽歌似的应和着。

"住嘴吧!"马卡罗夫咆哮起来。

助祭的高喊震耳欲聋,克里姆不得不往黑暗处挪了挪,打了个盹儿,后来马卡罗夫把他拉了起来:

"起来吧,已经快五点钟了。"

萨姆金慢慢起来,坐在沙发上。他本来就穿着衣服,只脱了上衣和靴子。室内的乌烟瘴气立刻使他想起了这过去一夜的情景。屋子里漆黑。在杯盘狼藉的桌上点着一支蜡烛,那两种颜色的光焰离奇地幽禁在一只白色空瓶之中。马卡罗夫划了几根火柴,忽燃忽灭;他弯下身子,对着烛光去点烟,把蜡烛也给弄灭了,于是他愤然骂道:

"唉,真他妈的见鬼!"

接着又问:

"怎么,你以为莉吉雅真的爱上那个白痴了吗?"

"是的,"克里姆说。但他稍停一下马上又补充道:"也许是……"

"好了……走,洗脸去吧!"

他又点燃了蜡烛。这时克里姆才发现他的手颤抖得很厉害。他走到门口又停下来,小声说:

"助祭刚刚讲了圣母、魔鬼和软弱无能的亚当的故事,讲得真棒!

不过他是个狡猾的骗子。"

他手举燃着的香烟在空中摇晃着,随口吟道:

"人们不需要基督或亚伯①,

人们需要基督之敌普罗米修斯②。

这话……说得太妙了!"

他把烟蒂抛在地上,走了出去。

## 九

一位额头上长着个肉瘤的秃老头,帮助克里姆洗过脸,一声不吭地把他引到楼下去,在下面一个小房间里,已有三个醉醺醺的人,围着一张桌子坐着,桌上摆着一个烧茶的火壶。经过这个不眠之夜显得更加消瘦的助祭,活像个幽灵,他的两只眼睛在克里姆看来,已经不像昨天那么大了,不,这是一个上年纪的醉汉浑浊不清而又极其平常的眼睛。其实,他的容貌也毫无奇特之处,这样的面孔简直司空见惯。倘若他刮去那三绺胡须,剪短头上那波浪似的鬈发,那他就完全像一个工匠了。此人不失为人们的笑柄,而且他说起话来,用的竟是戈尔布诺夫③短篇小说中的语言。

"学弹吉他需要有一种幻想家的性格。"

"科斯佳,你不要再折磨那个吉他啦!"柳托夫不是请求,而是下命

---

① 据《圣经·创世记》第四章说,亚当与夏娃生二子,长子该隐是种地的,次子亚伯是牧羊的。该隐出于妒嫉,将其弟亚伯杀害。按基督教义,亚伯是温顺和无辜牺牲的形象。
② 普罗米修斯是希腊神话中的一位巨人,人类的保护者,因盗取天火给人类触怒主神宙斯,被锁在高加索山崖任神鹰啄食,后为赫拉克力士所救。
③ 戈尔布诺夫(1831—1895),俄国作家、民间艺人,著有描写小市民和农民生活的许多短篇小说。

令说。

克里姆津津有味地喝着浓咖啡，心里想着：马卡罗夫在柳托夫面前扮演的角色，是一个很不光彩的食客角色。这个肆无忌惮、恬不知耻的空谈家，未必能够以真挚的友谊感动谁。现在他又开始播弄他那根无聊的舌头了：

"喂，助祭，像你这样一个地地道道的俄罗斯人，一个内心世界格外纷繁的人也会感到百无聊赖，这该怎么理解呢？啊？怎样理解呀？"

助祭把一块黑麦面包撒上盐，干咳了一声，答道：

"就寂寞而论，不管你是不是地地道道的俄罗斯人，反正都一样。所有的人都会因寂寞无聊而苦恼。"

"可是，那是什么样的寂寞呢？"

"就连伏尔泰也会感到的那种寂寞！"

于是一场争论有如点燃刨花堆一般，马上引起来。柳托夫从椅子上跳起，拍案大叫，助祭沉着应战，反唇相讥。他一面用刀子往面包上抹盐，一面问道：

"可是，有那样的俄罗斯吗？依我看，弗拉吉米尔，像你所说的那样的俄罗斯，是不存在的！"

"唉，你们简直太无聊了！"马卡罗夫说完，抱着吉他走到窗前。助祭却喋喋不休地说下去：

"我们有庙宇，但是没有教堂。所有天主教徒都信奉罗马教派，而我们却信奉宗教会议派，信奉乌拉尔派，信奉道利达派[①]，以及鬼才知道还信奉什么教派……"

"然而，这是为什么呀？为什么呀，萨姆金？"

克里姆双手插入衣兜，开口说道：

"和各种意识形态一样，宗教的观点也……"

"听说过，"助祭粗鲁地说道。"我的一个儿子也是马克思主义

---

[①] 道利达，地名，即现在的克里米亚。

者。他本来有希望成为诗人,成为涅克拉索夫那样的诗人,可是他现在却断言,没有土地的农民是不会相信富裕农民的上帝的。不,问题的实质不在这里,这才真正是哲学的贫困呢。至于真正的贫困的哲学,早在三天前我就和萨姆金先生听说过了。有一位哲学家,外貌并不显眼,但是应该说,他非常巧妙地暴露了各式各样关系的本质,揭示出我们这些地地道道的吸血鬼存在的奥秘。这一点,我听他说过三次,也和他争论过,但是,我却未能驳倒他那坚定不移的信念。我可以把我儿子的观点驳得体无完肤,可对这个人,我却一筹莫展。"

助祭粲然一笑。

"我并非凭空说白话,我是个好追根寻底的人。假如我碰到一位头脑简单,然而对生活的态度颇为惶恐的朋友,我会推他两三下,使他走向我儿子所喜欢的马克思主义的方面去,而且,其结果往往表明,这种学说的基本原理,早已蕴藏在头脑简单的人的皮肤里面了。"

"马克思主义是一种皮肤病吗?"柳托夫笑嘻嘻地叫道。

助祭也笑眯眯地说:

"不是的,我已经说过是在皮肤里面。你能够想象出我儿子那种欣喜若狂的样子吗?他极需寻求精神上的享乐,因为他已经丧失了肉体上享乐的能力。他正在害痨病,两腿也已经瘫痪。他是因阿斯特列夫案件被捕的,身体在狱中受到摧残,病入膏肓,只有等死了。"

助祭长叹一声,略带若无其事的神情提议说:

"沃洛加,我们何不像熊罴一样狂饮一通呀?"

柳托夫跳起来,一边往外跑,一边喊:

"助祭,我知道,我们大家为啥老是喜欢当孤家寡人,老死不相往来啦!"

助祭用双手摸摸头发,捋捋胡子,然后轻声说道:

"春天已在叩门,诸位大学生们!"

他说这话是因为看见一块溶化的冰凌从屋顶上落下来,把窗框上的铁片砸得叮当直响。

柳托夫拿着一瓶香槟酒跑进来,后面跟着一个服饰华丽的粉面桃腮的女仆,她也拿着几瓶酒。

"来吧!"他对助祭说。于是乎为什么俄罗斯人是世界上最孤独的人这个问题,他就忘记说了,而且谁也没有再问他这件事。他们三人都在仔细打量这位助祭,他正在挽起袖子,露出不太干净的衬衣和白皙异常、仿佛女人一样光滑的胳膊皮肤。他把四个玻璃杯里都对上黑啤酒、白兰地和香槟,然后在泛起泡沫的酒里撒上胡椒面,提议道:

"请进圣餐!"

克里姆虽然头一口就感到这种酒很不好喝,可他还是勇敢地干了一杯。无论在哪一方面他都不愿让这些人专美于前,因为他们是那样拙劣地装腔作势、故弄玄虚,思想和语言是那样狂妄不经。他被浓烈的酒浆辣得直哆嗦,脑子里又闪过这个念头:马卡罗夫是憋不住的,他一定会告诉莉吉雅他喝酒的事,而莉吉雅也一定会感到她自己在这方面是有过错的,那就让她去这样感觉吧。

过了一刻钟,他一会儿坐在椅子上,一会儿又像一只小燕子似的,在屋内飞翔,对着那个生着一双大眼睛、留着三绺胡须的人说:

"您似乎以为您那些思想是光辉灿烂的。然而,这是迂腐不堪的思想哩!"

"请等一等,萨姆金!"柳托夫叫道。"照您这么说,整个俄罗斯都是迂腐不堪的喽。整个的哟!"

"就连我们似乎又爱戴又仇恨的基督也是如此。您是一位长于心计的人。但您也是一个天真的人,助祭。我不相信您,我也不相信任何人。"

克里姆怒火中烧。他很想多说些挖苦的,然而又无法反驳的正统言论,使这些人目瞪口呆,可是他已经不愿再生气了,甚至央求说:

"我们都是些非常单纯的人,就让我们生活得单纯些。非常单纯……并且像鸽子一样温顺!"

## 十

他们鼓噪狂叫,哈哈大笑。柳托夫让克里姆坐在一具套着四匹马的大雪橇上,拉着他在大街上奔驰。于是克里姆看见,一个个电线杆掠过他眼前,跃上天空,搅混了天上的星云,仿佛搅混杯中浸着桔皮末的酒浆。他们就这样度过了四天四夜,末了,萨姆金躺在自己的床上,回想着这缠绵噩梦中的一幕幕情景。

在萨姆金的记忆中,印象最深最牢的是助祭的尊容。他感到,助祭的言语像树胶一般把自己黏结起来,你瞧他怀抱吉他,站在屋子中央,对柳托夫大发议论,因为这时柳托夫忽然倒在沙发上睡着了,难看地张着大嘴,仿佛在无声地叫喊,然而最可怕的还是助祭的叫喊:

"他自杀般地狂饮。马克思对他来说是有害的。我的儿子也强迫自己信仰马克思。对他是可以原谅的。他信仰他,是出于对人们的憎恶,为了报复被践踏的生活;而另一些人信仰他,是出于愚蠢和幼稚可笑的勇敢,就像小孩虽然害怕黑暗,可是为了不在同伴面前丢脸,硬是向黑暗爬去,为了显示自己不是个胆小鬼,竟然把命也豁出去了!还有一些人信仰马克思是由于轻率,而大多数还是由于恐惧,可我自己不是这种人,我也极不尊敬这种人。"

这时他已经停止教马卡罗夫弹吉他,回头问克里姆道:

"可您不喜欢音乐吗?"

他不等回答,就用手指敲着膝盖,想入非非地说:

"倘若他们革除我助祭的教职,我就到玻璃厂去做工,我去发明一种玻璃乐器。七年来我一直在纳闷儿,为什么玻璃不能用在音乐上呢?在冬天的暴风雪之夜难于入眠的时候,你们可曾听见玻璃窗的吟唱吗?我是听过一千夜这种吟唱,才出现这种想法的,就是说应当是玻璃,而不是铜木乐器,为我们奏出完美的音乐。所有的乐器都应当用玻璃制造,那时我们就会听到天堂的声音。我决心去实现这一抱负。"

助祭那张干瘪憔悴的脸，由于这想入非非的微笑而变得柔和了。然而克里姆·萨姆金觉得这些话不过是他刚刚臆想出来的罢了。

克里姆后来又和助祭会过两三次面，就把他归入了那个只有三个手指的传教士，那个喜欢"说老实话"的人，那个捉鲇鱼的瘸汉，那个故意把街上的灰尘和垃圾扫到囚犯的脚下的清扫工，以及那个刁悍的老石匠一类的人物。

克里姆·萨姆金心想，倘若有个很有威力的人，哪怕是个很厉害的人，能出来对这些人大喝一声："喂，你们干吗要胡作非为呀?!"那就好了。

不仅这些人需要加以严厉申斥，柳托夫更需要这种申斥，还有许多大学生也应当受到申斥，何况这些在大街上游逛，在地下室里胡闹的浑浑噩噩的人们，特别使萨姆金感到气愤呢。在贺里桑弗大叔家里，每当那位快活的大学生马拉库叶夫和波亚尔科夫跟他们的朋友，那位眉清目秀、身材矮小、温文尔雅的犹太人普列伊斯，争论民粹派和马克思主义理论的真实性的时候，萨姆金几乎总是心不在焉地听着他们争论，有时还流露出讥笑的神情。自从认识那位不喜欢长篇大论、说话简单干脆而又无可反驳的库图佐夫以后，在克里姆看来，这些人不过是些毛孩子，他们的争论不过是儿戏，而他们的慷慨激昂，也不过是为了诱惑瓦尔瓦拉和莉吉雅罢了。

"每个民族都有其独特的精神面貌！"马拉库叶夫叫道；他那红褐色的眼睛里流露着狂喜的神情。"就连拉丁语系的小民族也显然各不相同，每个民族都具有心理上的个性特征。"

波亚尔科夫竭力想把话说得沉着而动听，他那微黄的眼白闪闪发光，一对黑油油的眸子凝滞在眼白的中央；他挺着肚子把矮小的普列伊斯逼到墙角里，用一些不着边际的语句，疾言厉色地对他说：

"国际主义是那些丧失了民族性和阶级性的人们臆想出来的。否定相反相成的进化规律统治着世界。美国的社会主义者不承认黑人为同志。丝杉不会生长在北方。贝多芬不可能出生在中国。在植物界和动物界不会有革命。"

所有这些词句,普列伊斯都比较熟悉,甚至司空见惯了。因此他对这些词句既不害怕,也不气恼,而且在回答中甚至带有一种宽慰的口气。他在答辩中认真地列举一些统计数字,而萨姆金知道,准确的计算乃是科学的基本规则。一般说来,萨姆金对犹太人并没有好感,但是他却喜欢普列伊斯。这小伙子从容不迫地听着马拉库叶夫和波亚尔科夫的对话,显然认为这种对话像绵绵秋雨一般,不可避免。他说一口纯粹的俄语,声调就像一位已经有点儿倦于讲演的教授,十分干瘪乏味。在他那些结构严谨的语句中,根本没有俄国人爱用的多余辞藻,没有任何浮华和夸张,不过倒有些老气横秋的意味,这与他那高昂的声音和炯炯有神的笃定目光很不协调。当马拉库叶夫把他积蓄的华丽辞藻很快耗尽,波亚尔科夫也用光他精心剪裁的全套语句,以变幻不定的眼神盯住普列伊斯的时候,普列伊斯才说道:

"也许这些词句都很华丽,但不是真理。颠扑不破的真理是不需要任何粉饰的,它很简单:人类的整个历史就是阶级斗争史。"

克里姆·萨姆金并不认为有必要去检验一下普列伊斯所说的真理,也没有去想是采纳还是摒弃这种真理。然而,他感到自己正处于自卫的地位,所以有点儿急于从所见所闻中作出结论,同时也从自己所不喜欢的"库图佐夫思想"中发现了一种宝贵的特性:"库图佐夫思想"使生活大大简单化,严格按照完全可以理解的利害关系,把人分为不同的集团。倘若每个人都根据阶级和集团的意志行事,那么他无论用什么花言巧语,也掩盖不住自己的真正欲望和目的,并且总会暴露出他的真谛——集团和阶级意志的威力。很可能正是"库图佐夫思想",而且也惟有这种思想才能使人们明了,甚至顶好是从生活中,把诸如助祭、柳托夫、吉奥米多夫等形形色色令人厌恶的人物扫除干净。然而,想到这里,他脑海里出现了一连串令人惶惑不安的问题和记忆:

"这位举止文雅而庄重的普列伊斯,究竟是在为哪个集团或哪个阶级的利益操劳呢？"

他回想起图罗博叶夫对库图佐夫提出的那个非常挖苦的问题：

"假如阶级的哲学并非解开一切生活之谜的钥匙，而不过是一件损坏锁的铁器，那又会怎样呢？"

助祭那吓人的声音也嗡嗡响起来：

"毕竟还得承认我那失去双腿的儿子的见解：以往的革命颇像西班牙冒险小说，颇像猎熊一类危险的然而却很有趣的娱乐，可是现今的革命却成了一件十分严肃的事情，成了众多的黎民百姓参与的辛苦工作。当然，这是一种预言，不过并非没有意义。的确，人们在呼吸一种有传染性的空气，而且不仅仅是我们这些醉汉可以证明这种空气有传染性，别人也可以证明。"

这样的回忆和问题越来越多，而且越来越矛盾和复杂了。克里姆自认为无法理清这团乱麻，便懊恼地思忖：

"难道我是愚蠢的吗？"

他想来想去，确信自己并不愚蠢，因为他善于从人们身上辨认出虚伪的、毫无价值而又可笑的东西。他相信他的视觉是准确无误、敏锐而犀利的。莫斯科的大学生比彼得堡人更能喝酒，更是戏迷。绝大多数有革命思想的人，都出在伏尔加河沿岸。毫无疑问，波亚尔科夫是居心险恶的，不过他不愿显露这种恶意罢了，因此他笑起来也很不自然，只是装出一副和大家亲热的样子而已。普列伊斯对俄罗斯人的态度，就像图罗博叶夫对庄稼汉的态度一样。假如马拉库叶夫不是这样活泼愉快的话，那么大家一定以为他是个蠢货。瓦尔瓦拉喝茶时也像是在演悲剧。贺里桑弗大叔显然是个窝囊废，这连他自己也是知道的。

"我是个好人，但是很不走运，"他说。"你看有多蹩脚！一个好人应当有天才才对呀，可我却偏偏没有天才。"

萨姆金观察到的这种情况与日俱增，他并不怀疑这些观察的正确性，并且感到这种观察，使他坚定地，而且越来越坚定地置身于这些人之中。然而,糟糕的是,几乎每一个人都在说着本应由他萨姆金自己说的话,每个人都在剽窃他的思想。请看吉奥米多夫是怎么说的吧:

"社会是个人的仇敌。"

克里姆从这八个字中听出了自己的真理,于是,他不胜悻悻地提出:

"那您就进修道院吧!"

"你不了解他的意思,"莉吉雅严厉地瞪了他一眼,说道,可吉奥米多夫却用手捂住脸,从指缝里嘟囔道:

"修道院也是个囚笼。"

克里姆发现,莉吉雅对待这位道具管理员完全像保姆对待婴儿一样,关注他的饮食起居,穿着冷暖。在克里姆看来,这种殷勤关注简直降低了她的人格。

这个吉奥米多夫显然是不正常的。萨姆金看到一个奇怪的场面,更相信了这一点。有一次这位木匠兼道具管理员从莉吉雅那里出来,正在穿他那件旧大衣,他已经把一只左手伸进衣袖,可是怎么也找不见右边的袖筒了,于是笑呵呵地使劲儿抖落这件大衣。克里姆这时想上前帮他一下。

"不,不用了!"吉奥米多夫谢绝他的帮忙,然后又把大衣从肩上脱下来,把那只顽固的袖筒拉拉平,再敏捷地穿上,扣好五颜六色的钮扣,解释说:

"我这大衣不喜欢陌生人的手。您知道,物品也有自己的个性哩。"

他用手揉搓着帽子,继续说道:

"它们很有个性。特别是那些经常拿在手里的小东西。比如工具,有的喜欢你的手,有的就不喜欢,真是拿它没办法。又比如我不喜欢一个女演员,可她偏要我给她修理一个古老的首饰匣,只是一点小毛病,可是你简直不相信,我费了老半天工夫,就是修理不好。那首饰匣很不听使唤,一会儿把我的手指划破,一会儿又把我的肉皮挟住,胶水烫伤我的手,结果还是没有修好。这是因为那首饰匣知道我不喜欢它的女主人。"

吉奥米多夫走了之后,克里姆问莉吉雅对此有何感想。

"他是一位诗人,"姑娘用一种咄咄逼人的口气说道。

吉奥米多夫时常谈到事与愿违的现象。

"小东西比大东西更难于驾驭。石头是可以避开的,但是灰尘你却躲不掉,只好从中走过。我不喜欢摆弄小东西,"他叹口气,腼腆地笑笑。可想而知,他这微笑并非发自眼底的温暖,而是从外面什么地方反射进去的光焰。他曾经有过一些可笑的发现:

"人在夜里走路时,离开灯柱越远,影子就越小,然后完全消失。这时觉得我自己也似乎不存在了。"

萨姆金一看见他和莉吉雅在一起,就心乱如麻,又疑虑,又恼恨。然而,尽管克里姆一直固执地认为他是爱着莉吉雅的,可他并没有产生嫉妒心。他终于鼓起勇气对她说:

"你的罗曼蒂克不会给你带来什么幸福的!"

"何谓幸福呀?"她皱着眉头,瞧着他的眼睛,悄声问道。当他耸耸肩膀,刚要回答她的时候,她却说:

"我认为男女之间的关系根本不会有什么幸福。这种关系虽说不可避免,但不可能带来幸福。生孩子吗?你和我都曾经是孩子,但我始终不明白,我们俩究竟有什么用处哇?"

归根结底,萨姆金认为,他对所有的人和一切事物都了如指掌,但他自己除外;而且他还常常发现他自己正在监视自己,仿佛在监视一个他不很熟悉、对他又很危险的人物似的。

# 第十七章

## 一

莫斯科为了迎候新沙皇的驾临①,正在按照亚洲的风格艳装打扮起来,犹如一个老寡妇准备再嫁似的,拼命往那布满皱纹的、丑陋的脸上涂脂抹粉。人们很希望把自己住宅上的污垢粉刷掉,那种劲头儿颇有点狂热和焦躁,仿佛莫斯科人突然觉醒,看见墙壁上的裂缝、污斑和其他肮脏陈旧的痕迹,大吃一惊似的。数百名油漆匠用长刷子匆忙地粉饰楼宇的正面,远远看去,他们仿佛用丝线一般细的绳索悬在高空,像杂技演员一样大胆地来回晃悠。一些装饰工正在公寓的阳台和窗口布置五颜六色的粗绒布和克什米尔绦带,为数不尽的沙皇画像装饰相框,在他的石膏半身像旁边摆上鲜花。人们到处可以看到各种花结、花瓣、花字和花冠,"上帝佑我沙皇!"和"我们俄国沙皇神圣荣光!"的金字标语闪闪发光。成千上万面国旗飘扬在楼顶上,插在屋宇上一切能插旗杆的缝隙中。

红彤彤的颜色最为绚丽夺目;在那没有个性、可任意摆布的白色衬托下,红色显得更加突出,而那些阴森的蓝色条纹,也不能减弱红色

---

① 指一八九六年五月十四日在莫斯科举行的尼古拉二世登基大典。

耀眼的光芒。临街的窗口都挂出一块块红布,使人惊诧地以为这些窗户都是张着的方形大嘴,吐着的火舌。有些楼房装饰得十分富丽堂皇,仿佛把里面的陈设全部翻到外面来了似的;为了炫耀爱国热忱,人们甘愿掏出自己的五脏六腑。从日出直到深夜,人们都在大街上忙碌;而那些小鸟更不得安宁,一群群寒鸦和飞鸽整天翱翔在莫斯科上空,从市中心惊慌地飞到郊外,又飞回来,好像成千上万只黑色梭子在空中随意穿行,织成一个无形的大网。警察尽心竭力地把那些可疑的人赶出城去,细心检查沙皇将要经过的街道住宅的阁楼。马拉库叶夫一面假装不相信自己所说的话,一面却又告诉大家:干酪商人科勃泽夫[①]承包了装饰克里姆林宫的工程,此人在彼得堡的花园街上开了一家店铺,曾经打算从店铺里用炸弹炸毁亚历山大二世的马车。科勃泽夫是作为外国烟火商行的代理人到莫斯科来的,要在登基大典那天炸毁克里姆林宫。

"当然,这很像是一篇童话,"马拉库叶夫笑着说。但是他挨个把大家打量一番,那目光好像很相信这童话会变成现实似的。莉吉雅生气地警告他:

"您可别当着贺里桑弗大叔的面胡扯这些。"

贺里桑弗大叔真有那么一种喜庆的样子;他那仿佛研磨过的秃顶闪闪发光,那双漆皮长筒靴子,也揩得明光锃亮。那张扁平的脸上,一会儿流露出狂喜的神情,一会儿又现出拘谨的笑容;一对小眼睛也显得明亮而温和了,犹如两盏小灯点燃在他那宽阔的心胸。

"莫斯科在狂欢,"他一边喃喃自语,一边下意识地玩弄着腰带上的穗子。"它打扮得像一位贵妇人。莫斯科可真会寻欢作乐!想想看,用掉了一百多万尺红布!"

后来他猛然想起,不宜过分狂喜,于是他就仔细计算起来:

"这么多布可以做二十五万件衬衣;可以做一个军的被服!"

---

[①] 科勃泽夫是民意党人勃格达诺维奇(1849—1888)的化名。

他竭力想向青年人显示,他对这次大典抱着奚落的态度,不过他装得很不像,有点儿得意忘形,常常是兴奋激动代替了冷嘲热讽。

"我将再次看到,伟大的人民怎样来欢迎自己年轻的领袖,"他一面说,一面擦着湿润的眼睛,尔后才恍然大悟似的噘起嘴巴,作出一种讽刺的姿态。

"当然喽,这是一种偶像崇拜。'来吧,向我们的沙皇和上帝鞠躬、跪拜'①,噢,就是嘛!不过,还是得走着瞧。我感兴趣的不是沙皇,而是把自己的一切憧憬和希望都寄托在沙皇身上的老百姓。"

他叫吉奥米多夫上街,可是吉奥米多夫踌躇地说道:

"您知道,我不喜欢到大庭广众中去。"

"唉,老弟,你真糊涂!"贺里桑弗大叔生气地说。"'我不喜欢',这叫什么话?"

"要知道,我身上没有这种爱人民的感情,"吉奥米多夫愧疚地承认。"老实说,民众与我又有什么相干?我,反而……"

"你要发疯了!"贺里桑弗大叔叫道。"你是怎么搞的,古怪的人?怎么说你身上没有这种感情?'没有这种感情',这是什么意思?"

他还是死乞白赖地把小伙子拉到了热闹的大街上。有点儿惘然若失的克里姆和马拉库叶夫也乐呵呵地跟去了。

## 二

许多人家的窗台和阳台上,都摆着瞎子一般的沙皇石膏像。马拉库叶夫发现,沙皇是个翘鼻子。

"他很像青年时代的苏格拉底,"贺里桑弗大叔说。

新来的警察官煞有介事地在大街上巡视着,不时地大声呵斥油漆

---

① 即宗教仪典《夜祷篇》的开头一句。

工和清扫工。一队身披铠甲、头戴铜盔的异常高大的骑兵,骑着高头大马招摇过市;他们那些模样相同的圆脸,都像石头一样呆板;他们的身躯,从头到脚都像一把大茶壶,而那两条腿,对这些骑兵来说简直是多余的。一群群小男孩跟在这些半人半马的铜怪物后面,不停地叫喊"乌拉"!成年人一看见这些雄赳赳的近卫骑兵、枪骑兵、骠骑兵,也声嘶力竭地呼喊。这些骑兵的装束可真漂亮,就跟谢尔基耶夫镇的手艺匠制作的木偶一模一样。

人们也向四个身穿缎子长袍、呆若木鸡的蒙古人呼喊乌拉;他们正坐在一辆敞篷马车里,用歪斜的小眼睛面面相觑。其中一个翻翘着鼻孔,老是张着嘴,雪白的牙齿,笑起来特别死板,那张脸黄黄的,像铜铸的一般。

"嘿,你瞧,"贺里桑弗大叔像吆喝小孩儿似的对吉奥米多夫说。"他们的祖先曾经烧毁和洗劫莫斯科,而他们的子孙却来膜拜莫斯科!"

"他们并没有膜拜,而是犹如白天的猫头鹰,呆坐在那里不动。"吉奥米多夫嗫嚅道。他身上的衣服又破又脏,双手沾满金黄色的铜粉;他上午刚搞完克里姆林宫的装饰。

莫斯科人特别兴高采烈地欢迎法国大使,他当时正在一群衣冠楚楚的侍从簇拥下,驱车前往波科隆山。

"你看见吗?"贺里桑弗大叔又指教说。"这是法国人。他们也破坏和焚烧过莫斯科,可是,现在……我们是不念旧恶的……"

他们遇见一群英国军官,走在前头的是一个身材高得出奇的人,他的脸仿佛是由三块骨头拼成的,长形的头上包着白色缠头巾,扁平而又狭窄的胸前佩戴着许多勋章。

"我不喜欢英国人,"贺里桑弗大叔说。

警察总局长弗拉索夫斯基①手拽着车夫的腰带疾驰而过,紧跟在

---

① 弗拉索夫斯基是一个粗暴的、目光短浅的警察上校,后来被宣布为霍登惨剧的罪魁祸首而被解职。

他后面的是皇叔谢尔盖大公①,他的马车在一群侍从簇拥下,也威风凛凛地驰过去,贺里桑弗和吉奥米多夫都脱下帽子,萨姆金也不由自主地抬手去脱帽,可是马拉库叶夫却扭过身子,责备贺里桑弗道:

"您竟然向一个搞同性恋的人鞠躬行礼,真不害臊!"

"乌拉!乌—拉!"莫斯科人喊叫起来。

随后,弗拉索夫斯基的几匹马又大汗淋漓地奔驰回来,车夫勒住马,这位警察总局长站在车上,挥舞双手,对着公寓的窗户,对着工人、警察和孩子们大声喊叫,发号施令。等他喊得声嘶力竭以后,才有气无力地靠在马车座上;他捅了一下车夫的背,于是马又跑起来。他那两撇长长的胡须神气地抖动着,向后脑勺飘去。

"乌—拉!"老百姓朝着他的后影欢呼,而吉奥米多夫惊愕地眨着眼睛,向克里姆细声慢气地发起牢骚来:

"他完全像个疯子。其实所有的人都发了疯。他们好像在等待着世界末日似的;城市也像被洗劫过一般,所有的东西似乎都从窗口扔了出来或挂在窗户上;所有的人都显得冷酷无情。唉,吼什么呀?这叫什么良辰佳节呀?这简直是发疯嘛!"

"这是神话和魔法般的疯狂,真是咄咄怪事!"贺里桑弗大叔更正他的话说。他虽说浑身溅满了白油漆,但是心情振奋,满面春风。

吉奥米多夫喃喃说道:"若是隆重而又安静些就好了。"

萨姆金默默地同意他的见解,因为他发现,追求虚荣的莫斯科浮华喧闹有余,而庄严肃穆不足。人们稀里糊涂地高喊"乌拉"太频繁,太没意义,而且有许多恶作剧和滑稽可笑的东西。马拉库叶夫仔细记下一些既可笑又愚蠢的口号,然后兴冲冲地告诉克里姆,他那兴奋劲儿就好像这些笑话是他自己编造的似的。

"你们瞧哇!"他指着一幅透明标语说道。这幅标语上用金字写着:"吾皇乾坤宁顺,俄罗斯昌盛繁荣"。标语挂在一块招牌上,末端露

---

① 谢尔盖大公(1857—1905),沙皇亚历山大二世之子,曾任莫斯科总督。一九〇五年二月四日被社会革命党人所杀。

出两个金字:"公司"。

近日来,马拉库叶夫老是喋喋不休地讲一些当局、市议会和商界的趣闻,不过可想而知这都是他自己瞎编的,其中有些夸夸其谈和鄙俗粗鲁之言,流露出一种灰心沮丧的情绪。

"噢,是的,"他对莉吉雅说。"人民都欢欣鼓舞。可是,这都是些什么样的人民呢?人民都在那里呀!"

他莫名其妙地指指北方,然后用手掌使劲儿压压他的鬈发。

但是,尽管克里姆·萨姆金耳闻目睹许多不痛快的、使人屈辱的无理事件,然而他心里还是很激动,希望现在马上就能在这人山人海的无数街道中,发生一件不平凡的惊天动地的大事情。他觉得承认自己很想看见沙皇,那是可耻的,不过这种由于成千上万人的劳碌和几百万卢布的铺张浪费而激起的愿望,不由自主地增强了。这种兴师动众、劳民伤财的事情使人想到,要驾临的一定是一位不平凡的人物,他之所以不平凡,不仅因为他是沙皇,而且还因为莫斯科预感到他具有某种特殊的威力和品德。

"叶卡捷琳娜陛下驾崩于一千七百九十六年,"贺里桑弗大叔回忆说。萨姆金很清楚,莫斯科人相信有可能发生伟大的事变,同时也明白,这是千百万人的信念。他也认为自己能够相信明天就会出现一位不平凡的,也许是一位威严的人物,俄罗斯期待他已经整整一个世纪了,也许他能够对那些神思恍惚、萎靡不振的人们大喝一声:

"咦,你们干吗要胡作非为呀?!"

## 三

在沙皇由彼得宫移驾克里姆林宫那天[①],莫斯科沉浸在一片紧张肃穆的气氛之中。它的市民被两队宪兵和由精选的忠顺臣民组成的

--------

① 即一八九六年五月十四日。

两列侍卫队逼到了墙根。宪兵们都是些彪形大汉,一个个活像座铁塔;侍卫队也大多是些仪表堂堂、美髯公式的彪形大汉。他们肩并肩地立正站着,扭着被衣领勒得紧紧的脖子,怀疑地、严格地审视着自己身后的人们。

"肃静!"他们呼喊。

时常发生这种情况:人们由于等得不耐烦或别的什么原因而流露激动不安时,便被侍卫们推到院子里,弄得狼狈不堪。克里姆也尝到过这种滋味。一个黑胡子侍卫向萨姆金皱了皱眉头,过了一会儿又用鞋后跟踩了一下他的脚趾,他猛然缩腿时,膝盖撞了那侍卫的屁股,那家伙就发火了:

"先生,您干吗在这里无理取闹?亏您还戴眼镜呢!"

另外两个侍卫也发火了,他们不听克里姆的申辩,就急忙把他推进一个院子里,那里坐着三名宪兵,在靠近台阶的地上躺着一个衣衫褴褛、准是喝醉酒的人在大声地打呼噜。过了几分钟,又有一个青年人给推了进来。他穿一身浅色的服装,麻脸儿;那个推他进来的侍卫对宪兵说:

"把这家伙拘留起来,他是个扒手!"

两个宪兵把麻子押到院子里面去了,另一个宪兵对克里姆说:

"流氓们今天可走鸿运了!"

随后又赶进来一个手拿笔记本的男人,此人气得直跺脚,用铅笔顶着宪兵的胸部,破口大骂:

"你们没有权力这样做!"

他用德语、法语、罗马尼亚语喊叫,但是宪兵还是不理他,直向他摆手,像要把烟雾赶开似的。宪兵脱下右手上的新手套,点燃一支香烟,扬长而去。

"原来这样,有什么神气的!"那个男人气呼呼地说了一句,便叉开两腿,背靠墙,开始在本子上用铅笔疾书起来。

一个卖红气球的老头儿被赶进来,一大串气球在他头上飘荡;接着又进来一位穿着讲究的男人,他脸上绑着一个黑手帕,样子很腼腆;他谁也不瞧,就躲进院子深处的屋角里去了。克里姆了解此人的心理,因为他也感到既难为情,又很窝囊,他站在一堆盛玻璃灯罩的木箱后面的阴影里,听着宪兵跟小偷懒洋洋的对话。

"波多尔斯克①离我家远着哪!"扒手叹口气说道。

麻雀在院子里蹦蹦跳跳,鸽子落在窗户上,用鱼目般的小眼睛呆呆地向下窥视着。

萨姆金就这样一直站到那无数的钟楼发出庄严的轰鸣。这时成千上万人的乌拉声震天动地,军号嘹亮,军乐队的铜号齐鸣,鼓声咚咚,人们不停地欢呼:

"乌—拉!乌—拉!"

当这一切疯狂情绪平静下来的时候,那位衣冠楚楚的警察分局副局长,在一位戴黑边眼镜、脸刮得光光的人陪同下走进院子,看了看克里姆的证件,又递给那位戴眼镜的人,此人看了一眼,朝大门那边点点头,冷冰冰地说:

"您可以走了!"

"我不明白,"克里姆怫然动气地说。但那个戴眼镜的人又转过身去背朝他说道:

"也没有人要你明白呀!"

克里姆走到大街上,心里感到非常窝囊;他夹在人群之中,跟着他们向前走,很快就跟柳托夫碰了个面对面。

柳托夫喝得酩酊大醉,活像个大兵,走路挺着身子,但他身不由己,趔趔趄趄,推搡着迎面走来的人,对女人嬉皮笑脸,毫不害羞;他抓住克里姆的一只手,使劲儿把它挟在腋下,大声对他说:

"到我家去吃饭吧,咱们大喝一通。老弟,咱要大喝一通!我们这些人都太认真了,我们应当不惜一切,把五分之四的灵魂浸没在酒浆

---

① 莫斯科附近一城市。

里。在俄罗斯,若把全部身心投在生活中,那要受到一切人的严厉谴责。这些人就包括警察、神甫、诗人和散文作家。而当我们把五分之四的灵魂灌醉,我们就会去搜罗春宫画,互相传扬一些俄国史上的风流韵事,这就是我们生活中的景象。"

柳托夫显然是要寻衅滋事,胡闹一场,这使克里姆惶惶不安,他一再想摆脱,终不能得逞。于是他把他拖到特维尔大街的一个小巷子里,在那里雇到一辆漂亮的马车。当他们坐进马车的工夫,柳托夫仍盯着熙熙攘攘穿上节日盛装的人群,更加高昂地对着马车夫的蓝色背影喊道:

"我们欢欣鼓舞,是吗?我们是在欢迎上帝来涂油膏哩[①]!他把一些好端端的人涂上油膏就成了白痴,不过这不要紧!我们还是欢呼吧,这才是正经的哩!雀跃吧,伊赛亚[②]!"

"你住嘴吧!"克里姆轻声地然而严厉地警告他。

"苦闷啊,老弟!你瞧,信仰上帝的俄罗斯民众一窝蜂似的上去抢沙皇赏赐的糖果。太动人了!那些百依百顺的莫斯科人的后代是会嚼到一点儿糖果滋味的。莫斯科人曾经归顺过包洛特尼科夫、奥特列皮叶夫[③],'土希诺贼'[④],也归顺过科兹玛·米宁[⑤],后来又归顺了米哈伊尔·罗曼诺夫[⑥]。他们还追随过斯切潘·拉辛,追随过普加乔夫……而且还曾经打算跟着拿破仑跑……真是些顺民哟!不过就是

---

① 涂油膏是基督教的一种仪式,即用油膏涂前额,表示祝福。据《旧约·撒母耳记上》第十五章第十七节说,耶和华曾为耶稣涂油膏。沙皇在登基前也举行了这种仪式。
② 伊赛亚是《圣经》中的人物,希伯来大预言家。
③ 奥特列皮叶夫,历史上称之为伪季米特利一世(1606年卒),他是一个冒险家和冒牌皇帝,是梵蒂冈的傀儡,一六〇六年莫斯科人民起义时把他杀死。
④ "土希诺贼"是伪季米特利二世部队的诨号。伪季米特利二世也是一个冒牌皇帝,波兰地主和梵蒂冈的傀儡,一六一〇年被杀。因其部队曾驻扎在莫斯科近郊的土希诺村,故有此诨名。
⑤ 科兹玛·米宁(1616年卒),在一六一一年到一六一二年,曾经率领起义军从波兰人手中解放莫斯科。
⑥ 俄国罗曼诺夫王朝的第一个皇帝。

没有顺从过十二月党人和三月一日那些人①……"

克里姆瞧着车夫硬挺挺的脊背,心想:车夫会听见这种醉后的胡言吗?但是这上等马车夫却一动不动地坐在那里,大声警告,呵斥那些横穿马路的人:

"喂,小心,瞧着点儿!……老兄,你往哪儿钻呀?"

## 四

有两位客人在家中等候柳托夫:一位是曾经在别墅里拜访过他的那个女人;另一位是一个衣冠楚楚、戴着眼镜留着小胡子的金发美男子。

"我叫克拉夫特,"他非常亲热地握着萨姆金的手自我介绍说,那个女人皮笑肉不笑地自报了一下她那有成千上万俄罗斯妇女使用的、司空见惯的姓名:

"玛丽亚·伊万诺娃。"

"好像我们见过面,"克里姆提示说,但她没搭腔。

柳托夫不知怎么一下子清醒过来,他皱了皱眉头,不太礼貌地请客人进午餐。两位客人没有拒绝,而柳托夫也变得越发清醒起来。

克里姆在琢磨:这两个人究竟是谁。他下意识地研究着这位美男子,发现他是一个颇有修养的人。他那苍白而冷漠的脸上始终流露着微笑,而且不论是对着柳托夫,对着女仆,还是对着烟灰缸都是一样。在他那淡疏的胡须下面,两片鲜红的嘴唇启合都很大方,简直可以说每根胡须尖上的细毛动起来都极为协调。这笑容表现出一种万有精神②的气味,此人甚至对待面包和小刀也报以善意的微笑。然而萨姆金却怀疑,在他这笑容的背后隐藏着对一切事物和一切人的蔑视。他吃得很少,喝酒也很谨慎,说出的话语极为平凡,不会给人留下丝毫印

---

① 指一八八一年三月一日刺杀沙皇亚历山大二世的民意党人。
② 万有精神论,是一种唯心主义哲学理论,认为世界万物都有灵感。

象,比如他净说些"大街上有许多人"啦,"全城挂满了旗帜"啦,"附近农村的男女庄稼人成群结队地拥向霍登广场①"啦,等等。他显然使主人感到难堪。柳托夫对他的每一微笑,也必报之以勉强的撇撇嘴,而跟他谈话则很简短、冷淡。那个女人在整个午餐中只说了三次话:一次"谢谢您",两次"多谢"。

若不是她在说这话时流露出一种蹊跷的微笑,简直很难发现,她也和大家一样有一张嘴巴。

吃罢午饭,柳托夫马上从椅子上站起来问道:

"怎么样,吃饱了吗?"

"给您添麻烦啦!"那美男子谦恭地说。他们鱼贯而出:主人在前,美男子随后,再就是那个女人,她走起路来毫无声音,好像在冰上滑行。

"我马上就回来!"柳托夫向克里姆打招呼说。克里姆留下来在那里猜想:柳托夫怎么一下子清醒起来了呢?莫非他刚才是在装醉吗?他跟革命党人交往,究竟是为什么,出于什么动机呢?

柳托夫二十分钟后回来了,他在餐厅里来回踱步,双手插在裤袋里直发抖,一对歪斜的小眼睛炯炯发光,嘴唇也在打哆嗦。

"是民粹派吗?"克里姆问道。

"是这一类的人。"

"你怎么办……帮助他们吗?"

"要帮助的。父辈们曾经捐助教会,子孙们就该援助革命。这是很伤脑筋的一步棋,可是……老弟,这有什么办法呢?人们管俄罗斯叫做一个没法吃的大面包,它的外层生活可以称作'俄罗斯知识分子艰苦卓绝的挣扎史'。要知道,只有那些特许的史学家老爷们,才配以自己的专长来证明,是否存在什么继承性,一贯性,以及诸如此类的妖

---

① 霍登广场在莫斯科近郊。一八九六年五月十八日因沙皇举行加冕登基大典,赏赐市民一些菲薄礼物,发生大规模拥挤争夺惨剧,死两千人,伤万余人,历史上称之为"霍登惨案"。

541

法,可是我们有何继承性呢？假如你不想憋死,那就来个最后挣扎吧。"

他在屋子中间停住脚步,纵声大笑起来,然后把手从裤袋里抽出,捧着头说道：

"我们把气氛搞糟了！……助祭的话是对的,真见鬼！不管它,我们还是喝酒吧,我请你喝上等红葡萄酒,你要发抖的！杜妮亚莎,你过来！"

他坐到桌旁,搓着手,咬着嘴唇,告诉女仆拿什么样的葡萄酒,然后一面捋着下巴上的黑胡子,一面喋喋不休地讲下去：

"我喜欢助祭,他是一个聪明人,也很大胆。我为他感到惋惜。他把他儿子送进医院已有两三天了,他知道他从医院出来只能进坟墓,可他很爱他的儿子。我看见过他的儿子……是一个热情奔放的小伙子。大概,那圣茹斯特①也是这样的人。"

克里姆惊诧地听着他的讲话,简直不相信自己的耳朵；他觉得柳托夫今天很讨人喜欢了。

"是不是因为我今天受了委屈呢？"克里姆心里自问,感到有点儿好笑；不过,他一想起那家院子和保安局的特务那句让他走的粗鲁话"你可以走了",心里仍然感到羞辱。

## 五

马卡罗夫来了,他显得很疲倦,愁眉苦脸；他坐到桌旁,贪婪地一口就喝干了一大杯葡萄酒。

"我解剖了一个少女,是个女仆,"他盯着桌面讲起来。"她是在装饰房子时从窗上摔下来的。骨盆受了重伤,骨头都摔碎了。"

"不要讲死人喽！"柳托夫央告。他眼睛望着窗外,继续说道：

---

① 圣茹斯特(1767—1794),法国资产阶级革命的杰出领导人之一,一七九四年七月二十七日被反革命当局逮捕,判处绞刑。

"我昨晚梦见了奥德赛,他酷似格涅基奇①翻译的《伊里亚特》初版卷首插图上的那个奥德赛;他正在耕耘沙土地,把盐撒在沙地上。萨姆金,你知道,我父亲曾经当过兵,在塞瓦斯托波尔城下②打过仗,他爱上了法国人,喜欢读《伊里亚特》,常常赞叹说:噢,古时候打起仗来多有气魄呀!……"

他停在屋子当中,舞动着一只手,还想说下去,但这时助祭走了进来,他穿一件又短又旧的外套,同他的身材极不相称,样子很可笑,他也为此感到难为情。马卡罗夫直挖苦他,他愁眉苦脸地笑笑,咕咕噜噜地说:

"我不得不脱去那威风凛凛的教袍,我要过另一种生活了。主人,请来杯茶吧!"

他们以白兰地代茶,喝完之后,助祭和马卡罗夫坐下下跳棋,而柳托夫在屋子里不停地踱步,抽搐着肩膀,像热锅上的蚂蚁,坐立不安;他忽然跑到窗前,仔细望着大街,嘴里直嘟哝:

"人们还在往那里去,老是川流不息的。"

他坐到桌边,把灯火捻小,闭上眼睛。萨姆金觉得自己被柳托夫的情绪所感染,很想离开这里,但是不知为什么柳托夫死乞白赖地劝他留下来过夜。

"明早我们大家一起去霍登广场,那里一定很热闹。即使站在屋顶上看看也好哇!科斯佳,咱们的望远镜放在哪儿?"

克里姆留下来,他们开始喝红葡萄酒,后来柳托夫和助祭忽然不见了,马卡罗夫开始弹吉他,而克里姆因喝得有些醉意,便上楼去睡了。第二天早晨,马卡罗夫身上挂着铜壳望远镜上楼来,把他叫醒。

"霍登广场出乱子了,人们都从那里往外逃呐!我要到屋顶上去看看,你想去吗?"

萨姆金还没有睡醒,他不想上街,就连爬上屋顶也是很勉强的。

---

① 格涅基奇(1784—1833),俄国诗人和翻译家。
② 在克里米亚战争期间(1854—1855),塞瓦斯托波尔是一战略要地。

从屋顶上用肉眼可以看到广场上弥漫着一片灰黄色的云雾。马卡罗夫用望远镜看了一会儿，把它递给克里姆，他揉揉那惺忪的睡眼，说道：

"很像一大摊鱼子酱。"

是的，那蒙蒙雾霭笼罩的广场，仿佛涂着厚厚的一层鱼子酱，在那黑压压一片小圆颗粒之中，不时地闪现出白的红的斑点和纹路儿。

"那些红色衬衣好像是有伤口在流血，"马卡罗夫喃喃说着，嗷嗷打了个哈欠。"大概他们是在瞎说，什么事情也没发生。"他沉默了一会儿又继续说。"观看这集中在一起的愚蠢现象，真是无聊。"

他拢了拢蓬乱的头发，坐在烟筒旁边，说道：

"弗拉吉米尔没有在家过夜；他刚刚才回来，不过头脑很清醒……"

## 六

这座五彩缤纷的大城市在轰鸣，在吼叫，成百上千口大钟在不停地嗡嗡作响，马车的轮子辗在坎坷不平的石头路上发出细碎的干裂的响声，这一切声音汇成一股像风琴发出的最强音。密密麻麻的小鸟儿唧唧喳喳地掠过城市上空，但是没有一只飞向霍登广场。在那远处的巨大的广场上，在乌烟瘴气笼罩之下，人们犹如鱼子酱一般密密层层地挤在一起，固定在那里一动不动。这巨大的人群，仿佛一个整体，只有聚精会神，定睛细看，才略微能辨认出鱼子的蠕动，有时在它们的上空好像什么东西膨胀起来，然而很快又消沉在密集粘连的鱼子群中。那里的喧闹声也时而传到屋顶上来，但这不是市井的喧嚣，而是一种严冬萧索，犹如暴风雪怒吼一般的声音，这声音徐徐不断地飘过来，又轻轻湮没在教堂钟声和市井的喧哗声中。

萨姆金的眼睛一直没离开过那只铜壳望远镜，他看得直出神。这数不尽的人流使他想起童年时代他很害怕的那种捧着十字架和圣像

行进的行列,想起为奥兰斯卡圣母显灵像而举行的成千上万人的大弥撒;透过这喧闹声,他脑海里又响起了贺里桑弗大叔的声音:

"来吧,让我们鞠躬、跪拜吧……"

他看见,在人群的重压下,大地像波涛一样在翻滚,一颗颗小球似的人头仿佛咖啡豆一般,在热锅上跳动;在这紧张的痉挛之中孕育着一种惊心动魄的事件,而那喧闹声又渐渐变成了无数唱诗班发出的凄怆而惨厉的悲鸣。

可以想象,倘若这巨大的人群突然涌入市区,那街道就会阻挡不住这黑压压的人流的冲击,就会冲毁楼宇,把它们的断壁残垣踏成粉末,就会把整个城市扫荡净尽,好像扫除垃圾一般。

克里姆正在眺望那尽收眼底的、各式各样的莫斯科建筑。城市上空的大气是清新的,无数教堂的金色十字架,在阳光照耀下,反射出耀眼的光芒,撒落在棕红色和墨绿色的方形屋顶上。这座城市酷似一床肮脏破旧的大被子,上面打着花花绿绿的补丁。许许多多的小人儿在它那狭长的缝隙中蠕动,好像他们的动作越来越不安,越来越慌乱;他们有的迎面相遇,伫立不动,有的聚集成群,然后一窝蜂似的朝一个方向簇拥;他们又仿佛惊弓之鸟,猛然间各奔东西。在城市的一条缝隙中出现了一队穿蓝色军装的骑兵,他们好似橡皮玩偶一样,策马疾驰在大街上,那细微的鞭梢在头上摇晃,恰似钓竿的末梢在甩动;明晃晃的军刀在空中闪过,犹如鲤鱼在跳跃、翻腾。

"实际上,这座城市是没有防备的,"克里姆说道。但是马卡罗夫已经不在房顶上,他早就偷偷溜掉了。

几匹大青马拉着绿色的大车隆隆奔驰在灰石砌成的大路上,消防队员的铜盔闪闪发光,所有这一切都很蹊跷,犹如惊梦一场。克里姆·萨姆金从房顶上下来,走进楼房,感到一阵爽快的幽静。马卡罗夫坐在桌旁一边看报纸,一边喝着浓茶。

"喂,究竟发也什么事啦?"他头也不抬,问道。

"我不知道,不过好像是……"

"很可能发生了斗殴,"马卡罗夫说着用手指弹了弹报纸。"写得何等庸俗……"

他们缄默不语地喝了五六分钟茶。克里姆忽然听到大街上沙沙的脚步声,也听到一些欢快和惊恐的喊声。霎时间,好像刮来一阵感觉不到,然而却很强烈的风,把大街上的一切喧哗都驱散了,只剩下车轮的轰隆和马铃的叮当。马卡罗夫站起来,走到窗前,大声说道:

"噢,果然让我猜到了,你瞧。"

一匹膘肥体壮、鬃毛长长的枣红马拉着大车慢慢走在挂满旗帜的大街上,它一边走一边沮丧地摇晃着硕大的脑袋,甩动着长长的额鬃。一个身材魁梧的大胡子车夫,露着光秃秃的头顶,肩上搭着一段缰绳,在车辕旁边低着头走着,所有行人都自动地停下来,在他面前脱帽致敬。从大车上盖着的新油布下面露出一只赤裸到肩膀的胳膊,像乞丐讨饭一样地颤抖着,胳膊上挂着青一片红一片的颜色,一只手指上的金戒指还在闪闪发光。胳膊旁边还耷拉着一条棕黄色的蓬松的辫子,车尾上垂下一只穿着脏靴子的、硬拧到一边去的脚。

"至少有六个人,"马卡罗夫喃喃说道。"显然是发生了斗殴。"

他还说了些别的话,但是,尽管屋子里和大街上都鸦雀无声,克里姆仍然没有听明白他的话,只是目送着大车,注视着它那徐缓的行进,使得迎面走来的人们都停在人行道上,脱帽致敬。恐惧的阴影笼罩着他们的脸庞,使他们的面容变得几乎一模一样。

又驶过一辆破旧的大板车,车上装满死尸。死尸没有覆盖,可以看见他们身上的衣服已被撕成碎片,裸露着的身体满是污泥。随后,那些像乞丐一样,衣服破烂、蓬头垢面、鼻青脸肿的人,一个接一个地走过去,而且越来越多,越来越密;他们走路蹑手蹑脚,回答迎面遇到的人提出的问话很简单,显出怏怏不乐的神情。有许多人走路一瘸一跛。一个大胡子被揪得乱七八糟、脸像吊死鬼一样阴沉的人走了过去,他右手搭在左肩上,左手托着右胳膊肘,好像嘴里在唠叨什么,他那余下的胡子直抖动。大多数受伤的人都在大街背阴的一面行走,好像他们都很害羞,或者惧怕阳光。他们好像浸透了泥水,浑身稀软,克里姆觉得他们那有气无力的样子,简直再走一步就会有些人倒下去,犹如泥浆一样在街上流散。然而,他们并没有倒下去,却是一直在向前走,向前走,并且克里姆很快就发现:迎面走来的没有受伤的人也转过身,跟着他们朝一个方向走去。萨姆金觉得此情此景使他尤为沮丧。

"这是一场斗殴吗?伤亡未免太大喽!"马卡罗夫说话的声音都变了。"我去打听打听……"

## 七

萨姆金和他一起去了。当他们来到大街上的时候,正有一个彪形大汉腆着肚子从大门口走过,他穿一件深红色背心,一条撕破到膝盖的裤子,手里拿着一顶皱巴巴的礼帽,他低下头,用颤抖的手指把它摩挲平。马卡罗夫拉住那人的胳膊肘,问道:

"出了什么事?"

那人张开毛烘烘的嘴,用浑浊不清的眼睛打量一番马卡罗夫和克里姆,摆摆手,又继续朝前走。但是走了两三步,又恶狠狠地急转身,朝他们怒吼:

"所有的人都有罪,所有的人。"

"这是罪犯的回答,"马卡罗夫怨声怨气地说,并且学着工匠的样子吐口唾沫,表示愤慨。

走来一群情绪激昂、举止轻浮的人,他们喊叫,怒吼,但很难弄清楚他们在喊些什么。其中有些人甚至哈哈大笑,表情狡黠,幸灾乐祸。

一辆满载的绿色消防车驶过去,车辕拱木下面的铃铛摇晃着,发出叮叮当当的响声。一个身穿蓝上衣的红脸消防队员,赶着两匹枣红马,头上的铜盔射出刺眼的光芒。这叮当的铃声和光耀夺目的铜盔给萨姆金留下了十分离奇的印象。紧接着又驶过第二辆、第三辆和更多的消防车,每辆消防车都由一个头戴铜盔的人威风凛凛地驾驶着。

"他们都是些特洛伊人①,"马卡罗夫喃喃地说。

克里姆吃惊地紧盯着一辆马车,车上整整齐齐地顺放着许多尸体,尸体上面还马马虎虎地斜放着一具男尸,他几乎是横在别的尸体上,他的两只长短不齐的裸露的胳膊从油布下面耷拉下来,短的那只僵硬得像根木头,手指叉开像颗星星,另一只长的,显然是从肘关节处折断了,从车上垂下,不住地摇晃着,这只已经缺了两个指头的手,活像个大龙虾的螯子。

"石头——冥顽不灵,木头也冥顽不灵,"克里姆想起这样的话。

"我再也不能忍受下去了!"他一边往院子里走,一边说道。他走出大门口又停了下来,摘下眼镜,把眼睛上的一层灰膜眨巴掉,心里想:"他究竟是为什么……他干吗非去不可?他不该……"

他想起中学同学伊万·德罗诺夫有一回拙劣地开玩笑说:

"手这个名词是由拆毁和破坏这两个动词变来的。"

马卡罗夫在大门外吃惊地大声诘问道:

"站住,您要上哪儿去?"

他说完就把马拉库叶夫推进了院子。马拉库叶夫没有戴帽子,蓬头垢面,从耳朵到鼻梁有一道伤痕,血迹已干。他直愣愣地待在那里,大睁着一对充血的眼睛,盯着马卡罗夫怏怏不乐地问道:

"你们当时待在哪儿?看见了吗?"

他那呆滞的眼神和僵硬的身躯流露出一种可怕的、疯狂的神情。他穿一件肥大的,显然是从别人身上剥下来的灰上衣,口袋撕破了,揉搓得皱巴巴的;一件鲜艳的布衬衣胸前也撕破了;那条廉价的料子裤沾满了绿油漆。克里姆觉得尤其可怕的,是马拉库叶夫那种呆若木鸡的神情,他僵直地站在那里,显得非常紧张,好像害怕一旦把手从口袋

---

① 据古希腊传说,希腊人远征特洛伊(在小亚细亚),围攻九年不下。最后希腊人把士兵埋伏在木马中,放在特洛伊城外。特洛伊人将木马运进城内,士兵出来与城外军队里应外合,占领了特洛伊。这里意指,中了奸计。

里伸出来,把头低下去,或弯下腰,他的身体就会折断、破碎似的。他站在那里,问着同一个问题:

"你们当时在哪儿呀?"

马卡罗夫不是把他领进,而几乎是把他抱进屋子的,后来他又把他推进更衣室,很快给他把衣服脱到腰部擦洗起来。但是很难使马拉库叶夫脖颈弯下去洗脸,这个乐天派大学生用肩推开马卡罗夫,倔强地不肯低头,像弹簧一样挺直身子,唔噜唔噜地说:

"等一等,我自己来!我不要……"

他好像很怕水,活像个被疯狗咬过的家伙。

"去找女仆来,跟她要件衬衣,"马卡罗夫命令说。

克里姆听话地走出去了,他很高兴不去看这个遍体鳞伤的人。当他挨个房间去找女仆的时候,看见柳托夫正光着脚,穿着睡衣,两手抱着头站在窗前;他听见脚步声,回过头,困惑不解地眨眨眼睛,用双手做了个奇怪的姿势,指着街上问道:

"那是怎么啦?"

"出乱子了……发生不幸的事了!"克里姆回答。"不幸"这个词儿他说得犹豫不决,他本想用另一个词儿,可是脑子里一片喧嚣,心慌意乱,言不由己了。

当他和柳托夫走进餐厅时,马拉库叶夫已经光着身子躺在长沙发上。马卡罗夫挽起衣袖,嘴里哼哼着在给他按摩胸口、肚子和腰部。马拉库叶夫小心翼翼地扭着脖子,湿漉漉的头在皮垫子上摆动着;他咳嗽一声,仿佛梦呓一般,前言不搭后语地嘟嘟哝哝道:

"人们互相践踏,真是太可怕了。你们看见了吗?真见鬼……人们从广场往四面乱跑,把尸体踩在下面。你们看见吗:消防车响着铃铛驶去了,它们一面奔驰,一面叮当摇铃!我说:'应当把铃拴住,这样响不好!'一个消防队员回答说:'不行。'真是些戴着铃铛的傻瓜……总而言之,我要说……"

他忽然沉默了,闭上眼睛,过了一会儿又说起来:

"我好像感到他们还在相互践踏,把人踩在脚下就扬长而去,头也不回。的确,就是扬长而去……真奇怪!他们踩过去,就好像踩在石头上一样……他们也踩在我身上……"

马拉库叶夫抬起头,用双手撑着沙发,小心地坐起来;他强作笑脸,流露着一种难以想象的痛苦表情,嘴角弯成了个月牙形,青一块紫一块的,脸颊肿胀得很难看,耳朵也仿佛歪到后脑勺上去了。

"他们从我身上踩过去,你们懂吗?肯定不懂,这……要亲身经历才明白。一个人躺在地上,脚踩在他身上,犹如踩在沼泽里的软草墩上一般,他们就是这样胡乱践踏,不是吗?还是活人哩,简直难以想象!"

"穿上衣服吧,"马卡罗夫说着,一面仔细打量着他,一面递给他衬衣。

马拉库叶夫穿好衬衣,继续说道:

"光死尸就有几百个。有些死尸躺在地上,样子也像钉在十字架上似的。一个女人的头给踩进了土坑里。"

"你干吗要到那里去呀?"克里姆严厉地问道,但是马上猜到马拉库叶夫换上工人服到霍登广场去的用意了。

"我是去找人谈谈……了解了解情况的,"大学生回答。他咳嗽一声,头脑更加清醒了。"尘土可吃够喽……"

他站起来,心神不定地瞧着地板,又把嘴撇了个月牙形。马卡罗夫把他扶到桌旁坐下,柳托夫斟了半杯葡萄酒,说道:

"把它喝下去!"

这是柳托夫的第一句话。在这之前他一直把胳膊肘撑在桌子上,两手捺住太阳穴,坐在那里一声不吭;他像怕阳光刺眼一样,把眼睛眯缝起来,紧盯着马拉库叶夫。

马拉库叶夫接过杯子,朝杯中瞅瞅,把它放在桌上,说道:

"我看见一个女人就躺在一个大圆木旁边,她的头从圆木的一端钻出来,人们的脚就从她的头上踩过去,都踩到地里头去了。请给我倒杯茶吧！……"

他越说越来劲儿，声音也不怎么嘶哑了。

"我是在午夜时分到那里的……我被吸引住了，深深吸引住了。当时已经有一些人晕过去了，就跟死人一模一样。你们可知道，人群是那样密集、拥挤……空气十分沉闷，使人透不过气来。我想，到第二天早晨就会有些人发疯的。人们狂呼乱叫，非常可怕。我身旁就站着一个这样的人，他老是想咬人。人们头碰头，肩擦肩，你踩我，我踩你，拥挤不堪；有的甚至动手了，当然这也无济于事！我晓得。我自己也打了人。"他说着，奇怪地眨了眨眼睛，又把手指对着自己胸膛一戳，"往哪儿逃呢？四面八方挤得水泄不通。我就动手打起来……"

## 八

助祭走了进来，他刚刚洗过脸，胡子还是湿漉漉的，他张开嘴想问点什么。这时，柳托夫朝马拉库叶夫挤挤眼儿，嘘了一声，而马拉库叶夫则一声不吭地俯在桌子上，搅着杯子里的茶。克里姆心里想着想着，就说出声来：

"沙皇本人应当为此感到痛心啊！"

"你倒可怜起他来了！"柳托夫讥讽地打断他的话。其他三人都没有注意到克里姆说的话。马卡罗夫愁眉不展地向助祭讲述着发生的这场灾祸。

"为此感到惋惜，是人之常情，"克里姆眼睛盯着柳托夫接下去说。"你想想，假如在你举行婚礼时发生不幸……"

这话说得太没礼貌了。克里姆感到耳根发烧，默默诅咒自己，不再吭声了，等着柳托夫反唇相讥。但是，马拉库叶夫却晃晃头说道：

"愤怒的人倒很少！我没看到愤怒的人，没有。可是有一个……戴白帽的人很古怪，他召集一些志愿者去挖坟墓。他让我也去。此人倒很……能干，好像他早就料到要挖坟墓似的，而且要挖一个大坟，要

551

埋葬许多人。"

他喝茶、吃点心,又饮白兰地;那棕褐色的鬈发已晾干,又蓬松起来,一对浑浊的眸子已经炯炯放光了。

"有些人的力量简直都神了,"他紧盯着空空的玻璃杯,说道。"要知道,马卡罗夫,用手,用手指从头顶上是剥不下人皮来的,是不是?我说的不是揪下头发,而是剥皮!"

"不能,"马卡罗夫闷闷不乐,但很肯定地说。

"可是我看见一个人,他就撕下了一块人皮,他用指甲划破我身旁一个胖尸体的后脑勺,硬撕下一块皮来……骨头都露出来了。他也是头一个打我的人……"

"您应该去睡觉喽,"马卡罗夫说。"去吧,现在就去吧!"

"他们那种劲头太叫人吃惊了!"大学生喃喃说着,乖乖儿地跟马卡罗夫走出去。

"怎么会发生这种事情呢?"助祭站在窗口问道。

没有人理睬他。克里姆在想:沙皇会采取什么行动呢?同时,他觉得他这是第一次把沙皇想象为一个实际存在的人。

"我们应该怎么办呢?"助祭又问,并且把"我们"二字说得特别重。

"去挖坟坑呗!"柳托夫阴阳怪气地说。

助祭看看他,又瞅瞅克里姆,把他的三绺胡须攥在手掌里,说道:

"'上帝是记仇的,而且是要报复的。上帝的报复很凶;他不但报复自己的抗拒者,而且也亲自去杀他的仇敌'[①]……"

克里姆惊讶地瞅了他一眼:莫非助祭真能够而且打算为之辩解吗?

但是助祭却摇着头继续往下说:

"这些凶狠的话是先知那鸿[②]说的。你们瞧吧,青年们,无论在什

---

[①] 此句源出《旧约·那鸿书》第一章第二节。这里系根据俄文译出。
[②] 那鸿是公元前十七世纪的希伯来先知。

么地方,我们都准备好了惩罚和复仇,然而奖赏又在哪里呢?对于奖赏,我们是一无所知。但丁、弥尔顿①等等直至我们这一辈人,都特别详尽地、惊心动魄地描述了地狱的情景,然而天堂呢?对于天堂,我们也是一无所知,除了一点,天堂上有许多天使,在对着造物主唱赞美诗。"

他猛然用拳头敲击桌面,震得满屋的玻璃器皿叮当乱响,他两眼射出凶光,像个醉汉似的狂叫:

"可是,为什么要唱赞美诗呀?我要问:究竟为何要唱赞美诗?你们看,青年们,应当问问:为何要唱赞美诗?若是对创造地狱的人唱赞美诗,那么谁又该受诅咒呢?啊?"

"别说喽!"柳托夫对他摆摆手说道。

"不,等一等;我们有两种评论,一种是由于渴求真理;另一种是出于虚荣心。基督的降临是由于渴求真理,而造物主的出现又是为什么呢?如果说在客西马尼园②给基督出示苦杯的不是造物主,而是魔鬼开他的玩笑,那又会怎么样呢?也许这根本不是什么杯,而是一种嘲弄呢?因此,青年们,你们应该解决这个问题……"

马卡罗夫急忙跑进来,对克里姆说:

"他说他在那里看见贺里桑弗大叔和那个……吉奥米多夫了,你晓得吗?"

马卡罗夫啪地一声用拳猛击手掌,脸唰地一下变得苍白了。

"我们应当了解了解,走,坐车去……"

"找莉吉雅去,"克里姆接过他的话茬儿。

"我们一道去。弗拉吉米尔,你去找医生吧,马拉库叶夫吐血了!"

他走到外屋时又没头没脑地补充了一句:

"大家都管他叫彼得。"

---

① 弥尔顿(1608—1674),英国大诗人兼政论家。他在《失乐园》和《复乐园》中塑造了《圣经》中的人物形象。
② 客西马尼园是耶稣受难之地,见《新约·马太福音》第二十六章第三十六节。

## 九

　　街上熙熙攘攘，人声鼎沸。但是当他们来到特维尔大街时，喧哗更厉害了。衣服破烂、蓬头垢面的人群络绎不绝，吵吵嚷嚷，怨声载道；时而听到女人歇斯底里般的喊叫。大家都倦怠地躲避着阳光，低头走路，好像犯了什么罪过似的。可是当他们抬起头来的时候，萨姆金看到，那疲惫不堪的脸上，往往流露着平静的喜悦神情。

　　萨姆金对这一幕幕景象已经感到厌倦；所有那些悲痛的、惊慌的、好奇的面孔，以及那些在挂满三色旗①的大街上不时闪现的呆头呆脑的面孔，再也不会使他感到激动了。这些情景使克里姆确确实实地意识到自己的分量和存在。他没有去想造成这场惨祸的原因。其实，原因已从马拉库叶夫的讲述中弄清楚了：人们争先恐后地去抢"糖果"，结果就互相打起来，这使克里姆无动于衷地高高坐在马车上，轻蔑地瞧着这些斗殴归来的人群。

　　马卡罗夫坐在他身旁，把一只脚放在踏板上，仿佛就要跳到马路上去似的。他喃喃地说：

　　"见鬼，这些混账旗帜真刺眼！"

　　"沙皇或许要慷慨抚恤死者的家属吧？"②克里姆心里这样想，而马卡罗夫却要求车夫把马赶得快一些，然后讲到玛丽亚·安东尼特③举行结婚大典时也发生过一场不幸。

　　"他很自信，"克里姆心想。"就是在这里他也把女人放在第一位，而路易根本不在话下。"

　　贺里桑弗大叔的房门锁着，厨房的门也挂着锁。马卡罗夫拉拉

---

① 俄罗斯帝国的国旗。
② 沙皇政府事后发给每个死者的家庭扶养者一千卢布抚恤金。
③ 玛丽亚·安东尼特(1755—1793)，法兰西国王路易十六的王后，她曾勾结外国企图镇压十八世纪末法国资产阶级革命，后被推翻，判处死刑。

锁,摘下帽子,擦擦额上的汗珠。他一定明白这上锁的房门是一种不祥之兆;当他们从黑暗的廊下走到院子时,克里姆看见,马卡罗夫的脸变得憔悴而苍白了。

"应当去打听打听,把受伤的人弄到哪儿去了。应该去各个医院找一找。我们走吧!"

"你以为……"

但是马卡罗夫没有让克里姆把话说完。

"走吧!"他粗鲁地说。

在天黑之前,他们跑了十来家医院,又两次回到贺里桑弗大叔门上挂铁锁的那间厨房。天已经黑了。克里姆小声提议到坟地上去看看。

"你住嘴吧,不要胡说!"马卡罗夫严厉地呵斥他。

过了一会儿又怒气未消地补充一句:

"这不可能!"

他的颧骨尖削得极为突出,下颚直动弹,好像在咬牙切齿似的;头也摆来摆去,仔细打量着那惊恐不安的人们来去匆匆的样子。人们越来越安静了,谈话也变成嗫嗫细语了;暮色更增加了他们的惆怅。

马卡罗夫那种为莉吉雅的安全牵肠挂肚的情绪,使克里姆感到沮丧。他不但在体力上觉得疲惫不堪,而且目睹这成百上千遍体鳞伤、衣服已经撕烂的人们,仿佛自己也中了毒,变得麻木不仁了。

他们信步朝前走,看见一辆马车从小胡同里驶出来,蓬头垢面的瓦尔瓦拉坐在车篷里,手里拿着一顶小帽和一把阳伞,放在膝头上。

"他们把继父踩死了!"她一面推着车夫的脊梁,一面叫喊。克里姆听得出来,她的叫声里流露着自豪的意味。

"莉吉雅在哪儿?"还没等克里姆开口马卡罗夫就抢着问道。姑娘跳下车来,死板地然而却是动作潇洒地把钱递给车夫,向家宅走去。她一手举着阳伞,另一手拿着小帽,看上去很不雅观;她歇斯底里地大声告诉大家:

"我都认不出来了。我是根据他穿的靴子和戒指才把他找到的,你们还记得吗?那是个宝石戒指。太可怕了,连脸都没有了!……"

她的脸上还挂着泪痕,下巴颏直哆嗦;克里姆觉得她那对碧蓝眼睛里闪着怨恨的凶光。

"莉吉雅在哪儿呀?"马卡罗夫死乞白赖地重复一遍,他又抢到了克里姆的前面。

"她在寻找吉奥米多夫。有个演员在亚历山大车站附近看见过他,说他,吉奥米多夫疯了!……"

瓦尔瓦拉的大声说话招引来许多人站在她的周围;一位拿着手杖、头戴草帽的人,推开萨姆金,瞅着这姑娘的脸问道:

"真的死伤一万人吗?还有许多人疯了吗?"

他摘下草帽,略显兴奋地说:

"这是多么离奇的灾祸哟!"

克里姆回头看看,心里说,马卡罗夫为啥不把这个白痴赶走啊?但是马卡罗夫已经不见了。

瓦尔瓦拉在自己屋子里随手把阳伞、小帽、一团湿手绢、钱夹一股脑儿扔在桌子上、床上,上气不接下气地说:

"有的人脸都撕裂了,舌头从受伤的嘴里耷拉出来。我看见了至少三百具尸体……可能还多。萨姆金,这是怎么回事?他们不能自己糟蹋自己呀!……"

她在屋子里急速而轻盈地来回踱着,仿佛有一股风在吹拂着她。她用湿毛巾擦了把脸,还在寻找什么东西;她从梳妆台上拿起一把梳子,一把刷子,又立刻把它们扔回原处。她舐了舐嘴唇,愤愤地说:

"我要喝水,萨姆金,我渴得要命!……"

她的瞳仁扩大了,也显得浑浊了;肿胀的眼皮倦怠地眨着,并且越来越红了。她哭了一阵,把泪水浸湿的手绢扔在一旁,喊叫道:

"他待我比母亲还亲……他是那样一个又风趣又可爱的人。还有他那对人民的热爱……可是他们在墓地上说,学生们挖坑,是为了激起人民反对沙皇。噢,我的上帝呀!……"

萨姆金已经六神无主,因为他还不会安慰哭泣的少女,而且发现瓦尔瓦拉为了表示真诚,哭得还挺像样子。但是,当粗壮的安菲米叶夫娜刚一进来,她就不哭了,并且温和而又认真地讲起来:

"人们把他抬到一个小教堂里,恳切要求不要把贺里桑弗·瓦西里叶维奇抬回家。他们说,你们自己想想看,现在正是登基大典,你们怎么能举行葬礼呢?"

厨娘听着伤心地说:

"这话不错,瓦莉娅,怎么能得罪沙皇呢?让上帝保佑他们吧,这是他们的罪孽,是他们的报应。"

瓦尔瓦拉默默地摇摇头,要了一杯茶,走进自己的房间。过了几分钟,她穿着一件黑色连衣裙出来,头发梳理整齐了,脸上虽说还带有愁容,但神情已经镇定自若了。

在喝茶的当儿,克里姆看了一下表,忧心忡忡地问道:

"您以为莉吉雅能找到吉奥米多夫吗?"

"我怎么会知道呢?"她冷冰冰地回答,然后颇像一个饱经世故的人,胸有成竹地说道:

"我不赞成她对吉奥米多夫的态度。她分不清什么是爱情,什么是怜悯,因此这要铸成她的大错。吉奥米多夫老是叫人感到惊奇,所以人们就怜悯他。可是怎么能爱上这样一个人呢?女人总是喜欢强壮而勇敢的男人,对这种人她们爱得真挚而长远。当然,她们也爱慕那种性情古怪的人。好像有个德国学者就说过:'要想出风头,就必须别出心裁,言行奇特。'"

她似乎忘记了继父的死,竟把莉吉雅品头评足了足足五分钟,于是克里姆才晓得她是不喜欢这位女友的。他感到吃惊的是,她竟能一直如此巧妙地隐藏她对莉吉雅的反感,而这种惊奇又略略提高了这位碧眼姑娘在他心目中的威望。后来她才想起来,应该谈谈继父的事情。她说:虽说像他这种类型的人物已经过时了,然而,他们身上也有

557

一种独特的美德。

　　克里姆心里越发忐忑不安,更加难为情了,因为他这时才恍然大悟:倘若他挨街去寻找莉吉雅,而不是坐在这里喝茶,那他对莉吉雅的态度还算得上是比较通情达理的。然而,即使马上就去寻找她,也已经太晚了。

十

　　天黑以后莉吉雅才跑回家来,马卡罗夫搀扶着吉奥米多夫跟在后面。萨姆金觉得顿时屋子里的一切都仿佛在发抖,天花板也像要塌下来似的。吉奥米多夫走路一瘸一跛的,左手腕上裹着马卡罗夫的制帽,用一根破布条系在脖子上。他气喘吁吁,说话的声调都变了:

　　"可我是知道的,我本来不愿意……"

　　他那浅色的头发宛如羊毛一般,一小团一小团地卷曲在头上;一只眼闭着,眼眶肿得发青,另一只大睁着,浑浊,可怕,眼珠都差点瞪出来。他浑身上下破烂不堪,一条裤腿横着撕破了,露出了膝盖;这块包在脏皮肤里的圆骨头正在颤抖,看上去真是寒酸。

　　马卡罗夫小心翼翼地扶他坐在挨近门口的椅子上,这是吉奥米多夫在这间屋子里经常坐的地方。这个道具管理员把一只颤动的脚踏在地板上,一面用手挥着头上的灰,一面嗄哑地吼叫:

　　"我告诉过他们:为了避免相互踩伤,他们必须散开,不要挤在一起。唉,我的上帝!"

　　"好喽! 现在我们该怎么办呢?"马卡罗夫粗声粗气地问莉吉雅。"需要热水,要换衬衣。应当把他送到医院去,不该弄到这儿来……"

　　"你甭说了! 不然你就出去!"莉吉雅喊叫着向厨房跑去。她那凶狠的吼声逼得瓦尔瓦拉也用村妇的声调吼叫起来:

　　"就该审判、诅咒、处决他们……"

　　她坐在椅子上,眼睛盯着吉奥米多夫,两手托着头,摇晃着身子,

不停地跺脚;吉奥米多夫也把眼睛瞪得大大的盯着她,大声说道:

"每个人都该守本分!不要逞能!不上任何圈套!不去抢那块糖果和小酒杯!"

他的一条腿又开始抖动,地板发出嗒嗒的响声,膝盖不时地从裤子的破洞里露出来,身上散发出大便的恶臭。马卡罗夫按着他的肩膀,怏怏不乐地对瓦尔瓦拉大声说:

"快把衬衣和毛巾拿来……叫喊有什么用?要惩罚他们的,这你放心。"

"人人都只顾自己,"吉奥米多夫大声喊叫,眼泪夺眶而出,簌簌地落下来。

莉吉雅跑进来,推开马卡罗夫,轻轻扶起吉奥米多夫,把他领到厨房去。

"莫非她要亲自给他擦洗吗?"克里姆厌恶地皱着眉头问道,身子不由地哆嗦了一下。

瓦尔瓦拉摇摇头,把她那浓厚的栗色长发散到肩上,匆匆走进继父的房间;萨姆金目送着她,心里想,她早就该把头发披散下来,而不是在这个时候。马卡罗夫一边打开窗户,一边喃喃地说:

"我是在大马路上找到他们的。这家伙正站在那里大呼小叫地鼓动:'把他们统统赶走,驱散,'而莉吉雅正在劝他跟她一块儿走……可他还在喊叫'我憎恨你们所有的人'……"

城里发出噼噼啪啪的响声,犹如潮湿的劈柴扔进熊熊燃烧的大火炉里发出的声音。

"我很想知道,今天还要不要张灯结彩?"克里姆蓦地想起来,问道。

"当然取消喽,那还用问吗?"马卡罗夫气呼呼地说。

"为啥取消?"克里姆反问。"张灯结彩可以让人们快乐快乐。如果取消,那可太愚蠢了。"

马卡罗夫沉默不语了,他坐在窗台上,捋起胡子来。

559

"吉奥米多夫是疯了吗?"萨姆金问道,同时很希望得到肯定的答复;可是马卡罗夫并没有立刻回答他,而且答案也并不使他欣慰:

"不太像发疯的样子。我认为,他就是那种一辈子都生活在疯狂边缘的人。"

莉吉雅出现在门口,她站在那里,好像给门槛绊了一下,可实际上并没有门槛。她一手抓住门框,另一只手捂住眼睛。

"我不能,"她说着,不住地摇晃着身子,好像在选择一个倒下去的地方。她的上衣袖挽到胳膊肘,水珠一滴滴从湿裙子上落到地板上。

"我不能,"她重说一遍,声调很奇特,表情腼腆而又惊愕。

"你们去给他洗洗吧,"她两手蒙住脸,央求道。

"走吧,你来帮帮忙!"马卡罗夫对克里姆说。

吉奥米多夫赤身露体,坐在厨房的地板上,面前放着一个大盆;他左手捺着胸部,右手撑着左胳膊肘。水从他湿淋淋的头发上直往下流,活像一个雪人正在消融。他那白皙的皮肤上沾着粪便,身上青一块紫一块的,净是伤痕。他犹犹豫豫地伸出右手,舀起一巴掌水,洒在脸上和肿胀的眼眶上,但是水流到胸膛,并未洗去上面的污斑。

"每个人都该守本分,"他喃喃自语。"彼此要保持一定距离……我不是玩偶……"

"他很像以撒,"克里姆·萨姆金心里打了这样一个不太恰当的比喻,又马上纠正:"是供奉偶像的一块肉。"

厨娘安菲米叶夫娜站在炉灶旁,看着水从龙头里哗哗流到锅里。

"这小子完全是胡说八道,"她瞟了一眼吉奥米多夫,不以为然地说。"别看他出身平民,倒很娇嫩,还很任性,他操起勺子就往莉达奇卡身上泼水……"

萨姆金听见一种奇怪的声音,好像是马卡罗夫的牙齿发出的咯吱咯吱声。他脱下制服上衣,跪在吉奥米多夫跟前,就像母亲给婴儿洗澡似的,小心利落地给吉奥米多夫洗起来。

萨姆金想到莉吉雅就要拥抱这个败坏的身躯,想到也许她已经拥抱过他了,便顿时火冒三丈。这个念头迫使他离开厨房,立刻向瓦尔瓦拉房间走去,打算向莉吉雅说些叫她特别伤心的话。

莉吉雅坐在床上,一只手搂着瓦尔瓦拉,而瓦尔瓦拉正要她闻闻一个磨料小瓶里的味道;这只小瓶在灯光下放射出五颜六色的光芒。

"怎么样?"她问道。

"他正在洗,"克里姆冷冰冰地回答。

"他疼吗?"

"好像不疼。"

"瓦莉娅,"莉吉雅说道。"我不会安慰人。总之,要不要安慰人,我也不知道……"

"萨姆金,请您出去吧!"瓦尔瓦拉叫喊一声,便侧身躺在床上。

克里姆没有来得及对莉吉雅说一句话,就走出去了,心里在琢磨:"她脸色显得那样悲痛,也许现在该恍然大悟了吧?"

## 第十八章

一

街道两旁的路灯已经点燃,盛着油脂的大盘里火苗呼呼地直冒浓烟。萨姆金觉得这灯火颇为凄清而冷落,甚至连火光也显得犹豫彷徨,市井的喧嚣并没有多少喜庆的气氛,却似乎充满着悲郁和怨恨。在特维尔林荫大道上,人们三五成群,议论纷纷。有一帮人在激烈争论:会不会放焰火?其中一位十分肯定地说:

"要放焰火的!"

一位戴灰礼帽的高个子男人,满有把握而又严厉地说:

"皇帝陛下是不会允许胡闹的。"

而第三个人却设法充当和事佬,他说:

"焰火已推迟到明天放喽!"

"皇帝陛下……"

从大树后面传来一声响亮的喊叫:

"正在贵族俱乐部跳舞哪,就是这位皇帝陛下!"

大家都朝那里望去,而且有两人立即向说话的那边走过去,于是克里姆也离开了这里的人群。

"假如沙皇真的去跳舞了,那就说明他是一个很有魄力的人,一个勇敢的人。吉奥米多夫算说对了……"他心里暗想。

他穿过吵吵嚷嚷的人群，向基督升天广场①走去，下意识地听着一些只言片语。有人用爽朗的声调喊道：

"咳，我想是死不了的！"

"这家伙大概是踩了什么人，也许就是踩了马拉库叶夫，"克里姆心里这样猜想。不过他根本没有机会去思考这些，就像一个人心事很重，思想感到压抑时通常表现的那样，何况他又是饿，又是渴呢。

在普希金纪念像旁边，有个男人在向一小群人演讲：

"不，请大家想想我们的整个生活状况是个什么样子吧，比如说他们是怎么统治我们的？"

萨姆金朝演讲的人瞅瞅，从他那卷曲的大胡子和那毛烘烘的脸上流露出的微笑中，认出这是在雅科夫·普拉托内奇地下室里和他一起坐在铺板上的喜欢唠唠叨叨的那个人。

"石头——冥顽不灵……"他又想起这句话来。

波亚尔科夫像只仙鹤似的，在广场上走着，走到他前面去了。萨姆金怏怏不乐地喊了他一声：

"您上哪儿去？"

波亚尔科夫和他并行，无精打采地小声说：

"一大早我就出来，打听，观察。我想设法弄清是怎么回事儿，可是办不到。其实事情很简单：只要整个群众从霍登广场直接冲进克里姆林宫，那就成功了！就像在布鲁塞尔发生的事情那样②，公众听了'先知'的预言，便从剧场冲出来，结果就获得了宪法……就颁布了！"

他在一家小饭馆的门前站住，提议说：

"我们到这个'消愁解闷之所'去坐坐吧。我和马拉库叶夫常到这里来……"

---

① 即今普希金广场。
② 一八三〇年八月二十五日，当梅尔贝尔的歌剧《预言家》在布鲁塞尔上演之后，发生了大暴动，人群冲进首相府和《民族报》社，并将其烧毁。

当克里姆讲完马拉库叶夫的情况时,波亚尔科夫叹了口气,说道:
"情况也许还要糟糕,据说死了五千来人,简直是一场恶战!"

波亚尔科夫说话的声音嘎哑,脸色很不自然,萨姆金好像今天才头一次发现,在他那倒霉的长鼻子下面还有一撮棕色的小胡子。

"他不该把下巴颏上的胡子刮掉,"克里姆心想。

"我当家庭教师的那家商人,前两天对我说:'我想吃春饼,可是我的熟人一个也不死。'我问他:'您为什么希望他们死呢?'他说:'丧宴上的春饼特别味美。'也许他现在可以大吃春饼啦!……"

克里姆喝啤酒就冷肉,心不在焉地听着波亚尔科夫有气无力的、被饭馆里的喧闹声湮没的谈话,只听清了只言片语。

一位身穿藏青上衣的大胡子胖男人在叫喊:

"不能乘民众灾难之机,制造混乱,使用假钞票……"

"言之有理,"波亚尔科夫称赞说。"不过我们的话说得挺不错,生活却过得很糟糕。不久前我读过塔吉扬娜·帕谢克①的一本书,其中说道:'让那些一生中没有做过任何善事或恶事的亡灵安息吧!'怎么样,您喜欢这句话吗?"

"真蹊跷,"克里姆从塞得满满的嘴里吐出这三个字来。

波亚尔科夫沉默了一会儿,喝了一些啤酒,然后慨叹道:

"他这句话里有一种隐隐约约的失望情绪……"

马拉库叶夫出现在餐桌前,他的一面脸颊上包着一条白手绢,手绢的结子和两只苍白的耳朵很滑稽地从鬈发中扎煞出来。

"我断定你在这儿,"他坐到桌旁,对波亚尔科夫说。

他俩面对面喁喁私语起来。

"我妨碍你们吗?"萨姆金问道。波亚尔科夫斜视他一眼,说道:

"咳,你能妨碍什么呢?"

他长叹一声,又继续说:

---

① 塔吉扬娜·帕谢克(1810—1889),俄国女作家,曾写回忆录《久远年代的回忆》。

"我是在告诉他,马克思主义者想散发传单,而我们……"

马拉库叶夫打断了他唠唠叨叨的谈话,说:

"萨姆金,您很熟悉柳托夫吧?他是个满有风趣的人,那位助祭也是一样。不过他们喝酒喝得太凶了。我一直睡到下午五点钟,后来他们又把我拉起来,灌我酒!于是我就跑出来,一直在莫斯科城里跑来跑去,我已经上这儿来过两趟……"

他咳嗽起来,双眉紧蹙,两手掐腰。

"我吃够了灰尘,足够一辈子消化的了!"他说。

这家伙跟波亚尔科夫相反,既开朗,又健谈。马拉库叶夫环顾四周,仿佛刚刚睡醒,还不知道自己在哪儿似的;他抓住顾客谈话中的只言片语,便开玩笑地或者添油加醋地借题发挥,胡扯一通。他已经有点醉意了,然而,克里姆明白,单凭这一点还不能说明他那异乎寻常的、甚至使人有点害怕的情绪。

"假如他是因为有幸活下来才感到快乐,那么这种快乐是太无聊了……或许他正是为了不去思考这个问题,才喋喋不休吧?"克里姆寻思。

"伙计们,这儿太闷热,我们到街上去走走吧!"马拉库叶夫提议。

"我要回家了,"波亚尔科夫悻悻说道。"我已经走够了!"

## 二

克里姆不想去睡觉,他很想换个环境,来摆脱这一天疲于奔命的沮丧心情。他向马拉库叶夫提议坐车到麻雀山去。马拉库叶夫默默地点了点头。

"您知道吗?"他坐上马车之后立刻说。"那些踩死、挤死的人,大多数是些白领阶层[①]的人……市民,还有青年。真的,这是一位警察局

---

[①] 白领阶层,指不从事体力劳动的城市居民。

医官告诉我的,他是我的亲戚。一些学医的同学也这样说。而且我自己也看见了。在生死搏斗中取胜的,往往是那些头脑比较简单的人。他们都本能地活动……"

他还嘀咕了些什么,但在这辆破旧马车吱吱咯咯的响声中很难听清楚。他咳嗽一阵,擤擤鼻涕,把脸转过去,当马车出城以后,他提议说:

"我们下去走走,好吗?"

在前面漆黑的山岗上,家家饭馆的灯火大放光明;在身后,撒落在看不见的大地上的大都会上空浮现出橙黄色的火光。克里姆忽然想起,他还没有向波亚尔科夫讲述贺里桑弗大叔和吉奥米多夫发生的事。他怎么竟会忘了这件事呢?真有点儿不好意思!不过他马上又意识到,就连马拉库叶夫也没有问起过贺里桑弗的事,尽管他自己也说过,他在人群里见过他。萨姆金本想找些生动的词句,但是没有找到,于是他说:

"贺里桑弗大叔给人踩死了,吉奥米多夫受了重伤,而且看来,他已经完全疯了。"

"不会吧?"马拉库叶夫小声说道。他不再说下去了,沉默了一刹那,瞧瞧克里姆的脸色,眨眨眼睛,然后惶恐地问道:

"是,是死了吗?"

克里姆点点头,而马拉库叶夫则走到路边的一棵大树底下,身子靠在树干上,说道:

"我不能走了!"

"您不舒服吗?"克里姆问。

"您不要见怪,更不要见笑,"彼得·马拉库叶夫愁眉不展地叹口气,答道。"您知道,我很着急。我看见那么多……简直没法理解,这可真卑鄙,真是奇耻大辱!"

克里姆觉得这个活泼愉快的大学生两条腿都瘫软了;他扶着他的胳膊肘,可马拉库叶夫却猛然用一只手扯下了脸上的绷带,用它去擦额头、鬓角、脸颊,揉眼睛。

"真见鬼!可是,他俩还都太年轻,需要照顾哩!"他喊道。

"他哭了,他哭了!"克里姆自言自语道。这使他感到意外,疑惑不解,甚至惊呆了。这个谈笑风生、热情奔放的小伙子,喜欢争论、结实漂亮,很像一个活跃的乡村手风琴手的青年人,竟会像女人一样,站在道旁沟边,一棵歪扭的大树底下,当着络绎不绝的、嘴里叼着香烟的行人号啕大哭起来。一个头发乱蓬蓬的男人站住,两眼盯着马拉库叶夫,笑嘻嘻地喊叫:

"够了,大学生,你可真会动感情,还流眼泪哩! 唉,若是我也能有这种感情就好喽。"

"我知道,大声痛哭是会叫人笑话的,"马拉库叶夫嗫嚅道。

那边不远地方放出的一支花炮带着嘶嘶的响声,飞向天空,噼噼啪啪爆炸开来,引起孩子们的热烈欢呼。接着是一支蓝色的焰火在天空开花,光芒四射,给马拉库叶夫的脸染上了很不自然的水银般的苍白颜色,看上去像僵尸一样发绿,最后又发紫,活像剥去了他的一层皮。

"当然,这很可笑,"他一面以敏捷得像兔子般的动作擦着脸颊,一面重复说。"可是,您看,放焰火,只有孩子们是很高兴的。但是谁也不明白,谁也丝毫不了解……"

那个头发乱蓬蓬的男人凑到克里姆跟前,对他挤了挤眼。

"不,他们清楚地懂得,老百姓是傻瓜,"他小声地说;克里姆所熟悉的他那卷曲的大胡子里流露着微笑。"他们是我们的药剂师,擅长用些无关痛痒的药来治病。"

马拉库叶夫急步朝他走去,好像要揍他似的。

"治病? 给谁治病?"他大声喊叫,就像在贺里桑弗大叔家的餐厅里似的。过了两三分钟,就有五六个看不清面孔的人把他围了起来。他们站在那里,一声不响,一会儿呆呆地扭过头去观看火树银花般的焰火把这些小饭馆弄得忽升忽降,忽明忽暗,一会儿又回过头来瞧瞧马拉库叶夫的嘴。

"他的话很有胆量,"一个人在克里姆背后说,另一个人的声音却很冷淡:

"是个大学生,这与他有何相干?我们走吧!"

克里姆·萨姆金躲在一旁,因为他意识到,马拉库叶夫听众中的任何一个,都可能揪住他的领子,把他扭送警察局。

萨姆金觉得自己是站得稳,行得正的。马拉库叶夫的眼泪中有一样东西使他深感欣慰:他看到这眼泪是真挚的,并且清楚地说明波亚尔科夫为何心情沮丧,犹豫彷徨,语无伦次;说明莉吉雅为何要用手捂住显出难看怪相的、惊慌而惭愧的脸;也说明马卡罗夫为何要咬牙切齿——克里姆已经可以肯定,马卡罗夫当时是咬牙切齿的,而且一定是这样的。

这些人刹那间所表露的种种言行,都违背他们自己的意愿,是真真切切的,所以,弄清楚这种真实的表露,那是很能增长见识的,比如,看见吉奥米多夫那赤裸裸的、遍体鳞伤的肮脏身躯,不就很长见识吗?

## 三

克里姆急步转回市内,一些想入非非的念头在鼓舞和激励着他:

"我是比他们坚强的,我不能允许自己站在马路上哭泣……总之,我是不会哭的,因为我不能强迫自己这样做。他们咬牙切齿,那是因为他们在强迫自己那样做。正因为如此,他们才装出一副怪相。他们都是些意志脆弱的人。在他们每个人的身上都隐藏着涅哈叶娃的情调……对了,这就是涅哈叶娃思想!……"

焰火染红了莫斯科的天空,照得教堂的金色圆顶如同消防队员的铜盔一般闪闪发亮;鳞次栉比的楼宇犹如巨犁翻耕起来的大土块,而在那深深的犁沟当中呈现出一道道金色的光焰。萨姆金觉得自己心灵中也有一副犁,正在忠实地耕耘,把他心田的许多疑虑和恐惧都翻

腾起来。一个拿着手杖的男人,推了他一下,喊道:

"你瞎眼了吗?往身上撞,鬼东西……"

这人的推撞与呵斥并没有吓住萨姆金,他那些想入非非的念头也没有紊乱。

"马拉库叶夫一定是想跟那个鬈发工人交朋友。唉,在一个为了争夺一小包廉价糖果,竟有成千上万人相互践踏而死的国家里,幻想闹革命,该有多愚蠢哪,简直是自杀!"

这句话非常精辟地向萨姆金剖析了他不屑去想的这次惨剧的原因。

"他们把人踩死,现在又来观赏这假造的焰火,这虚伪的火光!马卡罗夫说得对:人们都是些鱼子。可为什么这话不是出自我的口,而偏偏让他说出来呢?……吉奥米多夫的话也是不错的,虽说有点儿愚笨:人们应当彼此离开点,这样他们才能相互看得更清楚,彼此更了解。每个人都应当有一个进行一对一决斗的场所。在一对一的决斗中人们才容易显出胜负……"

萨姆金很欣赏这最后几个字,于是他又小声地重复说:

"容易显出胜负……对了!"

他脑海里霎时间闪现出那个不愉快的场面:在厨房的正中跪着一个醉醺醺的渔夫,许多龙虾在地板上,向着四面八方乱爬,幼小的克里姆吓得把身子紧紧贴在墙上。

"这龙虾就是柳托夫、助祭之流,总之是那些不正常的人们……图罗博叶夫、伊诺科夫等等。当然,等待着他们的,是像那个地下室里的人物①雅科夫·普拉托诺维奇那样的命运。他们是注定要毁灭的……只能如此,岂有它哉?"

萨姆金觉得,他今天特别厌恶这类人物。必须跟这些人断绝交往,因为他们每个人都要求对他予以特殊重视,每个人身上都有一种

---

① 俄语 подполье 有"地下室"和"秘密活动"两个意思,这里是双关语。

荒唐可笑而又扑朔迷离的东西。他们如同疙里疙瘩的劈柴一样，怎么码也码不结实。然而，为了出人头地，却非要这样做不可。是的，应当用一条非常结实的粗绳子，把他们捆在一起。其次，也如同下棋一样，非弄清楚每一个棋子的动向不可。萨姆金的思绪又从这一点滑到"库图佐夫思想"上去。当他想起来，他已非第一次来思索这个问题，甚至可以说他思虑的始终是这个问题的时候，他的步子迈得更快了。

"这些蓬头垢面、神经错乱的人们，都非常舒服地生活在自己的小天地里……担负着自己的角色。我也有权在这生活中占一个适当的位置……"萨姆金心里这样想着，感到自己的精神面貌也顿时焕然一新、坚忍不拔而又具有独立性了。

第二天傍晚，他就是抱着这种独立而坚强的精神，坐在莉吉雅的屋子里，以略带轻蔑的口吻向她讲述他昨夜里所看到的一切的。莉吉雅身体不舒服，她虽然正在发烧，两边暗青的太阳穴上沁出了汗珠，而她还是紧紧裹着一条奔萨省出产的软毛围巾，抱着肩膀，蜷缩着身子。她那乌黑的眼睛里流露着疑虑和惊愕的神色。她只是偶尔，抑或是迫不得已，才把目光移到自己的床上，因为吉奥米多夫正紧锁眉头，望着天花板，仰卧在那里。吉奥米多夫那只没有伤着的胳膊枕在头底下，手指哆哆嗦嗦地摆弄着金色的鬈发。他沉默不语，但嘴是张着的，仿佛那张满布伤痕的脸正在喊叫似的。他身穿一件肥大的睡衣，衣袖卷到肩膀上，活像两只残缺的翅膀；敞开的衣领里袒露出他的胸脯。他身上散出一股凉气，仿佛一条鱼，脖子上那道深深的伤痕有如鱼鳃一般。

瓦尔瓦拉走了进来，她披头散发，趿拉着睡鞋，穿一件皱巴巴的睡衣；她愁眉不展地听了一会儿克里姆的讲述就走了。但过了一刻钟又回来说道：

"我不晓得该怎么办，我的钱不够办理丧事用的……"

吉奥米多夫抬起头来，大声问道：

"难道我会死吗？"

他又挥着一只手,喊叫:

"我不会死的!你们都滚出去……都滚出去!"

瓦尔瓦拉和克里姆走了出去,莉吉雅留下来,想安慰病人;在餐厅里可以听到他的叫喊:

"把我送到医院去……"

"我不相信他是疯了,"瓦尔瓦拉大声说道。"我不喜欢他,也不相信……"

莉吉雅走了出来,她两手捺着太阳穴,一声不响地坐在窗前。克里姆问她医生是怎么说的,莉吉雅莫名其妙地看了他一眼,一对眸子在蓝色阴影衬托下,在眼窝里显得更明亮了。克里姆又问了一遍。

"他肋骨断了,一只胳膊脱了臼,不过主要是神经错乱……他整夜说梦话:'不要踩我!'他要求把人们赶开,彼此不要挤在一起。可是,你说说,这究竟是怎么回事呀?"

"这是偏执狂,"克里姆说。

姑娘又看了他一眼,疑惑不解地说:

"我说的不是这个,我说的也不是他。不过也不晓得我要说什么。"

"他以前也不正常,"克里姆肯定地说。

"什么叫正常?难道人们互相践踏,然后又拉起手风琴,就是正常吗?我们隔壁的人拉手风琴一直拉到天亮。"

马卡罗夫进来,满身挎着背包;他皱着眉头,瞅着莉吉雅问道:

"您睡过觉吗?"

她并不看他一眼,也不回答他的问话,继续细声慢气地说下去:

"所谓正常,就是安静吗,是吧?然而,生活不是越来越安静吗?"

"正常的体格要求排除不健康和不愉快的激动,"马卡罗夫怒气冲冲地吼叫着,把盛着绷带和药棉的背包打开。"这是生物学的定律。而我们却由于穷极无聊和无所事事,竟把这种不健康的激动,当作娱乐消遣来欢迎。而且有些人是半疯半傻的……"

莉吉雅跳起来,怫然动气地喊道:

"你竟敢当着我的面说这种话!"

"那么不当着你的面可以说吗?"

她气得跑到瓦尔瓦拉的屋子里去了。

"这是一种歇斯底里的征兆,"马卡罗夫目送着她说。"克里姆,来帮我给他装上压布。"

吉奥米多夫一声不吭,顺从着他俩的摆布,不过萨姆金发现,这位病人的悲郁的眼神老想躲开马卡罗夫的脸。而当马卡罗夫让他喝一勺镇静剂时,他却把头扭过去,说道:

"我不喝,你们走吧!"

马卡罗夫怏怏不乐地劝他,眼睛瞧着窗外,没有发现勺子里的药水已经滴到吉奥米多夫的肩膀上。于是吉奥米多夫抬起头,绷着肿胀的脸,问道:

"你们干吗要折磨我呀?"

"你应该把这药喝下去!"马卡罗夫不耐烦地说。

病人的眼睛里闪着蓝色的火星。他把药水喝到嘴里,马上又喷到墙上。

马卡罗夫站在那里,把病人打量了达一分钟之久。他缩着肩膀,弯着腰,把手指掰得咯吧咯吧响,那副表情简直和刚才判若两人了。过了一会儿,他叹口气,请求克里姆道:

"你告诉莉吉雅,今天夜里我来看护他……"

## 四

马卡罗夫走了。吉奥米多夫躺在床上,闭着眼睛,不过他的嘴是张着的,脸又像在无声地呼喊。可以想象:他是故意张着嘴的,因为他知道,这样就会使脸变得如同死人一般可怕。大街上的鼓乐声震耳欲聋;几百名士兵整齐的踏步声震得大地直颤动。惊慌的狗在狂吠。屋子里很憋闷,也没有整顿打扫,酒精气味直呛人。一个半疯半傻的人躺在莉吉雅的床上。

"也许他健康的时候就在这里躺过了……"

克里姆一想到这双冷冰冰的、出奇白皙的手,曾将莉吉雅的身子搂在怀里,不由地打了个冷战。他站起来,开始在屋子里踱步,毫无顾忌地直跺脚;他看见吉奥米多夫扭过头,把发青的鼻子对着他,而且睁开了眼睛,顿时火冒三丈,把脚跺得更响了,但是,吉奥米多夫说:

"我不希望他来看护我,让莉吉雅来……我不喜欢他……"

克里姆·萨姆金走到他跟前,伸长脖子,用拳头轻声地威胁道:

"你别说了,你……这有福气的虱子!……"

克里姆生平第一次体会到发泄怨恨之后的那种如醉如狂的快意。他欣赏着吉奥米多夫惊诧的面孔,那对鼓出来的眼睛和那只颤抖的手。他正用这只手从头底下往外拽枕头,可他的头却把枕头压得越来越紧了。

"你住嘴吧!听见吗?"他又说一遍,就走出去了。

莉吉雅坐在餐厅的沙发上,手里拿着一张报纸,眼睛却瞧着地板。

"他怎么样?"

"他在说胡话,"克里姆灵机一动说道。"他好像害怕什么人,胡说什么虱子、臭虫……"

吉奥米多夫纵然出身卑贱,但总还是一个人吧!现在萨姆金竟然把他镇住,所以他觉得自己是坚强起来了。于是他坐在莉吉雅身旁,壮着胆子说道:

"莉达,我亲爱的,所有这一切都应当抛弃了,因为这一切都是臆造的,不必要的,甚至是有害于你的。"

"嘘嘘,"她抬起一只手,惶恐地瞅着门口,悄声制止他,但他盯着她疲惫的面孔,压低声音继续说:

"你应当离开这些病人、戏子和精神堕落的人,走向纯朴的生活,走向纯朴的爱情……"

他说了老半天,却不完全明白自己在说些什么。克里姆从莉吉雅的神色上看出来,她是信任而又仔细地在听他的讲话。她甚至好像情不自禁地点了点头,她的脸颊红一阵白一阵的,有时还羞答答地垂下眼帘,所有这一切都更增加了他的勇气。

"是呀,是呀,"她细声细气地说。"不过,你轻点!我本以为他是那样的……一个不平凡的人。然而,昨天,在泥泞中……可我并不知道他是一个胆小鬼。他可真是个胆小鬼!我很可怜他,然而……根本不是那么回事。突然一下子暴露出他不是那样的人。我很羞愧,我当然有过错……我知道!"

她忸忸怩怩地把一只手搭在他的肩上:

"我老是弄错。就是你,也并非像我惯于想象的那样……"

克里姆跃跃欲试地想把她搂在怀里,但她却躲开他,站起来,踢开报纸,走到通向瓦尔瓦拉房间的门口,仔细听着。

手风琴哀婉凄清的曲调,经过开着的窗户,从院子传到屋里来。还听见一个人带着羡慕和奚落的口吻叫喊:

"唉,这回棺材匠可赚大钱喽!"

"她一定是睡着了。"莉吉雅小声说着离开了门口。

克里姆郑重其事地讲了必须把吉奥米多夫送医院的事。

"而你,莉达,顶好是离开这个学校。因为反正你并没有学习,你最好是学一些其他课程。我国所需要的并不是演员,而是有学问的人。你看我们是生活在一个多么野蛮的国度里呀!"

于是他用一只手指指窗外,那个手风琴手正在懒洋洋地奏着另一支曲子。

莉吉雅在沉思不语。萨姆金向她告辞说:

"你无论如何要记住:我爱你。这并不要你承担任何义务,不过这是一件真挚而又严肃的事。"

## 五

　　克里姆·萨姆金走在大街上，心情非常振奋，竟忘了给对面走来的人让路。三色国旗的绸布不时地轻拂着他的制帽。到处是欢乐的人群，他们已经习惯于迅速忘却自己亲朋的不幸遭遇。萨姆金瞧着他们那欢欣鼓舞、喜气洋洋的面孔和节日盛装，心里更增强了对他们的鄙视。他觉得：

　　"吉奥米多夫在人们面前所表现的毫无理性的恐惧是有些道理的……"

　　克里姆走在一条僻静、狭窄的小胡同里，心里在琢磨：如果跟莉吉雅在一起，抱着普列伊斯那样的观点，是可以平平安安、简简单单过日子的。

　　可是，过了不久，普列伊斯就向克里姆讲述了彼得堡纺织工人罢工的事情，他讲话时的神情是那样自豪，仿佛是他亲自组织了这次罢工似的；那副高兴劲儿，就跟讲述自己的大喜事儿没什么两样。

　　"您听说过'斗争联合会'①的事吗？这就是它做的工作，一个新的时代开始了，萨姆金，您瞧着吧！"

　　他那双温柔的眼睛亲切地盯着克里姆的脸，问道：

　　"您一直还在研究达到目的地的路程。是吗？那么请您相信，工人阶级所走的道路，是最好的捷径。它虽说艰难，但是最短。据我所知，您不是一个唯心主义者，您的路虽然也很艰难，但却是笔直的！"

　　萨姆金觉得，俄国话一向说得很地道、流利的普列伊斯，怎么这回说起来竟带着那么浓重的乡音，而且从他那喜悦的话音里，可以听出一种异族人，一个受欺凌的人对俄罗斯的敌意，为了复仇，他极希望俄罗斯发生不幸和灾祸。

　　紧接着普列伊斯，马拉库叶夫立刻就会浮现在脑海，这是必然的，

---

① 指第一次俄国资产阶级民主革命时期成立的工人革命组织——争取工人阶级解放斗争联合会。

因为他俩生活的道路犹如两个摞在一起的圆圈儿,组成了一个8字形,每个人都在自己的言论圈儿里转来转去,不过他们时常在两个圆圈的交接点上不期而遇。这里有一种可疑的、发人深省的东西:马拉库叶夫和普列伊斯在言词上的冲突,不过是装腔作势,是想教训和迷惑他人的一种把戏而已。至于波亚尔科夫,他变得沉默寡言,很少争论,不经常弹吉他了,简直是全身都变得憔悴了,细长了。很可能,这是因为马拉库叶夫明显地跟瓦尔瓦拉亲热起来的缘故。

在她继父下葬那天,他挽着她的胳膊在坟墓之间走着,头贴着她的耳朵,跟她喁喁私语;而她顾盼四周,犹如一匹饿马,不住地摇着脑袋,她的脸上显现出一副忧郁而又可怕的怪相。

在瓦尔瓦拉家的茶桌旁,马拉库叶夫跟她坐在一起,吃她喜欢吃的果冻;他拍拍一本破旧的小书——克拉甫琴斯基-斯切普尼亚克所著《地下俄罗斯》①,扬扬得意地说:

"为了唤起民众为自由而斗争,我们需要成百上千的英雄。"

虽说马拉库叶夫老爱用散文的形式朗诵那些千篇一律的劣诗,但萨姆金还是很羡慕此人讲起话来慷慨激昂的才能。瓦尔瓦拉紧紧抿着嘴唇,一声不吭地听着他,一双碧蓝的眼睛紧盯着那把铜火壶,仿佛火壶里坐着一个人,正在欣赏她的姿容似的。

克里姆看见莉吉雅那样聚精会神地倾听马拉库叶夫的讲话,心里着实不是滋味。她两肘撑在桌子上,手指按着太阳穴,用一种探求的目光打量着这位大学生圆圆的脸蛋儿,仿佛在阅读一本书似的。克里姆很担心这本书会使她产生异乎寻常的兴趣。莉吉雅有时在听他讲述索菲亚·佩罗夫斯卡娅②和维拉·菲格涅尔③的故事当儿,把嘴微

---

① 克拉甫琴斯基-斯切普尼亚克在《地下俄罗斯》一书中把民粹派恐怖分子理想化了。
② 索菲亚·佩罗夫斯卡娅(1853—1881),俄国民意党领导人之一,女革命家。一八八一年因参加暗杀沙皇亚历山大二世,被处死刑。
③ 维拉·菲格涅尔(1852—1881),俄国民粹派女革命家。一八八四年被判死刑,后改为流放。

微张开,露出一排细小的牙齿,她这种面部表情,在克里姆看来,有时好像很贪婪,有时又像很愚蠢。

"这是在培养女英雄,"他心里想着,不时地寻找机会,以便在马拉库叶夫热情奔放的讲话中插入一两句冰冷的言词。

"马加比人①没有取得胜利就灭亡了,而我们应当取得胜利……"

然而这句话不但没有使马拉库叶夫的热情丝毫冷却下来,反而使他的热情更高了。

"是的,要取得胜利!"他喊道。"然而,究竟通过什么样的斗争来取得胜利呢?是通过为了几个小钱而进行的斗争呢,还是通过为了使人们吃得更饱一些而进行的斗争,啊?"

他作了一个恶狠狠的手势,当着姑娘们指了指克里姆,然后又像焰火爆开一样噼里啪啦地说起来:

"他也认为,只有饥饿才能统治世界,支配我们的只是为一小块面包而斗争的法则,根本谈不上爱情的地位。唯物主义者不可能理解建立无私功勋的美德,他们对于堂吉诃德的神圣的狂热感到可笑,他们也认为普罗米修斯那种美化世界的大无畏精神是无稽之谈。"

马拉库叶夫这位抒情男高音,在说到福拉-多里奇诺②、扬·胡斯③和马萨尼洛④等人的名字时,声音有些颤抖。

"请您不要忘记赫洛斯特拉特⑤,"萨姆金怫然动气地说。

和往常一样,他说这句话是出乎自己预料的,连他自己也感到惊奇,因而就顾不得去听对方愤怒的叫喊了。

---

① 古犹太神官氏族,后被罗马人所灭。
② 福拉-多里奇诺(1307年卒),意大利农民起义的领袖。
③ 扬·胡斯(1369—1415),捷克爱国者和宗教改革家,因反对日耳曼人和天主教的压迫而被处火刑,随之爆发胡斯战争。
④ 马萨尼洛(1623—1647),意大利那不勒斯人民起义领袖,被西班牙总督派遣的凶手杀害。
⑤ 赫洛斯特拉特,古希腊人。他为了出名,在纪元前三五六年纵火焚烧了古代艺术的杰作——阿泰密斯神庙,因此臭名昭彰。现今"赫洛斯特拉特"已成为"沽名钓誉"的代名词。

"若是所有这些大名鼎鼎的狂人都有赫洛斯特拉特精神,那会怎样呢?"他在想。"也许很多人焚毁庙宇,只是为了在它们的废墟上建立自己的名声吧?当然,也有一些毁坏庙宇的人,像基督那样,是为了在三天内把庙宇重建起来。其实他们是建不起来的。"

马拉库叶夫吼道:

"您最好是听听那个工人是怎么说的,就是我们遇到的那个工人,您还记得吗?"

"记得,"克里姆说。"就是您在……"

马拉库叶夫的脸一下子红到了耳根,他从椅子上跳起来,说道:

"是的,就是他!当时我哭了,一点不错!您也许以为我会为这些眼泪而感到害羞吧?那您可就想错了!"

"想错又怎么样呢?"克里姆耸耸肩膀,反问道。"不管你怎么说,我并不打算炫耀我自己的思想……"

他们又舌战了几个回合,方才在姑娘们的劝解之下默不作声了。后来马拉库叶夫和瓦尔瓦拉不知溜到什么地方去了,于是克里姆问莉吉雅:

"怎么,她真想扮演佩罗夫斯卡娅这个角色吗?"

"你别发火!"莉吉雅望着窗外,若有所思地说道。"马拉库叶夫是对的:要生存,就得有英雄。就连康斯坦丁·马卡罗夫也明白这一点。不久前他说过:'没有结晶的基础,就无所谓结晶。'就是说连盐也是需要英雄的。"

"他还在爱着你呐!"克里姆说着凑到她跟前。

"我不明白。这是为什么!他是那样一种人……不是为了这个……不,你不要动我,"当克里姆想要搂抱她时她说。"你别动我!我为康斯坦丁感到惋惜,有时我也挺恨他,因为他只会引起别人的怜悯。"

莉吉雅走到穿衣镜跟前,用克里姆难以理解的目光瞧瞧自己的面容,继续细声慢气地说道:

"爱情也需要英雄气概。不过我是不可能成为英雄的。瓦尔瓦拉是有可能的。对于她来说,爱情也是演戏。有些人,就是那些无形的观众正在安安静静地欣赏着人们怎样受着爱情的折磨,又是怎样渴望着爱情。马拉库叶夫说,观众是天生的。我不明白……好像马卡罗夫也是什么都不明白,他只知道,爱情是必要的。"

克里姆已经不觉得有接触她的肉体的欲望了,这使他感到极为不安。

时候还不晚,太阳刚刚落山,教堂圆顶上的粉红色晚霞还没有消逝。一片乌云从北面的天空冉冉飘来,可以听见微弱的雷声,仿佛一只大熊用它毛茸茸的巨爪,懒洋洋地踏在铁皮屋顶上发出的音响。

"你知道吗?"莉吉雅说。"我已经好久不相信上帝了,不过每当我感到受屈辱,或者看见什么罪恶的事情时,我就会想起上帝来。你说这有多蹊跷? 真的,我不知道我将来会怎么样?"

对这个问题,克里姆简直不知怎么回答才好,不过他还是想尽量说得令人信服:

"时代要求我们老老实实、不屈不挠地努力奋斗,为了丰富国家的文化……"

他突然停住了,因为他发现姑娘把手放在脑后,正用一对乌黑的眼睛笑眯眯地望着他。这笑容又引起了他的惶惑,而且这种心情好久没有出现了。

"你为什么这样看着我?"他喃喃问道。莉吉雅冷静地回答:

"我认为你自己也不相信你说的话。"

"为什么?"

她没有回答,过了一会儿却说:

"要下雨了,而且是暴雨。"

克里姆意识到这是催他走,他便走了。

过了一天,他又来找她的时候,在林荫道上碰见了瓦尔瓦拉,她穿着一件白裙子,粉红色上衣,帽子上插着一根红色的羽毛。

"您是上我们那儿去吗?"她问道;克里姆从她的眼神里发现有奚落的意味。"我要到索科尔尼基公园去,您愿意陪我去吗? 您想找莉达吧? 可是她昨天已经回家去了,难道您不知道吗?"

"已经走了吗?"萨姆金设法掩饰自己的惶惑和怨恨,问道。"她本来是想明天走的呀。"

"我想她根本不愿意走,不过她已经讨厌吉奥米多夫那些纠缠不休的书信和牢骚话了。"

克里姆听不清她那鸟语般的话音,因为一辆电车正从转弯的轨道上驶过,车轮发出尖利刺耳的响声。

"您大概也很快就走了吧?"

"是的,我后天走。"

"您还来辞行吗?"

"当然,"克里姆一边说,一边在琢磨:"我顶好是永远跟你这个花里胡哨的蠢货告别。"

## 六

按说是该回家看看了。母亲写来好几封她不惯于写的长信,措词谨慎地称赞了几句斯皮瓦克夫人的才干与活动能力。信中说,瓦拉甫卡正忙于筹办一家报纸。有一封信的末尾又一次发牢骚道:

"自从丹尼娅·库里科娃去世以后,家务更繁忙了。她的死出乎预料,不可思议;常有这种情况:玻璃器皿,虽说没有人去碰它,却不知为何碎了。她曾经拒绝忏悔,也不肯进圣餐。在她这样的人身上,偏见已经根深蒂固。我认为不信上帝就是一种偏见。"

于是克里姆眼前浮现出一个平凡无奇的人物形象:她与世无争,没有任何企求,一辈子忠顺地为那些志趣与己不同的人们效劳。他想到库里科娃,心里十分难过。她是一个古怪的人,从不搬弄什么大道理,也不用花言巧语粉饰自己,她诚心诚意地想让别人生活得舒适。

"这才是基督的本色呢,"他想。"她是一个理想的基督徒。"但是他马上又意识到决不能沉湎于这样的墓志铭,因为就连畜生,比如说狗吧,不也能忠心耿耿地为人们效劳吗? 不言而喻,像丹尼娅这样的人,较之那些在肮脏的地下室里宣扬石头和木头如何如何冥顽不灵的人们,要更为有益,较之吉奥米多夫那种半疯半傻的人也更为有用,然而……"

他没有来得及把这个念头想到底,走廊里就响起了一阵沉重的脚步声、吵闹声和隔壁邻居的唧唧私语。他的邻居是一位三十来岁的粗壮男人,老是穿一身黑色衣服,戴黑边眼镜,青下巴颏,浓密的黑胡子修剪得很短,使那两片鲜艳的厚嘴唇显得特别突出。他自称"木管乐演奏家",但萨姆金从未听见过此人演奏黑管、双簧管或巴松管。他过着神秘的夜生活;上午睡觉,黄昏前一直独自坐在桌旁玩纸牌,老是哼着那支抒情小调:

  他为啥老是跟着我,
  为寻找我走遍天涯?

一到晚上,他就拿着一根短粗的手杖出门去,把圆顶高帽遮到眼睛上。在街上,或在过道里,萨姆金遇见他时总是想,这种人一定是警察局的密探,或是赌场的骗子。

现在克里姆从关得不太严实的门缝里瞧见,这个穿黑衣服的家伙,正在使劲儿往自己屋里推女房东漂亮的小妹妹,就像往旅行包里塞枕头一般;而且一边推,一边唧唧哝哝地说:

"您干吗要躲避我,啊? 您躲避我,究竟为什么?"

克里姆·萨姆金砰然一声关上门以示抗议,他坐在床上,心里好笑,仿佛忽然间开了窍,猜中了那个有趣的谜底:

"您为啥要躲避我,啊?"他把那个"木管乐演奏家"这句恳切的话重复了一遍。

第二天,他就坐火车回家了,心里怀着一个坚定的信念:他对莉吉雅的态度是荒诞不经的,就跟中学时代一样。

"爱情需要一种姿态,"他认为。

毫无疑问,莉吉雅是在躲避他,只有这个理由才能解释为啥她要忽然离开。

"有时候,生活会非常及时地把谜底提示给我们。"

## 七

母亲见到克里姆,急急忙忙说了几句爱抚的话,立刻就和艳装打扮的斯皮瓦克夫人坐上马车走了,她说是去邀请省长参加开学典礼。

瓦拉甫卡坐在餐厅里吃早饭。他穿一件金光闪闪的绿色中式长袍,头戴一顶鞑靼式紫花小帽;一边吃,一边摆弄着大胡子,焦虑地哼唧道:

"我们生活在极端的三角关系中。"

一位上了年纪的、秃顶的男人,一动不动地坐在他对面,胳膊放在桌子上;此人生着一张大饼脸,软囊囊的鼻子上架着一副高度近视眼镜,穿一身灰色礼服、"幻想牌"花衬衣,没有系领带,只扎了一条黑绒绳。他一声不吭地专心吃着。瓦拉甫卡说了一个很长的复姓,然后补充一句:

"这位就是我们的主编。"

接着就照例地信口大发一通议论:

"这三角就是官僚政治、正在复兴的民粹派和马克思主义及其对工人问题的解释……"

"我完全同意,"主编低着头说道。他颈下的绒绳穗头从背心里面滑了出来,耷拉在盘子上,主编急忙用他那粗笨的红手指把穗头塞了回去。

他吃得津津有味,并且十分谨慎。他非常仔细地把冷肉和火腿切得很均匀,用叉子叉起两片,在放进嘴里、用迟钝的大牙咀嚼以前,总要先放在眼镜下面,把两种颜色的肉片细细打量一番。就连吃黄瓜也非常小心,仿佛黄瓜里面有鱼刺一般。他慢慢地咀嚼着,两边颧骨上的灰毛竖了起来;修剪得整齐的、浓密的大胡子在下巴颏上直抖动。他给人一种忠实敦厚的印象,觉得他已习惯于,并且善于把一切事情都做得和他吃东西一样谨慎而牢靠。

瓦拉甫卡紫红脸上那双快活的小熊眼儿,亲热地打量着主编又高又平的前额,他那明晃锃亮的秃顶和那浓密的、一动不动的灰眉毛。克里姆觉得,主编大饼脸上最显著的特征,是他那仿佛受委屈而噘起来的紫色下嘴唇。这片奇怪的嘴唇使主编那张毛茸茸的脸上增添了一种调皮任性的意味,活像小孩子受到不公正责罚时,坐在成年人中间,委屈地噘着小嘴一般,主编讲起话来慢条斯理,声音清晰,但略微有些口吃,一停一顿的:

"那——么说,《俄——罗斯新闻》,正——如您所说,没——有学院风气,而——且以注重本地真正文化需要为宗旨喽?"

"不错,正是这样!"瓦拉甫卡说完,吸了口气。

在不远的地方,一声霹雳犹如炮弹落在木板房上,震耳欲聋。主编扫兴地望望窗外,说道:

"这是个极其多雨的夏季。"

克里姆站起来,关好窗户;倾盆大雨开始猛烈地打在玻璃窗上。他透过哗哗的雨声听见了下面一段谈话:

"我们将有一位有经验的小品文作家,这就是鲁宾逊,他很有名气。还需要一位文艺批评家,一个头脑健全的人。要能同现代文学中的病态作斗争的。不过我还没有发现这样的编辑人才。"

瓦拉甫卡朝克里姆递个眼色,问道:

"你以为如何,克里姆?"

萨姆金默不作声地耸耸肩膀,他觉得主编的嘴唇噘得更厉害了。

端咖啡来了。透过隆隆的雷声和哗哗的雨点,从楼上传来钢琴的

583

声音。

"喂,你来试试吧!"瓦拉甫卡说道。

"我考虑考虑,"克里姆小声说。

对于克里姆来说,瓦拉甫卡、主编、大雨和雷声,所有这一切都已兴味索然,甚至是多余的了。有一种力量在催他上楼去。当他走到楼梯口时,他从穿衣镜里看到了自己苍白的面孔,严酷而愤怒。他摘下眼镜,用手掌使劲摩挲摩挲脸颊,觉得有点儿柔和了,有点儿丰韵了。

## 八

莉吉雅坐在钢琴旁边,正在弹《索尔维格之歌》[①]。

"哟,你回来了!"她伸出一只手,眉开眼笑地说道。她穿一身洁白的衣服,显得非常窈窕。萨姆金觉得她的手热得出奇,并且在颤抖,一对乌黑的眸子温情脉脉地瞅着他。她的上衣领敞开着,裸露出微褐色的胸脯。

"在暴风雨中,音乐特别动人,"莉吉雅说着,没有缩回她的手。她还说了另外一些话,但克里姆没有听清。他轻而易举地把她从椅子上抱了起来,紧紧搂住她,小声地然而很严厉地问道:

"你为啥突然自己走掉?"

他本想问些别的话,但没找到合适的词句。他的动作是很放肆的,莉吉雅使劲挣脱,但他搂得更紧了,并且在吻她的肩膀和胸脯。

"你别放肆!"她说着,连手带脚一起推他。"不许动我呀!……"

她挣脱出来,克里姆跟跄一下坐在钢琴跟前,伏身在琴键上,浑身颤抖,好像马上就要晕倒似的。莉吉雅远远地站在他身后,他听见她愤怒的吼叫和砰砰的拍桌子声。

"我疯狂地爱着她,"他确信不疑。"简直疯狂了,"他仿佛跟谁争

---

[①] 挪威作曲家格里格的作品。

论似的坚持认为。

紧接着他便觉得她的一只手轻轻地放在自己的头上,听见她惊愕地问道:

"你怎么啦?"

"我不知道,"他又用双手搂住她的腰,回答,并且把脸贴在她的胯股上。

"哎哟,我的上帝!"她轻声地说,已经不再挣脱了;相反,她好像挨得他更紧了,简直到了不可思议的程度。

"该怎么办哪,莉达?"克里姆问道。

她轻轻地掰开他的手,走开了。萨姆金用一双醉汉的眼睛昏昏沉沉地望着她。她在她母亲住过的房间停下来,两手叉腰,低下头,像祈祷一样。雨点唰唰地拍打着窗户,而且拍打得越来越厉害了;可以听到雨水顺着落水管哗哗往下流的声音。

"请你出去吧!"莉吉雅说。萨姆金却站起来,朝她跟前走去,好像她是要另外一个人出去似的。

"我是要你出去!"

在这句话之后发生的事情是轻松而又简单的,时间也异常之短,仿佛只用了几秒钟。萨姆金站在窗前,惊异地回味着他刚才怎样抱起她,而她却一下子仰卧在床上,两手捂着耳朵和前额,嘀咕了几声,用炯炯的目光盯着他的眼睛。

现在她站在穿衣镜前,整理衣服,梳理头发,手哆嗦着,眼睛在镜子里睁得大大的,凝滞无神,充满着惶恐。她咬着嘴唇,仿佛在忍着痛苦和眼泪。

"亲爱的,"克里姆对着镜子喁喁说道。他的内心既不觉得快乐和自豪,也感觉不到莉吉雅对他的亲昵,更不晓得自己该怎么办,说些什么话才好。他方才发现自己看错了:莉吉雅打量自己的神情并不是惶恐,而是疑虑和惊愕。他又朝她走去,抱住她。

"放开我,"她说完便去整理揉皱的枕头。这时他又站到窗下,透

585

过一层厚厚的雨幕,瞧着窗外摇曳的树叶,灰暗的雨点在厢房铁皮屋顶上跳动。

"我百折不挠,想要的,就一定得到,"他心里寻思着,感到有必要找理由安慰一下自己。

"你走吧!"莉吉雅一面说,一面用刚才那种惊诧的目光瞅着床铺。萨姆金吻了吻她的手,默默地走了。

一切事情都出乎他的想象。他觉得仿佛受了欺诳。

"可我期望的是什么呢?"他问自己。"难道只是不同于我在玛尔加丽塔和涅哈叶娃身上所感觉到的那种滋味吗?"

于是他自我安慰道:

"很可能就是这么回事儿……"

但是这种安慰并没有持续多久,很快就出现了一个烦恼的念头:

"她不过是在给我一种施舍罢了……"

于是他又一次想起了那句话:

"这里真的来过一个小孩吗?也许根本就没有小孩来过吧?"

# 第十九章

## 一

克里姆回到自己屋子里,锁上门,躺在床上,直到喝晚茶时才起来。当他走进餐厅的工夫,看见斯皮瓦克夫人像一名哨兵似的,正在那里来回踱步。她分娩以后,身材显得苗条而匀称了,乳房更鼓了。她以一位老相识的亲切而又心不在焉的神情跟克里姆打招呼,说他比以前消瘦多了,然后又继续跟坐在火壶旁边的维拉·彼得罗夫娜谈话:

"就有十七个女生,九个男生!可我需要有三十名学生呀……"

一块珍珠色的薄纱,从她的肩膀一直披到胳膊和手腕上,透过薄纱可以看到她胳膊上油光光的皮肤。她的美丽是莉吉雅无法比拟的,这使克里姆颇感愠怒。然而他更为气愤的,是她那文绉绉的语言和说话时教训人的、一本正经的腔调;还有,她虽说比维拉·彼得罗夫娜小十五岁,可她说话的口气却像一位长者。

当克里姆的母亲问他,瓦拉甫卡是否已提出让他担任报馆评论的编辑时,不等克里姆开口,她就抢着说道:

"您还记得吗?这也是我的主意哩。您有一切条件担任这个职务:您那明察秋毫的智慧,加上小心谨慎的见解,还有杰出的鉴赏力。"

她这话说得既认真、又亲热,然而克里姆却觉得她的谈吐之中流露着讥笑的味道。

"对,对,"克里姆的母亲一面用舌尖舔舔她那干瘪的嘴唇,一面点头表示同意。而克里姆却仔细审视着斯皮瓦克夫人那张变得越发年轻的脸,心里想:

"她想从我这里得到什么呀?为什么母亲那样同她要好呢?"

一道灿烂的阳光照进屋内,斯皮瓦克夫人合上眼睛,仰起头,满面春风地坐在那里默默不语。可以听见莉吉雅在楼上弹钢琴。克里姆也一声不吭地望着窗外红霞弥漫的天空。他感到一切都是那样渺茫,但有一点是很清楚的,那就是必须和莉吉雅结婚。

"我似乎太性急了,"他忽然自言自语道。因为他觉得在他要娶莉吉雅的决定中有一种迫不得已的成分。他差点儿说出来:

"是我错了!"

他是可以这样说的,因为他心中已经没有过去那种对莉吉雅的痴情了。以前,这种心情虽然不算太强烈,然而却久久地、深深地激动着他。

莉吉雅没下楼来喝茶,也没有来吃晚饭。两天来,萨姆金一直坐在家中,专心等待着莉吉雅随时会来看他,或者来唤他到自己屋里去。他没有决心自己去找她,更没有到她那里去的借口,因为莉吉雅已经说过她不舒服,饭菜都要给她送到楼上去。

"她这病,兴许就是她那愤世嫉俗老毛病的发作,"克里姆母亲叹口气,说道。

"我从现在的青年人身上看到一些奇特的性格,"她一面把糖撒在草莓上,一面继续说下去。"我们年轻时生活比较单纯,也比较快乐。我们之中有些人参加革命都是朗诵着诗歌,而不是念叨着数目字①去的……"

---

① "数目字"指的是经营实业。

"得啦,我的太太,数目字并不比诗歌坏呀!"瓦拉甫卡叽里咕噜地说。"诗歌并不能把沼泽汲干①……"

他喝了一口葡萄酒,在嘴里漱了漱,咽了下去,然后微微眯起眼睛,想了想,说道:

"可现在的青年人确实有……那么点酸溜溜的劲儿!克里姆,你那个常到音乐家厢房去的朋友……叫什么名字啦?"

"伊诺科夫。"

"就是他。可真是个奇怪的小伙子。我从来没有见过这样的人,他对于一切事情和所有的人,都觉得格格不入,俨然一个异国人。"

他眼睛里流露着尖刻的讥笑,瞧着克里姆,追根寻底地问道:

"你不觉得你像个异国人吗?"

"在一个居然会发生霍登广场惨剧的国家里……"克里姆开始声色俱厉地说道,因为他对母亲和瓦拉甫卡都感到厌烦了。恰在这时莉吉雅出现了。她身穿一件奇特的、金黄色外套,这使克里姆想起加布里尔·罗塞蒂②画中的女人装束。她的情绪异乎寻常地快活,一面对自己的疾病说着开玩笑的话,一面偎依在她父亲身旁表示亲热。并且非常兴奋地告诉维拉·彼得罗夫娜,这件衣服是阿琳娜从巴黎寄给她的。克里姆觉得她这种快活的神情令人可疑,更增添了他这两天来一直存在的紧张情绪。于是他期待着莉吉雅说出,或者做出什么不寻常的事情——哪怕是丑事来。然而,她和平常一样,几乎没有理睬他,只是在她去楼上自己房间的时候,才悄悄说了一句:

"你不要锁门!"

克里姆有伤自尊心地承认,这句喁喁私语使他大吃一惊,他竟然惶恐得两腿发抖,身子跌跌撞撞像挨了一拳似的。他相信,今夜他和莉吉雅之间定会发生一件戏剧性的、对他来说是生命攸关的事情。犹

---

① 意思是不解决实际问题。
② 罗塞蒂(1828—1882),英国诗人和画家,他的绘画充满了神秘的、虚构的和脱离生活的形象。

如一个犯人等待着受刑一般,他就是抱着这种信念回到自己房间去的。

## 二

他等莉吉雅等了好久,差不多快到黎明了。起初,夜色是晶莹透明的,就是有些闷热;从朝着花园敞开的窗户中扑进来一阵阵湿润的泥土和花草气息。后来,明月隐没了,然而空气却变得更加潮湿,罩上了一层深绿色的薄雾。克里姆·萨姆金半裸着身子,坐在窗前,仔细听着寂寥中的动静,不时被黑夜发出的莫名其妙的响声吓了一跳。他三番五次很肯定地自言自语道:

"她不会来了,改变主意了!"

然而莉吉雅真的来了。他看见房门悄悄打开,门口出现一个白色人影,便霍地立起身来,迎向前去,并且听见她怫然动气的低语:

"快关上窗户,快关上!"

屋子里一片漆黑,伸手不见五指,莉吉雅在黑暗中消失了。萨姆金伸手去摸她,但没摸着,便划了一根火柴。

"不要亮光!不许点灯!"他听见她说。

他刚才已经看清楚,莉吉雅坐在床上,正急急忙忙地脱去睡衣,她的手来回闪动着;他走到她跟前,跪了下去。

"快点儿,快点儿吧!"她悄悄地说。

在黑暗中看不见她是什么样子,但她的动作是疯狂而又毫不害羞的。她咬他的肩头,哼哼唧唧直发嗲,并且气喘吁吁地要求:

"我想尝尝滋味……尝尝滋味……"

她像一个经验丰富的妇人,勾引起他的性欲;她比那个精明干练、犹如机器一样灵活的玛尔加丽塔还要贪婪,比那个瘦骨嶙峋、纤弱无力的涅哈叶娃浪劲儿还大。他有时觉得,她马上就会失去知觉,也许心脏就要停止跳动。有一个时刻,他觉得她在哭泣,她那异常发热的

身躯,仿佛由于抑制着的无声的抽泣而颤抖了好几分钟。不过他并不相信这是真的,尽管在这以后她便不再喋喋不休地喁喁私语:

"我想尝尝滋味……尝尝滋味。"

他记不清她是什么时候走掉的,因为他像个死人一样睡着了。翌日,一整天他都昏昏欲睡,对于昨夜发生的事情半信半疑。他只记得一点:昨夜他尝到了一种异乎寻常的、不曾尝到过的滋味,然而这并不是他所预料的和他所想象的那种滋味。只是过了几个这样的狂热之夜,他才对此确信无疑了。

即使在克里姆的搂抱中,莉吉雅也丝毫没有惘然若失。她没有对他说过一句甜言蜜语,而这种甜蜜的话在涅哈叶娃那里是滔滔不绝的。虽说玛尔加丽塔的绵绵情意有点儿粗俗,但她的话是娓娓动听的,并且流露出感激之情。而莉吉雅却是闭着眼睛,贪婪地感受着爱恋的滋味,表情没有欢乐,而且颦蹙着双眉。一道愠怒的皱纹横过她那高高的前额,她拒绝接吻,紧闭嘴唇,把脸扭到一边。当她那长长的睫毛开启的时候,克里姆看见一对乌黑的眸子里闪烁着强烈的令人不快的情欲之光。所有这一切已经不再使他惶惑不安了,更没有减弱他的性欲,而且每次幽会之后,他的这种欲望都更为强烈。然而,莉吉雅死乞白赖地刨根问底,却越来越使他感到难为情和厌烦了。起初,她的问话是幼稚天真的,使克里姆想起中世纪一些艳情小说里描写的粗俗的猥亵情节,而感到好笑。后来,她这种幼稚天真,就渐渐地带有一种不知羞耻的味道了,而且克里姆开始觉得,这姑娘的言词后面,潜藏着一种顽强的欲念,那就是想猜透他所不知也不感兴趣的东西。他本以为,莉吉雅这种有失体统的好奇欲望,是她从法国小说中读来的,而且很快就会厌弃不提,然而她并没有这样做,而是用企求的目光瞅着他的眼睛,喃喃问道:

"你有什么感觉?你不觉得尝不到这种滋味就没法活下去吗?没法活下去,是吧?"

他告诉她:

"在爱恋的劲头上不要讲话!"

"你干吗装腔作势呀?"她问道。

"沉默可不是装腔作势。"

"那要么就是胆小,"莉吉雅说完又开始追问他:

"当你觉得好受的时候,这有助于你特别了解我吗?你觉得我身上有什么变化吗?"

"当然,"他回答以后又立刻觉得有些后悔,因为她接着又追问:

"你究竟觉得怎样?有啥变化呀?"

他没有能力回答这个问题,并且懊丧地觉得,这种无能使他在这位姑娘眼里变得渺小了,他想:"她也许正是为了使他降低到她那样的水平,才来向他提这个问题的吧?"

"请你别说下去了!"他的话已经说得不很亲热了。"你提这个问题很不相宜,而且是很幼稚的!"

"幼稚又怎么样?我们俩就是从幼儿长大的嘛!"

## 三

克里姆发现莉吉雅身上有一种酷似他自己曾经有过的耍小聪明的毛病。有时候,她忽然陷入半昏迷状态,一动不动,一声不吭地躺上一两分钟,甚至五分钟。这时他才有可能安静一会儿,同时更加确信,莉吉雅精神不正常,她疯疯癫癫不过是死乞白赖地追问的序幕罢了。她的撒娇很拙劣,甚至让人感到她有时是在强制和折磨自己。然而,这样发作一阵之后,克里姆看到,她的眼睛正充满仇恨和疑虑地望着他,而且也越发经常地发现她的瞳孔里闪烁着愤怒的火花。于是,为了熄灭这火花,克里姆·萨姆金也有些勉强地、有意识地来爱抚她。然而有时也出现一种想刺激她、为了这种愤怒的火花而向她报复的欲望。有一次他觉得她像个幽灵,无足轻重,并且想到这一点,就感到心里不是滋味。他开始认为,他原来是想和这位姑娘建立一种特殊的、深切而真挚的友谊关系；正是她，也只有她才能帮他找到归宿，站稳脚跟。是的，他孜孜以求的，并不是她那离奇而又可怕的爱情，而是友谊。然而，他现在被欺诳了。他曾经试图以自己的思想感情来引起她的兴趣，可他得到的回答，却往往是缄默，有时是嘲笑。这种嘲笑使他感到难堪，使他的话刚一出口就缩了回去。

他发现莉吉雅自己也好像害怕自己的冷嘲热讽和眼睛里的凶焰。当他点上灯时，她要求说：

"把灯熄灭！"

于是在黑暗中他听见她的喁喁低语：

"那么，这就是一切吗？对于所有的动物——诗人、马车夫和狗——难道都是一码事儿吗？"

"你听着，"克里姆说。"你是个颓废派。这是你的病态的……"

"可是，克里姆，这是不可能的，这不会使你满足的，不是吗？难道罗米欧、维特①、欧尔甫斯②、朱丽叶和曼侬这些人不都是为这而死的吗？"

"我可不是浪漫主义者，"萨姆金嗔怪地说，并对她重复了一遍："你这是一种变态心理……"

于是，她诘问道：

"我是个可怜的人，是吗？我身上缺少什么东西呢？你告诉我，我身上到底缺少什么呀？"

"天真无邪，"萨姆金这样答道，因为他也不会作别的回答。

"像小猫那样的天真无邪吗？"

他没有勇气对她说：

"猫身上的东西，在你身上体现得太多喽！"

他发疯似的，甚至凶狠地拥抱她，吻她，心里想着："你哭吧，哭吧！"

她呻吟着，但没有哭；于是克里姆又一次差点儿忍不住想羞辱她，

---

① 德国诗人歌德所著《少年维特的烦恼》的主人公。
② 希腊神话中的人物，爱情的牺牲者。

欺侮她,使她流眼泪。

有一回,在朦胧中她纠缠不休地问他,当他第一次占有女人的时候他感到什么滋味。克里姆想了想回答说:

"惶恐,而且害羞。你呢? 就是在楼上那次,你有什么感觉?"

"又疼又厌恶,"她立刻回答。"在这儿,就是当我自己来找你的时候,我也感到有点儿恐惧。"

她沉默片刻,推开他,说道:

"这甚至可以说不是恐惧,而是比恐惧更厉害。就跟死没什么两样。大概,人在生命的最后时刻都有这种感觉,那时已经没有疼痛,只有一种沉沦之感;堕落到茫然无知、神秘莫测的深渊中去了。"

她又停了一会儿,细声慢气地说道:

"有一刹那,我感到心里好像有什么东西泯灭了,消亡了。是否有什么希望,我不知道,尔后,就是自卑。不是可怜自己,而是蔑视自己。因此我哭了,你还记得吗?"

克里姆觉得看不见她的脸很可惜。他也沉默良久,后来才想起来一句比较聪明的话,于是对她说:

"你这不是爱情,而是对爱情的探究。"

她温柔地悄悄说道:

"搂搂我,搂紧一点儿!"

有好几天她显得很温和,什么问话也不说,就连搂抱和接吻也好像有所克制。后来有一次萨姆金在朦胧中又听到她急切而又令人烦恼的喁喁私语:

"不过,你要同意:对于一个人来说光这一点儿是不能满足的!"

"你究竟还需要什么呢?"克里姆本想问问她,但压住了火气,没有问。

他感到,"这一点儿"对他来说,已经满足了,不过若是莉吉雅沉默不语,那就更诸事如意了。他对她的爱恋并不感到乏味。他自觉惊奇的是,他竟能有一股力量来经受这暴风雨般的生活,而且意识到这力量是莉吉雅赋予他的,是她那总是非常热乎乎的、不知疲倦的身躯带给他的。他已经开始为自己性机能的耐久力而感到自豪。他想,假如把这几夜的情景讲给马卡罗夫听,这个家伙一定不相信他的话。这些夜晚他简直神魂颠倒了。他一心想把莉吉雅的胡言乱语压下去,让她变得更单纯些,更容易对付些;他除了她而外什么也不想,只希望她做到一点,就是忘却她那些荒唐的问话,不要在他的蜜月中加入可恼的污浊的毒药。

虽然她的眸子里好像不那么经常地闪耀着愤怒的火花了,可是她还是那样桀骜不驯。她的刨根问底虽说也不那么纠缠不休了,然而又暴露出一种新的情绪。而且似乎是一下子暴露出来的。她深更半夜忽然从床上爬起来,跑到窗子跟前,打开窗户,半裸着身子,坐在窗台上。

"你要感冒的,太凉了!"克里姆警告她道。

"真苦闷哪!"她答话的声音很大。"这些夜晚,在蒙眬沉睡的大地上和寂寥的天空下,是多么苦闷啊!我觉得自己仿佛坠入了地狱和深渊……"

"瞧吧,现在她自以为是一个下凡的天使哩!"萨姆金心里说。

## 四

一种倒霉的预感使萨姆金心神不宁;担忧莉吉雅会感到厌倦、将他抛弃的恐惧情绪,时而不知不觉地涌上心头,可是他自己有时又觉得:但愿如此。他已经不止一次地发现,他在莉吉雅面前的怯懦心情又复原了,随之而来的,几乎老是想和她断然决裂,以解在她面前如此怯懦之恨。

他觉得自己很愚蠢,不善于洞察周围发生的事情。不过要弄清瓦拉甫卡孜孜不倦地从事和鼓吹的一番大事业的意义,也不那么容易。差不多每天晚上,餐厅里都坐满了克里姆没有见过的人。瓦拉甫卡挥

动着他那短粗的手臂,捋着花白的大胡子,向他们宣传:

"维特对纺织工人的无理干涉,已经使罢工具有了政治性质。政府似乎想使工人相信,阶级斗争的理论是事实,而不是社会党人的捏造,你们懂吗?"

主编默默地点了点他那光秃秃的脑袋表示赞同,那片紫红的下唇噘得越发像受气包儿似的了。

一个身穿天鹅绒短上衣、打着漂亮领结、长着一个啄木鸟嘴似的大鼻子、蜡黄的脸颊上分布着肺痨的黑斑的男人,阴阳怪气地小声说道:

"既然一些人有自己的房子,而另一些人除了肺痨之外一无所有,那阶级斗争并非空想嘛!"

他向克里姆伸出一只汗津津的手,用发烧的眼睛盯着克里姆的脸,自我介绍说:

"我叫纳罗科夫,笔名鲁宾逊,您听说过吗?"

他是一个坐立不安的人,常常蓦地站起来,皱着眉头,看看自己的夜光表,把稀疏的胡子拧成一缕,塞进虫蛀的牙齿里嚼起来;他时而闭起眼睛,面带讪笑,使他的脸皮病态地收缩起来。他的鼻孔老是紧着,仿佛在抵御他讨厌的某种气味。在第二次和克里姆见面时,他告诉他,由于鲁宾逊的杂文,一家报馆被封闭了,另一家报馆停刊了三个月,还有一些报馆受到了"警告"。他还说,他每到一个城市工作,那里的省长总要成为他的对立面。

"我的一位好友,一位统计学家,因为害伤寒最近死在监狱里。他给我起了一个诨号,叫'省长的心腹之患'。"

很难弄清他是在开玩笑,还是认真地说的。但克里姆马上就从他身上发现了一种令人讨厌的特征:此人老是眼缝里瞧人,流露着嘲笑和敌意。

和瓦拉甫卡合伙办报的帕甫林·萨维列维奇·拉杰叶夫偎缩在沙发里面。他身材圆咕隆咚,生着一副鞑靼人的面孔,脸上的小胡子修剪得非常整齐,突出的前额下面长着一对温和而聪颖的眼睛。他是两家汽动面粉厂的老板。瓦拉甫卡看样子很尊重他,以疑虑和期待的目光望着他那鞑靼人的面孔。拉杰叶夫附和瓦拉甫卡对康斯坦丁·波贝多诺斯采夫在政治上的玩世不恭①所表示的愤懑,说道:

"臭虫的幸运全凭它的恶臭。"

这是克里姆听见的拉杰叶夫说的头一句话。这句话使他特别吃惊,因为他说得非常蹩脚,简直和这位面粉厂主结实而庄重的体态,绷得紧紧而又严肃的面孔,完全不相称。他的脸好像涂了一层蜡,或者说得更确切一点儿,是涂了一层蜂蜜。他说话的声调平淡无奇,软弱无力,元音发得很重,好像很费劲儿,仿佛一位久病之后刚刚康复的人在说话似的。

"包布雷金笔下的苏格拉底式仓库保管人,也就是瓦西里·焦尔金②,不是以您为模特儿的吗?"鲁宾逊毫无礼貌地诘问道。

"那是一部很糟糕的作品,然而,不能说没有真实性。"拉杰叶夫答道。他把一双胖胖的小手搁在肚子上,两个大拇指互相转来转去。"当然不是以我为模特儿,不过我认为,毕竟还是有模特儿的。何况商人中也出了一些深思熟虑的人物呢!"

萨姆金当初以为这位商人一定是个既狡猾又残忍的家伙。可是,当他们谈起谢拉菲姆·萨罗夫斯基③的遗骸时,拉杰叶夫却叹息道:

"唉,就连归天的圣徒的这种作品都不能给我们带来什么益处,更何况那些活着的圣徒呢。而且,我们的所作所为,并非出于本愿,也不是因为穷困潦倒,而是由于一种习惯势力,活该如此!顶好是承认这样一点,就是大家都有罪,都是生活在同一个罪恶的世界里,干着世俗的勾当。"

他挺喜欢攀谈,显然是要炫耀他的擅长辞令和满腹经纶、博古通

---

① 波贝多诺斯采夫任宗教院总检察长时,对亚历山大三世的政府发生过很大的影响。
② 包布雷金一八九二年所作同名小说的中心人物。作家极力把焦尔金塑造成一个"十分文明的"欧洲式新型企业资本家。
③ 萨罗夫斯基(1760—1833),原为萨罗夫斯基修道院的修士,死后遗骸被教会在一九〇三年宣布为"神圣的"。

今的才华。萨姆金仔细听着他那平淡无奇的声调和那低沉而圆润的语句,从他身上发现了一种可喜的合乎自己口味的东西。

"季莫菲·斯切潘诺维奇,您说得很对:在我国年轻一代中正在酝酿着一场大分裂。可我们犯得着为此而光火吗?"他那对琥珀色的小眼睛里流露着微微笑意,问道,并且望着主编,自我回答说:

"光火看来是没有必要的。我是觉得,对于我国来说,以尼古拉①这类粗野的奇迹创造者为后盾的赫尔岑和斯拉夫主义者的信徒们,同以达尔文的思想为基础的黑格尔和马克思的信徒们之间的分庭抗礼,是颇为有益的。"

他喘了口气,两个大拇指转动得更快了,亲热地朝主编笑笑。而这位主编却收拢了他噘起的下嘴唇,把上嘴唇努成一条直线,使他的脸显得又扁又宽了,也好像在笑;两个捉摸不定的、浑浊的眼球在眼镜片里面不停地闪动。

"当然,这是分裂的主要方面,"拉杰叶夫说得更加动听,更加柔和了。"不过还有另一方面,也是颇为有益的:有些青年是出类拔萃的,他们不仅在学习议论民众的疾苦,而且也谈论俄罗斯国家的命运,谈论通往太平洋的西伯利亚大铁路等等一些非常有趣的问题。"

面粉厂老板停了一会儿,或许是想要人们考虑考虑他这话的意义。然后他把两只肥胖的小脚在地板上蹭蹭,继续说下去:

"某些人的个人主义情绪也并非没有益处。很可能在这种情绪后面隐藏着一种苏格拉底式的深刻的自我意识和抵御诡辩术的能力。不仅如此,我国青年正在可喜地成长,前程远大。十分有意义的是,列夫·托尔斯泰的喋喋不休的说教,在青年中并没有找到信徒,正如我们所看到的,没有找到。"

"是的,"主编说着摘下眼镜,露出一对温和的小眼睛,两颗淡紫色的瞳仁显得浑浊不清。

---

① 指尼古拉二世(1868—1918),俄国最后一个沙皇,残酷野蛮,有"血腥的尼古拉"之称。十月革命后被枪决。

大家一直在仔细倾听拉杰叶夫的讲话,瓦拉甫卡尤其聚精会神地注视着这位厂主那副仿佛涂了一层蜂蜜似的面孔,瞧着他那两片厚实的、好像吮吸过鲜血的嘴唇。

"老板真是能言善辩,"他说着油然一笑。"可他的心地却像一个愚昧无知的儿童!"

克里姆·萨姆金在瓦拉甫卡和拉杰叶夫身上发现一个共同点:瓦拉甫卡的手臂很短,而面粉厂老板的腿也短得简直可笑。

后来,伊诺科夫在谈到拉杰叶夫时说:

"在澡堂子里看见他才有意思呢;他光着身子,一定像把火壶。"

伊诺科夫刚从奥伦堡,或者图尔盖省什么地方回来。他到过克拉斯诺沃德斯克和波斯①。他穿着一套怪稀稀的粗布衣服,全身灰色,仿佛浑身上下,甚至连骨子里都浸透了灰尘。他光脚穿着凉鞋,头戴宽沿草帽,留着长发,酷似那部描写无往而不胜的人物的圣经,即《鲁滨孙飘流记》简装本封面上的鲁滨逊画像复活了。他迈着仙鹤般的方步在餐厅里徜徉,用指甲把晒脱皮的鼻子上的白色皮肤屑抠下来,然后斩钉截铁地说道:

"瞧那些巴什基尔人,卡尔梅克人②,简直是在白白糟蹋土地。干活么,他们不会,念书么,又没本事,真是些不合时宜的人。那些波斯人也是如此。"

拉杰叶夫赞赏地瞅着他,眉飞色舞,而瓦拉甫卡却寻衅地说:

"您认为该把他们怎么办呢?把他们杀戮吗?饿死吗?"

"他们是秋天的树叶,"伊诺科夫肯定地说,鼻子直嗤嗤,仿佛要把草原上热乎乎的尘埃都呼出来似的。

"秋天的树叶,"克里姆心里重复一遍,打量着那些他不理解的人们,发现他们由于某种原因已经背离了自己原本的立场。他们每个人都为了赫赫有名,总想搞点儿名堂,作些改良。这种人像走马灯一样,

---

① 即现今的伊朗。
② 巴什基尔人和卡尔梅克人都是俄国的少数民族。

越来越多地闪过他的眼前。在这些心劳日拙的人们的舞圈里迈不开脚步,简直是太难受了。

## 五

莉吉雅从楼上下来,坐在屋角的钢琴后面,用陌生的眼神望着大家,照例用一块薄纱巾裹住胸脯。纱巾是蓝色的,在纱巾的衬托下,她脸庞的下半部呈现出令人不快活的阴影。对于她的沉默不语克里姆感到欣慰,因为他觉得倘若她开口说话,那他就会反驳她。在光天化日之下,大庭广众之中,他是不会爱她的。

他母亲对宾客的态度落落大方,对他们报以谦恭有礼的微笑,但举动极不自然,给人一种矫揉造作、悲天悯人的感觉。

"大家吃呀!"她劝主编、伊诺科夫、鲁宾逊说,并用一个手指把面包盘、黄油盘、奶酪盘和果酱罐推到他们跟前。她管斯皮瓦克夫人叫丽莎,她俩志同道合,不时地交换眼色。不过斯皮瓦克夫人却兴高采烈地和大家辩论,而和伊诺科夫辩论更多,这也许是因为他活像一头拴在木桩上的小牛,不停地围着她转游的缘故吧。

斯皮瓦克夫人俨然以女主人自居,这使克里姆不禁以怀疑的目光瞧着她。

当所有的生人都走掉以后,斯皮瓦克夫人便和莉吉雅到花园里去散步,或者坐在楼上莉吉雅的房间里热烈地谈论,克里姆总想悄悄地去偷听一下她们究竟在谈些什么。

"你看看这些书,可真有趣!"斯皮瓦克夫人一面对克里姆说,一面把莱涅·杜米克[①]、佩利谢[②]和法朗士[③]写的一些黄色小书塞给他。

---

[①] 杜米克(1860—1937),法国文艺评论家,作家,他写过许多自然主义的作品。
[②] 佩利谢(1852—1918),法国文艺史家和评论家,著有许多通俗读物。
[③] 法朗士(1844—1924),十九世纪和二十世纪之交法国最著名的小说家和文学评论家。

"她这是什么意思,是想启发我吗?"萨姆金心里琢磨,想起了涅哈叶娃也给过他几幅拉斐尔①以前的画家罗希格罗斯②、斯图克③、克林格尔④绘画的复制品和一些颓废派的诗。

"每个人都想向你灌输自己的思想,使你像他一样,从而也就对你更加了解。而我从不强制别人接受我的任何主张,"他骄矜地想着,然而却仔细地听着斯皮瓦克夫人对文学的见解,并且对她有关俄罗斯新诗的议论听得津津有味。

"这些青年人急于摆脱俄罗斯文学的人性论传统。实际上他们还只是翻译和抄袭巴黎诗人的作品,然后温文尔雅地相互评论一番,以一些小小的文学剽窃行为为引线,谈论俄罗斯文学中的重大事件。我以为,在出现了丘特切夫以后,还去吹捧蒙马尔特⑤的颓废派诗人,就有些不公道了。"

伊万·德罗诺夫有时腋下夹着皮包,像个受了惩罚的小猫似的,迈着小心翼翼的脚步走进瓦拉甫卡的办公室。他衣冠楚楚,皮鞋发出咯吱咯吱讨人嫌的响声。他和克里姆打招呼,样子很像一个下属人员对待严厉的上司的儿子似的,那翘鼻子脸上流露出一副谦恭的表情。

"你好吗?"萨姆金问他。

"还不错,谢谢您,"德罗诺夫回答,把人称代词说得很重,这使克里姆有点儿难为情。接下去两人都称呼"您"了。他俩分手时,德罗诺夫告诉他:

"玛尔加丽塔要我向您致意,她现在在修道院附属学校教缝纫。"

"真的吗?"萨姆金说。

---

① 拉斐尔(1483—1520),文艺复兴时代的意大利大画家。
② 罗希格罗斯(1859年生),法国画家,曾为许多名著绘制插图。
③ 斯图克(1863—1928),德国画家。
④ 克林格尔(1752—1831),德国作家兼画家,"狂飙社"文艺流派的代表人物:他以独特的形式表现出对于封建制度的愤慨。
⑤ 蒙马尔特是巴黎的一个区,即法国无产阶级建立巴黎公社的那一地区。巴黎公社失败后,法国出现一些悲观失望的颓废派,这里即指这些人。

"真的。我常常和她见面。"

"他为何要把这件事告诉我呢?"萨姆金心里焦灼不安地思忖着,皱着眉头,目送着他。

他立刻就把德罗诺夫忘掉了,莉吉雅又占据了他的全部思绪,使他越发感到忧心忡忡了。显然,她并非他所想象的那种姑娘。根本不是。她在肉体上虽然越发迷人,但她对他已经开始流露出一种屈就的情绪,而且他不止一次地在她的追问中听到了奚落的口吻。

"那么你说说你的内心有什么变化?"她问。

他想说:"什么变化也没有。"

也可以说:"我现在才明白:我错了!"

但是,他没有决心说真话,而且也不相信这就是真话,必须这样说。于是,他回答道:

"谈这个还为时太早。"

"我内心什么变化也没有,"莉吉雅悄悄对他说。她的喁喁私语,在这闷热的黑夜里对他来说简直像一场噩梦。他尤其感到抑郁的,是她提出这些荒诞无稽的问题时老是悄悄的,仿佛她自己也感到害羞似的,然而她的问话却越来越不知羞耻了。有一次,当他对她说了句安慰的话时,她却打断他的话说:

"等等,你这是从哪儿学来的?"

尔后沉思了一会儿,又说:

"这是司汤达《论爱情》①一书里的话嘛!"

她忽然跳下床去,踏着映在地板上的浓密树影,在屋子里急步踱来踱去。她脚上的黑色长袜同树影离奇地融成一体,月光映在她浅蓝色的衬衣上,树影也在上面悠然滑动,仿佛她不是用腿走路,而是在展

---

① 司汤达(1783—1842),法国杰出的现实主义作家,长篇小说《红与黑》的作者。他的具有深刻心理分析的《论爱情》写于一八二二年。此处可能指司汤达的这样一句话:"随时想要消解隐约于内心的轻微疑虑,乃是幸福的爱情生活之所在。因为恐惧永远伴随着爱情,爱情的欢乐永远不能满足。所以极度的严肃认真就是这种幸福的特征。"

翅飞翔。她瞧瞧窗外,然后在穿衣镜前停住,使劲儿地颦蹙双眉。她经常这样仔细地对镜打量自己,使克里姆感到又奇怪,又好笑。她站在那里,咬紧嘴唇,扬起眉毛,抚摸着自己的胸脯、肚子和臀部。除了她那赤裸的身躯外,镜子里只能映出那堵裱糊着深色彩纸的墙。他看到莉吉雅这种判若两人的样子,心里着实不痛快;一个是活生生的,在地板上滑动,另一个在呆然伫立的空落落的穿衣镜里面闪现。

克里姆厉声粗气地问她:

"你以为已经怀孕了吗?"

她垂下双手,急忙转过身子,惊愕地问道:

"啊,你说什么?"

然后,她一屁股坐在椅子上,惆怅地嘟哝道:

"可是,不一定会生小孩儿的!而且还不到六个星期呢……"

"你怎么,怕生孩子吗?"克里姆幸灾乐祸地挑逗她。"可这和几个星期有什么关系呢?"

她并不回答他,而是急忙把衣服穿起来。

"可是,你记得吗?你希望有一个男孩和一个女孩啊!"

她衣服穿得很急,好像尽快要把自己隐藏起来似的。

"我有过这种希望吗?"她自言自语说。"我可不记得了!"

"那时你才十岁。"

"现在我男孩女孩都不喜欢。"

她弯下腰去穿拖鞋,说道:

"并不是每个人都有权利生孩子。"

"咦,这可真是奇谈怪论!"

"是啊,"她走到床前,继续说下去。"不是人人都有权生孩子。假如你创作一些坏书或者坏画,那害处并不怎么大,可你若是生了个坏孩子,就应当受到惩罚。"

克里姆生气地说:

"这些陈词滥调你是打哪儿弄来的?听起来真可笑。是斯皮瓦克夫人说的吗？"

她小心翼翼地踮着脚尖，迈着轻盈的步子走出去了。只是没有提起她的裙子，不然就跟走在肮脏的马路上一模一样。

## 六

克里姆发现，他和莉吉雅之间的龃龉，正在莫名其妙地迅速增多。而要排除这种龃龉，他却无能为力。

有一回，他在回答她提出的一个平常的问题时，无意中劝告她：

"你读读《婚姻卫生知识》吧，有这么一本小册子。或者把妇产学教科书弄来看看！"

莉吉雅坐在床上，抱着双膝，把下巴颏搁在上面，问道：

"照你说来，产科学可以解决一切问题喽！那还需要诗歌干什么呢？诗兴是从哪儿来的呀？"

"这你最好去问问马卡罗夫。"

他笑着又补充一句：

"马拉库叶夫送给马卡罗夫的外号倒很恰当：'来自罗圈腿胡同的普罗旺斯行吟诗人'。"

莉吉雅朝他转过身来，一面用尖指甲梳理她的眉毛，一面说道：

"你说得可真糟糕。而且老是像应付考试似的。"

"正是这样，"克里姆回答。"因为你老是考问我。"

她的话听起来有两个音调，就和童年时代一样：

"我常常同意你的见解，那不过是因为不想和你争论罢了。什么事情都可以和你争论，但我知道这没有好处。你太圆滑……而且你并没有你所珍惜的语言。"

"我不明白，你干吗要讲这种话？"萨姆金有点儿生气地说，心中暗想，一个决定性的时刻到来了。

"你问我为啥要这样讲吗？"她稍停片刻，反问道。"有个小歌剧里唱道:'什么是爱情?爱情是什么东西?'我从十三岁开始,也就是从我第一次感到我是个女人的那一天起,我就在想这个问题。这真是耻辱。可我除了爱情之外,什么也不会想。"

萨姆金觉得她的讲话带有惘然若失、痛心疾首的意味儿。他很想看看她的面孔。他划着一根火柴,但是莉吉雅和往常一样,用手掌捂住脸,生气地说:

"不要点灯。"

"你喜欢摸黑游戏呀!"克里姆开了句玩笑,又马上觉得后悔:这话说得太愚蠢了。

风在花园里呼啸,树叶打在玻璃上窸窸窣窣,枝条划得百叶窗噼啪直响;还可以听到一种莫名其妙的哼喘声,好像小狗在睡梦中发出吠鸣。这声音汇合在莉吉雅的喁喁私语中,使她的话语增加了悲怆的成分。

"我们彼此不要撒谎吧,"萨姆金听见她说。"人们撒谎是为了生活得更舒服一些,可我并不想找什么舒服。你要明白这一点!我不晓得我想要什么。也许你是对的:在我身上有一种旧意识,因此我也就什么也不喜欢;在我看来一切事物都不真实,都不是它本来的样子。"

自从和莉吉雅私通以来,克里姆第一次听到在她的谈话中有一种容易理解的、与他一脉相承的东西。

"是的,"他说。"有许多事情都是臆造出来的,我晓得这一点。"

于是,他头一次渴望特别亲热地爱抚一下莉吉雅,使她感激涕零,作出非常坦率的忏悔,轻而易举地暴露出她的灵魂,犹如她习惯于袒露那情欲勃发的肉体一般。他相信他随时都可以说出某种使她惊愕不已的、简单而又聪明的话来,从他所感受的一切生活经验中,提炼出有补于她和他自己的苦口良药。

"我觉得现在幸福的不是青年,而是那些贪杯的酒徒,"她继续喃喃地道。"你们大家都不了解吉奥米多夫,以为他是个疯子,可是他说过这样一句奇妙的话:'也许上帝是臆造的,可是教堂却是实有的,只

605

需要有上帝和人就行了,根本不需要石筑的教堂,因为实有的东西使人受到束缚。'"

"这是半白痴的胡说八道,"克里姆急忙说。"我晓得这句话,我听他说过:树木是冥顽不灵的,石头是冥顽不灵的,等等,真是一派胡言!"

他觉得一些很有意义的思想正在自己心田里萌芽。然而在表达这种思想以前,他的记忆却居心叵测地提示他一些别人说过的,莉吉雅很可能已经熟悉的话语。萨姆金一面搜索枯肠,寻觅着自己的辞令,想制止莉吉雅的唠唠叨叨,一面把一只手搁在她的肩上。但她急忙闪开了,以致他的手碰到了她的胳膊肘。而当他去拽住她的胳膊肘时,她却央告道:

"放开我!"

"为什么?"

"我要走了。"

于是她走了,和往常一样把他一个人留在黑暗和寂寥之中。常常发生这种情况:她好像被他的话吓了一跳,突然走掉了。可是这一回她的跑掉却特别使他气恼,因为她把他想要对她说的一切话语,都像她的影子一样,给带走了。克里姆跳下床,打开窗户,一股凉风吹进屋内,带来尘土的气息,稀里哗啦地吹翻着桌子上的书页,使萨姆金更加恼火。

"明天我就跟她说个一清二楚,"他下了决心,关上窗户,躺到床上。"别再装腔作势了,别再胡说八道了!……"

他觉得莉吉雅的情绪变得全然迷离恍惚了。他已经管这叫做阴阳两面的情绪。现在他又发现,甚至在生理上莉吉雅也变得阴阳两副面孔了:透过她那熟悉的脸庞,又显露出隐藏在它后面的、他感到陌生的另一副面孔。她忽然对她的父亲和维拉·彼得罗夫娜亲热起来;如同一位贵族女学生一般,忽然喜欢上了斯皮瓦克夫人。有几天,她用异乎寻常的目光打量着所有的人,她的表情是那样温柔、亲切、而又悲恍,以致克里姆忧心忡忡地暗想:她马上就会忏悔了,就要鲁莽地把她和他的恋爱经过讲出来,并且假惺惺地悲恸一场。他很喜欢她这种伤心痛哭,觉得这是他的苦心孤诣思考的一件杰作。

他一看到莉吉雅向他母亲献殷勤就特别疑心,因为他母亲跟她说话的态度依然是又客气又骄矜,根本不看这个姑娘的脸,而是瞧着她的前额,或者别的地方。

然而,这种献殷勤忽然被一次意想不到的近乎粗鲁的唐突行为揭穿了。一天晚上,在餐厅里喝茶的时候,维拉·彼得罗夫娜和蔼地教训莉吉雅说:

"批评别人应当有足够的把握,或者确实了解情况。我感到你缺乏这种把握,而你的知识,你应当同意,是不足的……"

莉吉雅没有把话听完,就胸有成竹地说:

"马车夫米哈伊尔吃喝人们不看路,可他自己就看不见应当往哪儿赶,你也老是担心他会压死人。他的视力已经很糟糕了。你们干吗不愿给他治治呢?"

维拉·彼得罗夫娜疑虑地望着瓦拉甫卡,耸耸肩膀,但是瓦拉甫卡却喃喃说道:

"还治个什么劲儿呢?他都六十四岁了……治不好喽。"

莉吉雅走了。过了几分钟她出现在花园里,正在跟斯皮瓦克夫人兴高采烈地聊天,克里姆听见她问道:

"可我为什么要纠正别人的过错呢?"

有时候,克里姆觉得莉吉雅对他又冷淡,又生硬,仿佛他在她面前犯了什么过错似的,他虽然得到了原谅,而这种原谅却是很勉强的。

他回想着这一切,脑子里又浮现出这样的念头:

"是的,明天我要和她讲个一清二楚。"

## 七

翌日清晨,喝茶时瓦拉甫卡一面抹掉大胡子上的面包屑,一面告诉克里姆:

"今天我要把报馆编辑人员引见给本城的文化界人士。在七万人口中只有十四位这样的名流,唉,老弟!其中三个人还在警察的公开监视之下,而其余的很可能全都被他们秘密监视着。泽尔考米什①……"

他陷入了沉思,挤了半个柠檬的汁到自己的茶杯里,然后慨叹道:

"我说,老弟,我国可真是一个非常奇特的国家,它的头小得跟它的躯干很不相称。我叫莉吉雅到别墅去请作家卡京了。你怎么样,可以写点评论吗,啊?"

"我试试看吧,"克里姆回答。

和十四位文化名流举行的晚会,使他想起在贺里桑弗大叔家星期六举行的大馅饼聚餐会。

老态龙钟的古塞夫律师腆着个大肚子,贴在斯皮瓦克先生那虚弱的身体上,正在对军队里流行三弦琴之事大发感慨。

"木笛、号角、三角琴②,才是真正的民间乐器呢。我们的民族是富于抒情的,三弦琴不能适应它的精神境界……"

斯皮瓦克先生透过墨镜望着他的胸脯,羞答答地回答说:

"我认为这不是真话,而是习惯于说民间的东西,来代替坏的东西。"

他转身对妻子说:

"我去听听孩子哭了没有。"

他走了以后,古塞夫开始对那位生着一副肿胀的乡下女人面孔的

---

① 德语音译,意思是:很可笑。
② 俄罗斯古时的一种弹拨乐器。

统计学家科斯金证明说：

"我当然也认为亚历山大三世是位昏庸的皇帝，然而他毕竟为我们指出了一条沉溺于国粹的正确道路①。"

以经常坐牢而闻名全城的这位统计学家欣然一笑，列举道：

"教区附属学校、烧酒专卖店……"

鲁宾逊接过话茬儿说道：

"既然都醉心于国粹，那就不能排斥三弦琴喽。"

科斯金打断鲁宾逊的话大叫道：

"这统统是往历史车轮底下塞干草的政策……"

伊诺科夫凄然一笑，对克里姆说道：

"这位蹲监狱的老手谈论历史，真像一个忠实的奴仆谈论他的女主人似的……"

伊诺科夫身穿一件黑呢子上衣，腰里扎了个宽皮带，黑裤的裤脚塞在靴筒里，看着很不顺眼。他消瘦多了；老是用怒气冲冲的眼神打量大家，常常和鲁宾逊一道走到桌子跟前去拿伏特加。主编也老是跟在他们身后，像螃蟹一样，侧着身子去取酒。克里姆有两次听见他对这位杂文作家小声说道：

"纳罗科夫，您可别喝得太多，这对您是有害的。"

作家卡京正在桌旁指手画脚。他一点儿都不显老，只是两鬓出现了一些银丝，肉乎乎的腮帮上显露出一些花纹般的细红筋络。他就像一个小皮球，在屋子里滚来滚去，拉着人们去喝酒，用男高音的调门儿，兴致勃勃地跟主编开玩笑：

"我们要唤醒百姓吗，马克西梅奇？要严厉警告他们！不过你可不要散布马克思主义呀！是吧？只能这样啊！我是个旧脑筋……"

他一面大吃大喝，一面笑眯眯地说：

"不，这蘑菇毕竟是工厂制作的，吃起来没有滋味！而我的小姨子

---

① 指亚历山大二世被处死（1881）后的反动时期加紧推行的民族主义政策，例如残酷的"俄罗斯化"政策。

学会一种醋腌蘑菇的办法,真是太妙了!"

古塞夫的助手,青年律师普拉甫金穿一套很合身的常礼服,头发梳得光溜溜的,像个理发匠一样,浑身洒满了香水,正在对托米林和科斯金宣讲:

"不容置辩的法律准则是……"

托米林发出一阵洪亮的笑声,而科斯金轻轻拍拍自己那发育不太正常的屁股,小声地反驳说:

"在你们这些准则之中,就隐藏着一切社会保守主义的根源。"

司法公证人卡扎科夫的遗孀,女子高等学校毕业的校外教育家,一位戴着夹鼻眼镜、面孔俊俏而严厉的妇人,向主编证明说,佩斯塔洛齐①和福列培尔②的理论在俄国是不能接受的。

"我国有皮罗果夫③,有……"

鲁宾逊打断她的话,提醒她皮罗果夫曾经主张体罚儿童的办法,并且朗诵起杜勃罗留波夫的诗句来:

> 然而不能用一般的体罚,
> 就像处处鞭笞那些傻瓜,
> 皮罗果夫认为对待儿童,
> 必须采取体面的办法……

"这几句诗虽说很糟糕,可是在欧洲却到处盛行体罚儿童,"卡扎科娃慷慨激昂地说。

柳博穆德罗夫医生表示怀疑说:

"是处处吗?而且,似乎不是鞭笞,而是用格尺打手心。"

---

① 佩斯塔洛齐(1746—1827),瑞士杰出的教育改革家,他主张注重儿童个性,使其全面发展。
② 福列培尔(1782—1852),德国著名教育家,学龄前幼儿教育法的创始人,他把教育看作是人的内在力量和才能的自我发挥。
③ 皮罗果夫(1810—1881),俄国著名外科医生和教育家,主张普及教育。

"也有鞭笞,"卡扎科娃坚持说。"就是在英国也用鞭子抽学生。"

托米林就像逛市场一样,在餐厅里来回徜徉,用手帕擦着他那汗津津的红毛脸,这瞧瞧,那看看,偶尔彬彬有礼地插上一两句。他身穿一件很厚的青呢上衣,肥大的裤子一直拖到他那圆头靴子上。

戏迷普拉甫金对一个人大喊:

"对不起,把戏院当学校,这是一种偏见,戏院就是演戏嘛!"托米林听完发出一阵冷笑,说道:

"整个生活都是演戏哩!"

前士官学校教官、现已被禁止从事教育活动的戈尔塔洛夫大尉,是一位博学的地方志学家、天才的园艺家;他虽然瘦削,但肌肉结实,生着一双热情奔放的眼睛。他对主编证明说,日珥是某些固体落在太阳表面,使其火焰四处迸发的结果。而那位一动不动坐在茶桌旁的拉杰叶夫正在对太太们大谈:

"我读过一些书,不过很有限,可以说是寥寥无几。我也了解欧洲,我发现,俄国通过自己的知识分子已经创造了非常杰出而又具有重大价值的业绩。我国的地方医生、统计学家、乡村教师、作家和全体脑力劳动者,都是特别宝贵的财富……"

"他是在开玩笑吧?是在挖苦人吧?"克里姆·萨姆金听着他那圆润而轻柔的音调,心里嘀咕。

戈尔塔洛夫大尉迈着威武的步伐,走到拉杰叶夫跟前,向他伸出一只瘦长的手臂。

"您的看法是正确的。见解很妙,我也是这种见解。正因为如此,俄国的知识分子才应当把自己看作是一个整体。确实是这样。情形大致就像圣约翰教团和耶稣会那样,是的!知识分子,全体都该组成一个统一的政党,而不应像一盘散沙!这是当代整个进程告诉我们的,自卫的感情也要求我们这样做。我们没有朋友,我们都是异国人。诚然,官僚和资本家在奴役我们。老百姓把我们看作是怪物,是陌生人。"

"不错,是陌生人!"作家卡京已经有些醉意,感慨不已地说。

大尉的话语犹如鼓点,声音也酷似洪钟。拉杰叶夫摇摇头,小心翼翼地连椅子一齐向前挪了挪,嘟嘟哝哝地说道:

"这里需要一个小小的更正……"

斯皮瓦克先生走进来,他弯腰对妻子说道:"睡着了,睡得很香!"

# 八

对这些人克里姆统统不感兴趣,他脑海里又浮现出童年的一个印象:被醉醺醺的渔夫捉来的龙虾,尾巴发出噼啪的响声,在厨房的地板上向四面八方乱爬。他心不在焉地听着他们讲话,无意参加他们的争论;他仔细审视着伊诺科夫,很不乐意伊诺科夫和莉吉雅一同去别墅请作家卡京,也不高兴这个粗鲁的小伙子老在莉吉雅和斯皮瓦克夫人面前表现得那样肆无忌惮,一会儿跟这个开开玩笑,一会儿又跟那个逗逗趣儿。在晚会开始的时候,伊诺科夫也曾嘻皮笑脸地来找他,问他道:

"他们把您从大学里开除了吗?"

这个突如其来的问题,以及提问的方式,都使克里姆感到惊讶。他以怀疑的目光,哑然打量着这个青年不太雅观的面孔。

"您造反了吗?"这家伙又问。而当克里姆告诉他,这个学期他没有去上学之后,伊诺科夫又桀骜无礼地提出了一个问题:

"您不去上学是出于小心谨慎吗?"

"这与小心谨慎又有什么关系呢?"克里姆冷冰冰地反问道。

"因为这样,您就不会卷进什么事件里去了呗,"伊诺科夫解释完以后便转身走了。

过了几分钟,他向维拉·彼得罗夫娜、莉吉雅和斯皮瓦克夫人讲了个小故事:

"两个月前我的一位朋友从巴黎回来,在街上碰见我,招呼说:'请到我家来,我和妻子买了一件奇妙的东西!'我到了他家,想坐一会儿,这时他推给我一把稀奇的小椅子,四条金光闪闪的细腿,座上铺着天鹅绒的垫子。他说:'请坐呀!'我不敢坐下去,怕把它坐坏了,这精巧的小玩意儿。我说:'不坐了。'他又请求我:'坐下吧!'于是,我坐下去,忽然在我屁股下面奏起了音乐,还是个很快乐的乐曲呢!我坐着,脸都涨红了,可他们夫妇俩却扬扬得意地瞅着我,哈哈大笑,像小孩子那样惬意!我站起来,音乐就停止了。我说,不,我不喜欢这玩意儿,我已习惯于用耳朵听音乐。结果他俩挺生气。"

这个有失体统的故事,把他母亲和斯皮瓦克夫人逗得嘿嘿直笑,莉吉雅也勉强笑笑,而萨姆金却在想,伊诺科夫这家伙惯于装得老实厚道,其实他一定很狡猾,很阴险。你瞧他正在眨闪着一对冷若冰霜的眼睛,说道:

"是的,人们到欧洲这个最繁华的都市去观光,在那里发现这个最无聊的玩意儿,把它买来,心里很得意。可是您瞧这个,"他把一个香烟盒递给斯皮瓦克夫人。"这是一个患肺病的木匠做了送给我的,他婚后生了四个孩子。"

大家都很赞赏这只烟盒。克里姆也把它拿在手中欣赏起来。这烟盒是用璎珞柏树根做的,那木匠在盒盖上巧妙地雕了一个顽童,他坐在土丘上,正在用一根细芦苇逗一只白鹭。

"他雕了两天两夜,"伊诺科夫说着擦了擦前额,并且用疑问的目光望着大家。"在这里,在会奏乐的小椅子和这玩意儿之间,有一种我还不能理解的东西。总之,我有许多不明白的事物。"

他笑嘻嘻地摇了摇头,点燃一支烟,用手指捻灭火柴,扔在小茶碟里。

"起初是你在观察事物,后来则是事物观察你;你瞧着事物津津有味,而它对你却喋喋不休:你猜猜我们有什么价值?可价值不在金钱上,而在精神上。我要喝杯伏特加了……"

萨姆金跟在他后面走去。摆着各种酒菜的桌子旁边显得很拥挤。

瓦拉甫卡一手举着一杯葡萄酒，另一只手把大胡子捋在肩膀上，压住。

"学生骚乱是对立情绪的表现。人们在青少年时代往往自己以为自己很有天才，而这种想法使他们觉得统治他们的定是一帮蠢材。"

他咽了一口酒，又提高嗓门儿继续往下说：

"可是正因为我国的当权者，的的确确是一帮蠢材，所以我国青年的对立情绪也是颇有道理的。假如我们的执政者都是些雄才大略的人，就像英国那样，我们就会更安分守己些，更明智些。然而，我们没有掌管国家的这种人才，没有！所以，我们也就把维特这样的人吹得天花乱坠。"

伊诺科夫毫无礼貌地推开众人，走到桌子跟前，斟满酒，对克里姆悄悄说道：

"你继父说得真漂亮。那位火红头发的男人是谁？"

"是我以前的老师，一位哲学家。"

"一定是个蠢材！"

萨姆金本想发火，可是他看见伊诺科夫就像公羊吃草一样，正在嚼干酪，便断定跟他发脾气没什么用处。

"喂，索莫娃现在在哪儿？"

"我不知道，"伊诺科夫冷冰冰地回答。"她好像是在喀山的产科学校。因为我已经和她离婚。她老是念念不忘宪法呀，革命呀！可我还不晓得革命究竟有没有必要……"

"真是一个无耻之徒！"萨姆金听着他那嘎哑的音调，心里想。

"假如是为了填饱肚皮而搞革命，那我反对，因为我吃饱以后，要比饿着时更糟糕。"

克里姆在琢磨：怎么才能把这个假装敦厚的狡猾的流浪汉羞辱一下，揭露一下呢？可是正在他一筹莫展的时候，伊诺科夫竟又轻轻拍着他的肩膀说：

"我倒很想知道，萨姆金，您老是绷着个脸，究竟在想什么呀？"

克里姆皱起眉头，后退一步，这时伊诺科夫却把黄油抹在黑麦面

包上,踌躇不决地继续说道:

"大约一个星期前,我和一位可爱的姑娘坐在市立公园里,夜阑人静,月儿高挂天空,彩云浮动,树叶落在地面的阴影和光亮处。这位姑娘是我童年的女友,现在是一个独身妓女。她苦恼,怨恨,懊悔,简直是一部浪漫史。我安慰她说:弃邪从良,悬崖勒马吧!忏悔的大门是容易开启的。是的,我能跟她说些什么呢?……您想喝酒吗?那我可要喝了。"

他眯缝起左眼,喝了一口酒,咬了一小块面包抹黄油,但这并未妨碍他说话:

"忽然,您像现在一样绷着脸走过来。我心里想:'唉,大概我对阿纽塔说了不该说的话吧,此人一定晓得应该说些什么话。'萨姆金,若是您,您该对这位姑娘说些什么呢?"

"很可能也和您说的话一样!"克里姆客套地回答,感到他已经不想戳穿伊诺科夫的狡黠行为了。

"您也会这样说吗?"伊诺科夫反问道。"我不相信。不,您有自己的想法,您一定有某种……"

克里姆莞尔一笑,心里想,在这种情况下,微笑要比说话强得多。这时伊诺科夫又要伸手去取酒瓶,但又立刻作了一个厌弃的手势,便朝太太小姐们坐的地方走去。

"好色之徒,"克里姆心想,不过对他已经有些迁就了。

和从前一样,克里姆现在常常在大街上,在河畔,在搬运夫中间,或者在伊诺科夫孑然一身的时候碰到他。他时常站在没脚面的沙土里,嘴里嚼着一棵干草,把它咬成一段一段的吐出来,或者叼着烟卷,若有所思地皱着眉头,注视着人们像蚂蚁一般地劳动。不知为什么,他老是浑身尘土,礼帽也弄得皱巴巴的,看上去像个烧火夫。有时看见他和德罗诺夫从啤酒店里一同走出来。德罗诺夫嬉皮笑脸,用右手画着圆圈,好像他抓住一个看不见的人的头发在用力旋转似的,可是伊诺科夫却说:

"正是这样。也许这只是我们以为我们还在原地踏步,其实,我们却像拧螺栓一样上升了。"

在大街上,他也是像在屋子里那样大声说话,不懂礼貌,而且死死盯着迎面走过来的人,活像一个迷路者,正在找人问路似的。

简直让人不能理解,斯皮瓦克夫人为什么老是格外垂青于伊诺科夫,母亲和瓦拉甫卡为什么又那样明显地对他表示好感,而莉吉雅却有时在花园里跟他谈上几个小时,对他笑得那样亲昵呢?而且,现在你瞧,她正站在窗前,对那个手里拿着烟卷儿坐在窗台上的伊诺科夫笑呢!

"是的,必须跟她说个一清二楚了⋯⋯"他下了决心。

## 九

于是第二天他就这样做了。早饭以后,他马上跑上楼去找她,正赶上她已穿好大衣,戴好帽子要出门;她手里拿着一把小雨伞,因为窗外正下着毛毛细雨。

"你这是要到哪儿去?"

"去省长公署领护照,"她笑着说。

"看你那惊奇的样子,真可笑!我不是跟你说过,阿琳娜叫我到巴黎去吗?父亲已经放我⋯⋯"

"这不对!"克里姆生气地反驳说,同时觉得他的两腿在哆嗦。"你一句话也没告诉过我⋯⋯我这是头一次听说!你何必这样呢?"他疾言厉色地问道。

莉吉雅坐在椅子上,把雨伞往沙发上一扔,她那黝黑而又疲惫的面庞流露出惘然若失的笑意,克里姆从她的眼神里看出她确实有些惶恐的样子。

"这可真蹊跷!"她瞧着他的脸,眨巴着眼睛,轻声说道。"我记得告诉过你⋯⋯在我念完阿琳娜的来信以后⋯⋯你没有忘记吧?⋯⋯"

克里姆否定地摇摇头,莉吉雅站起身来,在屋子里踱着步子,说道:

"你瞧,原来是这么回事儿:我老是跟你在一起讲许多话,每逢剩我自个儿的时候,我心里也在和你争论许多问题,我好像觉得你是个万事通,什么都明白。"

"我也跟你去吧!"克里姆喃喃说道,并不相信她的话。

"那你不上大学啦?你已经该去莫斯科了呀……不行,对我来说这事情太突然了!我跟你说,我确信……"

"可我们俩什么时候结婚呢?"克里姆看也不看她一眼,生气地问。

"你这是说的什么呀?"她停下来问道。"难道你……难道我们俩应当结婚吗?"他听见她惊愕地诘问。

她站在他面前,眼睛瞪得大大的,嘴唇直哆嗦,脸也涨得通红。

"干吗要结婚呢?我并没有怀孕呀……"

她的话中带有委屈的情绪,好像这话不是她说的。她走了,把他留在这间没有收拾的空屋子里,留在这淅淅沥沥的雨声也几乎不能打破的沉寂之中。莉吉雅突然决定要走,特别是她对结婚这个问题的惶恐反应,使克里姆感到十分沮丧,他愣了半天才觉得心里有些委屈。他神志恍惚地在那里坐了一两分钟,从鼻梁上摘下眼镜,使劲儿拧着小胡子,拧得直发疼,他才站起来,在屋子里徘徊,愤然想到:

"这是要跟我一刀两断吗?"

他马上又提醒自己,他本人也曾经想到过跟她断绝这种关系。

"是的,想到过!不过,那只是在她用一些荒唐的问话折磨我的时候。我想过,但这并非本意,我不愿意失去她。"

他在穿衣镜前停下来,长叹一声:

"纵然真的一刀两断,那也应当由我主动提出来,而不是先由她提出哇!"

他环顾四周,仿佛觉得这句话说出声来,说得很响。但是他看那个正在擦桌子的女仆安然不动,便也相信,他只是在心里叫喊。他从镜子里看见自己面色苍白,一对近视眼惘然地眨巴着。他赶忙戴上眼镜,急步走进自己房间,躺到床上,用手捺住太阳穴,气得火冒三丈。

十

半小时后他醒悟过来,心里觉得特别懊丧,因为他没有能使莉吉雅也像涅哈叶娃那样,对他感激涕零,欣喜若狂地吻他的手,令人吃惊地倾诉她的柔情蜜意。莉吉雅一次也没有,一分钟也没有让他体会到一个给予女人幸福的男子的自豪感。假使他尝到过这种快乐滋味的话,那跟她断绝关系,也会感到轻松些。

"她连一次真心实意的恩爱都没给过我,"克里姆想着想着,便愤然恍悟到,莉吉雅对他的情爱原来不过是她用以研究爱情的一种素材罢了。

"尼采说得对:要对付女人,手里必须拿着鞭子。还应当加上一句:另一只手里要拿着蜜糖。"

他的心绪渐渐平静下来,心里在琢磨:他俩的关系现在就已经令人忧虑了,将来有可能变得不堪忍受,甚至相互仇视;或许,莉吉雅为了盲目追求似乎隐藏在性生理之下的某种东西,而将他抛弃。

"马卡罗夫说过,唐璜并不是一个好色之徒,而是一位神秘、新奇的性感的探索者,大概许多女人,比如像乔治·桑①就是其中一个,都患有这种想探索新奇感觉的狂热病吧?"萨姆金在痴思闷想。"然而,马卡罗夫并没有把这种狂热称为病态,而图罗博叶夫则管它叫'精神上的诱惑'。马卡罗夫说过,女人老是有意无意地想把男人剖析得一清二楚,以便了解他支配她的力量渊源何在,弄清楚在古代,男子有什么本领征服女人?"

克里姆·萨姆金紧紧闭上眼睛,心里大骂马卡罗夫:

---

① 乔治·桑(1804—1876),法国女作家,她的许多作品都以妇女解放为题材,反对资产阶级的婚姻制度。

"真是个白痴,再没有比这个研究妇科学的浪漫主义者更愚蠢的人了,不是吗?库图佐夫单纯而又自然得多,他轻而易举地很快就把玛琳娜从德米特里手中夺了过去,而伊诺科夫刚一发现他跟索莫娃在一起很无聊,就立刻把她抛弃了。"

萨姆金的思想越来越锋芒毕露了。他专心致志地想陶冶这种思想,因为在这种思想背后还孕育着一种严重失败的朦胧意识。何况要输掉,要丧失的不仅是莉吉雅,还有对他来说更重要的东西。不过,他不愿意再往下想就是了。他一听见莉吉雅回来,便毅然去找她,跟她说清楚。既然她想一刀两断,那就让她自己承认她是造成关系破裂的罪魁,让她去请求宽恕吧……

莉吉雅正坐在自己小屋的书桌旁写信。她一声不吭地回头看了克里姆一眼,疑虑地扬起两道浓密而细长的眉毛。

"我们应当谈一谈,"克里姆坐在桌子旁边,说道。

她放下笔,两手举过头,伸个懒腰,问道:

"谈什么呢?"

"必须谈!"克里姆用严厉的目光盯着她的脸,说道。

今天她特别像一位吉卜赛女郎:一头浓密的鬈发,从来没有梳平过;那张清瘦而黝黑的脸上,长着一对乌黑的眼睛和一只尖尖的鼻子;睫毛长长,向上弯曲,目光热情,炯炯有神。她那窈窕的身段,裹着一条深红色的裙子,窄窄的肩膀上罩着一件印有浅蓝花朵的橘黄色披巾。

没等萨姆金找到有足够分量的词句来开始自己的谈话,莉吉雅就细声慢气、非常严肃地说道:

"我们俩已经说得那么多了……"

"对不起,待人接物不能像你对我那样,"萨姆金神气十足地说。"你这个突然要去巴黎的决定是什么意思?"

但是她并不理会他说的话,而是继续往下说,那声音听起来以为她足有三十岁:

"不仅如此,当我离开你,独自一个人的时候,我也在跟你谈话。我甚至替你说出了诚实的话……比你自己所能说的还要诚实。是的,你要相信我!要知道,你并不很……果敢。所以你才说:'恋爱时要沉默。'可是我却想说,想喊,想弄明白。你却劝我读《妇产学教科书》……"

"你不要记仇!"萨姆金说。

莉吉雅笑起来,问道:

"难道你劝我读《婚姻卫生》是出于恶意吗?不过我没有读这本书,因为其中很可能不会解释清楚:为什么正是我才是你所需要爱的人?这是一个愚蠢的问题吗?我还有另一些比这更愚蠢的问题哩!或许你说得很对:我是一个变态的人,一个颓废派,我不配和一个健全而镇定的男人结合。我本来以为,我可以从你身上得到帮助……然而,我并不知道,我期待于你的究竟是什么。"

她站起来,挺了挺身子,瞧着窗外那污冰一般的云片。这时萨姆金面带愠色地说道:

"我本来也……想过,你会成为我的好朋友……"

她若有所思地望着他,继续小声说道:

"你瞧这一切……多么快呀,真像一堆刨花点燃起来,一下子就烧光了。"

她那黝黑的脸庞变得阴沉起来,不再瞅着克里姆的脸了。她站起来,伸了伸腰。萨姆金也站起来,等待着她说出使他伤心的话。

"稀里糊涂地生活在一片迷雾茫茫之中,只是偶尔一刹那闪现出一点炽烈的火光,那是毫无乐趣的。"

"你知道得太少喽,"他用手指弹着膝盖,慨然说道。他意识到对莉吉雅是不能发火的,不能对她说些刺激的话。

"可是我需要知道些什么呢?"她问道。

"需要学习。"

"是吗?我一辈子都得把自己当作一个小学生吗?"

她望着窗外五彩斑斓的云天,粲然一笑。

"我觉得,我已经知道的一切,都是没有必要知道的。尽管这样,我还是要设法去学习,"他听见这句仿佛意味深长的话语。"学习也不会在莫斯科这个乱哄哄的城市,很可能在彼得堡。可我必须去一趟巴黎,因为阿琳娜在那里,她现在心情不佳。你知道,我是和她很要好的呀……"

"为什么呢?"萨姆金本想问一问,可是女仆进来请莉吉雅到楼下瓦拉甫卡那里去。

他俩并排一声不响地走下楼梯。克里姆在过堂里站了一会儿,看了看挂在墙上的各式各样的大衣,这使他想起教堂门前的一群乞丐,一群没有头脑的乞丐。

"不,这还不能算完,话还没有说清楚,"于是他下了决心,回到自己房间,坐下来给莉吉雅写信。他写了老半天,可是当他把写好的几页信纸念了一遍以后,却发现他的信仿佛是两个人写的,而这两人都同样不像他本人:一个是粗鲁而又枉费心机地嘲笑莉吉雅,另一个则是气急败坏而又拙劣地为自己辩护。

"然而,我并没有什么地方得罪她,"他越想越恼火,干脆把信撕掉了,当即决定去下诺夫戈罗德,参观全俄博览会。他要像莉吉雅一样,突然地离开,而且就在她出国以前就离开。这会使她明白他并不为他俩的决裂而伤心。也许她会了解他很难过,因而改变自己的主意,同他一起去参观博览会吧?

可是,当他告诉莉吉雅他后天就要离开时,她却丝毫无动于衷地说道:

"好极了,我们的事情就这样完结了,没有发生什么戏剧性的风波,我原来还以为会发生这种风波呢!"

她拥抱他,使劲儿吻了一下他的嘴唇。

"让我们像朋友一样分手,好吗?以后我们再见面时会变得更聪明,是吗?而且,也许我们彼此的看法也会改变的,是吧?"克里姆对她这几句话和眼角上的泪花有所动心，或者说是出乎意外。他悄悄地央告她道：

"你跟我一块儿去不是更好吗？"

"不行！"她果断地说。"不行，不要这样！你会妨碍我的。"

她赶快擦干眼泪。克里姆因为担心自己还会对她说些不恰当的话，也匆匆忙忙地吻了一下她那骨瘦如柴的、热乎乎的手。然后，他在自己房间里一面徘徊，一面苦苦思索：

"其实她是一个不幸的姑娘，就是这么回事！她是一朵不结果的花，是没有灵魂的肉体。她虽然聪明，但是缺乏感情……"

他在屋子当中站住，摘下眼镜来摇晃着，环顾四周，心里想着差点儿没说出声来：

"然而，这一切演变得好快呀！真是像刨花一样，一下子就烧光了。"

他感到自己像失魂落魄似的，但同时又觉得，正好有机会可以休息几天，因为他已经很需要休息了。

# 第二十章

## 一

过了几天,克里姆·萨姆金乘坐的火车正驶近下诺夫戈罗德。满载乘客的火车,离车站还有三俄里就减慢了速度,仿佛火车司机很想让乘客好好欣赏一下这凄凉的田野上,一片片光秃秃的黄沙丘和一个个沼泽绿洲之间新建起来的许许多多光怪陆离、各式各样的屋宇似的。

在铁轨两旁,路基下面不远的地方,一座用钢铁和玻璃建成的机器陈列馆,在阳光下放射着耀眼的光芒。这座建筑物的样子很像一个底朝天的大水槽。隔着玻璃可以看见一群金属怪物在陈列馆内缓缓移动,许多猎获的铁兽在你推我拥,相互冲撞。单层的农业馆建成一个半圆形,装饰着由德国人罗彼特设计的俄罗斯风格的木浮雕。还有许多建筑别致的、奇形怪状的屋宇,交错耸立在各处,其中有些酷似糕点师的得意之作;还有那座单独的乳白色艺术陈列馆,活像个大糖块,在那些光怪陆离的建筑群中显得非常突出。在皇家陈列馆的屋顶上,那只金色的双头鹰被太阳照得闪闪发光,仿佛就要熔化了似的。这座陈列馆似乎是按照儿童读物插图中的楼阁式样建成的。一只银灰色的大气球,用长长的绳子拴着,在金鹰上面的蔚蓝色天空高高飘荡。

火车徐徐行驶，使这座小城也似乎悠悠旋转起来；仿佛它那所有奇形怪状的建筑物都围绕着一个无形的中心点在旋转，忽隐忽现，变换着位置，在沙石小路和不大的广场中间滑行。那些玩偶一般的参观者，沿着弯弯曲曲的通道，小心谨慎地来往于各陈列馆之间，从而更增强了这种混乱的圆圈舞节奏和那懒洋洋的然而却是劲头十足的拥挤印象，参观的人并不多，其中只有少数人急急忙忙奔向自己要去的各个陈列馆，而大多数人使人觉得好像迷失了方向，或者在寻觅什么东西。看起来，人比房子更呆板，房子忽而使人们显露出来，忽而又把他们藏在自己的角落里边。

　　在萨姆金逗留在这个奇怪的城市的整个时间里，这种文静然而却很壮丽的圆圈舞的半童话式印象，几乎一直留在他的脑海里。这座城市建在一片荒凉偏僻的田野边缘上，它的远处是青葱翠绿的松林，也叫"萨维洛夫马鬃林"，而在望不见的奥卡河对岸，就是"啄木鸟山"，下诺夫戈罗德的屋宇和教堂就掩映在山上郁郁葱葱的树荫之中。

## 二

　　萨姆金住在一家临时用木头建成的旅馆里，其中的每样家具都会发出吱吱咯咯、噼里啪啦的响声，每种响声都给人一种慌张忙乱的感觉；他匆匆忙忙洗过脸，换上衣服，喝了一杯温茶，立刻就到博览会去了。这里离博览会还不到三百步远。

　　将近黄昏时分，他回到旅馆以后，感到一阵头昏目眩，耳聋眼花，好像到了一个遥远的、完全陌生的国度。但是这种厌腻之感并没有使克里姆沮丧，而是似乎使他更开朗，要他更讲究衣冠礼节，这预示着他要大饱眼福了，况且他已经恍恍惚惚地预感到了这一点。

　　但这眼福并没有很快到来，因为在这不太和煦的夏季，今天又是一个阴雨的日子。克里姆躺在床上，裹着一床薄毯子，把大衣也盖在了上面。倾盆大雨泼在屋顶上，发出哗啦哗啦的响声，雷声隆隆，震得旅馆房屋直摇晃；湿乎乎的风透过窗缝，吹到屋子里。很大的水珠从天花板的三处缝隙有节奏地往下滴着，散发出胶漆和沼泽淤泥的气息。

克里姆·萨姆金看见，一个辽阔广大、出奇富饶的国家展现在他面前，尽管他从未怀疑过这个国家的存在。这个国家拥有五花八门的劳动力，现在，它把劳动的产品收集在一起，好像放在手掌上，骄傲地自我欣赏着。可想而知，这些漂亮的房子是有意建在荒凉的田野上，挨着一个贫穷而肮脏的村庄的，而这个村庄的既丑陋又单调的房舍都孤零零地散落在伏尔加河和奥卡河冲积沙地上，而在阴沉的日子里，每当伏尔加河上刮起热乎乎的"下游风"时，就从那里吹来一阵阵刺脸的沙尘。

在这里，国家的富饶及其一部分黎民百姓的贫穷二者为邻，其中似乎在隐隐约约地向人夸耀：

"我们的生活虽说糟糕，可我们的工作却是多么出色！"

而那交易会虽然没有怎么装饰和大张旗鼓地宣传，但却更加令人信服地宣扬了国家的富饶。这里鳞次栉比地排列着一行行低矮的石砌店铺，一码黄澄澄的门面。店铺的大门敞开着，可以看见洞穴般阴暗的铺内摆着琳琅满目的五金器皿，色彩鲜艳的棉、毛织品和绫罗绸缎。彩釉瓷器和玻璃镜子闪着光亮，把走过它们跟前的人们统统映在里面。这家店铺除了出售教堂用品外，还出售各种研磨得非常精致的玻璃器皿，在那摆满各种各样玻璃酒杯的巨大柜台对面，陈列着厕所和盥洗室用的陶瓷。克里姆·萨姆金敏锐地发现，这种把教堂用品和家庭用品混合出售的做法，乃是商人为了牟利而亵渎圣灵的行为。

## 三

交易会上的人比博览会上的人更多，行动也更随便，说说笑笑更热闹，仿佛大家都在为买卖成交而欢欣鼓舞。惹人注目的是那些穿着奇装异服的形形色色的外国人、异族人,还有衣着暖和的东方人,他们操着陌生的语言,个头和脸形却不同寻常。在俄罗斯人中不时会遇到一些连鬓胡子的大汉,又高又瘦,很像那位教堂助祭,看上去很别扭。此刻,萨姆金忽然想起,虽说想的时间不长,只有几分钟,但内心却很激动:这么个强大的国家,居然要由那些只有三个手指的人、革除教职的助祭、发疯的酒鬼、像马拉库叶夫这样嬉皮笑脸的大学生等等的人物,随心所欲地来改造了。不过,在克里姆看来,庸庸碌碌的波亚尔科夫,那个将来一定会成为教授的、温文尔雅的美男子普列伊斯这两人并不令人担心。那个刚愎自用、喜欢统计数字的库图佐夫,在他的脑海里已经暗淡下去,连想都不愿去想他了。

他仰望着用木条拼成的天花板,看见雨水从缝隙里渗出来,形成晶莹的大水珠滴到地板上,成了一片水洼。

此刻他又想起兹拉托乌斯特出产的明晃晃的大刀;巴甫洛夫、瓦奇和沃尔斯玛等地出产的刀鞘、叉子、剪刀和锁;在海军馆里陈列着枪弹,马刀和刺刀,用它们组成各种图案。这里还展出了莫托维利哈制造的一尊长筒大炮,炮身擦得锃亮,活像一条大鱼,寒光闪闪。一个身材短粗,仿佛用青铜铸成的水兵,一面捋着下巴颏上的一撮小黑胡,一面腼腆而可笑地对观众讲解:

"这门大炮从这里装炮弹,就是这个你们搬也搬不动的大炮弹。对准这个方向瞄准目标,也就是瞄准敌人。先生,请您不要用手杖乱戳,不能这样!"

金光闪闪的锦缎,宛如七月夕阳映照下的麦田;大幅大幅的绫罗,又仿佛冬季月夜里的皑皑白雪;五颜六色的织物犹如绮丽多姿的秋天丛林。克里姆参观了绘画馆以后,心里便形成了这种诗情画意般的比喻。这里的一位高额、长发、瘦削而又老态龙钟的"万事通先生",兴致勃勃地向观众讲述了涅斯杰罗夫、列维丹①的风景画。他把俄罗斯叫

---

① 列维丹(1861—1900),俄国写生画家,现实主义风景画大师。

做锦缎般的、印花布般的,最后还有"用最伟大的艺术家的手——神仙般的手,以五颜六色的绫罗绸缎奇妙地绣制在天鹅绒般的大地上的"俄罗斯。

克里姆在中亚细亚馆参观时体会到了一个爱国者的自豪感。他在这里仔细观看了德国人仿照为希瓦人①和布哈拉人②织出的俄罗斯锦缎和仿照莫洛佐夫出品的色彩鲜艳的印花布,库兹涅佐夫出品的彩釉瓷器制作的那些粗陋的赝品。

玩具和机器,铸钟和马车,珠宝工艺品和钢琴,非常柔软光滑的喀山花纹山羊皮,堆积如山的砂糖,一垛垛麻绳和脂浸缆索;用脂蜡做成的小教堂,索罗科乌莫夫公司出产的极其精美的皮货和来自乌拉尔的铁器,成箱的香皂,精制皮革和各种鬃毛刷子——在这一堆堆数不清的财富旁边只有寥寥无几的观众,欣赏着祖国的巨大劳动成果。看到这种情景,克里姆有点儿心灰意懒了,他那高昂的情绪也由于他们的沉默不语而低落下来。

很少能听到热烈的赞叹声,即使能听到几句,那也往往是从站在纺织品、瓷器、化妆品、珠宝和皮货展览台前面的妇女口里说出来的。不过也可以认为,大多数人是由于展品的丰富多彩而惊得目瞪口呆了。然而克里姆却有时觉得,只有妇女们的赞赏才有真心诚意的快乐意味儿,而男人们的议论却不时流露出一种羡慕的情绪。他甚至认为,也许马卡罗夫是对的,他说:女人比男人更了解世界上的一切都是为她们而创造的。

## 四

克里姆的爱国情绪特别高涨起来,因为他遇到一群群其他民族的

---

① 希瓦是乌兹别克的城市,古代希瓦汗国的首都。
② 布哈拉是乌兹别克的一个省中心,中亚最古老的城市之一,它和希瓦都是古代和德国人通商的城市。

人，前来欢庆这个统治他们的、由白海到里海和黑海，从赫尔辛格弗尔斯①到符拉迪沃斯托克的国家的庆典。希瓦人、布哈拉人和肥胖的萨尔塔人②悠闲自在地漫步，在那些不懂得急躁是魔鬼的特征的人看来，简直是一种萎靡不振的表现。几个体质孱弱、留着漂亮的大胡子的波斯人正站在一个花坛的旁边；一位留着橙黄色大胡子和朱红色指甲的老头儿，用白胖的长手指指着鲜花，仿佛在吟诗似的对那些恭恭敬敬围着他的随员们，从容不迫地讲些什么。他手指上戴的那个大得出奇的宝石戒指闪闪发光，使那个歪戴黑羊皮帽的瘦男人入迷似的盯着瞧个不停。此人的一双有点湿润的红眼睛死死盯住那颗红宝石，他的厚嘴唇直哆嗦，好像生怕这颗宝石会从那沉重的金箍中掉下来。

常常可以碰到一些仪表堂堂的喀山鞑靼人和克里米亚鞑靼人，他们很像罗马尼亚乐师；格鲁吉亚人和亚美尼亚人喜气洋洋地到处游逛；面色阴沉、皮肤白皙的芬兰人，那些铺设市内电车铁轨和缆索铁道的人们，在悠闲自得地溜达。阿尔汉格尔斯克铁路陈列馆是仿照古代北方教堂的式样由这条铁路的财东和建筑师萨瓦·马蒙托夫设计建成的。陈列馆旁边住着一家塌鼻子的萨莫耶德人③，他们向观众展示一头养在陈列馆旁边水池里的海象，这头海象情绪好的时候似乎会说话：

"感谢你，萨瓦！"

在一座毡篷里，有九个铁青面孔的吉尔吉斯人蹲在地上，其中七人在使劲吹着用一种发音嘎哑的木料做成的长笛；一个生着宽鼻梁，两只黑眼睛几乎长到耳边的小伙子，在懒洋洋地敲着铃鼓；那个满脸生着青苔般的绿毛、和木偶一样大小的小老头儿，正在稚气十足地敲打一只用驴皮包起来的铁锅子。他有时咧开没牙的、仿佛用稀疏的胡须缝起来的大嘴，用尖细刺耳的喉音喊叫两三分钟：

---

① 芬兰首都赫尔辛基的第二个正式名称。
② 萨尔塔是法国的一个省。
③ 涅涅茨人的旧称。

"咦哟—哟—唉—咦哟—哎哟—哎—砹—哎……"

来自符拉吉米尔的吹号角的牧羊人,板着一副圣徒般的苦行僧面孔,眨闪着恶鹰般的眼睛在吹奏俄罗斯歌曲,音调美妙动听。在海军陈列馆对面的一个露天舞台上,那个叫格拉瓦奇①的黑髯美男子,正在指挥他的管弦乐队演奏一支短曲,节目单上管这支曲子叫做《天外之音》。这支短曲格拉瓦奇一天要演奏三次,观众非常欣赏,甚至不少好奇的人跑到陈列大厅去听,以为在大炮筒跟前这柔和的音乐听起来更美妙。

"这一曲调的美妙动听简直是登峰造极啦!"一个眉清目秀、温文尔雅的男人对克里姆说。萨姆金根本不相信大炮里会产生这曲《天外之音》的回声,不过,因为他心情振奋,也就受了诱惑,跑到大炮跟前去听回音了。他耳朵贴着冷冰冰的炮筒口什么也没有听见,这才觉得自己真愚蠢。于是他就下决心再也不去听信众人的传说,不相信他们所说的奥林娜·费多索娃②这位北方古代故事说唱艺人的高超技艺了。

## 五

每天,在各教堂晚祷时刻,都有一个上了年纪的人穿着外套,戴着厚呢帽来到挂着奥康尼希尼科夫和其他工厂制造的大钟木架跟前。他亮出那光得像香瓜一般的秃脑袋,眼睛睁得大大地仰望着天空,画了三个十字。他那双眼睛跟瞎子眼睛一样茫然,一样空洞。随后,他朝着正在等候他的观众和听众一鞠躬,爬到木架上去,摇动那足有五普特重的大钟锤,使大铜钟发出了柔和而清脆的响声,仿佛那只乌黑的铁锤也变成活的了,它自动地在用力摇晃,使劲儿地敲击着大铜钟的边缘,使那撞钟人伸出长长的手臂也无法抓住它,后来他就失望地对着大钟的边缘直摇他那光秃秃的脑袋。

---

① 格拉瓦奇(1849—1911),俄国作曲家兼乐队指挥。
② 奥林娜·费多索娃(1831—1899),俄国著名女说书艺人。

他终于抓住了摇晃的钟锤,于是他转到另一种架上,去敲那些小钟。他手忙脚乱地又拉又踩,使这些小钟发出了"万岁,万万岁,我们的俄罗斯沙皇!"的音调。他撞钟的姿势看上去像是悬在一根看不见的绳索结成的圈套上,他老想钻出这个圈套,急得直摇头;他那枯瘦的长脸渐渐鼓起来,涨得通红,然而他越往下敲,这些驯服的铜钟就越发响亮地发出颂扬沙皇的声音。他敲完钟以后,用一块蓝白格手绢擦了擦脑门上的汗水,又用那可怕的白眼珠望了望天空,对众人鞠了一躬,理也不理对他的欢呼和提问,便扬长而去。据说,他曾有过痛苦的遭遇,忧心如焚,因此发誓至死保持沉默。

克里姆·萨姆金对这撞钟人看了几眼,猛然发现,此人很像他认识的那位助祭。自打这以后,他就一直在想,这撞钟人准是犯了什么罪过才默默忏悔的。克里姆很想看到这撞钟人就是那位助祭。

但是,总的来说萨姆金面对这些丰富多彩的商品和货物心情十分激动,因为这些东西就是各式各样、普普通通的小人物用双手制造出来的,而这些人正悠然自得地漫步在撒着清洁的黄沙的小路上,谦虚地观赏着自己劳动的成果,悄悄地称赞他们所看到的东西,但大多数人则是在思虑重重地默不作声。因而萨姆金开始感到,自己在这些甘愿默默无闻的人们面前有些内疚,所以他对他们开始投以友善的目光,甚至对他们那种平凡的外貌也流露出了尊敬的神情,因为他觉得在这平凡的外貌后面隐藏着一种神奇的、能够创造万物的力量。

"这就是一所大学,"他琢磨一下自己得到的印象,作了这样的结论。"了解俄罗斯,这才是一门至关重要的、活生生的学问。"

伊诺科夫的出现对他是个很大的障碍。他披着一件大斗篷,戴着一顶火炬游行者戴的大高帽,那怪稀稀的身影老远就吸引着人们的注意;他到处游逛,犹如神话故事中一只饿鸟在寻觅食物一般。伊诺科夫的体格发育得越发像个成年人了,两颊上长出了一圈圈的小黑胡须,这使他那颧骨高高的、布满刺斑的粗糙面孔显得温和些了。

克里姆并没有决定拒绝和伊诺科夫会面,因为这个不太讨人喜欢的小伙子,也和他的哥哥德米特里一样知道许多事情,并且能够详细地讲述有关手工业、渔业、化工和航运事业方面的情况。这对萨姆金是有利的,然而伊诺科夫的讲话往往会使他那快活而激动的情绪低沉。

"在所有这些迷人的东西之中有一种……寡妇的气味儿。"伊诺科夫说。"您知道吗,这活像一个上了年纪的、看来不很聪明,也不太漂亮的寡妇,正在炫耀自己的嫁妆,以便引诱一个男人跟她结婚一样……"

他仿佛在解一道复杂的算题,咬着嘴唇,把嘴抿成一条细线。

随后他嘟嘟哝哝地骂道:

"都是些笨蛋!净出馊主意,把自己的财宝拿到沙滩和沼泽上来展览。一边是博览会,另一边是交易市场;中间搞了个娱乐场所库纳维诺村。那里三分之二的房子里挤满了乞丐和小偷,其余三分之一住的是娼妓。"

当萨姆金赞赏纺织工业的发展时,伊诺科夫却指出,农村的人们穿得越来越坏,不论是布匹的质量还是色彩,都不如从前;他还说,棉花要由中亚运到莫斯科,在那里加工成商品再运回中亚。他一再提到,虽然俄罗斯森林富饶,可是却要从芬兰购买几百万普特的纸张。

"乌拉尔盛产杉木,要多少有多少。石墨也一样,可我们却不会造铅笔。"

听到伊诺科夫说有些发明很不成功之类的话,尤其令人不痛快。

"您去过农业馆了吗?"他撇撇嘴,嘲笑地问道。"有一位俄罗斯天才在那里展出了一辆自行车,这正好是十八世纪英国人早就试骑过的那种玩意儿。还有个蠢驴造了架钢琴,什么都是他自己造的,键盘、琴弦,当然三分之二的琴弦是用兽筋做的。这个乐器发出的声音活像一辆破旧马车叽叽嘎嘎的声音。一位退职的司法公证人竟然展出一个马蝇拍,把它装在马车的前轴上,就可以朝马身上拍打起来,好家伙,这样一来,那马非毛不可!本来应当把这些笨蛋藏到密林中去,而我们却把他们弄来向全民展览！"

萨姆金每天都和他一起，在博览会门前的一座厚纸板建造的瑞典小房子里吃早饭。伊诺科夫吃的很简单：一块火腿，几片面包，一瓶黑啤酒。然后用手使劲揉搓他的脸，好像要揩掉脸上的雀斑似的，说道：

"一位名叫弗鲁贝尔①的画家，画了一幅显然满有天才的巨幅壁画，他们却不让他参加展出。我对绘画虽说一窍不通，可我对他在各方面所起的作用是了解的。萨瓦·马蒙托夫在博览会外面特地给他盖了一座单独的小房，喏，就在那里，瞧见吗？虽是免费参观，但观众却不踊跃，就连马蒙托夫的歌唱团在那里演出那天也很少有人去小房子里参观。我常到那里去坐坐，我看见：一面墙上挂着一幅《公主的梦》，另一面墙上挂的是米库拉·谢利亚尼诺维奇和沃尔加②的画像。可真稀奇，一位新闻记者从拳头洞里瞭望那做梦的公主和米库拉，说道：'这是政治，是法俄联盟。我不同意这一点。艺术应当脱离政治而有独立自由。'"

伊诺科夫勉强地笑笑，但是马上就用手抹去了嘴角上的笑意。他总喜欢告诉克里姆一些新闻：

"维特已经来了。昨天他和工程师卡齐一道散步了，并且引用了昆体良③的一句名言：做什么事情都是'过火容易，恰到好处难'。真是一个骄矜自负的家伙。他们正在把工人运来欢迎沙皇。很可能是因为这里的工人不够，或者认为他们靠不住。据说，现在正在索尔莫夫和尼日尼，以及多勃罗夫-纳勃戈尔茨的工厂里征集这些人。"

"您对沙皇抱什么态度？"克里姆问道。

伊诺科夫吃惊地盯着他，答道：

"这一点我从来没想过。"

---

① 弗鲁贝尔(1856—1910)，俄国画家，他的作品带有颓废主义色彩。
② 古代俄罗斯民间勇士歌中的两位农民壮士。
③ 昆体良(约35—95)，古罗马教育家、演说家，主要著作有《演说术原理》。

## 六

　　克里姆·萨姆金惶惶不安地盼望沙皇到来,他虽说为此感到羞愧,但却无法掩饰。他觉得他必须看看这位统治着这个地大物博的俄罗斯国家的人物。而在这个国家里,人民是扑朔迷离的,很难对他们说出什么固定的看法,这是因为他们之中夹杂着许多不安分守己的人。萨姆金心中有个朦朦胧胧的愿望:就是在他看见沙皇的时候,他所关心和思虑的一切问题都能迎刃而解。他想,这次见到沙皇,对他来说很可能犹如一天开始的第一道曙光,抑或像温暖的夏夜亲热地拥抱大地之前闪现的最后余晖那么有意义。或许吉奥米多夫说得对:这年轻的沙皇是个出类拔萃的人物,不像他父亲那样。他大胆地粉碎了人们想限制他的权力的愿望,很可能具有比他祖父更为坚强的性格。是的,这位尼古拉二世很可能具有一人对付全体的才干,他那年轻的手臂十分强健有力,足以握住彼得大帝的权柄,来呵斥人们:

　　"喂,你们干吗捣乱呀?"

　　伊诺科夫使他差不多有两天不去想这些问题了。

　　"您不想听听奥林娜·费多索娃说书吗?"伊诺科夫惊叹不已地问道。"您要知道,她可是个奇才呀!"

　　"我可不是个猎奇的能手,"萨姆金想起了大炮和那支《天外之音》的曲调,说道。

　　但是伊诺科夫摆了摆手,激动地说:

　　"和这位女艺人比起来,这些统统都是毫无价值的!"

　　于是他扯住克里姆的衣袖,继续说道:

　　"您还记得《浮士德》[①]第二部中的几位母亲吗?然而她们在书里说的不过是梦话,可是这位母亲……不,我们走吧!"

---

[①] 诗剧《浮士德》是歌德的代表作,他在这个悲剧中塑造了一些不受时间和空间限制的仙女的形象。

克里姆还是头一次看见伊诺科夫如此兴致勃勃,他对此也就颇感兴趣了,于是他俩一同走进了正在演讲、作报告和格拉瓦奇正在娴熟地弹钢琴的大厅。

"您瞧,准是个奇才!"伊诺科夫重复说。

一位长着连鬓胡子的大汉走到台上来,他穿一件长长的、活像用铁皮铆起来的上衣。他讲起话来,那粗重的嗓音就像耍猴戏和驯海豹的人在叫喊一般。

"我,"他说。"我,我,我!"他一连说了好几个"我",用双手做了个游泳的姿势。"我写了一篇序言……这书在门口出售……她虽然是个文盲,但却背得近三万首诗……我觉得……这比《伊利亚特》里的诗还要多。日丹诺夫教授……当我……巴尔索夫教授①……"

"这无关紧要,"伊诺科夫安慰道。"这家伙向来就是个笨蛋。"

一位驼背的小老太婆,迈着细步,摇摇晃晃地走到台上来。她穿一件深色印花布衣,裹一条旧的花头巾;她满脸皱纹和褶子,那张跟抹桌布似的圆脸上长着一双童稚的含笑的眼睛,看上去很像一个滑稽可笑而又善良的老巫婆。

克里姆瞪了伊诺科夫一眼,确信这回又要像在大炮前面那次一样上当了。然而伊诺科夫的脸上却流露着喜气洋洋的陶醉神情,发狂地鼓掌,嘴里不住地嘟哝:

"啊,是你呀,亲爱的……"

真是滑稽可笑,萨姆金有点儿心软了;他决定再忍耐十来分钟。他掏出表来,低头看看,可是马上就抬了起来,因为这时一个非常悦耳的声音从台上传来,词句庄重而古雅。听声音像个村姑,但是想不到朗诵诗的人是位老太婆。不仅词句优美,而且音调也给人一种不可思议的温存典雅之感,充满魅力,使萨姆金手里拿着表,听得出了神。他很想四下看看,那些洗耳恭听这位驼背老太婆朗诵的人都是什么表

———————
① 日丹诺夫(1846—1891)和巴尔索夫(1836—1917)均为民间创作的收集者和研究家。

情。但是，他却目不转睛地盯住老太婆满布皱纹的慈祥的面孔，牢牢注视着那对童稚的眼睛里闪现的令人惊奇的光辉，因为这眼神不仅能淋漓尽致地表现每行诗的意境，而且还能赋予那些古老的词句以光彩夺目的生气和温柔而又迷人的音韵。

这位来自奥洛涅茨省的老妇人，犹如一个用破布缝制的玩偶，老是一个姿势地摆动她那软绵绵的小手，讲述古时的一位勇士多勃雷尼亚①的母亲送别儿子出征，去建树丰功伟绩的情景。萨姆金仿佛看到了那位形象高大的母亲，听见她那铿锵有力的话音——尽管流露着恐惧与悲伤——。看见身材魁伟的多勃雷尼亚双膝跪在母亲面前，手里捧着宝剑，用一对温顺的眼睛望着老人家的脸。

此刻克里姆觉得，好像只有他孑然一身坐在场内，再没有别人了，甚至连这位善良的女巫也不存在，而是那复活了的古代英雄的声音，透过场外的一片喧哗，越过世世代代的岁月，十分美妙动听地传到了他的耳边。

"喂，怎么样？"伊诺科夫郑重其事地问道；他眉开眼笑，眼睛里噙着泪花，简直高兴得发呆了。

"妙极了！"克里姆回答。

"还有比这更妙的哩！您要注意：她不是个演员，也不是在演戏，而是在戏耍众人。"

克里姆起初不明白这奇谈怪论的意思，但是当费多索娃讲到梁赞的农民穆罗姆人伊里亚和基辅大公弗拉吉米尔发生纠纷的情景时，他才恍然大悟。萨姆金又着迷似的盯着那张具有魅力的、仿佛每条皱纹都在说话的脸，为她那炯炯有神的温柔目光而感到心悦诚服。凭着他的聪明，他认为：那个卡拉查洛夫村出生的头号勇士纵然被那娇生惯养的大公所激怒，也不至于用这样的腔调说话，而且，当然，在他那锐利的草原人的眼睛里，更不可能流露出这种尖刻而轻蔑的讥笑。不过

---

① 俄罗斯民间壮士歌中的主人公。

克里姆觉得这讥笑却有点像历史学家瓦西里·克柳切夫斯基眼睛里射出的狡黠而又聪颖的光华。

可是,萨姆金一想到这位冷酷无情的学者,便一下子心服口服了,同意了这样的观点:这个用印花布马马虎虎缝制的玩偶,就是善的真理与恶的真理的真正历史,这样的历史应当而且能够叙述过去,就像这位奥洛涅茨出生的驼背老太婆,以同样的爱和智慧讲述人们的愤懑和仁慈,讲述母亲们的难以慰藉的悲愁和孩子们对勇士的憧憬,讲述构成生活的一切事物那样。也许,有朝一日,历史会以同样美妙动听的迷人声调讲述,——不管它讲的是真实的还是臆造的——曾经有过一个人,一个克里姆·萨姆金在世间生活过。

于是,萨姆金觉得,他还从来没有像在这个奇妙的时刻,处在这些被一位可爱的老巫婆迷得发呆的人们中间这样快活、聪明过,而且又是这样不幸,几乎要流出眼泪来;他觉得这位老巫婆仿佛是从古代神话中降临到这个为了炫耀自己而匆匆忙忙地、大吹大擂地建造起来的现实生活中来的。

伊诺科夫对克里姆来说是一个障碍,使他再不能自命为不平凡的人物了,其实他根本就不是什么不平凡的人物。在费多索娃讲故事的间歇,当她坐在那里休息,一面用舌尖舐着深紫色的嘴唇,一面抚摸着她那弯曲的腰部,拉拉系在好像一顶蘑菇帽似的下巴颏底下的头巾角的时候,当她朝旁边扭扭身子,欣喜若狂地向喊叫的观众点头致意的时候,伊诺科夫老是破坏克里姆的情绪,拼命鼓掌,并且用呜咽的声调喊叫:

"谢谢你,亲爱的老奶奶,谢谢你!"

他激动得如醉如狂,从椅子上跳起来,大声擤鼻涕,跺脚,斗篷从他肩上滑下来,索性就把它踩在脚下。

这一天的其余时间,克里姆是在虚无缥缈的境界中度过的,他脑子里老是想着那些古代的语言和诗歌,眼前老是闪现出那个玩偶的形象,一只软绵绵的小手晃来晃去,一道道皱纹在她慈祥而聪颖的脸上浮动,两只明亮的大眼睛流露着微笑。

## 七

三天后的一个早晨,克里姆站在集市小教堂周围的人群之中。教堂钟楼上升起了国旗,庆祝全俄交易会开幕①。伊诺科夫说,在沙皇来参观博览会时,他将设法把克里姆带进去,不过这不一定能办得到,但是沙皇很可能去参观交易会的主馆,在那里可以比较清楚地看到他。

在萨姆金的对面,分左右两排站着长长的队形,都是些衣冠楚楚的彪形大汉,其中有些人穿着新夹克和大衣,而大多数穿的是短外衣。鲜艳的衬衫到处都很显眼,粗呢裤子在阳光下闪闪发亮,皮靴子也擦得明光锃亮。克里姆生来头一次接近这么多民众,而他从小就听说过有关他们的许多争论,读过许许多多有关他们艰难生活的悲剧小说。他仔细观察这成百上千的人,他们有的头发蓬乱,有的梳得溜光,有的已经秃顶;有的生着翘鼻子,蓄着大胡子,脸庞很健壮,很有风度;有的人眼睛也很漂亮,显得又亲热又严厉,又善良又聪明。这些人都安静地站在那里,紧紧挨在一起,他们的宽阔胸膛仿佛已经连接起来。很显然,这就是那最伟大的俄罗斯人民,他们用智慧的手创造了无数的财富,把它们精美地点缀在荒凉的原野上。不错,就是他们选出了自己的精华,并把他们摆在最显要的地位。这样做恰到好处,因为所有其他的人,虽说穿着豪华,但个子比较矮小,也不怎么显眼,所以就都顺从地站在这些劳苦人们的背后,而让他们站在最前列。克里姆越是仔细打量那些前排的人,就越发对他们肃然起敬。然而,这些纯朴而又厚道的人们,笃信自己的力量的人们,竟然会追随那些嬉皮笑脸的大学生和那些疯疯癫癫的沽名钓誉的家伙,真是不可思议!

这些人简直太憨厚了,他们有些是被逼着到前面去的,驱赶他们的是一个戴着金边眼镜的、身材高大的大胡子警官和一个行动敏捷、

---

① 指一年一度的下诺夫戈罗德传统交易会。一八九六年的这次交易会开幕正值全俄工业博览会期间。

细长腿的男人,他头上戴着一顶草帽,草帽上缠着一条三色绸带。他俩沿着人墙慢慢朝前走,其中一个人和蔼地喊道:

"上前面站一点儿,秃头!"

"喂,大个子,你躲什么呀?就站在这里吧!"

"戴耳环的小伙子,你到这儿来!"

那个行动敏捷的汉子打量克里姆一眼,戴着手套拍了他一下肩膀,说道:

"往后站一点儿,青年人!"

那个戴银耳环的小伙子,用坚硬的肩膀轻轻地把萨姆金顶到自己背后去,并用嘎哑的声音悄悄说道:

"你戴着眼镜站在那儿也可以看见。"

其实站在他的背后什么也看不见了。

萨姆金本想站到他和那个秃顶的大胡子中间去,但那个小伙子却把胳膊肘一横,问道:

"上哪儿去?"

然后劝他:

"站在那里,别乱动啦!"

克里姆听从了他的话。

"是的,"他想。"这家伙可以使任何人安分守己。"

于是他问道:

"您是哪儿的?"

戴耳环的人转过他那硬挺挺的脖子,把那张留着一撇小黑胡的红扑扑的脸朝着他,说道:

"我是预备队的。"

"是工人吗?"

"是拿斧子的消防队员。"

萨姆金默不作声地想了想,又问道:

"您为啥不穿制服哇?"

戴耳环的人没有回答。他身旁那位穿黄衬衣的、身材匀称的美男子,好多嘴地替他说道:

"这不是展览工人和工匠的地方,这个博览会不是为他们哥儿们办的。倘若工人不做工,他就一定是个醉汉,把醉汉拿来给沙皇展览是没什么好处的。"

"说得对,"有个人大声说道。"沙皇对我们这种有失体统的行为,是不会感兴趣的。"

那个秃头的大个子气冲冲地插嘴道:

"应当搞清楚谁是工人,谁是手艺匠。就拿我来说吧,我是乌科尔·莫洛佐夫工厂的工人,我们来了九十人。还有那些从尼科尔斯基作坊来的手艺匠。"

他们就这样你一言我一语地闲聊起来,克里姆很快就了解到,那个穿黄衬衣的人是斯尼特金歌舞团的舞蹈和歌唱演员,这个歌舞团在伏尔加一带闻名遐迩;他旁边是一位打熊的猎人,是皇家森林的护林人。他身材短粗,满脸黑胡子,瞪着两只猫头鹰似的圆眼睛。

萨姆金对这些素不相识的人在一起闲聊感到厌烦,他很想换换位置,于是他侧着身子,从那个消防队员和舞蹈演员的夹当向前挤了一下。但是那个消防队员却用一只大手抓住他的肩膀,把他拽回来,用教训的口吻说:

"不要随便走动,你没看见大家都站着不动吗?"

舞蹈演员用揶揄的目光瞟了克里姆一眼,解释道:

"今天他们根本没把群众放在眼里。"

"别说话,来了!"

不知是谁在发号施令:

"特列斯金,别让他们往屋顶上爬!……"

大家都静下来,伸长脖子,竖起耳朵,眼巴巴地望着奥卡河上那座黑乎乎的桥梁,看见两排玩偶般的小人,舞动着细小的胳膊,好像把自己的脑袋从肩上拽下来,玩耍着,向上抛去。响起了教堂的钟声,内城大教堂的钟声尤其动人。除了铜钟,还有一种呼喊声也越来越高,越来越近。克里姆听见,也像在莫斯科迎驾沙皇时一样,人们狂呼"乌拉",不过当时这吼声并未使他激动,因为他被冤枉地跟醉汉和扒手一起赶进一家院子里。可是,他今天却感到,这激动的心情甚至使他浑身颤抖,两眼发黑。

不出所料,跟着这强大的吼声而来的,果然是一队奔驰而过的骑警,但那马蹄踏在石子路上的哒哒声,不但没有淹没,反而增强了这吼声。马队敏捷地分散开,每隔一二十步就布设一名骑警。每个骑警让马侧身挨着群众,把他们挤上人行道,退到小教堂后面的奥卡河畔空地上。

那个在博览会上撞钟的人,从街对面的密密人墙里,从一匹膘肥体壮的大马后面跌跌撞撞地挤了出来,两三步就走到马路中央。立刻有两个人追上前去,可怕而又可笑地高喊:

"你到哪儿去,鬼东西?你要上哪儿呀,丑八怪?"

但是撞钟人用左手推开人群,狂怒的两眼仰望天空,把右手使劲一挥,朝着大路画了三个十字。

"呵,你可真行啊!"一个纺织工赞叹道。

人们急忙把撞钟人拉到人群里,而他的帽子却留在石头马路上。

萨姆金觉得,在这成千上万人的强大吼声震动之下,连空气也变得昏暗了。这吼声越来越近,像一片看不见的乌云,扫荡着一切音响,吞没了教堂的钟声和总馆广场上军乐队的喇叭声。当这吼声传到克里姆跟前时,他的耳朵都要震聋了,他跷起脚,用尽全身的力气,高呼:

"乌拉!"

人们手舞足蹈,欢腾雀跃,把帽子抛到空中。他们高声喊叫,就连巴兰诺夫省长那两匹骏马蹄子踏在石子路上的声音也听不见了。省长立在马车上,一个膝盖顶着车座,挥动着帽子,向后观看;他穿一身银灰色制服,威武雄壮,英姿勃勃,数枚金质勋章在他突出的胸前闪闪发亮。

在他后面,相隔一段距离,一辆套着三匹白马的马车疾驰而来,从那银制的挽具上飞迸出白晃晃的光芒。马蹄踏在路上听不见响声,宽敞的马车也无声无息地向前滚动;看上去很奇怪:十二只马蹄在不停地飞驰,而沙皇的马车却仿佛随着震天动地的欢呼声而离开地面,正在半空中飘动。

克里姆·萨姆金觉得霎时间周围的一切,连他自己在内,都仿佛离开了地面,随着这自发的吼声,飞腾在空中。

沙皇身材矮小,比省长还矮。他穿一身浅灰透蓝的礼服,坐在马车座沿上微微颤动,一只手放在膝盖上,另一只手下意识地举到帽子边沿,很有节律地向左右两边点着头,欣然瞧着那无数张得圆圆的、露着牙齿的大嘴和那些由于激动而涨红的面孔。沙皇看上去非常年轻、潇洒,那张温文尔雅的脸上流露着歉意的笑容。

是的,他的微笑中的确流露着歉意,笑起来那柔和的样子也像吉奥米多夫。而且他的眸子也宛如蓝宝石一般。倘若他刮去那副清淡的小胡子,就和吉奥米多夫一模一样了。

欢呼声此起彼伏,沙皇就在这万众的欢呼声中乘车飞驰而过。又有几辆马车飞驰过去,礼服和勋章闪着亮光,不过这时已能听见马蹄的哒哒声和车轮滚过石路的辚辚声,总之一切都又回到了地面上。

那个撞钟人又跑到马路当中,两只手笨重地挥动起来,朝着马车的背影直画十字,人们像绕过电线杆一样地绕过他。一个穿灰上衣的红脸汉子弯腰拾起地上那顶帽子,递给撞钟人。撞钟人把帽子往腿上掸掸,便顺着马路中央大步向前走去。

克里姆的眼睛贪婪地盯着沙皇,一直在目不转睛地望着他那浅灰透蓝的身影和那俊俏的脸上流露出的带歉意的微笑。萨姆金觉得这微笑夺去了他的希望,使他伤心得流出了眼泪。刚才他已经流过眼泪了,然而那是欢喜的眼泪,那种兴高采烈的劲头儿使所有在场的人都欢腾雀跃起来。而现在,沙皇已去,欢呼声渐渐消逝,克里姆触景生情,不禁流出了伤心惋惜的泪水。他哭了。

## 八

沙皇的容貌竟和吉奥米多夫相像,这简直使他不甘心,而且这位万民之主脸上流露着带歉意的微笑更是令人不可容忍。不仅如此,这位年轻、英俊而又温和的人居然会激起这样震天动地的欢呼,这也是难以理解的。

萨姆金郁郁寡欢地徘徊在这群不知为何突然欢腾起来的人们中间,听着他们兴奋的交谈:

"从前迎候圣驾,百姓是要双膝跪在地上的……"

"喂,伙计们,咱们喝啤酒去吧!"

不知是谁在克里姆身后笑嘻嘻地奚落道:

"噢,他们打人可真有两下子哩!"

"打谁了?"

"所有的人都打。"

"那些吹毛求疵的人就该打。"一个人郑重其事地说。

"罗曼,你这双皮靴花了多少钱?"

人们并没有谈论沙皇,萨姆金只听到一句:

"陛下跟我们在一起定会感到很难受。"

说这话的是一个矮胖的青年,他很可能是个染匠,他的两只手都染着深蓝色的颜料。他搀扶一位衣着整洁的小老头儿,毫无礼貌地推开众人,并对他们喊道:

"让开点儿!"

也许就连这个人说的话,也不是讲沙皇的。

"假如所有的人也都感觉到自己受了骗,不过是在巧妙地掩饰着这种感觉的话,那又会怎样呢?"克里姆心里寻思。

一个目光锐利的男人瞥了一下他的脸,疑惑地诘问他:

"您为啥哭啊,少爷?您干吗要今天哭呢?"

萨姆金难为情地擦干眼泪,加快了脚步,拐进库纳维诺那条妓院林立的大街上去。几乎每个窗口,都有半裸体的女人,站在三色国旗旁边,袒露着光溜溜的肩膀和胸脯,恬不知耻地隔窗调情逗趣。除了国旗外,这条街的一切都很平常,仿佛什么事情也没发生,而沙皇和百姓对他的欢呼不过是一场梦。

"不,吉奥米多夫说错了,"克里姆雇了一辆马车去博览会,坐在车上思忖着。"这位沙皇未必敢像那个驼背小姑娘那样呵斥百姓。"

伊诺科夫在博览会的大门口迎住他,急匆匆地说道:

"可以进去了,真可惜,您来迟了。"

伊诺科夫刚理过发,修过面;脱去了那件斗篷,换上了廉价的鼠灰色上衣。他的外表已经不那么奇特、招摇,俨然一位正人君子了。只有他脸上的雀斑更加显眼,而其余方面几乎和所有衣冠大致相同的正派人物一模一样。这样的人物并不多,在博览会上,他们很感兴趣的好像是建筑艺术,注重的是屋顶;他们仔细观看各式各样的窗户、各展览厅的角落,彬彬有礼地彼此笑笑,心照不宣。

"他们是暗探吗?"克里姆小声问道。

"可能吧,但也不尽然,"伊诺科夫气冲冲地回答,声音非常响;他手里拿着帽子,皱着眉头,两眼瞧着地面,朝前走着。

"这里已经演过一场滑稽剧了,"他说。"那些御前侍卫早就排列在皇家陈列馆门前迎候圣驾了。您知道吗,就是这些身穿银丝白袍、头戴雪白高帽、手持钺斧、像泥塑般的俄罗斯少年。据说,这是古代文学家德米特里·格里戈罗维奇想出来的玩意儿。他们站成两排,沙皇问其中一个少年:'你姓什么?'他回答:'纳勃果利茨。'他又问另一个,回答说:'艾鲁亨。'他再问第三个,回答说:'吉特马尔。'第四个回答是'舒尔采'。沙皇笑了,默默地从几个少年面前走过。他发现一个塌鼻子小丑毕恭毕敬地望着他,便笑着问道:'你姓什么呀?'可这个丑东西却粗声粗气地喊道:'安托尔!'这丑东西在饭馆的赊账簿上签字时就写得这样简单,而他的真实姓名是安德烈·托尔苏耶夫。"

伊诺科夫讲话时声音很低，不动声色，流露着若有所思的神情。

"这是真的吗？"萨姆金半信半疑地问道。

"嗯，当然喽。既然是愚蠢的，那当然就是真的。"

克里姆沉默不语了，想起了他曾经以为是产业工人的那位消防队员和舞蹈演员。

## 九

这些仪表堂堂的人物忽然间都呆若木鸡，纷纷摘下了帽子。沙皇从化学工业馆出来，陪伴他的是三位大臣：沃伦佐夫－达什科夫①、凡诺夫斯基②和维特。沙皇走得很慢，一边走一边玩弄他的手套，听着宫廷大臣对他的启奏。这位大臣正轻轻地拽着沙皇的衣袖，指着酒类陈列馆——一座草坪覆盖着的小山丘，跟他嘀咕些什么。克里姆站在远处看到，沙皇在地上比在马车上更矮小。显然，他很不愿意到沃伦佐夫的展览厅去，于是他把脸扭向一边，局促地笑笑，对身穿便服、拿着一根小手杖的陆军大臣面谕些什么。

他们三个肩挨肩地站着，那个身材魁梧的维特低头瞧着他们。维特那宽阔的肩膀上长着一个小脑袋瓜儿，仿佛匆匆忙忙安上去的一般；他的脸上生着一个不显眼的小鼻子，留着一撇稀疏的莫尔多瓦式小胡子。他打量一下身材比他矮小的沙皇和两位同样矮小的大臣，顾虑重重地噘着嘴，眼睛藏在紧皱起来的眉毛下面，一会儿望望他们三人，一会儿看看手上的金表。此刻萨姆金明显地看到，维特那两条沉重的腿上长着一对又肥又大的脚掌，它们踏在地上是那样坚实而又牢靠。

那位威风凛凛、冷酷无情而又讨人厌恶的省长巴兰诺夫和美术工业厅的那位花胡子厅长格里戈罗维奇，在离这伙人几步远的地方恭恭

---

① 沃伦佐夫－达什科夫（1837—1916），沙皇宫廷和采邑大臣。
② 凡诺夫斯基（1822—1904），沙皇陆军大臣，镇压革命运动的刽子手。

敬敬地停下来。格里戈罗维奇用手在空中画了几个大圈儿,手指不住地弹动,好像在往地上撒盐或者播种什么似的。各厅厅长,一些佩戴勋章的、举止庄重的人物挤成一团,默默地站在那里,其中还有一位外貌很像憨厚的庄稼佬、身穿绣金花长袍的彪形大汉。

"那位是尼古拉·布格罗夫,百万富翁,"伊诺科夫介绍说。"人们都管他叫下格罗德的封侯。另一位是萨瓦·马蒙托夫。"

从北方馆里急步走出来一个肥胖的秃头矮个儿男人,他那红润而快活的脸上蓄着一堆白胡子。他一面走,一面哈哈大笑,挥开那个高额头、留长发的讲解员。

"都是些鸡毛蒜皮的小事,我最亲爱的,这纯粹是微不足道的。"他的声音很大,使得巴兰诺夫省长也回过头来,严厉地瞪了他一眼;所有那些显贵们也都扭过头来注视着他,连沙皇也瞥了他一下,但仍然流露着带歉意的微笑,而那个沃伦佐夫-达什科夫还在揪着他的衣袖,看到这个动作克里姆大为恼火。

"真是个阿达谢夫①,"他忽然想起来,也希望这位大臣遭到伊凡雷帝教师的那种下场。

博览会场内肃静而沉闷,气氛有如阴沉的日子一般。车辆展览场上的蒸汽机车照旧在呜呜地鸣笛,铁轨岔道上发出吱呀吱呀的响声,减振装置咔咔作响,扳道工的哨子也吹得凄凄惨惨。

今天从清晨起虽说天气晴朗,但也有些沉闷;天空飘浮着薄薄一层浅灰色的云片,太阳在云片的笼罩下,显得像冬天一样苍白,它放射出的光辉使人昏昏欲睡。光怪陆离的建筑物也显得黯然失色,那数不清的国旗纹丝不动、无精打采地挂在那里;那些仪表堂堂的显贵们都懒洋洋地挪着步子。而沙皇那浅蓝色的小小身躯,在那些魁梧健壮、身穿藏青礼服和金边制服、佩戴金光闪闪的勋章的人们之中,显得暗淡无光,更加平庸无奇了。

---

① 阿达谢夫(1561年卒),俄国政治家,沙皇伊凡四世(外号雷帝)的亲信,后因勾结贵族反叛势力而被监禁,死于狱中。

沙皇在这群人的前面，慢慢地朝海军陈列馆走去，看上去好像是他们在推着他走似的。这时巴兰诺夫省长敏捷地弯下腰，从沙皇脚底下拾起一个什么东西，抛到一边去。

"喂，您看够了吗？"伊诺科夫笑呵呵地问道。

萨姆金默默地点点头。他感到四肢疲乏，想吃东西，心里也有点憋闷。在他的童年时代，当人们分发圣诞树上的礼物，而他得到的并非他所希望的东西时，他就有过这种心情。

"您看沙皇像谁？"伊诺科夫问道。克里姆一声不吭，瞅着他的脸，以为他要说些粗鲁的话。但是伊诺科夫却沉思了一会儿，说道：

"很像那个穿上军官制服的巴尔扎米诺夫①。"

"像以撒，"萨姆金喃喃道。

"你说什么？"

"我说像以撒，"克里姆提高嗓门重复说，流露出掩饰不住的愠色。

"啊，是的，这是《圣经》上的人物，"伊诺科夫想起来。"那么，谁又是亚伯拉罕呢？"

"我不晓得。"

"真是奇怪的比喻，"伊诺科夫发出一阵讪笑，然后叹了口气，又说：

"他们不想发表我的几篇通讯。主编那个老家伙给我写信，说我太强调消极面了，而新闻检查官不喜欢这样。他教训我说：凡是批评都应当出自某个共同的信念，并以此为根据。可是，鬼才知道上哪儿去找这种共同的信念！"

克里姆不再去听他发牢骚了，而是在想那位穿着一身浅灰透蓝制服的青年人，想着他那带有歉意的微笑。假如把库图佐夫、教堂助祭、柳托夫这些人摆在这个人的面前，他会说些什么呢？是啊，他会对这些人说些什么有分量的话呢？于是，萨姆金又想起——不过不像他平

---

① 巴尔扎米诺夫是尼·奥斯特罗夫斯基所著《巴尔扎米诺夫的婚礼》一剧的主人公。

常那样带有嘲笑的意味,而是带着伤心的情绪——那句话来:

"这里真的来过一个小孩吗,也许根本就没有小孩来过吧?"

然而,他浮想联翩,百感交集,简直不知怎么思索好了;那结织思维罗网的蜘蛛已经僵死。他很想回家,到别墅去休息一下,但是他走不成了,因为瓦拉甫卡来电报,要他等候他到来。

十

克里姆·萨姆金在等候瓦拉甫卡到来的当儿,见到了中国的一位宰相①。

此人中等身材,穿着肥大的长袍马褂,颜色如同晚秋时节霜打过的树叶,难以捉摸。他的衣服轻盈如影,裹着他那瘦骨嶙峋的身躯。这位老人的面孔呈两种色调,在暗黄色的脸皮上明显地点缀着许多好似铜锈般的棕色雀斑;灰白的小胡子把那张冷冰冰的脸面拉长了。他的胡须寥寥可数,嘴角上也长着些像小刷子似的灰毛,向下扎煞着;下嘴唇的颜色也如铁锈一般,令人厌恶地耷拉着,下唇上面是一排参差不齐的琥珀似的黄牙;一双眸子斜向两边额角,两只尖尖的活像野兽般的耳朵紧紧贴在头盖骨上。他头戴一顶饰有串珠和红缨的朝帽,看上去跟某个神秘教会的祭司一模一样。那对眯缝眼的小眼珠,不是圆的,也不光溜,不像普通人的眼珠,而仿佛是用几颗又细又尖的水晶石粘起来的。克里姆发现这两只眼睛就跟美术大师画的一幅栩栩如生的古代人像一样,无论从哪个角度来看,都牢牢地盯着你。那双底子厚得出奇的圆头绒靴看上去很沉重,可是他走起路来却轻盈得没有一点儿声音;他的脚好像不是从地上提起来,而是在上面滑行,就跟在油

---

① 指清朝掌管外交、军事、经济大权的北洋大臣李鸿章(1823—1902)。他曾以中国使团团长身份赴俄国参加尼古拉二世的加冕典礼,并受帝俄贿赂,于一八九六年在莫斯科签订了《中俄密约》,出卖主权,允许俄国在东北修筑铁路,是中国近代史上媚外卖国的典型人物。

漆地上或玻璃板上轻轻滑行一模一样。

一群人毕恭毕敬地跟随其后,其中有四位穿民族服装的中国人;威风凛凛的巴兰诺夫省长和沙皇内阁陈列馆馆长法布里丘斯将军并排走着。他这个馆展出的是涅尔琴斯克和阿尔泰地区的珍贵矿产、宝石、天然金块等等。一些佩戴勋章和没戴勋章的人,也挤挤插插、恭恭敬敬地跟在这个奇特的参观者后面。

这位显要人物迈着轻盈的步子,从这个馆走到那个馆,他那冷若冰霜的面孔毫无表情,只有塌鼻梁的大鼻孔在微微翻动,那片讨人嫌的嘴唇死死地抿着,只有在他嘴角上的灰白胡须扎煞起来时,才能看到嘴唇的动弹。

"这是李鸿章!"人们交头接耳地说。"是李鸿章啊!"

人们都敬畏地行着礼,向一边闪开。这位赫赫有名的中国人根本不睬众人,他一面走,一面浏览展品,只是在某些展品前面停留几秒钟,顶多一分钟,鼓着鼻孔,小胡子直抖动。他把藏在大袖子里的双手搁在肚子上,不过有时看样子是根据猜测,或是根据一种无法捉摸的暗号,一位中国人开始小声同那位馆长交谈几句,然后再把声音压低,把他的话翻译给李鸿章。这个中国人躬腰俯首,不敢抬头看李鸿章的脸。

在海军馆里,馆长在给李鸿章介绍大炮的性能,这位中国老人呆然伫立在大炮的一侧,斜视了几秒钟,然后向前走去。法布里丘斯将军整理一下他那撮扎波罗日小胡子,抢前一步走到这位贵宾前面,俨然一位司令官,向他指了指皇室陈列馆。

李鸿章忽然停住脚步,中国翻译官这下可慌了手脚,他急得团团转,又是赔笑,又是鞠躬,俯首低语,表现出一副无可奈何的神情。

"不能在他的前面走吗?"一位胸前挂满勋章的仪表堂堂的大人物高声问道,他一边问,一边哈哈大笑。"那么,跟他并排走,行吗? 怎么? 也不可以? 谁也不可以吗?"

"一点儿不错,大人!"不知是谁操着上等马车夫的腔调答道。

这位仪表堂堂的大人两颊涨得通红,想了想,用法语说道:

"问问翻译官,谁有权利跟他并排行走?"

大家都沉默了,接着那个上等车夫的声音又响起来,但是不怎么高了:

"大人,翻译官说他也不知道;还说,也许你们的陛下,也就是我们的陛下可以。"

这位仪表堂堂的大人摸了一下胸前的勋章,气愤地嘟哝道:

"真是的……这叫什么礼节呀!"

法布里丘斯将军见势退到李鸿章的后面,脸也涨得通红,不好意思地捋捋小胡子。

在阿尔泰展览厅里,李鸿章在各色宝石陈列台前停住,小胡子直抖动。翻译官马上要求打开玻璃柜。而当启开那沉重的玻璃盖之后,这位中国老人不慌不忙地从袖子里伸出手来,那衣袖好像自己会动似的,一下子滑向了胳膊肘,于是这只老朽不堪的铁青手臂上纤细的、留着长指甲的手指伸进玻璃柜,从一块白色大理石板上操起一枚巨大的绿宝石——这个展厅最珍奇的展品。李鸿章把绿宝石举到眼皮底下,来回瞧着,微微点了点头,便把那只拿着绿宝石的手藏到衣袖里去。

"这宝石他要了!"翻译官彬彬有礼,笑容可掬地解释李鸿章的这一举动。

法布里丘斯将军吓得脸都白了,结结巴巴地说:

"可是……请原谅!我可无权做主馈赠礼品哟!"

此刻这位赫赫有名的中国人已经走出了展览厅,正朝博览会的出口处走去。

"这就是李鸿章,"人们交头接耳地谈论着,向这位古代魔术师般的人物深深鞠躬。"是李鸿章呀!"

今天真叫人不痛快。大风卷着马路上的尘沙,从旮旯儿里吹过来,使人心烦意乱;零零落落的云片,乱腾腾地飘浮在天空,太阳也仿佛在焦灼地忙碌着,思虑着怎样才能更好地照耀这位中国人的奇特身姿。

**第一部完**